Nicci French – hinter diesem Namen verbirgt sich das Ehepaar Nicci Gerrard und Sean French. Seit dem Erscheinen ihres Longsellers *Der Sommermörder* sorgen sie mit ihren Psychothrillern international für Furore und verkauften weltweit über 8 Mio. Exemplare. Die beiden leben in Südengland. *Schwarzer Mittwoch* ist der dritte Band der achtteiligen Thrillerserie. Zuletzt erschien *Blutroter Sonntag* – der vorletzte Fall für die Therapeutin Frieda Klein.

Nicci French in der Presse:

»Endlich: Ein guter psychologischer Kriminalroman.«
Die Zeit

»Nicci French schreibt brillante Psychothriller!«
Brigitte

»Frieda wird von Tag zu Tag besser.«
TV Movie

»Adrenalinkickende Doppelermittlungen.«
Der Tagesspiegel

»Die Woche dürfte gern auch noch aus mehr als sieben Krimi-Tagen bestehen.«
NDR Kultur

Außerdem von Nicci French lieferbar:

Blauer Montag
Eisiger Dienstag
Dunkler Donnerstag
Mörderischer Freitag
Böser Samstag
Blutroter Sonntag

NICCI FRENCH

SCHWARZER MITTWOCH

PSYCHOTHRILLER

Aus dem Englischen
von Birgit Moosmüller

PENGUIN VERLAG

Die englische Originalausgabe erschien 2013
unter dem Titel *Waiting for Wednesday*
bei Michael Joseph (Penguin Random House), London.

MIX
Papier aus verantwortungsvollen Quellen
FSC® C014496

Klimaneutral*
Druckprodukt
ClimatePartner.com/14044-1912-1001

Penguin Random House Verlagsgruppe FSC® N001967

2. Auflage

Umschlag: Covergestaltung: www.buerosued.de
nach einem Entwurf von buxdesign
Umschlagmotive: Dudarev Mikhail/Shutterstock Images; Thorsten
Marquardt plainpicture
Druck und Bindung: GGP Media GmbH, Pößneck
Printed in Germany
ISBN 978-3-328-10247-2
www.penguin-verlag.de

1

Nichts deutete darauf hin, dass etwas nicht stimmte. Es handelte sich um ein ganz normales Reihenhaus an einem ganz normalen Mittwochnachmittag im April. Genau wie all die anderen Häuser in der Straße besaß es einen langen, schmalen Garten. Derjenige zu seiner Linken wurde seit Jahren nicht mehr richtig gepflegt, er war inzwischen von Nesseln und Gestrüpp überwuchert. In dem alten Plastiksandkasten am hinteren Ende staute sich fauliges Wasser, und daneben lag ein umgekipptes Fußballtor in Kindergröße. Der Garten auf der rechten Seite war asphaltiert und gekiest. Dort standen ein paar Pflanzen in Terrakottakübeln, eine Sitzgruppe, die den Winter über zusammengeklappt im Schuppen verstaut wurde, und ein mit schwarzer Abdeckplane geschützter Grill, den die Besitzer während der Sommermonate in die Mitte der Terrasse rollten.

Der Garten dazwischen aber bestand aus einer Rasenfläche, die vor Kurzem zum ersten Mal in diesem Jahr gemäht worden war. An einem alten, knorrigen Apfelbaum leuchteten weiße Blüten. Die Rosensträucher und Büsche, die den Rasen begrenzten, waren so weit zurückgeschnitten, dass ihre Zweige wie Stöcke aus dem Boden ragten. Nahe der Küchentür blühten mehrere Grüppchen orangeroter Tulpen. Unterhalb des Fensters standen leere Blumentöpfe, daneben lag ein einzelner Turnschuh mit gebundenen Schnürsenkeln. Auf einem Brett, das als Futterplatz für die Vögel diente, waren ein paar Samenkörner verstreut. Neben dem Fußabstreifer standen zwei leere Bierflaschen.

Die Katze kam gemächlich den Garten entlang. Vor der Tür blieb sie einen Moment stehen und hob den Kopf, als wartete sie auf etwas. Dann schob sie sich mit einer geschmeidigen Bewegung durch die Katzenklappe in die geflieste Küche, deren Tisch sechs oder mehr Leuten Platz bot und von einer Anrichte flankiert wurde, die eigentlich zu groß für den Raum wirkte. Sie war mit Geschirr vollgestellt, und dazwischen lag allerlei Krimskrams: mehrere Tuben eingetrockneter Kleber, etliche Rechnungen, die noch in ihren Umschlägen steckten, ein Kochbuch, bei dem ein Rezept für Seeteufel mit eingemachten Zitronen aufgeschlagen war, ein Paar zusammengerollte Socken, eine Fünfpfundnote, eine kleine Haarbürste. Von einer Stahlstange über dem Herd hingen mehrere Pfannen. Neben der Spüle stand ein Korb mit Gemüse, in einem kleinen Regalfach waren weitere Kochbücher aufgereiht, auf dem Fensterbrett thronte eine Vase mit Blumen, die schon ein wenig die Köpfe hängen ließen, und auf dem Tisch lag ein aufgeschlagenes Schulbuch. An einer Weißwandtafel war mit rotem Filzstift eine Reihe zu erledigender Punkte aufgelistet. Auf der Arbeitsplatte stand ein Teller mit dem kalt gewordenen Rest einer Toastscheibe und daneben eine Tasse Tee.

Die Katze fraß ein, zwei Bröckchen Trockenfutter aus ihrer Schüssel und fuhr sich anschließend mit der Pfote übers Gesicht, ehe sie ihren Weg durchs Haus fortsetzte: hinaus aus der Küche, deren Tür immer offen stand, vorbei an der kleinen Toilette zur Linken, dann die zwei Stufen hinauf. Sie wich einer zerbrochenen Glasschale aus und umrundete die lederne Umhängetasche auf dem Flurboden. Die Tasche lag mit der Öffnung nach unten; ihr Inhalt war über die Eichendielen verstreut: Lippenstift und Gesichtspuder, ein bereits aufgerissenes Päckchen Papiertaschentücher, der Autoschlüssel, eine Haarbürste, ein kleiner blauer Terminkalender mit einem daran befestigten Stift, eine Packung Paracetamol, ein Spiralblock. Etwas weiter vorne lagen eine aufgeklappte schwarze Brieftasche und rundherum ein paar Mitgliedskarten, unter anderem fürs British Museum. Nicht weit davon entfernt hing ein gerahmter Druck aus einer alten Van-Gogh-Ausstellung ganz schief an der cremefarben gestrichenen Wand, und ein großes Familienfoto war mit gebrochenem Rahmen auf dem Boden gelandet: ein Mann, eine Frau und drei Kinder, die alle breit lächelten.

Vorsichtig schlängelte sich die Katze zwischen den herumliegenden Sachen hindurch. Auf dem Weg ins Wohnzimmer, das auf die Vorderseite des Hauses hinausging, musste sie über einen ausgestreckten Arm steigen. Die Hand war rundlich und fest, mit kurz geschnittenen Nägeln und einem goldenen Ring am vierten Finger. Die Katze roch daran und leckte dann flüchtig übers Handgelenk. Sie kletterte halb auf den Körper, der in einer himmelblauen Bluse und einer schwarzen Hose steckte – Kleidung für die Arbeit. Schnurrend grub sie die Krallen in den weichen Bauch. Um die gewünschte Aufmerksamkeit zu erhalten, schmiegte sie sich schließlich fest an den Kopf mit dem braunen Haar, das schon ein wenig grau wurde und an diesem Tag zu einem lockeren Knoten geschlungen war. An den Ohrläppchen funkelten kleine goldene Stecker, und um den Hals hing eine feine Kette. Die Haut roch nach Rosen und etwas anderem. Die Katze rieb ihren Körper an dem Gesicht und krümmte dabei den Rücken.

Nach einer Weile gab sie auf und stolzierte hinüber zum Sessel, um sich darauf zu putzen, denn mittlerweile war ihr Fell feucht und verklebt.

Dora Lennox ging langsam von der Schule nach Hause. Sie war müde. Mittwochs hatte sie zum Schluss immer eine Doppelstunde Biologie und anschließend noch Swing-Band-Probe. Sie spielte Saxofon, allerdings so schlecht, dass ihr die meisten Töne entgleisten, was den Musiklehrer jedoch nicht zu stören schien. Sie hatte sich nur bereit erklärt mitzumachen, weil ihre Freundin Cam sie dazu überredet hatte, doch wie es aussah, war Cam inzwischen nicht mehr ihre Freundin. Sie flüsterte und kicherte mit anderen Mädchen, die keine Zahnspange trugen und auch nicht mager und schüchtern waren, sondern kühn und kurvig – Mädchen mit schwarzen Spitzen-BHs, schimmernden Lippen und leuchtenden Augen.

Bei jedem Schritt spürte Dora den schweren Rucksack voller Schulbücher am Rücken und den Instrumentenkoffer am Schienbein, während ihre Plastiktragetasche – prall gefüllt mit Kochutensilien und einer Dose verbrannter Scones, die sie an diesem Vormittag in der Hauswirtschaftsstunde gebacken hatte – an einer Seite bereits einriss. Dora war froh, als sie nicht weit vom Haus entfernt den Wagen ihrer Mutter entdeckte, weil das bedeutete, dass diese zu Hause war. Sie kam nicht gern in ein leeres Haus zurück, in dem keine Lichter brannten und über jedem Raum eine graue Stille hing. Ihre Mutter hauchte den Dingen Leben ein: Wenn sie da war, rumpelte der Geschirrspüler oder die Waschmaschine, aus dem Ofen duftete meist Kuchen oder zumindest ein Blech Kekse, im Kessel sprudelte Wasser für den Tee, und im ganzen Haus herrschte eine geordnete Geschäftigkeit, die Dora als tröstlich empfand.

Als sie das Tor aufgemacht hatte und den kurzen, gepflasterten Gartenweg entlangging, bemerkte sie, dass die Haustür offen stand. War ihre Mutter gerade erst heimgekommen? Oder ihr Bruder? Sie hörte auch ein Geräusch, einen pulsierenden, elektronisch klingenden Ton. Im Näherkommen sah sie, dass das kleine Mattglasfenster gleich neben der Tür zerbrochen war. Die Scheibe wies ein Loch auf und hing nach innen. Als Dora wegen des ungewohnten Anblicks stehen blieb, spürte sie etwas an ihrem Bein und blickte nach unten. Die Katze schmiegte sich dagegen. Dora fiel auf, dass dabei ein rostbrauner Fleck auf ihrer neuen Jeans zurückblieb. Verwirrt trat sie ins Haus und ließ die Taschen zu Boden gleiten. Auf den Holzdielen lagen die Scherben des Fensters. Das musste gerichtet werden. Wenigstens war nicht sie daran schuld, sondern höchstwahrscheinlich ihr Bruder Ted. Er machte die ganze Zeit etwas kaputt: Teetassen, Gläser, Fensterscheiben – alles, was zerbrechlich war. Ein beißender Geruch stieg Dora in die Nase. Irgendetwas war gerade am Verbrennen.

»Mum, ich bin da!«, rief sie.

Auf dem Boden lag noch mehr: das große Familienfoto, die Tasche ihrer Mutter, rundherum verstreuter Kleinkram. Es war, als wäre ein Sturm durchs Haus gefegt und hätte alles durcheinandergewirbelt. Einen Augenblick sah Dora in dem Spiegel über dem kleinen Tisch ihr eigenes Spiegelbild: ein kleines bleiches Gesicht, eingerahmt von dünnen braunen Zöpfen. Sie ging hinüber in die Küche, wo der Brandgeruch am stärksten war. Als sie die Ofentür aufzog, schlug ihr Qualm entgegen. Hustend griff sie nach einem Topfhandschuh, nahm rasch das in der höchsten Schiene eingehängte Backblech heraus und stellte es auf den Herd. Vor ihr lagen sechs völlig verkohlte und geschrumpfte Küchlein, nicht mehr zu retten. Dora schloss die Ofentür und drehte das Gas aus. Nun war ihr alles klar: Der Ofen war nicht abgeschaltet worden und das Gebäck daher verbrannt. Der Alarm und der Rauch hatten Mimi erschreckt, so dass sie durch die Wohnung gerannt war und alles Mögliche zerbrochen hatte. Aber warum waren die Kekse verbrannt?

Sie rief noch einmal nach ihrer Mutter. Ihr Blick fiel auf die etwas offen stehende Verbindungstür zum Wohnzimmer, wo auf dem Boden eine Hand mit leicht gekrümmten Fingern zu erkennen war. Einen Moment rührte Dora sich trotzdem nicht von der Stelle, sondern rief noch einmal: »Mum, ich bin da!«

Dann ging sie wie in Trance zurück in die Diele, während sie weiter nach ihrer Mutter rief. Die Tür, die von der Diele ins Wohnzimmer führte, stand ebenfalls einen Spaltbreit offen. Dora sah drinnen etwas liegen, schob die Tür auf, so weit es ging, und zwängte sich in den Raum.

»Mum?«

Zuerst hielt sie die roten Flecken an der hinteren Wand irrtümlicherweise für Farbe. Auf dem Sofa und dem Boden befanden sich ebenfalls große Kleckse von diesem Rot. Plötzlich fuhr ihre Hand wie von selbst an ihren Mund, und sie hörte, wie ein kleines Stöhnen durch ihren Hals nach oben drängte und in diesem schrecklichen Raum zu einem lauten Kreischen anschwoll, das nicht enden wollte. Sie hielt sich mit beiden Händen die Ohren zu, um das Geräusch nicht mehr hören zu müssen, doch es war bereits in ihrem Kopf. Bei dem Rot handelte es sich nicht um Farbe, sondern um Blut, Ströme von Blut, und dann wurde daraus ein dunkler, dunkler See, gleich neben dem Ding, das zu ihren Füßen lag. Ein ausgestreckter Arm, am Handgelenk eine Uhr, die immer noch die Zeit anzeigte, ein Körper in einer bequemen blauen Bluse und einer schwarzen Hose, ein halb abgestreifter Schuh. All das kannte Dora. Das Gesicht aber war kein Gesicht mehr, weil ein Auge fehlte und der zerschmetterte Mund sie durch eine breiige Masse aus zerborstenen Zähnen lautlos anschrie. Eine ganze Seite des Kopfes war eingedrückt und voller Blut, Knorpeln und Knochen, als hätte jemand versucht, möglichst viel davon zu zerstören.

2

Das Haus lag in Chalk Farm, ein paar Straßen entfernt vom Lärm von Camden Lock. Vor dem Eingang parkten ein Krankenwagen und mehrere Streifenwagen. Der Tatort war bereits mit Absperrband gesichert, und ein paar Schaulustige hatten sich auch schon eingefunden.

Detective Constable Yvette Long schob sich unter dem Band hindurch und betrachtete zuerst einmal das Gebäude, ein spätviktorianisches Reihenhaus mit kleinem Vorgarten und Erkerfenster. Als sie gerade hineingehen wollte, sah sie ihren Chef, Detective Chief Inspector Malcolm Karlsson, aus einem Wagen steigen und wartete auf ihn. Er wirkte ernst und in Gedanken versunken, bis er sie schließlich entdeckte und mit einem Nicken begrüßte.

»Waren Sie schon drin?«

»Ich bin auch eben erst gekommen«, antwortete Yvette. Nach kurzem Zögern platzte sie heraus: »Es ist komisch, Sie ohne Frieda zu sehen.«

Karlssons Ausdruck wurde hart.

»Sie meinen, Sie sind froh, dass sie nicht mehr für uns arbeitet.«

»Nein… nein, so habe ich das nicht gemeint«, stammelte Yvette.

»Ich weiß doch, wie sehr es Sie gestört hat, dass sie immer mit von der Partie war«, entgegnete Karlsson, »aber das ist inzwischen ja geklärt. Der Chef hat entschieden, dass sie raus ist aus dem Team, und im Verlauf dieser ganzen Aktion wäre sie fast ermordet worden. Ist das der Teil, den Sie so lustig finden?«

Yvette lief rot an, gab ihm aber keine Antwort.

»Haben Sie sie besucht?«, fragte Karlsson.

»Ja, im Krankenhaus.«

»Das reicht nicht. Sie sollten mit ihr reden. Aber vorher…«

Er deutete auf das Gebäude, woraufhin sie sich beide in Bewegung setzten. Drinnen wimmelte es bereits von Leuten, die alle Überschuhe, Overalls und Handschuhe trugen. Es wurde nur wenig gesprochen, und wenn, dann in gedämpftem Ton. Karlsson und Yvette zogen ihrerseits Überschuhe und Handschuhe an. Als sie schließlich den Flur entlanggingen, kamen sie zunächst an einer Handtasche vorbei, die auf dem Holzboden lag, dann an einem Foto in einem zerbrochenen Rahmen und schließlich an einem Mann, der die Umgebung auf Fingerabdrücke untersuchte. Im Wohnzimmer waren bereits Scheinwerfer installiert.

In dem gleißenden Licht wirkte die Frau, als befände sie sich auf einer Bühne. Sie lag auf dem Rücken, einen Arm ausgestreckt, den anderen nah am Körper, die Hand zur Faust geballt. Ihr braunes Haar war schon leicht ergraut. Der zerschlagene Mund erinnerte an die gefletschten Lefzen eines vor Angst halb wahnsinnigen Tiers, auch wenn Karlsson von dort, wo er stand, eine Füllung zwischen den zerborstenen Zähnen schimmern sehen konnte. An der einen Gesichtshälfte wirkte die Haut recht glatt – aber manchmal glättet der Tod die Spuren des Lebens, um stattdessen seine eigenen zu hinterlassen, ging Karlsson durch den Kopf. Die Falten am Hals wiesen auf eine Frau mittleren Alters hin.

Das rechte, weit aufgerissene Auge starrte blicklos in den Raum. Die linke Gesichtshälfte war eingedrückt, eine klebrige, mit Knochenstücken durchsetzte Masse. Rundherum war der beigefarbene Teppich blutgetränkt, der ganze restliche Boden mit angetrockneten Flecken übersät und auch die nächstgelegene Wand von oben bis unten mit Blut gesprenkelt. Das konventionell eingerichtete Wohnzimmer hatte sich in einen Schlachthof verwandelt.

»Da hat jemand heftig zugeschlagen«, murmelte Karlsson, während er sich aufrichtete.

»Einbruch«, verkündete eine Stimme in seinem Rücken. Karlsson blickte sich um. Hinter ihm stand, eine Spur zu nahe, ein noch sehr jung und pickelig aussehender Detective, der leicht verlegen lächelte.

»Was?«, blaffte Karlsson. »Wer sind Sie überhaupt?«

»Riley«, stellte der Beamte sich vor.

»Sie hatten etwas gesagt.«

»Einbruch«, wiederholte Riley. »Der Täter wurde überrascht und schlug zu.«

Als er Karlssons Gesichtsausdruck sah, erstarb Rileys Lächeln.

»Ich habe nur laut gedacht«, erklärte er. »Ich versuche, positiv an den Fall heranzugehen. Proaktiv.«

»Proaktiv«, wiederholte Karlsson. »Und ich war der Meinung, wir sollten vielleicht erst mal den Tatort auf Fingerabdrücke, Haare und Fasern untersuchen und ein paar Zeugenaussagen aufnehmen, bevor wir Schlüsse daraus ziehen, was passiert ist. Falls Sie damit einverstanden sind.«

»Natürlich, Sir.«

»Gut.«

»Chef…«

Chris Munster hatte den Raum betreten. Er blieb einen Moment stehen und betrachtete die Leiche.

»Was gibt es, Chris? Wissen wir schon Genaueres?«

Es kostete Munster sichtlich Mühe, seine Aufmerksamkeit wieder auf Karlsson zu richten.

»Ich werde mich nie daran gewöhnen«, erklärte er.

»Versuchen Sie es«, sagte Karlsson. »Die Angehörigen haben nichts davon, wenn Sie auch noch leiden.«

»Stimmt«, gab Munster ihm recht, während er gleichzeitig einen Blick in sein Notizbuch warf. »Ihr Name ist Ruth Lennox. Sie hat als Gesundheitsschwester für die örtlichen Behörden gearbeitet. Sie wissen schon, Besuche bei alten Leuten und jungen Müttern, solche Sachen. Vierundvierzig Jahre alt, verheiratet, drei Kinder. Die jüngste Tochter hat sie gefunden, als sie gegen halb sechs von der Schule nach Hause kam.«

»Ist das Mädchen da?«

»Oben, mit dem Vater und den anderen beiden Kindern.«

»Geschätzter Todeszeitpunkt?«

»Nach Mittag, vor achtzehn Uhr.«

»Das bringt uns aber nicht viel weiter.«

»Ich gebe nur wieder, was Doktor Heath mir gesagt hat. Er meinte, es sei zu bedenken, dass das Haus geheizt war und heute außerdem ein warmer Tag, so dass zusätzlich Sonne durchs Fenster hereinfiel. Und dass es sich bei seiner Arbeit nicht um eine exakte Wissenschaft handelt.«

»Na, wunderbar. Mordwaffe?«

Munster zuckte mit den Achseln.

»Etwas Schweres, hat Doktor Heath gemeint, mit scharfer Kante. Aber keine Klinge.«

»Nimmt jemand die Fingerabdrücke der Angehörigen?«

»Ich kümmere mich darum.«

»Wurde etwas gestohlen?«, meldete Yvette sich zu Wort.

Karlsson wandte sich ihr zu. Es war das Erste, was sie sagte, seit sie das Haus betreten hatten. Trotzdem klang ihre Stimme immer noch zittrig. Wahrscheinlich war er zu hart mit ihr umgesprungen.

»Der Ehemann steht unter Schock«, antwortete Munster. »Aber wie es aussieht, wurde ihre Brieftasche geleert.«

»Ich rede besser mal mit der Familie«, erklärte Karlsson. »Oben, sagen Sie?«

»In seinem Arbeitszimmer. Es ist gleich der erste Raum, wenn man die Treppe hochkommt, neben dem Bad. Melanie Hackett ist bei ihnen.«

»Gut.« Karlsson überlegte einen Moment. »Hier in der Gegend hat lange Zeit ein Detective namens Harry Curzon gearbeitet. Ich glaube, inzwischen ist er pensioniert. Könnten Sie mir seine Nummer beschaffen? Die örtliche Polizei kennt ihn bestimmt noch.«

»Wozu brauchen Sie ihn?«

»Er weiß über das Viertel Bescheid. Vielleicht kann er uns ein bisschen Mühe und Arbeit ersparen.«

»Ich werde sehen, was ich tun kann.«

»Und reden Sie mal ein Wort mit unserem jungen Riley hier. Er weiß nämlich bereits, was passiert ist.« Mit diesen Worten wandte Karlsson sich an Yvette und forderte sie mit einer Handbewegung auf, ihn nach oben zu begleiten. An der Tür zum Arbeitszimmer blieb er stehen und lauschte, doch es waren keinerlei Geräusche zu hören. Er hasste diesen Teil seiner Arbeit. Oft waren die Leute böse auf ihn, weil er ihnen die schlimme Nachricht überbrachte, und gleichzeitig klammerten sie sich an ihn, weil sie sich von ihm eine Art Lösung erwarteten. In diesem Fall hatte er es noch dazu mit einer ganzen Familie zu tun. Drei Kinder, hatte Munster gesagt. Die Ärmsten. Dem Aussehen nach war ihre Mutter eine nette Frau gewesen, ging ihm durch den Kopf.

»Bereit?«

Yvette nickte, woraufhin er dreimal kurz klopfte, ehe er die Tür öffnete.

Der Vater saß auf einem Bürostuhl und drehte sich abwechselnd in die eine und die andere Richtung. Er trug noch seine dicke Winterjacke und hatte einen Baumwollschal um den Hals gebunden. Sein pausbäckiges Gesicht war rot gefleckt, als wäre er gerade erst aus der Kälte hereingekommen, und ständig blinzelte er, als hätte er Staub in den Augen, leckte sich dabei immer wieder über die Lippen und zupfte gleichzeitig am linken Ohrläppchen herum. Auf dem Boden zu seinen Füßen hatte sich die jüngere Tochter – diejenige, die Ruth Lennox gefunden hatte – in Fötushaltung zusammengerollt. Halb schluchzend, halb würgend rang sie nach Luft. Karlsson fand, dass sie sich anhörte wie ein verwundetes Tier. Viel sehen konnte er von ihr nicht, nur dass sie recht dünn war und braune Zöpfe hatte, die sich allmählich auflösten. Der Vater legte ihr hilflos eine Hand auf die Schulter, zog sie aber gleich wieder zurück. Die andere Tochter, die Karlsson auf fünfzehn oder sechzehn schätzte, saß ihnen gegenüber, die Beine unter den Körper gezogen und beide Arme um sich geschlungen, als versuchte sie sich zu wärmen und gleichzeitig so klein wie möglich zu machen. Sie hatte kastanienbraune Locken und das runde Gesicht ihres Vaters, mit vollen roten Lippen, blauen Augen und Sommersprossen. Ihre Wimperntusche war auf einer Seite verschmiert, wodurch sie auf eine theatralische Weise angemalt wirkte, fast wie ein Clown. Trotzdem erkannte Karlsson sofort, dass sie eine sinnliche Anziehungskraft besaß, der nicht einmal ihr ruiniertes Make-up und ihre extreme Blässe etwas anhaben konnten. Sie trug rötlich braune Shorts über einer schwarzen Strumpfhose und dazu ein T-Shirt mit einem Logo, das Karlsson nichts sagte. Seit er den Raum betreten hatte, starrte sie ihn unverwandt an und kaute dabei hektisch auf ihrer Unterlippe herum. Der Junge – fast schon ein junger Mann –, saß in der Ecke, die Knie bis unters Kinn gezogen, das Gesicht hinter einem dunkelblonden Haarschopf verborgen. Hin und wieder schauderte er heftig, hob aber nicht einmal den Kopf, als Karlsson sich vorstellte.

»Es tut mir so leid«, sagte Karlsson. »Aber ich bin hier, um zu helfen, und muss deswegen ein paar Fragen stellen.«

»Warum?«, flüsterte der Vater. »Warum sollte jemand den Wunsch haben, Ruth zu töten?«

Woraufhin das ältere Mädchen plötzlich laut aufschluchzte.

»Ihre jüngere Tochter hat sie gefunden«, fuhr Karlsson in sanftem Ton fort. »Ist das richtig?«

»Dora, ja.« Lennox wischte sich mit dem Handrücken über den Mund. »Wie soll sie das jemals verkraften?«

»Mister Lennox«, mischte Yvette sich ein, »es gibt Fachleute, die Ihnen da helfen können.«

»Russell. Kein Mensch nennt mich Mister Lennox.«

»Wir müssen mit Dora über das sprechen, was sie gesehen hat.«

Die kleine Gestalt auf dem Boden stieß ein gequältes Wimmern aus. Yvette wandte sich Hilfe suchend an Karlsson.

»Dein Vater kann bei dem Gespräch dabei sein.« Karlsson beugte sich zu Dora hinunter. »Oder wenn du lieber mit einer Frau sprichst als mit einem Mann, dann ...«

»Sie will nicht«, fiel ihm die ältere Schwester ins Wort. »Haben Sie das denn nicht verstanden?«

»Wie heißt du?«, fragte Karlsson.

»Judith.«

»Und wie alt bist du?«

»Fünfzehn. Hilft Ihnen das irgendwie weiter?« Sie funkelte Karlsson mit ihren stechenden blauen Augen an.

»Es ist eine schreckliche Tragödie«, gab er ihr zur Antwort, »aber wir müssen alle Einzelheiten in Erfahrung bringen. Nur dann können wir denjenigen finden, der das getan hat.«

Ruckartig hob ihr Bruder den Kopf. Er rappelte sich hoch und eilte zur Tür. Er war groß und schlaksig und hatte die grauen Augen seiner Mutter.

»Ist sie noch da?«, wandte er sich an Karlsson.

»Wie bitte?«

»Ted«, sagte Russell Lennox in beruhigendem Ton, während er auf seinen Sohn zuging und die Hand nach ihm ausstreckte, »ist schon gut, Ted.«

»Meine Mutter«, stieß der Junge hervor, ohne den Blick von Karlsson abzuwenden, »ist sie noch da?«

»Ja.«

Ted riss die Tür auf und stürmte die Treppe hinunter. Karlsson rannte hinter ihm her, erwischte ihn aber nicht mehr rechtzeitig. Ein Schrei gellte durchs Haus.

»Nein!«, rief Ted dann immer wieder. »Nein, nein, nein!« Er war neben der Leiche seiner Mutter auf die Knie gesunken. Karlsson schlang einen Arm um ihn, hievte ihn hoch und zog ihn aus dem Raum.

»Beruhige dich, Ted!«

Karlsson drehte sich um. Eine Frau stand in der Haustür. Er schätzte sie auf Ende dreißig. Sie war stämmig gebaut und hatte dunkelbraunes, zu einem altmodischen Pagenkopf geschnittenes Haar. Bekleidet war sie mit einem knielangen Tweedrock, und um ihre Brust hing eine gelbe Stoffschlinge, in der sie etwas trug. Erst auf den zweiten Blick realisierte Karlsson, dass es sich um ein noch sehr kleines Baby handelte. Oben sah man das kahle Köpfchen hervorlugen, unten zwei winzige Füße. Die Frau richtete den Blick auf Russell, der seinem Sohn nach unten gefolgt war. Ihre Augen glänzten feucht.

»Ich habe mich sofort auf den Weg gemacht«, erklärte sie. »Es ist so schrecklich.«

Sie ging auf Russell zu und begrüßte ihn mit einer langen Umarmung, die etwas linkisch ausfiel, weil der zwischen ihnen eingeklemmte Säugling sie auf Abstand hielt. Russell blickte dabei mit hilfloser Miene über die Schulter der Frau hinweg, bis diese sich schließlich Karlsson zuwandte.

»Ich bin Ruths Schwester«, erklärte sie. Das Bündel vor ihrer Brust bewegte sich und wimmerte leise, woraufhin sie es sanft tätschelte und dabei beruhigend mit der Zunge schnalzte.

Sie strahlte jene aufgeregte Ruhe aus, die manche Leute in Krisensituationen an den Tag legten. Karlsson hatte das schon öfter erlebt. Katastrophen zogen die Menschen an. Verwandte, Freunde und Nachbarn versammelten sich, um zu helfen, Trost zu spenden oder einfach auf irgendeine Art am Geschehen teilzuhaben und sich an seiner schrecklichen Glut zu wärmen.

»Das ist Louise«, stellte Russell sie vor, »Louise Weller. Ich habe ein paar von unseren Verwandten angerufen, damit sie es nicht von jemand anderem erfahren müssen.«

»Wir nehmen gerade eine Aussage auf«, erklärte Karlsson. »Es tut mir leid, aber …«

»Ich bin nur hier, um zu helfen«, fiel Louise ihm energisch ins Wort. »Schließlich geht es um meine Schwester.« Abgesehen von ein paar roten Flecken auf den Wangen wirkte ihr Gesicht sehr bleich. »Meine beiden anderen Kinder sind noch im Auto«, fuhr sie fort. »Ich werde sie gleich holen und irgendwo einen Platz für sie finden, wo sie nicht stören. Aber erst will ich wissen, was passiert ist.«

»Ich lasse Ihnen ein paar Minuten Zeit«, erklärte Karlsson. »Wenn Sie dann so weit sind, können wir reden.«

Er geleitete sie die Treppe hinauf und gab Yvette ein Zeichen, ihm aus dem Raum zu folgen.

»Zu allem Überfluss«, sagte er draußen zu ihr, »müssen die Ärmsten nun auch noch für ein paar Tage das Haus räumen. Können Sie ihnen das beibringen, Yvette? Mit möglichst viel Fingerspitzengefühl? Vielleicht hat die Familie ja nette Nachbarn oder Freunde, die in der Nähe wohnen.« Als er sich umblickte, sah er Riley die Treppe heraufkommen.

»Da ist jemand, der Sie sehen möchte, Sir«, verkündete der junge Beamte. »Er sagt, Sie kennen ihn.«

»Wer ist es denn?«, fragte Karlsson.

»Ein Doktor Bradshaw«, antwortete Riley. »Wie ein Polizist sieht er nicht aus.«

»Er ist auch keiner«, bestätigte Karlsson, »sondern so eine Art psychologischer Berater. Aber was spielt es überhaupt für eine Rolle, wie er aussieht? Wir lassen ihn besser herein und geben ihm die Chance, sich sein Geld zu verdienen.«

Als Karlsson die Treppe hinunterging und Hal Bradshaw unten in der Diele warten sah, wurde ihm klar, was Riley meinte. Der Mann sah tatsächlich nicht aus wie ein Detective. Er trug einen Anzug, dessen Grau mit einer Spur von Gelb gesprenkelt war, und dazu ein weißes Hemd mit offenem Kragen. Karlsson fielen besonders die ockerfarbenen Wildlederschuhe und das große, wuchtig wirkende Brillengestell auf. Bradshaw begrüßte ihn mit einem Nicken.

»Wie haben Sie so schnell von der Sache hier erfahren?«, wollte Karlsson wissen.

»Das ist eine neue Regelung.« Bradshaw blickte sich nachdenklich um. »Ich bin gern am Tatort, solange er noch frisch ist. Je eher ich vor Ort eintreffe, desto nützlicher kann ich sein.«

»Mich hat über diese neue Regelung niemand informiert«, entgegnete Karlsson.

Bradshaw schien seinen Worten keinerlei Beachtung zu schenken. Stattdessen blickte er sich suchend um.

»Ist Ihre Freundin gar nicht da?«

»Welche Freundin?«

»Doktor Klein«, antwortete er, »Frieda Klein. Ich habe fest damit gerechnet, sie hier beim Herumschnüffeln anzutreffen.«

Hal Bradshaw und Frieda hatten beide am selben Fall gearbeitet, wobei Frieda fast ums Leben gekommen wäre. Alles hatte damit begonnen, dass in der Wohnung einer geistig gestörten Frau namens Michelle Doyce eine nackte, bereits verwesende Männerleiche gefunden wurde. Bradshaw war davon überzeugt gewesen, dass Michelle Doyce den Mann getötet hatte. Frieda hingegen hatte aus den wirren Worten der Frau eine Art Sinn herausgehört, einen verworrenen Versuch, die Wahrheit zu sagen. Mühsam hatten sie und Karlsson Teilchen für Teilchen zusammengefügt und schließlich herausgefunden, wer der Mann war: ein Betrüger, der eine Spur von zahlreichen Opfern hinterlassen hatte, alle mit einem Rachemotiv. Friedas unorthodoxe, oft instinktive Arbeitsmethode und ihre manchmal fast zwanghaften, selbstzerstörerischen Verhaltensweisen hatten dazu geführt, dass sie im Rahmen der letzten Personalkürzungen als Beraterin der Polizei gestrichen worden war. Aber Bradshaw reichte das offenbar nicht. Sie hatte ihn blamiert, und nun wollte er ihr den Rest geben. Das alles ging Karlsson in diesem Moment durch den Kopf. Dann dachte er wieder an die Tote, die nur ein paar Schritte von ihnen entfernt lag, und an ihre trauernde Familie. Rasch schluckte er seine wütenden Worte hinunter.

»Doktor Klein arbeitet nicht mehr für uns.«

»Ach ja«, sagte Bradshaw, »stimmt. Gegen Ende des letzten Falls lief es nicht so gut für sie.«

»Kommt darauf an, was Sie unter ›gut‹ verstehen«, entgegnete Karlsson. »Immerhin wurden drei Mörder aus dem Verkehr gezogen.«

Bradshaw schnitt eine Grimasse.

»Wenn die Polizeipsychologin am Ende in eine Messerstecherei gerät und einen ganzen Monat auf der Intensivstation verbringt, ist das nicht gerade ein Paradebeispiel für einen erfolgreich gelösten Fall. Zumindest nicht nach meinen Maßstäben.«

Karlsson stand schon wieder kurz davor, dem Mann die Meinung zu sagen, rief sich aber erneut ins Gedächtnis, wo er sich befand.

»Das ist wohl kaum der richtige Ort für eine derartige Diskussion«, erwiderte er kühl. »Eine Mutter ist ermordet worden. Ihre Familie befindet sich oben.«

Bradshaw machte eine abwehrende Handbewegung.

»Sollen wir also mit dem Gerede aufhören und hineingehen?«

»Ich habe mit dem Gerede nicht angefangen.«

Bradshaw trat ins Wohnzimmer und holte tief Luft, als versuchte er auf diese Weise, das Aroma des Raums in sich aufzusaugen. Nachdem er sich einen Moment umgeblickt hatte, steuerte er auf die Leiche von Ruth Lennox zu, wobei er darauf achtete, nur ja nicht in eine Blutlache zu treten.

»Also, wissen Sie, blindlings in einen Tatort zu stolpern und sich dort auch noch überfallen zu lassen, gilt nicht gerade als die klassische Art, ein Verbrechen aufzuklären,« wandte er sich erneut an Karlsson.

»Reden wir jetzt wieder über Frieda?«

»Doktor Kleins Fehler ist, dass sie sich emotional in den Fall hineinziehen lässt«, fuhr Bradshaw fort. »Mir ist zu Ohren gekommen, dass sie sogar mit dem Mann geschlafen hat, der am Ende verhaftet wurde.«

»Sie hat nicht mit ihm geschlafen«, widersprach Karlsson kalt, »sondern nur gesellschaftlich mit ihm verkehrt. Weil sie ihn verdächtigte.«

Bradshaw musterte Karlsson mit einem halben Lächeln.

»Beunruhigt Sie die Vorstellung?«

»Ich werde Ihnen sagen, was mich beunruhigt«, entgegnete Karlsson. »Mich beunruhigt, dass Sie offenbar mit Frieda Klein konkurrieren.«

»Ich? Nein, keineswegs. Ich mache mir nur Sorgen um eine Kollegin, bei der wohl einiges aus dem Ruder gelaufen ist.« Er setzte ein mitfühlendes Lächeln auf. »Die Frau tut mir leid. Wie ich höre, leidet sie unter Depressionen.«

»Ich dachte, Sie wären gekommen, um einen Tatort in Augenschein zu nehmen. Wenn Sie über einen früheren Fall diskutieren wollen, sollten wir anderswohin gehen.«

Bradshaw schüttelte lediglich den Kopf.

»Finden Sie nicht auch, dass das hier etwas von einem Kunstwerk hat?«

»Nein, das finde ich nicht.«

»Wir müssen uns überlegen, was der Mörder damit zum Ausdruck bringen will. Was versucht er der Welt mitzuteilen?«

»Vielleicht sollte ich Sie einfach allein lassen«, meinte Karlsson.

»Ich schätze, Sie halten das Ganze nur für einen missglückten Einbruch.«

»Ich bemühe mich, keine voreiligen Schlüsse zu ziehen«, widersprach Karlsson. »Wir sind damit beschäftigt, Beweismaterial zu sammeln. Die Theorien kommen später.«

Bradshaw schüttelte wieder den Kopf. »Das ist die falsche Reihenfolge. Ohne Theorie ergeben die gesammelten Fakten nur ein wirres Durcheinander. Man sollte stets offen sein für erste Eindrücke.«

»Was ist denn Ihr erster Eindruck?«

»Ich liefere Ihnen einen schriftlichen Bericht«, entgegnete Bradshaw, »aber Sie können gerne eine kostenlose Vorschau haben: Ein Einbruch ist nicht nur ein Einbruch.«

»Das müssen Sie mir genauer erklären.«

Bradshaw machte eine ausladende Handbewegung.

»Sehen Sie sich doch um. Ein Einbruch ist ein gewaltsames Eindringen in einen geschützten Raum, eine Grenzübertretung, um nicht zu sagen eine Vergewaltigung. Dieser Mann hat seine Wut zum Ausdruck gebracht – seine Wut auf einen ganzen Lebensbereich, der ihm verschlossen blieb, geprägt von Besitz, familiären Bindungen und gesellschaftlichem Status. Und als er dann auf diese Frau traf, sah er in ihr die Personifizierung all dessen, was er nicht haben konnte: Sie war zugleich eine gut situierte Frau, eine begehrenswerte Frau, eine Mutter und eine Ehefrau. Er hätte einfach die Flucht ergreifen oder sie mit einem leichteren Schlag außer Gefecht setzen können, aber stattdessen hinterließ er uns eine Nachricht – und *ihr* auch. Die Verletzungen wurden in erster Linie ihrem Gesicht zugefügt und nicht so sehr dem restlichen Körper. Sehen Sie sich die Blutspritzer an der Wand an. Das steht in keinem Verhältnis zu dem, was die Situation erforderte. Er hat im wahrsten Sinn des Wortes versucht, dieser Frau einen bestimmten Ausdruck aus dem Gesicht zu schlagen, einen Ausdruck der Überlegenheit. Er hat den Raum mit ihrem Blut neu gestaltet. Auf eine fast schon liebevolle Weise.«

»Eine seltsame Art von Liebe«, bemerkte Karlsson.

»Genau deswegen musste das Ganze so heftig ausfallen«, erklärte Bradshaw. »Hätte es ihm nichts bedeutet, so hätte er nichts derartig Extremes tun müssen. Es wäre nicht so wichtig gewesen. Das hier hat eine emotionale Intensität.«

»Nach welchem Tätertyp sollen wir demnach Ausschau halten?«

Bevor Bradshaw antwortete, schloss er die Augen, als sähe er jemanden, den außer ihm niemand sehen konnte.

»Nach einem Weißen«, sagte er. »Anfang bis Mitte dreißig. Kräftig gebaut. Unverheiratet. Ohne festen Wohnsitz. Ohne festen Job, ohne feste Beziehung. Ohne familiäre Bindungen.«

Bradshaw zückte sein Handy und hielt es in verschiedene Richtungen.

»Sie müssen vorsichtig sein mit solchen Fotos«, warnte ihn Karlsson. »Auf wundersame Weise landet so was gern online.«

»Ich darf das«, konterte Bradshaw. »Sie sollten mal einen Blick in meinen Vertrag werfen. Ich bin Kriminalpsychologe. Das gehört zu meinem Job.«

»Schon gut«, antwortete Karlsson. »Trotzdem bin ich der Meinung, dass wir jetzt gehen sollten, damit die Spurensicherung übernehmen kann.«

Bradshaw steckte das Handy zurück in seine Jackentasche.

»Kein Problem, ich bin fertig. Ach, übrigens, richten Sie Doktor Klein meine besten Wünsche aus. Sagen Sie ihr, dass ich oft an sie gedacht habe.«

Auf dem Weg nach draußen begegneten sie Louise Weller, die gerade wieder hereinkam. Das Baby trug sie immer noch vor der Brust, hielt nun aber zusätzlich einen kleinen Jungen an der Hand. Hinter ihnen trottete ein nur wenig älteres Mädchen her, das die gleiche stämmige Statur aufwies wie die Mutter. Obwohl die Kleine ein rosa Nachthemd trug und einen Spielzeugkinderwagen mit einer warm verpackten Puppe vor sich her schob, erinnerte sie Karlsson irgendwie an Yvette.

Louise Weller bedachte ihn mit einem knappen Nicken. »Familien sollten in solchen Zeiten eng zusammenrücken«, verkündete sie. Wie ein General, gefolgt von einer widerstrebenden Armee, ließ sie ihre Kinder ins Haus marschieren.

3

Um drei Uhr fünfundzwanzig morgens, als es nicht mehr Nacht, aber auch noch nicht Tag war, wachte Frieda Klein auf. Ihr Herz raste, und ihr Mund fühlte sich trocken an. Schweißperlen standen ihr auf der Stirn. Es fiel ihr schwer zu schlucken, ja sogar zu atmen. Alles tat ihr weh: die Beine, die Schultern, die Rippen, das Gesicht. Alte Blutergüsse pochten wieder. Ein paar Sekunden lang war sie unfähig, die Augen zu öffnen. Als sie es schließlich doch schaffte, drückte die Dunkelheit sie nieder und breitete sich in alle Richtungen aus. Frieda wandte den Kopf zum Fenster. Sie wartete auf den Mittwoch – auf das Tageslicht, das die Träume verblassen ließ.

Stattdessen kamen die Wellen, eine nach der anderen, jede noch heftiger als die vorherige. Sie türmten sich auf und donnerten über sie hinweg, rissen sie nach unten und spuckten sie anschließend wieder aus. Diese Wellen waren in ihr, sie peitschten durch ihren Körper und ihren Geist, und zugleich waren sie auch außen. Während Frieda so dalag, auf eine dumpfe Weise wach, mischten sich Erinnerungen in die verblassenden Träume. Gesichter leuchteten in der Dunkelheit auf, Hände streckten sich nach ihr aus. Frieda versuchte sich an das zu klammern, was Sandy Nacht für Nacht zu ihr gesagt hatte, und sich selbst aus dem Chaos zu ziehen, das sich in ihr breitgemacht hatte: *Es ist vorbei. Du bist in Sicherheit, ich bin hier bei dir.*

Sie tastete nach der Stelle, wo eigentlich Sandy liegen sollte. Aber er war nach Amerika zurückgekehrt, sie hatte ihn sogar zum Flughafen begleitet. Dabei waren ihre Augen trocken geblieben, und nach außen hin bewahrte sie selbst dann die Fassung, als er sie mit gequälter Miene in seine Arme nahm, um sich von ihr zu verabschieden. Während er durch die Kontrolle in den Abflugbereich ging, blickte sie ihm nach, bis von seiner hohen Gestalt nichts mehr zu sehen war. Sie hatte ihm nie verraten, wie knapp sie davor gewesen war, ihn zu bitten, bei ihr zu bleiben, oder sich bereit zu erklären, ihn zu begleiten. In ihren letzten paar gemeinsamen Wochen war zwischen ihnen eine große Vertrautheit entstanden. Frieda hatte zugelassen, dass sich jemand um sie kümmerte, und ihre eigene Schwäche gespürt. Dabei waren Gefühle in ihr hochgekommen, die sie bis dahin nie gekannt hatte und nun nicht einfach zurück in die Tiefe sinken lassen konnte. Letztendlich fürchtete sie sich gar nicht so sehr vor dem schmerzlichen Gefühl, ihn zu vermissen, sondern mehr vor dem langsamen Nachlassen dieses Schmerzes – davor, dass ihr geschäftiges Leben allmählich wieder die Leerräume füllen würde, die Sandy hinterlassen hatte. Manchmal setzte sie sich in ihr kleines Arbeitszimmer unter dem Dach und skizzierte mit einem weichen Bleistift sein Gesicht. Sie rief sich die genaue Form seines Mundes ins Gedächtnis, die kleinen Furchen, die die Zeit in seine Haut gegraben hatte, den Ausdruck seiner Augen. Dann legte sie den Stift beiseite und ließ sich von der Erinnerung an ihn durchfluten, einem langsamen, tiefen Fluss in ihrem Innern.

Einen Moment lang gestattete sie sich, ihn sich an ihrer Seite vorzustellen – was für ein Gefühl es wäre, sich jetzt umzudrehen und ihn neben sich zu sehen. Aber er war fort und sie allein in einem Haus, das ihr früher wie ein sicheres, behagliches Refugium erschienen war, seit ein paar Wochen jedoch – seit dem Überfall, der sie fast das Leben gekostet hatte – bedrohlich knarrte und knisterte. Sie lauschte. Erst hörte sie nur den Puls ihres eigenen Herzens, doch dann, ja, ein Rascheln an der Tür, ein schwaches Geräusch. Aber es war nur die Katze, die im Raum umherwanderte. In diesem Schwebezustand vor dem Morgengrauen empfand Frieda das Tier manchmal als eine sehr düstere Kreatur. Seine zwei früheren Besitzer waren beide tot.

Noch immer fragte sie sich, was sie wohl geweckt hatte. Sie wurde das dumpfe Gefühl nicht los, dass ein Geräusch in ihren Halbschlaf gedrungen war – nicht das ferne Rauschen des Verkehrs, das in London niemals aufhört, sondern etwas anderes. Im Haus.

Frieda setzte sich auf und lauschte noch einmal angestrengt, vernahm aber nur den leichten Wind draußen. Als sie schließlich die Beine aus dem Bett schwang, spürte sie, wie die Katze sich schnurrend dagegenschmiegte. Mühsam stand sie auf. Sie fühlte sich immer noch schwach und flau von den Schrecken der Nacht. Sie hatte etwas gehört, da war sie ganz sicher. Irgendwo unten. Vorsichtig schlich sie bis zum Treppenabsatz, griff nach dem Geländer und begann die Treppe hinunterzusteigen. Auf halber Höhe hielt sie einen Moment inne. Das Haus, das sie so gut kannte, war ihr fremd geworden, es steckte plötzlich voller Schatten und Geheimnisse. Unten in der Diele angekommen, blieb sie erneut stehen und lauschte, aber da war nichts, niemand. Sie schaltete das Licht an und blinzelte kurz, weil die plötzliche Helligkeit sie blendete. Dann entdeckte sie es: ein großes braunes Kuvert auf der Fußmatte. Sie beugte sich hinunter und griff danach. Auf dem Umschlag prangte in kühnen Lettern ihr Name: Frieda Klein. Dick unterstrichen. Die Linie verlief leicht diagonal und schnitt hinten in das ›n‹.

Frieda starrte gebannt auf die wenigen Buchstaben. Sie kannte die Schrift. Nun wusste sie endgültig, dass er in der Gegend war – draußen auf der Straße, ganz nahe an ihrem Zuhause, ihrem Zufluchtsort.

Wie in Trance zog sie eine Jogginghose, ein T-Shirt und einen Trenchcoat an, schlüpfte barfuß in die Stiefel, die neben der Haustür standen, nahm den Schlüssel vom Haken und trat hinaus in die Dunkelheit. Ein kühler Aprilwind wehte ihr entgegen, und auch ein Hauch von Regen. Frieda starrte die gepflasterte kleine Gasse entlang, in der früher Stallungen gestanden hatten, doch es war niemand zu sehen. So schnell ihr schmerzender Körper es erlaubte, stürmte sie – halb humpelnd, halb laufend –, auf die Straße hinaus, wo die Lampen bereits ausgeschaltet waren. Sie ließ den Blick in beide Richtungen schweifen. Wohin war er wohl gegangen, nach Osten, Westen, Norden oder Süden? In Richtung Fluss oder hinein ins Labyrinth der Straßen? Oder versteckte er sich in irgendeinem Hauseingang? Sie wandte sich nach links und eilte den feuchten Gehsteig entlang, wobei sie leise vor sich hinfluchte, weil sie sich nicht schneller bewegen konnte.

Als Frieda schließlich auf eine breitere Straße gelangte, erkannte sie etwas in der Ferne – eine unförmige Gestalt, die sich auf sie zubewegte: definitiv ein menschliches Wesen, aber dennoch größer und seltsamer, als ein Mensch eigentlich aussehen konnte. Die Rechte ans Herz gepresst, stand sie da und wartete, während die Gestalt sich ihr näherte, bis sie sich schließlich als Radfahrer entpuppte, der am Rahmen seines Rades Dutzende von Plastiktüten hängen hatte und daher nur ganz langsam vorwärtskam. Frieda kannte den Mann vom Sehen, sie begegnete ihm fast täglich. Er hatte einen wilden Rauschebart und radelte mit ruhiger Entschlossenheit dahin. Als er schließlich auf seinem fahrbaren Untersatz an ihr vorbeischwankte, starrte er blicklos durch sie hindurch. Frieda fand, dass er ein bisschen aussah wie ein Weihnachtsmann – aber einer aus einem schlimmen Traum.

Es hatte keinen Sinn. Dean Reeve, der ursprünglich von ihr gejagte Verbrecher, der sie nun seinerseits wie ein Stalker verfolgte, konnte inzwischen weiß Gott wo sein. Sechzehn Monate zuvor war er durch ihre Mithilfe als Kindesentführer und Mörder entlarvt worden, hatte sich jedoch durch vorgetäuschten Selbstmord der Festnahme entzogen. Vor zwei Monaten war Frieda dahintergekommen, dass er noch lebte. Der Mann, der damals von einer Brücke am Kanal hing, war in Wirklichkeit sein eineiiger Zwilling Alan gewesen, ein früherer Patient Friedas. Dean trieb sich immer noch irgendwo herum und wachte über sie – schützend und tödlich zugleich. Er war derjenige gewesen, der ihr das Leben gerettet hatte, als sie von einer gestörten jungen Frau mit einem Messer attackiert worden war, wobei allerdings für die alte Frau, zu deren Rettung Frieda eigentlich herbeigeeilt war, jede Hilfe zu spät kam. Dean war damals aus dem Schatten aufgetaucht wie eine Kreatur aus Friedas schlimmsten Albträumen und hatte sie aus der Dunkelheit zurückgeholt. Nun ließ er sie wissen, dass er immer noch über sie wachte. Ihr verhasster Beschützer. Ständig hatte sie das Gefühl, aus verborgenen Winkeln seinen Blick zu spüren, wenn sich irgendwo ein Vorhang leicht bewegte oder eine Tür sich leise schloss. Würde das nun immer so bleiben?

Sie drehte sich um und machte sich auf den Heimweg. Zu Hause angekommen, griff sie erneut nach dem Umschlag und ging damit in die Küche. Da sie genau wusste, dass sie nun sowieso nicht mehr schlafen konnte, brühte sie sich Tee auf. Erst als er fertig war, ließ sie sich am Küchentisch nieder und schob den Finger unter die Gummierung des Umschlags. Sie zog ein steifes Blatt Papier heraus und legte es auf den Tisch. Es handelte sich um eine Bleistiftzeichnung, besser gesagt um ein Muster, das ein bisschen aussah wie die mathematische Darstellung einer gefüllten Rose, mit sieben vollkommen symmetrischen Seiten. Die Linien waren offensichtlich mit einem Lineal gezogen. Als Frieda das Ganze genauer unter die Lupe nahm, stellte sie fest, dass an manchen Stellen Fehler ausradiert worden waren.

Nachdem sie eine Weile mit gerunzelter Stirn auf das vor ihr liegende Bild hinuntergestarrt hatte, schob sie es behutsam zurück in den Umschlag. Wut loderte in ihr hoch wie ein Feuer. Frieda war froh darüber: Lieber wollte sie vor Wut verbrennen als in Angst ertrinken. Reglos blieb sie in den Flammen dieses Feuers sitzen, bis der Morgen kam.

Viele Kilometer entfernt schenkte Jim Fearby sich ein Glas Whisky ein. Die Flasche war nur noch knapp zu einem Drittel gefüllt. Höchste Zeit, eine neue zu besorgen. Es war wie beim Sprit: Man musste dafür sorgen, dass der Tank immer mindestens zu einem Viertel voll war, sonst ging einem womöglich das Benzin aus. Er zog den alten Zeitungsausschnitt aus seiner Brieftasche und faltete ihn auf dem Schreibtisch auseinander. Er kannte ihn auswendig. Der Text war für ihn wie ein Talisman, er konnte ihn auch dann noch sehen, wenn er die Augen schloss.

Monster »möglicherweise nie wieder auf freiem Fuß«

James Fearby
Im Hattonbrook Crown Court kam es gestern zu dramatischen Szenen, als der des Mordes an Hazel Barton überführte George Conley für seine Tat zu einer lebenslangen Haftstrafe verurteilt wurde. Richter Lawson erklärte Conley, 31: »Es handelt sich hierbei um ein abscheuliches Verbrechen. Trotz Ihres Schuldbekenntnisses haben Sie keinerlei Reue gezeigt. Ich bin der festen Überzeugung, dass Sie auch in Zukunft eine Gefahr für Frauen darstellen

und es möglicherweise niemals unbedenklich sein wird, Sie auf freien Fuß zu setzen.«

Als Richter Lawson Conley abführen ließ, wurden bei den Angehörigen des Opfers, die auf den öffentlichen Rängen saßen, Rufe laut. Draußen vor dem Gericht äußerte Hazels Onkel Clive Barton gegenüber Reportern: »Hazel war unser schöner junger Liebling. Sie hatte ihr ganzes Leben noch vor sich, und er hat es ihr genommen. Ich hoffe, er verrottet in der Hölle.«

Die blonde, achtzehnjährige Schülerin Hazel Barton wurde im Mai dieses Jahres im Dorf Dorlbrook unweit ihres Elternhauses erdrosselt aufgefunden. Ihre Leiche lag neben der Straße. George Conley wurde in unmittelbarer Nähe des Tatorts festgenommen. Er hatte Spuren an der Leiche hinterlassen und legte innerhalb weniger Tage ein Geständnis ab.

In seiner Stellungnahme nach der Urteilsverkündung sprach Detective Inspector Geoffrey Whitlam der Familie Barton erneut sein Beileid aus: »Wir können höchstens erahnen, durch welche Hölle die Angehörigen gegangen sind. Ich kann nur hoffen, dass die rasche Aufklärung des Verbrechens durch unsere gründlichen Ermittlungen für sie einen gewissen Schlussstrich bedeutet.« Er dankte auch seinen Kollegen. »Ich bin der festen Überzeugung, dass es sich bei George Conley um einen gefährlichen Sexualstraftäter handelt, der hinter Gitter gehört, und ich möchte mich bei den Leuten aus meinem Team dafür bedanken, dass sie ihn dorthin gebracht haben.«

Es heißt, Hazel Barton sei allein nach Hause gegangen, weil ihr Bus nicht gekommen sei. Eine Sprecherin von FastCoach, dem örtlichen Busunternehmen, kommentierte: »Der Familie von Hazel Barton gilt unser aufrichtiges Beileid. Wir bemühen uns nach Kräften, unseren Kunden einen effektiven Service zu bieten.«

Unter der Schlagzeile waren zwei Fotos abgedruckt. Bei dem einen handelte es sich um eine von der Polizei stammende Aufnahme von Conley. Sein großes Gesicht sah darauf fleckig aus. Er hatte einen Bluterguss an der Stirn, und sein linkes Auge wirkte schief. Das zweite Bild war ein Familienfoto von Hazel Barton, offenbar ein Urlaubsfoto, denn sie trug darauf Shorts und ein buntes

T-Shirt, und hinter ihr war das Meer zu sehen. Sie lachte, als hätte der Fotograf gerade einen Witz gemacht.

Fearby las seinen sieben Jahre alten Bericht noch einmal genau durch, wobei er den Zeigefinger die Zeilen entlanggleiten ließ. Er nahm einen Schluck von seinem Whisky. Kaum ein Wort in dem Bericht entsprach der Wahrheit. FastCoach bot seinen Kunden keinen effektiven Service. Außerdem handelte es sich um Fahrgäste, nicht um Kunden. Whitlam hatte nicht gründlich ermittelt. Sogar die Zeile mit seinem eigenen Namen erschien ihm falsch. Nur seine Mutter hatte ihn jemals James genannt. Das Unzutreffendste von allem aber war die Überschrift – die nicht von ihm stammte und die er schon damals auf keinen Fall so formuliert hätte. Der arme alte Conley war vieles, aber kein Monster, und wie es nun aussah, würde er sehr wohl freikommen.

Fearby faltete den Ausschnitt sorgfältig zusammen und steckte ihn zurück in seine Brieftasche, hinter seinen Presseausweis. Ein kostbares Relikt.

4

Als Sasha am Donnerstagmorgen um Viertel vor neun eintraf, war Frieda gerade damit fertig, die Pflanzen auf ihrer kleinen Terrasse zu gießen. Sie trug Jeans und einen beigebraunen Pullover, und ihre Augenringe wirkten noch dunkler und auffallender als sonst.

»Schlecht geschlafen?«, fragte Sasha.

»Nein.«

»Ich weiß nicht so recht, ob ich dir das glauben soll.«

»Möchtest du eine Tasse Kaffee?«

»Haben wir dafür denn noch Zeit? Meine Parkuhr läuft zwar erst in einer Viertelstunde ab, aber wir müssen um halb zehn im Krankenhaus sein, und es herrscht ein fürchterlicher Verkehr.«

Sasha hatte darauf bestanden, sich den Tag freizunehmen, um Frieda zu dem Arzt zu chauffieren, bei dem sie ihren Nachsorgetermin hatte, und anschließend zur Physiotherapie.

»Wir fahren nicht ins Krankenhaus.«

»Warum nicht? Haben sie den Termin abgesagt?«

»Nein, ich.«

»Wieso denn das?«

»Ich habe etwas anderes zu erledigen.«

»Du musst zu deinem Arzt, Frieda, und zur Physiotherapie auch. Du warst sehr krank. Du wärst fast gestorben. Da kannst du nicht einfach die ganze Nachsorge sausen lassen.«

»Ich weiß genau, was der Arzt sagen wird: dass ich gute Fortschritte mache, aber noch nicht wieder ans Arbeiten denken darf, weil meine Arbeit vorerst darin besteht, gesund zu werden. Was wir Ärzte unseren Patienten halt so erzählen.«

»Das klingt jetzt aber ein bisschen negativ.«

»Jedenfalls habe ich etwas Wichtigeres zu erledigen.«

»Was könnte wichtiger sein, als gesund zu werden?«

»Ich habe mir gedacht, ich zeige es dir lieber, statt es dir des

Langen und Breiten zu erklären. Es sei denn, du möchtest doch zur Arbeit gehen.«

Sasha seufzte.

»Ich habe mir den Tag freigenommen. Ich würde ihn gern mit dir verbringen. Also, lass uns erst mal Kaffee trinken.«

Die Straße verengte sich zu einer schmalen kleinen Allee, deren Bäume gerade austrieben. Frieda registrierte den Schwarzdorn. Sie starrte ihn wie gebannt an: Manche Dinge veränderten sich, andere blieben gleich, aber man selbst blieb nie gleich – wenn man alles mit anderen Augen sah, bekamen sogar die vertrautesten Anblicke etwas Seltsames, Gespenstisches: das strohgedeckte Häuschen mit dem kleinen, schlammigen Teich voller Enten davor, die plötzlich so weite Sicht auf die Straße, die sich durch ein Flickwerk aus Feldern zog, das Bauernhaus mit seinen Silos und der eingezäunten, schlammigen Kuhweide, ja selbst die Reihe schlanker Pappeln, die sich nun vor ihnen erstreckte. Sogar die Art, wie das Licht auf diese flache Landschaft fiel, und der schwache Salzgeruch des Meeres hatten etwas Fremdes.

Der Friedhof wirkte vollgepfercht. Die meisten der Grabsteine waren alt und mit einer grünen Schicht aus Moos überzogen, so dass es nicht mehr möglich war, die eingemeißelten Inschriften zu entziffern. Es gab aber auch einige neuere, blumengeschmückte Gräber, auf deren glänzenden Steinen gut lesbar die Namen der innig geliebten und schmerzhaft vermissten Menschen prangten.

»Scharen von Toten«, sagte Frieda mehr zu sich selbst als zu Sasha.

»Warum sind wir hier?«

»Ich zeige es dir gleich.«

Vor einem der Grabsteine blieb sie stehen und deutete darauf. Sasha beugte sich vor, um die Inschrift besser lesen zu können: Jacob Klein, 1943–1988, innig geliebter Ehemann und Vater.

»Ist das dein Vater?« Sasha wusste, dass Frieda ihn als Teenager tot aufgefunden hatte, und versuchte sich nun die schmerzvolle Geschichte vorzustellen, die sich hinter diesem schlichten Stein verbarg.

Frieda nickte, ohne den Blick vom Grab abzuwenden.

»Ja, das ist mein Vater.« Sie trat einen kleinen Schritt zurück und fügte hinzu: »Sieh dir die Gravierung an, oberhalb des Namens.«

»Sehr schön«, antwortete Sasha lahm, nachdem sie das symmetrische Muster in Augenschein genommen hatte. »Hast du das ausgesucht?«

»Nein.«

Frieda griff in ihre Tasche, zog ein Stück dickes Papier heraus, betrachtete für einen Moment die Zeichnung darauf und ließ dann den Blick zwischen Zeichnung und Gravierung hin- und herwandern.

»Fällt dir etwas auf?«, wandte sie sich dann an Sasha.

»Das gleiche Muster.«

»Ja, nicht wahr? Genau das gleiche.«

»Hast du es gezeichnet?«

»Nein.«

»Dann …?«

»Jemand hat es mir zukommen lassen. Gestern Morgen.«

»Das verstehe ich jetzt nicht.«

»Die betreffende Person hat es mir in den frühen Morgenstunden unter der Tür durchgeschoben.«

»Warum?«

»Das ist die Frage.« Frieda sprach inzwischen wieder mehr mit sich selbst als mit Sasha.

»Hast du vor, mir zu verraten, worum es hier eigentlich geht?«

»Es war Dean.«

»Dean? Dean Reeve?«

Sasha wusste über Dean Reeve Bescheid: den Mann, der einen kleinen Jungen entführt und Frieda gegen ihren Willen in die Welt hinausgezerrt hatte – fort von der Sicherheit ihres Sprechzimmers und den seltsamen Geheimnissen des menschlichen Geistes. Sasha hatte Frieda sogar geholfen, indem sie durch einen DNA-Test nachwies, dass Deans Ehefrau Terry in Wirklichkeit die kleine Joanna war, die zwei Jahrzehnte zuvor spurlos verschwunden war, als hätte sie sich in Luft aufgelöst. Für Frieda stand inzwischen fest, dass Dean Reeve, der für die Polizei längst als tot galt, doch noch lebte. Er war ihr unsichtbarer Verfolger geworden: der Tote, der über sie wachte und sie niemals in Ruhe lassen würde.

»Ja, Dean Reeve. Ich kenne seine Handschrift. Ich habe sie auf einem Aussageprotokoll gesehen, das er damals auf dem Polizeirevier unterschreiben musste. Aber selbst wenn ich die Schrift nicht kennen würde, wäre mir klar, dass nur er infrage kommt. Auf diese Weise will er mir mitteilen, dass er über meine Familie Bescheid weiß. Darüber, wie mein Vater ums Leben gekommen ist. Er war hier, wo wir jetzt stehen, am Grab meines Vaters.«

»Dein Vater liegt auf einem normalen Friedhof begraben. Dabei dachte ich, du wärst Jüdin«, stellte Sasha fest.

Sie saßen in einem kleinen Café mit Blick aufs Meer. Es war gerade Ebbe. Langbeinige Seevögel staksten über die nass glänzenden Schlammflächen. Weit draußen schob sich ein Containerschiff von der Größe einer Stadt den Horizont entlang. Sie waren die einzigen Gäste in dem Café, und auch der Strand war menschenleer. Sasha fühlte sich wie am Ende der Welt.

»Wirklich?«

»Ja. Du bist also keine?«

»Nein.« Frieda zögerte einen Moment. Es fiel ihr sichtlich schwer weiterzusprechen. »Mein Großvater war jüdischen Glaubens, meine Großmutter jedoch nicht, deswegen waren seine Kinder keine Juden mehr, und für mich gilt das natürlich erst recht. Meine Mutter«, fügte sie trocken hinzu, »hat definitiv nichts Jüdisches an sich.«

»Lebt sie noch?«

»Wenn meine Brüder nicht vergessen haben, mich über ihr Ableben zu informieren, ja.«

Sasha beugte sich blinzelnd vor.

»Brüder?«

»Ja.«

»Du hast mehr als nur einen?«

»Ja, zwei.«

»Du hast immer nur von David gesprochen. Ich hatte keine Ahnung, dass es noch einen zweiten gibt.«

»Es war nicht von Bedeutung.«

»Nicht von Bedeutung? Ein Bruder?«

»Über David weißt du auch nur Bescheid, weil er Olivias Ex und Chloës Vater ist.«

»Verstehe«, murmelte Sasha, die klug genug war, jetzt nicht nachzuhaken. Ihr ging durch den Kopf, dass sie in den vergangenen paar Stunden mehr über Friedas Leben erfahren hatte als während der ganzen bisherigen Dauer ihrer Freundschaft.

Nachdenklich stach sie in ihr pochiertes Ei und beobachtete, wie der Dotter hervorquoll und sich auf den Teller ergoss.

»Was wirst du jetzt unternehmen?«, wandte sie sich schließlich wieder an Frieda.

»Das weiß ich noch nicht. Außerdem, hast du es denn noch nicht gehört? Er ist tot.«

Während der Rückfahrt sprach Frieda kaum ein Wort. Als Sasha sie fragte, woran sie gerade denke, gab sie ihr zunächst keine Antwort.

»Tja«, meinte sie schließlich, »eigentlich nichts Bestimmtes.«

»Von einem deiner Patienten würdest du das aber nicht als Antwort akzeptieren.«

»Als Patientin habe ich noch nie viel getaugt.«

Nachdem Sasha gefahren war, sperrte Frieda die Haustür auf. Drinnen schloss sie wieder ab, legte die Kette vor und verriegelte die Tür zusätzlich. Dann ging sie nach oben ins Schlafzimmer, wo sie ihre Jacke auszog und aufs Bett warf. Sie würde ein langes, heißes Bad nehmen und dann in ihr kleines Arbeitszimmer unter dem Dach hinaufsteigen und eine Zeichnung anfertigen: sich konzentrieren und dabei trotzdem an nichts denken. Vor ihrem geistigen Auge tauchte der Friedhof auf. Die verlassene Küstenlandschaft. Rasch zog sie sich den Pulli über den Kopf. Als sie gerade ihre Bluse aufknöpfen wollte, hielt sie plötzlich inne. Sie hatte etwas gehört, war aber nicht sicher, ob es ein Geräusch im Haus war oder ein viel lauteres, weiter entferntes, das von draußen kam. Sie blieb mucksmäuschenstill stehen und hielt sogar den Atem an. Da hörte sie es wieder, ein leises Schaben. Es kam aus dem Haus, noch dazu aus dem Stockwerk, in dem sie sich gerade befand. Inzwischen konnte sie es fast vibrieren spüren. Sie dachte an die verriegelte Haustür mit der vorgelegten Kette und versuchte abzuschätzen, wie lange es dauern würde, die Treppe hinunterzustürmen und die Kette aufzufummeln. Nein, das würde sie nicht schaffen. Das Handy in ihrer Tasche fiel ihr ein. Selbst wenn es ihr gelang, eine Nachricht hineinzuflüstern, was brachte das schon? Es würde zehn, fünfzehn Minuten dauern, bis Hilfe eintraf, und dann war da immer noch die abgeschlossene und zusätzlich verriegelte Tür.

Frieda spürte, wie ihr Puls raste. Sie zwang sich, tief durchzuatmen und dabei langsam bis zehn zu zählen. Dann blickte sie sich nach einem Versteck um, verwarf den Plan aber sofort wieder als hoffnungslos. Beim Hereinkommen hatte sie viel zu viel Lärm gemacht. Sie nahm eine Bürste von ihrer Kommode. Das Ding war so windig, dass man es als Waffe völlig vergessen konnte. Als sie daraufhin ihre Jackentasche durchwühlte, stieß sie auf einen Stift. Sie nahm ihn fest in die Faust und hielt ihn vor sich hin. Zumindest besaß er eine Spitze. Obwohl es ihr wie das Allerschlimmste auf der Welt vorkam, schob sie sich vorsichtig aus dem Schlafzimmer hinaus auf den Treppenabsatz. Es würde nur ein paar Sekunden dauern. Wenn sie es schaffte, die Treppe hinunterzuschleichen, ohne dass die Stufen knarrten, dann …

Wieder war ein Schaben zu hören, diesmal lauter, und dann noch ein anderes Geräusch, eine Art Pfeifen. Es kam von gegenüber, aus dem Badezimmer. Das Gepfeife ging weiter. Frieda lauschte ein paar Sekunden, trat dann näher und gab der Badezimmertür einen Schubs, so dass sie aufschwang. Einen Moment lang hatte sie das Gefühl, im falschen Raum oder sogar im falschen Haus zu sein. Nichts befand sich mehr an seinem angestammten Platz. Ein Stück Wand mit Leitungen war freigelegt und daneben eine große Fläche Boden. Der ganze Raum erschien Frieda größer, als sie ihn in Erinnerung gehabt hatte. Und in der Ecke stand eine vornübergebeugte Gestalt, die gerade an etwas zerrte.

»Josef«, sagte Frieda mit schwacher Stimme, »was machst du hier?«

Josef blickte sich lächelnd um, wirkte dabei aber leicht zerknirscht.

»Frieda«, antwortete er, »ich habe dich gar nicht kommen hören.«

»Was machst du hier? Wie bist du hereingekommen?«

»Mit dem Schlüssel, den du mir mal gegeben hast.«

»Aber der war doch nur dafür gedacht, dass du während meiner Abwesenheit die Katze fütterst.« Sie blickte sich um. »Was ist hier überhaupt los?«

Josef richtete sich auf. Er hatte einen großen Schraubenschlüssel in der Hand.

»Frieda. Es geht dir zurzeit nicht gut. Wenn ich dich anschaue, dann sehe ich, dass du traurig bist und Schmerzen hast und alles so beschwerlich für dich ist.« Frieda wollte etwas sagen, doch Josef ließ sie nicht zu Wort kommen. »Nein, nein, warte. Es ist nicht leicht, dir zu helfen, aber ich kenne dich, ich weiß, dass du gerne stundenlang sehr heiß badest, wenn es dir schlecht geht.«

»Na ja, nicht *stundenlang*«, widersprach Frieda. »Aber wo ist überhaupt meine Wanne? Ich wollte sie gleich benutzen.«

»Deine Wanne ist weg«, erklärte Josef. »Während du mit deiner Freundin Sasha unterwegs warst, haben ich und mein Freund Stefan deine Wanne abgeholt und entsorgt. Sie war aus einem schlechten Material – aus Plastik und viel zu klein. Man konnte nicht gut darin liegen.«

»Man konnte sogar sehr gut darin liegen!«, widersprach Frieda.

»Nein«, entgegnete Josef in entschiedenem Ton. »Jedenfalls ist sie weg. Ich habe im Moment großes Glück. Ich arbeite an einem Haus in Islington. Der Besitzer gibt viel Geld dafür aus. Er lässt mich alles rausreißen, in vier große Container entsorgen und anschließend alles neu machen. Dabei wirft er viele schöne Sachen weg, aber das Allerschönste ist eine große gusseiserne Badewanne. Als ich sie gesehen habe, musste ich sofort an dich denken. Sie ist perfekt.«

Frieda nahm das Bad genauer in Augenschein. Wo vorher die Wanne gestanden hatte, lagen nun Wand und Boden frei. Man sah etliche gesprungene Fliesen, nackte Bodendielen und eine große Rohröffnung. Josef selbst war mit einer Staubschicht überzogen, die sein dunkles Haar wie grau meliert aussehen ließ.

»Josef, du hättest mich vorher fragen sollen.«

Josef breitete hilflos die Arme aus.

»Wenn ich dich gefragt hätte, dann hättest du Nein gesagt.«

»Genau deswegen hättest du mich ja fragen sollen.«

Josef machte plötzlich einen traurigen, nachdenklichen Eindruck.

»Frieda, du beschützt alle anderen Leute, und manchmal wirst du dadurch verletzt. Du musst auch mal zulassen, dass andere dir helfen.« Josef betrachtete Frieda genauer. »Warum hältst du deinen Stift so komisch?«

Frieda blickte an sich hinunter. Noch immer umklammerte sie den Stift wie einen Dolch.

»Ich dachte, du wärst ein Einbrecher«, erklärte sie. Erneut zwang sie sich, tief Luft zu holen. Sie sagte sich, dass es gut gemeint war. »Wie lange dauert es, bis meine alte Wanne wieder genau da ist, wo sie war?«

Josef setzte erneut seine nachdenkliche Miene auf.

»Das wird schwierig«, meinte er schließlich. »Als wir die Wanne von der Wand und dem Rohr gelöst haben, bekam sie große Risse. Die Wanne war einfach richtiger Mist. Außerdem liegt sie jetzt auf der Müllkippe.«

Frieda überlegte einen Moment.

»Was du gemacht hast, könnte man wahrscheinlich als eine Art Verbrechen bezeichnen. Aber egal, wie soll es jetzt weitergehen?«

»Die schöne Badewanne ist im Moment in der Werkstatt eines anderen Freundes von mir, der Klaus heißt. Das ist kein Problem. Aber hier…« Er deutete mit dem Schraubenschlüssel auf den Schaden, den er angerichtet hatte, und stieß dabei einen tiefen Seufzer aus. »Hier habe ich ein Problem.«

»Wie meinst du das?«, fragte Frieda. »Dieses Problem hast doch *du* verursacht.«

»Nein, nein«, widersprach Josef. »Das ist…« Er sagte etwas in seiner eigenen Sprache. Es klang verächtlich. »Das Verbindungsrohr hier ist sehr schlecht. Sehr schlecht.«

»Es hat immer gut funktioniert.«

»Das war nur Glück. Ein Ruck der Badewanne, und…« Er macht eine vielsagende Geste, mit der er eine katastrophale, alles zerstörende Überschwemmung andeutete. »Ich werde hier ein anständiges Rohr einbauen, die Wand ausbessern und den Boden fliesen. Das wird mein Geschenk an dich. Du bekommst ein Bad, das dein Wohlfühlplatz sein wird.«

»Wann?«, fragte Frieda.

»Ich werde tun, was getan werden muss«, antwortete Josef.

»Ja, aber *wann* wirst du es tun?«

»Es dauert nur ein paar Tage, wirklich nur ein paar.«

»Ich wollte jetzt ein Bad nehmen. Schon während der ganzen Heimfahrt habe ich daran gedacht, wie gut mir das tun wird und wie sehr ich das jetzt brauche.«

»Du wirst schon sehen, das Warten lohnt sich.«

Meine herzallerliebste Frieda, ich sitze hier in meinem Büro und denke an dich. Egal, was ich tue oder wen ich treffe, ich denke an dich. Selbst wenn ich einen Vortrag halte und die Worte gerade recht flüssig aus mir herauskommen, ist ein Teil meines Denkens mit dir beschäftigt. Ich kann ein Gespräch führen, eine Zwiebel schneiden oder über die Brooklyn Bridge gehen, und du bist da. Es ist wie ein schmerzhaftes Ziehen, das einfach nicht nachlässt und von dem ich auch nicht möchte, dass es nachlässt. Gerade wollte ich schreiben, dass ich dieses Gefühl nicht mehr hatte, seit ich ein Teenager war, aber selbst als Teenager habe ich nie so empfunden! Ich frage mich, warum ich noch hier bin, wenn doch meine Lebensaufgabe darin besteht, dich glücklich zu machen. Jetzt höre ich dich sagen, dass Glück nicht das Entscheidende ist und du gar nicht weißt, was das Wort eigentlich bedeutet – aber ich weiß es: Für mich bedeutet Glück, von Frieda Klein geliebt zu werden.

Heute Abend am Telefon hast du ein bisschen bedrückt geklungen. Bitte lass mich wissen, warum. Lass mich alles wissen. Denk an unseren Spaziergang am Fluss. Denk an mich. Sandy xxx

5

Polizeipräsident Crawford blickte hoch und runzelte bei Karlssons Anblick die Stirn.

»Machen Sie schnell«, sagte er, »ich habe gleich eine Besprechung.«

»Gibt es ein Problem?«, entgegnete Karlsson. »Ich habe mich doch extra telefonisch angekündigt.«

»Wir sind im Moment alle gezwungen, mehr Arbeit mit weniger Leuten zu bewältigen.«

»Genau aus diesem Grund wollte ich mit Ihnen über Bradshaw sprechen.«

Die ohnehin schon finstere Miene des Polizeichefs verfinsterte sich noch mehr. Er erhob sich, trat ans Fenster und ließ den Blick für einen Moment über den St. James's Park schweifen, ehe er sich wieder Karlsson zuwandte.

»Was halten Sie von der Aussicht?«

»Sehr beeindruckend«, antwortete Karlsson.

»Einer der Vorzüge meines Postens«, erklärte der Polizeipräsident. Er schnippte ein paar Flusen vom Ärmel seiner Uniform. »Sie sollten öfter bei mir vorbeischauen. Vielleicht würde Ihnen das helfen, einen klareren Blick zu bekommen.«

»In welcher Hinsicht?«

»Zum Beispiel hinsichtlich der Art, wie man mit einem schwach bemannten Schiff einen Sparkurs steuert«, erwiderte der Polizeipräsident, »und wie man ein guter Mannschaftsspieler wird.«

»Ich dachte, bei uns geht es darum, Verbrechen aufzuklären.«

Der Polizeipräsident trat einen Schritt auf Karlsson zu, der immer noch neben dem großen Holzschreibtisch stand.

»Kommen Sie mir bloß nicht damit!«, meinte Crawford. »Bei der Polizei geht es größtenteils um politischen Einfluss, das war schon immer so. Wenn ich dem Innenminister nicht in den Arsch krieche, um die Zuschüsse bewilligt zu bekommen, die ihr verprasst, dann wärt ihr alle nicht in der Lage, eure Verbrechen aufzuklären – keiner von euch. Ich weiß, dass die Situation im Moment schwierig ist, Malcolm, aber es sind nun mal harte Zeiten, und wir müssen alle Opfer bringen.«

»In diesem Fall bin ich bereit, Doktor Hal Bradshaw zu opfern.«

Der Polizeipräsident musterte ihn scharf.

»Sie haben ihn schon am Telefon erwähnt. Hat er irgendwas falsch gemacht?«

»Ich bin ihm am Tatort in Chalk Farm über den Weg gelaufen. Er ist dort einfach aufgetaucht.«

»Das ist mit ihm so vereinbart«, erklärte der Polizeipräsident. »Ich weiß, wie er arbeitet. Je schneller er an den Tatort kommt, desto nützlicher kann er für uns sein.«

»Meiner Meinung nach stört er eher«, widersprach Karlsson.

»Hat das alles etwas mit Doktor Klein zu tun?«

»Wieso sollte es?«

»Doktor Klein und Doktor Bradshaw sind sich gegenseitig auf die Zehen getreten. Einer von beiden musste gehen, schließlich brauchten wir eine vollwertige psychologische Beratung in einem Verbrechensfall. Tatsache ist jedoch, dass Ihre Frau Doktor Klein für den forensischen Bereich keine Qualifikation besitzt.«

Karlsson ließ sich mit seiner Antwort Zeit.

»Meiner Meinung nach«, begann er dann, »liefert Doktor Bradshaw keine gute Leistung für sein Geld.«

»Moment«, unterbrach ihn der Polizeipräsident, eilte zu seinem Schreibtisch und drückte auf einen Knopf. Über seine Telefonanlage gebeugt, sagte er: »Schicken Sie ihn herein.«

»Was soll das jetzt werden?«, fragte Karlsson.

»Ich halte nichts davon, Dinge hinter dem Rücken der Betroffenen zu besprechen«, erklärte der Polizeipräsident. »So etwas sollte man von Angesicht zu Angesicht klären.«

Karlsson wandte sich um. Ein junger uniformierter Beamter öffnete die Tür, und Hal Bradshaw spazierte herein. Karlsson bekam vor Wut heiße Wangen, hoffte aber, dass man es ihm nicht anmerkte. Als er Bradshaws leicht süffisante Miene sah, musste er den Blick abwenden.

»Wie gesagt, Malcolm«, ergriff der Polizeipräsident das Wort, »ich halte nichts davon, so etwas hinter dem Rücken des Betroffenen zu besprechen und ihn auf diese Weise zu hintergehen. Sagen Sie Doktor Bradshaw, was Sie mir gerade gesagt haben.«

Inzwischen standen die drei Männer mitten im Büro des Polizeipräsidenten im Dreieck und starrten sich verlegen an. Karlsson hatte das Gefühl, in eine Falle getappt zu sein.

»Mir war nicht klar, dass ich jemanden hintergehe, wenn ich ein Gespräch mit meinem Chef führe«, erklärte er, »aber ich habe kein Problem damit, Klartext zu reden.« Mit diesen Worten wandte er sich direkt an Bradshaw. »Ich bin der Meinung, dass Ihre Anwesenheit den Ermittlungen nicht dienlich ist.«

»Und worauf basiert diese Meinung?«

»Auf der Tatsache, dass ich die Ermittlungen leite.«

»Das reicht nicht«, mischte sich der Polizeipräsident ein. »Doktor Bradshaw hat eine hohe Erfolgsbilanz. Er tritt sogar in der Sendung *Today* auf.«

»Ich halte es trotzdem nicht für ratsam, öffentliche Gelder in ihn zu investieren.«

Bradshaw wandte sich mit einem Seufzer an den Polizeipräsidenten.

»Meiner Meinung nach sollten Sie dieses Problem lieber untereinander klären«, sagte er.

»Nein«, widersprach Crawford, »ich möchte, dass es hier und jetzt geklärt wird.«

»Ich glaube, meine Erfolgsbilanz spricht für sich«, stellte Bradshaw fest. »Das eigentliche Problem scheint mir zu sein, dass Mister Karlsson der Überzeugung ist, eine Psychotherapeutin, der er zufällig über den Weg gelaufen ist, könnte die Arbeit eines Profilers erfolgreich als eine Art Hobby betreiben.«

»Sollen wir mal ein bisschen ausführlicher über Ihre Erfolgsbilanz reden?«, fragte Karlsson.

»Gern«, antwortete Bradshaw. »Ich bin hier, weil Polizeipräsident Crawford meine Arbeit kennt und mich persönlich engagiert hat. Falls Sie irgendwelche Einwände dagegen haben, ist jetzt der richtige Zeitpunkt, sie vorzubringen.«

»Schön«, sagte Karlsson. »Ich habe im Fall von Michelle Doyce ja bereits Erfahrung mit Ihren Fähigkeiten als Profiler gemacht. Ihre Analyse des Tatorts war irreführend, und auch mit Ihren Mutmaßungen hinsichtlich des Täters lagen Sie komplett daneben. Sie hätten die Ermittlungen in eine völlig falsche Bahn gelenkt, wäre da nicht Frieda Klein gewesen.«

»Was ich mache, ist nun mal keine exakte Wissenschaft«, rechtfertigte sich Bradshaw.

»So wie Sie es handhaben, bestimmt nicht«, gab Karlsson ihm recht. »Frieda Klein war nicht nur auf der richtigen Spur, sondern wäre dabei fast ums Leben gekommen – und das, nachdem man sie eigentlich schon von den Ermittlungen abgezogen hatte.«

Bradshaw schnaubte verächtlich.

»Nach allem, was ich gehört habe, ist Doktor Klein nur deswegen in diese missliche Lage geraten, weil Ihre eigenen Leute versagt haben. Ich mag ja auch meine Fehler haben, aber zumindest habe ich noch nie eine geisteskranke Patientin erstochen.«

Bradshaw wich rasch ein Stück zurück, als er sah, dass Karlsson die rechte Hand erhoben hatte.

»Immer mit der Ruhe, Malcolm!«, mahnte der Polizeipräsident.

»Frieda hat um ihr Leben gekämpft«, erklärte Karlsson. »Und sie hat Sie als den Blödmann entlarvt, der Sie nun mal sind.« Er wandte sich an Crawford. »Er spricht von seiner Erfolgsbilanz. Schauen Sie sich die doch mal genauer an. Wenn ich das richtig sehe, versteht Bradshaw sich großartig darauf, Profile von Tätern zu erstellen, *nachdem* sie gefasst worden sind. Im Gegensatz dazu hat Frieda Klein sich als wesentlich nützlicher erwiesen, als wir noch auf der Suche nach den Schuldigen waren.«

Crawford betrachtete die beiden Kontrahenten.

»Es tut mir leid, Malcolm, aber ich möchte, dass Doktor Bradshaw weiter an dem Fall mitarbeitet. Sie beide müssen einfach einen Weg finden, miteinander auszukommen, mehr habe ich dazu nicht zu sagen.«

Karlsson und Bradshaw verließen das Büro des Polizeichefs gemeinsam. Wortlos gingen sie zum Aufzug, warteten, bis er kam, und fuhren hinunter ins Erdgeschoss. Als sie ausstiegen, brach Bradshaw das Schweigen.

»Hat Frieda Sie dazu angestachelt?«

»Wovon sprechen Sie?«

»Wenn sie mir schaden will«, sagte Bradshaw, »dann muss sie sich schon etwas Besseres einfallen lassen.«

Alle merkten sofort, wie schlecht Karlsson gelaunt war. Dass der Hauptarbeitsraum des Polizeireviers gerade frisch gestrichen wurde, trug auch nicht gerade dazu bei, seine Stimmung zu verbessern. Sämtliche Schreibtische waren mit Plastikplanen abgedeckt. Karlsson versuchte es in den verschiedenen Konferenzräumen, aber sie wurden bereits von anderen Beamten genutzt oder waren mit ausgelagerten Möbeln und Computern vollgestopft. Am Ende führte er Yvette, Munster und Riley hinunter in die Kantine. Nachdem Riley einen Stapel Akten auf einem Tisch abgelegt hatte, stellten sie sich alle um Kaffee und Tee an. Munster und Riley nahmen darüber hinaus je ein mit weißem Zuckerguss überzogenes Gebäckstück.

»Wenn wir schon mal hier sind«, meinte Munster entschuldigend, als er Karlssons missbilligende Miene bemerkte.

»Ich bin heute noch gar nicht zum Frühstücken gekommen«, fügte Riley hinzu.

»Schmiert das klebrige Zeug ja nicht auf die Akten«, entgegnete Karlsson in warnendem Ton.

»Wir gewöhnen uns besser schon mal daran«, bemerkte Yvette, während sie sich an ihrem Fenstertisch in einer Ecke der Kantine niederließen. »Wenn die Kürzungen erst mal so richtig greifen, werden diejenigen von uns, die noch übrig sind, um Platz zum Arbeiten kämpfen.«

»*Hot desking*«, bemerkte Riley.

»Was?« Karlsson runzelte die Stirn.

»So nennt man das Büro der Zukunft. Niemand hat mehr einen eigenen Schreibtisch. Die Grundidee ist, dass man nur dann Platz beansprucht, wenn man wirklich welchen braucht.«

»Und wo verstaut man sein Zeug?«, wollte Munster wissen. »Büroklammern, Kaffeetassen und so weiter?«

»Das bewahrt man alles in einem Schließfach auf. Ein bisschen so wie in der Schule.«

»Hoffentlich nicht so wie damals in meiner«, entgegnete Munster. »Wenn man da was in seinem Fach ließ, wurde es aufgebrochen und ausgeräumt.«

»Falls die Herren dann so weit wären …«, mischte Karlsson sich ein.

»Moment«, sagte Munster. »Kommt Bradshaw auch?«

»Der ist heute beschäftigt«, gab ihm Karlsson zur Antwort.

»Wahrscheinlich mit einem Fernsehauftritt«, kommentierte Yvette, was ihr einen strafenden Blick von Karlsson einbrachte.

»Dann fangen Sie doch gleich mal an, Yvette«, forderte er sie auf.

»Es hat sich nicht viel getan, seit Sie am Tatort waren. Wir haben ein paar Beamte die ganze Straße abklappern und Zeugenaussagen aufnehmen lassen. Zusätzlich haben wir zwei Leute losgeschickt, die in der Gegend ein paar Nachmittage Streife gehen sollen, nur für den Fall, dass um diese Tageszeit dort Fußgänger unterwegs waren, die etwas gesehen haben. Bis jetzt ist nichts Besonderes dabei herausgekommen.«

»Fingerabdrücke?«, fragte Karlsson.

»Dutzende«, antwortete Yvette, »aber wir haben es mit dem Haus einer Familie zu tun, wo ständig Leute aus und ein gehen. Die Kollegen von der Spurensicherung haben angefangen, die Abdrücke der Familie auszusondern, aber solange es uns nicht gelingt, das Ganze einzugrenzen, bleibt es hoffnungslos.«

»Und die Tatwaffe?«, wollte Karlsson wissen.

»Wir haben keine gefunden.«

»Habt ihr überhaupt gesucht?«

»Soweit es uns möglich war.«

»Am nächsten Morgen war Mülltonnenleerung«, kam Munster ihr zu Hilfe. »Vorher – gleich am Spätnachmittag, nachdem die Leiche gefunden wurde – haben ein paar Beamte eine provisorische Suche durchgeführt, aber uns fehlten einfach die Leute.«

»Ich weiß nicht, warum ich mir überhaupt die Mühe mache«, fuhr Karlsson fort, »aber ich frage trotzdem: Videoüberwachung?«

»Nicht entlang der Straße selbst«, antwortete Yvette. »Es handelt sich um eine Wohnstraße, deswegen gibt es da keine Kameras. Wir verfügen über Videoaufnahmen von ein paar Kameras im Bereich Chalk Farm, aber die haben wir uns noch nicht angesehen.«

»Warum nicht?«

»Es handelt sich um ein Zeitfenster von drei oder vier Stunden, in denen Scharen von Menschen nach Camden Lock hinuntermarschiert sind, und wir wissen nicht, wonach wir Ausschau halten sollen.«

Einen Moment herrschte Schweigen. Als Karlsson einen Blick in die Runde warf, fiel ihm auf, dass Riley lächelte.

»Was ist daran denn so lustig?«, fragte er.

»Eigentlich gar nichts«, antwortete Riley. »Ich habe mir das alles nur ganz anders vorgestellt.«

»Ist es ihr erster?«

»Mordfall, meinen Sie? Einmal hatte ich mit einem Fall von Totschlag zu tun, Nähe Elephant and Castle, aber der Täter wurde gleich vor Ort gefasst.«

»Wo bleibt denn da der Spaß?«, meinte Karlsson, ehe er sich wieder Yvette zuwandte. »Die Frau, Ruth Lennox. Warum war sie um diese Zeit zu Hause?«

»Es war ihr freier Nachmittag. Laut ihrem Ehemann ging sie da immer einkaufen oder war mit dem Haushalt beschäftigt.«

»Oder mit Freundinnen unterwegs?«

»Hin und wieder.«

»An dem Tag nicht?«

Yvette schüttelte den Kopf.

»Er hat uns ihren Terminkalender gezeigt. An dem Tag war nichts Derartiges eingetragen.«

»Wie geht es dem Mann und den Kindern?«, erkundigte sich Karlsson.

»Die Kinder stehen noch unter Schock. Als ich mit ihnen sprach, wirkten sie wie betäubt. Sie sind vorübergehend bei Freunden untergekommen, nur ein paar Häuser weiter.«

»Was ist mit dem Mann?«

»Er ist nicht der Typ, der seine Gefühle offen zeigt«, erklärte Yvette, »aber er wirkt trotzdem wie am Boden zerstört.«

»Haben Sie ihn gefragt, wo er sich zum Zeitpunkt der Ermordung seiner Frau aufhielt?«

»Seiner Aussage zufolge hatte er um vier einen Termin mit einer gewissen Lorraine Crawley, einer Buchhalterin der Firma, für die er arbeitet. Ich habe sie angerufen, und sie hat seine Aussage bestätigt. Der Termin dauerte etwa eine halbe Stunde, vielleicht auch vierzig Minuten. Aller Wahrscheinlichkeit nach hätte er es kaum geschafft, nach Hause zu fahren, um seine Frau zu töten, und dann rechtzeitig wieder zu verschwinden, bevor seine Tochter von der Schule heimkam.«

»Aller Wahrscheinlichkeit nach?«, wiederholte Karlsson. »Das reicht nicht. Ich werde selbst noch einmal mit ihm sprechen.«

»Sie verdächtigen ihn?«, fragte Riley.

»Wenn eine Frau getötet wird und es einen Ehemann oder Freund gibt, dann muss man diese Möglichkeit immer in Betracht ziehen.«

»Aber wie Sie vor Ort selbst sehen konnten«, wandte Munster ein, »hat das kleine Mädchen beim Heimkommen Glasscherben neben der Haustür vorgefunden, und die Tür stand offen.«

»War die Tür normalerweise denn abgeschlossen?«, fragte Karlsson.

»Nicht wenn sie zu Hause waren«, antwortete Yvette, »zumindest laut dem Ehemann.«

»Und?«

»Außerdem sagte uns der Ehemann – nachdem er sich so weit beruhigt hatte, dass er sich im Haus umsehen konnte –, aus einer Küchenschublade sei Silberbesteck gestohlen worden. Und eine silberne georgianische Teekanne, die in einem Regalfach der Kommode stand. Und natürlich das Geld aus ihrer Brieftasche.«

»Sonst wurde nichts entwendet?«

»Nicht dass wir wüssten«, antwortete Yvette. »Ihr Schmuck befand sich oben, aber der wurde nicht angerührt.«

»Und …«, begann Riley, brach dann aber ab.

»Was?«, fragte Karlsson.

»Nichts.«

Karlsson zwang sich, einen sanfteren Ton anzuschlagen.

»Sprechen Sie weiter«, forderte er ihn auf. »Wenn Sie eine Idee haben, dann raus damit. Ich möchte alles hören.«

»Ich wollte nur sagen, dass mir beim Anblick der Leiche aufgefallen ist, was für schöne Ohrringe die Frau trug, und auch eine schöne Kette.«

»Stimmt«, bestätigte Karlsson. »Gut.« Er wandte sich wieder an Yvette. »Also? Zu welcher Einschätzung kommen wir?«

»Ich sage ja nicht, dass Sie nicht mit dem Ehemann reden sollen«, antwortete Yvette, »aber die Situation am Tatort scheint auf einen Einbruch hinzudeuten, bei dem der Täter gestört wurde. Der Einbrecher geht in die Küche und holt sich das Silber. Im Wohnzimmer trifft er dann auf Misses Lennox. Es kommt zu einem Handgemenge. Er versetzt ihr einen tödlichen Schlag, gerät in Panik und flüchtet.«

»Oder«, entgegnete Karlsson, »jemand, der Misses Lennox kennt, tötet sie und inszeniert den Einbruch.«

»Das ist auch eine Möglichkeit«, räumte Yvette zögernd ein.

»Aber nicht sehr wahrscheinlich, da gebe ich Ihnen recht. Wir fassen also zusammen: ein Einbruch – zumindest allem Anschein nach –, eine Tote, keine Zeugen, vorerst keine Fingerabdrücke und auch noch keine anderen forensischen Ergebnisse.«

»Was ist mit Ihrem alten Detective?«, fragte Munster.

»Ich fürchte, den werden wir brauchen«, antwortete Karlsson.

Auf dem Gehsteig vor dem Lennox-Haus wirkte Harry Curzon wie ein Golfer, der aus Versehen eine falsche Abzweigung genommen hatte. Er trug eine rote Windjacke über einem karierten Pullover, eine hellgraue Chinohose und braune Wildlederschuhe. Er war übergewichtig, und auf seiner Nase thronte ein klobiges Brillengestell mit dicken Gläsern.

»Wie fühlt man sich denn so als Pensionist?«, fragte Karlsson.

»Ich weiß gar nicht, wie ich es so lange in dem Job ausgehalten habe«, antwortete Curzon. »Wie lange haben Sie denn noch? Sieben, acht Jahre?«

»Ein paar mehr sind es schon noch!«

»Passen Sie bloß auf, das wird immer schlimmer. Inzwischen dreht sich doch nur noch alles um Produktivität und Bürokratie. Sehen Sie mich an: fünfundsechzig Jahre und eine volle Pension. Als Sie angerufen haben, war ich gerade im Begriff, mich auf den Weg zum Lee River zu machen, um da den ganzen Tag lang zu fischen.«

»Klingt gut.«

»Das *ist* gut. Also, was kann ich für Sie tun, bevor ich zum Angeln aufbreche und Sie zurück in Ihr Büro müssen?«

»Es gab hier einen Mordfall«, erklärte Karlsson, »und zusätzlich einen Einbruch. Sie haben in der Gegend gearbeitet.«

»Achtzehn Jahre«, bestätigte Curzon.

»Ich dachte, Sie könnten mir vielleicht einen Rat geben.« Während Karlsson Curzon im Haus herumführte, hörte der ältere Mann gar nicht mehr zu reden auf. Karlsson fragte sich, ob er seine Angel- und Golfausflüge wirklich so sehr genoss, wie er behauptete.

»Ein Verbrechen, das aus der Mode gekommen ist«, stellte Curzon gerade fest.

»Was?«

»Einbruch. In den Siebzigern nahmen sie am liebsten Fernseher, Kameras und Uhren, in den Achtzigern Videorekorder und Stereoanlagen und in den Neunzigern DVD-Spieler und Computer. Dann dauerte es noch ein paar Jahre, aber plötzlich wachten die Einbrecher auf. Heutzutage kostet ein DVD-Player ungefähr so viel wie eine DVD, und die Leute laufen auf der Straße mit einem Handy, einem iPod und wahrscheinlich auch noch einem Laptop herum, die mehr wert sind als alles, was bei ihnen zu Hause steht. Welchen Sinn hat es da noch, irgendwo einzubrechen und ein paar zusätzliche Jahre Knast zu riskieren, wenn man die Leute auch auf der Straße überfallen kann und dabei etwas bekommt, das sich wirklich gut verkauft?«

»Tja, in der Tat«, bestätigte Karlsson.

»Versuchen Sie mal, einem zweifelhaften Gebrauchtwarenhändler einen DVD-Player anzudrehen. Der lacht Ihnen ins Gesicht. Gartengeräte, ja, die gehen noch. Für einen Heckenschneider gibt es immer einen Markt.«

»Was für diesen Fall aber kaum relevant ist«, bemerkte Karlsson. »Demnach glauben Sie also nicht, dass wir es hier mit einem Einbruch zu tun haben?«

»Doch, für mich sieht es trotzdem nach Einbruch aus«, widersprach Curzon.

»Aber könnte das Ganze nicht auch inszeniert sein?«

Curzon zuckte mit den Achseln.

»Alles kann inszeniert sein. Aber in einem solchen Fall würde man meiner Einschätzung nach eher ein Fenster an der Rückseite einschlagen. Da besteht nicht so große Gefahr, von einem neugierigen Nachbarn entdeckt zu werden. Außerdem würde man wohl ein paar Sachen aus dem Raum nehmen, in dem die Leiche liegt.«

»Das entspricht im Großen und Ganzen auch unseren Überlegungen«, erklärte Karlsson. »Wir suchen also nach einem Einbrecher, und Sie kennen sich mit Einbrechern aus.«

Curzon schnitt eine Grimasse.

»Ich kann Ihnen ein paar Namen nennen. Bei den betreffenden Einbrüchen ging es aber in erster Linie um Drogen, und die Junkies kommen und gehen. Das ist nicht mehr so wie in der guten alten Zeit.«

»Als man sich noch auf seinen örtlichen Einbrecher verlassen konnte?« Karlsson lächelte.

»Sie brauchen sich gar nicht darüber lustig zu machen. Zumindest wussten wir damals alle, wo wir standen.«

»Ich hatte gehofft«, fuhr Karlsson fort, »nach dieser Tatortbegehung könnten Sie unseren Einbrecher vielleicht anhand seines Stils identifizieren. Hat nicht jeder Einbrecher sein eigenes Markenzeichen?«

Wieder zog Curzon ein Gesicht.

»In diesem Fall gibt es kein Markenzeichen. Er hat das Fenster eingeschlagen und sich Zugang zum Haus verschafft. Schlichter geht's nicht. Das einzige Markenzeichen an diesem Tatort ist das Markenzeichen eines Idioten. Das sind die Schlimmsten, vor allem, wenn man sie auf frischer Tat ertappt.« Er hielt einen Moment inne. »Aber mir ist gerade ein Gedanke gekommen. Es gibt hier in der Gegend zwei Läden, die allen möglichen Schnickschnack verkaufen, hauptsächlich billiges Zeug, aber hin und wieder auch anderes. Der eine heißt Tandy's und liegt an der Ecke der Rubens Road, der andere nennt sich Burgess and Son, drüben an der Crescent. Gesetzt den Fall, jemand geht da rein und hat ein bisschen Tafelsilber zu bieten, dann stellen die Betreiber nicht allzu viele Fragen. Schicken Sie doch jemanden vorbei, der in den nächsten Tagen hin und wieder einen Blick ins Schaufenster wirft. Vielleicht kommt etwas dabei heraus. Dann hätten Sie schon mal einen Ausgangspunkt, mit dem Sie arbeiten könnten.«

Karlsson wirkte skeptisch.

»Wenn Sie jemanden umgebracht haben, dann gehen Sie mit Ihrer Beute doch nicht ausgerechnet zum ortsansässigen Schmuckhändler, oder?«

Curzon zuckte mit den Schultern.

»Diese Clowns sind Süchtige, keine Bankmanager. Der Laden von Burgess and Son ist ein bisschen weiter weg. Vielleicht hält es der Betreffende ja schon für ziemlich clever, nicht gleich den nächstgelegenen Laden zu nehmen. Einen Versuch ist es allemal wert.«

»Vielen Dank jedenfalls«, sagte Karlsson.

Als sie wieder ins Freie traten, legte Curzon eine Hand auf Karlssons Ärmel.

»Soll ich Sie mal zum Golfen mitnehmen? Ihnen zeigen, was Sie verpassen?«

»Golfen ist nicht so ganz mein Ding. Besser gesagt, gar nicht.«

»Oder wir machen einen kleinen Angelausflug. Sie glauben gar nicht, wie friedlich das ist.«

»Ja.« Karlsson nickte. Angeln mochte er genauso wenig. »Ja, das wäre schön. Vielleicht wenn der Fall abgeschlossen ist. Dann können wir das feiern.«

»Ich habe fast ein schlechtes Gewissen«, meinte Curzon, »wenn ich Ihnen zeige, was Sie alles verpassen.«

»Gehen Sie mit Russell Lennox hin, falls er sich dem schon gewachsen fühlt«, sagte Karlsson zu Yvette. »Mal sehen, ob er irgendetwas wiedererkennt.«

»In Ordnung.«

»Nehmen Sie den jungen Riley mit.«

»Ja, gut.« Yvette zögerte einen Moment. Als Karlsson sich bereits zum Gehen wandte, platzte es aus ihr heraus: »Kann ich Sie was fragen?«

»Klar.«

»Geben Sie mir die Schuld?«

»Die Schuld? Wie meinen Sie das?« Er wusste natürlich genau, was sie meinte. Seit dem Tag, an dem man Frieda mitten in dem Blutbad in Mary Ortons Haus bewusstlos auf dem Boden gefunden hatte, wünschte Yvette sich von ihm, dass er ihr verzieh und ihr versicherte, das es nicht wirklich ihre Schuld war.

»Wegen Frieda. Weil ich ihre Bedenken nicht ernst genommen habe. Und alles andere.« Yvette schluckte. Ihr Gesicht war hochrot angelaufen.

»Das ist jetzt nicht der richtige Zeitpunkt, Yvette.«

»Aber ...«

»Es passt jetzt wirklich nicht«, fügte er hinzu. Sein sanfter Tonfall war schlimmer als jedes wütende Wort. Sie fühlte sich wie ein kleines Kind, das vor einem freundlichen, aber strengen Erwachsenen stand.

»Tut mir leid, Yvette. Auf zu Tandy's und Burgess and Son.«

»In Ordnung.«

Frieda griff nach ihrem Telefon und betrachtete es. Ihre Augen brannten vor Müdigkeit, und ihr Körper fühlte sich gleichzeitig hohl und ungeheuer schwer an. Das Grab in Suffolk erschien ihr inzwischen wie ein Traum: ein vernachlässigtes Stückchen Erde, in dem die Knochen eines traurigen Mannes lagen. Sie dachte an ihn – den Vater, den sie nicht hatte retten können. Wenn sie sich erlaubte, in die Vergangenheit zurückzukehren, konnte sie wieder spüren, wie sich seine Hand anfühlte, wenn er die ihre hielt, oder sie glaubte plötzlich seinen Tabak und den Gewürznelkenduft seines Rasierwassers zu riechen. Sie erinnerte sich auch an seine Hoffnungslosigkeit, seine gebeugte Haltung. Und Dean Reeve hatte auf seinem Grab gesessen. Mit diesem fiesen Lächeln.

Die Katze schlüpfte durch die Katzenklappe. Frieda blickte auf das Tier hinunter, das ihren Blick erwiderte. Einen Moment starrten sie einander an. Dann kämpfte sich Frieda, immer noch mit dem Telefon in der Hand, langsam die Treppe hoch. Stufen waren für sie nach wie vor schwierig. Oben angekommen, ließ sie sich auf ihr Bett sinken und blickte durchs Fenster in die Dämmerung hinaus, die sich gerade wie ein zartgrauer Schleier über die Stadt legte und ihr jeden Abend von Neuem etwas Geheimnisvolles verlieh. Schließlich wandte sie sich ihrem Telefon zu und tippte die Zahlen ein.

»Hallo«, sagte sie.

»Frieda?« Die Wärme in seiner Stimme war unverkennbar.

»Hallo.«

»Ich habe gerade an dich gedacht.«

»Wo bist du?«

»In meinem Büro. Du weißt ja, ich hinke dir fünf Stunden hinterher.«

»Was hast du an?«

»Einen grauen Anzug und ein weißes Hemd. Du?«

Frieda blickte an sich hinunter.

»Jeans und einen beigebraunen Pullover.«

»Wo bist du gerade?«

»Ich sitze auf meinem Bett.«

»Ich wünschte, ich säße auch auf deinem Bett.«

»Hast du gut geschlafen?«

»Ja. Im Traum war ich Schlittschuh laufen. Du auch?«

»Du meinst, ob ich auch Schlittschuh laufen war?«

»Nein! Ob du gut geschlafen hast!«

»Geht so.«

»Also nicht.«

»Sandy?«

Sie wollte ihm von ihrem Tag erzählen, aber die Worte kamen nicht. Er war zu weit weg.

»Ja, mein Liebling?«

»Ich hasse das.«

»Was?«

»Das alles.«

»Du meinst, dass du dich schwach fühlst?«

»Ja, das auch.«

»Dass ich hier bin?« Nach einer kurzen Pause fragte er: »Was ist denn das für ein Lärm? Ein Gewitter?«

»Was?« Frieda ließ den Blick schweifen, dann fiel es ihr wieder ein. Sie selbst hörte das Geräusch kaum noch. »In meinem Bad wird gerade eine neue Wanne eingebaut.«

»Eine neue Badewanne?«

»Das war nicht so ganz meine Idee. Eigentlich überhaupt nicht. Es handelt sich um ein Geschenk von Josef.«

»Klingt doch gut.«

»Die Wanne ist noch nicht eingetroffen. Bis jetzt gibt es nur eine Menge Geklopfe und Gebohre. Alles ist voller Staub, auch deine Hemden. Du hast mehrere Hemden dagelassen.«

»Ich weiß.«

»Außerdem etliche Küchenutensilien und neben dem Bett ein paar Bücher.«

»Ich habe sie dagelassen, weil ich zurückkomme.«

»Ach ja, stimmt.«

»Frieda, ich komme wieder.«

6

Ist da Detective Chief Inspector Karlsson?«

»Am Apparat.«

»Constable Fogle aus Camden. Ich habe hier einen Mister Russell Lennox bei mir.«

»Russell Lennox?« Karlsson blinzelte überrascht. »Warum denn das?«

»Er war in eine Schlägerei verwickelt.«

»Das verstehe ich jetzt nicht. Weshalb sollte er in eine Schlägerei verwickelt sein? Der Ärmste hat gerade erst seine Frau verloren, sie wurde ermordet.«

»Allem Anschein nach hat er einigen Sachschaden angerichtet. In einem Gebrauchtwarenladen. Burgess and Son.«

»Ach.«

»Ein Fenster ist zu Bruch gegangen, ganz zu schweigen von ein paar Porzellanteilen, die der Ladenbesitzer offenbar für recht wertvoll hält. Ein paar Drohungen hat er wohl auch ausgestoßen.«

»Ich bin schon unterwegs. Gehen Sie bitte nicht zu grob mit ihm um, ja?«

Russell Lennox saß in einem kleinen Verhörraum, die Hände auf dem Tisch verschränkt, den Blick starr geradeaus gerichtet. Hin und wieder blinzelte er, als versuchte er auf diese Weise eine klarere Sicht zu bekommen. Als Karlsson in Begleitung des uniformierten Beamten, der ihn angerufen hatte, den Raum betrat, wandte Lennox den Kopf, schien den Detective im ersten Moment aber gar nicht wiederzuerkennen.

»Ich bin gekommen, um Sie nach Hause zu bringen«, erklärte Karlsson, während er sich auf dem Stuhl gegenüber niederließ. »Ihnen ist aber schon klar, dass Sie wegen Körperverletzung, Sachbeschädigung oder was auch immer angezeigt werden könnten?«

»Das ist mir egal.«

»Glauben Sie, Ihren Kindern wäre damit geholfen?«

Lennox starrte wortlos auf die Tischplatte hinunter.

»Sie sind also noch einmal zurück zu Burgess and Son?«

Lennox nickte kaum merklich.

»Das Ganze ging mir einfach nicht aus dem Kopf. Außerdem, was soll ich denn sonst mit meiner Zeit anfangen? Ruths Schwester Louise kümmert sich um die Kinder. Nach allem, was die drei durchgemacht haben, brauchen sie nicht auch noch mich in diesem aufgelösten Zustand zu sehen. Deswegen bin ich losmarschiert, um noch einmal einen Blick in den Laden zu werfen. Da habe ich die Gabel entdeckt.«

»Eine einzelne Gabel?«, fragte Karlsson skeptisch.

»Ruths Großmutter hat uns das Tafelsilber zur Hochzeit geschenkt. Mir bedeutet so etwas nicht viel, deswegen habe ich es mir wahrscheinlich auch nie genau angesehen, aber bei dieser einen Gabel war ein Zinken verbogen, daran habe ich sie wiedererkannt. Judith wurde immer wütend, wenn sie die Gabel beim Essen erwischte. Angeblich stach sie sich damit in den Gaumen. Ich bin in den Laden gegangen und habe gefragt, ob ich mir die Gabel genauer ansehen kann. Dann ist die Situation irgendwie eskaliert.« Er blickte zu Karlsson hoch. »Ich bin kein gewalttätiger Mann.«

»Darüber lässt sich vermutlich streiten«, antwortete Karlsson.

Jeremy Burgess, der Besitzer von Burgess and Son, war klein und mager. Er hatte die wachsame Art eines halbseidenen Geschäftsmanns, der es schon seit Jahren fertigbrachte, dass man ihm nie wirklich etwas nachweisen konnte. Karlsson beugte sich über die Glastheke, die vollgestopft war mit Medaillen, alten Ketten, Zigarettenetuis, verbeulten Tabakdosen, Fingerhüten und kleinen Silberdosen, glitzernden Ohrclips und überdimensionalen Manschettenknöpfen. Er griff nach der Gabel mit der verbogenen Spitze und legte sie auf das Glas.

»Woher stammt die?«, fragte er.

Burgess zuckte ratlos mit den Achseln.

»Für solche Kleinigkeiten zahle ich bar.«

»Ich muss es wissen, Mister Burgess.«

»Immerhin bin ich derjenige, der angegriffen wurde! Was gedenken Sie denn deswegen zu unternehmen? Ich versuche doch nur, einen Laden zu betreiben.«

»Hören Sie mir bloß damit auf!«, konterte Karlsson. »Über Ihre Geschäftspraktiken brauchen Sie mir nichts zu erzählen, da kenne ich mich aus. Wenn die örtliche Polizei damit kein Problem hat, dann ist das deren Sache, aber bei diesem Ding hier handelt es sich um ein Beweisstück in einem Mordfall. Sollten Sie nicht mit uns zusammenarbeiten, sorge ich dafür, dass Sie große Schwierigkeiten bekommen, das dürfen Sie mir glauben!«

Mit sichtlichem Unbehagen blickte Burgess zu den beiden Frauen hinüber, die am anderen Ende des Ladens gerade ein Tablett mit Ringen betrachteten.

»Ich bin doch bloß ein Geschäftsmann«, erklärte er, wobei er sich vorbeugte und um einen leiseren Ton bemühte.

»Nennen Sie mir einfach einen Namen, dann verschwinde ich. Ansonsten schicke ich Ihnen ein paar Beamte vorbei, die diesen Laden Stück für Stück auseinandernehmen werden.«

Burgess überlegte einen Moment.

»Billy.«

»Billy wer?«

»Billy. Jung, dunkelhaarig, dünn. Mehr weiß ich nicht.«

Curzons Stimme war zeitweise kaum zu hören. Er erklärte, dass er dort draußen am Fluss einen schlechten Empfang habe.

»Hunt«, sagte er, »Billy Hunt.«

»Sie kennen ihn?«

»Den kennen wir alle.«

»Hat er ein Vorstrafenregister?«

»Raubüberfall, Drogenbesitz, dies und das.«

»Schätzen Sie ihn als gewalttätig ein?«

»Unser Billy ist eher ein Weichei«, erwiderte Curzon. »Aber vielleicht ist es mit ihm bergab gegangen – noch weiter bergab, meine ich.«

Karlsson setzte Riley darauf an. Curzon kannte weder die Adresse noch die Telefonnummer von Billy Hunt, meinte jedoch, ein paar jüngere Kollegen hätten sich besonders mit der örtlichen Drogenszene beschäftigt und wüssten wahrscheinlich mehr. Wie sich herausstellte, hatten die betreffenden Beamten Hunt schon eine Weile nicht mehr zu Gesicht bekommen. Einer von ihnen erinnerte sich daran, dass der Mann mal an einem Marktstand in Camden Lock irgendwelchen aus Draht hergestellten Krimskrams veräußert hatte, Kerzenständer und kleine Hunde für den Kaminsims. Den Stand gab es nicht mehr, aber eine Frau, die ebenfalls dort gearbeitet hatte, verkaufte inzwischen am anderen Ende des Marktes – auf der Kanalseite – heiße Suppe. Sie kannte Billy zwar nicht persönlich, wusste jedoch, wo der Mann wohnte. Ihr zufolge war er nachts meistens unterwegs und schlief dann tagsüber. Als Riley schließlich vor der Wohnung in Summertown stand, musste er mehrmals laut klopfen – mit der Faust, denn der Türklopfer war abgerissen und die Klingel schien nicht zu funktionieren –, bis eine Frau erschien und dann auf seine Bitte hin ihren Mann weckte. Der hatte Billy ebenfalls schon seit Wochen nicht mehr gesehen, berichtete aber, dass er oft in einem Café an der Hauptstraße oder im benachbarten Pub anzutreffen sei, wenn er Geld hatte.

In dem Café schien ihn niemand zu kennen, doch als Riley im Pub nebenan der blassen jungen Frau hinter dem Tresen seinen Ausweis zeigte, deutete sie auf zwei Männer, die an einem Tisch saßen und Bier tranken. Ja, antworteten sie auf Rileys Frage hin, Billy Hunt sei ein Bekannter von ihnen. Ja, meinte einer der beiden, er habe ihn heute schon gesehen. Worüber sie gesprochen hätten? Nichts Besonderes, eigentlich hätten sie nur Hallo gesagt. Wo Billy dann hin sei? In die andere Kneipe, die Grufti-Kneipe in der Kentish Road. Die mit den Totenköpfen.

Riley ging die Camden High Street entlang, in Richtung U-Bahn-Station Camden Town, wo Munster mit dem Wagen auf ihn wartete.

»Wie lautet der Plan?«, wollte Riley wissen, nachdem er eingestiegen war.

»Der Plan? Welcher Plan?«, meinte Munster. »Wir stöbern ihn auf und reden mit ihm.«

»Sollen wir ihn verhaften?«

»Erst mal reden wir mit ihm.«

Munster parkte ein paar Meter vor dem Pub. Sein Blick wanderte die Fassade hinauf. Angewidert schüttelte er den Kopf.

»Als Junge stand ich total auf Heavy Metal«, bemerkte Riley. »Damals wäre ich voll auf diese Kneipe abgefahren.«

»Als Junge?«, wiederholte Munster entgeistert. »Aha. Na, dann wollen wir mal. Wissen wir, wie der Kerl aussieht?«

Draußen vor dem Pub saßen zwei junge Frauen an einem Tisch, beide von Kopf bis Fuß in schwarzes Leder gehüllt, beide mit kahl geschorenem Schädel und etlichen Piercings.

»Also, von denen ist schon mal keine Billy Hunt«, stellte Riley grinsend fest, »es sei denn, Billy ist ein Mädchenname.«

An dem anderen Tisch saß ein einzelner Mann vor einem bereits zur Hälfte geleerten Bierglas, eine Zigarette im Mundwinkel. Er war dünn und blass, hatte dunkles Haar, das ihm in alle Richtungen abstand, und trug eine zerknitterte graue Jacke über einer schwarzen Jeans.

»Das könnte er sein«, mutmaßte Munster.

Sie stiegen aus und steuerten auf den Mann zu. Er bemerkte sie erst, als sie nur noch ein paar Schritte von ihm entfernt waren.

»Wir sind auf der Suche nach William Hunt«, erklärte Munster.

»William nennt mich bloß meine Mum«, antwortete der Mann, »und das auch nur, wenn sie wütend auf mich ist.«

Die beiden Detectives ließen sich am Tisch nieder.

»Dann eben Billy«, sagte Munster. »Wir haben mit einem Mann namens Jeremy Burgess gesprochen. Er betreibt hier ganz in der Nähe einen Laden, nur ein Stück die Straße entlang.«

Hunt drückte seine Zigarette auf der Tischplatte aus, zog sofort eine neue aus seinem Päckchen und zündete sie sich mit fast fiebriger Konzentration an.

»Den kenne ich nicht«, meinte er schließlich.

»William«, antwortete Munster, »gleich werde *ich* wütend auf Sie.« Er zog ein zusammengelegtes Blatt Papier aus der Tasche und faltete es auf dem Tisch auseinander. »Hier, laut Aussage von Burgess sind Sie mit Silberbesteck bei ihm aufgetaucht, und er hat es Ihnen abgekauft.«

Hunt griff nach dem Blatt, um einen Blick darauf zu werfen. Munster registrierte, dass bei dem Mann sogar die Hände schmal, langgliedrig und blass waren und dass er schmutzige, fleckige Nägel hatte, obwohl sie bis aufs Fleisch abgekaut waren.

»Keine Ahnung«, murmelte Hunt schließlich.

»Was soll das heißen, keine Ahnung? Kommen Sie mit dem ganzen georgianischen Silber allmählich ein bisschen durcheinander?«

»Laden Sie mich auf ein Bier ein?«

»Nein, ich lade Sie nicht auf ein Bier ein. Was glauben Sie eigentlich, was wir hier machen?«

»Wenn Sie Informationen brauchen, dann sollte dabei eigentlich etwas für mich rausspringen.«

Munsters Blick wanderte zu Riley und dann wieder zurück zu Hunt. Riley lächelte. Munster dagegen fand das gar nicht lustig.

»Sie sind kein potenzieller Informant, sondern gelten als Verdächtiger. Wenn Sie unsere Fragen nicht beantworten, können wir Sie jederzeit festnehmen.«

Hunt fuhr sich mit den Fingern durchs Haar, so dass es noch mehr abstand als zuvor schon.

»Jedes Mal, wenn irgendwo etwas abhanden kommt«, antwortete er in weinerlichem Ton, »dann tanzen bei mir Typen wie Sie an und nerven mich deswegen. Haben Sie schon mal was von einem Vorurteil gehört?«

»Fragt das der Mann, der immer wieder wegen Körperverletzung, Diebstahl und Hehlerei im Knast landet? Und wenn wir schon bei dem Thema sind: Die Sachen, von denen wir hier reden, kommen schließlich nicht von selbst abhanden, sondern werden von Typen wie Ihnen geklaut. Verarschen Sie uns nicht, Billy – wir wissen über Sie Bescheid. Sie haben ein Drogenproblem und begehen Diebstähle, um es zu finanzieren.«

Hunt nahm einen Schluck von seinem Bier und dann einen langen Zug von seiner Zigarette. Sein Blick fiel auf den grinsenden Riley.

»Ich weiß nicht, was daran so lustig ist«, sagte er. »Mit den Drogen habe ich doch erst angefangen, als ich im Knast war. Drinnen gibt es mehr Koks als draußen. Und was diesen Wichser Burgess betrifft... Alle hacken auf mir herum, aber Burgess darf seinen gottverdammten Laden weiterführen. Warum darf der das?«

»Schluss jetzt, Billy!«, schnaubte Munster. »Woher hatten Sie das Silber?«

Hunt schwieg einen Moment.

»Da war dieser Typ. Er hat mir ein paar Sachen angeboten, unter anderem das Silber. Er brauchte ganz dringend Bares, also habe ich ihm was gegeben und das Silber an Burgess weiterverkauft. Ende der Geschichte.«

»Haben Sie den Mann gefragt, woher er es hatte?«

»Nein, hab ich nicht. Ich bin schließlich kein verdammter Antiquitätenhändler.«

»Wie heißt der Typ?«

»Das weiß ich nicht. Dave, glaube ich.«

»Dave«, wiederholte Munster, »und wie noch?«

»Keine Ahnung. Ich kenne ihn eigentlich nur vom Sehen.«

»Wo lebt er?«

Hunt überlegte einen Moment.

»Südlich vom Fluss, so viel ich weiß. Aber ich bin mir nicht sicher.«

»Dave. Südliches London«, fasste Munster zusammen, »oder auch nicht. Können Sie uns denn sagen, wie wir ihn am besten erreichen?«

»So funktioniert das bei uns nicht. Man läuft den Leuten einfach über den Weg oder sieht sie irgendwo rumhängen. Mann, Sie wissen doch, wie das ist.«

»Ja, ich weiß«, antwortete Munster. »Apropos, können Sie mir sagen, wo Sie am Mittwoch waren?«

»An welchem Mittwoch? Am vergangenen?«

»Ja, am sechsten.«

»Da war ich gar nicht hier in London, sondern unten in Brighton. Habe mir ein paar Tage Auszeit genommen.«

»Gibt es jemanden, der das bestätigen kann?«

»Ich war mit einem Freund unterwegs.«

»Wie lautet sein Name?«

»Sein Name?«, wiederholte Hunt. Er ließ sich ziemlich viel

Zeit, um seine Zigarette auszudrücken und sich eine neue anzuzünden. »Ian.«

»Familienname?«

»Ich kenne ihn nur als Ian.«

»Aber seine Adresse können Sie uns sagen?«

Hunts Miene nach zu urteilen war er sich da nicht so sicher.

»Ich müsste sie irgendwo haben, zumindest habe ich sie mir mal aufgeschrieben. Allerdings war das nur die Adresse eines Freundes von Ian, bei dem er eine Weile gewohnt hat. Inzwischen ist er bestimmt nicht mehr dort. Er zieht viel herum.«

»Und organisiert vermutlich Arbeit für Sie«, sagte Munster.

»Ja, für seine Freunde.«

»Kaum zu glauben, dass ich mir überhaupt die Mühe mache, die Frage auszusprechen«, fuhr Munster fort, »aber haben Sie zufällig Ians Telefonnummer?«

»Ich hatte sie in meinem Handy gespeichert, bin mir allerdings nicht so ganz sicher, wo mein Handy zurzeit ist.«

»Ihnen ist aber schon klar, was wir von Ihnen wissen wollen, oder?« Munster musterte ihn eindringlich. »Sie kennen das doch. Wir möchten, dass Sie uns eine Person nennen, die uns sagen kann: Ja, Billy Hunt war am Mittwoch mit mir in Brighton. Gibt es eine solche Person?«

»Das ist so ungerecht!«, brach es aus Hunt heraus. »Es handelt sich hier doch nur um… in Wirklichkeit geht es doch nur darum, dass… dass ich nicht so bin wie Sie. Oder Sie«, fügte er hinzu und sah dabei Riley an, der einen ziemlich verblüfften Eindruck machte. »Sie haben Ihr schönes Zuhause und Ihre ganzen Versicherungen und Ihre Wasserrechnungen mit Ihrem Namen drauf…«

»Meine Wasserrechnungen?«, fiel ihm Munster ins Wort.

»Sie haben Ihre ganzen netten Freunde«, fuhr Hunt fort, ohne auf seinen Einwand zu achten, »mit denen Sie abends essen gehen, und dabei passen alle aufeinander auf, und… und deswegen können Sie leicht beweisen, wo Sie die ganze Zeit waren. Sie haben einen Job mit bezahltem Urlaub, und irgendwann gehen Sie in Pension…«

»Wovon, zum Teufel, reden Sie?«

»Wir sind nicht alle so wie Sie. Lesen Sie denn keine Zeitung? Manche von uns müssen ganz schön kämpfen, um klarzukommen.«

»Hören Sie auf mit diesem Mist«, entgegnete Munster, »das interessiert mich alles nicht. Ich brauche etwas Konkretes von Ihnen. Haben Sie eine Adresse?«

»Sehen Sie, genau davon rede ich. Leute wie Sie, die haben immer eine Adresse.« Hunt setzte mit den Fingern imaginäre Anführungszeichen um das Wort »Adresse«.

»Na schön, dann sagen Sie mir doch einfach, wo Sie vergangene Nacht geschlafen haben.«

»Vergangene Nacht?«, wiederholte Hunt nachdenklich. »Ich übernachte mal hier, mal dort, bei Freunden. Ich bin gerade auf der Suche nach etwas Festem.«

»Auf Jobsuche sind Sie wohl auch gerade?«

»Genau.«

»Eins noch«, fuhr Munster fort, »und dabei handelt es sich nur um eine Formalität, damit mein Kollege etwas hat, das er in sein Notizbuch schreiben kann.«

»Was denn?«

»Sie waren nicht zufällig derjenige, der das Silber aus der Margaretting Street Nummer dreiundsechzig gestohlen hat?«

»Nein, das war ich nicht.«

»Gut.«

»Dann sind wir jetzt fertig?«, fragte Hunt.

»Nein, wir sind nicht fertig. Ich habe die Schnauze voll von diesem Mist. Sie kommen mit.«

»Warum denn?«

»Zum Beispiel, weil Sie bereits zugegeben haben, gestohlene Ware erhalten und verhökert zu haben.«

»Ich wusste doch gar nicht, dass die Sachen gestohlen waren.«

»Wenn Sie den Gesetzestext lesen, werden Sie feststellen, dass das keine Rolle spielt.«

»Ich habe Ihnen alles gesagt, was ich weiß«, erwiderte Hunt in entrüstetem Ton. »Falls Sie weitere Informationen brauchen, können Sie sich ja noch einmal an mich wenden.«

»Tja, nur leider haben wir gerade festgestellt, dass Sie nicht über einen festen Wohnsitz verfügen und Ihr Handy verlegt haben.«

»Geben Sie mir einfach Ihre Karte«, sagte Hunt, »dann setze ich mich mit Ihnen in Verbindung.«

»Das würde ich ja gern«, antwortete Munster, »wenn ich nicht den Verdacht hätte, Sie könnten es Ihren Freunden Dave und Ian nachmachen und ein bisschen schwer zu erreichen sein. Also, kommen Sie freiwillig mit, oder müssen wir Sie verhaften?«

»Ich komme mit. Habe ich denn nicht kooperiert? Habe ich nicht alle Ihre Fragen beantwortet? Ich möchte nur noch mein Bier austrinken und dann auf die Toilette gehen.«

»Wir begleiten Sie.«

»Ich kann auch später gehen«, meinte Hunt. Er nahm einen Schluck von seinem Bier. »Ist es nicht schön hier draußen? Bestimmt liegt es an der globalen Erwärmung, dass wir in London jetzt schon so früh im Jahr draußen sitzen und was trinken können. Wie am Mittelmeer.«

»Mit Totenköpfen«, bemerkte Riley.

Hunts Blick wanderte die Fassade hinauf.

»Die Totenköpfe mag ich nicht. Die sind deprimierend.«

7

Keine Drogen«, sagte Olivia, »das ist ja wohl klar.«

»Mum«, stöhnte Chloë.

»Und keinen Alkohol. Das hast du hoffentlich allen mitgeteilt? Wenn jemand alkoholische Getränke dabeihat, werden die sofort konfisziert, und ihre Eltern können sie abholen.«

»Das hast du mir jetzt schon tausendmal gesagt.«

»Hast du eine Liste mit den Namen aller Leute, die kommen?«, fragte Olivia. »Dann kann Friedas Freund sie ausstreichen, wenn sie da sind.«

»Nein, ich habe keine Liste.«

»Woher weißt du dann, wer kommt?«

»So läuft das bei uns nicht, Mum«, antwortete Chloë. »Herrgott noch mal!«

»Aber du musst doch wissen, wie viele Leute kommen!« Olivia wartete einen Moment. »Also?«

»So ungefähr.«

»So ungefähr wie viele? Zehn? Fünfzig? Tausend?«

»Das haben wir doch schon besprochen, und zwar mindestens hundertmal.«

»Das ist jetzt kein Witz, Chloë. Hast du von der Teenagerparty in der Hart Street gehört? Das war letztes Jahr. Der Vater hat versucht, ein paar ungeladene Gäste abzuwimmeln, woraufhin einer von denen ein Messer zog. Der Mann hat eine Niere verloren, Chloë!«

»Was soll das alles? Du hast gesagt, ich darf die Party geben. Wenn es dir jetzt doch nicht recht ist, dann sage ich sie eben wieder ab. Bist du dann zufrieden?«

»Ich möchte ja, dass du feierst«, entgegnete Olivia, »du hast schließlich Geburtstag. Aber ich wünsche mir, dass du ihn genießen kannst, und das kannst du nicht, wenn die Leute alles vollkotzen, sich prügeln und das Haus verwüsten.«

»So wird das nicht laufen.«

»Und keinen Sex!«

»Mum!«

»Was?«

»Das ist einfach nur peinlich.«

Olivia strich Chloë über die Wange.

»Du siehst übrigens sehr hübsch aus.«

Chloë wurde rot und murmelte etwas. Olivia ließ den Blick durch den Raum schweifen.

»Es ist alles da, Chips und Nüsse und jede Menge Saft«, verkündete sie. »Chloë, ich versuche dir doch nur klarzumachen, dass ihr alle viel mehr Spaß haben werdet, wenn ihr nicht sturzbetrunken durch die Gegend torkelt. Ihr könnt euch unterhalten und… und tanzen und so…«

»Also, Mum…«

»Aber es macht niemandem wirklich Spaß, hackedicht herumzutorkeln und alles vollzukotzen. Das ist kein Spaß. Ich meine… Frieda, nun hilf mir doch mal! Bin ich eine Spielverderberin?«

Frieda stand am Fenster und blickte in den Garten hinaus. Entlang des Kieswegs standen Gläser mit Kerzen, die aber nicht angezündet waren. Sie drehte sich um. Im selben Moment klingelte es an der Tür.

»Oje!«, stöhnte Olivia. »Jetzt schon?«

»Ich mache das«, bot Frieda an.

Sie öffnete die Haustür.

»Josef! Gerade noch rechtzeitig.«

Josef war nicht allein. Neben ihm stand ein Mann, der noch größer und kräftiger gebaut war als Josef selbst. Der Hüne trug Jeans und eine Lederjacke. Sein langes, lockiges Haar war zu einem Pferdeschwanz gebunden.

»Das ist Stefan«, stellte Josef ihn vor. »Er ist aus Russland, aber wir werden trotzdem nett zu ihm sein.«

Frieda schüttelte Stefan die Hand.

»Sie sind Frieda?« Er lächelte sie an. »Ich habe schon viel von Ihnen gehört. Sie bekommen ein schönes Bad. Die Wanne ist groß und aus Eisen, wie in einem alten Film.«

»Ja, ich habe auch schon viel von Ihnen gehört«, antwortete

Frieda. »Sie haben Josef geholfen, mir meine schöne alte Wanne wegzunehmen.«

»Es war eine schlechte Wanne«, entgegnete Stefan, »billiger Mist. Sie ist sofort kaputtgegangen« – er schnippte demonstrativ mit den Fingern –, »als wir sie ausgebaut haben.«

»Wie auch immer, ich danke euch beiden für eure Mühe, auch wenn es mir Sorgen bereitet, dass mein Bad nach wie vor ohne Wanne ist.«

»Ja, Frieda«, mischte Josef sich ein, »deswegen muss ich mit dir reden. Es gibt da ein kleines Problem.«

»Was für ein Problem?«

Josef zuckte mit den Achseln.

»Mit den Rohren. Aber lass uns später darüber reden, ich kümmere mich schon darum.«

»Dir ist hoffentlich klar, dass ich hier duschen musste«, erklärte Frieda, »während die anderen alles für die Party vorbereiteten. Ständig muss ich ein Handtuch mit mir herumschleppen!« Sie nahm sich zusammen. »Aber es ist nett von euch, dass ihr heute hier helft. Kommt doch herein. Darf ich euch etwas zu trinken anbieten?«

»Jetzt trinken wir erst mal Saft.« Josef klopfte gegen seine Manteltasche, in der sich offensichtlich eine Flasche befand. »Am Ende des Abends feiern wir dann zusammen.«

Olivia erteilte Josef und Stefan eine ganze Reihe von Anweisungen, die sie immer wieder abwandelte und durch weitere ergänzte. Währenddessen ging mehrfach die Türklingel, und die jungen Leute begannen einzutrudeln. Frieda stand auf der Seite und beobachtete das Ganze, als hätte sie es mit einem Theaterstück oder einem exotischen Volksstamm zu tun. Plötzlich entdeckte sie ein bekanntes Gesicht.

»Jack! Was machst du denn hier?«

Obwohl sie seine Tutorin war und ihn inzwischen so gut kannte, dass sie ihm sogar das Du angeboten hatte, überraschte es sie, ihn in diesem Rahmen zu treffen. Er wirkte seinerseits auch ziemlich verblüfft und lief knallrot an, was ihn nicht allzu vorteilhaft aussehen ließ, zumal er an diesem Tag besonders bizarre Klamotten trug, die überhaupt nicht zusammenpassten: ein rosa und grün gemustertes Rugby-Kapuzenshirt, eine weite braune Kordhose und darüber eine alte, mottenzerfressene Smokingjacke.

»Chloë hat mich eingeladen«, erklärte er, »und ich dachte mir, das wird bestimmt nett. Allerdings hatte ich nicht damit gerechnet, dich hier anzutreffen.«

»Ich bin gerade am Gehen«, antwortete sie.

»Täusche ich mich, oder sehe ich da Josef?«

»Er fungiert heute Abend als Türsteher.«

Über Olivias Schulter hinweg schaute Josef sie mit einem leicht schiefen Lächeln an. Sein Blick wirkte wie ein Hilferuf. Frieda ging hinüber und tippte auf Olivias Arm.

»Komm, nun lass uns endlich essen gehen.«

»Vorher muss ich noch ein paar Sachen überprüfen.«

»Nein, musst du nicht.«

Frieda zog die protestierende Olivia in die Diele, nötigte sie in ihren Mantel und bugsierte sie dann zur Tür hinaus. Während sie die Haustreppe hinuntergingen, blickte Olivia sich besorgt um.

»Ich werde das Gefühl nicht los, dass ich gerade genau die Sorte Leute in mein Haus *rein*lasse, die man normalerweise *draußen* zu halten versucht.«

»Nein«, sagte Olivia zum Kellner, »ich brauche ihn nicht zu probieren. Schenken Sie einfach so viel wie möglich ein. Danke, und lassen Sie die Flasche da.« Sie griff nach dem Glas. »Prost!« Nachdem sie einen großen Schluck genommen hatte, seufzte sie: »Lieber Himmel, das habe ich jetzt gebraucht! Hast du gesehen, wie sie sich zur Begrüßung alle umarmt haben, als wären sie gerade erst von einer Weltreise zurückgekommen? Und kaum sind sie mit dem Umarmen und dem dazugehörigen Gekreische fertig, kleben sie schon wieder an ihren Handys. Obwohl sie sich auf einer Party befinden, müssen sie sofort mit den Leuten reden, die nicht auf der Party oder gerade auf dem Weg zu der Party sind. Oder vielleicht versuchen sie auch in Erfahrung zu bringen, ob irgendwo eine bessere Party läuft.« Sie trank einen weiteren Schluck. »Wahrscheinlich senden sie einen allgemeinen Aufruf an die gesamte Jugend von Nord-London, sich auf den Weg zu machen und das Haus zu verwüsten.« Sie warf Frieda einen Blick zu. »An dieser Stelle solltest du eigentlich sagen: Nein, nein, keine Sorge, es passiert schon nichts.«

»Es passiert schon nichts«, sagte Frieda.

Olivia winkte dem Kellner.

»Wie wär's, wenn wir viele kleine Gerichte bestellen? Dann können wir durchprobieren.«

»Ich überlasse die Auswahl ganz dir.«

Olivia bestellte genug für drei bis vier gute Esser und dazu gleich eine zweite Flasche Wein.

»Im Grunde bin ich bloß eine erbärmliche Heuchlerin«, erklärte Olivia, nachdem der Kellner wieder gegangen war. »Meine eigentliche Sorge wegen der Party ist, dass Chloë auch nur die Hälfte von dem machen könnte, was ich getrieben habe, als ich so alt war wie sie. Nein, jünger als sie. Sie ist immerhin schon siebzehn. Wenn ich an die Feten denke, die wir mit vierzehn, fünfzehn gefeiert haben… Genau genommen war vieles davon illegal. Die Leute hätten dafür ins Gefängnis wandern können. Bestimmt war es bei dir nicht anders. David hat mir ein, zwei Sachen verraten.«

Friedas Blick wurde starr. Sie nahm einen Schluck von ihrem Wein, sagte aber nichts.

»Wenn ich daran denke, was ich damals alles angestellt habe«, fuhr Olivia fort, »aber wenigstens hat mich dabei keiner mit dem Handy gefilmt und das Ganze anschließend ins Internet gestellt. Das ist der Unterschied. Als wir Teenager waren, konnte man über die Stränge schlagen, und hinterher war es vorbei und vergessen. Heutzutage werden sie gefilmt und bekommen die Aufnahmen dann per Telefon zugeschickt oder finden sie auf Facebook wieder. Den jungen Leuten ist nicht klar, dass ihnen dadurch alles ewig nachhängt. Bei uns war das nicht so.«

»Das stimmt nicht«, widersprach Frieda. »Manche haben Verletzungen davongetragen. Oder wurden schwanger.«

»Letzteres konnte mir nicht passieren«, antwortete Olivia. »Meine Mutter hat quasi dafür gesorgt, dass ich die Pille nahm, sobald ich laufen konnte. Was nicht heißen soll, dass ich damals eine von den ganz Wilden war. Ich meine damit nur… wenn ich mir ein paar von den Entscheidungen ansehe, die ich in jungen Jahren getroffen habe, würde ich mir einfach wünschen, dass

Chloë es besser macht.« Sie schenkte ihr Glas wieder voll. Frieda hielt die Hand über das ihre. »Aber ich glaube«, fuhr Olivia fort, »in mancherlei Hinsicht ist Chloë sowieso reifer als ich in ihrem Alter. Ich weiß genau, was du jetzt gleich sagen wirst.«

Sie legte eine Pause ein.

»Was werde ich denn sagen?«, fragte Frieda.

»Dass ich eine richtige Katastrophe gewesen sein muss, wenn ich noch unreifer war als Chloë.«

»Das wollte ich gar nicht sagen.«

»Sondern?«

»Dass ich gut finde, was du vorher über deine Tochter gesagt hast.«

»Wir werden sehen«, schnaubte Olivia. »In der Zwischenzeit haben sie das Haus wahrscheinlich schon in sämtliche Einzelteile zerlegt.«

»Ich bin mir sicher, dass du dir keine Sorgen zu machen brauchst.«

»Allmählich frage ich mich, auf welchen Partys du warst«, meinte Olivia. »Ich war mal auf einer, da ging es richtig zur Sache. Ich war mit Nick Yates im Elternschlafzimmer zugange, und bis wir das zweite Mal fertig waren, hatten die anderen unten das Klavier in den Garten getragen, eine Weile darauf gespielt und es danach einfach draußen stehen lassen, obwohl es in der Zwischenzeit zu regnen anfing. Lieber Himmel, Nick Yates!« Einen Moment lang war Olivia in Gedanken ganz versunken. Dann kam das Essen.

»Entschuldige.« Olivia füllte ihren Teller mit den verschiedenen Gerichten. »Übrigens solltest du unbedingt die Shrimps probieren, die sind zum Niederknien. Nun habe ich die ganze Zeit von mir, meinen Problemen und meiner schlimmen Vergangenheit gesprochen und habe dich nicht mal gefragt, wie es dir geht. Wobei ich natürlich weiß, dass dich das alles sehr mitgenommen hat. Wie fühlst du dich inzwischen? Tut es noch weh?«

»Nicht mehr so schlimm.«

»Bist du noch in Behandlung?«

»Nur sporadisch«, antwortete Frieda, »zur Nachsorge.«

»Es war absolut grauenhaft«, sagte Olivia. »Anfangs dachten

wir alle, wir würden dich verlieren. Ich hatte vor ein paar Tagen deswegen einen Albtraum, musst du wissen. Ich bin weinend aufgewacht, regelrecht tränenüberströmt.«

»Ich glaube, für euch war es schlimmer als für mich.«

»Jede Wette, dass das nicht stimmt«, widersprach Olivia. »Aber es heißt ja, wenn einem etwas richtig Schreckliches widerfährt, dann fühlt sich das gar nicht mehr real an, sondern so, als würde es jemand anderem passieren.«

»Nein«, widersprach Frieda, »ich hatte schon das Gefühl, dass es *mir* passiert.«

Auf dem Heimweg schwankte Olivia leicht, so dass Frieda sie am Arm nahm.

»Ich halte nach Rauch Ausschau«, erklärte Olivia. »Kannst du schon Rauch sehen?«

»Wie meinst du das?«

»Wenn das Haus tatsächlich brennen würde«, antwortete Olivia, »dann könnten wir jetzt doch schon Rauch erkennen, oder nicht? Über den Häusern. Und Feuerwehren wären auch da, und die Sirenen wären zu hören.«

Als sie in Olivias Straße einbogen, bemerkten sie, dass die Haustür offen stand und vor dem Eingang Leute umherwuselten. Ein lauter elektronischer Beat schallte aus dem Haus, unterlegt von tief dröhnenden Bässen. Immer wieder blitzte Licht auf. Beim Näherkommen sah Frieda eine Gruppe von Rauchern auf der Haustreppe sitzen. Eines der Gesichter blickte hoch und lächelte sie an.

»Frieda, nicht wahr?«

»Stefan, stimmt's?«

»Ja.« Er klang amüsiert. »Magst du eine Zigarette, Frieda?« Er duzte sie einfach.

Olivia stieß einen gedämpften Schrei aus, schob sich durch die Gruppe auf der Treppe und stürmte ins Haus.

»Nein, danke«, antwortete Frieda. »Wie war es denn?«

Stefan zuckte mit den Achseln.

»Ganz in Ordnung, schätze ich. Eine ruhige Party.«

Einer von den Jungen, die neben ihm saßen, lachte.

»Die beiden waren großartig, er und Josef.«

»Inwiefern?« Frieda ließ sich neben ihnen nieder.

»Da kam so eine Gang, die Chloë nicht kannte. Diese Typen fingen an, hier die Leute anzurempeln, aber Josef und Stefan haben sie davongejagt.«

Frieda schaute zu Stefan hinüber, der gerade die letzte Glut seiner Zigarette nutzte, um sich eine neue anzuzünden.

»Ihr habt sie davongejagt?«

»Das war keine große Sache«, meinte Stefan.

»Und ob das eine große Sache war«, widersprach einer der anderen Jungs, »sogar eine sehr große.«

Woraufhin die Jungs in lautes Gelächter ausbrachen und einer von ihnen Stefan in einer Sprache anredete, die Frieda nicht verstand. Stefan gab ihm etwas zur Antwort und wandte sich dann zu Frieda um.

»Er lernt an seiner Schule ein komisches Russisch«, erklärte er. »Ich bringe ihm bei, wie man richtig spricht.«

»Wo ist Josef?«

»Bei einem Jungen«, sagte Stefan, »dem es nicht gut geht.«

»Was soll das heißen, ›nicht gut‹? Wo sind sie?«

»Oben auf der Toilette«, antwortete Stefan. »Ihm war schlecht. Sehr schlecht.«

Frieda sprang auf und eilte ins Haus. Der Dielenboden fühlte sich klebrig an, und es roch nach Rauch und Bier. Sie schob sich an einer Mädchengruppe vorbei. Vor der geschlossenen Badezimmertür hatte sich ebenfalls ein Grüppchen versammelt.

»Ist er da drin?«, fragte Frieda die ganze Gruppe. Plötzlich war Chloë da. Sie hatte geweint. Wimperntusche lief ihr übers Gesicht. Hinter ihr tauchte Jack auf. Das Haar stand ihm wirr vom Kopf ab, und sein Gesicht wirkte fleckig.

»Sie haben ihn nicht mehr wach bekommen«, erklärte sie.

Frieda versuchte die Tür zu öffnen, doch das Bad war abgeschlossen. Sie klopfte.

»Josef, ich bin's. Lass mich rein.«

Das Schloss klickte, und die Tür ging auf. Der Junge hing über der Kloschüssel. Josef, der neben ihm stand, sagte mit einem entschuldigenden Lächeln zu Frieda: »Er war schon fast in diesem Zustand, als er angekommen ist.«

»Reagiert er?«, fragte Frieda. »Ich meine, kann er sprechen?«, fügte sie hinzu, als sie Josefs ratlosen Blick sah. »Nimmt er dich wahr?«

»Ja, ja, alles in Ordnung. Ihm ist nur schlecht – sehr, sehr schlecht. Typisch Teenager.«

Frieda drehte sich nach Chloë um.

»Er hat nur zu viel getrunken, ansonsten geht es ihm gut.«

Chloë schüttelte den Kopf. »Nein, Ted geht es nicht gut«, antwortete sie. »Es geht ihm gar nicht gut. Seine Mutter ist tot. Sie ist ermordet worden.«

Weißt du, was? Lass uns doch diesen Sommer wegfahren – irgendwohin, wo wir beide noch nicht waren. Obwohl ich mir dich eigentlich nirgendwo anders vorstellen kann als in London. Da habe ich dich kennengelernt, und das ist auch der einzige Ort, wo ich dich erlebt habe. Bewegst du dich eigentlich je von dort weg? Das Weiteste, was ich mitbekommen habe, ist Heathrow – was für dich ja so eine Art von Menschenhand gemachte Hölle sein muss. Du verabscheust Flugzeuge, und Strände magst du auch nicht. Vielleicht können wir mit dem Zug nach Paris fahren oder in Schottland wandern gehen. Du wanderst doch so gern nachts durch die Straßen – aber magst du auch die Art Wanderungen, für die man eine Landkarte und etwas zum Picknicken braucht? Ich kenne dich, und trotzdem gibt es so vieles, was ich nicht von dir weiß. In letzter Zeit wird mir das erst so richtig bewusst. Aber jetzt haben wir ja eine Menge Zeit, um solche Dinge zu ergründen – nicht wahr, Frieda? Ruf mich bald an – Sandy xxxxxx

8

Kann ich eine Tasse Tee haben?«, fragte Billy Hunt. »Ich verlange eine Tasse Tee und einen Anwalt. Tee mit Milch und zwei Stück Zucker und einen Anwalt, der keine Sekunde von meiner Seite weicht, während Sie mich hier befragen.«

Munster wandte sich an Riley.

»Haben Sie gehört?«

Riley verließ den Befragungsraum.

»Und einen Anwalt«, wiederholte Hunt.

»Moment.«

Sie saßen schweigend da, bis Riley zurückkehrte. Er stellte den Styroporbecher vor Hunt auf den Tisch und legte zwei Tütchen Zucker sowie ein Plastikstäbchen zum Umrühren daneben. Langsam und sehr konzentriert riss Hunt die Tütchen auf, kippte ihren Inhalt in den Tee und rührte um. Er trank einen Schluck.

»Und einen Anwalt«, wiederholte er.

Auf dem Tisch stand ein digitales Aufnahmegerät. Munster beugte sich vor, um es einzuschalten. Während er das Datum und die Namen der Anwesenden nannte, prüfte er mit einem Blick auf die Anzeige des Geräts, ob das Licht leuchtete. Es stand immer zu befürchten, dass das Ding mal nicht richtig funktionierte. An solchen Details konnte ein ganzer Fall scheitern.

»Wir verhören Sie, weil Sie der Hehlerei verdächtigt werden. Ich möchte Sie hiermit auf Ihre Rechte hinweisen: Sie sind nicht verpflichtet auszusagen, aber alles, was Sie sagen, kann vor Gericht gegen Sie verwendet werden. Falls Sie schweigen, kann das vor Gericht ebenfalls gegen Sie verwendet werden.«

»Sind Sie da sicher?«, fragte Hunt.

»Ja, da bin ich sicher«, antwortete Munster. »Ich mache das schließlich nicht zum ersten Mal. Wahrscheinlich mache ich es sogar noch öfter als Sie.«

Hunt trommelte mit den Fingern auf der Tischplatte herum.

»Ich nehme an, ich darf rauchen.«

»Nein, dürfen Sie nicht.«

»Ich kann aber nicht denken, wenn ich nicht rauche.«

»Sie brauchen nicht zu denken. Sie brauchen nur meine Fragen zu beantworten.«

»Und was ist mit meinem Anwalt?«

»Ich wollte Sie gerade darauf hinweisen, dass Sie ein Anrecht auf juristischen Beistand haben und dass wir, falls Sie selbst über keinen eigenen Rechtsbeistand verfügen, etwas für Sie arrangieren können.«

»Das ist doch wohl klar, dass ich über keinen eigenen Rechtsbeistand verfüge! Also ja, besorgen Sie mir einen. Ich möchte hier einen Anwalt neben mir sitzen haben.«

»So läuft das heutzutage nicht mehr«, erklärte Munster. »Unsere Mittel sind knapp bemessen. Jedenfalls bekommen wir das immer wieder zu hören. Wir können Ihnen ein Telefon und eine Telefonnummer zur Verfügung stellen.«

»Ist das Ihr Ernst?«, fragte Hunt verblüfft. »Keine Kippen und keine Anwälte?«

»Sie können mit einem telefonieren.«

»Also gut«, sagte Hunt, »bringen Sie mir ein Telefon.«

Es dauerte zwanzig Minuten, bis Billy Hunt sein Telefonat beendet hatte, Munster und Riley erneut im Verhörraum saßen und das Aufnahmegerät wieder lief.

»Also«, begann Munster, »nun haben Sie mit Ihrem Rechtsbeistand gesprochen.«

»Die Verbindung war schlecht«, erwiderte Hunt. »Ich konnte das meiste von dem, was die Frau gesagt hat, überhaupt nicht verstehen. Außerdem hatte sie einen starken Akzent. Ich glaube nicht, dass Englisch ihre Muttersprache ist.«

»Aber sie hat Sie juristisch beraten?«

»Das nennen Sie eine juristische Beratung? Warum kann ich keinen richtigen Anwalt kriegen?«

»Wenn Sie damit ein Problem haben, dann wenden Sie sich an den für Sie zuständigen Abgeordneten. So funktioniert das System inzwischen nun mal.«

»Warum ist das Fenster da mit Brettern vernagelt?«

»Weil jemand es mit einem Ziegelstein eingeworfen hat.«

»Können Sie es denn nicht reparieren lassen?«

»Ich glaube nicht, dass Sie das etwas angeht.«

»Und der Raum an der Vorderseite, wo man reinkommt – da sieht es ja aus wie auf einer Baustelle. Ihr seid die Nächsten«, prophezeite er, während er sich umblickte. »Bald werdet ihr euch genau wie wir anderen auf die Suche nach einem richtigen Job machen müssen.«

»Nachdem Sie nun offiziell einen Rechtsbeistand haben«, fuhr Munster ungerührt fort, »werfen Sie doch bitte einen Blick auf diese Liste.«

Er schob ein Blatt Papier über den Tisch. Hunt betrachtete es verwirrt.

»Was ist das?«

»Eine Inventarliste.«

»Wie bitte?«

»Eine Liste aller Gegenstände, die bei dem betreffenden Einbruch gestohlen wurden. Wie Sie sehen, gehören dazu unter anderem die Silbergabeln, die Sie verkauft haben. Sind hier noch andere Sachen aufgelistet, an die Sie sich erinnern?«

Er schüttelte den Kopf.

»Tut mir leid«, sagte er, »ich hatte nur die Gabeln.«

»Von Dave«, fügte Munster hinzu.

»Genau.«

Munster betrachtete ihn nachdenklich.

»Demnach waren die von uns sichergestellten Gegenstände also Teil einer größeren Einbruchsbeute, wobei Sie diese Gegenstände aber nie zu Gesicht bekommen haben.«

»Genau.«

»Und Ihr Verbindungsmann zu dem besagten Diebesgut war Dave, dessen Familiennamen Sie nicht wissen und von dem Sie vermuten, dass er südlich des Flusses lebt, auch wenn Sie keine Möglichkeit haben, Kontakt zu ihm aufzunehmen.«

Hunt rutschte unbehaglich auf seinem Platz herum.

»Sie wissen ja, wie so etwas ist«, sagte er.

»Und Ihr einziges Alibi für den Tag des Einbruchs könnte ein Mann namens Ian liefern, der ebenfalls keinen Familiennamen hat und sich derzeit auf Reisen befindet oder zumindest nicht erreichbar ist.«

»Was mir sehr leidtut«, sagte Hunt.

»Anders ausgedrückt«, fasste Munster zusammen, »sind Sie also nicht in der Lage, uns irgendwelche Informationen zu liefern, die wir überprüfen könnten – abgesehen von dem, was wir ohnehin schon wissen.«

»Sie beide sind die Polizisten«, entgegnete Hunt. »Ich habe keine Ahnung, was Sie überprüfen können und was nicht.«

»Wenn Sie uns natürlich mit dem Mann in Verbindung bringen könnten, der das Silber an Sie weitergegeben hat, würden wir ernsthaft in Betracht ziehen, die Anklage gegen Sie fallen zu lassen.«

»Ich wünschte, ich könnte Sie mit ihm in Verbindung bringen.«

»Dave?«

»Ja, aber das kann ich nicht.«

»Können Sie uns überhaupt irgendetwas sagen?«

»Keine Ahnung«, entgegnete Hunt, »fragen Sie einfach.«

»Wo haben Sie die vergangene Nacht verbracht? Zumindest das müssen Sie doch wissen.«

»Ich bin in letzter Zeit viel herumgezogen«, antwortete Hunt ausweichend. »Einen festen Wohnsitz habe ich im Moment ja nicht.«

»Trotzdem suchen Sie sich doch für jede Nacht irgendeinen Schlafplatz. Wo haben Sie vergangene Nacht geschlafen?«

»In einer von diesen Wohnungen unten bei Chalk Farm. Ich habe da einen Freund, besser gesagt ist er eigentlich ein Freund von einem Freund von mir. Jedenfalls ist der Typ nicht da, und ich darf dort pennen.«

»Wie lautet die Adresse?«

»An die kann ich mich nicht erinnern.«

»Dann bringen Sie uns hin.«

Nach einer kurzen Fahrt betraten die drei Männer – Munster, Riley und Hunt – den Innenhof des heruntergekommenen Wohnblocks und stiegen dort eine Treppe hinauf. Im dritten Stock blieb Munster stehen und lehnte sich über die Balustrade, von der man auf das William-Morris-Gebäude sehen konnte. Sie selbst befanden sich im John-Ruskin-Gebäude. Nicht weit entfernt gab es Häuser, die selbst jetzt noch über eine Million Pfund wert waren, während hier jede dritte oder vierte Wohnung mit Brettern zugenagelt war und auf eine Renovierung wartete, die vermutlich so lange verschoben würde, bis jemand in der Lage war, sie zu finanzieren. Munster warf einen fragenden Blick zu Hunt hinüber, der weiter den Außenflur entlangging, bis er schließlich vor einer Tür stehen blieb und einen Schlüssel aus der Jacke zog, um aufzusperren.

»Halt«, sagte Munster, »Sie gehen nicht rein, sondern warten hier draußen mit DC Riley.«

Als Munster die Wohnung betrat, fühlte er sich sofort an seine Anfangszeit bei der Polizei erinnert. Damals hatte er viel Zeit an solchen Orten verbracht. Die Luft roch nach Moder, Feuchtigkeit, verrotteten Essensresten. Es war der Geruch von Gleichgültigkeit und Resignation. Er kannte das nur allzu gut: die verdreckten Linoleumböden, die schmuddeligen Sofas und Sessel im Wohnzimmer, wo alles außer dem großen neuen Flachbildschirmfernseher schäbig und alt wirkte. Die Küchenspüle war mit benutztem Geschirr gefüllt. Auf dem Kochfeld stand eine fettverschmierte Bratpfanne. Munster hielt nach etwas Ausschau, das nicht passte, irgendetwas, das aus dem üblichen Unrat herausstach; doch so, wie es aussah, würde er es nicht finden. Hatte Hunt bereits alles fortgeschafft? Wahrscheinlich wäre es am vernünftigsten, ein paar Beamte für eine richtige Hausdurchsuchung abzustellen, falls er sie bewilligt bekam. Denn Hunt hatte recht: Am Rechtsbeistand wurde bereits gespart, und nun war die Polizei an der Reihe. Während ihm diese Gedanken durch den Kopf gingen, betrat Munster das Bad – und dort wurde er endlich fündig. Er streifte seine Latexhandschuhe über. Das Ding war zu groß für einen Beweisstückbeutel. Er rief Riley und Hunt herein.

»Was hat dieses Ding hier zu suchen?«

»Das ist ein Zahnrad«, erklärte Riley. »Sieht aus, als gehörte es in irgendeine große alte Maschine.«

Einen Moment herrschte Schweigen.

»Warum sollte man so etwas nicht im Bad haben?«, fragte Hunt. »Sieht doch gut aus. Das Metall glänzt so schön. Es dient der Dekoration.«

»Sie haben hier nicht den Glanz des Metalls bewundert«, widersprach Munster, »sondern es gewaschen. Woher haben Sie dieses Ding? So was sieht man schließlich nicht jeden Tag.«

»Von dem Typen.«

»Dave?«

»Genau.«

»Warum haben Sie es bisher nicht erwähnt?«

»Es stand nicht auf Ihrer Liste.«

»Wieso haben Sie es gewaschen?«

»Ich wollte, dass es schön glänzt, wenn ich es verkaufe.«

»Wir werden sehen«, sagte Munster.

Als Munster mit dem Zahnrad zurückkehrte, nahm Karlsson das Beweisstück entgegen und hielt es einen Moment mit beiden Händen, um sein Gewicht zu prüfen, ehe er es umdrehte und die Kante befühlte. Dann begab er sich damit zu Russell Lennox, der schlaff und teilnahmslos in einem Sessel hing und mit blutunterlaufenen Augen vor sich hin starrte.

»Mister Lennox«, sagte er und hielt ihm das Zahnrad hin, das sich selbst durch seine Handschuhe kalt anfühlte. »Erkennen Sie diesen Gegenstand wieder?«

Russell betrachtete das Zahnrad ein paar Sekunden lang wortlos. Seine Lippen wirkten blutleer.

»Ist das …?« Er brach ab und presste Daumen und Zeigefinger gegen seinen Nasenrücken. »Ist sie damit getötet worden?«

»Wir vermuten es, ja. Allerdings hatten Sie uns nicht gesagt, dass dieser Gegenstand ebenfalls gestohlen wurde.«

»Nein. Mir ist gar nicht aufgefallen, dass er fehlte. Das war nur so ein Ding, das wir auf unserem Kaminsims liegen hatten. Ruth hat es vor Jahren mal aus irgendeinem Müllcontainer gezogen. Sie meinte, wenn man es richtig abschrubbte, würde es bestimmt schön glänzen, im Gegensatz zu mir und Ted. Es hat ihr immer Spaß gemacht, uns ein bisschen aufzuziehen.« Die Muskeln in seinem Gesicht zuckten. Man sah ihm an, wie viel Kraft es ihn kostete, seine Gefühle unter Kontrolle zu halten. »Sind Sie sicher, dass sie damit …?«

»Wir haben darauf das Blut Ihrer Frau gefunden.«

»Verstehe.« Russell Lennox wandte sich ab. »Ich will das Ding nicht mehr sehen.«

Munster schaltete das Aufnahmegerät wieder ein.

»Wir waren fleißig«, erklärte er. »Die Situation hat sich verändert. Das ist jetzt Ihre letzte Chance, mit uns zu kooperieren. Wie sind Sie an dieses Zahnrad gekommen?«

Argwöhnisch musterte Hunt erst Munster und dann Riley.

»Wie gesagt, von Dave.«

»So«, schnaubte Munster, »jetzt reicht es mir aber!«

Er stand auf und verließ den Raum. Hunt sah Riley an.

»Habe ich etwas Falsches gesagt?«

»Er wirkt jedenfalls ziemlich wütend«, antwortete Riley. »Passen Sie bloß auf, dass Sie ihn nicht noch wütender machen.«

»Mit so einem Scheiß brauchen Sie mir nicht zu kommen!«, ereiferte sich Hunt. »Ist das jetzt irgendein Trick, damit ich Sie plötzlich für meinen Freund halte?«

»Ich meinte ja nur.«

Ein paar Augenblicke später kehrte Munster in Begleitung von Karlsson zurück. Er zog einen weiteren Stuhl heraus, und sie ließen sich beide nieder. Munster legte eine braune Aktenmappe auf den Tisch und sah Hunt an.

»Hiermit möchte ich zu Protokoll geben, dass nun auch Detective Chief Inspector Karlsson bei dem Verhör anwesend ist«, verkündete er. »William Hunt, wenn Sie das nächste Mal Blut von einer Mordwaffe waschen, sollten Sie diese Waffe lieber in die Geschirrspülmaschine stecken. Wenn man so etwas unter dem Hahn wäscht, bleibt immer ein bisschen was zurück. Wie in Ihrem Fall.«

»Ich habe keine Ahnung, wovon Sie reden.«

»Russell Lennox hat das Ding identifiziert. Die Familie hatte das Zahnrad als eine Art Kunstwerk auf dem Kaminsims liegen. Vor drei Tagen wurde es für einen tödlichen Angriff auf eine gewisse Ruth Lennox benutzt. Sie, William Hunt, wurden bereits überführt, Gegenstände, die vom Tatort gestohlen wurden, verkauft zu haben. Die Mordwaffe wurde in einer Wohnung gefunden, in der Sie sich aufhielten. Wir stehen kurz davor, Sie wegen des Mordes an Ruth Lennox und des damit einhergehenden Einbruchs anzuklagen. Nun, Mister Hunt, haben Sie dazu etwas zu sagen? Sie erleichtern uns allen die Sache ganz enorm, wenn Sie jetzt einfach gestehen, was Sie getan haben, und wir Ihre Aussage protokollieren. Dann wird Ihnen auch der Richter mit einem gewissen Grad an Wohlwollen begegnen.«

Eine ganze Weile herrschte Schweigen.

»Es gab gar keinen Dave«, erklärte Hunt schließlich.

»Natürlich gab es keinen Dave«, antwortete Munster. »Und weiter?«

»Also gut«, fuhr Hunt fort. »Ich bin da eingebrochen.«

Erneutes Schweigen.

»Und? Was ist mit Ruth Lennox?«

»Sie werden mir nicht glauben«, antwortete Hunt.

»Ihnen glauben?«, wiederholte Munster. »Seit wir Sie aufgestöbert haben, lügen Sie uns die Hucke voll! Jetzt geben Sie es doch einfach zu!«

Es folgte eine lange Pause. Für Riley sah es so aus, als würde Hunt im Geist eine komplizierte Berechnung anstellen.

»Ich habe den Einbruch begangen«, erklärte er schließlich, »aber die Frau habe ich nicht umgebracht. Hören Sie, ich bin da eingebrochen und habe das Zeug aus der Küche mitgehen lassen. Aber ich war nur eine Minute drin. Die Alarmanlage machte einen solchen Lärm, dass ich es sehr eilig hatte. Als ich rüber wollte in den anderen Raum, sah ich sie am Boden liegen. Da bin ich nur noch gerannt.«

»Sie sind nicht nur gerannt«, widersprach Munster. »Wir haben bei Ihnen den Gegenstand gefunden, mit dem sie erschlagen wurde.«

»Ich habe ihn mitgenommen«, gab Hunt zu, »auf dem Weg nach draußen.«

Karlsson stand auf.

»Wir können beweisen, dass Sie am Tatort waren«, erklärte er. »Außerdem lügen Sie uns schon die ganze Zeit an. Dafür wandern Sie hinter Gitter.« Er nickte Munster zu. »Macht den Papierkram fertig.«

9

Das Bohren hatte aufgehört, doch stattdessen setzte ein Hämmern ein, das nicht nur laut war, sondern das ganze Haus zum Beben brachte. Frieda machte für Josef Tee, damit der Krach wenigstens für ein paar Minuten aufhörte. Josef ließ sich auf der Treppe nieder und legte seine großen, staubigen Hände um die Teetasse.

»Unter all dem Mist ist es ein gutes Haus«, bemerkte er. »Die Mauern sind gut, schöne Ziegel. Gib mir sechs Monate, um den ganzen Dreck herauszureißen, den Putz und …«

»Nein, nein, so was darfst du nicht mal denken!«

»Was?«

»Sechs Monate. Das klingt für mich höchst beängstigend.«

»Das war doch nur so dahingesagt – nur Gerede.«

»Gut, aber wenn wir schon gerade dabei sind … Hattest du nicht gesagt, du wolltest eine neue Wanne einbauen? Bis jetzt machst du nur eine Menge Krach, und das Bad sieht aus, als wäre eine Bombe eingeschlagen, aber von einer Wanne fehlt noch jede Spur.«

»Keine Sorge, ich mache alles, kümmere mich um alles, und ganz zum Schluss setze ich dann die Wanne ein – klick, klick, ganz einfach.«

Plötzlich war ein elektronisches Gedudel zu hören, das nach einem alten Popsong klang, auch wenn Frieda der Titel nicht einfiel. Josefs Handy lag neben ihr auf dem Tisch. Auf dem Display blinkte ein Name: Nina. Sie reichte es ihm hinüber, doch als er den Namen sah, schüttelte er nur den Kopf.

»Willst du nicht mit ihr sprechen?«, fragte Frieda.

Josef wand sich verlegen.

»Ich habe mich ein paarmal mit ihr getroffen«, erklärte er, »und jetzt ruft sie ständig an.«

»Es ist in der Regel am besten, den Leuten zu sagen, wie man empfindet«, meinte Frieda, »aber ich will dir keine Ratschläge erteilen – es sei denn, es geht um die Frage, wann du gedenkst, deine Bauarbeiten im Bad abzuschließen.«

»Schon gut, schon gut!«, sagte Josef, reichte Frieda seine Teetasse und ging wieder nach oben.

Als Frieda allein war, nahm sie zwei Paracetamol und spülte sie mit Wasser hinunter. Dann machte sie sich daran, ihre beruflichen Mails zu erledigen. Die meisten Nachrichten löschte oder ignorierte sie einfach. Eine aber kam von Paz, aus der Klinik, für die Frieda regelmäßig arbeitete. Paz bat darum, Frieda möge sie anrufen. Bei einer anderen Nachricht zögerte Frieda: Eine Frau namens Marta schrieb ihr, sie melde sich wegen ihres alten Freundes Joe Franklin, der ja ein Patient von Frieda sei. Der Ton der Frau klang entschuldigend: Joe wisse nichts von dieser Mail, und sie habe auch ein schlechtes Gefühl bei ihrem Alleingang – aber könne Frieda denn schon irgendwie absehen, wann sie wieder zu arbeiten anfangen werde? Joe weigere sich, den von Frieda empfohlenen Therapeuten aufzusuchen, aber es gehe ihm sehr schlecht. Er sei schon seit Tagen nicht mehr aus dem Bett gekommen.

Frieda musste an ihren Arzt und ihre Freunde denken, die alle darauf beharrten, dass sie noch ein paar Wochen warten sollte, bis sie wieder zu arbeiten begann. Dann dachte sie an Joe Franklin, wie er oft bei ihr im Sprechzimmer saß: die Hände vors Gesicht geschlagen, während zwischen seinen Fingern Tränen hervorquollen. Sie runzelte einen Moment die Stirn und formulierte dann eine E-Mail: »Lieber Joe, Sie können am morgigen Dienstag um die übliche Uhrzeit zu einer Therapiestunde in meine Praxis kommen, falls Ihnen das zeitlich passt. Bitte geben Sie mir kurz Bescheid. Mit den besten Grüßen, Frieda Klein.«

Anschließend griff sie nach dem Telefon und rief im Warehouse an. So hieß die Klinik. Paz ging ran und erkundigte sich – wie zurzeit alle ihre Freunde und Bekannten – erst einmal, wie es ihr ging, vor allem gesundheitlich. Frieda erschien dieses Thema inzwischen wie eine Art Hindernis, das sie immer und immer wieder überwinden musste.

»Reuben macht sich Sorgen um dich«, erklärte Paz, »genau wie wir alle.«

»Und?«

»Ich wollte wie gesagt hören, wie es dir geht. Außerdem hat hier jemand angerufen, der unbedingt zu dir wollte. Als Patient, meine ich. Ich habe ihm gesagt, dass du im Moment gesundheitlich angeschlagen bist …«

»Herrgott noch mal, Paz, würdest du bitte aufhören, den Leuten Einzelheiten über meinen Gesundheitszustand auf die Nase zu binden …«

»Aber er wollte unbedingt zu dir. Er klang richtig verzweifelt.«

»Ich rufe ihn an.«

»Bist du sicher, dass du das schon wieder packst, Frieda?«

»Was ich nicht packe, ist das Nichtstun.«

Er hieß Seamus Dunne. Frieda hatte noch kaum seine Nummer getippt, als er schon ranging. Sie stellte sich vor.

»Störe ich?«

»Nein, es passt gut.« Er klang plötzlich angespannt.

»Sie wollten einen Termin bei mir?«

»Ja, stimmt. Ich glaube … ich habe das Gefühl, es ist dringend. Ich hätte den Termin gern so bald wie möglich.«

»Wie sind Sie auf mich gekommen?«

»Ein Freund von einem Freund hat Sie empfohlen«, antwortete Seamus, »und zwar aufs Wärmste.«

»Wir führen erst einmal ein Vorgespräch«, erklärte Frieda. »Danach können Sie entscheiden, ob ich die geeignete Therapeutin für Sie bin, und ich kann entscheiden, ob ich mich in der Lage fühle, Ihnen zu helfen.«

»Gut.«

»Ginge es bei Ihnen morgen Vormittag um elf Uhr?«

»Ja.« Es folgte eine kurze Pause. »Ich glaube, Sie werden feststellen, dass ich ein sehr interessanter Mensch bin.«

Frieda spürte plötzlich ein unangenehmes Stechen im Schläfenbereich. Eitelkeit. Kein guter Anfang.

Seamus Dunne war ein schlanker, gepflegt wirkender junger Mann mit gleichmäßigen Gesichtszügen und glänzendem braunem Haar, das er nach hinten gegelt hatte. Zu einer braunen Kordhose trug er ein lilafarbenes, im Licht leicht schimmerndes Hemd und darüber ein Jackett, das maßgeschneidert aussah. Frieda fragte sich, wie lange er wohl gebraucht hatte, um sich für dieses Treffen fertig zu machen. Er hatte einen festen, wenn auch leicht feuchten Händedruck und eine etwas abgehackte, nuancierende Art zu sprechen. Sein Lächeln kam Frieda aufgesetzt vor. Es schien in keinem Zusammenhang mit dem zu stehen, was er gerade sagte. Außerdem nannte er sie für ihren Geschmack ein bisschen zu oft beim Namen.

»Also, Frieda, wie läuft das jetzt?«, fragte er, nachdem er ihr gegenüber Platz genommen hatte, die Handflächen auf die Knie gestützt.

»Als Erstes hätte ich gern ein paar Informationen über Sie, und dann möchte ich, dass Sie mir erzählen, warum Sie hier sind.«

»Informationen. Sie meinen Alter, Beruf und was man sonst so alles angibt, wenn man ein Formular ausfüllen muss?«

»Genau.«

»Ich bin siebenundzwanzig, arbeite im Bereich Verkauf und Marketing, und zwar sehr erfolgreich. Ich bringe Leute dazu, Dinge zu kaufen, von denen sie vorher gar nicht wissen, dass sie sie wollen oder brauchen. Vielleicht missbilligen Sie das, Frieda, aber so funktioniert die Welt nun mal. Es geht nicht darum herauszufinden, was die Leute wirklich brauchen, und es ihnen dann zu geben. Nein, man weckt in ihnen ein Bedürfnis, und dann erfüllt man es.«

»Sie leben in London.«

»Ja, in Harrow.«

»Erzählen Sie mir etwas über Ihre Familie.«

Seamus blickte auf seine Hände hinunter.

»Mein Vater ist gestorben, als ich siebzehn war. Was mir aber nichts ausmachte. Er war sowieso ein Taugenichts, und mich hatte er immer auf dem Kieker. Ich war froh, als er seinen Abgang machte. Meine Mum … das ist eine andere Geschichte. Sie vergöttert mich. Ich bin das Küken der Familie: Ich habe zwei ältere

Schwestern, dann kommt eine Lücke, und dann komme ich. Sie macht mir immer noch die Wäsche. Kaum zu glauben, oder? Und ich bin jeden Sonntag bei ihr zum Mittagessen. Nur sie und ich.«

»Leben Sie allein?«

»Mehr oder weniger. Ich lebe gern allein. Ich fühle mich nicht einsam und habe viele Freunde.« Er schwieg einen Moment, blickte hoch, bedachte sie mit einem Lächeln und starrte dann wieder auf seine Hände hinunter, ehe er hinzufügte: »Und viele Freundinnen. Die Frauen stehen auf mich. Ich weiß, wie man sie glücklich macht.«

»Und? Tun Sie das?«

»Was?«

»Die Frauen glücklich machen.«

»Ja, das habe ich doch gerade gesagt. Jedenfalls eine Weile, aber an die Leine legen lasse ich mich nicht. Ich bin nicht der treue Typ. Ich brauche Abwechslung, Aufregung, Herzklopfen. Als Junge habe ich oft Sachen geklaut, nur wegen des Adrenalins. Schockiert Sie das?«

»Sollte es?«

»Keine Ahnung. Jedenfalls ist es mit den Frauen das Gleiche. Ich stehe auf die Anfangsphase, die Jagd. Aus dem Grund bin ich auch in meinem Job gut. Es verschafft mir Befriedigung, den Leuten etwas aufzuschwatzen, das sie gar nicht brauchen. Genauso verschafft es mir Befriedigung, Frauen in mich verliebt zu machen. Nur bei meiner Mum bin ich ruhig und normal.«

Frieda sah ihn an. Obwohl es in ihrer Praxis ziemlich kühl war, hatte er Schweißtropfen auf der Stirn.

»Wenn Ihnen Ihr Leben so gut gefällt, warum sind Sie dann hier bei mir?«

Seamus straffte die Schultern und holte tief Luft.

»Ich stehe darauf, Macht über Menschen zu haben.« Frieda bemerkte, wie er schluckte. Als er dann fortfuhr, sprach er langsamer, als würde er sich jedes Wort überlegen. »Ich weiß noch genau, wie ich meinem Vater immer die Haare schneiden durfte, als ich ein Junge war. Mein Vater war ein großer Mann, viel größer als ich, und kräftig gebaut. Er hatte einen dicken Hals und breite Schultern. Neben ihm kam ich mir ganz klein vor. Von Zeit zu

Zeit aber hielt ich diese scharfe Schere in der Hand, und er schloss die Augen und ließ mich sein Haar abschnippeln.« Er zögerte einen Moment, als fiele ihm gerade etwas ein. »Ich erinnere mich noch genau daran, wie sein feuchtes Haar roch, wenn ich die Finger hineinschob und über die Kopfhaut strich. Es roch nach ihm. Ich spürte, dass er mir Macht über sich gab, indem er mich an sein Haar ließ. Noch heute kann ich das Klappern der Schere hören. Sie war so scharf, dass ich ihn damit hätte umbringen können. Ich hatte Macht über ihn. Das bewirkte bei mir ein Gefühl von Stärke, aber auch Zärtlichkeit, weil er zuließ, dass ich mich um ihn kümmerte – mit einem Gerät, das ihn genauso gut verletzen konnte.«

Er zwang sich, den Kopf zu heben und Frieda in die Augen zu sehen. Er stutzte ein wenig.

»Entschuldigen Sie, ist irgendetwas nicht in Ordnung?«

»Wieso fragen Sie das?«, entgegnete Frieda.

»Sie wirken … ich weiß auch nicht … irritiert?«

»Sprechen Sie weiter«, forderte sie ihn auf. »Was wollten Sie gerade sagen?«

»Früher als Kind habe ich gern Tiere gequält«, erklärte er. »Das hat mir die gleiche Art von Befriedigung verschafft. Meistens waren es kleine Tiere, Vögel und Insekten, aber manchmal auch Katzen und einmal ein Hund. Und jetzt sind es Frauen.«

»Sie genießen es, Frauen wehzutun?«

»Die Frauen genießen es auch, zumindest meistens.«

»Sie meinen, beim Sex?«

»Ja, natürlich. Das gehört doch alles zum Sex dazu, oder etwa nicht? Dass man der Frau Schmerz und Lust bereitet, ihr wehtut und zugleich Befriedigung verschafft und ihr auf diese Weise zeigt, wer der Herr ist. Aber jetzt – nun ja, ich habe da eine Frau kennengelernt, Danielle. Sie sagt, ich gehe zu weit. Ich habe ihr mit dem, was ich getan habe, Angst gemacht. Sie sagt, sie will mich nicht mehr sehen, es sei denn, ich sorge dafür, dass ich professionelle Hilfe erhalte.«

»Soll das heißen, Sie sind hier, weil Danielle Sie darum gebeten hat?«

»Ja.«

»Wirklich?«

»Glauben Sie mir nicht?«

»Ich finde es interessant, dass Sie sich als jemanden beschreiben, der es genießt, Macht über andere Menschen zu haben. Trotzdem haben Sie auf Danielle gehört, ihre Bedenken respektiert und dementsprechend gehandelt.«

»Sie befürchtet, ich könnte etwas tun – also, ich meine … etwas, das mich in Schwierigkeiten bringen könnte. Etwas Schlimmeres, als bloß eine Katze zu töten. Und sie hat recht. Ich selbst bin auch dieser Meinung.«

»Wollen Sie damit sagen, dass Sie befürchten, Sie könnten einen anderen Menschen ernsthaft verletzen?«

»Ja.«

»Und das ist alles, was Ihnen zu schaffen macht?«

»Alles? Reicht Ihnen das denn nicht?«

»Gibt es – abgesehen von Danielles Bedenken, die Sie teilen – noch andere Dinge, die Ihnen Sorgen bereiten?«

»Nun ja.« Er rutschte ein wenig auf seinem Stuhl herum und wandte kurz den Blick ab, ehe er Frieda wieder ansah. »Ich schlafe nicht besonders gut.«

»Sprechen Sie weiter.«

»Einschlafen kann ich gut, aber später wache ich wieder auf. Manchmal ist das kein Problem, aber manchmal weiß ich genau, dass ich es nicht schaffen werde, wieder einzuschlafen. Dann liege ich da und denke über irgendwelches Zeug nach.«

»Zeug?«

»Sie wissen schon. Kleinigkeiten, die einem um drei Uhr morgens riesengroß erscheinen. Solche Phasen der Schlaflosigkeit macht ja jeder mal durch. Und mein Appetit hat auch ein bisschen nachgelassen.«

»Sie essen nicht richtig?«

»Das ist aber nicht der Grund, warum ich hier bin.« Er wirkte plötzlich wütend. »Ich bin wegen meiner heftigen Gefühle hier, wegen meiner Gewaltfantasien. Ich möchte, dass Sie mir helfen.«

Frieda richtete sich in ihrem roten Sessel noch gerader auf. Durchs Fenster fiel Sonne in den Raum, in dem sie den Patienten, die den Weg zu ihr gefunden hatten, erklärte, dass sie ihr alles anvertrauen konnten, einfach alles. Ihre Rippen und ihr Bein schmerzten.

»Nein«, sagte sie schließlich.

»Wie bitte?«

»Ich kann Ihnen nicht helfen.«

»Das verstehe ich jetzt nicht. Ich erzähle Ihnen, dass ich befürchte, anderen ernsthaft Schaden zuzufügen, und Sie sagen mir, Sie können mir nicht helfen?«

»Stimmt. Ich bin dafür nicht die geeignete Person.«

»Warum? Sie sind doch auf solche Fälle spezialisiert – ich habe mich über Sie informiert. Sie kennen sich aus mit Menschen wie mir.«

Frieda musste an Dean Reeve denken, den Mann, der ein kleines Mädchen entführt und zu seiner willfährigen Ehefrau gemacht hatte. Doch damit nicht genug. Jahre später hatte er einen kleinen Jungen entführt und versucht, ihn zu seinem Sohn zu machen, und wegen einer Nachlässigkeit Friedas hatte er auch noch eine junge Frau in seine Gewalt gebracht und ermordet, weil sie ihm im Weg stand. Dieser Mann war immer noch am Leben – mit seinem angedeuteten Lächeln und seinem lauernden Blick. Frieda dachte an das Messer, das auf sie einstach.

»Wie sind denn Menschen wie Sie?«, fragte sie.

»Sie wissen schon – eben Menschen, die schlimme Dinge tun.«

»Haben Sie denn schon schlimme Dinge getan?«

»Noch nicht. Aber ich kann sie in mir spüren. Ich will sie nicht rauslassen.«

»Das ist irgendwie paradox«, erklärte Frieda.

»Was wollen Sie damit sagen?«

»Die Tatsache, dass Sie um Hilfe bitten, lässt vermuten, dass Sie im Grunde gar keine Hilfe brauchen.«

»Ich weiß nicht, wie Sie das meinen.«

»Sie befürchten, gewalttätig zu werden und nicht genug Empathie für andere zu empfinden. Aber Sie haben auf Danielle gehört und suchen Hilfe. Das beweist Einsicht.«

»Was ist mit der Tierquälerei?«

»So etwas sollten Sie nicht tun, aber wie Sie sagten, ist das schon lange her. Deswegen lautet mein Rat: Tun Sie es nicht wieder.«

Dunne schwieg verwirrt.

»Ich weiß nicht, was ich sagen soll.«

»Wie wäre es mit ›Auf Wiedersehen‹?«, schlug Frieda vor.

Nachdem Seamus gegangen war, stand Frieda auf, trat ans Fenster und blickte zu dem Gelände auf der anderen Straßenseite hinüber. Früher hatten dort einmal Häuser gestanden, bis eine Abbruchbirne durch ihre Mauern schwang. Dann hatten Bagger und Kräne zwischen dem Schutt Stellung bezogen. Eine Weile war es eine Baustelle gewesen, mit Mietcontainern und Bauarbeitern, die Schutzhelme trugen und während ihrer Pausen Tee tranken. Rundherum hatte man Bretterwände errichtet, auf denen große Schilder vom unmittelbar bevorstehenden Bau eines brandneuen Bürogebäudes kündeten. Doch plötzlich wurden die Arbeiten eingestellt: Man befand sich schließlich in einer Wirtschaftskrise. Die Männer zogen mit ihren Baggern ab, ließen allerdings einen einzelnen kleinen Kran zurück, der immer noch mitten auf dem Gelände stand. Inzwischen waren die Flächen, wo vorher der Schutt lag, von Unkraut und Gestrüpp überwuchert. Das Gelände hatte sich in eine Wildnis verwandelt, wo Kinder spielten und manchmal Obdachlose schliefen. Von Zeit zu Zeit sah Frieda sogar Füchse durch das Gestrüpp streifen. Vielleicht würde es so bleiben, dachte Frieda – und die Leute daran erinnern, dass selbst in einer Großstadt wie London manches unkontrolliert und unberechenbar bleiben musste. Nachdenklich betrachtete sie die Nesseln und Wiesenblumen, zwischen denen hier und da sogar ein bisschen Gemüse wuchs – ein paar hartnäckige Überlebende aus zerstörten Gärten.

Nein. Sie konnte Seamus Dunne nicht helfen, auch wenn sie ein bestimmtes Bild nicht mehr aus dem Kopf bekam: wie er seinem Vater die Haare schnitt. Vor ihrem geistigen Auge sah sie immer wieder die schimmernde Schere schnippen, auf und zu, auf und zu.

Liebste Frieda, ich verstehe, dass du im Moment keine Pläne schmieden kannst. Lass dir Zeit, aber schmiede keine Pläne ohne mich, ja? Ich war heute in einer Ausstellung mit sehr violetten Gemälden. Außerdem habe ich ein paar Kräutertöpfe für den Balkon gekauft – auch wenn ich nicht weiß, ob sie den kalten Wind über-

stehen werden, der wie ein Messer durch diese Stadt schneidet. Ich glaube, mit der Zeit könnte es dir hier schon gefallen. Zumindest könntest du dich in den Menschenmassen und all der Fremdheit verlieren. Es gibt Tage, an denen ich mir einbilde, einen Blick auf dein Gesicht zu erhaschen. Irgendwo inmitten der vielen Leute sehe ich dein keckes Kinn oder einen roten Schal. Dann setzt einen Moment lang mein Herz aus. Umgeben von Leuten, die ich mag, bin ich hier einsam ohne dich. Voller Liebe, Sandy xxx

10

Jim Fearby gab niemals auf: Seine Hartnäckigkeit war seine Gabe und sein Fluch. Er konnte nichts dagegen tun, er war einfach so.

Als Zehnjähriger hatte er bei einem Schulausflug mal gesehen, wie man ohne Zündholz Feuer machte. Es wirkte so einfach, als der Mann in der Kampfjacke es vorführte: ein Brett mit einer eingeritzten Kerbe, ein langer Stock, eine Handvoll trockene Gräser und Rindenstücke – mehr brauchte er dazu nicht. Nachdem der Mann den Stock ein, zwei Minuten lang zwischen seinen Handflächen hin- und hergerollt hatte, entstand in dem Nest aus Heu und Rinde ein erster Hauch von Glut, in die der Mann sanft hineinblies, bis daraus eine Flamme züngelte. Ein Schüler nach dem anderen versuchte, es ihm gleichzutun, und einer nach dem anderen scheiterte. Als Fearby nach Hause kam, verbrachte er Stunden damit, einen Stock zwischen den Händen hin- und herzurollen, bis seine Handflächen davon ganz wund und voller Blasen waren. Tag für Tag kauerte er mit steifem Nacken und schmerzenden Händen in ihrem kleinen Garten, bis eines Tages die erste Glut unter der Spitze seines Stocks zu glimmen begann.

Fearbys Mutter, inzwischen schon lange tot, hatte immer recht stolz verkündet, ihr Sohn sei der sturste Mensch, den sie kenne. Seine Frau nannte es Verbissenheit. »Du bist wie ein Hund mit einem Knochen«, meinte sie oft, »du kannst einfach nicht loslassen.« Journalistenkollegen sagten das Gleiche, manchmal bewundernd, manchmal ungläubig oder sogar verächtlich, und in letzter Zeit meist mit einem Kopfschütteln: der alte Jim Fearby und seine Vorstellungen. Fearby war es egal, was sie dachten. Er rollte einfach so lange seinen Stock, bis eine Glut entstand und zu einer Flamme anwuchs. Mit George Conley war es auch so gewesen. Niemand sonst hatte einen Gedanken an Conley verschwendet oder ihn auch nur als menschliches Wesen betrachtet, aber in Jim

Fearby, der damals jeden einzelnen Tag des Prozesses im Gerichtssaal mitverfolgte, hatte er einen Funken entzündet. Vor allem die Passivität des Angeklagten berührte Fearby: Conley war wie ein misshandelter Hund, der nur auf den nächsten Schlag wartete. Er begriff nicht, was mit ihm geschah, wirkte deswegen aber auch nicht überrascht. Vermutlich war er sein ganzes Leben lang schikaniert und gehänselt worden, so dass er nicht mehr genug Hoffnung in sich spürte, um sich zu wehren. Fearby benutzte niemals Worte wie »Gerechtigkeit«, sie waren zu großspurig für einen alten Schreiberling wie ihn. Trotzdem erschien es ihm nicht gerecht, dass dieser Trauerkloß von einem Mann niemanden hatte, der für seine Sache kämpfte.

Als Jim Fearby vor Jahren – das war 2005 gewesen – zum ersten Mal George Conley im Gefängnis besuchte, bescherte ihm die Erfahrung Albträume. Dabei war die Haftanstalt Mortlemere, die unten in Kent an der Themsemündung lag, gar kein so übler Ort, und Fearby wusste selbst nicht recht, was genau ihm dort so unter die Haut gegangen war. Vielleicht die resignierten, müden Gesichter der Frauen und Kinder im Warteraum. Er hatte die Ohren gespitzt, um herauszufinden, welchen Dialekt sie sprachen. Demnach waren einige von ihnen quer durchs ganze Land gereist. Bedrückend empfand er auch den Geruch von Feuchtigkeit und Desinfektionsmitteln. Fearby fragte sich, welche anderen Gerüche die Desinfektionsmittel wohl überdecken sollten. Letztendlich aber lag es – wie er sich eingestehen musste – vor allem an den vielen Schlössern, Gitterstäben, hohen Mauern und Stacheldrähten. Er fühlte sich wie ein Kind, das nie so richtig begriffen hatte, was ein Gefängnis eigentlich bedeutete. Die wahre Strafe bestand darin, dass die Türen verschlossen waren und man nicht gehen konnte, wann man wollte.

Während des Prozesses hatte der bedauernswerte kleine Conley angesichts von so viel Aufmerksamkeit einen erstaunten, fast schon betäubten Eindruck gemacht. Als Fearby ihn zum ersten Mal im Gefängnis traf, wirkte er bleich und völlig am Boden zerstört. »Das ist nur der Anfang«, sagte Fearby zu ihm, aber Conley schien ihm gar nicht richtig zuzuhören.

Fearby hatte auf seiner Straßenkarte gesehen, dass Mortlemere neben einem Vogelschutzgebiet lag, deswegen parkte er nach seinem Besuch den Wagen und wanderte einen Pfad am Wasser entlang – hauptsächlich, damit der kalte Nordwind den schalen Gefängnisgeruch aus seiner Kleidung blasen konnte. Trotzdem wurde er irgendwie den Gestank nicht los, und in der nächsten Nacht und vielen weiteren Nächten träumte er von Gefängnistoren, Gitterstäben, Schlössern und verlorenen Schlüsseln. Im Traum war er selbst eingesperrt und versuchte durch eine Glasscheibe auf die Welt hinauszublicken, doch das Glas war so dick, dass er außer schemenhaften Formen nichts erkennen konnte.

Im Lauf der Jahre, in denen er zahllose Artikel und schließlich sein Buch *Blinde Justitia* schrieb, hatte er Conley in Gefängnissen in ganz England besucht, oben in Sunderland, unten in Devon, an der M25. Als er ihn nun in der Haftanstalt Haston bei Derby aufsuchte, nahm Fearby seine Umgebung kaum noch wahr. Das Parken, die Registrierung, die Vielzahl von Türen, durch die man geschleust wurde, das alles war für ihn längst Routine, eher lästig als traumatisch. Die Wärter kannten ihn, wussten, warum er hier war, und behandelten ihn – und inzwischen auch Conley – größtenteils mit Wohlwollen.

Im Lauf der Jahre hatte Fearby von Insassen gehört, die das Gefängnis als eine Art Schule nutzten. Manche mussten erst lesen lernen, manche machten ihr Abitur und erwarben sogar akademische Grade. Conley aber war nur noch beleibter, blasser und trauriger geworden. Mittlerweile schien er völlig am Ende zu sein. Sein dunkles Haar wirkte fettig und schlaff, und von einem Augenwinkel zog sich eine lange, gezackte Narbe nach unten, das Ergebnis eines Angriffs, dessen Opfer er geworden war, als er eines Tages um sein Mittagessen anstand. Das hatte sich in der Anfangszeit seiner Haftstrafe abgespielt, als er ständig Drohungen und Misshandlungen ausgesetzt war. Seine Mithäftlinge rempelten ihn auf dem Gang an oder machten sich an seinem Essen zu schaffen, bis er schließlich zu seinem eigenen Schutz in Einzelhaft kam. Die Situation änderte sich erst langsam, als immer mehr Fragen laut wurden und die Kampagne begann, die hauptsächlich von Jim Fearby initiiert und dann auch am Laufen gehalten wurde. Ab diesem Zeitpunkt ließen Conleys Mithäftlinge ihn zunehmend in

Ruhe oder wurden sogar richtig freundlich. Nach anfänglichem Zähneknirschen begegneten ihm inzwischen sogar die Wärter mit Mitgefühl.

Fearby saß Conley gegenüber wie so viele Male zuvor. Conley war so dick geworden, dass seine blutunterlaufenen Augen fast zwischen den Fleischfalten seines Gesichts verschwanden. Zwanghaft kratzte er an seinem linken Handrücken herum. Fearby lächelte. Alles war gut. Sie waren im Begriff zu gewinnen. Eigentlich sollten sie sich beide freuen.

»Hat Diana Sie besucht?«, fragte er.

Diana McKerrow war die Anwältin, die Conleys jüngste Berufung übernommen hatte. Anfangs hatte Fearby eng mit ihr zusammengearbeitet, denn er wusste schließlich mehr über den Fall als sonst jemand auf der Welt. Er kannte die Schwachstellen und sämtliche Leute, die damit zu tun hatten. Doch als die Sache dann immer erfolgversprechender wurde, hörte die Anwältin auf, ihn anzurufen, und war ihrerseits immer schwerer zu erreichen. Fearby versuchte, sich nichts daraus zu machen. Was zählte, war das Ergebnis, zumindest redete er sich das ein.

»Sie hat angerufen«, antwortete Conley, wobei er den Blick durch den Raum schweifen ließ, ohne Fearby auch nur ein einziges Mal richtig anzusehen.

»Hat sie Sie über den Stand der Dinge informiert?« Fearby sprach langsam und übertrieben deutlich, als hätte er es mit einem Kleinkind zu tun.

»Ja, ich glaube schon.«

»Es gibt lauter gute Nachrichten«, verkündete Fearby. »Inzwischen wurden alle Informationen über das gesetzeswidrige Verhör offengelegt.« Conley sah aus, als verstünde er nur Bahnhof. »Als die Polizei Sie damals aufgriff«, erklärte Fearby, »wurden Sie nicht angemessen verhört. Sie wurden nicht auf Ihre Recht hingewiesen, und man hat Ihnen auch die ganze Vorgehensweise nicht so erklärt, wie es eigentlich vorgeschrieben ist. Man hat keine Rücksicht genommen auf …«, Fearby hielt einen Moment inne und blickte sich um, am Nachbartisch saßen sich ein Mann und eine Frau schweigend gegenüber, »… Ihre besonderen Bedürfnisse. Das allein hätte schon ausgereicht, aber zusammengenommen mit den Informationen bezüglich Ihres Alibis, die von der Staatsanwaltschaft zurückgehalten wurden …«

Fearby brach ab. Der leere Blick seines Gegenübers sagte ihm, dass Conley ihm nicht mehr zuhörte.

»Sie brauchen sich nicht mit den Einzelheiten zu belasten«, beendete Fearby seine Erklärungen. »Ich wollte nur vorbeischauen und Ihnen sagen, dass ich weiß, was Sie all die Jahre durchgemacht haben. Diesen ganzen Mist, die ganze Scheiße. Keine Ahnung, wie Sie das geschafft haben. Aber nun brauchen Sie nur noch ein bisschen Geduld und Stärke, dann wird alles gut. Hören Sie, was ich sage?«

»Alles gut«, wiederholte Conley.

»Noch was«, sagte Fearby. »Ich wollte Sie wissen lassen, dass es gut für Sie aussieht, aber auch schwer sein wird. Im Fall einer Begnadigung bereiten sie einen monatelang auf die Freilassung vor. Man darf schon gelegentlich raus und Freiheit schnuppern, Spaziergänge im Park machen oder Ausflüge ans Meer, solche Sachen. Und wenn man dann draußen ist, lebt man noch eine Weile in einem Rehabilitationszentrum. Das ist so eine Art offene Anstalt, wo man noch unter Aufsicht steht. Davon haben Sie bestimmt schon gehört, oder?« Obwohl sein Gegenüber nickte, war Fearby nicht sicher, ob Conley ihm wirklich folgen konnte. »Aber für Sie wird es nicht so sein«, fuhr er fort. »Wenn das Berufungsgericht Ihre Verurteilung aufhebt, werden Sie noch in derselben Minute auf freien Fuß gesetzt und dürfen geradewegs zur Tür hinausmarschieren. Das wird nicht leicht für Sie. Sie sollten darauf vorbereitet sein.« Fearby wartete auf eine Reaktion, doch Conley blickte sich nur verwirrt um. »Ich bin heute hierhergekommen, um Ihnen zu sagen, dass ich Ihr Freund bin. Wie ich es immer schon war. Wenn Sie erst mal draußen sind, wollen Sie vielleicht Ihre Geschichte erzählen. Viele Leute würden bestimmt gerne erfahren, was Sie alles durchgemacht haben. Schließlich handelt es sich um eine Geschichte nach dem schönen altmodischen Schema ›Tragödie und Triumph‹. Ich kenne mich mit diesen Dingen aus und würde Ihnen raten, Ihre Version selbst zu verfassen, denn sonst werden es andere für Sie tun. Wenn Sie wollen, kann ich Ihnen dabei helfen. Ich habe von Anfang an Ihren Standpunkt vertreten, als Ihnen sonst noch keiner glauben wollte. Ich bin Ihr Freund, George. Falls Sie Hilfe brauchen, um Ihre Geschichte unter die Leute zu bringen, stehe ich Ihnen dafür gern zur Verfügung.« Fearby wartete erneut auf eine Reaktion, die jedoch ausblieb. »Haben Sie im Moment alles, was Sie brauchen, oder soll ich Ihnen irgendetwas besorgen?«

Conley zuckte nur mit den Achseln, woraufhin Fearby sich verabschiedete und versprach, mit ihm in Verbindung zu bleiben. Früher wäre er im Anschluss an einen solchen Besuch auf jeden Fall noch nach Hause gefahren, egal, wie spät es war, aber seit seine Frau ihn verlassen hatte und die Kinder auch nicht mehr da waren, ließ er sich Zeit. Die Leute rissen immer Witze über Autobahnraststätten, aber ihm behagten sie. Dieses Mal war er besonders günstig untergekommen, für zweiunddreißig Pfund fünfzig, Parken inklusive. Er konnte sich im Zimmer Kaffee oder Tee kochen. Farbfernseher gab es auch, und das Bad war sauber. Abgesehen von der Papierabdeckung über der Kloschüssel deutete nichts darauf hin, dass je ein anderer Mensch in dem Raum gewesen war.

Er hatte das übliche Gepäck dabei: seinen kleinen Koffer, seinen Laptop und die Tasche mit den Akten. Die eigentlichen Aktenordner standen bei ihm zu Hause, wo sie den Großteil seines Büros einnahmen. In der Tasche befanden sich nur die Unterlagen, die er brauchte, wenn er unterwegs etwas nachschauen musste – die wichtigsten Namen, Zahlen und Fakten, außerdem ein paar Fotos und Aussageprotokolle. Wie immer bestand seine erste Handlung darin, die lila Akte herauszunehmen und auf dem kleinen Schreibtisch neben dem Farbfernseher aufzuschlagen. Während der Miniwasserkocher aus weißem Kunststoff aufheizte, griff er nach einem frischen Blatt linierten Papiers, schrieb Datum und Uhrzeit des Treffens oben auf die Seite und notierte dann alles, was bei dem Treffen gesprochen worden war.

Anschließend machte er sich eine Tasse löslichen Kaffee und nahm einen Keks aus der Plastikverpackung. Plötzlich fiel ihm wieder jener erste Besuch bei Conley in Mortlemere ein. Das ist nur der Anfang, hatte er damals gesagt, nicht das Ende. Sein Blick wanderte zurück zu der Akte. Er musste an den Raum voller Akten bei ihm zu Hause denken. Er dachte an seine Ehe, die Streitereien und das Schweigen und dann das Ende. Für ihn war es überraschend gekommen, aber wie sich herausstellte, hatte Sandra es schon monatelang geplant, sich längst eine neue Wohnung gesucht und mit einem Anwalt gesprochen. Was wirst du machen, wenn es zu Ende ist?, hatte Sandra gefragt – und damit nicht ihre Ehe gemeint, sondern diesen Fall. Das war zu einer Zeit gewesen, als sie noch über solche Dinge sprachen, aber schon damals hatte es eher nach einem Vorwurf als nach einer Frage geklungen. Weil so etwas im Grunde nie ein Ende fand. Er hatte sich sein Buch noch einmal angesehen, da er eine Weile mit dem Gedanken spielte, eine neue Ausgabe herauszubringen, wenn Conley freikam. Inzwischen hielt er nichts mehr von dieser Idee. Das Buch bestand nur aus negativen Aussagen: Warum dieses nicht passiert war und jenes nicht stimmte oder eine bestimmte Information zu nichts führte.

Die Frage, die sich jetzt stellte, war anders und neu: Wenn George Conley Hazel Barton nicht umgebracht hatte, wer dann?

11

Nördliche Länder«, sagte Josef, »die trinken alle gleich.«

»Wie meinst du das, die trinken alle gleich?«

Josef chauffierte Frieda in seinem alten Lieferwagen. Sie waren auf dem Weg nach Islington, weil Olivia in fast hysterischem Zustand angerufen und verkündet hatte, das Waschbecken im oberen Badezimmer sei während der Party von der Wand gerissen worden und müsse repariert werden, und zwar dringend. Außerdem habe sie beschlossen, nie wieder Teenager in ihr Haus zu lassen. Josef hatte sich bereit erklärt, seine Bauarbeiten an Friedas Bad vorübergehend einzustellen, um Olivia zu helfen. Friedas gefühlsmäßige Reaktion war seltsam zwiespältig. Einerseits war es lieb von Josef, der schon umsonst ihr Bad renovierte, nun auch noch eine Pause einzulegen, um ihrer Schwägerin zu helfen – aber nicht umsonst, darauf würde Frieda bestehen, und wenn sie es selbst bezahlen musste. Andererseits hielt Josef sich nun ständig bei ihr auf. Sie hatte ihr Haus überhaupt nicht mehr für sich, und jedes Mal, wenn sie einen Blick ins Bad warf, sah es dort noch schlimmer aus.

»Im Süden trinken sie Wein und bleiben stehen. Im Norden trinken sie Schnaps und fallen um.«

»Du meinst, sie trinken, um betrunken zu werden.«

»Um ihre Sorgen zu vergessen und der Dunkelheit zu entkommen.«

Josef machte einen Schlenker, um einem Mann auszuweichen, der völlig unbekümmert auf die Straße getreten war, riesige gelbe Kopfhörer über den Ohren.

»Auf dieser Party gab es also viele Leute, die Schnaps tranken und umfielen?«

»Sie lernen zu früh, wie das geht.« Josef stieß einen langen, sentimentalen Seufzer aus. »Die stabile Seitenlage.«

»Das klingt aber nicht gut.«

»Nein, nein, das ist einfach das Leben. Manche streiten, manche tanzen, manche küssen und halten sich im Arm, andere erzählen von ihren Träumen, ein paar machen was kaputt, ein paar müssen kotzen.«

»Und das alles innerhalb von ein paar Stunden.«

»Chloë hatte nicht so viel Spaß.«

»Wieso nicht?«

»Sie hat die ganze Zeit versucht aufzuräumen. Niemand sollte aufräumen, bevor die Party vorbei ist. Es sei denn, es gibt Scherben.«

Josef parkte seinen Lieferwagen vor Olivias Haus, und sie stiegen aus. Frieda kam gar nicht dazu zu klingeln, weil Olivia schon vorher die Tür aufriss. Sie trug einen Herrenmorgenmantel und hatte eine Trauermiene aufgesetzt.

»Ich musste mich einfach ins Bett legen«, stöhnte sie. »Es ist ein einziges Durcheinander.«

»Es war schon vorher ein ziemliches Durcheinander«, gab Frieda zu bedenken. »Du hast im Vorfeld selbst gesagt, ein bisschen mehr Chaos würde dir gar nicht auffallen.«

»Ich habe mich getäuscht. Es ist nicht nur das Waschbecken. Meine blaue Lampe ist ebenfalls kaputt, und meine Schubkarre auch, weil sie unbedingt ausprobieren mussten, mit wie vielen Leuten man sie beladen und trotzdem noch fahren kann. Allem Anschein nach kam diese Schnapsidee von deinem Freund Jack – wie alt ist der? Ich dachte, er wäre ein Erwachsener und kein Kleinkind. Außerdem ist mein schöner Mantel verschwunden, Kierans Lieblingshut, den er zurückgelassen hat, als er ging, hat oben ein Brandloch von einer Zigarette, die Nachbarn haben sich beschwert, weil in ihren Gärten lauter leere Flaschen liegen und es so laut war, und in meinen Deko-Orangenbaum, der in der Diele steht, hat jemand reingepisst.«

»Ich repariere jetzt jedenfalls das Waschbecken«, meldete Josef sich zu Wort, »und vielleicht auch die Schubkarre.«

»Danke«, antwortete Olivia.

»Pass bloß auf, dass er das Waschbecken nicht aus dem Haus schafft«, bemerkte Frieda.

»Was?«

»Das war ein Witz«, erklärte Josef, »und er war gegen mich gerichtet.«

»Entschuldige, Josef, ich hab's nicht so gemeint.« Nachdenklich betrachtete sie Olivia. »Wie viele Leute haben denn in die Schubkarre reingepasst?«

Ihre Schwägerin stieß ein zittriges Kichern aus. »Absurd viele, sieben, glaube ich. Im Stehen. Man kann noch von Glück sagen, dass sich keiner den Hals gebrochen hat.«

Obwohl das Ganze schon zwei Tage zurücklag, klebte der Boden noch immer, die meisten Bilder hingen schief, und die Luft roch nach Alkohol. Frieda entdeckte dunkle Flecken an der Wand und Steinchen auf den Teppichstreifen der Treppe.

»Es kommt mir vor wie eines dieser altmodischen Kinderbilderbücher: Halte Ausschau nach dem versteckten Gegenstand! Ständig finde ich irgendwelche unsäglichen Dinge.«

»Du meinst Kondome?«, fragte Josef.

»Nein! Mein Gott, was ist da passiert, wovon ich nichts weiß?«

»Nein, nein, keine Sorge. Ich gehe dann mal hoch.«

Er stapfte mit seiner Werkzeugtasche die Treppe hinauf.

»Lass uns was trinken«, schlug Olivia vor und führte Frieda in die Küche. »Entschuldige! Mir war nicht klar, dass du schon aus der Schule zurück bist.«

Chloë saß am Tisch, und ihr gegenüber ein schlaksiger, ungepflegt wirkender Junge mit einem fettigen dunkelblonden Haarschopf. Seine Füße steckten in Turnschuhen, deren Schnürsenkel nicht gebunden waren, und seine Jeans rutschte ihm fast von den mageren Hüften. Als er den Kopf hob, sah Frieda ein schmales, bleiches, hohläugiges Gesicht. Der Junge wirkte angeschlagen und erschöpft. Es war derjenige, der am Samstagabend würgend über der Kloschüssel gehangen hatte – Ted, dessen Mutter gerade erst ermordet worden war. Als sich ihre Blicke trafen, breiteten sich schlagartig hektische rote Flecken auf seinen Wangen aus. Er murmelte irgendetwas Unzusammenhängendes und neigte sich noch mehr nach vorn, bis sein Gesicht halb hinter einer Hand verschwand. Seine Nägel waren weit heruntergekaut. Am Handgelenk hatte er eine kleine Tätowierung, oder vielleicht war es auch nur eine Tintenzeichnung.

»Hallo, Frieda«, sagte Chloë, »ich habe dich nicht erwartet. Wir machen heute doch gar keine Chemie.«

»Ich bin mit Josef da.«

»Wegen des Waschbeckens.«

»Ja.«

»Das muss schon vorher locker gewesen sein. Es ist einfach abgebrochen.«

»Weil zwei Leute darauf gesessen haben!« Olivia senkte die Stimme. »Willst du mich denn nicht deinem Freund vorstellen?«

Chloë wirkte plötzlich verlegen.

»Das ist Ted. Ted, meine Mum.«

Mit zusammengekniffenen Augen blickte Ted zu Olivia hoch und brachte sogar ein Hallo zustande. Olivia marschierte auf ihn zu, packte seine schlaffe, widerstrebende Hand und schüttelte sie enthusiastisch. »Ich freue mich so, dich kennenzulernen«, verkündete sie. »Dauernd sage ich zu Chloë, sie soll Freunde mit nach Hause bringen. Vor allem so gut aussehende junge Männer wie dich.«

»Mum! Das ist genau der Grund, warum ich es nicht tue.«

»Ted stört das bestimmt nicht. Oder, Ted?«

»Und das ist Frieda«, fuhr Chloë hastig fort. »Meine Tante«, fügte sie hinzu und sah Frieda dabei Hilfe suchend an.

»Hallo.« Frieda nickte ihm zu. Obwohl es kaum möglich schien, vertiefte sich die Röte seines Gesichts noch ein wenig, und er stotterte erneut irgendetwas Unverständliches. Frieda konnte sehen, dass er am liebsten davongelaufen wäre, um sich vor dieser Frau zu verstecken, die ihn nicht nur würgend, sondern auch weinend erlebt hatte.

»Sollen wir in mein Zimmer gehen?«, wandte Chloë sich an Ted, woraufhin er aufstand – ein knochiger, linkischer, verlegener junger Mann, der nur aus Ecken und scharfen Kanten zu bestehen schien.

»Ich habe das von deiner Mutter gehört«, erklärte Frieda. »Es tut mir sehr leid, dass du sie verloren hast.«

Neben sich spürte sie Olivia erstarren. Ted drehte sich ruckartig zu Frieda um. Seine Pupillen wirkten plötzlich riesig. Chloë griff nach seiner Hand und drückte sie, um ihn zu trösten. Einen

Moment schien er so von seinen Gefühlen übermannt, dass er sich weder bewegen noch etwas sagen konnte.

»Danke«, stieß er schließlich hervor, »es ist nur … danke.«

»Ich hoffe, ihr bekommt angemessene Hilfe«, sagte Frieda.

»Was?«, flüsterte Olivia, sobald Chloë mit Ted den Raum verlassen hatte, wobei sie mit funkelnden Augen einen Blick über ihre Schulter warf. »Ist das …?«

»Ihr Freund, dessen Mutter ermordet wurde. Ja.«

Olivia schlug die Hand vor den Mund.

»Das war mir nicht klar. Der arme Junge! Der arme, arme Junge! Nein, wie schrecklich! Aber er sieht recht gut aus, findest du nicht? Auf eine lässige, ein bisschen kaputte Art. Meinst du, Chloë ist in ihn verliebt? Was für eine Tragödie. Ich meine, was ihm passiert ist. Noch dazu in diesem Alter. Das muss man sich mal vorstellen! Jetzt brauche ich wirklich was zu trinken.«

Billy Hunt starrte zu Karlsson hoch. Er wirkte nervöser und dürrer denn je, beharrte aber stur auf seiner Unschuld.

Karlsson seufzte.

»Sie machen es uns und sich selbst nur unnötig schwer. Den Einbruch haben Sie bereits gestanden, die gestohlenen Gegenstände konnten zu Ihnen zurückverfolgt werden, und auf der Mordwaffe befanden sich jede Menge Fingerabdrücke von Ihnen und das Blut von Misses Lennox. Geben Sie doch einfach zu, was Sie getan haben.«

»Aber wenn ich es nicht war!«

»Die Geschworenen werden Ihnen nicht glauben.«

Karlsson stand auf. Er hatte das Gefühl, als würde ihm gleich vor Müdigkeit und Zorn der Kopf platzen. Nun blieb seinem Team nichts anderes übrig, als mühsam das ganze Beweismaterial durchzuackern, um wasserdichte Beweise zu bekommen. Die Zeit, die er eigentlich mit seinen Kindern, Bella und Mikey, verbringen wollte, würde er stattdessen damit vergeuden, jeden Zentimeter des Tatorts zu durchkämmen, zahllose Gespräche mit Fachverständigen zu führen und sicherzustellen, dass alles genau nach Vorschrift ablief.

»Warten Sie.«

»Ja?«

»Eines wollte ich Ihnen noch sagen: Ich war vorher noch anderswo.«

»Vorher?«

»Bevor … Sie wissen schon.«

»Sagen Sie es trotzdem.«

»Bevor ich zu dem Haus ging, wo sie lag.«

»Misses Lennox.«

»Genau. Vorher war ich noch anderswo.«

»Wovon Sie uns bis jetzt aber nichts erzählt haben.«

»Stimmt.« Billy nickte hektisch. »Sie werden gleich verstehen, warum.«

»Moment mal, Billy. Wenn Sie Ihre Aussage ändern wollen, müssen wir das offiziell machen. Ich bin gleich wieder da.«

Auf dem Gang begegnete er Riley.

»Gut, dass ich Sie treffe«, sagte der junge Beamte.

»Was gibt's?«

»Ich komme gerade aus der Margaretting Street«, erklärte Riley. »Wir haben etwas gefunden. Unter der Türmatte. Genauer gesagt, ich habe es gefunden. Munster war der Meinung, das könnte Sie interessieren.«

»Worum handelt es sich?«

Riley hielt einen transparenten Asservatenbeutel hoch. Darin befand sich ein benutzter Briefumschlag, auf den mit einem stumpfen Bleistift eine Nachricht gekritzelt war.

Karlsson griff nach dem Beutel und hielt ihn ins Licht: »Hallo, Ruth, ich bin hier, aber wo bist du? Vielleicht in der Wanne. Ruf mich an, wenn du das liest, dann können wir unseren Tee trinken«. Darunter befand sich etwas, das aussah wie zwei ineinander verschlungene Initialen oder vielleicht auch eine schlampige Unterschrift. »Was heißt das hier?«

»Munster hält es für ein ›D‹ und ein ›M‹, aber ich glaube, dass es sich um ein ›O‹ und ein ›N‹ handelt.«

»Vielleicht lag der Umschlag schon seit Monaten dort. Wer kümmert sich darum?«

»DC Long, Sir, und Munster. Ich fahre nachher auch wieder hin. Aber wahrscheinlich ist die Nachricht gar nicht wichtig, selbst wenn sie neueren Datums ist. Ich meine, wenn Billy die Frau umgebracht hat, dann spielt es ja im Grunde keine große Rolle, wann genau sie gestorben ist, oder?«

»Doch, das könnte durchaus wichtig sein«, entgegnete Karlsson nachdenklich.

»Dann bin ich ja froh, dass ich die Nachricht gefunden habe«, meinte Riley mit einem strahlenden Lächeln.

Karlsson musterte ihn argwöhnisch.

»Sehen Sie zu, dass Sie wieder in die Margaretting Street kommen«, sagte er.

Yvette zeigte die Notiz Russell Lennox, der einen Moment auf den Umschlag starrte, dann jedoch den Kopf schüttelte. »Ich kann Ihnen nicht sagen, wer das geschrieben hat.«

»Was ist mit den Initialen?«

»Sind das Initialen? Ist das da ein ›G‹?«

»Ein ›G‹?«

»Vielleicht heißt es ja ›Gail‹.«

»Kennen Sie eine Gail?«

»Ich glaube nicht. Delia könnte es auch heißen, oder Dell. Aber eine Delia oder Dell kenne ich auch nicht. Womöglich ist es ja nur irgendein Gekritzel.«

»Welche Freundinnen Ihrer Frau hatten denn die Angewohnheit, bei ihr vorbeizuschauen, wenn sie tagsüber zu Hause war?«

»Oje«, meinte Russell Lennox stirnrunzelnd, »eine ganze Menge. Meine Frau kannte fast jeden hier im Viertel. Entsprechend groß ist ihr Freundes- und Bekanntenkreis. Sie hat auch mitgeholfen, das jährliche Straßenfest zu organisieren, schon allein deswegen gehen bei uns ständig Leute ein und aus. Natürlich gehören zu ihrem Freundeskreis auch welche, die weiter weg wohnen. Sie war sehr beliebt, meine Frau. Ich fand es immer erstaunlich, mit wie vielen Leuten sie Kontakt hielt. Sie sollten mal ihre Weihnachtskartenliste sehen.« Er schüttelte bedächtig den Kopf. »Ich kann gar nicht glauben, dass ich schon in der Vergangenheit von ihr spreche«, fügte er an Yvette gewandt hinzu. »*War*. Sie *war*. Als wäre es schon Jahre her.«

»Wir haben die Adressenliste aus ihrem Computer«, erklärte

Yvette, »die können wir durchgehen. Aber wenn Ihnen in der Zwischenzeit noch jemand einfällt…«

»Ich dachte, Sie haben den Kerl, der es war.«

»Wir klären nur noch ein paar offene Fragen«, antwortete Yvette.

»Ich zermartere mir schon die ganze Zeit das Gehirn, worüber wir als Letztes miteinander geredet haben. Ich glaube, ich habe gesagt, es könnte abends ein bisschen später werden als sonst, woraufhin sie meinte, ich solle den Geburtstag meiner Cousine nicht vergessen.«

»Tja«, antwortete Yvette verlegen.

»Einerseits denke ich mir, das kann nicht unser letztes Gespräch gewesen sein, dafür ist es viel zu banal. Andererseits ist es typisch für sie. Sie hat mich immer an Geburtstage, Jahrestage und solche Sachen erinnert.«

»Mister Lennox…«

»Natürlich habe ich den Geburtstag meiner Cousine dann doch vergessen. Er war gestern, aber ich habe überhaupt nicht mehr daran gedacht. Bis jetzt.«

»Das ist nur allzu verständlich.«

»Ja, wahrscheinlich«, meinte er müde.

Janet Wall sagte, Ruth sei die perfekte Nachbarin gewesen: nett, ohne neugierig zu sein, und immer gern bereit, ihr mit Eiern, Zucker oder Milch auszuhelfen. Selbst als einer ihrer Söhne einen Fußball durchs Küchenfenster des Lennox-Hauses geschossen habe, sei Ruth freundlich geblieben.

Sue Leadbetter konnte sich noch gut daran erinnern, wie lieb Ruth sich um sie gekümmert hatte, als sie vor nicht allzu langer Zeit mit Grippe im Bett lag. Sie habe ihr Halstabletten und Klopapier vorbeigebracht, erzählte sie, und zusätzlich auch noch Zeitungen und Zeitschriften für sie besorgt.

Gaby Ford berichtete, sie sei Ruth fast jeden Morgen begegnet, wenn sie beide zur Arbeit aufbrachen. Sie hätten sich jedes Mal gegrüßt und gelegentlich auch ein paar Worte gewechselt. Dabei habe Ruth so eine nette Art gehabt, kurz die Hand auf ihre Schulter zu legen. Zwar sei sie oft ein bisschen in Eile gewesen, habe dabei aber immer einen fröhlichen Eindruck gemacht. Auch in den Tagen vor ihrem Tod. Nie habe sie ungepflegt oder verkatert gewirkt. Die ganze Familie sei so nett – eine Familie, die zusammenhielt. Das gebe es heutzutage nicht mehr so häufig.

Jodie Daniels, eine ihrer ältesten Freundinnen, hatte sie am Wochenende noch getroffen. Gemeinsam waren sie zum Gartencenter gefahren und hatten anschließend noch miteinander Kaffee getrunken. Dabei habe sich Ruth ganz normal benommen, berichtete sie: überhaupt nicht nervös, sondern wie immer offen und an ihrer Umwelt interessiert, wenn auch vielleicht ein wenig besorgt, weil Judith nicht richtig für ihren Schulabschluss lernte. Ansonsten hätten sie vor allem darüber gesprochen, ob sie sich ihr Haar, das plötzlich so grau wurde, färben solle oder nicht. Am Ende habe Ruth sich dagegen entschieden und gemeint, sie wolle in Würde alt werden, schloss Jodie Daniels traurig und fügte nach einer kurzen Pause noch ein fassungsloses »Mein Gott!« hinzu.

Graham Walters war zwei Tage vor ihrem Tod gegen Ruths Auto geschrammt. Sie sei unglaublich verständnisvoll gewesen, erzählte er. »Typisch Ruth«, sagte er. Das sei das letzte Mal gewesen, dass er sie gesehen habe.

Am Morgen des Tages, an dem sie gestorben war, hatte sie sich zu Elspeth Weavers Hund hinuntergebeugt und ihn gestreichelt, bevor sie in ihren Wagen gestiegen war.

Sie war ein Stück rückwärts gefahren, um Robert Morgan vorbeizulassen, der aus der Gegenrichtung kam.

Am frühen Vormittag hatte sie von der Arbeit aus bei Juliet Melchett angerufen und ihr Bescheid gegeben, dass Russell und sie gern zu ihrer Party kämen.

Um elf hatte sie, ebenfalls von der Arbeit aus, bei John Lewis einen Blumenstrauß bestellt, der an Russells Tante geschickt werden sollte, weil diese sich die Hüfte gebrochen hatte.

Allerdings hatte keine der genannten Personen bei Ruth Lennox vorbeigeschaut und eine Nachricht unter der Tür durchgeschoben.

Erst bei Dawn Wilmer, die zwei Straßen weiter wohnte und deren ältester Sohn mit Ruths jüngerer Tochter in die Klasse ging, hatten die Beamten schließlich Glück. Sie erkannte die Nachricht als die ihre.

»Sie haben ihr diesen Umschlag unter der Tür durchgeschoben?«

»Ja.«

»Wann?«

»Am Mittwochnachmittag.«

»An dem Tag, an dem sie gestorben ist?«

»Ja, an dem Mittwoch. Hätte ich das sagen sollen? Ich habe nämlich schon mit einem Kollegen von Ihnen gesprochen und gesagt, dass ich nichts Verdächtiges bemerkt habe. Ich glaube, dabei habe ich sogar erwähnt, dass ich an dem Nachmittag kurz rüber bin zu ihrem Haus, aber vielleicht habe ich es auch vergessen zu sagen. Ich meine, ich bin ja nicht reingegangen oder sonst was. Mir ist nichts Ungewöhnliches oder Verdächtiges aufgefallen.«

»Um welche Zeit war das?«

»Genau weiß ich es nicht mehr, aber ich schätze, kurz nach vier. Auf jeden Fall vor halb fünf, weil Danny – das ist mein Sohn – an dem Tag spät nach Hause kommt und mir deswegen klar war, dass Dora auch erst so spät zurückkommt. Deswegen hat Ruth ja vorgeschlagen, dass ich zum Tee vorbeischauen soll. Wir kannten uns noch nicht so gut. Ich bin ziemlich neu in der Gegend, und mein Sohn hat erst vor Kurzem an diese Schule gewechselt. Es war nett von Ruth, mich einzuladen. Sie hat mir auch gleich das Du angeboten.«

»Sie waren also zum Tee eingeladen, aber als Sie wie vereinbart eintrafen, war sie nicht da.«

»Doch, da war sie schon, sie hat nur nicht aufgemacht.«

»Wieso glauben Sie, dass sie da war?«

»Ihr Wagen stand vor dem Haus, und alle Lichter brannten.«

»Haben Sie lange gewartet?«

»Eine Minute oder so, länger nicht. Ich habe geklopft und geklingelt und sogar durch den Briefschlitz gerufen. Da ich mein Handy nicht dabeihatte, konnte ich sie nicht anrufen, deswegen habe ich ihr zum Schluss die Nachricht durchgeschoben.«

»Zwischen vier und halb fünf, sagen Sie?«

»Ja, es war schon nach vier, aber auf jeden Fall noch vor halb fünf.« Die Frau verzog bestürzt das Gesicht. »Glauben Sie – ist es möglich –, dass sie da schon tot war?«

»Wir versuchen nur, den Zeitrahmen zu klären«, antwortete

Yvette in neutralem Ton. »Ihnen ist gar nichts Ungewöhnliches aufgefallen?«

»Nein, nichts.«

»Und Sie standen etwa eine Minute vor der Tür?«

»Ja.«

»Sie haben kein kaputtes Fenster bemerkt? Gleich neben der Haustür?«

»Nein, das wäre mir bestimmt aufgefallen.«

»Gut, vielen Dank für Ihre Hilfe.«

Billy Hunt fuhr sich mit dem Handrücken über die Nase.

»Ich war noch anderswo.«

»Bevor Sie zu dem Haus in der Margaretting Street sind?«

»Ja. Ich möchte bloß vorausschicken, dass es schlimmer klingt, als es war. Es waren keine Kinder da.«

»Wo?«

»Es ist so eine Art Kindergarten. Aber er war leer. Das Gebäude ist noch nicht fertig.«

»Was hatten Sie da verloren?«

»Was glauben Sie denn?«

»Sie sind in einen Kindergarten eingebrochen? Was war denn da zu holen?«

»Gar nichts. Er war leer.«

»Wie sind Sie rein?«

»Von hinten. Ich habe eine Glasscheibe eingeschlagen, und schon war ich drin. Die müssen unbedingt ihre Sicherheitsvorkehrungen verschärfen, bevor sie eröffnen. Allerdings habe ich mir die Hand aufgeschnitten.«

»Wie hieß denn dieser Kindergarten.«

»›Fleißige Bienchen‹.«

»Und wo ist er?«

»Drüben in Islington, Nähe Caledonian Road.«

»Um welche Zeit sind Sie da eingebrochen?«

»Keine Ahnung. Vielleicht so gegen vier.«

»Sie behaupten also, am Mittwoch gegen vier Uhr in einen Kindergarten in Islington eingebrochen zu sein? Was haben Sie danach getan?«

»Eigentlich wollte ich am Kanal entlang nach Hause gehen, aber es fing zu regnen an. Deswegen bin ich in einen Bus gesprungen, der gerade vorbeikam, Linie 153, aber in Camden haben sie mich wieder rausgeschmissen, weil ich geraucht habe. Also musste ich zu Fuß weiter, und während ich so die Straße langging, habe ich an ein paar Türen geklingelt, bis ich eine erwischte, wo niemand aufmachte.

»Und dann?«

»Das wissen Sie doch alles schon. Ich habe das Fenster eingeschlagen und die Tür geöffnet. Eine Alarmanlage ging los, deswegen hatte ich es eilig. Überall schrillte der Alarm, einer in der Diele und einer in dem Raum, wo… Sie wissen schon… wo die Frau lag. Ich habe mir bloß schnell ein paar Sachen geschnappt und bin dann wieder raus.« Er schüttelte den Kopf. »Es ist nicht meine Schuld. Wenn es nicht geregnet hätte, hätte ich nicht den Bus genommen. Dann wäre ich gar nicht dort gewesen.«

Karlsson schaltete das Aufnahmegerät aus.

»Und Misses Lennox wäre noch am Leben.«

»Nein«, widersprach Billy, »so habe ich es nicht gemeint. Schalten Sie das Band wieder an.«

»Vergessen Sie das blöde Band.«

12

Als Frieda mit dem Schlüssel in der Hand auf ihre Haustür zusteuerte, stellte sie fest, dass die Tür bereits offen stand. Zuerst konnte sie nicht sehen, was vor sich ging, aber dann tauchte am einen Ende einer großen, unbestreitbar beeindruckenden Badewanne ein Mann auf, den sie als Josefs Freund Stefan identifizierte, und am anderen Ende Josef selbst. Als Nächstes stellte Frieda fest, dass die Wanne fast zu breit war für die Tür. Das verrieten ihr die grauen Kratzspuren am Türrahmen. Das Dritte, was Frieda feststellte, war die Tatsache, dass die beiden Männer die Wanne raus- statt reintrugen.

»Frieda«, keuchte Stefan, »ich kann dir leider nicht die Hand geben.«

»Habt ihr Probleme, sie durch die Tür zu kriegen?«

»Nein«, meldete sich Josef vom anderen Ende zu Wort. »Wir haben sie gut hineingebracht, und auch rauf. Aber dann gab es ein Problem. Nun bringen wir sie wieder raus und zurück.«

»Was meinst du mit ›zurück‹?«, fragte Frieda.

»Moment.«

Mit lautem Gestöhne und einem unterdrücken Schrei von Josef, der sich zwischen Wanne und Tür die Finger einklemmte, bugsierten sie das große Ding schließlich nach draußen und stellten es auf dem Kopfsteinpflaster ab.

»Diese gottverdammte Wanne ist vielleicht schwer!«, schimpfte Stefan, warf dann aber sofort einen schuldbewussten Blick zu Frieda hinüber. »Entschuldigung. Aber groß ist sie schon.«

»Warum tragt ihr sie wieder raus?«

»Sie ist schwer«, erklärte Josef. »Schlecht für den Boden, glaube ich. Wir überprüfen das jetzt. Wahrscheinlich muss ein Balken rein. Einer aus Eisen.«

»Du meinst, ein Stahlträger?«, fragte Frieda. Drinnen hörte sie das Telefon klingeln.

»Damit du nicht mit deiner Wanne durch den Boden fällst.«

»Tja, was das betrifft, kennst du dich ja bestens aus«, meinte Frieda. »Seid ihr sicher, dass das nötig ist?«

Stefan lächelte.

»Und ob wir sicher sind!«

»Was soll das heißen?«, fragte Frieda argwöhnisch. Das Telefon klingelte immer noch. »Ich bin gleich wieder da.« Sie schob sich an den beiden vorbei, doch ehe sie das Telefon erreichte, hörte es zu klingeln auf. Frieda war fast froh darüber – eine Sache weniger, mit der sie sich auseinandersetzen, eine Person weniger, mit der sie sprechen musste. Einen Moment lang blieb sie stehen und beobachtete, wie Josef und Stefan die Wanne in Josefs Lieferwagen hievten. Die Ladefläche schien sich unter ihrem Gewicht durchzubiegen. Dann begann das Telefon erneut zu klingeln. Frieda empfand das Geräusch als penetrant – als würde jemand sie immer wieder mit dem Finger anstupsen. Entnervt ging sie ran.

»Kann ich bitte mit Doktor Frieda Klein sprechen?«, meldete sich eine Frauenstimme.

»Wer ist dran?«

»Mein Name ist Jilly Freeman. Ich rufe im Auftrag des *Sunday Sketch* an.« Sie schwieg einen Augenblick. »Entschuldigung, sind Sie noch dran?«

»Ja«, antwortete Frieda.

»Wir bringen in unserer morgigen Ausgabe einen Artikel, zu dem wir gern einen Kommentar von Ihnen hätten.«

»Warum?«

»Weil er Sie betrifft.«

Frieda empfand einen Anflug von Angst und zugleich ein Gefühl von Taubheit, als bekäme sie gerade einen Schlag auf einen Teil ihres Körpers, der bereits verletzt und noch nicht wieder ganz verheilt war. Am liebsten hätte sie das Telefon an die Wand geschmissen, statt das Gespräch fortzusetzen. Hatte es etwas mit dem Angriff auf sie zu tun? Nahm die Polizei die Sache erneut unter die Lupe? Oder versuchten nur irgendwelche Schnüffler von der Presse, auf eigene Faust etwas herauszufinden?

»Worum geht es?«, fragte sie.

»Bei Ihnen war ein Patient namens Seamus Dunne.«

Das kam für Frieda derart unerwartet, dass sie einen Moment brauchte, bis sie den Namen einordnen konnte. Im selben Moment trat Josef wieder in ihr Blickfeld und bedeutete ihr mit einem Winken, dass sie am Aufbrechen waren.

»Wir müssen reden«, sagte sie.

»Bis bald.« Josef ergriff die Flucht.

»Was?«, fragte die Frau am Telefon.

»Ich habe mit jemand anderem gesprochen. Woher wissen Sie von Seamus Dunne?«

»Doktor Klein, es wäre vielleicht besser, wenn ich bei Ihnen vorbeikommen und ein richtiges Interview mit Ihnen führen könnte.«

Frieda holte tief Luft. Dabei fiel ihr Blick zufällig auf ein hinter Glas hängendes Bild, in dessen Scheibe sich ihr Gesicht spiegelte. War diese Person wirklich sie? Bei dem Gedanken, dass schon wieder jemand zu ihr ins Haus kommen wollte, wurde ihr regelrecht übel.

»Sagen Sie mir einfach, worum es geht.«

»Wir berichten lediglich über eine neue psychologische Studie, die wir für sehr wichtig halten. Wie Sie wissen, sind manche Leute der Meinung, dass die meisten Psychoanalytiker gegenüber der Öffentlichkeit nicht ausreichend Rechenschaft über ihre Tätigkeit ablegen.« Jilly Freeman ließ eine Pause, die Frieda jedoch nicht füllte. »Wie auch immer, es gibt da einen Professor namens Hal Bradshaw, der in letzter Zeit Forschungen zu diesem Thema angestellt hat. Kennen Sie ihn?«

»Ja«, antwortete Frieda, »ich kenne ihn.«

»Für seine jüngste Studie hat er ein paar prominente Analytiker und Analytikerinnen ausgewählt – unter anderem Sie. Zu den ausgewählten Personen hat er dann Leute geschickt, die instruiert waren, alle die gleichen klassischen Symptome eines Menschen an den Tag zu legen, der eine akute Gefährdung für die Öffentlichkeit darstellt, um auf diese Weise herauszufinden, wie der jeweilige Analytiker reagiert.« Wieder folgte eine Pause, ohne dass Frieda etwas sagte. »Deswegen habe ich Sie angerufen, um Sie zu fragen, ob Sie das Ganze kommentieren möchten.«

»Bis jetzt haben Sie mich gar nichts gefragt.«

»Wenn ich das richtig verstanden habe«, entgegnete Jilly Freeman, »dann hat dieser Patient, Seamus Dunne …«

»Sie haben doch gesagt, der Mann habe nur so getan, als wäre er ein Patient.«

»Ja, im Rahmen dieses Forschungsprojekts sollte er die Symptome an den Tag legen, die als klare, wissenschaftlich anerkannte Kennzeichen eines gewalttätigen Psychopathen gelten.«

»Die da wären?«, wollte Frieda wissen.

»Ähm …« Frieda hörte die Frau irgendwelche Seiten umblättern. »Ach ja, hier haben wir es ja: Jeder der angeblichen Patienten sollte gestehen, als Kind Tiere gequält zu haben, und dann behaupten, er habe mittlerweile lebhafte Gewaltfantasien in Bezug auf Frauen und befürchte, er könnte sie womöglich in die Tat umsetzen. Hat Seamus Dunne davon gesprochen?«

»Was meine Patienten in ihren Sitzungen sagen, fällt unter meine Schweigepflicht.«

»Aber er war doch gar kein echter Patient. Außerdem hat er selbst ganz offen darüber geredet. Er hat mir ein Interview gegeben.«

»Im Rahmen des Forschungsprojekts?«

Frieda ließ sich auf einen Stuhl sinken. Sie fühlte sich plötzlich derart erschöpft, dass sie fast schon damit rechnete, mitten im nächsten Satz einzuschlafen. Es war, als hätte sie die Tür abgeschlossen und alle Fenster verriegelt und trotzdem einen Spalt übersehen, durch den diese Leute zu ihr ins Haus gedrungen waren.

»Wir würden für unseren Bericht über die Studie gern wissen, ob Sie eventuelle Bedenken an die Behörden weitergegeben haben.«

Plötzlich klingelte es an der Tür.

»Moment«, sagte Frieda, »ich muss jemanden hereinlassen.«

Sie öffnete die Tür. Draußen stand Reuben.

»Frieda, ich musste einfach …«, begann er, doch sie brachte ihn mit einer Handbewegung zum Schweigen und winkte ihn herein. Ihr fiel auf, wie aufgelöst und durcheinander er wirkte. Ohne ein weiteres Wort schob er sich an ihr vorbei und verschwand in der Küche.

»Was haben Sie gerade gesagt?«, nahm Frieda ihr Telefongespräch wieder auf.

»Ich wollte von Ihnen wissen, ob Sie sich mit irgendwelchen Bedenken an die Behörden gewandt haben.«

Ein klickendes Geräusch, das aus der Küche kam, lenkte Frieda ab. Reuben tauchte mit einer Dose Bier wieder auf.

»Nein«, antwortete Frieda, »das habe ich nicht.«

Reuben formte irgendwelche lautlosen Worte und nahm dann einen großen Schluck von seinem Dosenbier.

»Unseren Informationen zufolge«, fuhr Jilly Freeman fort, »war es das Ziel dieses Experiments, eine Reihe von Therapeuten mit einem Patienten zu konfrontieren, der eine klar erkennbare, akute Gefahr für die Gesellschaft darstellte. Der Patient war ein Psychopath, und es war Ihre Pflicht – im Grunde sogar Ihre gesetzliche Pflicht –, ihn der Polizei zu melden. Könnten wir dazu einen Kommentar von Ihnen haben?«

»Aber er war doch gar kein Psychopath«, entgegnete Frieda.

»Ist sie das?«, mischte Reuben sich ein. »Ist das diese verfluchte Pressetussi?«

»Wovon redest du?«, zischte Frieda.

»Wie bitte?«, fragte Freeman.

»Ich meinte nicht Sie.« Frieda versuchte Reuben mit wütenden Handbewegungen zurück in die Küche zu scheuchen.

»Sie haben doch selbst gesagt, dass er kein Psychopath war«, griff Frieda den Faden wieder auf, »also bestand auch keine Notwendigkeit, ihn zu melden. Schon möglich, dass ich bezüglich des besagten Mannes gewisse Bedenken hatte, aber die würde ich ausschließlich mit ihm selbst diskutieren.«

»Es tut mir leid«, erwiderte Freeman, »aber das ganze Experiment wurde durchgeführt, um zu zeigen, wie Therapeuten reagieren, wenn sie mit einem Patienten konfrontiert sind, der die klassischen, von der Forschung im Lauf der Jahre etablierten Erkennungsmerkmale eines Psychopathen an den Tag legt. Die Öffentlichkeit will bestimmt wissen, ob sie vor solchen Menschen ausreichend geschützt wird.«

»Ich spreche jetzt noch eine Minute mit Ihnen«, erklärte Frieda, »und dann lege ich auf. Erstens haben Sie selbst gesagt, dass er in

Wirklichkeit gar kein Psychopath war, sondern lediglich psychopathisches Zeug von sich gab.«

»Geben Psychopathen denn kein psychopathisches Zeug von sich? Als Therapeutin können Sie doch nur mit dem arbeiten, was die Patienten Ihnen sagen.«

»Zweitens – und darauf habe ich auch Seamus Dunne selbst hingewiesen – bitten Psychopathen nicht um Hilfe. Er hat von einem Mangel an Empathie gesprochen, diesen Mangel aber nicht an den Tag gelegt. Das ist meine Antwort.«

»Und Sie waren so sicher, mit Ihrer Einschätzung recht zu haben, dass Sie es sich leisten konnten, die klassischen Symptome eines Psychopathen zu ignorieren?«

»Ihre Minute ist um«, verkündete Frieda und legte auf. Sie ging zu Reuben in die Küche.

»Was willst du hier?«, fragte sie.

»Ich habe Josef wegfahren sehen.«

»Er renoviert mein Bad.«

»Dann weiß ich jetzt wenigstens, warum ich ihn nie erreichen kann.« Seine Miene wurde hart. »Das war sie, stimmt's? Diese Journalistin, wie hieß sie noch mal?«

»Die Frau, mit der ich gerade gesprochen habe, hieß Jilly Freeman«, sagte Frieda

»Genau, das ist sie.«

»Woher willst du das wissen?«

Reuben leerte seine Dose.

»Weil mir das Gleiche passiert ist«, antwortete er. »Sie haben mich genauso reingelegt wie dich. Diese Jilly hat mich angerufen und mir die Neuigkeit eröffnet, und im Verlauf unseres Gesprächs hat sie auch deinen Namen erwähnt. Ich habe versucht, dich anzurufen, aber du bist nie rangegangen.«

»Ich war außer Haus.«

»Deswegen dachte ich mir, ich komme besser gleich selbst vorbei. Lieber Himmel, jetzt brauche ich dringend eine Zigarette. Können wir rausgehen?«

Er nahm eine weitere Bierdose aus dem Kühlschrank und verließ die Küche. Frieda folgte ihm hinaus auf die Straße, wo er ihr das Bier reichte und sich anschließend seine Zigarette anzündete.

Gierig nahm er ein paar tiefe Züge. »Dieser junge Mann«, begann er dann, »hat behauptet, er wolle unbedingt zu mir. Er habe so viel Gutes über mich gehört. Er mache sich wegen seines Zustands Sorgen. Als Kind habe er gern Tiere gequält, und nun habe er Gewaltfantasien in Bezug auf Frauen. Bla, bla, bla, den Rest kennst du ja.«

»Was hast du ihm geantwortet?«

»Ich habe ihm angeboten, ihn eine Weile zu betreuen. Dann hat mich diese Miss Jilly angerufen und mir eröffnet, ich käme auf die Titelseite, weil ich einen Psychopathen wieder auf die Menschheit losgelassen hätte.«

»Wie hast du reagiert?«

Er zog ein weiteres Mal gierig an seiner Zigarette.

»Ich hätte sagen sollen, was du gesagt hast. Das klang gut. Aber ich habe die Beherrschung verloren. Ich habe sie bloß angeschrien und wütend aufgelegt.« Er deutete mit dem Finger auf Frieda.

»Wir werden diese Leute verklagen. Diesen gottverdammten Hal Bradshaw genauso wie diese verfluchte Journalistin und ihr Revolverblatt. Dafür bringen wir sie hinter Gitter.«

»Was willst du Ihnen denn vorwerfen?«, fragte Frieda.

Reuben schlug mit der Faust gegen die Wand.

»Betrug«, antwortete er, »und Verletzung der Privatsphäre. Und Verleumdung.«

»Wir werden sie nicht verklagen«, entgegnete Frieda.

»Fast hätte ich jetzt gesagt, du hast leicht reden«, erklärte Reuben. »Dabei geht es dir im Moment so schlecht. Du hast dich gerade mal ansatzweise von einer schweren Verletzung erholt. Diese Leute dürfen das nicht mit uns machen.«

Frieda legte Reuben eine Hand auf die Schulter.

»Wir sollten es einfach dabei belassen«, sagte sie.

Als Reuben ihr daraufhin das Gesicht zuwandte, erschrak sie über seinen wilden und zugleich resignierten Ausdruck.

»Ich weiß, ich weiß«, sagte er, »ich sollte das Ganze einfach ignorieren. Vor zehn Jahren hätte ich darüber gelacht, es vielleicht sogar genossen, aber inzwischen habe ich die Schnauze voll. Dieser Journalistin werde ich schon zeigen, wie sich Gewaltfantasien in Bezug auf Frauen äußern können.«

Schon um die Mittagszeit hatte sich eine Menschenmenge versammelt, doch es kam zu kleineren Verzögerungen, den letzten Zuckungen eines festgefahrenen bürokratischen Systems, das George Conley noch monatelang im Gefängnis festgehalten hatte, obwohl schon längst klar war, dass er am Ende freikommen würde. Es wurde fast drei Uhr nachmittags, bis er schließlich mit einer Plastiktüte unter dem Arm aus dem Gefängnisgebäude ins Sonnenlicht trat. Er trug einen Mantel, der ihm viel zu klein war und für einen Frühlingstag viel zu warm. Auf seinem bleichen, fleischigen Gesicht glänzten Schweißperlen.

Bei den Leuten, die auf ihn warteten, handelte es sich größtenteils um Journalisten und Fotografen. Der Abgeordnete aus seinem Stimmkreis war ebenfalls anwesend, auch wenn Fearby wusste, wie wenig der Mann für Conley getan hatte. Er war erst für ihn eingetreten, als sich abzeichnete, dass die Kampagne Erfolg haben würde. Eine kleine Gruppe einer revolutionären Organisation war mit Transparenten erschienen, auf denen die Engstirnigkeit der Polizei im Allgemeinen angeprangert wurde. Verwandte aber warteten keine auf Conley. Seine Mutter war während seiner Jahre im Gefängnis gestorben, und seine Schwester hatte ihn seit seiner Verhaftung kein einziges Mal besucht. Fearby gegenüber hatte sie erklärt, sie sei froh, verheiratet zu sein und den Namen ihres Mannes zu tragen, weil ihr beim Namen ihres Bruders schlecht werde. Sie wollte nichts mit ihm zu tun haben, und Freunde besaß er auch keine. In der Kleinstadt, in der er gelebt hatte, war er immer ein einsamer Außenseiter gewesen – jemand, der stets abseits stand und voller Verwunderung und Sehnsucht das Leben an sich vorüberziehen sah. Nach seiner Verhaftung hatten seine Nachbarn gesagt, sie hätten ihn schon immer seltsam und gruselig gefunden, und das Ganze sei für sie überhaupt keine Überraschung. Außer Fearby hatte ihn im Gefängnis nie jemand besucht, von den letzten paar Wochen mal abgesehen.

Diana McKerrow, Conleys Anwältin, stand mit einer Flasche Sekt neben dem Tor. Sie sprach im Namen ihres Mandanten zu den Presseleuten, indem sie von einem Stück Papier ablas, das sie aus ihrer Jackentasche zog: Worte über die skandalösen polizeilichen Ermittlungen, die verlorenen Jahre, die Conley niemals zurückbekommen würde, das Vertrauen einiger weniger guter Seelen, die nie aufgehört hätten, an Conleys Unschuld zu glauben. Fearby, der ein Stück von der kleinen Menschenmenge entfernt stand, wurde dabei nicht namentlich erwähnt. Er wusste nicht so recht, was er erwartet hatte. Nachdem er so viele Jahre auf diesen Moment hingearbeitet hatte, erschien er ihm nun unspektakulär und schal: Ein übergewichtiger Mann schlurfte ängstlich zum Tor hinaus und zuckte erschrocken zusammen, als die Kameras aufblitzten.

Die Journalisten strömten vor und reckten ihm ihre Mikrofone entgegen. »Wie fühlt es sich an, wieder frei zu sein?« »Werden Sie klagen?« »Was haben Sie jetzt für Pläne, Mister Conley?« »Wo werden Sie leben?« »Was werden Sie als Erstes machen?« »Sind Sie wütend?« »Was haben Sie alles verpasst?« »Können Sie uns sagen, wie Sie über die Polizei denken?« Fearby war sicher, dass einige von ihnen Scheckbücher bereithielten. Jetzt wollten sie seine Geschichte. Nachdem sie ihn all die Jahre geschmäht und dann vergessen hatten, war er jetzt plötzlich ihr Held – aber ein Held, dem diese Rolle nicht lag. Seine Antworten bestanden aus gemurmelten Halbsätzen: »Keine Ahnung«, sagte er. »Wie meinen Sie das?« Dabei blickte er nervös hin und her. Diana McKerrow schob ihm einen Arm unter den Ellbogen. Sein Abgeordneter positionierte sich auf der anderen Seite und lächelte in die Kameras.

Fearby wusste, dass sie alle Conley bald wieder vergessen würden – in seinem kleinen Raum in einem Haus voller anderer Außenseiter und Einzelgänger, abgeschieden und am Ende. Er empfand einen Anflug von schlechtem Gewissen und zugleich Zorn: Musste er sogar jetzt noch Conleys einziger Freund bleiben? Musste er ihn weiterhin besuchen, gelegentlich auf ein Bier einladen und ihm nach Möglichkeit einen Job beschaffen? War das der Lohn dafür, dass er dafür gesorgt hatte, dass Conley wieder als freier Mann hinaus in die Welt durfte?

Nachdem er sich mühsam durch die Menge gekämpft hatte, berührte er Conley am Arm.

»Hallo, George«, sagte er, »Glückwunsch.«

»Hallo«, antwortete George. Er roch ungewaschen. Seine Haut

wies eine graue Gefängnisblässe auf, und sein Haar lichtete sich bereits.

»Den Rest des Tages werden Sie ziemlich beschäftigt sein. Ich wollte nur Hallo sagen und Ihnen meine Telefonnummer geben. Rufen Sie mich an, wenn Sie wollen, dann komme ich vorbei und besuche Sie.« Er zwang sich, ein wenig mehr Begeisterung in seine Worte zu legen. »Wir können essen gehen oder ein Bierchen miteinander trinken, oder einen Spaziergang machen.« Er zögerte. »Vielleicht nervt Sie dieser ganze Rummel, aber das legt sich bald. Dann sollten Sie darüber nachdenken, was Sie als Nächstes tun wollen.«

»Als Nächstes?«

»Ich schaue bei Ihnen vorbei.«

Conley starrte ihn mit offenem Mund an. Wie ein kleines, fettes Kind, dachte Fearby. Es fühlte sich nicht nach einem Happy End an.

Später bei der Pressekonferenz las der Beamte, der die Ermittlungen geleitet hatte, eine Erklärung vor: Er gebe offen zu, dass Fehler gemacht worden seien. George Conleys Geständnis, dass er Hazel Barton ermordet habe, sei auf eine Art zustande gekommen, die – an dieser Stelle verzog er hüstelnd das Gesicht – nicht ganz der vorgeschriebenen Vorgehensweise entsprach.

»Damit wollen Sie also sagen, es wurde gegen Gesetze verstoßen!«, rief jemand von hinten.

Man habe inzwischen die erforderlichen Maßnahmen ergriffen, fuhr der Beamte fort. Die Verantwortlichen seien verwarnt, die Regeln verschärft worden. Zu solchen Fehlern werde es nicht mehr kommen.

»Und was ist mit Mister Conley?«, fragte eine junge Frau in der ersten Reihe.

»Wie meinen Sie das?«

»Er war seit 2005 im Gefängnis.«

»Wir bedauern alle Fehler, die in diesem Zusammenhang gemacht wurden.«

»Wurde jemand gefeuert?«, rief eine Stimme.

Die Miene des Inspektors verfinsterte sich.

»Wie gesagt haben wir die Art und Weise, wie diese Ermittlungen geführt wurden, sehr genau unter die Lupe genommen. Einzelne Beamte wurden verwarnt, aber es wäre niemandem geholfen, einen Sündenbock …«

Fearby fand die Botschaft recht deutlich: Die Polizei war der Meinung, dass Conley den Mord begangen habe, nun aber wegen eines Verfahrensfehlers davongekommen sei. Mit dieser Erklärung wollte man das allen im Raum Versammelten explizit klarmachen. Fearby spürte Wut in sich aufsteigen.

»Entschuldigen Sie«, rief er mit lauter Stimme, »ich hätte auch noch eine Frage an Sie!«

Alle Blicke richteten sich auf ihn. Dort stand er, Jim Fearby, der seit Jahren von dem Fall besessen war. Ein Journalist, den man schon seit Jahrzehnten kannte, einer von der alten Garde, der sich noch richtig in eine Story verbiss und nicht mehr lockerließ. Mittlerweile war er über sechzig, gebeugt und weißhaarig. Mit seiner Hakennase und den hellen Augen wirkte er ein wenig wie ein sturmgebeutelter Raubvogel.

»Mister Fearby«, sagte der Inspektor lächelnd, aber ohne jede Herzlichkeit, »ja?«

»Nachdem George Conley nun aus dem Gefängnis freigelassen wurde, und zwar als unschuldiger Mann …« Er legte eine Pause ein, um seinen Worten Nachdruck zu verleihen. »Können Sie uns sagen, welche Maßnahmen Sie nun ergreifen werden, um den wahren Täter zu finden? Immerhin wurde eine junge Frau brutal ermordet.«

Der Inspektor begann wieder mit seinem Gehuste, einem harten, abgehackten Bellen, das ihm Zeit verschaffte, seine Antwort zu formulieren.

»Im Moment gibt es keine neuen Spuren«, erklärte er schließlich.

»Im Moment?«

»Ja, wie gesagt. Weitere Fragen?«

Fearby fuhr durch die Dämmerung nach Hause. Conleys letztes Gefängnis war im Gegensatz zu allen früheren nicht allzu weit von dort entfernt gewesen, wo er wohnte – in einem kleinen Ort im Umland von Birmingham. Als Sandra ihn damals verließ, hatte er überlegt, anderswo hinzugehen, vielleicht in den Lake District oder sogar noch weiter nach Norden, wo kalte, saubere Luft von den Hügeln herabwehte. Er hätte noch einmal ganz neu anfangen können, aber am Ende war er doch geblieben, umgeben von seinen Akten, seinen Büchern, seinen Bildern und seinen DVDs mit den alten Filmen. Ihm war es nicht so wichtig, wo er wohnte. Im Grunde brauchte er nur einen ruhigen Platz zum Schlafen und zum Nachdenken.

Er ging in sein Arbeitszimmer und ließ den Blick über die Berge von Notizbüchern und Aktenordner schweifen, gefüllt mit den Beweisen seiner Besessenheit: Polizeiberichte, juristische Berichte, abgeschickte und eingegangene Schreiben, Anträge … Er schenkte sich einen großen Schluck Gin ein, weil ihm sowohl Whisky als auch Tonic Water ausgegangen waren. Das haben die Seeleute früher auch immer getrunken, dachte er – einen traurigen, einsamen Drink, der einen die Stunden überstehen ließ. Irgendwann schlief er wohl in seinem Sessel ein, denn als das Telefon klingelte, hatte er anfangs das Gefühl, als wäre dieses Läuten Teil eines Traums.

»Spreche ich mit Jim Fearby?«

»Wer sind Sie?«

»Ich habe Sie bei der Pressekonferenz gesehen. Schreiben Sie noch über den Fall?«

»Worum geht es?«, fragte Fearby noch im Halbschlaf.

»Ich möchte mich mit Ihnen treffen.«

»Warum?«

»Sagt Ihnen die Kneipe Philip Sidney etwas?«

»Nein.«

»Sie finden die Adresse bestimmt heraus. Ich erwarte Sie dort morgen Abend um fünf.«

Ich habe versucht, dich anzurufen. Wenn wir uns das nächste Mal sehen, werde ich dir kurz erklären, wie man ein Handy benutzt! (Bis dahin lass es doch einfach eingeschaltet und trage es mit dir herum.) Jetzt ist es wahrscheinlich zu spät, um es noch einmal zu versuchen. Bestimmt schläfst du schon. Oder du schleichst gerade mal wieder durch die Straßen von London – mit diesem Stirnrunzeln, das so typisch ist für dich. Lass bald was von dir hören, und bis dahin pass auf dich auf, meine Liebe. S xxx

13

Karlsson saß Billy Hunt gegenüber.

»Demnach sind Sie der dämlichste Einbrecher der Welt«, stellte er fest.

»Sie wissen also inzwischen, dass ich die Wahrheit gesagt habe?«

»Sie sind tatsächlich in einen Kindergarten namens ›Fleißige Bienchen‹ eingebrochen«, fuhr Karlsson fort. »Mal ganz abgesehen davon, dass es sich um eine Institution für kleine Kinder handelt und es mir besonders erbärmlich erscheint, die zu bestehlen. Was, zum Teufel, haben Sie sich davon versprochen? Stofftiere?«

»Da waren Bauarbeiten im Gange«, erklärte Hunt. »Ich dachte, es könnten ein paar Werkzeuge herumliegen.«

»Aber da waren keine.«

»Nein, ich habe nichts gefunden.«

»Dass es sich um eine Baustelle handelte«, fuhr Karlsson fort, »hatte zumindest den Vorteil, dass es dort eine Menge Überwachungskameras gab und ich die besten Fotos meines Lebens zu sehen bekommen habe. Ein paar davon hätten Sie als Passfoto verwenden können.«

»Ich habe Ihnen doch gesagt, dass ich dort war.«

»Soweit wir wissen, haben Sie sich aber auch am Tatort des Mordes befunden. Darüber müssen Sie uns noch ein bisschen mehr erzählen.«

Hunt überlegte einen Moment.

»Am Ende bin ich in der Margaretting Street gelandet. Ich habe an ein paar Türen geläutet, und jedes Mal, wenn jemand aufmachte, fragte ich nach Steve und sagte dann, ich hätte wohl die Adresse verwechselt. Schließlich kam ich zu dem Haus, wo niemand aufmachte. Da bin ich rein.«

»Wie?«

»Ich habe mir einen halben Ziegelstein aus einem Müllcontainer geschnappt und damit das Fenster neben der Haustür eingeschlagen. Dann habe ich die Tür von innen geöffnet.«

»Hat es Sie denn nicht gewundert, dass nicht abgeschlossen und auch keine Kette vorgelegt war?«

»Dann wäre ich nicht so leicht reingekommen.«

»Aber wenn eine Haustür nicht abgesperrt ist«, fuhr Karlsson fort, »dann deutet das darauf hin, dass jemand zu Hause ist.«

»Ich hatte doch vorher geläutet.«

»Vergessen Sie es. Weiter im Text.«

»Ich bin rein. Habe mir ein paar Sachen aus der Küche geholt. Dann bin ich rüber in den anderen Raum und ... Sie wissen schon.«

»Was?«

»Dort lag die Frau am Boden.«

»Was haben Sie als Nächstes gemacht?«

»Das weiß ich nicht mehr«, antwortete Hunt, »ich stand unter Schock.«

»Warum haben Sie keinen Krankenwagen gerufen?«

Hunt schüttelte den Kopf.

»Die Alarmanlage ging los. Ich wollte nur noch raus.«

»Trotzdem haben Sie sich noch die Zeit genommen, das Zahnrad mitgehen zu lassen.«

»Das stimmt.«

»Obwohl es als Mordwaffe benutzt worden war und das Blut der Frau daran klebte.«

»Ich hatte aus der Küche ein paar Plastiktüten mitgenommen.«

»Warum haben Sie nicht die Polizei gerufen?«

»Weil ich gerade als Einbrecher unterwegs war«, entgegnete Hunt. »Ich meine, im Grunde bin ich kein Einbrecher, aber zu dem Zeitpunkt war ich gerade dabei, ein paar Sachen mitgehen zu lassen. Außerdem konnte ich gar nicht mehr klar denken.«

»Was haben Sie dann gemacht?«

»Ich bin raus und davon.«

»Und dann?«

»Habe ich das Zeug verkauft. Wie gesagt, ich brauchte Bares.«

»Sie haben also das ganze Silber verhökert?«

»Genau.«

»Aber nicht das Zahnrad?«

»Bei dem musste ich erst, Sie wissen schon …«

»Das Blut abwaschen?«

»Es war kein gutes Gefühl«, räumte Hunt ein, »nachdem ich die Frau da liegen gesehen hatte. Aber was hätte ich denn tun sollen?«

Karlsson stand auf.

»Ich weiß nicht, Billy. Ich weiß gar nicht, wo ich da anfangen soll.«

14

Frieda?«

»Hallo, Chloë.« Frieda ging ins Wohnzimmer und ließ ihren schmerzenden Körper in den Sessel neben dem Kamin sinken, wo sie im Winter jeden Abend ein Feuer entzündete. Da aber inzwischen Frühling war, mildes Wetter herrschte und der Himmel in einem zarten Blau leuchtete, blieb der Kamin kalt. »Ist bei dir alles in Ordnung?«

»Ich muss dich sehen.«

»Vor Freitag?« Am Freitag gab Frieda ihr immer Nachhilfe in Chemie, einem Fach, das Chloë abgrundtief hasste.

»Jetzt gleich.«

»Warum?«

»Wenn es nicht wichtig wäre, würde ich dich nicht darum bitten.«

Es war fast sechs Uhr. Frieda dachte an ihre Kanne Tee, an das Stück Quiche, das sie sich aus ihrem Lieblingscafé namens Nummer 9 als Abendessen mitgenommen hatte, und an ihren Plan, einen ruhigen Abend im sanft beleuchteten Kokon ihres Hauses zu verbringen. Sie hatte eigentlich vorgehabt, den Anrufbeantworter einzuschalten und sich in ihr Arbeitszimmer zu begeben, wo ihre weichen Bleistifte und ihr grobkörniges Zeichenpapier warteten und kein Mensch mehr etwas von ihr wollte, bis sie sich dann schließlich auf ihre weichen Kissen sinken und von der Dunkelheit umfangen ließ. Vielleicht war ihr diese Nacht mal ein traumloser Schlaf vergönnt, einfach nur Vergessen. Sie konnte Nein sagen.

»In einer halben Stunde bin ich bei euch.«

»Ich bin nicht zu Hause. Ich sitze in einem Café gleich beim Roundhouse. Du kannst es gar nicht verfehlen. Draußen hängt ein riesiges, auf dem Kopf stehendes Flugzeug. Das Café ist nämlich zugleich eine alternative Kunstgalerie.«

»Moment mal, Chloë …«

»Danke, Frieda!«, schnitt Chloë ihr in enthusiastischem Ton das Wort ab und beendete dann ganz schnell das Gespräch, ehe Frieda es sich anders überlegen konnte.

Aus irgendeinem unerfindlichen Grund hieß das Café Joe's Malt House, und an der Außenwand hing tatsächlich ein großes Flugzeug, und zwar mit der Nase nach unten. Frieda schob die Tür auf und betrat einen langen, dunklen Raum, der mit Tischen und unterschiedlichen Stühlen bestückt war. An den Wänden hingen Bilder, die sie in dem schummrigen Licht kaum erkennen konnte. Sowohl die Tische als auch die lange Theke, die mitten durch den Raum verlief, waren gut besetzt. Es spielte ziemlich laute Musik mit hämmernden Bässen, und die Luft roch intensiv nach Bier, Kaffee und Räucherstäbchen.

»Brauchen Sie einen Tisch?«, fragte eine junge Frau, die in zerfetztes Schwarz gekleidet war und einen Blitz auf die Wange tätowiert hatte. Die Art, wie sie sprach, klang nach Themsemündung und Oberschicht. Ihre Stiefel ähnelten denen des Terminators.

Frieda hörte jemanden ihren Namen rufen und spähte durch den Raum. Am anderen Ende entdeckte sie Chloë, die wild mit den Armen fuchtelte, um sie auf sich aufmerksam zu machen.

»Ich hoffe nur, dass es wirklich wichtig ist.«

»Bier?«

»Nein, danke.«

»Dann vielleicht Tee. Es gibt hier gute Kräutertees.«

»Worum geht es?«

»Ich musste dich irgendwie herlocken. Wegen Ted.«

»Ted? Du meinst den jungen Mann von neulich?«

»Er braucht Hilfe.«

»Ja, da bin ich mir sicher.«

»Aber das Problem ist, dass er deswegen nichts unternimmt. Wenn ihn jemand darauf anspricht, wird er nur wütend, deswegen habe ich mir gedacht, ich muss das für ihn in die Wege leiten.«

»Ich kann dir ein paar Namen nennen, Chloë, aber er muss selbst wollen …«

»Ich brauche keine Namen, Frieda, ich habe ja dich.«

»O nein, vergiss es!«

»Du musst ihm helfen.«

»Ich muss gar nichts. So funktioniert das nicht.«

»Bitte. Du verstehst das nicht. Ich mag ihn wirklich gern, und er ist so dermaßen am Ende ...« Sie griff nach Friedas Hand. »Oje, Mist, da ist er schon. Gerade kommt er rein.«

»Du hast hoffentlich nicht getan, was ich vermute.«

»Es ging nicht anders«, zischte Chloë und beugte sich dabei vor. »Wenn ich gesagt hätte, worum es geht, wärst du nicht gekommen und Ted auch nicht.«

»Genau.«

»Du kriegst das bestimmt hin, dass es ihm wieder besser geht.«

»Seine Mutter ist ermordet worden, Chloë. Wie soll ich das denn wieder hinkriegen?«

Während Frieda aufstand, kam Ted die Theke entlanggestolpert. Als er sie beide entdeckte, blieb er abrupt stehen und starrte sie an. Er wirkte noch genauso ungepflegt und aufgelöst wie beim letzten Mal. Und wie beim letzten Mal bewirkte Friedas Anblick, dass sich auf seinen Wangen hektische rote Flecken bildeten. Sein Blick wanderte von Chloë zu Frieda und wieder zurück.

»Sie?«, stieß er hervor. »Was läuft denn hier?«

Chloë sprang auf und eilte zu ihm.

»Ted«, sagte sie, »hör zu.«

»Was macht sie hier? Du hast mich *reingelegt.*«

»Ich wollte dir helfen«, widersprach Chloë verzweifelt. Einen Moment lang empfand Frieda richtig Mitleid mit ihrer Nichte. »Ich dachte, ihr beide könntet euch einfach ein bisschen unterhalten.«

»Ich brauche keine Hilfe. Ihr solltet mal meine Schwestern sehen. Die brauchen wirklich Hilfe. Ich bin kein kleines Kind mehr.« Er sah Chloë an. »Ich dachte, du wärst meine Freundin.«

»Das ist ungerecht«, meldete Frieda sich in scharfem Ton zu Wort. Er wandte ihr sein bekümmertes und zugleich höhnisches Gesicht zu. »Ich bin auch der Meinung, dass Chloë sich falsch verhalten hat, aber sie hat es getan, weil sie deine Freundin ist und ihr etwas an dir liegt. Also sei nicht so streng mit ihr. Du brauchst deine Freunde jetzt.«

»Auf keinen Fall lege ich mich auf Ihre dämliche Couch.«

»Natürlich nicht.«

»Und ich habe auch nicht vor, in Tränen auszubrechen und zu jammern, dass mein Leben jetzt vorbei ist, weil ich keine Mutter mehr habe.« Seine Stimme klang dennoch gefährlich schrill, während er Frieda trotzig anstarrte.

»Du hast recht, dein Leben ist nicht vorbei. Vielleicht können wir drei hier einfach wieder rausgehen und in dem Café auf der anderen Straßenseite Tee oder eine Tasse heiße Schokolade trinken. Dort drüben ist es ruhig, und so schreckliche Gemälde hängen auch nicht an der Wand. Danach geht jeder wieder seines Weges, und nichts wirklich Schlimmes ist passiert.«

Chloë stieß ein leises Schniefen aus und sah Ted flehend an.

»Meinetwegen«, stimmte er zu. »Heiße Schokolade habe ich schon jahrelang nicht mehr getrunken – das letzte Mal als Kind.« Er sagte das, als wäre er inzwischen ein Mann mittleren Alters.

»Es tut mir leid«, entschuldigte Chloë sich mit dünner Stimme.

»Schwamm drüber, würde ich sagen.«

»Gut«, meinte Frieda. »Können wir jetzt von hier verschwinden?«

Chloë und Ted bestellten sich beide einen Becher heiße Schokolade und Frieda ein Glas Wasser.

»Ich kann mir nicht vorstellen, dass etwas besser wird«, bemerkte Ted, »bloß weil man darüber redet.«

»Das kommt darauf an«, entgegnete Frieda.

»Ich glaube, es macht alles nur noch schlimmer, wie wenn man in eine Wunde piekst, damit sie weiterblutet. Weil man irgendwie *will*, dass sie weiterblutet.«

»Ich bin nicht hier, um dich zu einer Therapie zu überreden, die du gar nicht machen willst. Aber deine heiße Schokolade solltest du schon trinken, finde ich.«

»Wird es Ihnen denn nie zu blöd, Ihre Zeit mit lauter reichen, selbstverliebten Wichsern zu verbringen, die ununterbrochen jammern, was ihnen in ihrer Kindheit alles angetan wurde, und dabei selbst unendlich fasziniert sind von ihrem ganzen edlen, hausgemachten Leiden?«

»Dein Leiden ist aber nicht hausgemacht, oder?«

Ted bedachte sie mit einem finsteren Blick. Sein Gesicht wirkte eigenartig verletzlich, als würde sogar die ganz normale Luft seine Haut zum Brennen bringen.

»Das vergeht wieder«, antwortete er. »Zumindest hätte das meine Mum gesagt. Man muss einfach einen verdammten Tag nach dem anderen hinter sich bringen.«

»Das gehört zu den traurigen Dingen, wenn jemand stirbt«, bemerkte Frieda. »Wir sprechen dann in der Vergangenheit über unsere Lieben. Wir erinnern uns daran, was sie getan hätten. Aber was deine Mum gesagt hätte, ist gar nicht dumm. Die Zeit vergeht ja tatsächlich. Dinge verändern sich.« Sie stand auf. »Ich glaube, mehr gibt es dazu im Moment nicht zu sagen.«

Chloë leerte ihre Tasse.

»Wir haben auch schon ausgetrunken«, erklärte sie.

Draußen wollte Frieda sich verabschieden, aber Chloë widerstrebte es offenbar, sie gehen zu lassen.

»In welche Richtung musst du?«

»Ich laufe durch den Park zurück.«

»Dann hast du denselben Weg wie wir, vorbei an Teds Haus. Allerdings wohnt er da zurzeit ja nicht. Sie sind bei Nachbarn untergekommen.«

»Ich kann für mich selbst sprechen«, meldete Ted sich zu Wort.

»Gut«, meinte Frieda, woraufhin sie sich in Bewegung setzten – ein bedrücktes Trio, mit Chloë in der Mitte.

»Es tut mir leid«, sagte Chloë. »Das ist alles meine Schuld. Ich hätte das nicht tun sollen. Nun habe ich euch beide in Verlegenheit gebracht.«

»Man kann niemandem Hilfe aufzwingen«, antwortete Frieda, »aber das ist schon in Ordnung.«

»Frieda geht alles zu Fuß. Sie kennt sich in der Stadt aus wie ein Taxifahrer. Nenn ihr zwei Punkte in London, und sie weiß sofort, wie sie am besten von A nach B kommt.« Chloë ließ keine Pause zu, als hätte sie Angst vor peinlichem Schweigen. »Dabei sieht sie auch alles sehr kritisch. Ihrer Meinung nach ist seit dem Elisabethanischen Zeitalter oder dem Großen Brand von London sowieso alles falsch gelaufen. Da ist schon Teds Straße. Hier ist das alles passiert. Tut mir leid, ich wollte nicht schon wieder damit anfangen. Ich habe genug Schaden angerichtet. Das da ist sein Haus, ich meine, das Haus seiner Eltern, aber ich begleite ihn noch die Straße entlang, um mich zu verabschieden und zu entschuldigen, und dann …« Sie wandte sich zu Frieda um, die abrupt stehen geblieben war. »Frieda, ist mit dir alles in Ordnung?«

Frieda hatte einer Gruppe von Leuten ausweichen wollen – zwei Männern und einer Frau –, die gerade aus einem Wagen stiegen, und erkannte die drei genau in dem Moment, als diese auch sie entdeckten.

»Frieda …« Karlsson verschlug es die Sprache.

Die Miene des anderen Mannes wirkte eher verächtlich als überrascht.

»Sie können es einfach nicht lassen, oder?«, meinte Hal Bradshaw. »Ist das bei Ihnen eine Art Syndrom?«

»Ich weiß nicht, wovon Sie reden«, entgegnete Frieda.

»Eigentlich wollte ich Sie fragen, wie es Ihnen geht«, fuhr Bradshaw fort, »aber ich glaube, ich weiß es schon.«

»Ja. Ihre Journalistin hat mich angerufen.«

Bradshaw lächelte. Er hatte sehr weiße Zähne.

»Vielleicht hätte ich Sie warnen sollen, aber das hätte alles vermasselt.«

»Worum geht es hier eigentlich?«, erkundigte sich Karlsson, der zugleich verlegen und bekümmert wirkte.

»Fragen Sie lieber nicht«, antwortete Frieda. Es war ihr nicht recht, dass jemand davon erfuhr, vor allem nicht Karlsson, auch wenn sie befürchtete, dass ohnehin bald alle Bescheid wüssten. Dann ging der ganze Tratsch und das halb schadenfrohe, halb mitleidige Geflüster wieder von vorne los.

Die Frau war Yvette Long.

»Frieda. Was machen Sie hier?«

»Ich habe mit meiner Nichte Chloë heiße Schokolade getrunken. Und das hier ist Ted.«

»Ja«, sagte Bradshaw, immer noch lächelnd, »wir kennen Ted Lennox. Kommen Sie mit rein? Deswegen sind Sie ja wohl hier.«

»Nein.« Frieda war fast schon im Begriff, jede Verbindung zu leugnen, als ihr Blick auf die gequält wirkende Gestalt neben

Chloë fiel. Für Ted hätte das wie Verrat geklungen. »Ich bin auf dem Weg nach Hause.«

»Sie kann gehen, wohin sie will, oder etwa nicht?«, wandte Yvette sich in aufgebrachtem Ton an Hal Bradshaw, den das zornige Funkeln ihrer braunen Augen jedoch kalt zu lassen schien.

Frieda musste sich ein Lächeln verkneifen. Dass Yvette sie verteidigte, war etwas völlig Neues. Vor allem fragte sie sich, wogegen die Polizistin sie zu verteidigen versuchte.

Yvette und Bradshaw stiegen die Stufen zum Haus hinauf, während Karlsson mit verlegener Miene bei Frieda auf dem Gehsteig zurückblieb.

»Haben Sie irgendwie mit der Sache zu tun?«, fragte er.

»Chloë kennt Ted«, erklärte Frieda. »Sie wollte, dass ich mal mit ihm rede. Das ist alles.«

Karlsson murmelte irgendetwas vor sich hin.

»Jedenfalls freut es mich, Sie zu sehen«, sagte er dann. »Sie sehen erholt aus.«

»Gut«, antwortete Frieda.

»Ich wollte Sie schon längst mal anrufen oder besuchen. Aber jetzt muss ich ...« Er wandte sich dem Haus zu.

»Natürlich.« Frieda blickte sich nach Chloë um, verabschiedete sich mit einem Kopfnicken von ihr und Ted und setzte sich dann in Richtung Primrose Hill in Bewegung.

Karlsson schaute Frieda einen Moment nach, ehe er den anderen ins Haus folgte. Drinnen warteten bereits Munster und Riley auf sie. Munster führte sie in die Küche, wo Yvette mehrere Akten aus ihrer Tasche zog und auf den Tisch legte. Während alle Platz nahmen, sah Karlsson vor seinem geistigen Auge die Lennox-Familie dort sitzen und sich beim sonntäglichen Mittagessen lebhaft unterhalten, verbannte den Gedanken aber sofort wieder aus seinem Kopf. Er sah zu Bradshaw hinüber.

»Was hat Frieda da vorhin zu Ihnen gesagt?«

»Reine Fachsimpelei«, meinte Bradshaw ausweichend.

»Na gut«, sagte Karlsson, »dann schauen wir doch mal, wo wir stehen.«

»Erheben wir wirklich keine Anklage gegen Billy Hunt?«, fragte Munster.

»Ich wünschte, er wäre es gewesen«, erklärte Yvette, »aber laut Videoüberwachung war er um 16.03 Uhr noch in Islington. Die Nachbarin hat um 16.30 bei Ruth Lennox geklopft, aber sie hat nicht aufgemacht.«

»Vielleicht lag sie in der Wanne«, gab Munster zu bedenken, »Womöglich hatte sie Kopfhörer auf.«

»Was sagen unsere Forensiker denn über den Todeszeitpunkt?«, wandte Karlsson sich an Riley, der mit einem ratlosen Blick reagierte.

Yvette griff nach einer Akte und blätterte die Seiten durch.

»Das bringt uns nicht viel weiter«, erklärte sie. »Der Zeitraum, in dem sie gestorben sein könnte, reicht von einer halben Stunde bis zu drei Stunden bevor ihre Leiche gefunden wurde. Aber hört mal, wir werden uns doch wohl nicht auf das Wort von jemandem wie Billy Hunt verlassen, oder? Ich meine, nichts an seiner Aussage ergibt irgendeinen Sinn. Zum Beispiel behauptet er, die Alarmanlage ausgelöst zu haben. Wenn er Ruth Lennox nicht getötet hat, warum wurde die Alarmanlage dann nicht schon vorher von ihrem wahren Mörder ausgelöst?«

»Weil sie den selbst ins Haus gelassen hat«, antwortete Bradshaw. »Psychopathen können sehr glaubwürdig und überzeugend sein.«

»Zu einem früheren Zeitpunkt sagten Sie, er habe seinen Zorn gegenüber Frauen zum Ausdruck gebracht.«

»Dazu stehe ich immer noch.«

»Warum war die Alarmanlage überhaupt an?«, fragte Yvette.

»Wie meinen Sie das?« entgegnete Karlsson.

»Aus welchem Grund sollte Ruth Lennox die Alarmanlage einschalten, wenn sie selbst zu Hause war?«

Karlsson überlegte einen Moment.

»Gute Frage.«

Er stand auf und ging hinaus in die Diele, wo er sich erst suchend umblickte, ehe er die Haustür öffnete und hinaustrat. Dann kehrte er in die Küche zurück.

»In diesem Haus gibt es überhaupt keine Alarmanlage«, informierte er die anderen. »Wir sind solche Idioten!«

»Na, bitte«, meinte Yvette. »Dann hat Billy Hunt also schon wieder gelogen.«

Karlsson trommelte mit den Fingern auf der Tischplatte herum.

»Warum sollte er deswegen lügen?«

»Weil er ein Psychopath ist«, antwortete Bradshaw.

»Er ist ein Nichtsnutz und Langfinger«, entgegnete Karlsson, »aber er hat nicht gelogen.«

»Was wollen Sie damit sagen?« fragte Yvette.

Karlsson deutete zur Decke hinauf. »Da ist ein Rauchmelder.«

»Wie hätte Hunt einen Rauchmelder auslösen sollen?«

»Hat er ja nicht«, erwiderte Karlsson. »Werft mal einen Blick in den Bericht der Spurensicherung. Riley, was steht in besagtem Bericht?«

Rileys Blick flackerte nervös.

»Meinen Sie etwas Bestimmtes?«, fragte er.

»Ja, etwas ganz Bestimmtes. Ach, vergessen Sie es. Soweit ich mich erinnere, stand auf dem Herd ein Tablett mit irgendetwas Verbranntem. Dadurch wurde der Rauchmelder ausgelöst.«

Yvette blätterte durch die betreffende Akte.

»Stimmt«, stellte sie fest.

Munster wirkte skeptisch.

»Wollen Sie damit sagen, dass Billy Hunt in das Haus eingebrochen ist und irgendwelche verbrannten Kekse aus dem Ofen geholt hat?«

Karlsson schüttelte den Kopf.

»Ihr solltet noch einmal mit dem kleinen Mädchen reden. Allerdings weiß ich schon, was die Kleine sagen wird. Sie ist nach Hause gekommen, hat gerochen, dass etwas am Verbrennen war, und das Tablett aus dem Ofen genommen. Dann hat sie ihre Mutter gefunden.« Er sah Munster an. »Chris, überprüfen Sie doch bitte mal den Rauchmelder im Wohnzimmer. Hunt hat gesagt, da sei auch ein Alarm losgegangen.«

Munster verließ den Raum.

»Na schön«, meinte Yvette, »das erklärt also den Alarm. Wegen des Todeszeitpunkts hilft uns das aber nicht weiter.«

»Moment noch«, sagte Karlsson.

Munster kehrte in die Küche zurück.

»Da ist keiner«, verkündete er.

»Was?« Karlsson wirkte verblüfft. »Sind Sie sicher?«

»Draußen in der Diele befindet sich einer. Das muss der zweite Alarm gewesen sein, den er gehört hat.«

Karlsson dachte nach.

»Nein«, sagte er schließlich. »Wenn durch Rauchentwicklung der Rauchmelder ausgelöst wird, spricht hinterher kein Mensch von zwei Arten von Alarm, selbst wenn es zwei Rauchmelder sind. Man nimmt das als ein und denselben Alarm wahr.«

»Tatsächlich?« Yvette klang nicht überzeugt.

»Sind die Sachen von Ruth Lennox hier oder auf dem Präsidium?«, erkundigte sich Karlsson.

»Auf dem Präsidium.«

»Gut«, sagte er, »dann entschuldigt mich einen Moment. Ich muss kurz telefonieren.«

Er verließ den Raum. Die anderen schwiegen eine ganze Weile, bis Yvette sich schließlich an Bradshaw wandte.

»Gibt es irgendein Problem zwischen Ihnen und Frieda?«

»Haben Sie mit ihr denn schon über Ihr eigenes Problem gesprochen?«, entgegnete er.

»Was meinen Sie damit?«

»Die Rolle, die Sie bei dem Vorfall gespielt haben – Friedas Unfall, oder wie auch immer Sie das nennen wollen.«

»Sie müssen entschuldigen, aber ich weiß noch immer nicht, worauf Sie hinauswollen.«

»Ich hoffe nur, dass Sie sich deswegen nicht schuldig fühlen.«

»Hören Sie«, begann Yvette aufgebracht, wurde jedoch von Karlsson unterbrochen, der in dem Moment aus der Küche kam.

»Ich habe gerade mit der Frau in der Asservatenkammer gesprochen«, erklärte er, »und genau die erwartete Auskunft bekommen. Was Hunt im Wohnzimmer hörte, war Ruth Lennox' Handy. Sie hatte den Wecker aktiviert, er war auf zehn nach vier eingestellt. Das war der zweite Alarm, den Billy Hunt vernommen hat.«

»Möglich«, meinte Yvette.

»Nein, definitiv«, widersprach Karlsson. »Wir brauchen nur alle Informationen zusammenzufügen. Was haben wir dann? Kekse oder Küchlein, die im Ofen verbrennen. Einen Rauchmelder. Und einen auf zehn nach vier eingestellten Wecker. Wir können mit ziemlicher Sicherheit davon ausgehen, dass der Alarm sie daran erinnern sollte, dass das Gebäck fertig war.«

»Ja, wahrscheinlich.«

»Wir können außerdem davon ausgehen, dass Misses Lennox zu diesem Zeitpunkt nicht mehr in der Lage war, darauf zu reagieren. Demnach war sie spätestens um zehn nach vier tot.«

Rund um den Tisch herrschte einen Moment Schweigen.

»Mist!«, platzte Yvette heraus.

15

Sie erwartete seinen Besuch. Mit einem raschen Blick in den Spiegel überzeugte sie sich davon, dass sie einen souveränen und einigermaßen gesunden Eindruck machte – Mitleid konnte sie nicht ertragen, schon gar nicht von ihm. Dann aß sie, am Küchenfenster stehend, das Stück Quiche, während der Kater ihr um die Füße strich und sich an ihre Waden schmiegte. Im Haus herrschte endlich Ruhe, nachdem es den ganzen Tag von lautem Hämmern und Bohren erfüllt gewesen war. Für Frieda hatte es sich angehört, als würde ihr komplettes Bad herausgerissen. Stefan hatte zusammen mit Josef zwei industriell aussehende Eisenträger ins Haus geschleppt. Inzwischen aber waren die beiden Männer gegangen. Frieda wusste selbst nicht so recht, was sie sich eigentlich wünschte. Immerhin spürte sie, dass sie sich wacher und nicht mehr so erschöpft fühlte, als wäre ein Schalter ein klitzekleines Stück gedreht worden – mit dem Ergebnis, dass sie ihre Welt nun wieder etwas klarer sah.

An diesem Abend wurde es zehn nach neun, bis schließlich die Türglocke schrillte.

»Hallo, Frieda.« Karlsson hielt ihr einen Strauß rote Tulpen hin, eingewickelt in feuchtes Papier. »Die hätte ich Ihnen schon vor Wochen bringen sollen.«

»Damals hatte ich viel zu viele Blumen. Sie sind alle gleichzeitig verwelkt. So ist es besser.«

»Darf ich reinkommen?«

Im Wohnzimmer ließ er sich in einen der Sessel neben dem leeren Kamin sinken.

»Wenn ich an Sie denke, sehe ich Sie immer neben einem Feuer sitzen«, erklärte er.

»Sie haben mich im Grunde nur im Winter erlebt.«

Einen Moment lang herrschte zwischen ihnen Schweigen. Sie erinnerten sich beide an die Zeit ihrer Zusammenarbeit, und daran, wie brutal sie geendet hatte.

»Frieda …«, begann er.

»Sie müssen das nicht.«

»Doch, ich muss. Es ist mir wirklich ein Bedürfnis. Ich habe Sie seit Ihrer Entlassung aus dem Krankenhaus nicht mehr besucht, weil ich mich wegen des ganzen Desasters derart miserabel fühlte, dass ich es einfach verdrängt habe. Dabei haben Sie uns so geholfen – nein, mehr als das, Sie haben uns gerettet. Und zum Dank haben wir Ihnen den Laufpass gegeben und Sie auch noch beinahe umbringen lassen.«

»Sie haben mir weder den Laufpass gegeben, noch haben Sie mich beinahe umbringen lassen.«

»Vielleicht nicht ich persönlich, aber mein Team, wir. Daran führt kein Weg vorbei: Ich war verantwortlich und habe Sie im Stich gelassen.«

»Aber ich bin nicht gestorben. Sehen Sie mich an.« Sie reckte ihr Kinn vor, straffte die Schultern und lächelte. »Es geht mir gut.«

Karlsson schloss kurz die Augen.

»In diesem Beruf muss man sich ein dickes Fell zulegen, oder man wird verrückt. Aber das mit der dicken Haut funktioniert nicht, wenn es um jemanden geht, dem man sich freundschaftlich verbunden fühlt …«

Einen Moment herrschte Schweigen, während seine letzten Worte noch in der Luft hingen. Vor Friedas geistigem Auge tauchten Bilder von Karlsson auf: Karlsson, wie er am Schreibtisch saß und dabei einen ruhigen, souveränen Eindruck machte. Karlsson, wie er mit angespannter Miene neben ihr eine Straße entlangging. Karlsson am Bett eines kleinen Jungen, von dem sie beide dachten, er müsste vielleicht sterben. Karlsson, wie er beim Polizeipräsidenten für sie, Frieda, eintrat. Karlsson mit seiner Tochter auf dem Arm, die sich wie ein verängstigter Koala an ihn klammerte. Karlsson, wie er an ihrem Kaminfeuer saß und sie anlächelte.

»Wollen wir uns nicht endlich duzen?«, brach Karlsson schließlich das Schweigen.

»Es tut gut, dich zu sehen«, antwortete Frieda.

»Das bedeutet mir sehr viel.«

»Sind deine Kinder schon weg?«, erkundigte sie sich.

»Nein. Aber bald ist es soweit. Eigentlich sollte ich viel Zeit mit ihnen verbringen, doch dann kam dieser Fall dazwischen.«

»Das ist bitter.«

»Es fühlt sich an wie ein Zahnschmerz, der einfach nicht nachlässt. Aber was ist mit dir, geht es dir wirklich gut?«

»Ja. Ich brauche nur noch ein bisschen Zeit.«

»Ich meinte das nicht nur körperlich.« Seine verlegene Miene amüsierte Frieda ein wenig.

»Du möchtest wissen, ob ich traumatisiert bin?«

»Du *bist* immerhin mit einem Messer angegriffen worden.«

»Manchmal träume ich davon.« Frieda überlegte kurz. »Außerdem muss ich dir sagen, dass ich auch oft an Dean Reeve denke. Vor ein paar Tagen ist etwas vorgefallen, das du wissen solltest. Deswegen brauchst du aber kein so ängstliches Gesicht zu machen, ich möchte jetzt sowieso nicht darüber sprechen.«

Frieda betrachtete Karlsson, der aussah, als wollte er gerade eine Entscheidung fällen – als würde er mit sich ringen, ob er etwas sagen sollte oder nicht.

»Hör mal«, brach er schließlich das Schweigen, »dieser Junge, Ted …«

»Tut mir leid, dass ich euch da über den Weg gelaufen bin.«

»Darauf wollte ich gar nicht hinaus. Weißt du über den Fall Bescheid?«

»Ich weiß, dass seine Mutter ermordet wurde.«

»Sie war eine nette Frau mit einem anständigen Mann, engen Familienbanden, guten Freunden und Nachbarn, die sie mochten. Wir waren der Meinung, den Täter bereits geschnappt zu haben. Es sah nach einem einfachen, klaren Fall aus. Wie sich nun herausstellt, kann es der Betreffende nicht gewesen sein, und wir stehen wieder da, wo wir angefangen haben, nur dass nun alles immer weniger Sinn ergibt.«

»Das tut mir leid«, antwortete Frieda in neutralem Ton.

»Doktor Bradshaw hat eine Theorie.«

»Ich möchte sie nicht hören«, sagte Frieda schnell. »Es hat auch seine Vorteile, wenn man ausgebootet wird.«

Karlsson musterte sie argwöhnisch.

»Gibt es ein Problem mit Bradshaw?«

»Spielt das eine Rolle?«

Mehr sagte Frieda dazu nicht. Sie wartete auf seine Reaktion.

»Du wärst nicht bereit, zusammen mit mir einen Blick in das Haus zu werfen, oder? Nur ein einziges Mal? Ich würde gern die Meinung von jemandem hören, dem ich vertraue.«

»Was ist mit Yvette?«, fragte Frieda, obwohl sie bereits beschlossen hatte, ihm den Gefallen zu tun.

»Yvette ist großartig – natürlich abgesehen von der Tatsache, dass du durch ihre Nachlässigkeit beinahe ermordet worden wärst. Sie ist eine liebe Kollegin, der ich voll und ganz vertraue, und außerdem mein Kampfhund. Aber wenn ich überlege, wer dafür geeignet wäre, einen Blick in das Haus zu werfen, nur um ein Gefühl für die Atmosphäre dort zu bekommen und sich ein paar Gedanken darüber zu machen, dann würde ich dich fragen – was ich hiermit tue.«

»Weil wir befreundet sind.«

»Ja. Weil wir befreundet sind.«

»Wann?«

»Morgen früh, wenn das Haus leer ist?«

»Da würde es mir passen.«

»Ist das dein Ernst? Ich meine, großartig. Soll ich dir einen Wagen vorbeischicken?«

»Ich komme zu Fuß.«

Heute habe ich eine Neurobiologin namens Gloria kennengelernt, die dir bestimmt gefallen würde (wie du siehst, schließe ich hier drüben schon Freundschaften für dich). Wir haben über freien Willen gesprochen – existiert so etwas überhaupt etc.? Sie hat argumentiert, dass es mit unserem ganzen heutigen Wissen über das menschliche Gehirn im Grunde unmöglich ist, an freien Willen zu glauben, gleichzeitig aber auch unmöglich, nicht daran zu glauben. Schließlich leben wir alle unser Leben, als hätten wir Wahlmöglichkeiten. Eine unverzichtbare Selbsttäuschung.

Heute ist ein schöner Abend, mit Vollmond über dem Fluss. Ich frage mich, wie es wohl in London ist – wobei bei dir ja fast schon der Morgen graut. Bestimmt schläfst du noch, zumindest hoffe ich das. Sandy xxxx

16

So kam es, dass Frieda gleich am nächsten Tag ein weiteres Mal am Roundhouse und dem kleinen Café vorbeiging, in dem Ted und Chloë am Vorabend heiße Schokolade getrunken hatten, und auch an dem größeren, wo ein Flugzeug mit der Nase nach unten an der Wand hing und laute Musik lief, bis sie schließlich in die Margaretting Road einbog. Karlsson wartete schon vor der Tür und trank Kaffee aus einem Pappbecher, den er zur Begrüßung hochhob, während Frieda auf ihn zusteuerte. Ihm fiel auf, dass sie langsamer ging als früher und leicht hinkte.

»Du bist gekommen.«

»Das habe ich doch gesagt.«

»Ich freue mich.«

»Bist du sicher, dass niemand da ist?«

»Ganz sicher. Die Familie wohnt vorübergehend bei Nachbarn. Offiziell gilt das Haus immer noch als Tatort.«

»Und Hal Bradshaw …?«

»Der kann mich mal!« Die Heftigkeit seiner Antwort überraschte sie.

Frieda folgte Karlsson hinein. Das Fenster neben der Tür war immer noch kaputt, aber das Absperrband war verschwunden und das Team der Spurensicherung ebenfalls. Das Haus strahlte die eigentümliche Leere eines verlassenen Gebäudes aus, in dem es bereits erste Anzeichen von Vernachlässigung gab und die Luft leicht modrig roch, weil niemand darin wohnte. Außerdem war es natürlich der Ort, wo eine Frau – eine Ehefrau, Mutter und gute Nachbarin, wie Karlsson gesagt hatte – erst vor Kurzem ermordet worden war. Während Frieda in der stillen Diele stand, spürte sie, dass dieses Haus das irgendwie wusste und sich verlassen fühlte.

Ein großes Foto, dessen Rahmen mehrere Sprünge aufwies, während das Glas ganz zu Bruch gegangen war, lehnte an der Wand. Frieda beugte sich hinunter und betrachtete es.

»Die glückliche Familie«, erklärte Karlsson. »Aber wie du ja weißt, ist es für gewöhnlich der Mann.« Auf offiziellen Fotos, die gerahmt in der Diele hingen, sahen Familien immer glücklich aus. Alle mussten sich nah zusammenstellen und lächeln: Da war Ted, mit einem glatten Jungengesicht und noch nicht so schlaksig und unordentlich, wie Frieda ihn kannte. Die ältere der beiden Töchter hatte auffallend schöne, helle Augen und kupferrote Locken, die ihr Gesicht wie ein Kranz umrahmten. Die jüngere Tochter wirkte mager und schüchtern, grinste aber mit ihrer Zahnspange, den Kopf leicht an die Schulter der Mutter gelehnt. Der Ehemann und Vater zeigte jene stolze Beschützermiene, die man von einem Ehemann und Vater erwartet, wenn er im Kreis seiner Lieben für ein Foto posiert. Er hatte bereits ergrauendes braunes Haar, die gleichen Augen wie seine ältere Tochter und Augenbrauen, die in einem lustigen Winkel verliefen – ein Gesicht, das wie geschaffen dafür war, fröhlich dreinzublicken.

Zu guter Letzt war da noch sie, die zusammen mit ihrem Mann in der Mitte stand – in einem melierten Pulli, das weiche Haar zu einem lockeren Knoten geschlungen. Ihr Lächeln wirkte offen. Einen Arm hatte sie um die Schulter ihrer älteren Tochter gelegt, die vor ihr saß, den anderen um die Hüfte ihres Mannes. Eine rührende Geste für ein offizielles Familienfoto, dachte Frieda: lässig und zugleich intim. Sie beugte sich noch weiter hinunter und starrte in ihre Augen. Grau. Kein Make-up, soweit sie sehen konnte. Erste Anzeichen des Alters im Bereich der Mundwinkel und an der Stirn: Lach- und Sorgenfalten, die Landkarte unseres Lebens.

»Erzähl mir von ihr. Beschreib sie mir«, sagte sie zu Karlsson.

»Ihr Name ist Ruth Lennox. Vierundvierzig Jahre alt. Von Beruf Gesundheitsschwester, auch wenn sie ein paar Jahre ausgesetzt hat, als die Kinder klein waren. Seit ihre jüngere Tochter eingeschult wurde, hat sie aber wieder in ihrem Beruf gearbeitet. Verheiratet mit Russell Lennox.« Karlsson deutete auf den Mann auf dem Foto. »Seit dreiundzwanzig Jahren. Und zwar glücklich, wie man von allen Seiten hört. Er arbeitet für eine kleine karitative Einrichtung, die sich um Kinder mit Lernproblemen kümmert. Wie du sehen kannst, sind aus der Ehe drei Kinder hervorgegangen – dein Ted, die fünfzehnjährige Judith und die dreizehnjährige Dora. Alle drei besuchen die örtliche Gesamtschule. Ruth hat einen Drachen von einer Schwester, die in London lebt. Ihre Eltern sind beide tot. Ruth ist Mitglied im Lehrer-Eltern-Ausschuss. Eine brave Bürgerin. Die Familie ist nicht reich, kommt aber gut klar: zwei bescheidene, aber feste Einkommen und keine großen Ausgaben, mit Aussicht auf eine anständige Rente. Ruth hat dreitausend Pfund auf ihrem Girokonto und dreizehntausend auf dem Sparbuch. Sie spendet per Dauerauftrag an diverse Wohltätigkeitsorganisationen. Keine Vorstrafen, keine Verkehrsdelikte. Ich spreche in der Gegenwart von ihr, aber natürlich erlitt sie letzten Mittwoch eine katastrophale Kopfverletzung, an der sie mit ziemlicher Sicherheit sofort gestorben ist.«

»Wen hattet ihr im Verdacht, bevor sich herausstellte, dass der Betreffende als Täter nicht infrage kam?«

»Einen ortsansässigen Drogensüchtigen mit Vorstrafenregister, von dem wir inzwischen aber wissen, dass er ein absolut wasserdichtes Alibi hat. Er wurde zum Zeitpunkt ihres Todes irgendwo anders von einer Videokamera aufgezeichnet. Er hat zugegeben, dass er eingebrochen ist und ein paar Sachen gestohlen hat. Dann hat er ihre Leiche entdeckt und die Flucht ergriffen. Wir haben ihm anfangs nicht geglaubt, aber wie es aussieht, hat er zum ersten Mal in seinem Leben die Wahrheit gesagt.«

»Das kaputte Fenster geht also auf seine Rechnung?«

»Und der Einbruch. Es gab keine Anzeichen für einen Einbruch, als etwas früher eine Nachbarin vorbeischaute. Zu dem Zeitpunkt muss Ruth Lennox nach unserem bisherigen Wissensstand bereits tot gewesen sein. Alles deutet darauf hin, dass sie den Mörder selbst ins Haus gelassen hat.«

»Demnach war es jemand, den sie kannte.«

»Oder jemand, der ihr völlig ungefährlich erschien.«

»Wo ist sie gestorben?«

»Hier drinnen.«

Karlsson führte sie ins Wohnzimmer, wo sich alles wieder an seinem angestammten Platz befand (Kissen auf dem Sofa, Zeitungen und Zeitschriften im Zeitungsständer, Bücher in Wandregalen, Tulpen in einer Vase auf dem Kaminsims), auf dem beigefarbenen Teppich aber immer noch ein dunkler Blutfleck zu erkennen war und etliche Blutspritzer die nächstgelegene Wand verunzierten.

»Das sieht nach heftiger Gewalt aus«, bemerkte Frieda.

»Hal Bradshaw hält es für das Werk eines extrem zornigen Soziopathen mit gewalttätiger Vergangenheit.«

»Während du eher den Ehemann im Verdacht hast.«

»Dafür liegen uns keine Beweise vor, es handelt sich nur um einen Erfahrungswert: Wenn eine Ehefrau ermordet wird, ist es statistisch gesehen am wahrscheinlichsten, dass es der Ehemann war. In unserem Fall hat der Ehemann allerdings ein einigermaßen zufriedenstellendes Alibi.«

Frieda schaute sich um.

»Uns wird immer geraten, uns vor Fremden in Acht zu nehmen«, bemerkte sie, »dabei sind es in Wirklichkeit unsere Freunde, vor denen wir Angst haben sollten.«

»So weit würde ich nicht gehen«, meinte Karlsson.

Sie wechselten in die Küche hinüber, wo Frieda sich mitten in den Raum stellte und den Blick von der ordentlich vollgestellten Anrichte zu den Zeichnungen und Fotos schweifen ließ, die mit Magneten am Kühlschrank befestigt waren, und dann weiter zu dem Buch, das aufgeschlagen auf dem Tisch lag. Dann kam das Schlafzimmer im ersten Stock an die Reihe: ein Doppelbett mit einer gestreiften Bettdecke, ein goldgerahmtes Foto von Ruth und Russell an ihrem Hochzeitstag vor dreiundzwanzig Jahren, mehrere kleinere Fotos von ihren Kindern in unterschiedlichen Altersstufen, ein Schrank, in dem Kleider, Röcke und Blusen hingen – nichts Spektakuläres, sondern zum Teil schon recht alte, aber gut gepflegte Sachen, wie Frieda registrierte. Schuhe, flach oder mit kleinem Absatz. Ein Paar Lederstiefel, schon leicht abgetragen. Schubfächer, in denen die T-Shirts ordentlich gerollt lagen, nicht gefaltet. Ein Unterwäschefach mit sportlichen Schlüpfern und BHs in Größe 34C. Auf ihrer Kommode ein wenig Schminkzeug, außerdem eine Flasche Parfüm, Chanel. Auf ihrem Nachttisch ein Roman, *Frauen und Töchter* von Elizabeth Gaskell, aus dem ein Lesezeichen herausragte, und darunter ein Buch über kleine Gärten. Daneben eine zusammengeklappte Lesebrille.

Im Badezimmer: ein Stück geruchlose Seife, Handseife mit Apfelduft, elektrische Zahnbürsten – seine und ihre – und Zahnseide, Rasiercreme, Rasierer, Pinzetten, eine Sprühflasche Deodorant, Reinigungstücher und Feuchtigkeitscreme fürs Gesicht, zwei große Badetücher und ein kleines Handtuch für die Hände, zwei farblich zusammenpassende Waschlappen seitlich der Badewanne, eine an die Wand geschobene Waage, ein Medizinschränkchen mit Paracetamol, Aspirin, Pflaster in diversen Größen, Hustensaft, abgelaufener Salbe gegen Soor, einem Fläschchen Augentropfen, Tabletten gegen Verstopfung … Frieda schloss das Kästchen wieder.

»Keine Verhütungsmittel?«

»Das hat Yvette auch gefragt. Offenbar hatte sie eine Spirale.«

In dem Aktenschrank, der im kleinen Arbeitszimmer ihres Mannes für sie reserviert gewesen war, befanden sich drei Ordner mit Arbeitsunterlagen und jede Menge andere, die mit ihren Kindern zu tun hatten: schulische Qualifikationen, Kindergeldbescheide, Arztberichte, Zeugnisse – zum Teil auf einzelnen Papierbogen, zum Teil zu kleinen Heften zusammengefügt –, die zurückgingen bis zum allerersten Schuljahr in der Grundschule, außerdem Bescheinigungen, die belegten, dass die Kinder in der Lage waren, hundert Meter am Stück zu schwimmen, an einem Eierlauf teilgenommen und in einem Kurs ihre Befähigung zum Fahrradfahren unter Beweis gestellt hatten.

In der schartigen Truhe neben dem Aktenschrank lagerten Hunderte von Bildern und Basteleien, die die Kinder im Lauf der Jahre aus der Schule nach Hause gebracht hatten: kunterbunte Gemälde mit Gestalten, deren Beine direkt an der verwackelten Kreisform des Kopfes ansetzten, von dem die Haare wie Ausrufezeichen abstanden, Stofffetzen, bestickt mit Vor-, Kreuz- und Kettenstich, eine winzige selbst gebastelte Uhr ohne Batterie, eine kleine Schachtel, besetzt mit klebstoffüberzogenen Muscheln, ein blau bemalter Tontopf, bei dem man deutlich sehen konnte, wo sich die Finger in den asymmetrischen Rand gedrückt hatten.

»Auf dem Dachboden stehen auch noch mehrere Mülltüten voll alter Babysachen«, erklärte Karlsson, während er die Truhe wieder schloss. »Wir sind noch nicht dazu gekommen, sie unter die Lupe zu nehmen. Es dauert lange, sich durch ein solches Haus zu arbeiten. Hier wurde nichts weggeworfen.«

»Fotoalben?«

»Ein ganzes Regal voll. Sie hat unter jedes einzelne das Datum und den Anlass geschrieben. Als Mutter hat sie jedenfalls keine halben Sachen gemacht.«

»Nein.«

Frieda trat an das Fenster, das auf den Garten hinausging. Der Obstbaum blühte bereits, und an einem sonnigen Plätzchen saß eine Katze.

»Hier gibt es nichts, wovon sie nicht gewollt hätte, dass man es sieht«, erklärte sie.

»Wie meinst du das?«

»Ich stelle immer wieder fest, dass kein Leben es verträgt, wenn man mit einem Scheinwerfer in die Ecken und Winkel leuchtet.«

»Aber?«

»Aber nach allem, was du mir erzählst und was ich gesehen habe, war sie absolut bereit für den Scheinwerfer, findest du nicht? Dieses Haus kommt mir vor wie eine Art Bühne.«

»Eine Bühne wofür?«

»Für ein Theaterstück über eine vorbildliche Frau.«

»Die Rolle des Zynikers gebührt doch eigentlich mir. Soll das heißen, du bist der Meinung, dass kein Mensch derartig vorbildlich sein kann?«

»Ich bin Therapeutin, Karlsson. Natürlich denke ich das. Wo sind Ruth Lennox' Geheimnisse?«

Aber natürlich, ging ihr durch den Kopf, als sie Stunden später in der Nummer 9 saß, dem Café ihrer Freunde, von wo sie nicht mehr weit nach Hause hatte – natürlich stecken wirkliche Geheimnisse ebenso wenig in Gegenständen und Terminkalendern wie in den Worten, die wir sprechen, oder der Miene, die wir aufsetzen, und auch nicht in Wäscheschubladen, Aktenschränken, gelöschten Texten oder tief in irgendwelchen versteckten Tagebüchern. Sie sitzen noch viel tiefer, wo nicht einmal wir selbst sie erahnen. Über dieses Thema dachte Frieda gerade nach, während sie Jack Dargan gegenübersaß, den sie als Tutorin betreute und sogar während ihrer Genesungsphase mindestens einmal pro Woche traf, um sich über seine Fortschritte zu informieren und sich seine Zweifel anzuhören. Denn Jack plagten jede Menge Zweifel. Nur Frieda stellte er nie infrage: Sie war die Konstante in seinem

Leben, der einzige Fixpunkt, auf den er vertraute. Mit der Zeit waren sie Freunde geworden, und Frieda hatte ihm das Du angeboten.

»Ich muss dich um einen Gefallen bitten«, sagte Jack gerade in lebhaftem Ton. »Du brauchst gar nicht so besorgt zu gucken, ich habe nicht vor, meine Patienten im Stich zu lassen oder so was in der Art. Vor allem nicht Carrie.« Seit sie dahintergekommen war, dass ihr Ehemann Alan sie nicht verlassen hatte, sondern von seinem Zwilling Dean Reeve ermordet worden war, hatte Carrie zweimal die Woche eine Sitzung bei Jack, der allem Anschein nach noch besser mit ihr zurechtkam, als Frieda, die an ihn glaubte, erwartet hatte. Dieser Frau gegenüber legte er sowohl seine pessimistischen Selbstzweifel als auch seine Schüchternheit ab und konzentrierte sich stattdessen auf ihren Kummer.

»Was für einen Gefallen?«

»Ich habe eine Arbeit über das Thema Trauma geschrieben, und bevor ich sie einreiche, hätte ich gern, dass du einen Blick darauf wirfst.«

Frieda zögerte. Sie fühlte sich dem Trauma noch zu nahe, um eine Arbeit darüber objektiv beurteilen zu können. Nachdenklich betrachtete sie Jacks gerötetes Gesicht, sein zotteliges Haar und seine schrägen Klamotten. (An diesem Tag trug er eine braune, abgewetzte Jeans, ein gelb-orange gemustertes Shirt aus dem Secondhandladen, das sich nicht mit seiner Haarfarbe vertrug, und darüber trotz des wolkenlosen Himmels eine grüne Regenjacke.) In seiner Verwirrung erinnerte er sie an Ted Lennox und so viele andere noch unfertige, schüchterne junge Männer.

»In Ordnung«, antwortete sie widerstrebend.

»Wirklich?«

»Ja.«

»Darf ich dich etwas fragen?«

»Fragen darfst du immer.«

»Aber ich kann nicht immer mit einer Antwort rechnen, ich weiß.« Jack wich ihrem Blick aus. »Ich frage ja auch nur, weil die anderen sich nicht trauen, und …«

»Welche anderen?«, unterbrach ihn Frieda.

»Ach, du weißt schon. Die üblichen Verdächtigen.«

»Bin ich wirklich so Furcht einflößend? Los, raus damit!«

»Geht es dir gut?«

»Das ist es, was dich – euch – interessiert?«

»Ja.«

»Die Arbeit, die du angeblich geschrieben hast, war nur ein Vorwand?«

»Na ja, irgendwie schon … obwohl ich sie tatsächlich geschrieben habe und schon gern hätte, dass du sie dir ansiehst, wenn du Zeit hast.«

»Und ich gehe mal davon aus, dass du mir diese Frage stellst, weil ihr befürchtet, dass es mir nicht gut geht.«

»Nein … ich meine, ja. Du wirkst so …« Er hielt inne.

»Sprich weiter.«

»So zerbrechlich, wie eine Eierschale. Außerdem bist du noch unberechenbarer als sonst. Entschuldige, ich wollte dich nicht beleidigen, aber vielleicht nimmst du deine Genesung nicht ernst genug.«

»Dieser Meinung seid ihr also?«

»Ja.«

»Alle?«

»Also … ja.«

»Sag allen – allen, die glauben, sich meinetwegen den Kopf zerbrechen zu müssen –, dass es mir gut geht.«

»Jetzt bist du sauer.«

»Mir gefällt nur die Vorstellung nicht, dass ihr hinter meinem Rücken über mich gesprochen habt.«

»Nur weil wir uns um dich sorgen.«

»Danke, dass ihr euch meinetwegen Gedanken macht, aber es geht mir wirklich gut.«

Später an diesem Nachmittag bekam Frieda einen Besuch, mit dem sie nicht gerechnet hatte und der bewirkte, dass schlimme Erinnerungen an Ereignisse, die noch nicht lange zurücklagen, schlagartig wieder hochkamen. Vor der Tür stand Lorna Kersey, und ehe Frieda etwas sagen konnte, war sie auch schon in der Diele und knallte die Haustür hinter sich zu.

»Es dauert nicht lange«, verkündete sie mit schriller, vor Wut brüchiger Stimme.

»Ich werde nicht so tun, als wüsste ich nicht, warum Sie hier sind.«

»Gut.«

»Es tut mir sehr leid, dass Sie Ihre Tochter verloren haben, Misses Kersey.«

»Sie haben meine Tochter getötet, und jetzt behaupten Sie, es tue Ihnen leid.«

Lorna Kerseys Tochter Beth war eine unglückliche, gestörte junge Frau gewesen, die an paranoiden Wahnvorstellungen gelitten und Mary Orton in deren Haus ermordet hatte. Frieda war nicht mehr rechtzeitig gekommen, um sie aufzuhalten. Sie erinnerte sich lebhaft daran, wie Beth mit einem Messer über ihr stand und was für ein Gefühl es war, als die Klinge in ihren Körper drang. Die Erinnerung daran ließ sie nachts immer noch schweißgebadet aufwachen. In jenen Minuten hatte sie gespürt, dass sie bereits im Sterben lag und langsam in Dunkelheit und Vergessen hinüberglitt – trotzdem hatte sie überlebt, Beth Kersey jedoch nicht. Die Polizei sprach von Notwehr, und nicht einmal Karlsson glaubte Frieda, als diese darauf beharrte, dass Dean Reeve Beth getötet und ihr das Leben gerettet hatte.

»Ja, es tut mir leid«, bekräftigte Frieda nun in ruhigem Ton. Es brachte nichts, wenn sie Lorna Kersey erklärte, dass nicht sie ihre Tochter getötet hatte. Sie würde ihr nicht glauben, und selbst wenn, was spielte das für eine Rolle? Die arme, einsame Beth war tot, und in Lorna Kerseys Gesicht hatte sich der Kummer einer trauernden Mutter eingegraben.

»Sie sind zu mir gekommen und haben mich dazu gebracht, Ihnen Dinge über Beth zu verraten, die wir vorher noch nie jemandem erzählt hatten. Ich habe Ihnen vertraut. Sie sagten, Sie würden mithelfen, sie zu finden. Sie haben mir ein Versprechen gegeben, und dann haben Sie sie getötet. Wissen Sie, wie es sich anfühlt, ein Kind zu Grabe zu tragen?«

»Nein.«

»Nein, natürlich nicht. Wie schaffen Sie es, morgens aufzustehen?«

Frieda überlegte, ob sie ihr zur Antwort geben sollte, dass Beth so krank gewesen war, dass sie in ihrer Raserei eine alte Frau abgeschlachtet hatte und auch sie, Frieda, beinahe umgebracht hätte. Aber natürlich wusste Lorna Kersey das alles schon. Sie brauchte einen Sündenbock, und wer lag da näher als Frieda?

»Ich wünschte, ich könnte etwas sagen oder tun, das …«

»Aber das können Sie nicht. Es gibt nichts zu sagen oder zu tun. Meine Tochter ist tot. Sie hat keine Chance mehr, gesund zu werden, und daran sind Sie schuld. Unter dem Vorwand, den Menschen helfen zu wollen, zerstören Sie sie. Ich werde Ihnen das nie verzeihen. Nie.«

Frieda – du hast heute ein bisschen abwesend geklungen. Ich weiß, dass dich etwas beunruhigt, doch trotz allem, was zwischen uns war, fällt es dir immer noch schwer, dich mir anzuvertrauen, stimmt's? Warum? Hast du Angst davor, dich dadurch gebunden zu fühlen – als hätte ich dann zu viel Einfluss auf dich? Ich glaube, du empfindest es als eine Art moralische Verpflichtung, alles mit dir selbst auszumachen. Oder vielleicht traust du anderen einfach nicht zu, dass sie dir helfen könnten. Ich schätze mal, ich versuche dir gerade zu sagen, dass du mir vertrauen solltest … und auch kannst … vertrau mir, Sandy xxx

17

Das Sir Philip Sidney war ein Pub an einer belebten Straße. Zwischen einer Tankstelle und einem Möbelgeschäft machte es einen verlorenen, verlassenen Eindruck. Als Fearby den Gastraum betrat, sah er auf den ersten Blick, welcher von den Gästen ihn angerufen hatte, und im selben Moment war ihm klar, dass es sich um einen Polizisten oder Expolizisten handelte. Grauer Anzug, weißes Hemd, gestreifte Krawatte, schwarze Schuhe, leicht übergewichtig. Fearby ließ sich neben ihm nieder.

»Möchten Sie was trinken?«, fragte er.

»Ich wollte gerade gehen.«

»Wie heißen Sie?«

»Das braucht Sie nicht zu interessieren«, antwortete der Mann, »weil wir uns nämlich nie wieder sehen werden. Wissen Sie, dass wir alle ganz schön die Schnauze voll hatten von Ihnen? Bei der Polizei, meine ich.«

»Bei meiner Zeitung hatten sie auch die Schnauze voll von mir.«

»Dann sind Sie jetzt bestimmt sehr zufrieden mit sich.«

»Haben Sie mich hier antraben lassen, nur um mir das zu sagen?«

»Sind Sie mit der Geschichte fertig?«

»Keine Ahnung«, meinte Fearby. »Conley hat Hazel Barton nicht getötet, was bedeutet, dass es ein anderer war.«

»Die Polizei verfolgt im Moment keine anderen Spuren, wie Sie ja wissen.«

»Ja«, antwortete Fearby. »Und?«

»Ich habe mich gefragt, ob Sie noch irgendwelche Optionen haben – irgendwelche Anhaltspunkte für weitere Nachforschungen.«

»Anhaltspunkte für weitere Nachforschungen?«, wiederholte Fearby. »Soll das ein Witz sein? Ich habe einen ganzen Raum voller Akten.«

»Irgendwann saß ich mal in einer Kneipe vor einem Bierchen«, fuhr der Mann in beiläufigem Ton fort, »und da erzählte mir jemand, an dem Tag, als Hazel Barton ermordet wurde, sei morgens nur ein paar Kilometer entfernt, in Cottingham, ein anderes Mädchen belästigt worden. Aber sie sei davongekommen. Das ist alles. Ich weiß es nur vom Hörensagen.«

»Wurde die Verteidigung darüber nicht informiert?«

»Man hielt es nicht für relevant. Es passte nicht ins Bild. So lief das damals.«

»Warum erzählen Sie mir das jetzt?«

»Ich wollte nur wissen, ob es Sie interessiert.«

»Das bringt mir nichts«, erwiderte Fearby. »Das ist bloß Kneipengeschwätz. Ich brauche einen Namen. Eine Nummer.«

Der Mann erhob sich.

»Solche Sachen machen einem zu schaffen, das lässt einem einfach keine Ruhe«, erklärte er. »Sie wissen schon, wie ein Steinchen im Schuh. Ich werde sehen, was ich tun kann. Aber mehr geht nicht. Noch ein Anruf, danach hören Sie nie wieder von mir.«

»Sie waren derjenige, der sich bei mir gemeldet hat.«

»Sorgen Sie dafür, dass ich es nicht bereuen muss.«

Nachdem Frieda für sich einen schwarzen Kaffee und für Sasha einen Milchkaffee und ein Plunderstück bestellt hatte, ließ sie sich an ihrem Tisch nieder und schlug die Zeitung auf. Sie blätterte, bis sie den Artikel fand, den sie suchte. Erst vor ein paar Minuten hatte Reuben am Telefon deswegen einen Wutausbruch bekommen, so dass sie vorbereitet war. Rasch überflog sie den Text.

»Oh«, stieß sie plötzlich hervor, als hätte sie jemand mit einem Messer gepiekst. Der Artikel enthielt ein Detail, mit dem sie nicht gerechnet hatte.

»Wie steht es denn mit deiner Hausrenovierung?«, erkundigte sich Sasha. »Ich wusste ja, dass Josef dir die neue Badewanne schenken wollte, aber dass es so lange dauern würde, war mir nicht klar.«

»Ich kann mich kaum noch daran erinnern, wie mein altes Bad ausgesehen hat«, erklärte Frieda, »oder wie es war, überhaupt ein Bad zu *haben*.«

»Wahrscheinlich hatte er es als eine Art Therapie für dich gedacht«, meinte Sasha. »Vielleicht ist ein heißes Bad der einzige Luxus, den du dir gönnst, ohne deswegen moralische Bedenken zu haben. Deswegen dachte er wohl, du solltest wenigstens in einer richtig guten Wanne baden.«

»Das klingt, als wäre ich...«, Frieda überlegte einen Moment, »... ein ziemlicher Trauerkloß.«

»Ich glaube, für Josef war es auch eine Therapie.«

Frieda starrte sie verblüfft an.

»Für Josef?«

»Ich weiß, dass du vor Ort warst, als Mary Orton starb. Mir ist klar, wie schrecklich das für dich war. Aber Josef hat sie auch gekannt. Er hat sich um sie gekümmert und ihr Haus auf Vordermann gebracht. Umgekehrt hat sie sich aber auch um ihn gekümmert, ihren ukrainischen Sohn, der netter zu ihr war als ihre englischen Söhne.«

»Das stimmt«, gab Frieda ihr recht.

»Was ihr und dir passiert ist, hat ihn schwer getroffen. Ich habe das Gefühl, wenn ihm etwas Schlimmes widerfährt, spricht er nicht darüber. Stattdessen betrinkt er sich oder tut etwas für jemand anderen.«

»Schon möglich«, antwortete Frieda. »Ich wünschte nur, seine Therapie würde nicht so viel Chaos verursachen, von dem Lärm ganz zu schweigen.«

»Und nun schreiben die Zeitungen schon wieder über dich. Hängt es dir nicht zum Hals heraus, dass sie dauernd auf dir herumhacken?«

»Im Moment macht mir eher etwas anderes Sorgen«, entgegnete Frieda. »Mir war das bisher auch nicht bekannt, aber es gibt da etwas, das du wissen solltest.«

»Was meinst du damit?«

»Im Zusammenhang mit dieser Studie wurden vier Psychotherapeuten ins Visier genommen. Zum einen natürlich ich, außerdem Reuben und eine Kollegin namens Geraldine Fliess, die vermutlich ausgewählt wurde, weil sie über extreme geistige Störungen geschrieben hat. Der Vierte im Bunde ist James Rundell.«

Eine Weile sagte keine der beiden Frauen etwas, aber das war auch nicht nötig.

»Der uns zusammengebracht hat, schätze ich«, brach Sasha schließlich das Schweigen.

»Und dem es zu verdanken ist, dass ich verhaftet wurde.«

Rundell war Sashas Therapeut gewesen. Trotzdem hatte er mit ihr geschlafen, während sie seine Patientin war. Als Frieda das später herausfand, konfrontierte sie ihn nicht nur mit dieser Tatsache, sondern griff ihn in einem Restaurant sogar tätlich an, woraufhin sie in einer Arrestzelle landete, aus der Karlsson sie wieder befreite.

»Werde ich in dem Artikel erwähnt?«, fragte Sasha. »Entschuldige«, fügte sie sofort hinzu. »Ich weiß, das hat sich jetzt selbstsüchtig angehört. So war es nicht gemeint.«

»Soweit ich sehe«, antwortete Frieda, »wirst du nicht erwähnt.«

»Du brauchst dir meinetwegen keine Sorgen zu machen. Es geht mir besser. Das alles gehört der Vergangenheit an, es hat keine Macht mehr über mich.«

»Da bin ich aber froh.«

»Ehrlich gesagt …«, als Sasha zögerte, sah Frieda sie fragend an, »… wollte ich es dir schon die ganze Zeit erzählen, aber irgendwie hat es nie gepasst. Ich habe jemanden kennengelernt.«

»Wirklich? Wen?«

»Sein Name ist Frank Manning.« Ein weicher, verträumter Ausdruck trat in Sashas Gesicht.

»Du musst mir mehr erzählen! Was macht er?«

»Er ist Anwalt – Strafverteidiger. Ich habe ihn erst vor ein paar Wochen kennengelernt. Es ging alles so schnell.«

»Und ist er …« Frieda zögerte. Sie wollte wissen, ob Frank solo und frei war oder – wie in etlichen von Sashas früheren Beziehungen – mit Komplikationen behaftet. Sie sorgte sich um ihre schöne junge Freundin.

»Du möchtest wissen, ob er verheiratet ist? Nein. Er ist geschieden und hat einen kleinen Sohn. Schau mich nicht so an, Frieda! Ich vertraue ihm. Wenn du ihn kennen würdest, wüsstest du, was ich meine. Er ist ein anständiger Mann.«

»Dann will ich ihn möglichst bald kennenlernen.« Frieda griff nach Sashas Hand und drückte sie. »Ich freu mich sehr für dich. Eigentlich hätte ich es wissen müssen – du strahlst so.«

»Ich bin einfach glücklich. Wenn ich morgens aufwache, fühle ich mich so lebendig! Dieses Gefühl hatte ich schon lange nicht mehr. Ich hatte fast vergessen, wie schön das ist.«

»Und er empfindet genauso.«

»Ja, da bin ich mir ganz sicher.«

»Du musst ihn mir so schnell wie möglich vorstellen, damit ich herausfinden kann, ob er wirklich gut genug ist für dich.«

»Das lässt sich machen. Aber Frieda ... dass ihr alle in dem Artikel auftaucht, du, Reuben und Rundell – ist das bloß Zufall?«

Frieda überlegte einen Moment, bevor sie antwortete.

»Die Studie wurde von einem Psychologen namens Hal Bradshaw durchgeführt. Er arbeitet mit der Polizei zusammen. Wir waren beide mit dem Fall befasst, der mich beinahe das Leben gekostet hätte.«

»Ihr habt euch nicht verstanden?«

»Wir waren in etlichen Punkten unterschiedlicher Meinung.«

»Stört es dich, wenn ich mal einen Blick auf den Artikel werfe?«

Frieda schob ihr die Zeitung über den Tisch. Sasha beugte sich vor, um den Text zu überfliegen. Als Erstes stach ihr die Schlagzeile ins Auge: »Schweigende Zeugen«.

Es gab auch eine Reihe von Fotos. Das von Frieda kannte Sasha bereits aus einem anderen Pressebericht. Es handelte sich um eine Aufnahme, die jemand auf der Straße von ihr gemacht hatte, ohne dass sie es bemerkte. Sashas Blick wanderte zu einem älteren Foto von James Rundell, auf dem er jugendlicher wirkte als zu der Zeit, als sie mit ihm zu tun hatte, und dann zu einem wesentlich älteren Foto von Reuben. Er sah darauf aus wie ein Psychoanalytiker aus einem französischen Nouvelle-Vague-Film.

Sie deutete auf die Einleitung: »Ein verstörender neuer Studienbericht legt nahe, dass viele Therapeuten versagen, wenn es darum geht, die Öffentlichkeit vor potenziellen Vergewaltigern und Mördern zu schützen.«

Auf der Suche nach Friedas Namen ließ sie den Finger die Seite hinuntergleiten.

»Obwohl Frau Doktor Frieda Klein mit einem Patienten konfrontiert war, der die klassischen Symptome eines mörderischen Psychopathen an den Tag legte, schlug sie ihm keine Behandlung vor und unternahm auch keinen Versuch, ihn den Behörden zu melden. Auf die Frage, warum sie es nicht für nötig hielt, einen Psychopathen der Polizei zu melden, antwortete Doktor Klein, sie habe zwar ›gewisse Bedenken‹ wegen des Patienten gehabt, aber sie ›würde diese nur mit ihm selbst diskutieren‹. Letztendlich weigerte sich Doktor Klein, den Patienten zu behandeln.« Sasha legte eine kurze Verschnaufpause ein, ehe sie den nächsten Abschnitt las.

»Frieda Klein, eine 36-jährige Brünette, geriet dieses Jahr schon einmal in die Schlagzeilen, weil sie in einen schockierenden Vorfall verwickelt war, bei dem zwei Frauen ums Leben kamen und Klein ins Krankenhaus eingeliefert werden musste. Die achtzigjährige Mary Orton wurde damals von einer ausgerasteten, messerschwingenden Schizophrenen namens Beth Kersey erstochen. Die Polizei akzeptierte Kleins Erklärung, sie habe Kersey in Notwehr getötet.« Erneut legte Sasha eine kurze Pause ein, ehe sie weiterlas.

»Der Leiter des Forschungsprojekts, Doktor Hal Bradshaw, kommentierte: ›Auch wenn es verständlich ist, dass man nach allem, was Doktor Klein durchgemacht hat, Mitgefühl für sie empfindet …‹«

»Das ist aber nett von ihm«, bemerkte Sasha.

»Von wem?«, wollte Frieda wissen.

»Von diesem gottverdammten Hal Bradshaw.«

Sasha wandte sich wieder der Zeitung zu.

»›Auch wenn es verständlich ist, dass man nach allem, was Doktor Klein durchgemacht hat, Mitgefühl für sie empfindet, bin ich der Meinung, dass man sich ernsthaft fragen muss, ob sie nicht ein Risiko darstellt, und zwar sowohl für ihre Patienten als auch für die gesamte Öffentlichkeit.‹« Sasha warf einen raschen Blick zu Frieda hinüber.

»Doktor Bradshaw sprach von den akuten Missständen, die durch seine Studie aufgedeckt wurden. ›Es ist für mich kein Vergnügen, derartiges Versagen in den Reihen der Analytiker offenzulegen. Wir haben die Reaktionen von vier Psychoanalytikern getestet, und von diesen vier Testpersonen hat nur eine einzige verantwortungsvoll gehandelt und die Behörden verständigt. Die anderen drei wurden ihrer Verantwortung nicht gerecht: weder ihrer

Aufgabe, Patienten zu heilen, noch ihrer Pflicht, die Öffentlichkeit zu schützen.‹« Wieder blickte Sasha kurz hoch.

»Im Interview zeigte sich, dass einer der Forscher, der im Rahmen der Studie als Patient fungierte, wegen dieser Erfahrung immer noch erzürnt ist. ›Mir wurde gesagt, Doktor Klein sei eine herausragende Expertin, aber als ich ihr die Geschichte präsentierte, die mich als Psychopathen auswies, reagierte sie überhaupt nicht. Sie stellte mir nur irrelevante Fragen über meine Ernährung, Schlafgewohnheiten und Ähnliches. Ich hatte den Eindruck, dass sie gar nicht bei der Sache war, sondern in Gedanken mit anderen Dingen beschäftigt.‹«

Sasha warf die Zeitung auf den Tisch.

»Mir ist klar, dass ich jetzt etwas Tröstliches sagen sollte, aber ich weiß wirklich nicht, wie du das aushältst. Du bist in der Welt da draußen zu einem Hassobjekt geworden, auf dem die Leute herumtrampeln. Sie bewerfen dich mit Dreck und verunglimpfen dich mit Lügen. Die Vorstellung, dass dieser Kerl zu dir kommt und behauptet, er bräuchte deine Hilfe, obwohl es in Wirklichkeit bloß ein mieser Trick war – fühlst du dich dadurch nicht verletzt?«

Frieda nahm einen Schluck von ihrem Kaffee, ehe sie antwortete.

»Sasha, wenn jetzt nicht du diejenige wärst, die mich das fragt, dann würde ich sagen, dass das Ganze für mich kein Problem darstellt und so etwas nun mal zu meinem Beruf gehört. Außerdem würde ich wohl hinzufügen, dass ich das alles sogar recht interessant fände, wenn es nicht mich selbst beträfe.«

»Aber ich bin diejenige, die dich danach fragt, und es betrifft dich sehr wohl.«

Frieda lächelte ihre Freundin an.

»Weißt du, manchmal wünschte ich, ich müsste diesen Job nicht machen. Stattdessen würde ich mein Geld gern mit Töpfern verdienen, das würde mir gefallen. Dann hätte ich einen Klumpen Ton auf meiner Scheibe, und es wäre völlig egal, was ich gerade fühle oder sonst jemand fühlt. Am Ende hätte ich einen Topf, eine Tasse oder Schale.«

»Wenn du dir deinen Lebensunterhalt mit Töpfern verdienen würdest«, meinte Sasha, »dann wäre ich in meiner Not damals völlig verloren gewesen oder Schlimmeres. Außerdem möchtest du gar nicht wirklich töpfern.«

»Es ist nett, dass du das sagst, aber irgendwann wäre es dir von selbst wieder besser gegangen. Das ist bei den meisten Leuten so.«

Frieda zog die Zeitung zurück auf ihre Seite des Tisches und warf erneut einen Blick darauf.

»Wirst du etwas dagegen unternehmen?«, fragte Sasha.

Frieda holte ein Notizbuch aus der Tasche und blätterte es durch, bis sie die gesuchte Seite gefunden hatte.

»Du kennst doch ein paar Leute, die sich mit dieser ganzen Technik auskennen und alles Mögliche im Internet finden können, nicht wahr?«

»Ja«, antwortete Sasha argwöhnisch.

»Ich möchte diesem Seamus Dunne einen Besuch abstatten. Ich habe seine Telefonnummer, weiß aber nicht, wo er lebt. Bestimmt gibt es eine Möglichkeit, das herauszufinden.«

»Ich bin mir nicht sicher, ob das eine gute Idee ist. Wenn du wieder eine Schlägerei anfängst und verhaftet wirst, schafft Karlsson es womöglich nicht, dich noch einmal herauszupauken.«

»Ich plane nichts dergleichen«, beruhigte Frieda sie, »ich muss nur mit ihm reden. Persönlich. Geht das?«

Sasha warf einen Blick auf das Notizbuch.

»Ich schätze schon.« Sie griff nach ihrem Handy und tippte die Nummer.

»Was tust du?« fragte Frieda, doch Sasha brachte sie mit einer Handbewegung zum Schweigen.

»Hallo«, meldete sie sich mit einer nasalen Stimme, die ganz anders klang als sonst. »Spreche ich mit Mister Seamus Dunne? Ja? Wir versuchen gerade, Ihnen ein Päckchen zu liefern, aber unser Fahrer hat wohl die falsche Adresse. Können Sie mir bitte noch einmal Ihre genaue Anschrift nennen?« Sie griff nach einem Stift und notierte die Adresse in Friedas Büchlein. »Ja. Ja. Ja, vielen Dank, wir sind gleich bei Ihnen.« Sie schob das Notizbuch zu Frieda hinüber.

»Unter technischer Hilfe hatte ich mir eigentlich etwas anderes vorgestellt.«

»Bitte keine Gewalttätigkeiten.«

»Ich werde mir Mühe geben.«

18

Nein«, sagte Seamus Dunne bei Friedas Anblick, »auf keinen Fall. Woher wissen Sie überhaupt, wo ich wohne?«

Sie blickte über seine Schulter: Studentenbehausung, blanke Holzdielen, Fahrräder im Gang, jede Menge leere Kartons.

»Ich möchte nur mit Ihnen reden.«

»Reden Sie mit der Zeitung oder mit Bradshaw. Die Verantwortung lag nicht bei mir.«

»Das interessiert mich alles gar nicht«, erwiderte Frieda, »und der Artikel auch nicht. Mir ist nur etwas aufgefallen, das Sie gesagt haben.«

Dunne kniff argwöhnisch die Augen zusammen.

»Ist das irgendeine Art Trick?«

Frieda musste fast lachen.

»Sie wollen wissen, ob ich gerade versuche, mir unter Vorspiegelung falscher Tatsachen Zutritt zu Ihrer Wohnung zu verschaffen?«

Dunne schüttelte nervös den Kopf.

»Bradshaw hat versichert, uns könne nichts passieren, es sei völlig legal.«

»Ich habe Ihnen doch schon gesagt, dass mir das egal ist«, entgegnete Frieda. »Ich bin hier, um zwei Dinge loszuwerden. Lassen Sie mich rein, dann erkläre ich Ihnen, was ich auf dem Herzen habe, und bin sofort wieder weg.«

Dunne wirkte hin- und hergerissen. Schließlich öffnete er die Tür und ließ Frieda hinein. Sie ging durch die Diele in die Küche, wo es aussah, als hätte eine ganze Rugby-Mannschaft erst einmal dem Fastfood gefrönt, dann eine Party gefeiert, am nächsten Morgen noch gemeinsam gefrühstückt und anschließend das Weite gesucht, ohne aufzuräumen. Dabei wirkte Seamus Dunne schon ein bisschen zu alt für so was. Er bemerkte ihren Gesichtsausdruck.

»Sie wirken geschockt«, stellte er fest. »Hätte ich gewusst, dass Sie kommen, hätte ich aufgeräumt.«

»Nein«, widersprach sie, »es erinnert mich an meine Studentenzeit.«

»Tja, ich bin noch Student«, erklärte er. »Diese Bude mag nicht viel hermachen, ist aber immer noch besser als alle Alternativen. Also, ich schätze, Sie sind gekommen, um mich anzubrüllen.«

»Haben Sie es denn Ihrer Meinung nach verdient, angeschrien zu werden?«

Dunne lehnte sich mit dem Rücken an die Küchentheke, wobei er fast einen Stapel Teller umgestoßen hätte, gekrönt von einer Bratpfanne, in der zwei Tassen standen.

»Professor Bradshaw hat uns von einem Experiment erzählt, bei dem ein Forscher ein paar Studenten zu verschiedenen Psychiatern schickte. Sie sollten lediglich behaupten, sie hätten im Kopf ein Knallen gehört. Woraufhin sie alle mit der Diagnose Schizophrenie in einer psychiatrischen Anstalt landeten.«

»Ja, ich kenne das Experiment«, antwortete Frieda. »Heutzutage wäre es nicht mehr erlaubt.«

»Was vielleicht schade ist«, konterte Dunne, »denn es war ziemlich aufschlussreich, stimmt's? Aber das wollen Sie wahrscheinlich nicht hören.«

»So wie ich das sehe«, entgegnete Frieda, »wurden in unserem Fall ein paar Leute, die keine echten Psychopathen waren, zu vier Therapeuten geschickt, und nur einer der vier beging den Fehler, das Ganze ernst zu nehmen.«

»Sie hatten vorhin von zwei Punkten gesprochen, die Sie loswerden wollten.«

»Ich fand interessant, was Sie in dem Artikel gesagt haben.«

»Das dachte ich mir.«

»Nein, ich meine das nicht so, wie Sie denken. Sie haben in der Zeitung geäußert, ich hätte Sie nach unwichtigen Sachen wie Ihrer Ernährung und Ihren Schlafgewohnheiten gefragt. Apropos, wie schlafen Sie denn zurzeit?«

»Gut.«

»Nein, im Ernst. Schlafen Sie durch, oder wachen Sie immer noch so oft auf?«

»Hin und wieder wache ich auf, genau wie die meisten anderen Leute.«

»Und was geht Ihnen dann durch den Kopf?«

»Ach, alles Mögliche.«

»Und wie steht es mit Ihrem Appetit?«

Er zuckte mit den Achseln. Einen Moment lang herrschte Schweigen. »Warum sehen Sie mich so an?«

»Wissen Sie, was ich glaube?«

»Sie werden es mir vermutlich gleich sagen.«

»Als Sie zu mir kamen und so taten, als bräuchten Sie Hilfe, benutzten Sie das meiner Meinung nach unbewusst als Vorwand, um tatsächlich um Hilfe zu bitten.«

»Das ist doch Freud'scher Schwachsinn. Sie versuchen nur, mich irgendwie reinzulegen.«

»Sie schlafen nicht gut, Sie essen nicht anständig. Dazu noch dieses Chaos hier.« Sie machte eine ausladende Handbewegung.

»Es ist nur eine Studentenküche.«

»Ich habe schon andere Studentenküchen gesehen«, entgegnete Frieda, »und selbst mal in einer Studentenbude gehaust. Das hier ist etwas anderes. Außerdem, wie alt sind Sie eigentlich? Fünfundzwanzig? Sechsundzwanzig? Ich glaube, Sie leiden unter leichten Depressionen, haben aber ein Problem damit, das anderen gegenüber zuzugeben, geschweige denn, sich selbst gegenüber.«

Dunne lief knallrot an.

»Wenn das bei mir unbewusst abläuft und Sie der Meinung sind, dass ich es nicht mal mir selbst eingestehen will, wie soll ich Sie dann vom Gegenteil überzeugen?«

»Denken Sie einfach mal darüber nach«, antwortete Frieda. »Vielleicht wollen Sie ja sogar mit jemandem darüber sprechen. Wenn auch nicht mit mir.«

Erneutes Schweigen. Dunne griff nach einem benutzten Löffel und klopfte damit gegen eine fleckige Tasse.

»Was war der zweite Punkt?«, fragte er schließlich.

»Die Geschichte, die Sie mir erzählt haben.«

»Welche? Das Ganze war eine einzige Geschichte.«

»Nein, ich meine das mit Ihrem Vater. Dass Sie ihm die Haare geschnitten haben und dabei eine Mischung aus Zärtlichkeit und Macht empfanden.«

»Ach, das.«

»Das klang für mich anders als der ganze Rest – als handelte es sich dabei um eine echte Erinnerung.«

»Tut mir leid, wenn ich Sie enttäuschen muss. Das war bloß runtergeleiert.«

»Es war keine persönliche Erinnerung?«

»Nein. Ich habe es auswendig gelernt.«

»Wer hat Sie angewiesen, das zu sagen?«

»Es stand in meinem Text – keine Ahnung. Vielleicht Doktor Bradshaw oder wer auch immer sich unsere falschen Persönlichkeiten ausgedacht hat.«

»Wer hat Ihnen denn die Unterlagen mit den Anweisungen ausgehändigt?«

»Einer von den anderen Forschern. Ach so … Sie wollen seinen Namen?«

»Ja.«

»Warum? Damit Sie auch bei ihm auftauchen und ihm ein schlechtes Gewissen machen können?«

»Habe ich Ihnen wirklich ein schlechtes Gewissen gemacht?«

»Also, wenn Sie es genau wissen wollen: Ich war richtig nervös, als ich als angeblicher Patient zu Ihnen kam. Mir war fast ein bisschen schlecht. Es fiel mir nicht leicht.« Er bedachte Frieda mit einem finsteren Blick. »Sein Name ist Duncan Bailey.«

»Wo wohnt er?«

»Sie wollen auch noch seine Adresse?«

»Wenn Sie sie haben.«

Seamus Dunne murmelte etwas, riss dann aber den Deckel einer leeren Müslischachtel ab, die auf dem Boden lag, und kritzelte etwas auf das Stück Pappe, ehe er es Frieda gab.

»Danke«, sagte sie. »Und denken Sie daran, was ich Ihnen geraten habe. Sprechen Sie mit jemandem.«

»Gehen Sie jetzt?« Seamus Dunne wirkte verblüfft.

»Ja.«

»Sie meinen, das war's?«

»Ich bin mir nicht sicher, ob es das wirklich schon war, Seamus.«

Jim Fearby hatte noch seine Akten durchgesehen, um sich zu vergewissern, dass er alle Fakten abrufen konnte. Am Anfang machte er sich immer Notizen in der Kurzschrift, die er gelernt hatte, als er damals vor über vierzig Jahren als junger Reporter beim Lokalblatt in Coventry angefangen hatte. Heutzutage lernte kein Mensch mehr Kurzschrift, aber er mochte die hieroglyphenartigen Zeichen, die aussahen wie ein Geheimcode. Er übertrug sie möglichst noch am selben Tag in sein leinengebundenes Notizbuch. In den Computer tippte er das Ganze erst später ein.

Hazel Barton war im Juli 2004 erdrosselt worden. Ihre Leiche wurde neben der Straße gefunden, nicht weit von ihrem Wohnort entfernt. Allem Anschein nach war sie von der Bushaltestelle aus nach Hause gegangen, weil der Bus nicht kam. Sie war zu dem Zeitpunkt achtzehn Jahre alt, eine hübsche junge Frau mit einem frischen Gesicht, deren drei ältere Brüder sie genau wie die Eltern vergötterten. Sie hatte vorgehabt, Physiotherapeutin zu werden. Nach ihrem Tod war ihr Gesicht wochenlang in den Zeitungen und TV-Nachrichten zu sehen. George Conley hatte man über ihre Leiche gebeugt angetroffen. Er wurde sofort verhaftet und kurz darauf angeklagt. Conley war der schräge Vogel des Ortes, der arbeitslose, fettleibige, geistig etwas minderbemittelte Außenseiter, der in Parks und am Rande von Spielplätzen herumlungerte: Natürlich war er es gewesen. Als er dann auch noch ein Geständnis ablegte, waren alle zufrieden – alle außer Jim Fearby, der es ganz genau nahm und sich auf die Worte anderer nie verließ, sondern den Dingen immer selbst auf den Grund gehen musste. Er betrachtete es als seine Pflicht, die Polizeiberichte zu lesen, sämtliche Akten durchzuackern und in Gesetzestexten zu blättern.

Er saß gerade vor dem Fernseher, ohne wirklich hinzusehen, als das Telefon klingelte.

»Haben Sie was zum Schreiben da?«

»Mit wem spreche ich?«

»Philip Sidney.«

Fearby kramte nach einem Stift.

»Ja?«

»Vanessa Dale«, sagte die Stimme, nannte anschließend eine Telefonnummer und forderte Fearby auf, sie zu wiederholen. Als

Fearby danach noch etwas sagen wollte, war die Leitung bereits tot.

Frieda schenkte zwei Whiskys ein und reichte einen davon Josef.

»Wie geht es?«, fragte sie.

»Der Stahlträger ist gut. Er hält viel aus. Aber nachdem ich den Boden herausgerissen hatte, fand ich es besser, Fliesen zu legen. Jetzt hast du einen Fliesenboden, aber damit sieht die Wand alt aus. Deswegen sollten da vielleicht auch Fliesen hin. Das musst du entscheiden.«

Da Josef offenbar vergessen hatte, dass er ein Glas in der Hand hielt, stieß Frieda mit ihm an, um ihn daran zu erinnern. Sie tranken beide einen Schluck.

»Als ich dich gefragt habe, wie es geht, meinte ich auch deinen eigenen Zustand, nicht nur den des Badezimmers. Außerdem wollte ich dir sagen, dass ich für die Kosten aufkommen werde. Du kannst dir das alles doch gar nicht leisten.«

»Das passt schon.«

»Das passt ganz und gar nicht. In letzter Zeit habe ich zu viel an mich selbst gedacht. Ich weiß, dass du dich mit Mary Orton gut verstanden hast. Was passiert ist, war für dich bestimmt sehr traurig.«

»Ich habe von ihr geträumt«, erklärte Josef, »schon zwei-, dreimal, vielleicht auch viermal. Das ist seltsam.«

»Was träumst du?«

Josef lächelte.

»Sie hat in der Ukraine gelebt, in meiner alten Heimat. Ich sage zu ihr, dass es mich überrascht, sie lebend zu sehen, und sie antwortet mir in meiner eigenen Sprache. Blöd, oder?«

»Ja, sehr blöd. Andererseits aber gar nicht blöd.«

Liebste Frieda – nun ist es zu spät, um dich anzurufen. Gerade habe ich mir den Link angesehen, den du mir geschickt hast. Wer ist dieser bescheuerte Hal Bradshaw überhaupt? Können wir etwas dagegen unternehmen? Eine meiner ältesten Freundinnen ist Anwältin. Soll ich sie mal fragen?

Dir ist aber hoffentlich klar, wie sehr dich alle Leute schätzen, die wirklich zählen: deine Freunde, deine Kollegen, deine Patienten. Diese ganze Geschichte ist nur eine böse Farce, die daran nicht das Geringste ändert.

Übrigens habe ich eine Idee für den Sommer: Wir könnten am Canal du Midi ein Hausboot mieten. Das würde dir gefallen. Ich war schon mal auf einem, sie sind sehr gemütlich. (Manche Menschen bekämen eher Platzangst, aber du nicht. Im Grunde sind solche Boote ein bisschen wie dein Haus, nur dass sie sich bewegen.) Wir könnten auf dem Wasser dahingondeln, hin und wieder eine Picknickpause einlegen und abends in kleine Brasserien gehen. Natürlich ist das Wetter in meiner Vorstellung schön sonnig, du trägst ein Sommerkleid, trinkst Weißwein und bist sogar ein bisschen braun. Sag Ja! xxx

19

Es war für uns alle ein solcher Schock«, sagte die Frau, die Munster und Riley gegenübersaß. »Ich kann es noch gar nicht fassen. Ich meine, Ruth war so ...« Sie verzog das Gesicht, weil sie krampfhaft nach dem richtigen Wort suchte. »Bodenständig«, sagte sie schließlich. »Eine fröhliche, praktisch veranlagte Frau. Ich weiß auch nicht ... gar nicht der Typ Mensch, dem so etwas passiert. Mir ist natürlich klar, wie dumm das klingt.«

Sie befanden sich in dem flachen, modernen Bau, in dem Ruth Lennox als Gesundheitsschwester gearbeitet hatte. Deren Vorgesetzte, Nadine Salter, hatte die beiden Beamten in einem kleinen Raum abseits des Großraumbüros Platz nehmen lassen.

»Das klingt gar nicht dumm«, entgegnete Chris Munster, nachdem Riley eine Antwort schuldig geblieben war. Sein junger Kollege machte an diesem Vormittag einen leicht benebelten Eindruck. Sein Gesicht wirkte verknittert, als wäre er gerade erst aufgestanden. »Fast alle, die sie kannten, sind sich einig, dass sie eine freundliche, geradlinige Frau war«, fuhr Munster fort. »Wie lange hat sie hier gearbeitet?«

»Etwa zehn Jahre. Natürlich hielt sie sich die meiste Zeit nicht hier im Büro auf, sondern war unterwegs, Hausbesuche machen.«

»Können Sie uns ihren Schreibtisch zeigen?«

»Selbstverständlich.«

Sie gingen hinüber in den großen Raum. Die Schreibtische, an denen sie vorbeikamen, waren von Leuten besetzt, die vor Neugier fast platzten, gleichzeitig aber so taten, als würden sie arbeiten. Der Tisch von Ruth Lennox wirkte ausgesprochen ordentlich, was Munster und Riley nicht anders erwartet hatten. Ihre Aktenordner und Notizbücher, ihr Arbeitsplan, ihre Korrespondenz und der Großteil ihrer Schreibutensilien waren in den Schubladen verstaut. Abgesehen von einem ziemlich alten Computer befanden sich auf der Schreibtischplatte nur ein Becher mit Stiften, eine kleine Schale mit Papierstreifen und Heftklammern sowie ein gerahmtes Foto ihrer drei Kinder.

»Wir werden ihren Computer und ihre Korrespondenz mitnehmen müssen«, erklärte Munster. »Vorerst interessieren wir uns nur für den Mittwoch, an dem sie gestorben ist, den sechsten April. War sie an dem Tag hier?«

»Ja, aber nur bis Mittag. Den Mittwochnachmittag hatte sie immer frei. Vormittags gegen halb elf halten wir immer eine allgemeine Personalversammlung ab, und danach geht sie.«

»Dann war sie an dem Tag also im Büro, und nicht unterwegs, um Hausbesuche zu machen.«

»Genau. Sie ist gegen neun gekommen und mittags wieder gegangen.«

»Verhielt sie sich an dem Tag irgendwie anders als sonst?«

»Diese Frage haben wir uns hier im Büro auch schon gestellt. Sie wirkte ganz normal, wie immer.«

»Sie hat nicht erwähnt, dass ihr irgendetwas Sorgen bereitete?«

»Nein, ganz bestimmt nicht. Wir haben darüber gesprochen, wie schwierig es für junge Leute ist, eine Stelle zu finden, aber nur ganz allgemein. Ihre Kinder sind noch zu jung, um ihr in dieser Hinsicht Sorgen zu bereiten. Die Ärmsten. Ansonsten hat sie mir nur noch ein Kochrezept gegeben.«

»Haben Sie sie gehen sehen?«, fragte Munster, während sie den Rückweg antraten.

»Nein, aber Vicky, die dort drüben sitzt, war gerade draußen, eine rauchen. Sie hat sie in ein Taxi steigen sehen.«

»Eines von den schwarzen?«

»Das kann ich Ihnen nicht sagen.«

»Wissen Sie die Firma?«

»Nein, tut mir leid.«

»Moment«, sagte Riley.

Er ging noch einmal zu Ruth Lennox' Schreibtisch und kehrte mit einem Kärtchen zurück, das er Munster reichte.

»Das war an ihre Korktafel gepinnt«, erklärte er.

Munster betrachtete die Karte: C & R Taxis. Er zeigte sie Nadine Salter. »Ist sie zu ihren Hausbesuchen mit dem Taxi gefahren?«, wollte er wissen.

Sie setzte eine missbilligende Miene auf.

»Nicht auf unsere Kosten.«

Die Zentrale von C & R Taxis war in einem winzigen Raum mit schmutzigen Fenstern untergebracht, gleich neben einem Wettbüro in der Camden High Street. Ein alter Mann hockte schlafend auf einem Sofa. Ein zweiter, ziemlich kräftig gebauter Typ saß an einem Schreibtisch vor drei Telefonen und einem Laptop und musterte die beiden Detectives misstrauisch. Munster zeigte ihm seinen Ausweis und fragte dann nach Ruth Lennox.

»Ruth Lennox? Letzten Mittwoch?« Mit einem stummeligen, aber sehr geschickten Finger scrollte er auf seinem Computerbildschirm nach unten. »Ja, die haben wir letzten Mittwoch gefahren. Ahmed war der Fahrer. Und Sie wollen auch noch wissen, wohin?«

Munster und Riley rechneten damit, dass er verkünden würde, Ahmed habe Ruth Lennox nach Hause in die Margaretting Street gefahren. Aber das tat er nicht.

»Shawcross Street, SE17, Nummer siebenunddreißig. Nein, abgeholt haben wir sie nicht wieder.« Eines der Telefone klingelte laut. »Da sollte ich besser rangehen.«

Draußen auf der Straße sahen die beiden Detectives sich an.

»Shawcross Street«, sagte Munster.

Die Straße, in die sie mussten, war eine Einbahnstraße, deswegen parkten sie neben einem riesigen Wohnblock aus den dreißiger Jahren. Er wurde gerade für den Abriss vorbereitet, Fenster und Türen waren bereits mit Metallplatten versiegelt.

»Ich frage mich, was Ruth Lennox hier in dieser Gegend wollte«, bemerkte Munster, während sie ausstiegen und sich umblickten.

»Ist das nicht die Aufgabe einer Gesundheitsschwester?«, entgegnete Riley. »Leute besuchen?«

»Dieses Viertel zählt nicht zu ihrem Zuständigkeitsbereich.«

Sie bogen in die Shawcross Street ein. Am einen Ende standen ein paar große viktorianische Reihenhäuser, aber die Nummer siebenunddreißig gehörte nicht dazu. Es handelte sich um ein heruntergekommenes Gebäude im Stil der fünfziger Jahre, mit gerader

Front und metallgerahmten Fenstern. Das Haus war in drei Wohnungen unterteilt, wobei die oberste leer zu stehen schien. Eines der Fenster war eingeschlagen, und ein zerschlissener roter Vorhang wehte heraus.

Munster drückte den untersten Klingelknopf und wartete kurz. Dann drückte er auf den mittleren Knopf. Als sie gerade wieder gehen wollten, schwang die Eingangstür auf und eine kleine, dunkelhäutige Frau streckte mit argwöhnischer Miene den Kopf heraus.

»Was wollen Sie?«, fragte sie.

Chris Munster zeigte ihr seinen Ausweis.

»Könnten wir kurz reinkommen?«

Sie trat beiseite und ließ sie in den Eingangsbereich.

»Wir möchten nur überprüfen, wer die Bewohner dieses Gebäudes sind. Leben Sie hier?«

»Ja.«

»Allein?«

»Nein. Mit meinem Mann, der noch im Bett liegt, und meinen zwei Söhnen – die in der Schule sind, falls es das ist, was Sie als Nächstes fragen wollten. Worum geht es?«

»Ist Ihr Mann krank?«, fragte Riley.

»Er hat seine Arbeit verloren.« Ihre Miene verfinsterte sich. »Jetzt haben sie ihn als erwerbsunfähig eingestuft. Ich habe schon sämtliche Formulare für den Rentenantrag besorgt.«

»Deswegen sind wir nicht hier«, erklärte Munster. »Kennen Sie eine Frau namens Ruth Lennox?«

»Nie von ihr gehört. Warum?«

»Sie hat sich letzten Mittwoch zu dieser Adresse fahren lassen.«

Er zog das Foto von Ruth Lennox aus seiner Tasche und hielt es ihr hin.

»Erkennen Sie sie wieder?«

Sie betrachtete das Bild und zog dabei das Gesicht in Falten, zuckte dann aber nur mit den Achseln.

»Ich achte nicht so darauf, wer hier kommt und geht«, erklärte sie.

»Die Frau wurde Opfer eines Verbrechens. Wir glauben, dass sie an dem Tag, als sie gestorben ist, hier war.«

»An dem Tag, an dem sie gestorben ist? Worauf wollen Sie hinaus?«

»Auf gar nichts. Wirklich nicht. Wir versuchen nur in Erfahrung zu bringen, ob sie an dem Tag hier war, und warum.«

»Also, in unserer Wohnung war sie jedenfalls nicht. Ich kenne keine Ruth Lennox. Ich habe die Frau noch nie gesehen.« Sie deutete auf das Foto. »Außerdem sind wir gesetzestreue Bürger, was heutzutage manchmal ganz schön schwer ist.«

»Wissen Sie, wer in den anderen Wohnungen lebt?«

»Über uns ist niemand mehr. Die sind schon vor Monaten ausgezogen. Zu der unteren Wohnung kann ich Ihnen nichts sagen.«

»Aber sie wird von jemandem bewohnt?«

»Bewohnt würde ich es nicht nennen. Jemand hat sie gemietet, aber ich sehe sie nie.«

»Sie?«

»Die Leute. Ihn, sie, keine Ahnung.« Nach einer kurzen Pause fügte sie hinzu: »Manchmal höre ich ein Radio laufen. Tagsüber.«

»Danke. Und letzten Mittwoch, haben Sie da jemanden gesehen?«

»Nein, aber ich habe auch nicht aufgepasst.«

»Vielleicht hat Ihr Mann etwas mitbekommen, wenn er tagsüber zu Hause ist?«

Sie sah erst den einen und dann den anderen Detective an, ehe sie müde die Schultern zuckte.

»Er schläft viel oder döst zumindest vor sich hin, wegen seiner Tabletten.«

»Schon gut. Können Sie uns sagen, wer der Besitzer ist?«

»Den bekommt man hier nicht zu sehen.«

»Wie heißt er?«

»Mister Reader. Michael Reader. Vielleicht haben Sie von ihm gehört. Man sieht seine Schilder überall. Sein Großvater hat nach dem Krieg jede Menge von diesen Häusern aufgekauft. Er ist der wahre Verbrecher.«

20

Duncan Bailey wohnte in Romford, in einem Wohnklotz aus Beton, bei dem nicht an Platz gespart worden war: Es handelte sich um ein Gebäude mit langen, eisig kalten Gängen, hohen Decken und großen Fenstern, die auf einen Wirrwarr aus anderen Häusern und ineinander verschlungenen Straßen hinausgingen.

Frieda wusste, dass er zu Hause sein würde, weil sie ihn nach reiflicher Überlegung auf seinem Handy angerufen und einen Termin mit ihm vereinbart hatte. Er hatte überhaupt nicht nervös geklungen, nicht einmal überrascht, sondern entspannt und fast amüsiert, und er hatte sich bereit erklärt, sie an diesem Nachmittag um halb sechs zu empfangen, sobald er aus der Bibliothek zurück war. Er studierte Psychologie am Cardinal College, wo Hal Bradshaw als Gastdozent Vorlesungen hielt, und hatte bereits seinen ersten akademischen Abschluss gemacht.

Frieda stieg in den dritten Stock hinauf. Während sie den breiten Gang entlangeilte, überlegte sie, ob Bailey wohl dachte, dass sie auf Rache aus sei. Nein, Frieda wurde nicht von Rachegelüsten getrieben, sondern von etwas, das ungewöhnlicher und zugleich unbestimmbarer war. Obwohl sie es selbst nicht benennen konnte, ging ihr irgendetwas Undeutliches, Schemenhaftes im Kopf herum.

Duncan Bailey war ein extrem kleiner junger Mann. In dem gewölbeartigen Wohnzimmer wirkte er völlig fehl am Platz und fast schon komisch. Er hatte hellbraunes Haar, einen ordentlich getrimmten Ziegenbart, lebhafte blaue Augen und ein schmales Gesicht mit ausgeprägter Mimik. Er wirkte freundlich, aber zugleich ein wenig sarkastisch. Frieda fand es schwer zu beurteilen, ob er wirklich so war oder nur so tat.

»Danke, dass Sie sich zu diesem Treffen bereit erklärt haben«, sagte Frieda.

»Kein Problem. Ich habe schon so viel von Ihnen gehört.«

»Ich wollte Sie nur ein paar Sachen fragen. Es geht um das Experiment, an dem wir beide teilgenommen haben.«

»Sie sind deswegen hoffentlich nicht sauer«, antwortete er mit einem Lächeln.

»Warum sollte ich?«

»Manche Leute könnten sich unter Umständen gedemütigt fühlen, aber es geschah alles im Dienst der Wissenschaft. Wobei Doktor Bradshaw meinte, Sie würden das vielleicht anders sehen.«

»Er sollte es eigentlich besser wissen«, entgegnete Frieda. »Aber so, wie ich das verstanden habe, mussten Sie alle das gleiche Krankheitsbild simulieren, die gleichen Symptome beschreiben. Sehe ich das richtig?«

»Doktor Bradshaw hat gesagt, wir könnten nach Lust und Laune vom Skript abweichen, solange wir alle entscheidenden Zutaten hineinschmuggelten.«

»Die Episode, in der es darum ging, dem Vater die Haare zu schneiden, gehörte auch zu Ihrer Geschichte?«

»Ja. Hat sie Ihnen gefallen?«

»Hat Doktor Bradshaw den Fall selbst konstruiert?«

»Er hat ihn abgesegnet, aber zusammengebastelt wurde er von einem der anderen Forscher. Wir haben uns nie als Gruppe getroffen. Ich bin ziemlich spät dazugestoßen. Sie brauchten noch jemanden, und ich habe ihnen den Gefallen getan.«

»Wer waren die anderen?«

»Sie wollen, dass ich Ihnen ihre Namen nenne?«

»Aus reinem Interesse.«

»Damit Sie sie ebenfalls besuchen können.«

»Vielleicht.«

»Sie betreiben da einen ziemlich großen Aufwand. Bis nach Romford ist es ein weiter Weg, nur um eine einfache Frage zu stellen, die ich Ihnen auch gern am Telefon beantwortet hätte. Vor allem nachdem Sie so krank waren.«

Statt einer Antwort sah Frieda ihn nur an.

»Interessiert es Sie denn nicht, bei wem ich war?«

»Nicht besonders.«

»Es war Ihr Freund.«

Der arme Reuben, dachte Frieda. Gegen jemanden wie Duncan Bailey hatte er bestimmt keine Chance gehabt.

»James Rundell.« Er musterte sie neugierig, den Kopf zur Seite geneigt. »Ich kann nachvollziehen, warum jemand den Wunsch haben kann, ihm eine reinzuhauen.«

Frieda musste sich ein Lächeln verkneifen, als sie sich die Begegnung zwischen James Rundell und diesem scharfsinnigen, zynischen jungen Mann vorstellte, der so wache, glänzende Augen hatte.

»Aber es geht nicht an, dass Sie einfach von einem zum anderen rennen und sich einbilden, Sie könnten die Leute manipulieren«, fuhr Duncan Bailey fort. »Natürlich ist es sehr nett, Sie kennenzulernen, aber eine empfindsamere Natur als ich könnte sich durch Ihren Besuch eingeschüchtert fühlen, Doktor Klein. Wissen Sie, was ich meine?«

»Ich will bloß die Namen.«

Bailey überlegte einen Moment.

»Warum nicht? Die werden ohnehin bald in den Psychologie-Fachzeitschriften stehen. Soll ich sie Ihnen aufschreiben? Ich kann Ihnen auch die Adressen geben, wenn Ihnen das weiterhilft. Zumindest spart Ihnen das ein bisschen Arbeit.« Mit der Geschmeidigkeit einer Katze erhob er sich aus seinem Sessel und durchquerte leichtfüßig den Raum.

Fünfeinhalb Stunden später saß Frieda in einem Flugzeug. Der Last-Minute-Flug war haarsträubend teuer gewesen. Außerdem verreiste sie nur für eine lächerlich kurze Zeitspanne, und zu allem Überfluss fürchtete sie sich auch noch vor dem Fliegen, weshalb sie es fast ein Jahrzehnt lang vermieden hatte. Sie saß auf der Gangseite und bestellte sich einen Tomatensaft. Die Frau neben ihr schnarchte sanft vor sich hin. Frieda saß sehr aufrecht und brannte innerlich vor Angst: weil sie flog, weil Dean Reeve noch am Leben war, weil sie wusste, wie Sterben sich anfühlte, weil sie sich so darauf freute, Sandy zu sehen, und weil es gefährlich war, so viel für einen anderen Menschen zu empfinden. Alleinsein war sicherer.

Als Fearby Vanessa Dale anrief, erklärte sie ihm, dass sie schon Jahre zuvor aus London weggezogen sei und mittlerweile in Leeds lebe, wo sie in einem Drogeriemarkt arbeite. Fearby sagte, das sei kein Problem, er könne zu ihr kommen. Sie habe doch bestimmt eine Mittagspause. Ach ja, und noch was, fügte er hinzu: Falls sie ein Foto von sich habe, das aus der besagten Zeit stamme, solle sie es bitte mitbringen.

Er erwartete sie draußen auf dem Gehsteig und ging mit ihr in ein Café ein paar Türen weiter, wo er für sich einen Tee und für sie eine exotisch klingende Kaffeespezialität bestellte. Obwohl er die kleinste Menge gewählt hatte, sah das schaumige Gebräu aus, als reichte es für vier. Vanessa Dale trug ein bunt gemustertes Shirt über einem dunkelroten Rock, dazu dicke Strümpfe und Stiefeletten. Er registrierte das Namensschild über ihrer linken Brust, während er Stift und Notizbuch herausholte. Man bildete sich immer ein, dass man nichts vergaß, aber das stimmte nicht. Deswegen notierte er alles, schrieb das jeweilige Datum daneben und übertrug es später auf seinen Computer.

»Danke, dass Sie sich Zeit genommen haben«, sagte er.

»Das ist schon in Ordnung«, antwortete sie.

»Haben Sie ein altes Foto gefunden?«

Sie öffnete ihre Brieftasche und holte zwei Passfotos heraus, die sie wohl aus einem Viererset ausgeschnitten hatte. Er ließ den Blick zwischen dem Foto und ihr hin- und herwandern. Die ältere Vanessa hatte ein runderes Gesicht und langes, dunkles Haar.

»Darf ich das behalten?«, fragte er.

»Ich habe damit kein Problem.«

»Jemand hat mich angerufen«, fuhr Fearby fort, »jemand von der Polizei. Er hat gesagt, Sie hätten am 13. Juli 2004 die Polizei verständigt. Stimmt das?«

»Ich habe ein einziges Mal die Polizei verständigt, aber das ist schon Jahre her. An das genaue Datum erinnere ich mich nicht.«

»Aus welchem Grund haben Sie das damals getan?«

»Jemand hat mir Angst gemacht. Deswegen habe ich die Polizei angerufen.«

»Können Sie mir erzählen, was passiert ist?«

Vanessa musterte ihn argwöhnisch.

»Was soll das Ganze?«

»Ich habe es Ihnen schon gesagt, ich schreibe einen Artikel, aber Ihr Name wird darin nicht auftauchen.«

»Inzwischen kommt es mir dumm vor«, erklärte Vanessa, »aber zu der Zeit fand ich es wirklich unheimlich. Ich war zu Fuß auf dem Heimweg von den Läden in der Nähe meines Elternhauses. Dabei musste ich an einem Stück Brachland vorbei. Inzwischen steht dort ein Supermarkt. Neben mir hielt ein Wagen. Ein Mann bat mich um eine Wegbeschreibung. Er stieg aus, und plötzlich packte er mich am Hals. Ich schlug wie wild um mich, schrie ihn an und rannte davon. Meine Mum wollte damals unbedingt, dass ich die Polizei anrief. Zwei Beamte sind vorbeigekommen und haben mit mir darüber gesprochen. Das war's.«

»Aber im Prozess ist es nicht zur Sprache gekommen.«

»In welchem Prozess?«

»Dem von George Conley.«

Sie starrte ihn verständnislos an.

»Erinnern Sie sich an die Ermordung von Hazel Barton?«

»Nein.«

Fearby überlegte einen Moment. War das Ganze bloß eine weitere falsche Spur?

»Woran erinnern Sie sich?«

»Das ist alles Jahre her.«

»Immerhin hat ein Mann versucht, Sie zu kidnappen«, entgegnete Fearby, »das muss doch ein denkwürdiges Erlebnis gewesen sein.«

»Es war richtig eigenartig«, berichtete Vanessa. »Als es passierte, kam es mir vor wie ein Traum. Sie wissen schon… wenn man einen wirklich schlimmen Albtraum hat und sich dann, nachdem man aufgewacht ist, an fast nichts erinnern kann. Ich erinnere mich an einen Mann, der einen Anzug trug.«

»War er alt? Jung?«

»Ich weiß es nicht. Ein Teenager war er jedenfalls nicht, aber auch kein alter Mann. Er war ziemlich stark.«

»Groß? Klein?«

»Mittelgroß, würde ich sagen. Vielleicht ein bisschen größer als ich, aber sicher bin ich mir da nicht.«

»Was ist mit seinem Wagen? Können Sie sich an die Farbe oder Marke erinnern?«

Sie runzelte vor Konzentration die Stirn.

»Silbergrau, glaube ich, aber womöglich sage ich das nur, weil die meisten Autos silbergrau sind. Ich kann mich wirklich an fast nichts erinnern. Ehrlich. Es tut mir leid.«

»Fällt Ihnen sonst noch irgendetwas dazu ein?«

»Nein, aber ich hatte schon damals nur eine ganz verschwommene Erinnerung, und seitdem sind sieben Jahre vergangen. Ich erinnere mich an den Mann. Ich weiß noch, was für ein Gefühl es war, als ich seine Hand an meinem Hals spürte, und dass der Motor immer wieder aufheulte, aber das ist auch schon alles.«

Fearby schrieb alles wortwörtlich in sein Notizbuch – genau so, wie sie es formulierte.

»Und sonst hat er nichts von sich gegeben?«

»Er hat mich wie gesagt um eine Wegbeschreibung gebeten. Vielleicht hat er noch etwas anderes gesagt, als er mich packte, aber das weiß ich nicht mehr.«

»Und Sie haben nie wieder etwas von der Polizei gehört?«

»Damit hatte ich auch gar nicht gerechnet.«

Fearby klappte sein Notizbuch zu.

»Das haben Sie gut gemacht«, sagte er.

Sie sah ihn verblüfft an.

»Wie meinen Sie das?«

»Sie haben ihn abgewehrt.«

»So war das nicht«, widersprach sie. »Ich hatte gar nicht das Gefühl, dass ich das war. Es kam mir vor, als würde ich mich selbst im Fernsehen sehen.« Sie griff nach ihrem Telefon und warf einen Blick darauf. »Ich muss zurück.«

21

Frieda kannte New York nicht. Für sie war es eine abstrakte Stadt der Schatten und Symbole, wo Dampf aus Abflüssen stieg – eine Stadt, in der Menschen ankamen und sich zerstreuten.

Es gefiel ihr, dass ihre Maschine zum Landeanflug ansetzte, als es noch dunkel war, auch wenn bereits ein Lichtstreif den Morgen ankündigte. Auf diese Weise blieb ihr alles noch größtenteils verborgen. Sie sah nur ein sich verschiebendes Muster aus dicht gedrängten Gebäuden und pulsierenden Lichtern. Nur durch das eine oder andere Fenster ließ sich ein flüchtiger Blick auf erwachendes Leben erhaschen. Bald würde sie die Stadt klar vor sich ausgebreitet liegen sehen, und ihre geheimnisvolle Aura würde sich in Normalität auflösen.

Sie hatte Sandy nicht gesagt, dass sie kam, weil sie es selbst nicht gewusst hatte. So früh am Morgen lag er bestimmt noch im Bett. Deswegen tat sie, was sie immer tat, wenn sie sich unsicher fühlte: Sie machte sich zu Fuß auf den Weg und folgte dem Stadtplan, den sie sich besorgt hatte, bis sie schließlich auf der Brooklyn Bridge stand und auf die Skyline von Manhattan zurückblickte, die ihr zugleich vertraut und fremd erschien. Frieda musste an ihr eigenes, schmales kleines Haus denken, das umgeben war von einem Netzwerk aus Gassen. Dort fiel ihr sofort auf, wenn die Rollläden eines Ladens frisch gestrichen waren oder man eine Platane zurückgestutzt hatte. Sie bildete sich ein, den Weg zu ihrer Haustür sogar blind zu finden. Plötzlich empfand sie einen Anflug von Heimweh und konnte kaum noch nachvollziehen, welcher Impuls sie hergetrieben hatte.

Um sieben Uhr war sie in Sandys Viertel angekommen, zögerte aber, ihn zu wecken. Es war ein kühler, bewölkter Tag mit böigem Wind, der Regen verhieß. Sogar die Luft roch hier anders. Nachdem sie noch ein Stück die Straße entlanggegangen war, betrat sie ein kleines Café, bestellte sich eine Tasse Kaffee und setzte sich damit an einen der Metalltische neben dem Fenster, mit Blick auf die Straße. Sie fröstelte und fühlte sich müde und erfüllt von einem schweren, geheimnisvollen Kummer. Ihr war nicht so recht klar, ob er von den Ereignissen der vergangenen Wochen herrührte oder von der Tatsache, dass sie sich hier befand und in Kürze Sandy wiedersehen würde. Er hatte ihr so gefehlt, doch nun konnte sie sich das Wiedersehen mit ihm gar nicht richtig vorstellen. Was würden sie zueinander sagen, und was konnte der Intensität ihres Getrenntseins gleichkommen? Dann ging ihr plötzlich ein Licht auf, und zwar so heftig, dass sie sich einen Moment lang zusammenkrümmte, als hätte ihr jemand einen Schlag in den Magen verpasst: War sie womöglich hergekommen, um die Sache mit Sandy zu beenden? Kaum war ihr dieser Gedanke bewusst geworden, senkte er sich auch schon wie ein bleiernes Gewicht auf ihre Seele. Dann war es das also?

Der kleine Raum füllte sich mit Menschen. Draußen begann es zu nieseln. Einzelne Tröpfchen landeten auf der Scheibe und ließen die Leute auf der Straße verschwimmen. Sie fühlte sich weit weg von sich selbst – hier, aber doch nicht ganz da, allein und unsichtbar in einer Stadt, in der es von Menschen nur so wimmelte. Der graue Himmel gab ihr das Gefühl, sich unter Wasser zu befinden. Die Reise bewirkte, dass sie die Zeit wie durch ein Kaleidoskop wahrnahm. Vielleicht sollte sie einfach wieder verschwinden, bevor irgendetwas passierte, und so tun, als wäre sie nie hier gewesen.

Sandy, der gerade aus dem Feinkostladen kam und auf dem Weg zu der Bäckerei an der Ecke war, wo er immer frische Brötchen für sein Frühstück kaufte, warf im Vorbeigehen einen raschen Blick in das Fenster des Cafés, wandte den Kopf aber gleich wieder ab. Trotzdem nahm er aus dem Augenwinkel ein Gesicht wahr, das ihm vertraut erschien. Als er ein zweites Mal hinschaute, sah er sie durch die regennasse Scheibe an ihrem Tisch sitzen und vor sich hin starren, das Kinn auf eine Hand gestützt. Einen Moment lang fragte er sich, ob er träumte. Dann, als spürte sie seinen Blick, wandte sie den Kopf. Ihre Blicke begegneten sich. Sie lächelte nur ganz leicht, trank ihren letzten Schluck Kaffee, erhob sich und steuerte auf den Ausgang zu. Als sie auf die Straße trat, fiel ihm auf, dass sie immer noch hinkte und sehr müde wirkte. Sein Herz krampfte sich zusammen. Sie hatte einen Lederranzen dabei, ansonsten aber kein Gepäck.

»Lieber Himmel! Was machst du hier?«

»Wie es aussieht, bin ich gekommen, um dich zu besuchen.«

»Lieber Himmel!«, wiederholte er.

»Ich hätte dich gleich angerufen. Ich wollte dich nicht wecken.«

»Du kennst mich doch.« Er rieb über seine Bartstoppeln und starrte Frieda dabei unverwandt an. »Ich bin Frühaufsteher. Wie spät ist es denn auf deiner Uhr?«

»Keine Ahnung. Bei mir ist einfach jetzt.«

»Dann hast du also hier gesessen und gewartet?«

»Ja. Was ist in der Tüte?«

»Frühstück. Möchtest du was?«

»Das wäre nett.«

»Aber, Frieda ...«

»Was? Wartet in deiner Wohnung eine andere Frau?«

Sandy stieß ein unsicheres Lachen aus.

»Nein. Im Moment wartet in meiner Wohnung ausnahmsweise keine andere Frau.«

Er löste den Gürtel ihres Regenmantels, nahm ihr den Mantel ab und hängte ihn dann an den Haken neben seinem. Es gefiel ihr, wie sorgsam er damit umging. Dann zog er ihr die Stiefel aus und stellte sie nebeneinander an die Wand. Er führte sie in sein Schlafzimmer, wo er die dünnen braunen Vorhänge zuzog, so dass nur noch schwaches, schummriges Licht hereinfiel. Da das Fenster einen Spalt offen stand, konnte Frieda die Geräusche draußen auf der Straße hören, wo gerade der Tag begann. Ihr Körper fühlte sich weich und entspannt an – Begehren, Müdigkeit und Angst gingen ineinander über, bis Frieda sie nicht mehr auseinanderhalten konnte. Sandy zog ihr die restliche Kleidung aus und stapelte sie ordentlich gefaltet auf dem Holzstuhl. Zuletzt öffnete er den Verschluss ihrer feinen Halskette und legte sie behutsam aufs Fensterbrett. Dann ließ er die Finger über Friedas Narben gleiten, ihren müden, von Jetlag geplagten Körper. Sie musterte ihn dabei eindringlich, fast schon neugierig, als würde sie gerade eine Entscheidung fällen. Er hätte unter ihrem prüfenden Blick am liebsten die Augen geschlossen, schaffte es aber nicht.

Später ging Frieda unter die Dusche, während Sandy ihr einen starken Kaffee zubereitete, den er ihr ans Bett brachte, nachdem sie wieder unter die dünne Decke geschlüpft war.

»Warum hast du plötzlich beschlossen herzukommen?«

»Ich weiß es nicht.«

»Wie lange bleibst du?«

»Bis morgen Nachmittag.«

»Morgen!«

»Ja.«

»Dann müssen wir die Zeit nutzen, so gut wir können.«

Frieda schlief, aber nicht tief, so dass sie mitbekam, wie Sandy nebenan telefonierte, um Termine abzusagen, während die Geräusche der Straße in ihre Träume drangen. Am frühen Nachmittag brachen sie zu einem Spaziergang durch das Viertel auf, kauften Kochutensilien für Sandys Küche und gönnten sich in einem kleinen Restaurant ein spätes Mittagessen. Sandy sprach über seine Arbeit, Leute, die er kennengelernt hatte, Brooklyn, ihre Reisepläne für den Sommer. Während er Kollegen imitierte und Frieda lustige Szenen vorspielte, musste sie an ihre erste Begegnung denken. Damals dachte sie zunächst, er wäre einer von diesen typischen Ärzten – vielleicht ein Chirurg, denn er hatte die Hände eines Chirurgen. Auf Frieda wirkte er beherrscht und liebenswürdig: Bestimmt konnte er recht charmant sein, wenn er wollte, und vielleicht hatte er auch ein bisschen etwas von einem Herzensbrecher. So einer interessierte sie nicht. Dann aber hörte sie sein schallendes Lachen und entdeckte, dass sein Lächeln auch spöttisch werden konnte. Hin und wieder wirkte er etwas kühl, und wenn er wütend war, wurde er ganz sanft und zugleich arrogant. Er wies aber auch Seiten auf, die Frieda fast schon weiblich erschienen. Wenn er für sie kochte, achtete er sorgsam auf jedes Detail. Er hatte eine Schwäche für Tratsch. Beim Bettenmachen war er so akkurat, wie es ihm wohl seine Mutter beigebracht hatte, als er noch ein kleiner Junge war – und, wie er selbst sagte, schrecklich schüchtern.

Nun wartete er, bis Frieda sich ein wenig entspannt hatte, ehe er ihr Fragen stellte. Frieda erzählte ihm kurz von dem Lennox-Fall und berichtete dann, was es bei ihren Freunden Neues gab. Sowohl ihr als auch Sandy war bewusst, dass sie etwas vor sich her schoben, ein heikles Thema, das es anzuschneiden galt. Aber beide zögerten noch und wichen ihm erst einmal vorsichtig aus.

»Und was ist mit diesem Zeitungsartikel?«, fragte er.

»Ich möchte nicht darüber sprechen.«

»Aber ich. Du bist nur für vierundzwanzig Stunden hier. Wir müssen über solche Dinge reden.«

»Wirklich?«

»Mich können Sie mit dieser Stimme nicht einschüchtern, Frau Doktor Frieda Klein.«

»Ich war nicht begeistert über den Artikel. Ist es das, was du von mir hören willst?«

»Hast du dich gedemütigt gefühlt?«

»Zumindest bloßgestellt.«

»Und das, obwohl du doch immer unsichtbar sein möchtest. Warst du wütend?«

»Nicht so wie Reuben.« Sie musste lächeln. »Also, *der* war richtig wütend – und ist es immer noch.«

»Hast du denn überhaupt das Gefühl, dich irgendwie unangemessen verhalten zu haben?«

Obwohl Frieda ihn mit einem finsteren Blick bedachte, wartete er geduldig auf eine Antwort.

»Eigentlich nicht«, antwortete sie schließlich. »Aber vielleicht muss ich mich im Recht fühlen, weil es sonst zu schmerzhaft für mich wäre. Wobei ich das gar nicht glaube. Der Mann, der zu mir gekommen ist, war ein Scharlatan. Er war kein Psychopath, sondern tat nur so. Warum hätte ich ihn ernst nehmen sollen?«

»Hast du zu dem Zeitpunkt schon gewusst, dass er nur so tat?«

»Irgendwie schon, aber das ist im Grunde nicht der entscheidende Punkt.«

»Was ist denn der entscheidende Punkt?«

»Dass ich durch diese ganze Sache auf etwas aufmerksam geworden bin.«

»Wie meinst du das?«

»Der Mann, der bei mir war, hat mir eine Geschichte erzählt.«

»Das ist mir bekannt.«

»Nein«, entgegnete Frieda ungeduldig, »es gab im Rahmen der großen Geschichte noch eine kleine, bei der ich das Gefühl hatte …« Sie brach ab und überlegte einen Moment. »Ich fühlte mich irgendwie … aufgerufen.«

»Das klingt jetzt aber seltsam.«

»Ich weiß.«

»Kannst du mir das näher erklären?«

»Nein, kann ich nicht.«

»Worum ging es bei der Geschichte?«

»Um eine Person, die einer anderen die Haare schnitt und dabei ein Gefühl von Macht und zugleich Zärtlichkeit empfand. Dabei schwang etwas Düsteres, Sexuelles mit. Alles andere klang fingiert und unecht, aber das erschien mir authentisch.«

»Und es hat dich aufgerufen?« Sandy musterte sie mit einem besorgten Gesichtsausdruck, der Frieda wütend machte. Sie wandte den Blick ab.

»Genau.«

»Aber *wozu*?«

»Das würdest du nicht verstehen.«

»Lass es mich zumindest versuchen.«

»Nicht jetzt, Sandy.«

Sie aßen in einem kleinen Fischrestaurant, das nur einen kurzen Fußmarsch von der Wohnung entfernt lag. Es regnete nicht mehr, und der Wind hatte sich auch gelegt. Die Luft roch frischer. Frieda trug über ihrer Leinenhose ein Hemd von Sandy. Zwischen ihnen stand eine Kerze, außerdem eine Flasche Weißwein, Olivenöl und ein Körbchen mit dicken Weißbrotscheiben. Sandy erzählte Frieda von seiner ersten Ehe – wie sie sich am Ende in bitterem Einvernehmen getrennt hatten, weil sich ihre Wünsche nicht in Einklang bringen ließen.

»Was waren das für Wünsche?«

»Wir hatten einfach unterschiedliche Vorstellungen von unserer Zukunft«, erklärte Sandy. Er blickte verlegen zur Seite.

Frieda musterte ihn eindringlich.

»Du wolltest Kinder?«

»Ja.«

Ein kurzes, aber schweres Schweigen senkte sich zwischen sie.

»Und jetzt?«, fragte Frieda schließlich.

»Jetzt will ich dich. Ich wünsche mir eine Zukunft mit dir.«

Um drei Uhr morgens, als es draußen noch so dunkel und ruhig war, wie es in einer Großstadt nur werden kann, legte Frieda Sandy eine Hand auf die Schulter.

»Was ist?«, murmelte er, während er sich zu ihr umdrehte.

»Es gibt da etwas, das ich dir sagen muss.«

»Soll ich das Licht einschalten?«

»Nein. Im Dunkeln geht es besser. Ich habe mich gefragt, ob wir das nicht beenden sollten.«

Einen Moment lang war es im Raum ganz still. Dann erwiderte Sandy in fast wütendem Ton: »Ausgerechnet im Augenblick der größten Liebe, des größten Vertrauens zwischen uns denkst du ans Gehen?«

Sie gab ihm keine Antwort.

»Ich hätte dich nie für so feige gehalten«, fügte er hinzu.

Noch immer lag Frieda schweigend an ihn geschmiegt. In dieser Situation erschien ihr jedes Wort sinnlos.

»Und nachdem du dich das gefragt hast, welche Antwort hast du dir gegeben?«

»Noch gar keine.«

»Was ist der Grund, Frieda?«

»Der Grund ist, dass ich niemandem guttue.«

»Lass mich das selbst entscheiden.«

»Ich platze bald vor Unbehagen und Unruhe.«

»Ja, das Gefühl habe ich auch.« Seine Stimme klang jetzt wieder sanft. Frieda spürte seine warme Hand an ihrer Hüfte und seinen Atem in ihrem Haar.

»Dean ist immer noch da draußen. Er war am Grab meines Vaters…«

»Was? Woher weißt du das?«

»Das ist doch jetzt egal. Ich weiß es einfach. Er will, dass ich es weiß.«

»Du bist dir sicher, dass…« Mit einer ungeduldigen Handbewegung schnitt sie ihm das Wort ab.

»Ja, ich bin mir sicher.«

»Das ist schrecklich und äußerst beunruhigend. Trotzdem darf Dean es nicht schaffen, uns zu trennen. Wieso willst du das mit uns wegen eines Psychopathen beenden?«

»Als ich vorhin gesagt habe, dass ich mich aufgerufen fühlte…«

»Ja?«

»Es fühlt sich ein bisschen so an, als müsste ich in die Unterwelt hinabsteigen.«

»Wessen Unterwelt? Deine eigene?«

»Ich weiß es nicht.«

»Dann geh nicht hin, Frieda. Es war doch nur eine dumme Geschichte. Aus dir spricht deine momentane Stimmung, das Trauma, das du durchgemacht hast. Das ist nichts Rationales. Du verwechselst deine Depression mit der Realität.«

»So einfach ist das nicht.«

»Darf ich dich etwas fragen, ohne dass du gleich wieder dichtmachst?«

»Nur zu.«

»Als du nach dem Selbstmord deines Vaters seine Leiche gefunden hast…« Er spürte, wie sich ihr Körper versteifte. »Da warst du fünfzehn. Hast du damals mit jemandem darüber gesprochen?«

»Nein.«

»Und seitdem?«

»Nicht richtig.«

»Nicht richtig«, wiederholte er. »Glaubst du nicht, dass all das…« Obwohl es dunkel war, konnte sie seine ausladende Handbewegung erahnen. »Die ganze Geschichte mit Dean und deiner Arbeit für die Polizei, und nun diese neue Idee von dir, dass du dich durch irgendeine Geschichte aufgerufen fühlst… das hat doch alles nur damit zu tun, dass du als junges Mädchen deinen Vater an einem Balken hängen gesehen hast – ihn nicht mehr retten konntest. Darüber solltest du nachdenken, statt dich Hals über Kopf in eine neue Rettungsaktion zu stürzen.«

»Vielen Dank, Herr Doktor. Aber Dean ist real. Ruth Lennox ist real. Und diese andere Sache …« Sie legte eine Pause ein und drehte sich ein wenig, so dass sie nun auf dem Rücken lag und in der Dunkelheit zur Decke hochstarrte. »Ich weiß nicht, was sie zu bedeuten hat«, gab sie zu.

»Lass alles sein, was du zurzeit tust. Bleib hier. Bleib bei mir.«

»Du solltest dich mit einer Frau zusammentun, die glücklich ist.« Sie schwieg einen Moment, ehe sie hinzufügte: »Und mit der du Kinder bekommen kannst.«

»Ich habe meine Wahl getroffen.«

»Aber …«

»Ich habe meine Wahl getroffen. Wenn du mich verlassen willst, weil du mich nicht mehr liebst, dann muss ich das akzeptieren. Aber wenn du die Flucht ergreifst, weil du mich liebst und dir das Angst macht, dann akzeptiere ich das nicht.«

»Hör zu.«

»Nein.

»Sandy …«

»Nein.« Er stützte sich auf einen Arm und beugte sich über sie. »Vertrau mir. Lass mich dir vertrauen. Wenn du willst, begleite ich dich in die Unterwelt, oder ich warte am Eingang auf dich. Aber wegschicken lasse ich mich nicht.«

»Du bist ein sehr sturer Mann.«

Sie lagen Arm an Arm, Bein an Bein, Mund an Mund. Ihre Körper verloren ihre Grenzen, bis das erste Licht in die Dunkelheit flutete und es wieder Morgen wurde.

Ein paar Stunden später packte Frieda ihre Zahnbürste ein, vergewisserte sich, dass sie ihren Pass in der Tasche hatte, und verabschiedete sich, als wollte sie nur schnell um die Ecke in den Zeitungsladen. Sie hasste Abschiede.

22

Es war Wochenende, und Karlsson hatte alle Termine abgesagt, um zwei ganze Tage mit Mikey und Bella verbringen zu können. Es schmerzte ihn, dass sie in ein paar Tagen weg sein würden – weit weg von ihm. Dann blieben ihm nur noch Fotos auf dem Schreibtisch, blecherne Stimmen am anderen Ende der Leitung, flackernde Bilder auf Skype. Umso kostbarer erschien ihm nun jede Minute mit ihnen. Er musste sich zwingen, Bella nicht zu fest zu drücken und Mikey nicht immer wieder übers Haar zu streicheln, bis der Junge sich ihm entzog. Die beiden sollten nicht wissen, wie sehr es ihm zu schaffen machte, dass sie weggingen. Er wollte nicht, dass sie sich seinetwegen sorgten oder Schuldgefühle bekamen.

Er machte mit ihnen einen Ausflug ins Schwimmbad von Archway, wo man durch die wilden Kurven einer Rutschbahn ins tiefe Beckenende sausen konnte und Wellenmaschinen dafür sorgten, dass die Kinder vor wohligem Schauer laut kreischten. Er warf die beiden hoch hinauf in die Luft, ließ sich von ihnen unter Wasser drücken und trug sie auf den Schultern durchs Becken. Wenn er tauchte, öffnete er die Augen und sah, wie sich ihre weißen Beine zwischen all den anderen Beinen durch das türkise Wasser bewegten. Gerührt verfolgte er, wie sie in den flacheren Teil des Beckens sausten – zwei jauchzende kleine Gestalten, die vom Chlor schon ganz rote Augen hatten.

Am Spielplatz schubste er sie auf ihren Schaukeln hoch hinauf in die Luft, ließ das Karussell kreiseln, bis ihm schwindlig wurde, kroch hinter den beiden durch einen langen Plastikschlauch und kletterte auf einen Berg aus Autoreifen. Meine Kinder, dachte er: mein Junge und mein Mädchen. Er prägte sich ihr Lächeln ein, um sich später daran erinnern zu können. Sie aßen Eis und schlemmten mittags beim Pizza Express. Wohin er auch schaute, es kam ihm vor, als wären überall Väter allein mit ihren Kindern unterwegs. Zugegeben, er hatte Fehler gemacht und seine Arbeit stets an die erste Stelle gesetzt, weil er der Meinung gewesen war, keine andere Wahl zu haben. Dadurch hatte er fast immer die Rituale des Zubettgehens und das morgendliche Chaos verpasst. Oft hatte er seine Kinder tagelang nicht zu Gesicht bekommen, weil er schon zur Arbeit aufgebrochen war, bevor sie aufwachten, und erst wieder nach Hause kam, wenn sie bereits schliefen. Einmal hatte er sogar den Urlaub frühzeitig abgebrochen, seine Frau die Lücke ausfüllen lassen und die Konsequenzen erst gesehen, als es zu spät war und es keinen Weg zurück mehr gab. War das nun der Preis, den er dafür bezahlen musste?

Sie spielten ein Brettspiel, bei dem er dafür sorgte, dass er verlor. Als er ihnen anschließend einen ganz einfachen Kartentrick vorführte, den er mal gelernt hatte, jubelten sie vor Begeisterung, als wäre er ein richtiger Magier. Dann legte er ein Video ein, und sie ließen sich zu dritt auf der Couch nieder, er in der Mitte und die beiden links und rechts neben ihm, so dass er voller Traurigkeit ihre Wärme spürte.

Das Läuten des Telefons ignorierte er, bis es aufhörte, doch es läutete gleich wieder. Mikey und Bella sahen ihn erwartungsvoll an und rückten sogar ein wenig zur Seite, so dass er am Ende widerwillig aufstand und zum Telefon ging.

»Ja?«

»Hier ist Yvette.

»Es ist Sonntag.«

»Ich weiß, aber …«

»Ich habe meine Kinder da.« Er hatte ihr nicht erzählt, dass sie ins Ausland gingen. Er wollte nicht, dass sie auf dem Präsidium davon erfuhren und ihn bemitleideten. Sonst fingen sie womöglich an, ihn nach der Arbeit auf einen Drink einzuladen, und betrachteten ihn irgendwann nicht mehr als ihren Chef, sondern nur noch als einen armen Trottel.

»Ja.« Sie klang aufgeregt. »Ich wollte Sie nur auf dem Laufenden halten. Sie haben doch gesagt, dass ich das soll.«

»Lassen Sie hören.«

»Ruth Lennox ist erst woanders hingefahren, bevor sie sich auf den Heimweg machte: zu einer Wohnung in der Nähe von Elephant and Castle. Es ist uns gelungen, den Hausbesitzer aufzuspüren, der gerade nicht in der Stadt war, so dass es eine Weile gedauert hat, bis wir ihn an die Strippe bekamen. Er wirkte übrigens erleichtert, weil wir bloß wegen eines Mordes mit ihm sprechen wollten«, fügte sie trocken hinzu. »Er hat bestätigt, dass die Wohnung an einen Mister Paul Kerrigan vermietet ist, einen Bausachverständigen.«

»Und?«

»Ich habe mit Mister Kerrigan telefoniert. Da ist irgendwas im Busch, Genaueres weiß ich noch nicht. Er wollte am Telefon nicht darüber sprechen. Wir treffen uns morgen Vormittag mit ihm.«

Es herrschte einen Moment Schweigen, bis Yvette schließlich in die Stille hinein sagte: »Ich dachte, das würde Sie vielleicht interessieren.«

»Um wie viel Uhr?«

»Um halb neun. Treffpunkt ist die Baustelle, auf der er zurzeit arbeitet, das Crossrail-Projekt, unten an der Tottenham Court Road.«

»Ich werde dort sein.«

»Glauben Sie, das lässt sich zeitlich …«

»Ich habe gesagt, ich werde dort sein.«

Als Karlsson auflegte, bereute er seinen scharfen Ton bereits. Yvette konnte schließlich nichts dafür.

Nachdem Mikey und Bella von ihrer Mutter abgeholt worden waren und er eine Joggingrunde gedreht hatte, tigerte er mit einer seiner heimlichen Zigaretten im Garten auf und ab. In der Abenddämmerung sangen ein paar Vögel, was seine niedergeschlagene Stimmung nur noch verstärkte. Er kehrte ins Haus zurück, griff nach dem Telefon und ließ sich damit auf dem Sofa nieder, wo vor wenigen Stunden noch seine Kinder gesessen hatten. Einen Moment lang betrachtete er das Gerät in seiner Hand, als könnte es ihm einen Rat geben. Schließlich tippte er Friedas Nummer, ehe er es sich anders überlegen konnte. Er musste mit jemandem sprechen, und sie war die einzige Person, bei der er es fertigbrachte, sich seine Sorgen von der Seele zu reden. Das Telefon klingelte eine Ewigkeit. Er konnte es fast durch ihr ordentliches, leeres Haus schallen hören. Sie war nicht da. Er versuchte es auf ihrem Handy, obwohl er wusste, dass sie es fast nie einschaltete und auch hinterlassene Nachrichten nur selten abhörte. Wie erwartet sprang sofort die Mailbox an.

Er schloss seine müden, brennenden Augen und wartete, bis das schlimme Gefühl langsam nachließ. Beim Gedanken an seine Arbeit empfand er fast so etwas wie Erleichterung. Dann brauchte er wenigstens nicht über sein Leben nachzudenken.

»Wie war es?«, fragte Sasha an diesem Abend.

»Als ich auf dem Rückweg vom Flughafen aus der U-Bahn nach oben kam«, antwortete Frieda, »war das ein ziemlich seltsames Gefühl. Einen Moment lang wirkte London auf mich ganz anders als sonst: schmutzig, unterentwickelt und ganz schön ärmlich. Mir war, als wäre ich in der Dritten Welt.«

»Eigentlich wollte ich wissen, wie es in New York war.«

»Du kennst es doch aus den Filmen«, entgegnete Frieda, »und wahrscheinlich warst du auch schon ein paarmal dort. Du weißt, wie es ist.«

»Mit New York habe ich eigentlich Sandy gemeint.«

»Er ist der Meinung, ich sollte hinziehen«, berichtete Frieda. »Er findet, ich sollte an einem Ort leben, wo es nicht so gefährlich ist.«

»Bei ihm.«

»Ja, das auch.«

»Bist du in Versuchung?«

»Ich habe diesen Vorschlag schon mal abgelehnt«, antwortete Frieda, »aber inzwischen … ich weiß es nicht. Er fehlt mir. Andererseits habe ich hier noch so viel zu tun. Es gibt da einfach ein paar Dinge, die ich zu Ende bringen muss. Sag mal, wann lerne ich denn deinen Neuen kennen?«

Frieda, meine Herzallerliebste, das kommt mir alles vor wie ein Traum. Du hier – in dieser Stadt, dieser Wohnung, diesem Bett. Plötzlich fühlt sich alles anders an. Danke, dass du hier warst, und vergiss nicht, was ich dir gesagt habe. Wir sind schon zu weit zusammen gegangen, um jetzt noch einen Rückzieher zu machen. Wir befinden uns auf einer gemeinsamen Reise. Sandy xxx

23

Um zwanzig nach acht stand Karlsson am Rand eines riesigen Kraters im Herzen der Stadt und beobachtete das geschäftige Treiben: kleine Bagger rollten über flachgedrückte Erde, Kräne versenkten riesige Rohre in Gräben, Männer mit gelben Jacken und Schutzhelmen standen in Gruppen beisammen oder saßen auf Maschinen, deren metallene Gelenkarme sie steuerten. Rund um die Baustelle waren mehrere Mietcontainer aufgestellt, von denen einige aussahen, als sollten sie dort ebenso lange bleiben wie die Gebäude, neben denen sie standen.

Yvette steuerte auf Karlsson zu. Mit ihren festen Schuhen und ihrem straff gebundenen Pferdeschwanz wirkte sie auf ihn verlässlich und kompetent. Karlsson fragte sich, wie er wohl auf sie wirkte. Er fühlte sich kraftlos und angeschlagen. Ihm brummte der Schädel von den drei Whiskys, die er am Vorabend getrunken hatte, und er spürte ein flaues Gefühl im Magen.

»Guten Morgen«, begrüßte sie ihn in munterem Ton.

»Hallo.«

»Er hat gesagt, er erwartet uns im Büro.« Yvette machte eine Kopfbewegung zum größten Container hinüber, der sich nur wenige Meter von ihnen entfernt befand und mit einer hölzernen Aufgangstreppe versehen war.

Sie gingen die paar Meter über den furchigen Boden und stiegen dann die Holzstufen hinauf. Als Yvette schließlich klopfte, wurde die Tür sofort geöffnet. Der Mann, der vor ihnen stand, war kräftig gebaut und trug ebenfalls eine von den gelben Jacken, wenn auch über einer braunen Kordhose und einem grau gestreiften Hemd. Er hatte ein faltiges Gesicht und braune Augen. Obwohl er nicht viel älter als Mitte vierzig sein konnte, schimmerte sein Haar bereits silbergrau.

»Paul Kerrigan?«

»Der bin ich.«

Yvette hielt ihren Ausweis hoch.

»Ich bin Detective Constable Yvette Long«, stellte sie sich vor, »wir haben telefoniert, und das hier ist Detective Chief Inspector Malcolm Karlsson.«

Als Karlsson den Mann ansah, registrierte er in dessen sanften braunen Augen ein nervöses Flackern.

»Sie kommen wohl besser herein.«

Sie betraten den Container, in dem es nach Holz und Kaffee roch. Die Einrichtung bestand aus einem Schreibtisch, einem zweiten, auf Böcken stehenden Tisch und ein paar Stühlen. Karlsson nahm auf der Seite Platz und überließ es Yvette, die Fragen zu stellen. Ihm war bereits klar, dass sie kurz vor einem Durchbruch standen. Er hatte das Gefühl, als würden sich die Ermittlungen zu diesem Fall plötzlich unter ihren Füßen verschieben und sich in etwas völlig anderes, Unerwartetes verwandeln.

»Wir haben Ihren Namen von Michael Reader erhalten.«

»Ja.« Das klang nach einer Bestätigung, nicht nach einer Frage.

»Ihm zufolge haben Sie die Wohnung in der Shawcross Road Nummer siebenunddreißig a von ihm gemietet, und zwar schon so um die zehn Jahre.«

Kerrigans Blick flackerte wieder leicht. Karlsson musterte ihn eindringlich.

»Das stimmt. Seit Juni 2001.« Er ließ den Kopf sinken und starrte auf seine großen, schwieligen Hände hinunter.

»Wir fragen Sie nach dieser Wohnung, weil wir gerade versuchen, die letzten Stunden im Leben von Ruth Lennox zu rekonstruieren, die vor elf Tagen ermordet wurde. Ein Taxifahrer hat sie am Tag ihres Todes zu der genannten Adresse gefahren.«

»Ja«, sagte er erneut. Er machte einen passiven, wehrlosen Eindruck. Allem Anschein nach wartete er nur darauf, dass die Wahrheit endlich ans Licht kam.

»Waren Sie dort?«

»Ja.«

»Sie kannten Ruth Lennox?«

Im Raum herrschte einen Moment Schweigen. Karlsson lauschte den Geräuschen der Baustelle, dem Röhren der Maschinen und den Rufen der Männer.

»Ja«, antwortete Paul Kerrigan ganz leise. Sie hörten ihn schlucken. »Es tut mir leid. Ich hätte mich bei Ihnen melden sollen, aber irgendwie sah ich keinen Sinn darin. Sie war tot. Es war vorbei. Ich dachte, ich könnte verhindern, dass auch noch andere darunter leiden müssen.«

»Hatten Sie und Misses Lennox ein Verhältnis?«

Sein Blick wanderte von Yvette zu Karlsson. Dann legte er beide Hände vor sich auf den Tisch.

»Ich habe eine Frau«, erklärte er, »und zwei Söhne, die stolz auf mich sind.«

»Ihnen ist aber schon klar, dass wir in einem Mordfall ermitteln!« Yvette funkelte ihn vorwurfsvoll an.

»Ja. Ja, wir hatten ein Verhältnis.« Blinzelnd verschränkte er die Hände. »Es fällt mir schwer, das laut auszusprechen.«

»Und Sie haben sich am Tag ihres Todes mit ihr getroffen?«

»Ja.«

»Ich denke, Sie sollten uns besser die ganze Geschichte erzählen«, meldete Karlsson sich zu Wort.

Paul Kerrigan nickte langsam.

»Ja«, sagte er, »aber ich …« Er brach ab.

»Was?«

»Ich möchte nicht, dass jemand davon erfährt.« Erneut hielt er inne. »Außerdem weiß ich gar nicht, wo ich anfangen soll.«

»Vielleicht erzählen Sie uns einfach in chronologischer Reihenfolge, was passiert ist. Fangen Sie ganz von vorne an.«

Paul Kerrigan nickte und richtete den Blick dann aus dem Fenster, als könnte er nicht anfangen, solange er ihnen ins Gesicht sah.

»Ich habe Ruth vor zehn Jahren kennengelernt. Wir leben nicht weit voneinander entfernt. Wir sind uns auf einer Wohltätigkeitsveranstaltung begegnet, bei der Geld für bedürftige Mütter mit kleinen Kindern gesammelt wurde.« Er lächelte. »Ruth hat Falafel verkauft, und ich habe am Nachbarstand mit den Lotterielosen geholfen. Wir haben uns auf Anhieb verstanden. Ruth war ein sehr umgänglicher Mensch, jeder mochte sie. Sie war gütig und zupackend und gab einem immer das Gefühl, dass am Ende alles gut werden würde. Zu dem Zeitpunkt wusste ich das natürlich noch nicht. Ich fand sie einfach nur nett. Wahrscheinlich geht

Ihnen jetzt durch den Kopf, dass *nett* kein sehr romantisches Wort ist. Diese Art Affäre war das mit uns beiden nicht.« Es kostete ihn sichtlich Mühe weiterzusprechen. »Bald danach haben wir uns auf einen Kaffee getroffen, und eines kam zum anderen. Es hat sich einfach so ergeben.«

»Wollen Sie damit sagen«, unterbrach ihn Yvette, »dass Sie und Ruth Lennox zehn Jahre lang ein Liebespaar waren?«

»Ja. Nach ein paar Monaten haben wir die Wohnung gemietet. Wir haben uns für die Gegend entschieden, weil wir dort nicht damit rechnen mussten, irgendwelchen Bekannten in die Arme zu laufen. Zu ihr oder zu mir nach Hause sind wir nie gegangen. Wir haben uns immer am Mittwochnachmittag getroffen.«

Yvette lehnte sich vor.

»Sie wollen behaupten, Sie und Ruth Lennox haben sich zehn Jahre lange jeden Mittwochnachmittag in der Wohnung getroffen?«

»Außer, wenn wir Urlaub hatten. Dann haben wir es manchmal nicht geschafft.«

»Und kein Mensch wusste davon?«

»Nun ja, mein Partner weiß im Grunde Bescheid. Mein Geschäftspartner, meine ich. Zumindest weiß er, dass ich am Mittwoch nicht verfügbar bin. Ansonsten tut er so, als hätte er keine Ahnung. Wahrscheinlich findet er das lustig.« Er brach abrupt ab. »Sonst wusste niemand etwas. Wir waren sehr vorsichtig. Ein-, zweimal sind wir uns in unserer Wohngegend auf der Straße begegnet. Wir haben uns keines Blickes gewürdigt, uns nicht einmal ein Lächeln erlaubt – nichts. Wir haben nie telefoniert und uns auch keine anderen Nachrichten zukommen lassen.«

Karlsson überlegte einen Moment.

»Was, wenn einer von Ihnen mal keine Zeit hatte?«

»Nach Möglichkeit haben wir das schon in der Vorwoche besprochen. Aber wenn einer von uns beiden zur Wohnung kam und der andere nicht spätestens nach einer Viertelstunde auftauchte, wussten wir, dass etwas dazwischengekommen war.«

»Das klingt alles sehr gut organisiert«, bemerkte Yvette, »wenn auch ein bisschen nüchtern.«

Er breitete die Hände aus. »Ich erwarte nicht, dass Sie das verstehen, aber ich liebe meine Frau, und Ruth hat ihren Mann auch geliebt. Wir wollten den beiden auf keinen Fall wehtun, ebenso wenig wie unseren Kindern. Unsere Beziehung hatte mit ihnen überhaupt nichts zu tun. Niemand sollte darunter leiden. Wir haben unsere Familien nicht einmal erwähnt, wenn wir zusammen waren.« Er blickte wieder aus dem Fenster. »Ich kann gar nicht glauben, dass ich Ruth nie mehr sehen werde«, sagte er. »Dass ich ihr nie mehr die Tür aufmachen werde und sie nie mehr mit lächelndem Gesicht vor mir stehen wird. Ich träume von ihr, und wenn ich aufwache, fühle ich mich so wunderbar ruhig, aber dann fällt es mir wieder ein.«

»Wir müssen mit Ihnen über jenen letzten Mittwoch sprechen«, erklärte Yvette.

»Es war wie immer. Sie kam gegen halb eins. Ich war schon da. Ich bin immer vor ihr eingetroffen. Ich hatte ein bisschen Brot und Käse für unser Mittagessen besorgt und ein paar Blumen für die Vase, die sie letztes Jahr gekauft hatte. Außerdem habe ich die Heizung eingeschaltet, weil es mir in der Wohnung ein bisschen kühl erschien, obwohl eigentlich ein warmer Tag war.«

»Sprechen Sie weiter.«

»Tja.« Offenbar fiel es ihm schwer, den Rest zu erzählen. »Kurz darauf kam sie und … müssen Sie alle Einzelheiten wissen?«

»Vorerst nur die schlichten Fakten. Sie hatten Sex, nehme ich an.« Yvette hörte selbst, wie barsch sie klang.

»Wir haben uns geliebt, ja. Anschließend haben wir gemeinsam gebadet und dann noch zusammen gegessen. Danach ist sie gegangen, und ich habe alles wieder dichtgemacht und bin etwa eine halbe Stunde nach ihr aufgebrochen.«

»Um welche Zeit war das?«

»Sie ist gegen drei gegangen, vielleicht auch ein bisschen eher, um zehn vor oder so. Wie immer. Ich habe dann wohl so zwischen halb und Viertel vor vier das Haus verlassen.«

»Hat Sie jemand gesehen?«

»Ich glaube nicht. Wir haben die anderen Leute in dem Haus nie zu Gesicht bekommen.«

»Wissen Sie, wo Misses Lennox hinwollte?«

»Ruth ist immer gleich nach Hause.«

»Und Sie?«

»Manchmal fahre ich zurück zur Baustelle, aber an dem Tag bin ich auch heim.«

»War Ihre Frau zu Hause?«

»Nein. Sie ist gegen sechs gekommen, glaube ich.«

»Nachdem Sie aus der Shawcross Street aufgebrochen waren, haben Sie also niemanden mehr getroffen, bis rund zwei Stunden später Ihre Frau nach Hause kam.«

»Zumindest kann ich mich an niemanden erinnern.«

»Wann haben Sie von Ruth Lennox' Tod erfahren?«, fragte Karlsson.

»Es stand am nächsten Tag in der Zeitung. Elaine – meine Frau – hat mir den Bericht gezeigt. Es war ein Foto von Ruth abgedruckt, auf dem sie lächelte. Zuerst dachte ich … mir schoss der blöde Gedanke durch den Kopf, dass der Bericht etwas mit uns zu tun hatte – dass uns jemand auf die Schliche gekommen war und es in die Zeitung gesetzt hatte. Ich brachte kein Wort heraus. Elaine sagte: ›Ist das nicht schrecklich? Sind wir ihr mal begegnet?‹«

»Was haben Sie ihr zur Antwort gegeben?«

»Keine Ahnung. Elaine fragte mich, ob ich nicht auch fände, dass die Frau nett aussehe, und machte noch eine Bemerkung über die armen Kinder. Was ich ihr geantwortet habe, weiß ich nicht mehr. Ich kann mich an das alles nur ganz verschwommen erinnern. Keine Ahnung, wie ich den Abend überstanden habe. Die Jungs waren auch da, und es ging ziemlich laut und hektisch zu. Sie hatten noch Hausaufgaben zu machen, und Elaine kochte. Es gab an dem Abend Shepherd's Pie und als Nachspeise Pudding, das weiß ich noch. Ich schob mir einen Bissen nach dem anderen in den Mund, kaute darauf herum und schluckte alles hinunter, ohne irgendetwas zu schmecken. Danach bin ich duschen gegangen. Ich stand eine Ewigkeit unter dem Wasserstrahl und konnte es einfach nicht fassen.«

»Haben Sie sich schuldig gefühlt?«

»Weswegen?«

»Weil Sie zehn Jahre lang eine Affäre hatten.«

»Nein.«

»Obwohl Sie verheiratet sind.«

»Ich habe mich deswegen nie schuldig gefühlt«, wiederholte er. »Ich war mir sicher, dass Elaine und die Jungs nie davon erfahren würden. Ich tat niemandem weh.«

»Hat Ruth sich schuldig gefühlt?«

»Das weiß ich nicht. Sie hat zumindest nie etwas in dieser Hinsicht gesagt.«

»Sind Sie sicher, dass Ihre Frau keine Ahnung hatte?«

»Ja.«

»Und Ruths Ehemann, Russell Lennox? Wusste er etwas, oder hatte er einen Verdacht?«

»Nein.«

»Hat Ruth Lennox Ihnen das gesagt?«

»Sie hätte es mir gesagt, wenn er einen Verdacht gehabt hätte, da bin ich mir sicher.« Allerdings klang er alles andere als sicher.

»Hat sie an dem Tag irgendwie anders gewirkt als sonst?«

»Nein, sie war wie immer.«

»Nämlich?«

»Gelassen. Fröhlich. Nett.«

»Sie war immer gelassen, fröhlich und nett? Zehn Jahre lang?«

»Ja! Natürlich hatte sie ihre guten und schlechten Tage, wie jeder andere Mensch auch.«

»Und jener Mittwoch, war das ein guter oder ein schlechter?«

»Weder noch.«

»Sie wollen damit sagen, dass es ihr mittelmäßig ging?«

»Ich will damit sagen, dass es ihr gut ging.«

Yvette warf einen fragenden Blick zu Karlsson hinüber.

»Mister Kerrigan«, ergriff er das Wort, »seltsamerweise klingt Ihre Beziehung zu Ruth Lennox für mich mehr nach einer Ehe als einer Affäre: häuslich, ruhig und verlässlich.« Beschaulich, dachte er, auch wenn er es nicht laut aussprach, fast schon langweilig.

»Was wollen Sie damit sagen?« Paul Kerrigan starrte ihn an.

»Nichts Bestimmtes.« Karlsson musste an Frieda denken. Was würde sie diesen Mann fragen, der so passiv vor ihnen saß, die Schultern hängen ließ und nervös mit seinen großen Händen spielte? »Ist Ihnen klar, dass sich damit alles ändert?«

»Wie meinen Sie das?«

»Sie sind doch nicht dumm. Ruth Lennox hatte ein Geheimnis – ein riesengroßes Geheimnis.«

»Aber niemand wusste davon.«

»Doch, Sie wussten davon.«

»Ja. Aber ich habe Sie nicht getötet! Wenn Sie das glauben… Hören Sie, ich schwöre Ihnen, dass ich sie nicht getötet habe. Ich habe sie geliebt. Wir haben uns geliebt.«

»Es ist schwer, so ein Geheimnis zu wahren«, stellte Karlsson fest.

»Wir waren vorsichtig. Es wusste wirklich niemand etwas davon.«

Karlsson betrachtete Kerrigans traurige, gequälte Miene.

»Ist es denkbar, dass Misses Lennox das Ganze beenden wollte?«

»Nein. Das ist nicht denkbar.«

»Zwischen Ihnen hatte sich also nichts geändert?«

»Nein.« Sein Gesicht sah aus, als würde es vor Kummer anschwellen. »Müssen sie es erfahren?«

»Sie meinen, Mister Lennox und Ihre Ehefrau? Wir werden sehen. Möglicherweise lässt es sich nicht vermeiden.«

»Wie lange?«

»Was?«

»Wie lange habe ich Zeit, bevor ich es ihr sagen muss?«

Karlsson antwortete nicht gleich. Ein paar Augenblicke sah er Paul Kerrigan nur an, dann meinte er nachdenklich: »Alles hat seinen Preis.«

24

Als Rajit Singh ihr die Tür öffnete, registrierte Frieda als Erstes seine dicke schwarze Jacke.

»Die Heizung ist kaputt«, erklärte er, »eigentlich sollte heute jemand kommen und sie reparieren.«

»Ich bin gleich wieder weg«, antwortete Frieda, »da brauche ich den Mantel gar nicht auszuziehen.«

Das Wohnzimmer, in das er sie führte, war mit lauter Einzelstücken ausgestattet – ein paar Stühlen, einem Sessel, einem Sofa und einem Tisch –, die überhaupt nicht zusammenpassten. An der Wand hing ein in bunten Farben auf Samtstoff gedrucktes Bild vom Eiffelturm. Singh bemerkte Friedas Blick.

»Als ich noch ein einfacher Student war, wohnte ich in einem Studentenheim direkt im West End. Da wird alles für einen geregelt: wo man schläft, wo man isst, mit wem man sich anfreundet. Sobald man aber das Hauptstudium abgeschlossen hat und an seiner Doktorarbeit schreibt, muss man sich allein durchschlagen. Ich kann mich glücklich schätzen, dass ich diese Bruchbude ergattert habe, ob Sie es glauben oder nicht. Ich teile sie mir mit ein paar chinesischen Maschinenbaustudenten, aber die bekomme ich nie zu Gesicht.«

»Sie leben über die ganze Stadt verstreut«, bemerkte Frieda.

»Meine Mitbewohner?« Singh starrte sie verblüfft an.

»Nein, ich spreche von Ihnen und Ihren Kollegen. Seamus Dunne – derjenige, der auf mich angesetzt war – wohnt in Stockwell. Duncan Bailey habe ich in seiner Wohnung in Romford besucht. Später fahre ich noch nach Waterloo, um mit Ian Yardley zu sprechen.«

Singh ließ sich in den Sessel sinken und deutete auf das Sofa, doch Frieda zog es vor zu stehen und in Bewegung zu bleiben. Obwohl draußen die Sonne schien, war es im Haus tatsächlich sehr kalt.

»Wir sind keine Clique von Freunden«, erklärte er, »gemeinsames Abhängen ist bei uns nicht direkt angesagt.«

»Sie studieren nur alle bei Professor Bradshaw.«

»Richtig. Wir sind die Freiwilligen, die sich für sein cleveres Studienprojekt gemeldet haben – das Experiment, das Ihnen offenbar so unter die Haut gegangen ist.«

»Bei welchem Therapeuten waren Sie?«

Singh wirkte plötzlich argwöhnisch.

»Versuchen Sie, mir eine Falle zu stellen?«, fragte er. »Haben Sie vor, uns zu verklagen?«

»Nein«, beruhigte ihn Frieda, »ich frage das nur aus persönlichem Interesse. Sagen wir mal, ich bin neugierig.«

»Hören Sie«, sagte Singh, »mit dem ganzen Zeug, das in der Zeitung stand, hatten wir nichts zu tun. Ich dachte, die Ergebnisse der Studie würden in einer psychologischen Fachzeitung erscheinen, die sowieso keiner liest, und fertig. Keine Ahnung, warum das dann völlig anders gelaufen ist.«

»Egal«, erwiderte Frieda, »ich habe damit kein Problem. Erzählen Sie mir einfach, welche Rolle Sie im Rahmen der Studie spielten.«

»Ich bin bei der Therapeutin gelandet, die den Test bestanden hat. Sie heißt Geraldine Fliess. Offenbar hat sie ein Buch darüber geschrieben, dass wir im Grunde alle Psychopathen sind, oder so was in der Art. Jedenfalls bin ich zu ihr hin und habe ihr vorgeflunkert, ich sei als Kind grausam zu Tieren gewesen und hätte jetzt Gewaltfantasien in Bezug auf Frauen. Bald darauf hat sie sich mit mir in Verbindung gesetzt und wollte so einiges von mir wissen: wer mein Hausarzt sei und andere solche Sachen.«

»Was haben Sie ihr gesagt?«

»Professor Bradshaw hatte uns für diesen Fall klare Anweisungen gegeben: Sollte jemand tatsächlich hellhörig werden und die von einem Psychopathen ausgehende Gefahr erkennen, dann sollten wir die betreffende Person an den Professor verweisen, damit er sie über das Experiment aufklären konnte – um zu verhindern, dass jemand von uns verhaftet wurde.«

»Weswegen hätte man Sie denn verhaften sollen?«, fragte Frieda.

»Schon gut, schon gut«, antwortete Singh gereizt. »Ihre Kollegin hat es nun mal richtig gemacht, und Sie haben es versiebt. Deswegen geht die Welt nicht unter. Vergessen Sie es einfach.«

»Aber ich interessiere mich für die Geschichte, die Sie alle zum Besten gegeben haben. Wie ist die zustande gekommen?«

»Auf keine allzu raffinierte Weise. Bradshaw hat uns die Punkte genannt, an denen man einen Psychopathen erkennt, so eine Art Checkliste. Anschließend mussten wir uns nur auf eine Geschichte einigen, das Ganze auswendig lernen, ein paarmal proben und dann präsentieren.«

»Über die Checkliste brauchen Sie mir nichts zu erzählen«, erklärte Frieda, »mich interessieren mehr die anderen Details. Woher stammten all die kleinen Elemente, die nichts mit der dämlichen Checkliste zu tun hatten? Zum Beispiel die Geschichte über das Haareschneiden? Um wen ging es da?«

»Was spielt das für eine Rolle?«

Frieda überlegte einen Moment. Dabei ließ sie den Blick durch den Raum schweifen, der nicht nur kalt war, sondern auch ein wenig modrig roch. Alles, was sich in dem Zimmer befand, sah aus, als stammte es vom Vermieter. Es handelte sich dabei um lauter altes Gerümpel – übrig gebliebenes, ungeliebtes Zeug –, wie man es auf dem Flohmarkt oder bei einer Hausentrümpelung billig erstehen konnte.

»Ich glaube, es ist ziemlich schwierig, einen Patienten zu spielen«, sagte Frieda. »Den meisten Leuten fällt es schon schwer, überhaupt um Hilfe zu bitten. Wenn sie erst einmal mit mir in einem Raum sitzen, haben sie bereits eine schmerzhafte Entscheidung getroffen. Ich schätze, es ist genauso schwer, nur so zu tun, als müsste man um Hilfe bitten.«

»Ich weiß nicht, wovon Sie sprechen.«

Frieda hatte sich weiter im Raum umgeblickt, doch nun schaute sie Singh direkt ins Gesicht. Er erwiderte ihren Blick.

»Als ich hereingekommen bin, haben Sie sich wegen des Hauses entschuldigt.«

»Ich habe mich deswegen nicht entschuldigt. Ich habe nur festgestellt, was für ein Glück ich hatte, es zu bekommen.«

»Sie haben gesagt, als Sie noch ein einfacher Student waren, wurde alles für Sie geregelt, während Sie sich jetzt allein durchschlagen müssen. Außerdem haben Sie gesagt, dass Sie Ihre Mitbewohner nie zu Gesicht bekommen.«

»Damit habe ich gemeint, dass ich das als Vorteil empfinde.«

»Sie wollen das jetzt wahrscheinlich nicht hören...«

»Irgendwie habe ich den Verdacht, dass Sie gleich etwas über mich sagen werden, das nicht als Kompliment gedacht ist.«

»Da täuschen Sie sich. Ich frage mich nur, ob es nicht sein kann, dass Sie durch die freiwillige Teilnahme an diesem Experiment – also durch die Möglichkeit, zu einem Therapeuten zu gehen, ohne *wirklich* die Hilfe eines Therapeuten in Anspruch zu nehmen – die Chance bekamen, etwas zum Ausdruck zu bringen, das Ihnen zu schaffen macht: eine gewisse Traurigkeit, weil Sie das Gefühl haben, dass sich niemand um Sie kümmert.«

»Das ist doch völliger Schwachsinn. Genau mit dieser Masche arbeiten Therapeuten wie Sie: Sie interpretieren in das, was man Ihnen sagt, irgendetwas hinein, um auf diese Weise Macht über Ihre Gesprächspartner zu gewinnen. Und wenn man dann widerspricht, wird einem das als Schwäche ausgelegt. In Wirklichkeit kommen Sie nur nicht damit klar, dass Sie im Rahmen eines Experiments als Versuchskaninchen herhalten mussten und dabei schlecht abgeschnitten haben. Nach allem, was ich gehört habe, sind Sie und Professor Bradshaw nicht gut aufeinander zu sprechen. Falls ich da irgendwie zwischen die Fronten geraten bin, tut mir das leid. Aber ziehen Sie mich bitte nicht in Ihre Psychospielchen mit hinein.«

»Man hat gar nicht den Eindruck, dass Sie hier leben«, fuhr Frieda unbeirrt fort. »Sie haben hier weder ein Bild aufgehängt noch einen Teppich am Boden ausgelegt. Es liegt ja noch nicht mal ein Buch von Ihnen herum. Sie sind sogar angezogen, als wären Sie draußen.«

»Wie Sie bestimmt selbst feststellen können, ist es hier drinnen ziemlich kalt. Ich verspreche Ihnen, dass ich meine Jacke ausziehe, sobald der Handwerker die Heizung repariert hat.«

Frieda zückte ein Notizbuch, schrieb etwas auf eine freie Seite, riss sie heraus und reichte den Zettel Singh.

»Wenn Sie mir etwas darüber erzählen wollen, was Sie bei

Ihrem Auftritt als Psychopath zum Besten gegeben haben – ich meine, abgesehen von den Punkten auf der dämlichen Checkliste –, dann können Sie mich unter dieser Nummer erreichen.«

»Ich weiß nicht, was Sie von mir wollen«, stieß Singh wütend hervor, während Frieda bereits am Gehen war.

Ian Yardleys Wohnung lag in einer kleinen Gasse, ganz in der Nähe eines Straßenmarkts. Zur Themse war es ebenfalls nicht weit, obwohl man sie nicht sehen konnte. Nachdem Frieda geklingelt hatte, drang aus der Sprechanlage erst ein Geräusch, das sie nicht identifizieren konnte, und dann ein Knattern. Sie drückte gegen die Tür, die sich aber noch nicht öffnen ließ. Aus der Sprechanlage kam wieder dieses seltsame Geräusch, gefolgt von weiterem elektronischen Geknatter. Dann hörte sie ein Klicken, und die Tür ging auf. Frieda stieg ein paar mit Teppich ausgelegte Stufen zu einem Treppenabsatz hinauf, von dem zwei Wohnungstüren abgingen, gekennzeichnet mit den Ziffern eins und zwei. Tür eins öffnete sich, und eine dunkelhaarige Frau spähte heraus.

»Ich habe eine Verabredung mit …«

»Ich weiß«, fiel ihr die Frau ins Wort, »auch wenn ich keine Ahnung habe, was das soll. Sie kommen wohl besser herein, aber nur für eine Minute.«

Frieda folgte ihr. Yardley saß an einem Tisch, die Abendzeitung und ein Bier vor sich. Er hatte langes, lockiges Haar und eine Brille mit einem eckigen, transparenten Gestell. Bekleidet war er mit einem College-Sweatshirt und einer dunklen Hose. Frieda registrierte, dass er barfuß war. Er wandte sich ihr zu und lächelte.

»Wie ich höre, belästigen Sie das ganze Team«, sagte er.

»Ich glaube, Sie haben meinen alten Freund Reuben besucht«, gab Frieda zurück, ohne auf seine provozierende Bemerkung einzugehen.

»Den berühmten Reuben McGill«, bestätigte er. »Ich muss sagen, dass ich ein bisschen enttäuscht von ihm war. Bei unserem Gespräch kam er mir vor, als hätte er seine ganze Energie verloren. Ich hatte das Gefühl, dass er überhaupt nicht auf das reagierte, was ich sagte.«

»Wollten Sie denn überhaupt eine Reaktion?«, konterte Frieda.

»Was für ein Schwachsinn!«, mischte sich die Frau von hinten ein.

»Ach, Sie müssen entschuldigen«, meinte Ian. »Ich bin kein guter Gastgeber. Das ist meine Freundin Polly. Sie findet, ich hätte Sie nicht hereinlassen sollen. Polly ist misstrauischer als ich. Darf ich Ihnen etwas zu trinken anbieten? Ein Bier? Wir haben auch eine offene Flasche Weißwein im Kühlschrank.«

»Nein, danke.«

»Nicht, solange Sie im Dienst sind?«

Frieda fing an, ihm die gleichen Fragen zu stellen wie Rajit, kam aber nicht sehr weit, weil Polly sie ständig unterbrach und fragte, was das alles solle, während Ian bloß weiterlächelte, als genösse er das Spektakel. Plötzlich aber erstarb sein Lächeln.

»Eines möchte ich von vornherein klarstellen«, erklärte er. »Wenn dieser Besuch zu irgendeinem erbärmlichen Racheplan gehört, dann verschwenden Sie nur Ihre Zeit. Das wurde alles vorab von der Ethikkommission geklärt, und uns wurde zugesichert, dass wir mit keinerlei strafrechtlichen Konsequenzen zu rechnen hätten. Ich kann Ihnen gern das Kleingedruckte zeigen, falls es Sie interessiert. Mir ist klar, dass es peinlich ist, wenn auf eine solche Weise demonstriert wird, dass der Kaiser keine Kleider trägt – jedenfalls peinlich für den Kaiser oder in diesem Fall die Kaiserin.«

»Wie ich bereits zu erklären versuchte«, antwortete Frieda, »bin ich nicht hier, um über das Experiment zu diskutieren. Ich bin …«

»Ach, ersparen Sie uns doch diesen Mist!«, fiel ihr Polly ins Wort.

»Wenn Sie so freundlich wären, mich aussprechen zu lassen, würde ich gern ein paar Fragen stellen, und dann gehe ich wieder.«

»Was soll das heißen, ›und dann gehe ich wieder‹? Als hätten Sie irgendein Recht, hier zu sein! Ich habe eine bessere Idee.« Polly stupste gegen Friedas Schulter und verfehlte dabei nur knapp den Bereich, der noch bandagiert war, so dass Frieda leicht zusammenzuckte. »Man hat Sie dumm dastehen lassen«, fuhr Polly fort. »Finden Sie sich damit ab. Und jetzt gehen Sie einfach, weil Ian dazu nämlich nichts mehr zu sagen hat und Sie gerade anfangen, ihn zu belästigen und mir auf die Nerven zu gehen.« Sie begann Frieda zu schubsen, als wollte sie den unerwünschten Gast gewaltsam zur Tür hinausbugsieren.

»Lassen Sie das.« Frieda hob abwehrend die Hände.

»Zeit zu gehen!«, rief Polly und schubste sie noch fester.

Frieda stemmte eine Hand gegen die Brust der Frau, drückte sie mit dem Rücken an die Wand und hielt sie dort fest. Dann lehnte sie sich so weit vor, dass ihre Gesichter nur noch wenige Zentimeter voneinander entfernt waren. »Ich habe gesagt, dass Sie das lassen sollen«, erklärte sie in leisem, bedächtigem Ton.

Yardley stand auf.

»Was, zum Teufel, soll das?«, fragte er.

Als Frieda sich nach ihm umdrehte, nahm sie die Hand von Pollys Brust und trat gleichzeitig einen Schritt zurück. Was als Nächstes passierte, bekam sie gar nicht so richtig mit. Sie spürte nur eine hektische Bewegung neben sich. Polly wollte sich auf sie stürzen, stolperte dabei aber und fiel mit voller Wucht über einen Schemel.

»Ich fasse es nicht!«, wandte sich Yardley an Frieda. »Sie tauchen hier auf und fangen eine Schlägerei an.«

Polly versuchte, sich wieder hochzurappeln, doch Frieda beugte sich über sie.

»Kommen Sie bloß nicht auf dumme Gedanken«, sagte sie. »Bleiben Sie einfach, wo Sie sind.« Dann wandte sie sich wieder an Yardley. »Ich glaube, Reuben hat Sie ziemlich schnell durchschaut.«

»Sie wollen mir doch nur drohen«, entgegnete er. »Sie kommen hierher, um auf mich loszugehen und mir zu drohen.«

»Diese Haarschneide-Geschichte hatte nichts mit Ihnen zu tun, habe ich recht?«, meinte Frieda.

»Welche Haarschneide-Geschichte?«

»Dafür sind Sie ein viel zu großer Narzisst«, fuhr Frieda fort. »Sie wollten Reuben beeindrucken, aber er hat Sie auflaufen lassen.«

»Wovon reden Sie eigentlich?«

»Schon gut«, sagte Frieda, »ich habe erfahren, was ich wissen wollte.«

Mit diesen Worten drehte sie sich um und ging.

Jim Fearby faltete eine große Landkarte von Großbritannien auseinander. Da an der Wand kein Platz dafür war, breitete er sie auf dem Wohnzimmerboden aus und beschwerte die Ecken mit diversen Gegenständen: einer Tasse, einer Dose Bohnen, einem Buch und einer Bierdose. Dann zog er seine Schuhe aus, trat auf die Landkarte und starrte stirnrunzelnd auf sie hinunter. Schließlich steckte er eine mit einem Fähnchen versehene Nadel an den Fundort von Hazel Bartons Leiche. Eine zweite Nadel platzierte er dort, wo Vanessa Dale von dem Mann belästigt worden war, der möglicherweise einen silberfarbenen Wagen gefahren hatte. Das Foto, das sie ihm bei ihrem Treffen gegeben hatte, hängte er an die große Korkwand, neben die Aufnahme von Hazel Barton. Zwei ergeben noch kein Muster, dachte er – aber es ist ein Anfang.

25

Der einzige Patient, den Frieda noch regelmäßig zur Therapiestunde empfing, war Joe Franklin. Die meisten anderen warteten geduldig auf ihre Rückkehr oder fragten hin und wieder per E-Mail an, wann sie denn glaube, wieder einsatzfähig zu sein. Um einige machte sie sich Sorgen, sie drängelten sich mit ihren Qualen und Problemen allmählich zurück in ihr Bewusstsein. Ein paar würde sie wahrscheinlich nie wieder zu Gesicht bekommen. Sie hatte alle wissen lassen, dass sie in zwei Wochen, also Anfang Mai, in alter Frische loslegen wolle. Doch bis dahin begab sie sich bereits zweimal die Woche, oft auch häufiger, in ihre Praxisräume in dem Mietshaus in Bloomsbury. An diesem Morgen war sie froh gewesen über die Gelegenheit, ihr Haus zu verlassen, denn bereits um Viertel vor acht war Josef eingetroffen. Als Frieda sich auf den Weg gemacht hatte, war er gerade dabei, zwischen seinem Lieferwagen und dem Haus hin- und herzupendeln und jede Menge Material hineinzutragen, und hatte sie hinter einem Stapel von Schachteln angestrahlt.

Die Fenster ihrer Praxisräume gingen auf eine Ödnis hinaus, die ursprünglich als Bauplatz für neue Bürogebäude gedacht gewesen war, nun aber seit über einem Jahr brachlag. Mittlerweile tranken und schliefen dort Obdachlose, Schulkinder spielten Fußball oder bauten sich Verstecke, Füchse schlichen durchs Gebüsch, und aus der rissigen Erde sprossen Feldblumen und Unkraut. Nach ihren Sitzungen mit Joe stand Frieda jedes Mal eine Weile am Fenster, den Rücken ihrem ordentlich aufgeräumten Sprechzimmer zugewandt – dem roten Sessel, auf dem sie immer saß, und der schlichten Kohlezeichnung einer Landschaft, die dezent die Wand zierte. Während sie auf die Ödnis hinausstarrte, dachte sie nach oder ließ zumindest zu, dass ihr ein paar Gedanken durch den Kopf gingen. Ihr altes Leben erschien ihr so weit weg, ein Gespenst seiner selbst. Wenn sie versuchte, sich die Frau vorzustellen, die Stunde für Stunde, Tag für Tag in diesem Sessel gesessen hatte, rückte ihr Bild in weite Ferne. Sie hatte diesen Raum immer für den Mittelpunkt ihres Lebens gehalten, doch nun schien sich alles verschoben zu haben: Hal Bradshaw mit seinen vier studentischen Hilfskräften, Karlsson mit seinen Mord- und Vermisstenfällen und nicht zuletzt Dean Reeve, der sie von irgendwo dort draußen beobachtete – all diese Leute hatten sie aus ihrer vertrauten Lebensmitte gerissen.

Sie dachte gerade an die vier Psychologiestudenten und ihre Scharade, wobei sie versuchte, die eigentliche Geschichte von der Tatsache zu trennen, dass man sie, Frieda, auf eine demütigende Weise hereingelegt und das dann auch noch veröffentlicht hatte. Sie wusste nicht, warum sie das Ganze nicht einfach ad acta legen konnte. Es ging ihr nicht aus dem Kopf, und sie fragte sich die ganze Zeit, was das zu bedeuten hatte. Irgendetwas daran ließ sie nicht los – wie ein Stück Schnur, das ständig in ihren Händen zuckte. Wenn sie nachts wach lag und die Dunkelheit wie ein drückendes Gewicht auf ihr lastete, dachte sie oft an die vier und an das, was sie zu ihr gesagt hatten: über die schnippenden Klingen der Schere, das Gefühl von Zärtlichkeit und gefährlicher Macht.

Das Klingeln ihres Handys riss sie aus ihren Gedanken. Sie holte es heraus.

»Frieda.«

»Karlsson.« Obwohl sie sich inzwischen duzten, nannte sie ihn weiter beim Nachnamen.

»Du hast ja dein Telefon eingeschaltet.«

»Jetzt weiß ich, warum du Detective geworden bist.«

Er musste einen Moment lachen, ehe er fortfuhr.

»Du hattest recht.«

»Dann ist es ja gut. Verrätst du mir auch noch, in Bezug worauf?«

»Ruth Lennox. Sie war tatsächlich zu perfekt, um wahr zu sein.«

»Ich glaube nicht, dass ich das so formuliert habe. Ich habe höchstens angedeutet, dass sie etwas von einer Schauspielerin besaß, die ihr Leben wie ein Bühnenstück inszenierte.«

»Genau. Wir haben herausgefunden, dass sie einen Geliebten

hatte. Zehn Jahre lang. Die beiden trafen sich jeden Mittwoch. Was sagst du dazu?«

»Das ist eine lange Zeit.«

»Es gibt noch mehr zu berichten, aber nicht jetzt. Ich muss erst einmal zu ihrem Ehemann.«

»Wusste er Bescheid?«

»Er muss es gewusst haben.«

»Warum erzählst du mir das?«

»Ich dachte, es würde dich interessieren. Habe ich mich da getäuscht?«

»Ich weiß nicht so recht.«

»Sollen wir uns später noch auf einen Drink treffen? Dann kann ich dir den Rest erzählen. Vielleicht hilft es mir, wenn ich das Ganze mit jemand Außenstehendem bespreche.«

Irgendein bittender Unterton, den sie in dieser Form noch nie bei ihm gehört hatte, hinderte sie daran, Nein zu sagen.

»Vielleicht«, antwortete sie vorsichtig.

»Dann schau ich gegen sieben bei dir vorbei.«

»Karlsson …«

»Wenn es später wird, rufe ich an.«

Die Familie Lennox zog zurück in ihr Haus. Der Teppich war entfernt und die Wand gereinigt worden, auch wenn man die Spuren der Blutspritzer immer noch sah. Die Glasscherben und Gegenstände, die auf dem Boden gelegen hatten, waren ebenfalls verschwunden.

Als Karlsson und Yvette eintrafen, öffnete ihnen eine Frau, die eine Schürze trug. Es roch nach frisch Gebackenem.

»Wir kennen uns bereits«, erklärte die Frau, als sie Karlssons irritierten Blick bemerkte, »aber Sie haben vergessen, wer ich bin, stimmt's?«

»Nein, das habe ich nicht vergessen.« Vor seinem geistigen Auge sah er ein Baby in einem Tuch, den kleinen, müde wirkenden Jungen an ihrer Seite und das Mädchen, das voller Eifer einen Spielzeugkinderwagen schob, als versuchte es, seine Mutter nachzuahmen.

»Ich bin Louise Weller, Ruths Schwester. Wir kennen uns von

dem Tag, an dem das Ganze passiert ist.« Sie winkte die beiden herein.

»Sind Sie für länger hier?«, erkundigte sich Karlsson.

»Ich kümmere mich um die Familie, so gut ich kann«, antwortete sie, »irgendjemand muss es ja tun. Von selbst erledigt sich das nicht.«

»Aber Sie haben doch eigene Kinder.«

»Nun ja, das Baby ist natürlich immer hier bei mir. Um die beiden anderen kümmert sich vorübergehend meine Schwägerin, wenn sie nicht im Kindergarten sind. Es handelt sich schließlich um einen Notfall«, fügte sie in vorwurfsvollem Ton hinzu, als hätte er das vergessen. Sie musterte ihn prüfend. »Ich nehme an, Sie wollen zu Russell.«

»Bestimmt haben Sie Ihrer Schwester sehr nahegestanden«, bemerkte Karlsson.

»Woraus schließen Sie das?«

»Sie helfen ihrer Familie, obwohl Sie selbst kleine Kinder haben. Das ist nicht selbstverständlich.«

»Ich betrachte das als meine Pflicht«, entgegnete sie. »Es ist nicht schwer, seine Pflicht zu tun.«

Karlsson musterte sie etwas genauer. Er hatte das Gefühl, dass sie ihm gerade zu verstehen gab, wer hier das Sagen hatte.

»Haben Sie Ihre Schwester oft gesehen?«

»Wir leben drüben in Fulham. Ich habe mit meiner Familie alle Hände voll zu tun und außerdem einen ganz anderen Lebensrhythmus als Ruth. Wir haben uns gesehen, sooft es ging, und natürlich an Weihnachten ... und Ostern.«

»Hat sie auf Sie einen glücklichen Eindruck gemacht?«

»Was spielt das für eine Rolle? Sie wurde von einem Einbrecher getötet, oder etwa nicht?«

»Wir versuchen nur, uns ein Bild vom Leben Ihrer Schwester zu machen. In welcher Gemütsverfassung war sie? Was meinen Sie?«

»Es ging ihr gut«, antwortete Louise knapp. »Mit meiner Schwester war alles in Ordnung.«

»War sie mit ihrem Familienleben zufrieden?«

»Haben wir eigentlich noch nicht genug gelitten?«, fragte sie, wobei sie erst Yvette und dann wieder Karlsson ansah.

»Müssen Sie jetzt unbedingt versuchen, irgendwelchen Schmutz auszugraben?«

Yvette setzte zu einer Erwiderung an, aber Karlsson warf ihr einen warnenden Blick zu, woraufhin sie sich ihre Bemerkung verkniff. Irgendwo im Haus begann das Baby zu schreien.

»Ich hatte ihn gerade so weit, dass er endlich schlief.« Louise stieß einen tiefen, leidend klingenden Seufzer aus. »Meinen Schwager finden Sie in seinem Zimmer, ganz oben.«

Das kleine Arbeitszimmer von Russell Lennox lag im hinteren Teil des Hauses, mit Blick auf den Garten. In dem Raum war kaum Platz für drei, Karlsson und Yvette mussten sich regelrecht hineinquetschen. Yvette lehnte sich an die Seitenwand, neben ein Poster von Steve McQueen mit einem Baseballschläger. Lennox saß an einem kleinen Schreibtisch aus Kiefernholz, auf dem ein Computer stand. Als Bildschirmschoner fungierte ein Familienfoto. Er und seine Lieben posierten an einem Meeresstrand vor blau leuchtendem Wasser und trugen alle Sonnenbrillen. Nach Karlssons Einschätzung war die Aufnahme bereits ein paar Jahre alt. Die Kinder wirkten kleiner, als er sie in Erinnerung hatte. Bevor er zu sprechen begann, musterte er sein Gegenüber eindringlich, um sich ein Bild von seinem Zustand zu machen. Lennox wirkte beherrscht, war frisch rasiert und trug ein ordentlich gebügeltes blaues Hemd, offenbar das Werk seiner Schwägerin.

»Wie geht es Ihnen?«, fragte Karlsson.

»Haben Sie es noch nicht gehört?«, entgegnete Lennox. »Meine Frau ist ermordet worden.«

»Genau deswegen erkundige ich mich nach Ihrem Zustand – weil ich mir Sorgen um Sie mache. Ich möchte wissen, wie es Ihnen und Ihren Kindern geht.«

Lennox sah Karlsson nicht an, sondern starrte auf den Teppich, als er ihm schließlich in wütendem Ton antwortete.

»Falls es Sie wirklich interessiert: Dora hat Angst, in die Schule zu gehen, Judith weint die ganze Zeit, und an Ted komme ich überhaupt nicht mehr ran, er spricht einfach nicht mit mir. Ihr Mitleid brauche ich trotzdem nicht. Ich will nur, dass das alles endlich zu einem Abschluss kommt.« Jetzt hob er den Kopf und fixierte Karlsson. »Sind Sie hier, um mich über den Stand der Ermittlungen zu informieren?«

»Sozusagen«, antwortete Karlsson, »aber ich muss Ihnen auch ein paar Fragen stellen.« Er wartete einen Moment, weil er behutsam vorgehen wollte, doch Lennox reagierte nicht. »Wir versuchen, uns ein möglichst vollständiges Bild vom Leben Ihrer Frau zu machen.« Sein Blick wanderte zu Yvette. »Manche meiner Fragen werden Ihnen vermutlich zu intim erscheinen.«

Lennox rieb sich die Augen, als müsste er erst richtig wach werden.

»Das tangiert mich alles nicht mehr«, erklärte er. »Fragen Sie mich, was Sie wollen. Machen Sie, was Sie wollen.«

»Gut«, antwortete Karlsson. »Gut, dann also eine Frage: Würden Sie Ihre Beziehung mit Ihrer Frau als glücklich bezeichnen?«

Lennox zuckte leicht zusammen. Er musterte Karlsson aus schmalen Augen.

»Wie können Sie das überhaupt fragen? Sie waren doch an dem Tag hier, als es passierte. Sie haben uns alle gesehen. Sie haben gesehen, was uns angetan worden ist. Versuchen Sie gerade, irgendwelche wahnsinnigen Anschuldigungen gegen mich zu erheben?«

»Ich habe Ihnen lediglich eine Frage gestellt.«

»Dann gebe ich Ihnen darauf eine einfache Antwort, und die lautet: Ja, wir waren glücklich. Zufrieden? Und jetzt stelle ich Ihnen eine einfache Frage: Worauf wollen Sie hinaus?«

»Unsere Ermittlungen haben eine unerwartete Wendung genommen«, erklärte Karlsson. Dabei hatte er das Gefühl, neben sich zu stehen und sich selbst reden zu hören, und was er hörte, stieß ihn ab. Er sprach vor lauter Nervosität wie eine Maschine, weil er sich vor dem fürchtete, was gleich passieren würde …

Frieda reichte ihm eine Tasse Tee, aus der er mehrmals hintereinander trank, ehe er sie auf dem Tisch abstellte.

»Lieber Himmel, das habe ich jetzt gebraucht«, stöhnte er. »Kurz bevor ich es ihm sagte, kam ich mir vor wie in einem Albtraum. Es war, als stünde ich mit einem Stein in der Hand vor einer großen Fensterscheibe – mit einem schweren Stein, rund und kompakt wie ein Kricketball. Ich war im Begriff, ihn in das Fenster zu werfen, und während ich die glatte, intakte Scheibe betrachtete, wusste ich bereits, dass sie in wenigen Sekunden zerschmettert am Boden liegen und nur noch aus scharfkantigen Scherben bestehen würde.« Er betrachtete Frieda, während diese sich setzte. Ihren eigenen Tee hatte sie bisher noch nicht angerührt. »Wie du siehst, habe ich mich schon gebessert«, fuhr er fort. »Ich habe dich nicht schon von vornherein gebeten, das von mir benutzte Bild nicht zu analysieren und keine versteckten Bedeutungen hineinzulesen. Abgesehen davon, dass ich es jetzt doch tue. Aber du weißt schon, was ich sagen will.«

»Wie hat er reagiert?«, fragte Frieda.

»Du meinst, was ist passiert, als der Stein auf die Glasscheibe traf? Sie ist zerschmettert, das ist passiert. Er war völlig am Boden zerstört. Er hatte seine Frau verloren, und nun kam es ihm vor, als würde ich sie ihm ein weiteres Mal wegnehmen. Vorher hatte er wenigstens noch die schönen Erinnerungen an sie, aber nun war ich dabei, diese zu vergiften.«

»Du klingst viel zu sehr nach einem Therapeuten«, stellte Frieda fest.

»Und das sagst ausgerechnet du! Wie kann jemand zu sehr wie ein Therapeut sein?« Er nahm wieder einen Schluck Tee. »Je mehr wir uns alle wie Therapeuten verhalten und je mehr wir auf unsere Gefühle hören, umso besser.«

»Die einzigen Menschen, die sich wie Therapeuten verhalten sollten, sind Therapeuten«, widersprach Frieda, »und das auch nur, wenn sie arbeiten. Polizisten dagegen sollten sich verhalten wie Polizisten. Aber um auf meine Frage zurückzukommen: Hat er auf eine Weise reagiert, die relevant war für die Ermittlungen?«

Karlsson stellte seine Tasse ab.

»Zuerst wollte er es gar nicht wahrhaben und hat immer wieder beteuert, dass er die Hand für sie ins Feuer legen würde und wir uns irren müssten. Erst als Yvette ihm in allen Einzelheiten erklärte, was wir über Paul Kerrigan, die Wohnung und die Mittwochsrendezvous der beiden in Erfahrung gebracht hatten und wie lang das Ganze schon lief, musste er am Ende einsehen, dass wir recht hatten. Allerdings hat er dann weder geweint noch geschrien, sondern nur so einen leeren Blick bekommen.«

»Aber du hattest den Eindruck, dass er Bescheid wusste?«

»Schwer zu sagen. Ich weiß es einfach nicht. Ist es wirklich denkbar, dass er keine Ahnung hatte? Zehn, elf Jahre lang? Sie hat diesen Mann regelmäßig getroffen, mit ihm geschlafen. Wie kann es sein, dass er ihn nie an ihr gerochen hat – ihn nie in ihren Augen gesehen hat?«

»Du meinst, er müsste zumindest einen Verdacht gehegt haben?«

»Frieda, du sitzt doch Tag für Tag mit Leuten zusammen, die dir ihre dunkelsten Geheimnisse anvertrauen. Kommt dir da je in den Sinn, dass die ganzen Klischees über Beziehungen sich bewahrheiten? Wie es sich anfühlen soll, wenn man sich verliebt oder wenn man ein Kind bekommt, und dann, am Ende, wie es sich anfühlt, wenn man sich trennt. Das alte Klischee, dass man jahrelang mit jemandem zusammenleben kann und dann irgendwann begreift, dass man die betreffende Person überhaupt nicht kennt.«

»Von wem sprechen wir jetzt?«, fragte Frieda.

»Tja, jetzt ging es gerade ein bisschen um mich, aber in erster Linie geht es um Russell Lennox. Natürlich hatte ich gehofft, er würde zusammenbrechen, sobald wir ihn mit der Affäre konfrontierten, und ein Geständnis ablegen. Fall abgeschlossen.«

»Aber so ist es nicht gelaufen.«

»Ich hätte dich mitnehmen sollen.«

»Das klingt, als wäre ich eine Art Spürhund.«

»Ich hätte dich um den Gefallen bitten sollen, mich zu begleiten. Es wäre mir sehr recht gewesen, wenn du in dem Moment, als ich es ihm sagte, sein Gesicht gesehen hättest. Du hast einen Blick für so etwas.«

»Aber Yvette war doch dabei.«

»Sie ist in der Hinsicht noch schlechter als ich, und ich bin schon grottenschlecht. Du solltest mal meine Exfrau fragen. Sie hat immer gesagt, ich hätte keine Ahnung von ihren Gefühlen, worauf ich ihr jedes Mal zur Antwort gab, wenn sie wolle, dass ich über ihre Gefühle Bescheid weiß, solle sie mit mir darüber reden und… Na ja, du kannst es dir in etwa vorstellen.«

»Wenn er es am Tag des Mordes geschafft hat, dir gegenüberzusitzen und nicht zusammenzubrechen«, meinte Frieda, »dann wäre es jetzt erst recht kein Problem für ihn, und ich wäre dir keine Hilfe gewesen.«

»Fehlt dir die Polizeiarbeit?«, fragte Karlsson. »Sei ehrlich.«

Frieda ließ sich mit ihrer Antwort sehr viel Zeit.

»Ich weiß es nicht«, sagte sie schließlich. »Vielleicht. Manchmal ertappe ich mich dabei, wie ich wieder Feuer fange, zum Beispiel, als ich von Ruth Lennox' Doppelleben hörte. Da musste ich mich richtig am Riemen reißen.«

»Das ist meine Schuld«, erklärte Karlsson, der plötzlich Gewissensbisse empfand. »Eigentlich solltest du dich auf deine Genesung konzentrieren, und da sitze ich und sorge dafür, dass es dir schlechter statt besser geht.«

»Ganz im Gegenteil – es tut gut, dich zu sehen. Ich habe das Gefühl, Besuch aus der Welt da draußen zu bekommen. Manche Besuche von dort sind schlecht, aber deiner ist einer von den guten.«

»Das hoffe ich«, meinte Karlsson. »Hör zu, Frieda, ich habe gerade erst erfahren, wie übel man dir mitgespielt hat. Am liebsten würde ich diesem Hal Bradshaw seinen wichtigtuerischen Kragen umdrehen.«

»Das wäre meiner Sache wohl nicht sehr zuträglich.«

»Der Kerl hat dich richtig auf dem Kieker, stimmt's? Du hast ihn dumm dastehen lassen, und das kann er nicht ertragen. Das vergisst er dir nie. Kein Wunder, dass er letztes Mal so höhnisch gegrinst hat.«

»Willst du damit andeuten, er hat das Ganze nur inszeniert, um mir eins auszuwischen?«

»Zuzutrauen ist es ihm. Wenn es nach mir ginge, müsste ich mir sein Geschwätz über die Kunst des Verbrechens nie wieder anhören, aber bedauerlicherweise ist der Polizeipräsident ein Fan von ihm.« Er zögerte kurz, ehe er hinzufügte: »Vielleicht sollte ich dir das jetzt nicht sagen, aber ich tue es trotzdem. Zu Beginn der Ermittlungen im Fall Lennox habe ich beim Polizeipräsidenten dafür plädiert, unsere polizeiliche Zusammenarbeit mit Bradshaw nicht fortzusetzen. Das war von mir eigentlich nur als informeller Vorschlag unter vier Augen gedacht, doch Crawford holte gleich Bradshaw dazu und ließ mich vor ihm wiederholen, was ich gesagt hatte. Er tut nichts lieber, als Leute gegeneinander auszuspielen.«

»Was hat das mit mir zu tun?«

»Bradshaw fing an, gegen dich zu hetzen. Da habe ich dich verteidigt und zu ihm gesagt, er sei doch nur eifersüchtig auf dich, weil er im Vergleich zu dir so schlecht abgeschnitten hat. Das ist wahrscheinlich alles meine Schuld: Ich habe ihn verhöhnt, und du musst es jetzt büßen. Ich wünschte, ich könnte etwas dagegen tun.«

»Es gibt nichts, was du tun könntest, aber falls dir doch etwas einfällt, dann tu es bitte nicht.«

»Auf keinen Fall lasse ich zu, dass er die Lennox-Kinder in die Finger kriegt.«

»Wirst du es ihnen sagen?«

»Ja. Es sei denn, ihr Vater nimmt es mir ab. Die Ärmsten. Erst wird ihre Mutter ermordet, und dann machen wir ihnen auch noch die Vergangenheit kaputt. Den Sohn kennst du ja schon, oder?«

»Ja, ich bin ihm ein-, zweimal begegnet. Warum siehst du mich so an?«

»Ich habe einen Vorschlag.«

»Die Antwort lautet Nein.«

Riley war derjenige, der die ganzen Flaschen entdeckte. Sie befanden sich in dem kleinen Gartenschuppen, der mit allem möglichen Zeug vollgestellt war: einem kleinen Rasenmäher, mehreren Spaten, Rechen, Gartenscheren, einer großen, welligen Abdeckplane, einer Schubkarre, einem Stapel leerer Plastikblumentöpfe, alten Marmeladengläsern, einer Packung Badezimmerfliesen. Jemandem war offenbar daran gelegen gewesen, die Flaschen vor neugierigen Blicken zu verbergen, denn sie befanden sich hinter ein paar Blechdosen mit alten Farbresten in einer Ecke und waren sorgfältig mit einem Tuch zugedeckt. Nachdem Riley sie eine Weile nachdenklich betrachtet hatte, ging er Yvette holen.

Yvette zog die Flaschen eine nach der anderen heraus und inspizierte sie genau. Wodka, weißer Cider, billiger Whisky: Alkohol zum Betrinken, nicht zum Genießen. Wer hatte sich da einen hinter die Binde gegossen, die Kinder oder die Eltern? Handelte es sich womöglich um alte Flaschen, die schon lange dort im Schuppen standen, oder waren sie erst vor Kurzem geleert worden? Yvette fand, dass sie eher neu aussahen – und nach Heimlichkeiten.

26

Karlsson brauchte eine passende Betreuungsperson, die bei der Befragung der Kinder als Beisitzer oder Beisitzerin fungieren konnte. In der Regel übernahm diese Aufgabe ein Elternteil, aber im Fall der Lennox-Kinder war ein Elternteil tot und der andere unter den gegebenen Umständen alles andere als passend. Karlsson überlegte, ob er stattdessen Ruths Schwester Louise Weller bitten solle, bei dem Gespräch anwesend zu sein – aber Judith Lennox erklärte, sie würde lieber *sterben*, als vor ihrer Tante über ihre Mutter zu sprechen, und Ted murmelte irgendetwas darüber, dass Louise sich an der ganzen Sache doch nur aufgeile.

»Sie kann einfach nicht wegbleiben«, fügte er hinzu, »dabei brauchen wir hier weder sie noch ihren Kuchen, noch ihr bigottes Getue, von ihrem blöden Baby ganz zu schweigen.«

Deswegen wurde die passende Person am Ende vom Sozialamt bestimmt. Die Frau, die pünktlich und voller Enthusiasmus im Polizeipräsidium erschien, war Anfang sechzig und spindeldürr. Ihre Augen glänzten vor Aufregung und Nervosität. Wie sich herausstellte, war es ihr allererstes Gespräch dieser Art. Natürlich verfügte sie über die entsprechende Ausbildung, hatte zusätzlich alles gelesen, was ihr zu dem Thema untergekommen war, und bildete sich außerdem ein, besonders gut mit jungen Leuten umgehen zu können: Teenager würden ja so oft missverstanden, erklärte sie Karlsson. Oft bräuchten sie nur jemanden, der ihnen zuhörte und auf ihrer Seite stand, und genau deswegen sei sie hier. Sie strahlte ihn an. Ihre Wangen waren vor Aufregung leicht gerötet.

»Schön«, antwortet er, klang aber nicht allzu überzeugt. »Ihnen dürfte bereits bekannt sein, dass drei Gespräche auf dem Programm stehen«, fuhr er fort. »Wir werden die Lennox-Kinder der Reihe nach befragen. Der Sohn, Ted, gilt genau genommen nicht mehr als Jugendlicher – er ist schon achtzehn. Wie Sie sicher wissen, besteht Ihre Aufgabe lediglich darin zu bezeugen, dass die drei angemessen behandelt werden. Sobald Sie das Gefühl haben, dass die jungen Leute Hilfe benötigen, schalten Sie sich bitte ein.«

»Gerade die Pubertät ist ein so schmerzliches, schwieriges Alter«, antwortete Amanda Thorne. »Man ist noch halb Kind und doch schon halb erwachsen.«

Karlsson nickte. »Die Befragungen werden von mir durchgeführt. Meine Kollegin, Frau Doktor Frieda Klein, wird ebenfalls anwesend sein.«

Als er Yvette eröffnet hatte, dass er zu den Gesprächen mit Ted, Judith und Dora nicht sie, sondern Frieda mitnehmen wolle, hatte sie ihn mit einem derart vorwurfsvollen Blick bedacht, dass er es sich beinahe anders überlegt hätte. Mit ihrem Zorn konnte er umgehen, nicht aber mit ihrem Kummer. Sie hatte tiefrote Wangen bekommen und gemurmelt, das sei schon in Ordnung, völlig in Ordnung, das habe allein er zu entscheiden, sie verstehe das durchaus.

Ted kam als Erster in den Raum geschlurft – mit offenen Schnürsenkeln, zotteligem Haar und ausgefransten Säumen. Alles an ihm schien aus Rissen und losen Fäden zu bestehen. Er war unrasiert, und am Hals hatte er einen Ausschlag. Er wirkte ungewaschen und schlecht ernährt. Als Karlsson ihn aufforderte, sich zu setzen, schüttelte er den Kopf und stellte sich stattdessen ans Fenster, das auf den Garten hinausging. In den Rabatten blühten Narzissen, und auch der Obstbaum stand bereits in voller Blüte.

»Mich kennst du ja«, sagte Frieda.

»Mir war nicht klar, dass Sie zu denen gehören«, antwortete er.

»Danke, dass du dich zu diesem Gespräch bereit erklärt hast«, begann Karlsson. »Bevor wir anfangen, möchte ich dir Amanda Thorne vorstellen. Sie wird als Beisitzerin teilnehmen, als eine Art Beistand für euch, das heißt …«

»Ich weiß, was das heißt. Aber ich bin kein Kind mehr, ich brauche sie nicht.«

»Da hast du recht, mein Lieber«, mischte Amanda sich ein, während sie aufstand und auf ihn zuging, »du bist tatsächlich kein Kind mehr. Du bist ein junger Mann, der gerade etwas ganz Schreckliches durchmachen musste.«

Ted bedachte sie mit einem verächtlichen Blick, den sie aber gar nicht zu bemerken schien.

»Ich bin zu deiner Unterstützung hier«, fuhr sie fort. »Falls du irgendetwas nicht verstehst, musst du mir das sagen, damit ich es dir erklären kann. Und wenn dich irgendetwas aufregt oder du dich überfordert fühlst, darfst du mir das ebenfalls sagen.«

Ted blickte in ihr lächelndes, leicht zur Seite geneigtes Gesicht.

»Halten Sie doch einfach den Mund.«

»Wie bitte?«

»Sollen wir loslegen?«, unterbrach Karlsson die beiden rasch.

Ted verschränkte die Arme und wandte den Kopf ab. Mit höhnischer Miene starrte er aus dem Fenster.

»Nur zu. Wollen Sie mich jetzt fragen, ob ich über meine Mum und ihr anderes Leben Bescheid weiß?«

»Und? Weißt du Bescheid?«

»Inzwischen schon. Mein Dad hat es mir erzählt. Besser gesagt, er hat angefangen, es mir zu erzählen, musste dann erst einmal heulen, und hat mir danach den Rest berichtet.«

»Du weißt also, dass deine Mutter sich regelmäßig mit jemandem getroffen hat?«

»Nein. Ich weiß nur, dass Sie das glauben.«

»Du selbst glaubst es nicht?«

»Sie wollen hören, was ich glaube? Ich glaube, Sie werden jedes einzelne Detail ihres Lebens hervorzerren, um es anschließend in den Schmutz zu ziehen.«

»Ted, es tut mir sehr leid, aber es geht hier um einen Mord«, entgegnete Karlsson. »Du musst verstehen, dass wir gezwungen sind, gründlich zu ermitteln.«

»Zehn Jahre!« Er schrie die Worte laut heraus, das Gesicht vor Wut verzerrt. »Seit ich sieben war, und Dora drei! Wusste ich irgendetwas darüber? Nein. Soll ich Ihnen sagen, was für ein Gefühl das ist, wenn man erfährt, dass alles nur eine Lüge war, eine Show? Was glauben Sie, wie sich das anfühlt?« Mit einer heftigen Bewegung wandte er sich an Amanda Thorne. »Los, Sie schlaue Frau Beisitzerin, erzählen Sie mir doch, wie ich mich jetzt fühlen muss! Oder Sie!« Als er eine Handbewegung zu Frieda hinüber machte, registrierte sie seine schmutzigen Fingernägel. »Sie sind doch Therapeutin. Erzählen Sie mir was über meine Gefühle.«

»Ted«, antwortete Frieda, »du musst die Fragen beantworten.«

»Wissen Sie, was? Ein paar von meinen Freunden haben immer gesagt, sie wünschten, sie wäre ihre Mutter. Jetzt werden sie das nicht mehr sagen.«

»Soll das heißen, du hattest nicht die geringste Ahnung?«

»Möchtest du eine Pause einlegen?«, fragte Amanda Thorne.

»Nein, das möchte er nicht!«, erwiderte Karlsson in scharfem Ton.

»Das ist doch wohl klar, dass ich keine Ahnung hatte. Sie war die gute Mutter, die gute Ehefrau, die gute Nachbarin – die gottverdammte Vollkommenheit in Person!«

»Aber ergibt es nun im Nachhinein einen Sinn für dich?«

Ted wandte sich Frieda zu. Er wirkte so mager und zerbrechlich, dass man bei seinem Anblick fast befürchtete, er könnte in einen Haufen Knochensplitter zerbröseln, wenn jemand ihn berührte oder gar versuchte, ihn in den Arm zu nehmen.

»Wie meinen Sie das?«

»Du bist plötzlich auf eine sehr schmerzhafte Art gezwungen, deine Mutter in einem ganz neuen Licht zu sehen: nicht als die Person, die offenbar jeder als vernünftig, ruhig und selbstlos beschreibt, sondern als eine Frau, die noch eine zweite, völlig andere Seite besaß, eine Frau mit eigenen Bedürfnissen und Wünschen und einem richtigen Doppelleben, das sie im Geheimen führte, abgetrennt von euch allen … Deswegen frage ich dich jetzt, ob das für dich rückblickend einen Sinn ergibt.«

»Nein. Ich weiß nicht. Ich möchte nicht darüber nachdenken. Sie war meine Mum, sie war …« Er schloss für einen Moment die Augen.

»Genau. Kein sexuelles Wesen.«

»Ich möchte nicht darüber nachdenken«, wiederholte er. »Ich möchte diese Bilder nicht in meinem Kopf haben. Dadurch wird alles vergiftet.«

Wieder wandte er sich mit einer heftigen Bewegung von ihnen ab. Frieda spürte, dass er den Tränen nahe war.

»Wenn ich das richtig verstehe«, brach Karlsson das Schweigen, »dann hattest du also nicht den leisesten Verdacht.«

»Sie war eine miserable Schauspielerin, für Scharadespiele völlig ungeeignet. Und lügen konnte sie auch nicht, selbst wenn es um ihr Leben gegangen wäre. Wenn sie es versuchte, wurde sie jedes Mal rot, und wir lachten sie alle aus. Die ganze Familie zog sie damit auf. Aber wie sich nun herausstellt, war sie sogar eine ganz fantastische Schauspielerin und Lügnerin, nicht wahr?«

»Kannst du uns etwas über den Tag erzählen, an dem sie ums Leben kam, den Mittwoch, den sechsten April?«

»Was soll ich Ihnen da erzählen?«

»Wann du von zu Hause aufgebrochen bist, was du den Tag über getan hast, wann du zurückgekommen bist. So in der Art.«

Ted bedachte Karlsson mit einem grimmigen Blick, ehe er antwortete: »Verstehe. Sie meinen mein Alibi. Ich bin um die gleiche Zeit wie immer von zu Hause aufgebrochen, gegen halb acht. Ich habe zur Schule nur ein paar Minuten zu gehen. An dem Tag wollte ich zeitig dort sein, weil gleich für die erste Stunde eine Probeklausur in Kunst angesagt war. Übrigens habe ich gerade erfahren, dass ich mit einer Eins abgeschnitten habe.« Er grinste. »Super, oder? Den Rest des Tages hatte ich normalen Unterricht. Dann traf ich mich mit Judith, und wir hingen ein bisschen herum, bevor wir uns zusammen auf den Heimweg machten – und überall Polizei vorfanden. Reicht Ihnen das?«

»Ja, das reicht.«

Als Nächstes war Judith Lennox an der Reihe. Lautlos wie ein Geist betrat sie den Raum und musterte erst einmal alle Anwesenden der Reihe nach. Sie hatte blassblaue Augen, kupferrote Locken und jede Menge Sommersprossen. Obwohl ihr Haar dringend gewaschen gehörte und sie über ihrer alten Jogginghose einen weiten grünen Pulli trug, der offenbar aus dem Schrank ihres Vaters stammte, weil er ihr fast bis zu den Knien und mit seinen langen Ärmeln auch über die Hände reichte, sah man trotzdem auf den ersten Blick, dass sie sehr hübsch war – ausgestattet mit dem rosigen Hauch der Jugend, der selbst nach tagelangem Weinen noch ein wenig durchschimmerte.

»Ich habe nichts zu sagen!«, verkündete sie.

»Das ist ganz in Ordnung, meine Liebe«, murmelte Amanda Thorne. »Du musst auch gar nichts sagen.«

»Wenn ihr jetzt alle glaubt, dass es Dad war, seid ihr einfach nur blöd!«

»Wie kommst du darauf?«

»Das liegt doch auf der Hand: Mum hat ihn betrogen, und deswegen denkt ihr, er muss es herausgefunden und sie umgebracht haben. Aber Dad hat sie vergöttert! Außerdem wusste er nichts davon, nicht das Geringste. Bloß weil ihr das glaubt, ist es noch lange nicht wahr.«

»Natürlich nicht«, antwortete Karlsson.

Frieda betrachtete das Mädchen. Judith war fünfzehn, fast schon eine junge Frau. Sie hatte nicht nur ihre Mutter verloren, sondern darüber hinaus alles, was diese Mutter für sie bedeutet hatte. Nun musste sie auch noch befürchten, ihren Vater zu verlieren.

»Als du erfahren hast, was mit deiner Mutter …«, begann sie.

»Ich bin mit Ted nach Hause gekommen«, schnitt Judith ihr das Wort ab. Sie stieß ein leises Schluchzen aus. »Der arme Ted. In seinen Augen war Mum immer vollkommen.«

»In deinen nicht?«

»Für Töchter ist das anders.«

»Inwiefern?«

»Er war ihr Liebling, ihr großer Junge, und Dora ihr süßes kleines Baby. Ich habe ihr den Lippenstift geklaut … na ja, nicht wirklich. Sie hatte es nicht so mit Make-up und dem ganzen Zeug. Aber Sie wissen schon, was ich meine. Jedenfalls bin ich das mittlere Kind.«

»Bist du sicher, dass niemand Bescheid wusste?«

»Dass sie Dad die ganze Zeit betrogen hat? Nein, das wusste niemand. Ich kann es ja selbst noch nicht glauben.« Sie rieb sich mit beiden Händen übers Gesicht. »Es kommt mir vor wie ein Film«, fuhr sie fort, »gar nicht wie das wirkliche Leben. Es sieht ihr überhaupt nicht ähnlich. Das ist doch einfach blöd. Schließlich ist sie nicht mehr die Jüngste und sieht nicht mal besonders gut aus.« Sie brach ab und verzog das Gesicht. »Das war jetzt nicht so gemeint, wie es sich angehört hat, aber Sie wissen schon, was ich damit sagen will. Sie bekommt schon graue Haare, trägt nur noch sportliche, praktische Unterwäsche und kümmert sich nicht darum, wie sie aussieht.« Plötzlich schien ihr bewusst zu werden, dass sie im Präsens von ihrer Mutter sprach. Verstohlen wischte sie sich über die Augen. »Dad hatte keine Ahnung, das dürfen Sie mir glauben«, erklärte sie dann mit Nachdruck. »Ich schwöre Ihnen, dass er keinen blassen Schimmer hatte. Er ist völlig am Ende. Lassen Sie ihn in Ruhe. Lassen Sie uns alle in Ruhe.«

Die Befragung von Dora war im Grund gar keine richtige Befragung. Die Dreizehnjährige wirkte mager, schlapp und erschöpft. Vom vielen Weinen hatte sie ein rotes, fleckiges Gesicht. Ihr Vater war seit dem Tod seiner Frau um Jahre gealtert, wohingegen Dora sich in ein kleines Kind zurückverwandelt hatte. Sie brauchte ihre Mutter. Sie brauchte jemanden, der sie in den Arm nahm und dafür sorgte, dass dieser ganze Horror wieder verschwand. Frieda legte eine Hand auf die feuchte, heiße Stirn des Mädchens. Amanda Thorne gurrte beruhigende Laute und erklärte ihr, alles werde wieder gut werden, wobei sie offenbar selbst nicht merkte, wie idiotisch sich das anhörte. Karlsson starrte das Mädchen nur stirnrunzelnd an. Ihm fehlten die Worte, er wusste gar nicht, wo er anfangen sollte. Das Haus war von zu viel Schmerz erfüllt. Man konnte ihn fast auf der Haut spüren. Draußen leuchteten die Narzissen im warmen, hellen Frühlingslicht.

Als Yvette Russell Lennox nach den Flaschen fragte, starrte er sie nur an, als hätte er kein Wort verstanden.

»Wissen Sie, wer sie dort hineingestellt hat?«

Er zuckte mit den Achseln, rieb sich übers Gesicht und wandte den Blick ab.

»Was spielt das für eine Rolle?«, sagte er schließlich.

»Vielleicht gar keine, aber ich muss Sie trotzdem danach fragen. In dem Schuppen waren Dutzende von Flaschen versteckt. Vielleicht gibt es dafür eine ganz harmlose Erklärung, aber für mich sieht es nach einem heimlichen Trinker aus.«

»Ich verstehe nicht, wie Sie darauf kommen. Der Schuppen ist voller Gerümpel.«

»Wer benutzt ihn?«

»Wie meinen Sie das?«

»Wer geht dort ein und aus? Hatte Ihre Frau dort Sachen gelagert?«

»Ruth war das nicht.«

»Dann vielleicht Ihr Sohn und seine Freunde …«

»Nein, nicht Ted.«

»Haben Sie selbst die Flaschen dort versteckt?«

Der Raum füllte sich mit Schweigen.

»Mister Lennox?«

»Ja.« Seine Stimme klang plötzlich schrill, und er wandte den Kopf ab, als könnte er es nicht ertragen, ihrem Blick zu begegnen.

»Würden Sie sagen, dass …« Yvette brach ab. Solche Befragungen lagen ihr nicht, sie klang dabei immer viel zu barsch. Sie schaffte es einfach nicht, ihre Fragen klar, aber nicht wertend zu formulieren. »Haben Sie ein Alkoholproblem?«, fragte sie unvermittelt.

Russell Lennox riss den Kopf hoch. »Nein, habe ich nicht.«

»Aber diese Flaschen …« Sie dachte an den weißen Cider. So etwas trank doch nur jemand, der ein Alkoholproblem hatte.

»Die Leute meinen immer, nur weil man trinkt, hat man gleich ein Alkoholproblem, und dahinter wittern sie sofort ein noch größeres Problem.« Er sprach schnell und ohne Pausen. »Ich hatte nur eine blöde Phase, und der Alkohol hat mir dabei geholfen, sie zu überstehen, und die Flaschen habe ich in den Schuppen gestellt, weil mir klar war, dass alle es so sehen würden wie Sie: als etwas, wofür man sich schämen muss – da war es einfacher, die Flaschen zu verstecken; das war der einzige Grund, und bei nächster Gelegenheit hätte ich sie alle entsorgt.«

Yvette versuchte, seine Sätze auseinanderzudividieren. »Was genau mussten Sie denn überstehen?«

»Das alles. Alles Mögliche.« Einen Moment klang er wie sein Sohn.

»Wann haben Sie diese Phase durchgemacht?«

»Warum wollen Sie das wissen?«

»Erst vor Kurzem?«

Russell Lennox schlug die Hände vors Gesicht. Durch die Finger stieß er einen undeutlichen Laut hervor.

»Trinken Sie immer noch?«

»Sind Sie jetzt meine Hausärtzin?« Seine Worte klangen gedämpft. »Werden Sie mir gleich sagen, dass das nicht gut für mich ist? Glauben Sie denn, das weiß ich nicht? Wollen Sie mir vielleicht einen Vortrag halten über Leberschäden und Suchtgefahr und wie wichtig es ist, dass ich mir selbst eingestehe, was ich da mache, und mich um Hilfe bemühe?«

»Haben Sie getrunken, weil es in Ihrer Ehe Probleme gab?«

Er stand auf.

»Für Sie ist alles Beweismaterial, oder? Das Privatleben meiner Frau ebenso wie die Tatsache, dass ich zu viel trinke.«

»Ein Mordopfer hat kein Privatleben mehr«, entgegnete Yvette. »Beides scheint mir relevant zu sein.«

»Was wollen Sie jetzt von mir hören? Ich habe eine Weile zu viel getrunken. Das war dumm von mir. Ich wollte nicht, dass die Kinder es mitbekommen, also habe ich es heimlich getan. Ich bin darauf nicht stolz.«

»Und Sie sagen, es geschah aus keinem besonderen Grund?«

»Sie erwarten von mir, dass ich alles genau auf den Punkt bringe, aber so war das nicht. Vielleicht liegt es am Alter. Mein Leben kam mir plötzlich so einförmig vor. Nichts bewegte sich mehr, nichts passierte – jedenfalls nichts Aufregendes. Vielleicht hat Ruth das genauso empfunden.«

»Vielleicht«, antwortete Yvette. »Aber hat Ihre Frau gewusst, dass Sie trinken?«

»Was hat das mit der Tatsache zu tun, dass sie tot ist? Glauben Sie, ich habe sie getötet, weil sie hinter mein peinliches Geheimnis gekommen war?«

»Sie wusste es also?«

»Sie hatte zumindest einen Verdacht. Sie hatte ein gutes Gespür für die Schwächen ihrer Mitmenschen.«

»Also wusste sie Bescheid.«

»Irgendwann ist ihr meine Alkoholfahne aufgefallen. Sie hat richtig verächtlich darauf reagiert – ganz schön dreist, nicht wahr, wenn man bedenkt, was sie selbst während der ganzen Zeit getrieben hat.«

»Wovon Sie ja nichts wussten, wie Sie behaupten.«

»Das *behaupte* ich nicht, sondern es war so. Ich hatte keine Ahnung.«

»Trotzdem sind Sie immer noch der Meinung, eine gute Ehe geführt zu haben?«

»Sind Sie verheiratet?«

Yvette spürte, wie sie rot anlief. Sie spürte die Hitze am Hals und im Gesicht. Einen Moment lang sah sie sich durch seine Augen: eine stämmige, dunkelhaarige, einsam wirkende Frau mit großen, linkischen Füßen und kräftigen Händen, an denen sie keinen Ring trug.

»Nein«, antwortete sie kurz angebunden.

»Keine Ehe sieht gut aus, wenn man anfängt, nach den Problemen zu graben. Bis jetzt hätte ich gesagt, dass wir uns zwar gelegentlich stritten und einander manchmal zu wenig schätzten, alles in allem aber eine gute, solide Ehe führten.«

»Und jetzt?«

»Jetzt ergibt überhaupt nichts mehr einen Sinn. Alles liegt in Scherben, und ich kann Ruth nicht mal mehr fragen, warum.«

Frieda war gerade erst nach Hause gekommen, als es klingelte. Vor der Tür standen zwei uniformierte Beamte, ein Mann und eine Frau.

»Sind Sie Frau Doktor Frieda Klein?«, fragte der Mann.

»Hat Karlsson Sie geschickt?«, erwiderte Frieda. Die beiden Beamten sahen sich fragend an.

»Tut mir leid«, antwortete der Mann, »aber ich weiß nicht, was Sie meinen.«

»Warum sind Sie hier?«

»Können Sie uns bestätigen, dass Sie Frau Doktor Frieda Klein sind?«

»Ja, das kann ich. Gibt es irgendein Problem?«

Der Beamte runzelte die Stirn.

»Ich muss Sie darüber informieren, dass wir Sie im Zusammenhang mit einem angeblichen Fall von Körperverletzung vernehmen müssen.«

»Was für einem Fall denn? Geht es da um eine Zeugenaussage?«

Der Beamte schüttelte den Kopf.

»Wir kommen auf eine Anzeige hin, bei der Sie als Täterin genannt wurden.«

»Von was um alles in der Welt reden Sie?«

Die Frau warf einen Blick in ihr Notizbuch.

»Waren Sie am siebzehnten April in der Marsh Side Nummer vier, Wohnung Nummer eins, anwesend?«

»Wie bitte?«

»Sie wird derzeit von Mister Ian Yardley bewohnt…«

»Ach du lieber Himmel!«, stieß Frieda aus.

»Sie geben also zu, dort gewesen zu sein?«

»Ja, ich gebe zu, dass ich dort war, aber…«

»Wir müssen mit Ihnen über die Sache sprechen«, fiel der Mann ihr ins Wort, »allerdings nicht hier vor der Tür. Wenn Sie möchten, fahren wir gleich mit Ihnen aufs Revier. Dort können Sie in einem unserer Befragungsräume Ihre Aussage machen.«

»Wäre es nicht möglich, dass Sie einfach hereinkommen und wir das gleich hier klären?«

»Zumindest können wir Ihnen schon mal ein paar Fragen stellen«, antwortete der Mann.

Mit ihren dicken Uniformen ließen die beiden Friedas Haus plötzlich viel kleiner wirken. Verlegen nahmen sie Platz, als wären sie es nicht gewöhnt, sich in Innenräumen aufzuhalten. Frieda setzte sich ihnen gegenüber. Sie überließ es den beiden, das Gespräch zu eröffnen. Der Mann nahm seine Kopfbedeckung ab und legte sie auf die Armlehne des Sessels. Er hatte rotes, lockiges Haar und helle Haut.

»Uns wurde berichtet, es sei zu einem Vorfall gekommen«, begann er, während er ein Notizbuch aus der Seitentasche seiner Jacke zog, es langsam aufschlug und dann inspizierte, als sähe er es zum ersten Mal. »Ich muss Sie gleich zu Anfang darüber informieren, dass wir wegen eines tätlichen Angriffs ermitteln, zusätzlich aber auch wegen eines Falls von Körperverletzung.«

»Welcher Körperverletzung denn?«, fragte Frieda, die sich sehr bemühen musste, ruhig zu bleiben. Gleichzeitig versuchte sie sich das Ganze ins Gedächtnis zu rufen. War es denkbar, dass die Frau sich bei ihrem Sturz den Kopf angeschlagen hatte? Der Polizeibeamte blickte wieder in sein Notizbuch.

»Angezeigt wurden Sie von Mister Ian Yardley, dem Besitzer der Wohnung, und von Polly Welsh. An dieser Stelle muss ich Sie darauf hinweisen, dass Sie nicht unter Arrest stehen und die Befragung jederzeit abbrechen können. Ich muss Sie außerdem darauf hinweisen, dass Sie das Recht haben zu schweigen, dass es sich jedoch nachteilig für Ihre Verteidigung auswirken könnte, wenn Sie bei dieser Befragung etwas verschweigen, was Sie später vor Gericht zu Ihrer Verteidigung vorbringen. Alles, was Sie sagen, kann vor Gericht gegen Sie verwendet werden.« Nachdem er seine kleine Rede beendet hatte, lief das blasse Gesicht des Beamten rot an. Er erinnerte Frieda an einen kleinen Jungen, der bei einer Schulversammlung etwas vortrug. »Wir müssen das immer sagen«, fügte er entschuldigend hinzu.

»Und dass ich ein Recht auf einen Anwalt habe.«

»Wir haben Sie nicht verhaftet, Frau Doktor Klein.«

»Worum handelt es sich denn bei der ›Körperverletzung‹?«, hakte Frieda erneut nach. »Hat die Frau tatsächlich eine Verletzung davongetragen?«

»Ich glaube, sie hatte Blutergüsse und musste medizinisch behandelt werden.«

»Zählt das schon als Körperverletzung?«, fragte Frieda.

»Es heißt«, meldete sich die Frau zu Wort, »der Vorfall habe auch psychische Folgen gehabt, Schlafstörungen und Depressionen.«

»Psychische Folgen«, wiederholte Frieda. »Kann es sein, dass Doktor Hal Bradshaw mit dieser Einschätzung zu tun hatte?«

»Dazu kann ich nichts sagen«, erwiderte der Mann. »Aber Sie geben zu, dass Sie bei dem Vorfall anwesend waren?«

»Ja«, antwortete Frieda. »Haben sich die beiden mit ihrer Anzeige nicht ziemlich lange Zeit gelassen?«

»Nach allem, was ich gehört habe«, antwortete der Mann, »war Miss Welsh anfangs zu traumatisiert, um darüber zu sprechen. Sie brauchte erst Zuspruch und fachmännische Behandlung, bevor sie damit zur Polizei gehen konnte. Wir versuchen inzwischen, sensibler auf Frauen zu reagieren, die Opfer von Gewalt geworden sind.«

»Tja, das ist ja sehr lobenswert«, meinte Frieda. »Sie wollen von mir also hören, wie das Ganze abgelaufen ist?«

»Wir wären an Ihrer Version der Geschichte sehr interessiert, ja«, antwortete der Mann.

»Ich hatte einen Termin mit Ian Yardley vereinbart, um ihm ein paar Fragen zu stellen«, begann Frieda.

»Wenn ich richtig informiert bin«, unterbrach sie der Mann, »waren Sie wütend auf ihn, weil Sie sich von ihm gedemütigt fühlten.«

»Hat er das so formuliert?«

»Unsere Ermittlungen deuten darauf hin.«

»Ich war nicht wütend auf ihn. Aber seine Freundin …«

»Miss Welsh.«

»Sie verhielt sich mir gegenüber von Anfang an sehr aggressiv. Sie hat mich geschubst und versucht, mich aus der Wohnung zu drängen. Ich habe mich dagegengestemmt und sie zurückgeschoben. Als sie daraufhin auf mich losgehen wollte, ist sie über einen Stuhl gefallen. Das ging alles ganz schnell. Anschließend habe ich die Wohnung verlassen. Ende der Geschichte.«

Der Mann blickte auf sein Notizbuch hinunter.

»In einer Aussage der Gegenseite wird behauptet, Sie hätten Miss Welsh gegen eine Wand geschoben und dort festgehalten. Ist das korrekt?«

Frieda überlegte einen Moment.

»Ja, das stimmt. Sie fing an, mich zu schubsen. Ich forderte sie auf, das sein zu lassen. Als sie nicht aufhörte, schob ich sie gegen die Wand, aber nicht fest. Es ging mir nur darum, dass sie aufhörte. Danach ließ ich sie gleich wieder los. Sie wollte sich auf mich stürzen und ist dabei über den Stuhl gefallen. Ich habe sie in dem Moment nicht mal berührt.«

»Sie ist einfach hingefallen«, wiederholte die Frau.

»Genau.«

Der Mann blickte wieder in sein Notizbuch.

»Waren Sie schon häufiger in öffentliche Schlägereien verwickelt?«

»Wie meinen Sie das?«

Der Mann blätterte um.

»Kennen Sie einen Mann namens James Rundell?«, fragte er. »Uns ist etwas über eine Schlägerei in einem Restaurant zu Ohren gekommen, bei der es beträchtliche Schäden gegeben hat. Das Ganze endete mit Ihrer Verhaftung.«

»Woher wissen Sie das?«

»Es handelt sich dabei um Informationen, die uns zugetragen wurden.«

»Inwiefern ist das hierfür relevant?«

»Wir versuchen lediglich, ein Verhaltensmuster aufzudecken. Ist James Rundell nicht auch in diesen Fall verwickelt?«

»Das stimmt«, bestätigte Frieda, »Rundell ist einer der anderen Therapeuten, die von Bradshaw ins Visier genommen wurden, im Rahmen dieses ganzen ...«, sie suchte nach dem richtigen Wort, »... Projekts«, sagte sie schließlich.

»›Ins Visier genommen‹. Das klingt, als wären Sie deswegen sehr wohl wütend.«

»Nein, da täuschen Sie sich«, entgegnete Frieda.

Der Mann schrieb etwas in sein Notizbuch, ehe er fortfuhr.

»Sie sind wütend auf Rundell, stellen ihn in einem Restaurant zur Rede und gehen auf ihn los. Sie sind wütend auf Ian Yardley, stellen ihn in seiner Wohnung zur Rede, und es kommt zu einem Kampf. Sehen Sie da kein Muster?«

»Die beiden Fälle haben nicht das Geringste miteinander gemein«, widersprach Frieda, »und in Ian Yardleys Wohnung gab es keinen Kampf.«

Plötzlich blickte der Mann sich um wie ein Spürhund, der etwas gewittert hatte.

»Was ist das?«, fragte er.

Er meinte das Geklopfe, das aus dem Badezimmer drang. Der Lärm gehörte inzwischen schon so zu Friedas Leben, dass sie ihn fast nicht mehr wahrnahm.

»Müssen Sie das wirklich wissen?«, erwiderte sie. »Schließlich habe ich ein Alibi. Ich sitze hier unten bei Ihnen.«

Die Frau musterte Frieda mit gerunzelter Stirn.

»Gewalt gegen Frauen ist nicht lustig«, verkündete sie.

»Das reicht jetzt«, antwortete Frieda. »Wenn Sie Anklage gegen mich erheben wollen, dann tun Sie das. Ansonsten gibt es nichts mehr zu besprechen.«

Mit hochkonzentrierter Miene schrieb der Mann mehrere Zeilen in sein Notizbuch. Dann klappte er es zu und erhob sich.

»Unter uns gesagt«, erklärte er, »würde ich mir einen Anwalt nehmen, wenn ich Sie wäre. Wir haben schon ganz andere Fälle als diesen vor Gericht gebracht. Aber selbst wenn wir darauf verzichten, könnten Sie es mit einer Zivilklage zu tun bekommen.«

»Wie erreiche ich Sie?«, fragte Frieda.

»Das wollte ich gerade erwähnen«, antwortete der Mann. Er schrieb etwas in sein Notizbuch, riss die Seite heraus und reichte sie Frieda. »Falls Ihnen noch etwas einfällt. Aber wir melden uns sowieso bei Ihnen.«

Nachdem die beiden gegangen waren, ließ Frieda sich wieder auf ihren Platz sinken und starrte minutenlang vor sich hin. Schließlich griff sie nach ihrem Notizbuch, blätterte einen Moment darin und tippte dann eine Nummer.

»Yvette«, sagte sie, »entschuldigen Sie die Störung. Haben Sie einen Augenblick für mich Zeit?«

Danke für deinen Brief. Ich trage ihn die ganze Zeit mit mir herum. Das ist so typisch für dich, dass du einen richtigen Brief schreibst – auf hochwertigem Papier, mit Tinte, korrekter Grammatik und ohne Abkürzungen. Ich weiß gar nicht mehr, wann mir jemand das letzte Mal einen solchen Brief geschickt hat. Vielleicht meine Mutter, vor Jahren. Sie hat mir immer auf ganz dünnem Luftpostpapier geschrieben. Ich konnte ihre winzige, krakelige Handschrift kaum entziffern. Meine Mutter, deine Mutter … Es gibt so vieles, worüber wir noch nicht miteinander gesprochen haben. Ich glaube, wir sollten mal einen Monat in einem Leuchtturm verbringen, umgeben von rauer See und mit so viel Essen und Getränken ausgestattet, dass wir nie wegmüssen. Dann könnten wir reden, lesen und schlafen und uns lieben und Geheimnisse austauschen – all die verlorene Zeit wieder aufholen. Sandy xxx

27

Yvette und Karlsson gingen zusammen vom Haus der Familie Lennox zu dem der Kerrigans. Sie brauchten für die Strecke keine zehn Minuten. Karlsson legte mit seinen großen Schritten ein solches Tempo vor, dass Yvette, die stark erkältet war, kaum nachkam. Ihr Hals und ihre Lymphknoten schmerzten, ihr Kopf dröhnte. Ihre Kleidung fühlte sich eng und kratzig an.

Das Haus war kleiner als das von Ruth und Russell, ein Reihenhaus aus roten Ziegeln, das in einer schmalen Seitenstraße lag. Der winzige Vorgarten war nicht bepflanzt, sondern gekiest. Noch bevor die Melodie der Klingel verstummte, ging die Tür auf, und Elaine Kerrigan stand vor ihnen: eine große Frau mit einem langen, bleichen Gesicht und bereits ergrauendem, zu einem lockeren Knoten geschlungenem Haar. Sie hatte eine Kette mit einer Brille umhängen. Bekleidet war sie mit einem übergroßen Karohemd und einer locker sitzenden Baumwollhose. Die Sonne schien ihr direkt ins Gesicht, so dass sie geblendet die Hand hob – an deren Ringfinger sie zusätzlich zu ihrem Ehering noch einen zweiten trug, vermutlich ihren Verlobungsring.

Sie weiß Bescheid, schoss Yvette durch den Kopf, ihr Mann muss es ihr gesagt haben.

Mrs. Kerrigan führte sie ins Wohnzimmer. Durch das große Fenster fiel Sonnenlicht auf den grünen Teppich und das gestreifte Sofa. Auf dem Kaminsims standen Narzissen, durch einen Spiegel verdoppelt. Yvette erhaschte einen Blick auf ihr eigenes Spiegelbild – ihr rundes, gerötetes Gesicht mit den trockenen Lippen. Sie befeuchtete sie mit der Zunge.

Elaine Kerrigan nahm Platz und forderte sie mit einer Handbewegung auf, ihrem Beispiel zu folgen. Sie legte die langen, schmalen Hände in den Schoß und hielt sich kerzengerade.

»Ich habe überlegt, wie ich mich verhalten soll«, begann sie. Ihre Stimme klang tief und angenehm. Yvette glaubte ein leicht gerolltes R herauszuhören, konnte den Akzent aber nicht recht einordnen. »Mir erscheint das alles so irreal. Ich weiß, dass ich die betrogene Ehefrau bin, fühle mich aber gar nicht so. Es ist einfach …« Sie starrte einen Moment auf ihre Hände hinunter, ehe sie den Blick wieder hob. »Paul kommt mir überhaupt nicht wie der Typ Mann vor, den sich eine andere als Geliebten aussuchen würde.«

»Wann hat er es Ihnen gesagt?«, fragte Yvette.

»Als er gestern nach Hause kam. Er hat gewartet, bis sein Tee auf dem Tisch stand, dann ist er damit herausgeplatzt. Erst dachte ich, er macht nur Spaß.« Sie zog eine Grimasse. »Verrückt, oder? Ich kann gar nicht glauben, dass mir das wirklich passiert. Und nun ist diese Frau tot. Hat er Ihnen erzählt, dass ich ihn darauf aufmerksam gemacht habe, als ich den Bericht in der Zeitung las? Ich fand, dass sie nett aussah. Jetzt frage ich mich, ob sie irgendwann auch mal einen Gedanken an mich verschwendet hat, während der ganzen Zeit.«

»Uns ist klar, dass das ein Schock für Sie sein muss«, sagte Yvette. »Trotzdem sind wir natürlich gezwungen zu überprüfen, wo sich alle beteiligten Personen an dem Tag aufhielten, als Ruth Lennox starb.«

»Mein Mann, meinen Sie? Das weiß ich nicht mehr. Ich habe im Terminkalender nachgesehen, aber die Seite ist leer. Es war nur ein ganz normaler Mittwoch. Paul sagt, dass er um die Zeit definitiv schon hier war, aber ich kann mich nicht daran erinnern, wer von uns beiden eher nach Hause kam, er oder ich. Ich weiß nicht, ob er später dran war als sonst. Wenn irgendetwas Ungewöhnliches passiert wäre, hätte ich es mir wahrscheinlich gemerkt.«

»Was ist mit Ihren Söhnen?«

Sie wandte den Kopf. Karlsson und Yvette, die ihrem Blick folgten, entdeckten neben den Narzissen ein Foto von zwei Jungen, fast schon jungen Männern, die beide dunkles Haar und das breite Gesicht ihres Vaters hatten. Einer der beiden hatte über der Oberlippe eine Narbe, die sein Lächeln ein wenig schief wirken ließ.

»Josh studiert in Cardiff. Er kam zwar über Ostern nach Hause, war zu dem Zeitpunkt aber noch nicht da. Der andere, Ben, ist achtzehn und macht dieses Jahr sein Abitur. Er wohnt noch bei uns. Im Hinblick auf Daten ist er ein bisschen chaotisch – und in jeder anderen Hinsicht auch. Ich habe den beiden noch nichts von der Affäre erzählt. Anschließend kann ich ihnen ja gleich von dem Mord berichten. Das wird sicher lustig. Wie lang ging das eigentlich?«

»Bitte?«

»Wie lang lief das mit den beiden schon?«

»Hat Ihnen Ihr Mann das nicht gesagt?«

»Er hat gesagt, dass es mehr war als nur eine Affäre, aber dass er mich immer noch liebt und hofft, dass ich ihm verzeihe.«

»Zehn Jahre«, sagte Yvette in ruhigem Ton. »Die beiden haben sich immer am Mittwochnachmittag getroffen. Sie hatten eine Wohnung gemietet.«

Elaine Kerrigan setzte sich noch aufrechter hin. Gleichzeitig schien ihr Gesicht seine Spannung zu verlieren, ihre Haut von einer Sekunde auf die andere zu erschlaffen.

»Zehn Jahre.« Sie hörten, wie sie schluckte.

»Sie hatten keine Ahnung?«

»Zehn Jahre, mit einer Wohnung.«

»Wir werden hier auch eine Hausdurchsuchung durchführen lassen müssen«, erklärte Yvette.

»Verstehe.« Die Stimme von Elaine Kerrigan klang immer noch höflich, war aber so leise geworden, dass man sie kaum noch verstand.

»Ist Ihnen an seinem Verhalten nichts Ungewöhnliches aufgefallen?«

»Sie meinen, während der letzten zehn Jahre?«

»Vielleicht während der letzten paar Wochen?«

»Nein.«

»Er wirkte nicht durcheinander oder zerstreut?«

»Ich glaube nicht.«

»Ihnen war nicht bekannt, dass für die Miete der Wohnung monatlich mehrere hundert Pfund vom Konto ihres Mannes abgebucht wurden?«

»Nein.«

»Sie sind ihr nie begegnet?«

»Der anderen Frau?« Sie bedachte sie mit einem müden Lächeln. »Ich glaube nicht. Aber sie hat in der Nähe gewohnt, nicht wahr? Vielleicht bin ich ihr ja doch mal über den Weg gelaufen.«

»Wir wären Ihnen dankbar, wenn Sie in Erfahrung bringen könnten, wann genau Sie und Ihr Mann an dem Mittwoch nach Hause gekommen sind – vielleicht, indem Sie Ihre Arbeitskollegen fragen.«

»Ich werde mein Möglichstes tun.«

»Wir finden allein hinaus.«

»Ja. Danke.«

Sie stand nicht auf und sah ihnen auch nicht nach, als sie gingen, sondern blieb in kerzengerader Haltung und mit ratloser Miene auf dem Sofa sitzen.

»Sollen wir noch etwas trinken gehen?«, wandte Yvette sich an Karlsson und bemühte sich dabei um einen beiläufigen Ton – als wäre es ihr egal, ob er Ja oder Nein sagte. Sie hörte selbst, wie kratzig ihre Stimme klang.

»Ich nehme mir den Rest des Tages frei und komme morgen nicht ins Büro, deswegen …«

»Schon gut, war ja nur ein Vorschlag. Ich wollte nur noch erwähnen, dass Frieda angerufen hat.«

»Weswegen?«

Als Yvette ihm von Friedas Vernehmung durch die Polizei erzählte, musste er zunächst lächeln, wirkte am Ende aber eher genervt.

»Ich habe ihr gesagt, sie soll mit Ihnen darüber reden«, fügte Yvette hinzu, »aber sie meinte, Sie hätten wahrscheinlich die Nase voll von ihren Eskapaden. Sie wissen schon, nach der anderen Sache mit Rundell.«

»Was ist das nur mit ihr?«, ereiferte sich Karlsson. »Es gibt Nachtklubtürsteher, die seltener in eine Schlägerei geraten als sie.«

»Sie sucht sich das ja nicht immer aus.«

»Das stimmt, aber egal, wo sie hingeht, immer passiert irgendwas. Außerdem hat sie sich an Sie gewandt. Am besten, Sie führen ein paar Telefonate.«

»Es tut mir leid. Ich wollte Sie nicht damit belästigen.«

Karlsson zögerte einen Moment, während er ihr gerötetes Gesicht betrachtete.

»Und ich wollte Sie nicht anschnauzen. Ich versuche gerade, möglichst viel Zeit mit meinen Kindern zu verbringen«, erklärte er in sanftem Ton. »Die beiden gehen bald ins Ausland.«

»Das wusste ich nicht – für wie lange?«

Er stellte fest, dass er es ihr nicht sagen konnte. »Ziemlich lange.« Mehr brachte er nicht heraus. »Deswegen möchte ich die Zeit, die uns noch bleibt, so gut wie möglich nutzen.«

»Natürlich.«

Mikey hatte sich einen Kurzhaarschnitt verpassen lassen, der sich anfühlte wie eine weiche Bürste. Die Kopfhaut schimmerte durch, und man sah, dass seine Ohren ein wenig abstanden. Bellas Haar war ebenfalls geschnitten worden, so dass es ihr Gesicht nun als kurze Lockenmähne umrahmte. Sie wirkten dadurch beide jünger und schutzloser. Karlsson kam sich neben ihnen viel zu groß und massig vor. Wehmut stieg in ihm auf, als er sich hinunterbeugte und sie an sich drückte. Doch sie befreiten sich schnell wieder aus seinen Armen. Beide platzten fast vor Aufregung und Ungeduld. Sie wollten ihm von der Wohnung erzählen, in der sie leben würden: einer Wohnung mit Balkonen an beiden Seiten, einem Orangenbaum im Hof und einem Ventilator in jedem Zimmer, weil es im Sommer sehr heiß wurde. Sie hatten beide neue Sommersachen bekommen, Shorts, Kleider und Flipflops. Es regnete dort nur ganz selten, in Spanien fiel der Regen hauptsächlich in der Ebene. Nur ein paar Straßen von ihrer Wohnung entfernt gab es ein Schwimmbad, und an den Wochenenden konnten sie mit dem Zug an die Küste fahren. In ihrer neuen Schule mussten sie eine Uniform tragen. Sie konnten sogar schon ein paar Worte Spanisch: *Puedo tomar un helado por favor* und *gracias* und *mi nombre es Mikey, mi nombre es Bella.*

Karlsson lächelte unentwegt. Er wünschte, sie würden nie weggehen, und gleichzeitig wünschte er, sie wären schon weg, denn das Allerschlimmste war das Warten auf den Abschied.

28

Als am nächsten Morgen Rajit Singh bei Frieda anrief, vereinbarte sie mit ihm ein Treffen in ihren Praxisräumen, die mittlerweile einen Großteil der Woche leer standen. Ihr roter Sessel war schon viel zu lange verwaist, ging Frieda durch den Kopf. Später hatte sie einen Termin mit Joe Franklin, da konnte sie gleich dableiben. Sie würde sich eine Weile ans Fenster stellen, auf die verlassene, von Gestrüpp überwucherte Baustelle hinausblicken und dabei den Schutt ihrer Gedanken durchsieben. So schnell, wie ihr verletztes Bein es zuließ, eilte sie durch die schmalen Gassen, das vertraute Gewirr der kleinen Läden. Sie hatte das Gefühl, einem Faden, der so dünn war wie der einer Spinne, durch ein dunkles, verwinkeltes Labyrinth zu folgen. Ihr war selbst nicht recht klar, warum sie diese Geschichte nicht endlich loslassen konnte. Schließlich war sie nur ein Lügenmärchen gewesen, zusammengesetzt aus groben Klischees, mit dem Ziel, ihr eine Falle zu stellen und sie möglichst dumm und inkompetent dastehen zu lassen. Sie sollte sich eigentlich wütend und gedemütigt fühlen, doch stattdessen war sie beunruhigt und kribbelig. Wenn sie nachts aufwachte, verbissen sich ihre Gedanken sofort wieder in die Geschichte. Es war, als würde jemand ganz schwach, aber beharrlich an dem Faden ziehen.

Singh traf pünktlich ein. Er trug auch an diesem Tag seine dicke schwarze Jacke. Genau genommen schien er noch exakt dieselben Sachen zu tragen, in denen Frieda ihn zuletzt gesehen hatte. Sein Gesicht wirkte vor Müdigkeit ganz schlaff. Er ließ sich Frieda gegenüber auf den Stuhl fallen, als wäre er tatsächlich zu einer Therapiesitzung gekommen.

»Danke«, sagte er.

»Wofür?«

»Dass Sie sich Zeit nehmen.«

»Wenn ich mich recht erinnere, hatte ich Sie gebeten, sich bei mir zu melden.«

»Ja, aber letztendlich wurden Sie von uns doch übel verarscht.«

»Empfinden Sie das inzwischen so?«

»Ich weiß nicht, wie es den anderen geht, aber nach der ganzen Berichterstattung in der Presse fühlte ich mich schon ein bisschen mies.«

»Weil Sie das Gefühl hatten, sich falsch verhalten zu haben?«

»Anfangs hielt ich das Ganze für eine gute Idee. Ich meine, wie kann man einem Therapeuten auf die Finger schauen? Lehrer werden von Schulinspektoren kontrolliert, aber Therapeuten können in der Abgeschiedenheit ihrer kleinen Sprechzimmer nach Lust und Laune Schaden anrichten, ohne dass jemand davon erfährt. Und wenn der Patient nicht zufrieden ist, dann können die Therapeuten einfach den Spieß umdrehen: Wenn Ihnen etwas nicht passt, dann liegt das nicht an mir, sondern daran, dass mit Ihnen etwas nicht stimmt. – Es handelt sich um ein System, das sich aus sich selbst heraus rechtfertigt.«

»Das klingt alles nicht nach Ihnen, sondern nach Hal Bradshaw. Was nicht grundsätzlich heißen muss, dass es falsch ist. Es ist in der Tat schwierig, einem Therapeuten auf die Finger zu schauen.«

»Ja, aber nachdem die Studie so viel Aufmerksamkeit von den Medien bekam, fühlte sich das Ganze plötzlich nicht mehr richtig an. Alle fanden es lustig, doch als ich Sie dann kennenlernte…«

Er hielt inne.

»Da bin ich Ihnen nicht ganz so verrückt vorgekommen, wie Bradshaw mich dargestellt hatte?«

Singh schien sich unbehaglich zu fühlen. Verlegen rutschte er auf seinem Stuhl herum und rieb sich über die stoppeligen Wangen. »Er hat gesagt, Sie seien ein Pulverfass. Sie – und andere wie Sie – könnten eine Menge Schaden anrichten.«

»Und deswegen hat er sich zum Ziel gesetzt, uns auf die Finger zu schauen?«

»Ich nehme an, dass er es so sieht. Aber deswegen bin ich nicht hier. An dem, was geschehen ist, kann ich nichts mehr ändern. Sie hatten mich gebeten, mich bei Ihnen zu melden, wenn ich Ihnen noch etwas zu sagen hätte.«

»Und das ist nun der Fall?«

»Ja, ich denke schon. Ich bin, ähm, wie soll ich es ausdrücken?

Mir geht es zurzeit nicht besonders – wie Sie ja selbst schon bemerkt haben. Meine Arbeit macht mir nicht so viel Spaß, wie ich dachte – ich dachte, es gebe mehr Seminare, Diskussionen und Forschungsgruppen und solche Sachen –, aber in Wirklichkeit sitze ich meistens in der Bibliothek.«

»Allein.«

»Ja.«

»Und privat sind Sie auch allein?«

»Sie fragen sich wahrscheinlich, was das alles mit der Geschichte zu tun hat.«

»Erzählen Sie es mir.«

Singh blickte zu Boden. Er schien zu überlegen.

»Ich war in einer Beziehung«, erklärte er schließlich, »sogar recht lange, zumindest für meine Verhältnisse. Ich hatte noch nicht so viele… egal, das ist nicht so wichtig. Wir waren ziemlich genau anderthalb Jahre zusammen. Sie hieß Agnes. Heißt sie immer noch. Sie ist nicht gestorben, aber es ging trotzdem nicht gut, und das Ende war auch eher unschön. Doch deswegen bin ich nicht hier. Agnes ist diejenige, von der das Detail mit dem Haareschneiden stammt, das Sie erwähnt haben – auch wenn ich nicht weiß, warum Sie das so interessiert. Das Ganze war nur eine Geschichte. Ich hatte die Aufgabe, den Text für uns alle zusammenzustellen, und fand, dass ihm ein bisschen Farbe fehlte. Da ist mir diese kleine Episode eingefallen, keine Ahnung, warum. Jedenfalls habe ich sie eingebaut.«

»Dann war also Ihre Exfreundin diejenige, die ihrem Vater die Haare schnitt und Ihnen davon erzählte?«

»Ich wollte Sie das nur wissen lassen, damit Sie sehen, dass nichts Aufregendes dahintersteckt. Es war nur eine blöde Geschichte – noch dazu eine völlig beliebige. Sie ist mir in dem Moment einfach eingefallen, und deswegen habe ich sie verwendet. Ich hätte auch alles Mögliche andere nehmen können – oder gar nichts.«

»Haben Sie irgendetwas daran verändert? Irgendwelche Einzelheiten?«

»Das weiß ich nicht mehr so genau.« Er verzog das Gesicht. »Wir lagen im Bett, und während Agnes mir übers Haar streichelte, stellte sie fest, wie lang es geworden sei, und dass es einen Schnitt vertragen könne. Sie fragte mich, ob sie es mir schneiden solle. Dann erzählte sie mir das mit ihrem Vater – zumindest glaube ich, dass es um ihren Vater ging. Ganz sicher bin ich mir da nicht mehr, es könnte auch jemand anderer gewesen sein. Jedenfalls hat sie darüber gesprochen, was für ein Gefühl es gewesen sei, diese Schere zu halten: ein Gefühl von Macht, zugleich aber auch Zärtlichkeit. Ich nehme an, das Ganze ist mir im Gedächtnis haften geblieben, weil es etwas so Intimes hatte. Obwohl sie mir die Haare dann doch nie geschnitten hat.«

»Die Geschichte beruhte also auf einer Erinnerung Ihrer Exfreundin.«

»Ja.«

»Agnes.«

»Agnes Flint – warum interessiert Sie ihr Name? Wollen Sie jetzt auch mit *ihr* sprechen?«

»Ich glaube schon.«

»Nicht zu fassen. Warum ist das für Sie so wichtig? Wir haben Sie zum Narren gehalten. Das tut mir inzwischen leid. Aber warum interessiert Sie das alles so sehr?«

»Kann ich ihre Nummer haben?«

»Sie wird Ihnen auch nichts anderes sagen als ich.«

»Eine Mailadresse würde auch schon reichen.«

»Vielleicht hatte Hal doch recht, was Sie betrifft.«

Frieda schlug ihr Notizbuch auf und drückte Singh einen Stift in die Hand.

»Ich gebe Ihnen die Nummer nur, wenn Sie ihr ausrichten, dass sie mich endlich mal zurückrufen soll.«

»Sie wird Sie nicht zurückrufen, nur weil eine andere Person ihr das sagt.«

Singh stieß einen tiefen Seufzer aus, griff nach dem Notizbuch und schrieb sowohl eine Mobilnummer als auch eine Mailadresse hinein.

»Zufrieden?«

»Danke. Darf ich Ihnen einen Rat geben?«

»Nein.«

»Sie sollten joggen gehen – ich habe in Ihrem Wohnzimmer

Laufschuhe gesehen –, und danach sollten Sie duschen, sich rasieren, frische Sachen anziehen und Ihre kalte kleine Wohnung verlassen.«

»Das ist Ihr Rat?«

»Zumindest für den Anfang.«

»Ich dachte, Sie wären Psychotherapeutin.«

»Ich bin Ihnen sehr dankbar, Rajit.«

»Werden Sie Agnes wissen lassen, dass ich Ihnen gesagt habe …?«

»Nein.«

Jim Fearby frühstückte in der Raststätte neben dem Hotel, in dem er übernachtet hatte: eine Minipackung Cornflakes, ein Glas Orangensaft aus dem großen Saftbehälter, in dem eine Plastikorange wenig überzeugend auf und ab wippte, eine Tasse Kaffee. Anschließend kehrte er in sein Zimmer zurück, um seine kleine Reisetasche zu holen und sich die Zähne zu putzen, wobei er sich noch ein wenig Frühstücksfernsehen gönnte. Als er den Raum verließ, sah es dort wie immer aus, als hätte nie jemand darin übernachtet.

Inzwischen kam ihm sein Auto wie sein Zuhause vor. Nachdem er getankt hatte, vergewisserte er sich, dass er alles hatte, was er brauchte: sein Notizbuch und mehrere Stifte, seine Liste mit den Namen, zum Teil mit Telefonnummern und Adressen versehen, die Mappe mit allen wichtigen Informationen, die er am Vortag zusammengestellt hatte, die Fragen. Er ließ das Fenster herunter und rauchte eine Zigarette, die erste an diesem Tag. Dann programmierte er das Navi. Er befand sich nur neunzehn Minuten von seinem Ziel entfernt.

Sara Ingatestone lebte in einem Dorf, das ein paar Kilometer außerhalb von Stafford lag. Zwei Tage zuvor hatte er sie angerufen und mit ihr ein Treffen vereinbart: um halb zehn Uhr vormittags, nach ihrer Morgenrunde mit ihren beiden Hunden. Es handelte sich um Terrier, kleine, bissige, unfreundliche Kläffer, die nach seinen Knöcheln schnappten, als er aus dem Wagen stieg. Fearby war versucht, ihnen seine Aktentasche auf die Schnauzen zu knallen, aber Sarah Ingatestone stand bereits in der Haustür und beobachtete ihn, so dass er sich zwang, ein Lächeln aufzusetzen und Laute der Begeisterung von sich zu geben.

»Die beiden tun nichts!«, rief sie ihm entgegen. »Kaffee?«

»Das wäre wunderbar.« Er wich einem Terrier aus und steuerte auf sie zu. »Danke, dass Sie sich zu diesem Treffen bereit erklärt haben.«

»Inzwischen bereue ich es fast schon. Ich habe Sie nämlich gegoogelt. Sie sind derjenige, der dafür gesorgt hat, dass dieser George Conley wieder auf freiem Fuß ist.«

»Ich würde nicht sagen, dass das allein mein Verdienst war.«

»Nun kann er losziehen und es wieder tun.«

»Es gibt keine Beweise dafür, dass ...«

»Wie auch immer, kommen Sie herein, und setzen Sie sich.«

Sie nahmen in der Küche Platz. Während Sarah Ingatestone löslichen Kaffee für sie beide aufgoss, breitete Fearby seine Utensilien vor sich aus: sein Spiralnotizbuch, das genau so aussah wie jenes erste, das er vor all den Jahren als junger Reporter benutzt hatte, die lila Mappe mit seinen Unterlagen und schließlich die drei Füller, die er ordentlich nebeneinander aufreihte, obwohl er zum Stenografieren immer seinen Bleistift benutzte. Sie schwiegen beide, bis Mrs. Ingatestone die zwei Kaffeetassen auf den Tisch gestellt und sich ihm gegenüber niedergelassen hatte. Erst jetzt nahm er sie genauer in Augenschein: grau meliertes Haar, männlich kurz geschnitten, und graublaue Augen in einem Gesicht, das noch nicht alt war, aber trotzdem scharfe Falten und Furchen aufwies. Kummerfalten, keine Lachfalten, dachte Fearby. Ihre mit Hundehaaren übersäte Kleidung wirkte alt und schäbig. Sie nannte sich Mrs. Ingatestone, aber von einem Mr. Ingatestone war in diesem Haus nichts zu sehen.

»Sie haben gesagt, es geht um Roxanne.«

»Ja.«

»Warum? Es ist über neun Jahre her, fast schon zehn. Kein Mensch fragt mehr nach ihr.«

»Ich bin investigativer Journalist.« Am besten, er blieb möglichst vage. »Im Zusammenhang mit einer Geschichte, an der ich gerade arbeite, stelle ich ein paar Nachforschungen an.«

Sie verschränkte die Arme. Die Geste wirkte nicht abwehrend, sondern eher so, als versuchte sie sich zu wappnen, weil sie damit rechnete, dass gleich eine Reihe von Schlägen auf sie einprasseln würde.

»Legen Sie los«, sagte sie. »Im Grunde ist es mir egal, wofür Sie es brauchen. Es tut mir einfach gut, ihren Namen laut auszusprechen. Das gibt mir das Gefühl, dass sie noch lebt.«

Also begann er seine Fragenliste abzuhaken. Während sie antwortete, huschte sein Bleistift übers Papier und hinterließ seine hieroglyphenartigen Zeichen.

Wie alt war Roxanne, als sie verschwand?

»Siebzehn. Siebzehn Jahre und drei Monate. Sie hatte im März Geburtstag – ein Fisch. Was nicht heißen soll, dass ich an das alles glaube. Sie wäre, besser gesagt, sie ist inzwischen siebenundzwanzig.«

Wann haben Sie Ihre Tochter das letzte Mal gesehen?

»Am zweiten Juni 2001.«

Um welche Uhrzeit?

»Es muss so gegen halb sieben Uhr abends gewesen sein. Sie wollte sich mit einer Freundin auf einen kurzen Drink treffen. Sie ist nie zurückgekommen.«

War sie mit dem Auto unterwegs?

»Nein. Die Freundin wohnte nicht weit weg. Es waren höchstens zehn, fünfzehn Minuten zu Fuß.«

Auf der Straße?

»Ja. Es handelte sich um eine wenig befahrene Straße, jedenfalls den größten Teil der Strecke.«

Dann hat sie wohl keine Abkürzung genommen – querfeldein oder so?

»Auf keinen Fall. Sie hatte sich richtig aufgestylt, mit Minirock und hochhackigen Schuhen. Bevor sie aufbrach, stritten wir uns deswegen sogar noch. Ich sagte zu ihr, mit den Schuhen werde sie keine fünfzig Meter schaffen – geschweige denn anderthalb Kilometer.«

Ist sie je bei der Freundin angekommen?

»Nein.«

Wie lange hat die Freundin gewartet, bevor sie jemanden alarmierte?

»Allem Anschein nach hat sie nach einer Dreiviertelstunde versucht, Roxanne auf dem Handy anzurufen. Ich selbst habe davon erst am nächsten Morgen erfahren. Wir, das heißt mein Mann und ich, sind gegen halb elf ins Bett gegangen. Wir haben nicht auf sie gewartet.« Ihre Stimme klang flach. Sie legte ihre Antworten wie Karten auf den Tisch – mit dem Gesicht nach unten.

Haben Sie schon hier gewohnt, als Roxanne verschwand?

»Nein, aber in der Nähe. Wir sind umgezogen, als … nachdem … nun ja, mein Mann und ich haben uns drei Jahre später getrennt, wir konnten einfach nicht … es war nicht seine Schuld, sondern eher meine, wenn überhaupt. Roxannes Schwester Marianne ist auch ausgezogen, sie hat damals zu studieren begonnen, lässt sich aber nach wie vor nicht oft zu Hause blicken. Und Roxanne ist natürlich auch nie zurückgekommen. Obwohl alle anderen längst weg waren, habe ich im Haus ausgeharrt, so lange ich konnte, bis ich es schließlich auch nicht mehr aushielt. Eine Weile habe ich ihr sogar noch eine Wärmflasche ins Bett gelegt, wenn es kalt war, nur für alle Fälle … Am Ende bin ich hier gelandet und habe mir meine Hunde angeschafft.«

Können Sie mir bitte auf dieser Landkarte zeigen, wo Sie gewohnt haben?

Fearby faltete die Karte auseinander, die er aus seiner Mappe gezogen hatte, und Sarah Ingatestone setzte ihre Lesebrille auf. Schließlich legte sie ihren Zeigefinger auf eine bestimmte Stelle. Fearby nahm einen von seinen Füllfederhaltern und zeichnete ein kleines Tintenkreuz ein.

Sie sagen, Sie hatten sich gestritten?

»Nein. Ja, doch, aber es war kein richtiger Streit. Das Mädchen war siebzehn. Sie hatte schon ihren eigenen Kopf. Als ich das denen von der Polizei erzählte, dachten sie … aber das stimmt nicht. Da bin ich mir ganz sicher.« Sie presste ihre Handflächen fest aufeinander und starrte ihn mit verbissener Miene an. »Sie war kein nachtragender Mensch.«

Glaubt die Polizei, dass sie tot ist?

»Alle glauben, dass sie tot ist.«

Sie auch?

»Ich kann das nicht. Ich muss daran glauben, dass sie nach Hause kommt.« Ihr Gesicht zuckte einen Moment, dann wurde es wieder hart. »Meinen Sie, ich hätte nicht umziehen sollen? Vielleicht hätte ich doch besser dort bleiben sollen, wo wir damals alle miteinander gelebt haben?«

Können Sie Roxanne beschreiben? Haben Sie ein Foto von ihr?

»Hier.« Glänzendes, schulterlanges braunes Haar, dunkle Augenbrauen. Die graublauen Augen ihrer Mutter, auch wenn sie in ihrem schmalen Gesicht weiter auseinanderstanden, was ihr einen leicht verblüfften Ausdruck verlieh. Ein Muttermal auf der Wange. Ein etwas schiefes Lächeln. Sie hatte etwas Asymmetrisches, Zerbrechliches an sich. »Aber es wird ihr nicht gerecht. Sie war zwar klein und dünn, aber sehr hübsch und voller Leben.«

Hatte sie einen Freund?

»Nein, nicht dass ich wüsste. Es hatte schon den einen oder anderen Freund gegeben, aber noch nichts Ernstes. Allerdings gab es einen Jungen, der ihr gefiel.«

Und ihr Wesen? War sie beispielsweise schüchtern oder eher extrovertiert?

»Roxanne und schüchtern? Sie war unglaublich freundlich und offen – fast schon kühn, könnte man sagen. Sie hat immer ausgesprochen, was sie dachte, und konnte ziemlich jähzornig werden – aber sie hat alles gegeben, wenn es darum ging, jemandem zu helfen. Sie war wirklich ein liebes Mädchen, wenn auch vielleicht ein bisschen wild. Aber sie hatte ein gutes Herz.«

Hätte sie mit einem Fremden gesprochen?

»Ja.«

Wäre sie zu einem Fremden ins Auto gestiegen?

»Nein.«

Als Fearby nach ihrem Gespräch im Begriff war zu gehen, hielt sie ihn am Arm zurück.

»Glauben Sie, dass sie noch am Leben ist?«

»Misses Ingatestone, das kann ich Ihnen unmöglich …«

»Ich weiß, aber glauben Sie es? Wenn Sie an meiner Stelle wären, würden Sie dann noch daran glauben, dass sie lebt?«

»Ich weiß es nicht.«

»Diese Ungewissheit gibt mir das Gefühl, als wäre ich selbst lebendig begraben.«

An einem Rastplatz hielt Jim Fearby an und holte seine Liste mit den Namen heraus. Einer war bereits durchgestrichen. Neben den Namen von Roxanne Ingatestone aber machte er ein Häkchen. Nein, er glaubte nicht, dass sie noch am Leben war.

29

Joe Franklin war schon lange nicht mehr in so froher Stimmung gewesen, doch Frieda wusste, dass seine Depressionen zyklisch verliefen. Monatelang fühlte er sich schwerfällig und niedergeschlagen, so dass er kaum in der Lage war, die Abläufe des täglichen Lebens aufrechtzuerhalten. Oft schaffte er es entweder gar nicht, zu ihr in die Praxis zu kommen, oder er brachte kein Wort heraus, wenn er erst einmal da war. Nur von Zeit zu Zeit ließ die tödliche Dumpfheit für eine Weile nach, und er tauchte erschöpft und erleichtert auf in eine hellere Welt. Am Ende aber saugte es ihn immer wieder zurück in das schwarze Loch seiner eigenen Persönlichkeit. Dass er zu Frieda kam, war seine Art, sich an einen Zipfel des Lebens zu klammern, zugleich aber auch so etwas wie eine tröstliche Decke, unter der er Schutz suchte.

Während ihrer eigenen Therapie hatte Frieda oft das Gefühl gehabt, in der Wüste zu stehen und von der sengenden Sonne wie von einer Lötlampe gnadenlos ausgedörrt und gebleicht zu werden, ohne dass sie sich irgendwo verstecken konnte. Joe dagegen kroch in ihr Sprechzimmer wie ein Tier in ein Schlupfloch. Er versteckte sich vor sich selbst, und vielleicht ermöglichte sie ihm das auf eine Weise, die nicht unbedingt hilfreich für ihn war. Er fand bei ihr Trost, aber keine Selbsterkenntnis. Doch inwieweit war es überhaupt sinnvoll, sich voll und ganz mit sich selbst zu konfrontieren?

Ein Strahl Frühlingssonne fiel schräg in den Raum und lag wie eine Klinge quer über dem Boden, während Frieda im Anschluss an ihre Sitzung über diese Dinge nachdachte und sich ihre üblichen Notizen machte. Plötzlich begann ihr Handy in ihrer Tasche zu vibrieren. Sie zog es heraus: Sasha.

»Ich breche gerade von der Arbeit auf. Hast du Zeit?«

»Ja.«

»Kann ich bei dir vorbeikommen?«

»Klar. In einer halben Stunde bin ich zu Hause – passt das?«

»Perfekt. Ich bringe eine Flasche Wein mit. Und Frank.«

»Frank?«

»Ist das in Ordnung?«

»Natürlich.«

»Ich bin ein bisschen nervös – als würde ich ihn gleich meiner Familie vorstellen. Ich wünsche mir so sehr, dass du ihn magst.«

Im sanften Licht der Abenddämmerung spazierte Frieda nach Hause. Auf dem Gehsteig lagen Blütenblätter. Sie dachte an Rajit Singh und seine Geschichte, die in Wirklichkeit die Geschichte einer anderen Person war. Gleich an diesem Abend würde sie Agnes Flint eine Nachricht senden. Sie dachte auch an Joe und dann an Sashas Stimme, die am Telefon so glücklich geklungen hatte. Während sie ihre Haustür aufsperrte, fragte sie sich, wie lange es wohl noch dauern würde, bis sie endlich wieder ein heißes Bad nehmen konnte und kein Staub mehr durch ihre Räume wirbelte.

Irgendetwas blockierte die Tür, sie brachte sie nur ein Stück weit auf. Stirnrunzelnd zwängte sie sich durch den schmalen Spalt hinein in die Diele. Hinter der Tür lagen zwei große Taschen und daneben eine Jacke. Aus ihrer Küche drangen Stimmen und Gelächter. Es roch nach Zigarettenrauch. Sie drückte auf den Lichtschalter, doch das Licht ging nicht an.

»Hallo?«, rief sie, woraufhin die Stimmen für einen Moment verstummten.

»Frieda!« Josef erschien in der Küchentür. Obwohl er noch seine Arbeitskleidung trug, hielt er ein Glas in der Hand, vermutlich Wodka, denn wie es aussah, hatte er bereits Probleme, gerade zu gehen. »Komm herein zu uns!«

»Was ist denn hier los? Wem gehören die Taschen?«

»Hallo, Frieda.« Chloë tauchte neben Josef auf. Sie trug etwas, das für Frieda wie ein Pulli aussah, wahrscheinlich aber als Kleid gedacht war, weil darunter kein Rock zum Vorschein kam. Ihr Gesicht war mit Wimperntusche verschmiert, und sie hielt ebenfalls ein Glas Wodka in der Hand. »Ich bin dir so dankbar. So dankbar!«

»Was soll das heißen, du bist mir dankbar? Was habe ich für

dich getan? Jack!« Jack kam die Treppe heruntergeschwankt. »Was ist hier eigentlich im Gange? Eine Party?«

»Eine Versammlung«, antwortete Jack leicht betreten. »Chloë hat mich gebeten vorbeizukommen.«

»Ach, hat sie das? Und warum funktioniert das Licht nicht?«

»Tja.« Josef nahm einen hastigen Schluck von seinem Wodka. »Probleme mit der Elektrik.«

»Was soll das heißen – sind das deine Taschen, Chloë?«

»Frieda!«, röhrte eine fröhliche Stimme.

»Reuben? Was macht denn Reuben hier?«

Frieda eilte an Josef und Chloë vorbei in die Küche. Auf den Fenstersimsen und den Arbeitsflächen brannten jede Menge Kerzen, und in der Luft hingen bläuliche Rauchschwaden. Auf dem Tisch stand eine offene Wodkaflasche, daneben ein Aschenbecher mit mehreren ausgedrückten Kippen. Angelockt durch Friedas Stimme, polterte der Kater durch die Katzenklappe, wand sich um ihre Beine und versuchte, durch klägliches Miauen auf sich aufmerksam zu machen. Reuben, der mit halb aufgeknöpftem Hemd am Tisch lümmelte, die Füße auf einem Stuhl, hob sein Glas und prostete ihr zu.

»Ich bin gekommen, um meinen lieben Freund Josef zu besuchen«, verkündete er, »und natürlich auch meine liebe Freundin Frieda!«

Frieda riss die hintere Tür auf, um den Rauch hinauszulassen.

»Kann mir irgendjemand erklären, was hier los ist? Als Erstes möchte ich wissen, warum das Licht nicht funktioniert. Was habt ihr damit angestellt?«

Josef sah sie leicht beleidigt an und hob gleichzeitig beide Hände.

»Die Leitungen sind versehentlich gekappt worden.«

»Du wolltest wohl sagen: *Ich habe versehentlich die Leitungen gekappt.*«

»Es ist kompliziert.«

»Warum stehen deine Taschen in der Diele, Chloë? Fährst du irgendwohin?«

Chloë stieß ein hysterisches kleines Kichern aus, das sofort in einen Schluckauf überging.

»Es ist eher so, dass ich gerade angekommen bin«, erklärte sie.

»Wie bitte?«

»Ich möchte eine Weile bei dir bleiben.«

»Nein, das möchtest du nicht.«

»Mum ist endgültig ausgeflippt. Diesmal hat sie sogar den armen Kieran rausgeschmissen, und mich hat sie mit einer Haarbürste geschlagen. Ich kann nicht mehr bei ihr wohnen, Frieda. Du kannst mich nicht dazu zwingen.«

»Hier kannst du auch nicht wohnen.«

»Warum nicht? Ich weiß nicht, wo ich sonst hin soll.«

»Die Antwort lautet trotzdem: Nein.«

»Ich kann in deinem Arbeitszimmer schlafen.«

»Ich rufe gleich Olivia an.«

»Ich gehe nicht zu ihr zurück. Lieber schlafe ich auf der Straße.«

»Du kannst zu uns kommen«, bot Reuben großzügig an, »das wird bestimmt lustig.«

»Oder zu mir«, warf Jack ein, »ich habe ein Doppelbett.«

Friedas Blick wanderte von Reuben zu Josef zu Jack und dann zurück zu Chloë.

»Eine Nacht«, sagte sie.

»Danke! Ich bin dir auch bestimmt nicht im Weg. Ich werde für uns kochen.«

»Du bleibst nur eine Nacht, also brauchst du nicht zu kochen. Außerdem haben wir weder eine Badewanne noch elektrisches Licht.«

Es klingelte.

»Das ist bestimmt Sasha«, meinte Frieda. »Schenkt schon mal drei große Wodkas ein.«

Sasha hatte geschwärmt, wie wunderbar Frank sei, dabei aber seine schwarze Hautfarbe zu erwähnen vergessen. Er war ein ziemlich kleiner, kräftig gebauter Mann mit raspelkurz geschorenem Haar und dunklen, melancholischen Augen, wobei er auf einem leicht schielte, so dass Frieda den Eindruck hatte, als würde er sie ansehen und gleichzeitig an ihr vorbei. Sein Händedruck war fest, seine Art fast schüchtern. Er trug einen schön geschnittenen Anzug und hatte eine Aktentasche dabei, weil er direkt von der Arbeit kam.

»Herein mit euch«, sagte Frieda, »aber ich muss euch gleich warnen – bei mir herrscht das totale Chaos!«

Vielleicht war es sogar besser so, denn auf diese Weise blieb kein Raum für Verlegenheit. Frank zog seine Jacke aus, trank einen Schluck Wodka und wurde dann irgendwie von Reuben dazu überredet, für alle Anwesenden Omeletts zu brutzeln. Er führte diesen Auftrag in gemächlichem Tempo und mit großer Ernsthaftigkeit aus. Chloë stand in ihrer albernen Andeutung eines Kleides neben ihm, schlug mit einer Gabel Eier schaumig und starrte ihn dabei unverwandt an, einen fast andächtigen Ausdruck auf dem mit Wimperntusche verschmierten Gesicht. In ihrem beschwipsten Zustand musste sie ständig kichern, war gleichzeitig aber leicht weinerlicher Stimmung. Beim Rühren schwankte sie so, dass hin und wieder ein wenig Ei auf den Boden schwappte. Reuben, Jack und Josef trugen währenddessen Chloës Sachen hinauf ins Arbeitszimmer, wobei sie eine Menge Lärm machten und ständig etwas fallen ließen. Man hörte sie oben lachen und poltern. Sasha und Frieda saßen am Tisch, bereiteten gemeinsam eine Schüssel grünen Salat zu und unterhielten sich dabei leise. Sasha hatte den Eindruck, dass Frieda ihre Wahl guthieß oder zumindest nicht missbilligte – und empfand plötzlich ein starkes Glücksgefühl.

30

Ich finde, ich sollte dabei sein«, erklärte Elaine Kerrigan.

»Er ist achtzehn«, widersprach Yvette entschieden, »und gilt daher als Erwachsener.«

»Das ist doch lächerlich! Sie sollten mal sein Zimmer sehen. Kommen Sie bloß nicht auf die Idee, ihn zu siezen!« Nach einer kurzen Pause fügte sie hinzu: »Warten Sie einfach hier. Ich hole ihn.«

Yvette und Munster setzten sich ins Wohnzimmer und warteten. Nachdenklich sah Yvette ihren Kollegen an. Sie beide waren erst vor Kurzem vom förmlichen Sie zum Du übergegangen.

»Ist dir eigentlich je in den Sinn gekommen«, fragte sie, »dass wir im Grunde nur durch die Gegend laufen und alles schlimmer machen? Jedenfalls langfristig betrachtet. Am Ende, wenn wir fertig sind, ist das allgemeine Glücksniveau immer ein bisschen niedriger als vorher.«

»Nein, das ist mir noch nie in den Sinn gekommen«, antwortete Munster.

»Also, mir schon.«

Die Tür ging auf, und Ben Kerrigan kam herein. Yvette registrierte als Erstes seine nicht zusammenpassenden Socken: Die eine Socke war rot, die andere grün mit bernsteinfarbenen Streifen, und bei Letzterer lugte vorne ein großer Zeh heraus. Als ihr Blick nach oben wanderte, sah sie eine ausgewaschene graue Kordhose, ein blaues Blumenhemd und lange dunkelbraune Haarsträhnen. Er ließ sich aufs Sofa fallen und zog ein Bein an, während er sich mit einer Hand das Haar aus dem Gesicht strich.

»Du weißt inzwischen ja Bescheid über deinen Vater und diese Frau«, begann Yvette, nachdem sie sich vorgestellt hatten.

»Ein bisschen.«

»Was hast du empfunden, als du davon erfahren hast?«

»Was glauben Sie denn?«

»Ich würde es gern von dir hören.«

»Besonders glücklich war ich darüber jedenfalls nicht. Überrascht Sie das?«

»Nein, natürlich nicht. Warst du wütend?«

»Warum sollte ich deswegen wütend sein?«

»Weil dein Vater deiner Mutter untreu war.«

»Es spielt keine Rolle, was ich empfinde.«

»Könntest du uns bitte sagen, wo du am Mittwoch, dem sechsten April, warst?«

Ben wirkte erst verblüfft und dann auf eine grimmige Weise amüsiert.

»Ist das Ihr Ernst?«

»Ja.«

»Na schön, wenn Sie meinen. Ich bin noch Schüler. Ich war in der Schule.«

»Kannst du das beweisen?«

Er zuckte mit den Achseln.

»Ich bin in der Oberstufe. Manchmal gehen wir irgendwohin, wenn wir eine Freistunde haben. Wir gehen einen Kaffee trinken oder machen einen Spaziergang.«

»Aber nicht den ganzen Tag lang. Und wenn du einen Kaffee trinken gehst oder einen Spaziergang machst, dann doch bestimmt in Begleitung. Die betreffenden Mitschüler können das sicher bestätigen.«

»Keine Ahnung. Vielleicht, vielleicht auch nicht.« Er zuckte wieder mit den Achseln.

»Hör mal«, mischte Munster sich ein, »als Erstes würde ich dir raten, das Ganze ein bisschen ernster zu nehmen. Eine Frau ist getötet worden. Drei Kinder haben ihre Mutter verloren. Da wollen wir keine Zeit vergeuden, indem wir falschen Spuren nachgehen. Wir erwarten also erstens von dir, dass du uns ein wenig Respekt entgegenbringst, und zweitens, dass du in die Gänge kommst und deinen Terminkalender durchschaust oder dein Telefon zückst, um mit deinen Freunden zu sprechen und uns eine plausible und lückenlose Aufstellung darüber lieferst, was du den ganzen Mittwoch gemacht hast. Denn wenn wir uns selber darum kümmern müssen, werden wir darüber gar nicht glücklich sein. Haben wir uns verstanden?«

»Ganz wie Sie meinen«, antwortete Ben. »Betrifft das nur mich, oder werden Sie Josh damit auch nerven?«

»Soweit wir wissen, war dein Bruder zum betreffenden Zeitpunkt knapp zweihundertfünfzig Kilometer entfernt. Aber das klären wir noch mit ihm selbst.«

»Darf ich jetzt endlich gehen?«, maulte Ben. »Ich habe noch Hausaufgaben zu erledigen.«

Als sie wieder im Wagen saßen, fragte Yvette, ob sie einen kurzen Abstecher in die Warren Street machen könnten.

»Geht es dabei etwa um Frieda?«, wollte Munster wissen.

»Warum sollte es dabei nicht um Frieda gehen?«

»Ich meine ja nur.«

Als Frieda die Tür öffnete, sah Yvette über ihre Schulter hinweg, dass Gäste da waren. Abgesehen von Josef kam ihr niemand bekannt vor. Ein paar Sekunden lang starrten sich die beiden Frauen an, dann trat Frieda zur Seite und bat Yvette herein, doch die schüttelte nur den Kopf.

»Warum haben Sie sich wegen der Anzeige an mich gewandt?«, fragte sie.

»Wenn das für Sie ein Problem ist«, entgegnete Frieda, »dann sagen Sie es einfach.«

»So war das nicht gemeint.« Yvette warf einen Blick über die Schulter, um zu sehen, ob Munster zuhörte, aber er saß noch im Wagen und hatte Kopfhörer auf, so dass er ihnen keinerlei Beachtung schenkte. »Seit Ihrer Verletzung haben wir noch gar nicht richtig miteinander gesprochen.«

»Wir haben noch nie richtig miteinander gesprochen.«

»Tja, stimmt.« Yvette biss sich auf die Unterlippe. »Jedenfalls bin ich noch nicht dazu gekommen, Ihnen ein paar Sachen zu sagen, die ich schon längst loswerden wollte, und als dann Ihr Anruf kam, wusste ich nicht recht, wie ich ihn interpretieren sollte.«

»Sie brauchen ihn nicht zu interpretieren«, erwiderte Frieda. »Alles, was es zu der Sache zu sagen gibt, habe ich Ihnen schon am Telefon erklärt. Ich hatte einfach das Gefühl, dass Karlsson es satt hat, hinter mir aufzuräumen.«

»Und jetzt bin ich an der Reihe?«

»Wie gesagt, wenn Sie damit ein Problem haben …«

»Ich habe bei den Kollegen unten in Waterloo angerufen und … hören Sie, Frieda, was Sie da gemacht haben, war nicht sehr klug. Zugegeben, dieser Mistkerl Bradshaw hat sich zum Ziel gesetzt, Sie zu demütigen. Wenn ich an Ihrer Stelle wäre, hätte ich auch den Wunsch, es ihm heimzuzahlen. Aber auf die Art, wie Sie das tun, geht es einfach nicht. Sie handeln sich dadurch eine Menge Ärger ein.«

»Sie meinen also, ich stecke in Schwierigkeiten.«

»Ich habe mit dem Beamten telefoniert, der bei Ihnen war, und ihm erklärt, woher wir Sie kennen und was Sie alles für uns getan haben. Nach meiner Einschätzung werden Sie noch einmal ungeschoren davonkommen.«

»Yvette, diese Vorwürfe waren kompletter Schwachsinn.«

»Das glaube ich Ihnen ja. Aber wenn so eine Sache vor Gericht landet, weiß man nie so genau, wie es ausgeht. Und noch etwas: Sie sollten nicht zulassen, dass jemand wie Bradshaw Macht über Sie erhält.«

»Danke«, sagte Frieda, »ich bin Ihnen wirklich dankbar. Ich hoffe, Sie mussten sich meinetwegen nicht zu weit aus dem Fenster lehnen. Nur damit Sie es wissen: Mein Besuch bei Ian Yardley hatte nichts mit Bradshaw zu tun.«

»Womit dann?«

»Das weiß ich selbst nicht genau«, antwortete Frieda, »es ist nur so ein Gefühl von mir.«

»Ihre Gefühle bereiten mir allmählich Sorgen.«

Frieda war schon im Begriff, die Tür wieder zuzumachen, zögerte dann aber.

»Worüber wollten Sie eigentlich mit mir sprechen?«, wandte sie sich noch einmal an Yvette. »Ich meine, abgesehen von meiner sogenannten Schlägerei.«

Yvette warf einen Blick auf die Leute hinter Frieda.

»Ein andermal«, antwortete sie.

31

Josh Kerrigan war damit beschäftigt, Zigaretten zu drehen. Er platzierte dicke Tabakhäufchen auf dem Papier, rollte es dann geschickt zwischen Daumen und Zeigefinger, befeuchtete den Rand mit der Zunge und legte das dünne, gerade Röhrchen anschließend neben die anderen, die er bereits angesammelt hatte. Insgesamt waren es jetzt sechs, und er nahm gerade Nummer sieben in Angriff. Yvette hatte Schwierigkeiten, sich auf seine Worte zu konzentrieren. Vielleicht zielte er genau darauf ab. Immerhin gab er ihr auf diese Weise recht deutlich zu verstehen, dass sie ihn einfach nur störte. Diese Kerrigan-Jungs fingen langsam an, ihr ein bisschen auf die Nerven zu gehen.

»Josh«, sagte sie, »ich kann ja verstehen, dass Sie durcheinander sind …«

»Wirke ich durcheinander?« Er ließ das Papier über seine Zungenspitze gleiten.

»Aber ich fürchte, dass ich nicht wieder gehen werde, bevor Sie meine Fragen beantwortet haben.«

»Kein Problem, Sie sind mir herzlich willkommen.« Er legte die siebte Zigarette neben die anderen, stupste sie mit einem Finger zurecht, so dass alle schön in einer Reihe lagen, und neigte dann den Kopf zur Seite, um sein Werk zu begutachten. Eine kleine, vertikal verlaufende Narbe knapp über dem Mund zog seine Oberlippe ganz leicht nach oben, so dass er aussah, als würde er ständig ein wenig lächeln.

»Wo waren Sie am Mittwoch, dem sechsten April?«

»In Cardiff. Ist das als Alibi gut genug?«

»Das ist noch überhaupt kein Alibi. Wie können Sie beweisen, dass Sie in Cardiff waren?«

»Am Mittwoch, dem sechsten April?«

»Ja.«

»Mittwochs habe ich bis um fünf Vorlesungen. Ich glaube nicht, dass ich es danach noch rechtzeitig nach London geschafft hätte, um die Geliebte meines Vaters zu ermorden.«

»Sie hatten an dem Mittwoch keine Vorlesungen. Da waren schon Semesterferien.«

»Dann war ich vermutlich irgendwo beim Feiern.«

»Sie sollten das Ganze ein bisschen ernster nehmen.«

»Woraus schließen Sie, dass ich es nicht ernst nehme?«

Er machte sich an die nächste Zigarette. Zum Glück war nicht mehr viel Tabak in der Dose, die Menge reichte höchstens noch für ein, zwei weitere Glimmstängel.

»Ich möchte, dass Sie ernsthaft darüber nachdenken, wo Sie sich an dem Mittwoch überall aufgehalten haben, und mit wem.«

Er hob den Kopf. Yvette sah das Funkeln in seinen braunen Augen.

»Wahrscheinlich war ich mit meiner Freundin Shari zusammen. Wir sind erst seit Ende des Semesters ein Paar, deswegen war das mit uns beiden zu der Zeit ziemlich intensiv. Es ist schon erstaunlich, was Sie im Moment alles über das Sexualleben der Familie Kerrigan erfahren.«

»Glauben Sie, dass Sie an dem Tag mit ihr zusammen waren, oder wissen Sie es?«

»An genaue Daten kann ich mich grundsätzlich nicht gut erinnern.«

»Aber Sie haben doch bestimmt einen Terminkalender.«

»Einen Terminkalender?« Er grinste sie an, als hätte sie unabsichtlich etwas sehr Komisches gesagt. »Nein, so etwas besitze ich nicht.«

»Wann sind Sie nach London zurückgekehrt?«

»Sie meinen, an welchem Tag? Am Wochenende, schätze ich. Freitag? Samstag? Das müssen Sie meine Mutter fragen. Ich weiß, dass ich am Samstag wieder da war, weil da eine Party stieg, also bin ich vermutlich am Freitag gekommen.«

»Sind Sie mit dem Zug gefahren?«

»Ja.«

»Dann können Sie wegen des Datums ja auf der Fahrkarte oder dem entsprechenden Kontoauszug nachsehen.«

»Falls ich mit Karte bezahlt habe. Da bin ich mir aber nicht so sicher.«

Endlich hatte er den Tabak aufgebraucht. Behutsam legte er eine Zigarette nach der anderen in die leere Dose. Yvette hatte einen Moment den Eindruck, dass seine Hände zitterten, aber vielleicht bildete sie sich das nur ein. Seine Miene verriet jedenfalls nichts.

»Wussten Sie irgendetwas über die Affäre Ihres Vaters?«

»Nein.«

»Wie geht es Ihnen jetzt, nachdem Sie Bescheid wissen?«

»Sie wollen wissen, ob ich wütend bin?«, fragte er in sanftem Ton, wobei er eine Augenbraue hochzog. »Ja, bin ich, vor allem, wenn ich daran denke, was Mum deswegen durchmachen musste. Aber wütend genug, um jemanden zu töten? Ich glaube, wenn ich den Wunsch hätte, jemanden umzubringen, dann höchstens meinen Vater.«

»Ich glaube wirklich nicht, dass ich Ihnen helfen kann.«

Louise Weller trug immer noch eine Schürze. Karlsson fragte sich, ob sie womöglich ihr ganzes Leben in diesem Kleidungsstück herumlief. Offenbar war sie ständig damit beschäftigt, irgendein Durcheinander aufzuräumen oder eine Mahlzeit zu kochen, den Boden zu schrubben oder ihren Kindern dabei zu helfen, Farbe auf Papierbogen zu klecksen. Er registrierte, dass sie die Ärmel ihrer Bluse hochgekrempelt hatte.

»Wie alt sind eigentlich Ihre Kinder?«, verfolgte er diesen Gedanken weiter.

»Benjy ist siebzehn Wochen alt.« Sie blickte auf das Baby hinunter, das in dem weich gepolsterten Sessel neben ihr schlief. Seine geschlossenen Augen zuckten, wahrscheinlich träumte der Kleine. »Jackson ist gerade erst zwei geworden, und Carmen ist etwas über drei.«

»Da haben Sie ja alle Hände voll zu tun.« Allein schon der Gedanke daran machte Karlsson müde, aber gleichzeitig wurde ihm weh ums Herz vor Sehnsucht nach jenen Tagen, geprägt von Chaos und Müdigkeit. Einen kurzen Moment gestattete er sich, an Mikey und Bella in Spanien zu denken, dann blinzelte er das Bild wieder weg. »Hilft Ihnen Ihr Mann?«

»Meinem Mann geht es gesundheitlich nicht so gut.«

»Das tut mir leid.«

»Aber es sind brave Kinder«, fuhr Louise Weller fort. »Sie sind dazu erzogen worden, sich anständig zu benehmen.«

»Ich würde Ihnen gern ein paar allgemeine Fragen über Ihre Schwester stellen.«

Louise Weller hob die Augenbrauen.

»Ich verstehe nicht, was das bringen soll. Jemand ist eingebrochen und hat sie getötet. Jetzt müssen Sie herausfinden, wer. Sie scheinen sich damit viel Zeit zu lassen.«

»Der Fall liegt möglicherweise nicht so einfach, wie es aussieht.«

»Ach?«

Karlsson arbeitete schon viele Jahre für die Londoner Polizei. Er hatte Müttern von toten Kindern berichtet und Ehefrauen von ermordeten Männern. Er war vor unzähligen Türen gestanden, um schlechte Nachrichten zu überbringen, und hatte miterlebt, wie die Angehörigen vor Schock erst erstarrten und dann zusammenbrachen. Trotzdem hatte er ein flaues Gefühl im Magen, weil er Louise Weller nun eröffnen musste, dass ihre Schwester ein Doppelleben geführt hatte. So albern das auch war, aber es kam ihm vor, als würde er einen Verrat begehen, indem er die tote Frau vor ihrer so streng klingenden Schwester bloßstellte.

»Wie sich allmählich herauskristallisiert«, begann er, »hat Ihre Schwester ein kompliziertes Leben geführt.«

Louise Weller verzog keine Miene und sagte auch nichts, sondern sah ihn nur abwartend an.

»Sie wissen davon nichts?«

»Ich habe keine Ahnung, wovon Sie sprechen.«

»Hat Mister Lennox Ihnen nichts erzählt?«

»Nein.«

»Demnach hatten Sie wohl auch nie den Verdacht, dass Ruth ein Geheimnis haben könnte, das sie vor ihrer Familie verbarg?«

»Sie werden mir schon sagen müssen, worauf Sie hinauswollen.«

»Sie hatte ein Verhältnis.«

Von Louise Weller kam keinerlei Reaktion. Karlsson fragte

sich schon, ob sie ihn überhaupt verstanden hatte. Schließlich erwachte sie aus ihrer Erstarrung.

»Gott sei Dank musste unsere Mutter das nicht mehr erleben!«

»Sie hatten keine Ahnung?«

»Natürlich nicht! Ihr war bestimmt klar, was ich davon gehalten hätte.«

»Was hätten Sie denn davon gehalten?«

»Eine verheiratete Frau! Mit drei Kindern! Sehen Sie sich doch dieses schöne Haus an. Sie hat ihr Glück gar nicht zu schätzen gewusst.«

»Wie meinen Sie das?«

»Die Leute sind heutzutage so egoistisch. Sie stellen ihre persönlichen Bedürfnisse über ihre Verantwortung.«

»Ihre Schwester ist tot«, entgegnete Karlsson in sanftem Ton. Er hatte plötzlich das Gefühl, Ruth Lennox verteidigen zu müssen, auch wenn er selbst nicht recht wusste, warum.

Der Säugling wachte auf, verzog das Gesicht und stieß ein mitleiderregendes Japsen aus. Louise Weller nahm ihn hoch, knöpfte seelenruhig ihre Bluse auf und legte ihn an die Brust, wobei sie Karlsson einen herausfordernden Blick zuwarf, als käme es ihr gerade recht, wenn er es wagen sollte, etwas dagegen zu sagen.

»Lassen Sie uns also über diesen konkreten Fall reden«, schlug Karlsson vor, während er versuchte, weder auf die nackte Brust zu starren noch allzu krampfhaft in eine andere Richtung zu sehen, »über Ihre ermordete Schwester Ruth, die eine Affäre hatte. Davon haben Sie also nichts gewusst?«

»Nein.«

»Sie hat nie etwas zu Ihnen gesagt, das Sie, rückblickend betrachtet, auf den Gedanken hätte bringen können, dass da etwas am Laufen war?«

»Nein.«

»Sagt Ihnen der Name Paul Kerrigan etwas?«

»Heißt der Kerl so? Nein, diesen Namen habe ich noch nie gehört.«

»Haben Sie je irgendwelche Anzeichen dafür bemerkt, dass Ihre Schwester Eheprobleme hatte?«

»Ruth und Russell waren immer ein Herz und eine Seele.«

»Sie hatten nie den Eindruck, dass etwas nicht stimmte?«

»Nein.«

»Demnach ist Ihnen auch nie aufgefallen, dass Mister Lennox ein Alkoholproblem hat?«

»Was? Russell? Ein Alkoholproblem?«

»Ja. Sie haben davon nichts mitbekommen?«

»Nein! Ich habe ihn noch nie betrunken erlebt. Aber man hört ja immer, dass das eigentliche Problem die *heimlichen* Trinker sind.«

»Und Sie haben rückblickend auch nicht das Gefühl, dass er Bescheid wusste?«

»Nein.« Ihre Augen glänzten. Sie wischte sich an ihrer Schürze die Hände ab. »Aber ich frage mich, warum er es mir nicht erzählt hat, als er davon erfuhr.«

»Es ist nicht so leicht, über so etwas zu sprechen«, meinte Karlsson.

»Wissen seine Kinder Bescheid?«

»Ja.«

»Trotzdem haben sie sich mir nicht anvertraut. Die Ärmsten. So etwas über die eigene Mutter zu erfahren!« Sie musterte Karlsson voller Abscheu. »In Ihrem Beruf müssen Sie sich ja fühlen, als würden Sie einen Stein nach dem anderen aufheben, um die Leute damit zu bewerfen. Ich weiß nicht, wie Sie das fertigbringen.«

»Irgendjemand muss es ja tun.«

»Es gibt Dinge, über die man besser nichts weiß.«

»Wie die Affäre Ihrer Schwester, meinen Sie?«

»Ich nehme an, nun wird die ganze Welt davon erfahren.«

»Ich fürchte, da haben Sie recht.«

Nachdem Karlsson in seine Wohnung zurückgekehrt war, räumte er das letzte bisschen Unordnung auf, das seine Kinder hinterlassen hatten. Er konnte gar nicht mehr nachvollziehen, dass er sich je darüber aufgeregt hatte. Inzwischen erfüllte es ihn nur noch mit wehmütiger Zärtlichkeit: die winzigen Plastikfiguren in den Ritzen des Sofas, die nassen Schwimmsachen auf dem Badezimmerboden, die in den Teppich getretenen Pastellkreiden. Er zog die Betten der beiden ab, steckte die Bettwäsche in die Waschmaschine und tippte anschließend, bevor er es sich anders überlegen konnte, Friedas Nummer. Am anderen Ende der Leitung meldete sich eine Stimme, die er zunächst nicht erkannte.

»Hallo. Mit wem spreche ich?«

»Chloë.« Im Hintergrund war so lautes Geklopfe zu hören, dass er sie kaum verstand. »Und wer sind Sie?«

»Malcolm Karlsson«, erklärte er förmlich.

»Der Detective.«

»Ja.«

»Soll ich Frieda holen?«

»Nein, nicht nötig. Es ist nicht so eilig.«

Nachdem er aufgelegt hatte, kam er sich einen Moment vor wie ein Narr. Dann tippte er eine andere Nummer.

»Hallo, Sadie am Apparat.«

»Hier ist Mal.«

Sadie war die Cousine eines Freundes von Karlsson. Im Lauf der Jahre war er ihr ein paarmal begegnet, zusammen mit seiner Frau oder Sadies gerade aktuellem Freund. Das letzte Mal hatten sie sich ein paar Wochen zuvor bei einem Essen getroffen. Damals waren sie beide ohne Begleitung gewesen und zufällig zur selben Zeit aufgebrochen. Bei der Gelegenheit hatte Sadie vorgeschlagen, sich doch mal auf einen Drink zu treffen.

»Darf ich dich wie besprochen auf einen Drink einladen?«, fragte er nun.

»Was für eine wunderbare Idee«, antwortete sie. Jetzt wusste er wieder, was ihm an ihr immer so gut gefallen hatte: ihre ehrlich zum Ausdruck gebrachte Begeisterung und ihre unverhohlene Sympathie für ihn. »An wann hattest du denn gedacht?«

»Wie wär's mit jetzt gleich?«

»Jetzt gleich!«

»Aber du bist wahrscheinlich beschäftigt.«

»Wie es der Zufall so will, hätte ich sogar Zeit. Ich habe mich nur gerade gefragt, ob ich mir nicht noch die Haare waschen sollte.«

Er musste lachen. Schlagartig besserte sich seine Stimmung.

»Es ist ja kein Vorstellungsgespräch.«

Sie trafen sich in einem Weinlokal in Stoke Newington und tranken zusammen eine Flasche Weißwein. Alles war ganz einfach. Er fand, dass ihr Haar schön aussah, und ihm gefiel auch die Art, wie sie ihn anlächelte und zu seinen Worten bestätigend nickte. Sie war in helle, zarte Stofflagen gehüllt und hatte sich die Lippen geschminkt. Ein Hauch von ihrem Parfüm stieg ihm in die Nase. Wenn sie sprach, legte sie ihm die Hand auf den Arm und beugte sich zu ihm hinüber. Er spürte ihren Atem an seiner Wange und registrierte, wie groß ihre Pupillen in dem schummrigen Licht wirkten.

Hinterher fuhren sie zu ihr, weil er nicht in seine Wohnung wollte, obwohl die näher lag. Sie entschuldigte sich für die Unordnung, die ihn aber gar nicht störte. Er war vom Wein benommen und müde und hatte nur noch den Wunsch, endlich mal ein bisschen loszulassen.

Sie nahm eine bereits geöffnete Weißweinflasche aus dem Kühlschrank und schenkte ihnen beiden ein Glas ein. Erwartungsvoll wandte sie ihm das Gesicht zu, woraufhin er sich über sie beugte und sie küsste. Während sie sich auszogen, musste er die ganze Zeit daran denken, wie lange er das schon nicht mehr getan hatte. Er schloss die Augen und genoss es, sie zu spüren – ihre weiche Haut, ihren Duft. Ging das wirklich so leicht?

Paul Kerrigan war nicht direkt betrunken, aber nach drei Bierchen auf fast leeren Magen – mittags hatte er nur ein Käsesandwich gegessen, und das nicht mal ganz – fühlte er sich ein wenig benebelt. Rein theoretisch war er auf dem Heimweg, aber eigentlich wollte er gar nicht nach Hause. Vor seinem geistigen Auge sah er das schmale, traurige Gesicht seiner Frau und die feindseligen, verächtlichen Blicke seiner Söhne. Er kam sich in seinem eigenen Haus inzwischen vor wie ein Fremder, ein verhasster Eindringling. Deswegen ging er nur ganz langsam und spürte bei jedem Schritt das Gewicht seines schweren Körpers, das Pochen des Blutes in seinem schmerzenden Kopf. Nach allem, was passiert war, musste er endlich wieder Ordnung in sein Leben bringen, aber an diesem Abend kam ihm jede Bewegung anstrengend vor, und er konnte keinen klaren Gedanken fassen, sein Gehirn fühlte sich an wie Matsch.

Vor einem Monat hatte Ruth noch gelebt, ging ihm durch den Kopf, Elaine hatte von nichts gewusst, und seine Söhne waren noch voller Zuneigung für ihn gewesen. Wehmütig erinnerte er sich an ihre liebevollen Neckereien. Nun aber wurde ihm jeden Morgen, wenn er aufwachte, von Neuem bewusst, dass jenes frühere Leben vorbei war.

Er erreichte seine Straße und blieb einen Moment stehen. Schlagartig wurde es laut, das Pub an der Ecke entließ eine Schar angeheiterter Gäste hinaus auf den Gehsteig. Deswegen hörte er die Schritte hinter sich nicht und konnte sich auch nicht mehr rechtzeitig umdrehen, um zu sehen, wer da etwas Schweres auf seinen Hinterkopf donnern ließ, woraufhin er schwankend zu Boden ging und auf der Straße landete. Der nächste Schlag traf ihn am Rücken. Er musste daran denken, wie weh ihm das später tun würde – genau wie seine Wange, die er sich böse aufgeschürft hatte, als er vorhin so unsanft über den Asphalt geschrammt war. Er schmeckte Blut und hatte außerdem Steinchen im Mund. Trotz des Tosens in seinem Kopf hörte er die Stimmen der Kneipengäste, wenn auch nur wie ein entferntes Rauschen. Er wollte um Hilfe rufen, doch seine Zunge war geschwollen, und es erschien ihm einfacher, die Augen zu schließen und zu warten, bis die Schritte sich schließlich entfernten.

Mühsam rappelte er sich hoch und schwankte die Straße entlang bis zu seiner Haustür. Da ihm seine Finger nicht gehorchten und er den Schlüssel einfach nicht zu fassen bekam, klopfte er so lange, bis Elaine ihm endlich aufmachte. Einen Moment lang starrte sie ihn an, als stünde sie einem Ungeheuer oder einem Wahnsinnigen gegenüber. Dann schlug sie voller Entsetzen die Hand vor den Mund. Es war eine Geste wie aus einem Comic, die Paul früher bestimmt lustig gefunden hätte – in seinem friedlichen alten Leben.

»Ich war es nicht.« Russell Lennox hatte blutunterlaufene Augen und verströmte den abgestandenen Geruch von Alkohol. Seit sein Flaschenversteck im Gartenschuppen entdeckt worden war, hatte er wohl erst so richtig zu trinken begonnen – fast als hätte er sich nun, da sein Geheimnis gelüftet war, die Erlaubnis dazu erteilt.

»Es wäre ja nur verständlich, wenn …«

»Ich habe nichts getan. Ich war hier. Allein.«

»Kann das jemand bestätigen?«

»Ich habe Ihnen doch gesagt, dass ich hier war.«

»Sie scheinen schon so einiges intus zu haben.«

»Ist das verboten?«

»Der Mann, der ein Verhältnis mit Ihrer Frau hatte, wurde keine zehn Minuten von Ihrem Haus entfernt übel zusammengeschlagen.«

»Damit musste er rechnen. Aber ich war es nicht. Ich war es nicht.«

Letzteres wiederholte er immer wieder, während Dora, deren Gesicht in der Dunkelheit klein und bleich wirkte, durchs Treppengeländer zu ihm hinunterspähte.

Frieda lag im Bett und versuchte zu schlafen. Eine Weile lag sie ganz gerade auf dem Rücken und starrte zur Decke empor, dann drehte sie sich auf die Seite, legte ihr Kissen anders hin und schloss die Augen. Der Kater schlief unten bei ihren Füßen. Sie stellte sich eine friedliche Landschaft vor, einen Fluss, der flach über Kieselsteine dahinströmte, aber das Wasser schlug Blasen, und vom Boden stiegen die vertrauten Gesichter auf. In den schlammigen Tiefen ihres Geistes regten sich unruhige Gedanken. Ihr Körper schmerzte.

Es hatte keinen Sinn. Unten hörte sie Chloë, die per Skype mit jemandem sprach, und zwar schon seit einer Ewigkeit, noch dazu phasenweise sehr laut und lebhaft. Hin und wieder bekam sie einen Lachanfall. Oder weinte sie etwa? Frieda sah auf ihre Uhr. Es war fast schon eins, Chloë musste morgen in die Schule, und sie selbst hatte auch einen ganzen Tag durchzustehen. Seufzend stand sie auf, schob einen Moment die Vorhänge zur Seite, um einen Blick auf den Halbmond zu werfen, und stieg dann die Treppe hinunter.

Schuldbewusst blickte Chloë von ihrem Computer auf. Vom Bildschirm starrte Frieda das spitze Jungengesicht von Ted Lennox entgegen. Sie trat einen Schritt zurück, außer Sichtweite. »Ich wusste nicht, dass du noch wach bist«, meinte Chloë.

»Ich würde lieber schlafen.«

»Ich muss unbedingt noch mit Ted reden.«

»Du hast ziemlich laut gesprochen. Außerdem glaube ich, dass es für dich Zeit ist, ins Bett zu gehen.«

»Ich bin noch gar nicht müde.«

»Geh ins Bett, Chloë. Du hast morgen Schule.« Frieda trat wieder vor, so dass sie Ted sehen konnte, und er sie. »Du auch, Ted.«

»Kann ich vorher noch eine Tasse Tee haben? Mit ganz wenig Milch.«

»Das ist hier kein Hotel.«

»Tut mir leid.« Chloë klang aber nicht so, als täte es ihr leid. Sie schnitt eine Grimasse in Teds Richtung und hob dabei übertrieben die Augenbrauen.

»Nimm deine Sachen mit nach oben, und fass in meinem Arbeitszimmer nur ja nichts an.«

Frieda kehrte in ihr Zimmer zurück, legte sich aber noch eine ganz Weile nicht ins Bett. Stattdessen stand sie am Fenster und blickte in die Nacht hinaus.

32

Als Karlsson aufwachte, wusste er erst nicht so recht, wo er war. Er drehte sich um, spürte die Wärme, sah ein Stück von einer Schulter und dachte einen Moment lang: Sie ist zurückgekommen. Dann fiel es ihm wieder ein, gleichzeitig wurde ihm ganz flau im Magen, und es war, als wäre jede Farbe aus der Welt gewichen. Benommen tastete er nach seiner Uhr, bis er schließlich feststellte, dass sie sich noch an seinem Handgelenk befand. Es war zwanzig vor sechs. Er ließ sich zurück ins Bett sinken. Neben ihm murmelte Sadie irgendetwas, das er nicht verstand. War es nicht genau das, was er sich gewünscht hatte? Etwas Unkompliziertes, Liebevolles, Wohltuendes? Ausgehend von seinem Kopf, breitete sich ein schmerzhaftes Ziehen durch seinen ganzen Körper aus. Er verspürte eine ungeheure, lähmende Müdigkeit. Ganz behutsam schob er sich aus dem Bett und begann sich anzuziehen.

»Du brauchst nicht wegzulaufen«, sagte Sadie hinter ihm.

Er drehte sich um. Sie hatte sich ihm zugewandt und auf einen Ellbogen gestützt. Ihr Gesicht sah noch ein bisschen verschlafen aus.

»Ich könnte dir ein Frühstück machen«, bot sie an.

Ihr Blick wirkte liebevoll, aber auch ein wenig besorgt.

»Ich muss echt los«, erklärte Karlsson, »zuerst zu mir nach Hause, mich umziehen, und dann in die Arbeit. Ich muss mich wirklich sputen.«

»Wenigstens einen Tee oder Kaffee kann ich dir doch machen.«

»Das ist schon in Ordnung.«

Karlsson empfand plötzlich solche Panik, dass ihm fast die Luft wegblieb. Rasch schlüpfte er in seine Hose, hatte dabei aber das Gefühl, schrecklich lange zu brauchen, bis er den Gürtel endlich zubekam. Gleichzeitig spürte er, dass Sadie ihn beobachtete wie eine Figur in einer nicht allzu lustigen Farce. Mühsam kämpfte er sich in seine Schuhe, die ihm an diesem Tag zu klein für seine Füße erschienen. Als er schließlich nach seiner Jacke griff und sich wieder zu Sadie umwandte, lag sie noch genauso da wie zuvor.

»Sadie, es tut mir leid, ich ...«

»Schon gut.«

Sie drehte sich von ihm weg und zog die Bettdecke so weit hoch, dass nur noch ihr Hinterkopf zu sehen war. Sein Blick fiel auf ihren BH, der am Fußende des Betts lag. Er stellte sich vor, wie sie ihn am Vortag morgens angezogen hatte, ohne zu ahnen, unter welchen Umständen sie ihn abends ausziehen würde. Aus einem plötzlichen Impuls heraus hätte er sich am liebsten aufs Bett gesetzt und Sadie alles erzählt – ihr erklärt, was er empfand und warum das Ganze ein Fehler gewesen war, warum sie beide nicht zusammenpassten und er zu überhaupt niemandem passte. Aber das wäre ihr gegenüber nicht fair gewesen. Er hatte schon genug Unheil angerichtet.

Als er auf die ruhige Straße hinaustrat, war zwar gedämpfter Verkehrslärm zu hören, ansonsten aber umgab ihn hauptsächlich Vogelgesang, blauer Himmel und Morgensonne. Das fühlte sich alles nicht richtig an. Seiner Stimmung nach hätte es ein Regentag sein müssen, grau und kalt.

Frieda saß an ihrem Küchentisch, während Josef Wasser aufsetzte, Kaffee mahlte und die Überreste von Chloës Frühstück abspülte. Das Gute an Josef war unter anderem – denn in ihrer momentanen Misere musste sie sich an alles Positive klammern –, dass sie in seiner Gegenwart keine Konversation zu machen brauchte. Sie konnte einfach dasitzen und vor sich hinstarren. Schließlich reichte er ihr eine Kaffeetasse und gesellte sich mit der seinen zu ihr an den Tisch.

»Helfen ist schwer«, begann er. »Es gibt einen ukrainischen Witz über drei Leute, die einer alten Frau über die Straße helfen. Eine andere Person fragt, warum man dafür drei Leute braucht. Da antworten sie: weil die alte Dame gar nicht über die Straße will.« Er sah Frieda an und trank einen Schluck von seinem Kaffee. »Auf Ukrainisch ist das lustig.«

»Wie ist denn bei uns der Stand der Dinge?«, erkundigte sich Frieda.

»Heute werde ich fertig, und wenn ich mich dafür umbringen muss. Am Abend kannst du ein Bad in deiner schönen neuen Wanne nehmen.«

»Gut.«

»Und Chloë? Bleibt sie hier?«

»Das weiß ich noch nicht«, antwortete Frieda. »Ich muss erst mal in Erfahrung bringen, was da los ist. Wir werden sehen.«

Josef betrachtete Frieda mit besorgter Miene.

»Du bist gar nicht wütend«, stellte er fest. »Du solltest wütend sein.«

»Wie meinst du das?«

Josef machte eine ausladende Handbewegung.

»Ich habe versucht, dir mit der neuen Badewanne etwas Gutes zu tun, aber es ist schwierig zu helfen. Ich habe alles nur noch schlimmer gemacht.«

»Das war nicht deine Schuld …«

»Doch. Erst hat es so lange gedauert, bis die Wanne kam, dann war sie kurz da, dann war sie wieder weg. Und am Ende hattest du nicht mal mehr Strom.«

»Also *das* war richtig ärgerlich.«

»Du brauchst Hilfe, und ich mache alles noch schlimmer, und jetzt ist auch noch Chloë da. Ich habe gesehen, wie es oben zugeht. Dein ganzes Arbeitszimmer ist voll von ihrem Zeug.«

»Wirklich? O Gott, ich war noch gar nicht oben. Ist es schlimm?«

»Ja, sehr schlimm. Über alle deine Dinge sind ihre Sachen und Klamotten verteilt. Und Kerngehäuse von Äpfeln. Nasse Handtücher. Tassen, in denen bald was wachsen wird. Aber wie ich gerade gesagt habe: Du solltest wütend sein. Du solltest dich wehren.«

»Ich bin nicht wütend, Josef. Oder vielleicht bin ich zu müde, um wütend zu sein.« Sie verfiel wieder einen Moment in Schweigen. »Aber das Bad sollte bis heute Abend wirklich fertig sein, sonst …«

Ein Klingelton ließ sie verstummen. Es dauerte einen Augenblick, bis Frieda begriff, dass es sich um ihr eigenes Handy handelte. Das Geräusch kam aus ihrer Jacke, die über einem Stuhl hing. Hektisch suchte sie in allen Taschen, bis sie schließlich fündig wurde und ranging. Eine Frauenstimme meldete sich.

»Spreche ich mit Frieda Klein?«

»Ja.«

»Hier ist Agnes Flint.«

Sobald Jim Fearby das Foto sah, war ihm klar, dass er sie von seiner Liste streichen konnte. Clare Boyle war ein Mädchen mit rundem Gesicht und zotteligem blondem Haar – oder war es zumindest mal gewesen. Ihre Mutter hatte ihm einen Platz angeboten, ihm Tee und Kuchen gebracht und dann eine Handvoll Fotos aus einer Schublade hervorgeholt. Valerie Boyle nahm ihm gegenüber auf einem Sessel Platz und sprach darüber, wie schwierig ihre Tochter immer gewesen sei.

»Ist sie jemals von zu Hause weggelaufen?«, wollte Fearby wissen.

»Sie ist an die falschen Freunde geraten«, antwortete Valerie. »Manchmal blieb sie die ganze Nacht weg, manchmal sogar mehrere Tage. Wenn ich mich dann aufregte, flippte sie völlig aus. Ich konnte nichts tun.«

Fearby klappte sein Notizbuch zu. Eigentlich hätte er jetzt gehen können, musste aber wenigstens so lange bleiben, dass es nicht unhöflich wirkte. Nachdenklich betrachtete er Valerie Boyle. Er hatte das Gefühl, die Mütter inzwischen in zwei Gruppen einteilen zu können. Manche litten unter ihrem Kummer wie unter einer chronischen Krankheit. Sie wurden davon ganz grau, feine Furchen gruben sich in ihr Gesicht, und in ihre Augen trat ein leerer Ausdruck, als existierte nichts mehr, was sich anzuschauen lohnte. Aber es gab auch Frauen wie die, die gerade vor ihm saß. Valerie Boyle hatte etwas Schreckhaftes an sich, eine Art wachsame Bereitschaft, vor einem Schlag zurückzuweichen, der jeden Moment kommen konnte – als befände sie sich in einer heiklen Situation, bei der jederzeit damit zu rechnen war, dass sie eine hässliche Wendung nahm.

»Gab es zu Hause Probleme?«, fragte Fearby.

»Nein, nein«, erwiderte sie schnell, »höchstens manchmal mit ihrem Dad, der konnte hin und wieder ein bisschen grob werden, aber wie ich schon gesagt habe, sie war schwierig. Dann ist sie einfach verschwunden. Die Polizei hat deswegen nie viel unternommen.«

Fearby fragte sich, ob es nur zu Gewalttätigkeiten gekommen war oder auch zu Sex. Und die Frau vor ihm – hatte sie lediglich danebengestanden und zugesehen, wie es passierte? Am Ende blieb dem Mädchen wohl keine andere Wahl, als zu fliehen. Vermutlich hielt sie sich irgendwo in London auf, eine unter Tausenden von jungen Leuten, die einfach von zu Hause flüchteten, auf welche Art auch immer. Vielleicht war sie mit einem der »falschen Freunde« zusammen, von denen ihre Mutter gesprochen hatte. Fearby wünschte ihr insgeheim Glück.

Als Fearby dann aber auf das kleine Wohngebiet gleich außerhalb von Stafford zufuhr, wusste er instinktiv, dass er dort auf etwas stoßen würde. Obwohl die Siedlung nur ein paar Fahrminuten vom Ort entfernt war, lag sie bereits in einer halb ländlichen Gegend, umgeben von unbebauten, mit Buschwerk bewachsenen Flächen, Fußballplätzen und Waldstücken. Er sah Schilder, die auf Fußwege hinwiesen. Das alles passte schon eher ins Bild. Daisy Logans Mutter wollte ihn erst gar nicht ins Haus lassen. Sie sprach durch einen Türspalt mit ihm, ohne die Kette zu lösen. Fearby erklärte ihr, er sei Journalist und wolle herausfinden, was mit ihrer Tochter passiert sei. Er werde sie nicht lange aufhalten, fügte er hinzu, doch sie blieb stur. Sie beharrte darauf, nicht darüber reden zu wollen. Es sei nun schon sieben Jahre her, die Polizei habe aufgegeben, den Fall längst ad acta gelegt.

»Nur ein paar Minuten«, drängte Fearby. »Eine Minute.«

»Was wollen Sie?«

Fearby erhaschte einen Blick auf dunkle, kummervolle Augen. Obwohl er inzwischen daran gewöhnt war, hatte er doch manchmal das ungute Gefühl, dass er die Leute in die Enge trieb und alte Wunden aufriss. Aber was blieb ihm anderes übrig?

»Ich habe das von Ihrer Tochter gelesen«, erklärte er. »Ein tragischer Fall. Mich würde interessieren, ob es irgendwelche Vorzeichen gab. War sie unglücklich? Hatte sie Probleme in der Schule?«

»Daisy ging sehr gern zur Schule«, antwortete die Frau. »Sie war gerade erst in die Abschlussklasse gekommen. Sie wollte Tierärztin werden.«

»Wie war ihre Stimmung?«

»Möchten Sie von mir wissen, ob Daisy von zu Hause weggelaufen ist? Die Woche nachdem sie … sie wäre auf Klassenfahrt gegangen. Sie hatte sechs Monate lang nebenbei gearbeitet, um sich das Geld dafür zusammenzusparen. Wissen Sie, mein Mann ist auch zu Hause. Er ist arbeitsunfähig. Das Ganze hat ihm das Genick gebrochen. Bis heute machen wir uns die größten Vorwürfe. Wir lassen den betreffenden Abend immer wieder Revue passieren. Sie wollte damals nur auf einen Sprung zu ihrer besten Freundin rüberschau'n und hat wie üblich eine Abkürzung über den Anger genommen. Wenn wir sie doch nur gefahren hätten! Wir spulen den Abend immer wieder ab.«

»Sie sollten sich nicht die Schuld geben.«

»Doch, das sollten wir.«

»Es tut mir so leid«, fuhr Fearby fort, »aber haben Sie vielleicht ein Foto?«

»Ich kann Ihnen keines geben«, erwiderte die Frau. »Wir haben damals mehreren Journalisten welche ausgehändigt, und auch der Polizei. Wir haben sie nie zurückbekommen.«

»Ich möchte nur einen Blick darauf werfen.«

»Moment«, sagte die Frau.

Er stand vor der Tür und wartete. Nach einer Weile hörte er, wie die Kette gelöst wurde. Die Frau reichte ihm ein Foto. Er betrachtete das Mädchen, ein junges, aufgewecktes Gesicht. Wie immer musste er daran denken, was sie erwartet hatte – was dieses Gesicht erleiden musste. Er registrierte das dunkle Haar und die Augenpartie, die dieses besondere Etwas aufwies. Die Mädchen sahen aus, als wären sie Schwestern, irgendwie vom selben Schlag. Er holte sein Telefon heraus.

»Ist das in Ordnung?«, fragte er.

Die Frau zuckte nur mit den Achseln. Nachdem er die Aufnahme mit seinem Handy abfotografiert hatte, reichte er sie der Frau zurück.

»Was werden Sie jetzt unternehmen?«, fragte sie. »Was werden Sie wegen unserer Daisy tun?«

»Ich versuche, möglichst viele Informationen zu sammeln«, antwortete Fearby. »Wenn ich auf etwas stoße, gebe ich Ihnen Bescheid.«

»Werden Sie Daisy finden?«

Fearby ließ sich mit seiner Antwort Zeit.

»Nein. Nein, ich glaube nicht.«

»Dann können Sie sich die Mühe sparen«, entgegnete die Frau und schloss die Tür.

Frieda war sehr gespannt darauf gewesen, die Frau kennenzulernen, die Rajit Singh das Herz gebrochen hatte, doch als Agnes Flint ihr die Wohnungstür aufmachte, dachte sie zuerst, sie habe sich in der Tür geirrt. Vor ihr stand eine junge Frau mit einem weichen, runden Gesicht, umrahmt von dichtem braunem Haar, das sie unordentlich nach hinten gestrichen hatte. Über ihrer Jeans trug sie einen schlichten schwarzen Pulli. Dass sie trotzdem nicht unscheinbar wirkte, verdankte sie ihren großen dunklen Augen und einem leicht ironischen Gesichtsausdruck. Frieda hatte das Gefühl, abschätzend gemustert zu werden.

»Ich weiß nicht so recht, was dieser Besuch soll«, erklärte sie.

»Geben Sie mir eine Minute«, antwortete Frieda.

»Dann kommen Sie mal besser rein. Ich wohne ganz oben.«

Frieda folgte ihr die Treppe hinauf.

»Von außen sieht es ein bisschen langweilig aus«, sagte Agnes über die Schulter, »aber warten Sie, bis Sie drin sind.«

Sie öffnete die Tür, und Frieda folgte ihr hinein. Sie traten in ein Wohnzimmer mit großen Fenstern an der Stirnseite. Frieda ließ den Blick schweifen.

»Jetzt weiß ich, was Sie meinen«, erklärte sie.

Die Wohnung ging auf ein Netzwerk von Eisenbahnschienen hinaus. Auf der anderen Seite befand sich ein Lagerhaus, und dahinter säumten ein paar Wohngebäude das Südufer der Themse.

»Manche Leute finden die Vorstellung, neben der Bahn zu wohnen, eher grauenerregend«, bemerkte Agnes, »aber mir gefällt es. Es ist, als würde man neben einem Fluss wohnen, auf dem seltsame Dinge vorbeiströmen. Außerdem sind die Züge ja weit genug weg. Die Pendler können nicht zu mir hereinstarren, wenn ich im Bett liege.«

»Mir gefällt es auch«, meinte Frieda. »Ich finde den Ausblick interessant.«

»Na, dann sind wir ja schon zwei.« Die junge Frau schwieg einen Moment. »Sie haben also mit dem armen alten Rajit gesprochen.«

»Warum nennen Sie ihn so?«

»Sie haben ihn ja kennengelernt. Es war nicht besonders lustig, mit ihm zusammen zu sein.«

»Er wirkte ein bisschen deprimiert.«

»Was Sie nicht sagen. Hat er Sie geschickt, damit Sie ein gutes Wort für ihn einlegen?«

»Sie sind wohl nicht im Guten auseinandergegangen?«

»Geht man denn jemals im Guten auseinander?« Draußen rumpelte es, und Agnes wandte den Kopf. Ein Zug fuhr vorbei. »In einer Stunde ist er in Brighton.«

Sie wandte sich wieder Frieda zu. »Darf ich Ihnen eine Frage stellen? Nachdem Sie sich schon extra auf den weiten Weg zu mir gemacht haben.«

»Nur zu.«

»Was wollen Sie hier? Ihr Anruf hat mich neugierig gemacht. Rajit hat Ihnen ja wahrscheinlich gesagt, dass er meine Entscheidung, die Beziehung zu beenden, nur schwer akzeptieren konnte. Er hat immer wieder angerufen und ist auch mehrmals hier aufgetaucht. Er hat mir sogar Briefe geschrieben.«

»Was stand da drin?«

»Ich habe sie ungeöffnet weggeworfen. Deswegen war ich irgendwie überrascht, als Sie anriefen. Ich habe mich gefragt, ob er jetzt schon andere Frauen als Botinnen losschickt, sozusagen als Brieftauben. Sind Sie eine Freundin von ihm?«

»Nein, ich bin ihm nur zweimal kurz begegnet.«

»Was sind Sie dann?«

»Psychotherapeutin.«

»Hat er sich als Patient an Sie gewandt?«

»Nicht direkt.«

Einen Moment lang schwiegen sie. Dann breitete sich plötzlich ein Lächeln auf Agnes' Gesicht aus. Ihr war gerade ein Licht aufgegangen.

»Jetzt weiß ich, wer Sie sind! Sie sind diejenige welche, nicht wahr?

»Kommt darauf an, was Sie mit ›diejenige welche‹ meinen.«

»Warum sind Sie hier? Gehört das zu irgendeinem komplizierten Rachefeldzug?«

»Nein.«

»Verstehen Sie mich nicht falsch. Ich urteile nicht über Sie. Wenn jemand mich auf diese Weise zum Narren gehalten hätte, würde ich die Betreffenden kreuzigen.«

»Aber deswegen bin ich nicht hier.«

»Nein? Warum dann?«

»Es geht um etwas, das Rajit gesagt hat.« Frieda sah sich selbst plötzlich von außen: wie sie eine Person nach der anderen abklapperte und jedes Mal eine bruchstückhafte Geschichte vortrug, die zunehmend aus ihrem ursprünglichen Kontext losgelöst schien – eine Szene, die ihr einfach nicht aus dem Kopf ging. Sie sollte endlich damit aufhören, ermahnte sie sich selbst, und stattdessen in ihr altes Leben zurückkehren. Plötzlich aber spürte sie den Blick von Agnes Flint, die auf ihre Antwort wartete.

»Rajit war nicht der auf mich angesetzte Student«, erklärte sie, »das war ein anderer. Aber die vier erzählten alle die gleiche Geschichte – eine, die den Eindruck erwecken sollte, als ginge von ihnen eine klare Bedrohung aus.«

»Ja, ich habe darüber gelesen.«

»In dieser Geschichte kam ein faszinierendes Detail vor, das laut Rajit ursprünglich von Ihnen stammte.«

»Von mir? Das verstehe ich jetzt nicht.«

»Es ging darum, dass er seinem Vater die Haare geschnitten hatte – beziehungsweise, dass Sie Ihrem Vater die Haare geschnitten hatten, falls die Geschichte tatsächlich von Ihnen kam und er sie nur für seine Zwecke abgewandelt hat.«

»Wie bitte?«

»Laut Rajit haben Sie dabei ein Gefühl von Macht und Zärtlichkeit empfunden.«

»Damit kann ich jetzt überhaupt nichts anfangen.«

»Er hat gesagt, Sie hätten ihm die Geschichte im Bett erzählt, während Sie ihm übers Haar streichelten und dann meinten, es gehöre geschnitten.«

»Ach ja, stimmt, jetzt weiß ich es wieder. Und weiter?«

»Und weiter?« Darauf wusste Frieda keine Antwort. Resigniert sagte sie: »Dann war das also nur irgendeine Erinnerung, die Ihnen in den Sinn kam? Ohne jede tiefere Bedeutung?«

»Es war keine Erinnerung von mir.«

»Wie meinen Sie das?«

»Eine Freundin hat es mal erzählt. Diese Haarschneidegeschichte stammt nicht von mir, sondern von ihr. Ich bin mir allerdings nicht sicher, ob es dabei wirklich um ihren Vater ging. Vielleicht war auch von ihrem Freund oder Bruder die Rede oder einfach von irgendeinem Bekannten. Das habe ich vergessen. Ich weiß nicht mal mehr, warum ich mich überhaupt daran erinnere – es war nur eine kleine Episode, und das Ganze ist schon Jahre her. Trotzdem ist es mir irgendwie im Gedächtnis hängen geblieben. Was für eine seltsame Vorstellung, dass Rajit das in seine Lügengeschichte geschrieben hat und es auf diese Weise bei Ihnen gelandet ist.«

»Stimmt«, antwortete Frieda nachdenklich. »Demnach hat es Ihre Freundin also Ihnen erzählt, und Sie haben es Rajit weitererzählt.«

»Zumindest eine Version davon.«

»Verstehe.«

Agnes musterte Frieda prüfend. »Warum um alles in der Welt interessiert Sie das?«

»Wie heißt Ihre Freundin?«

»Das sage ich Ihnen erst, wenn Sie meine Frage beantwortet haben: Warum ist das für Sie wichtig?«

»Ich weiß es nicht. Wahrscheinlich ist es überhaupt nicht wichtig.« Frieda sah in die klugen, blitzenden Augen der jungen Frau. Agnes war ihr sehr sympathisch. »Die Wahrheit ist, dass es mir einfach keine Ruhe lässt. Ich weiß selbst nicht, warum, aber ich habe das Gefühl, dass ich dem Faden folgen muss.«

»Dem Faden?«

»Ja.

»Lila Dawes. Eigentlich heißt sie Lily, aber so hat sie nie jemand genannt.«

»Danke. Wie lange sind Sie schon befreundet?«

»Wir sind nicht mehr befreundet – wir waren es. Lila und ich sind zusammen zur Schule gegangen. Damals waren wir beste Freundinnen.« Sie lächelte wieder auf diese leicht ironische Weise. »Sie war ein bisschen wild, aber niemals böse. Nachdem sie mit sechzehn die Schule geschmissen hatte, sind wir noch eine Weile in Kontakt geblieben, allerdings nicht lange. Unser Leben verlief ab da so unterschiedlich. Mein Weg führte in die eine Richtung, und der ihre … nun ja, sie war eigentlich auf gar keinem Weg mehr.«

»Haben Sie eine Ahnung, was aus ihr geworden ist?«

»Nein, keinen blassen Schimmer.«

»Wo sind Sie zur Schule gegangen?«

»Unten bei Croydon, in die John-Hardy-Schule.«

»Sind Sie beide in Croydon aufgewachsen?«

»Kennen Sie die Gegend?«

»Nein, überhaupt nicht.«

»Wir wohnten ganz in der Nähe von Croydon, praktisch im Nachbarort.«

»Können Sie sich an ihre Adresse erinnern?«

»Das ist schon seltsam. Ich weiß zwar nicht mehr, was letzte Woche war, aber an alles, was mit meiner Kindheit und Jugend zu tun hat, kann ich mich noch ganz genau erinnern. Ledbury Close, Hausnummer acht. Haben Sie vor, nach ihr zu suchen?«

»Ich glaube schon.«

Agnes nickte langsam. »Das hätte ich selbst schon längst tun sollen«, sagte sie. »Ich frage mich oft, wie es ihr wohl geht.«

»Sie befürchten, es könnte ihr nicht gut gehen?«

»Als ich sie das letzte Mal gesehen habe, befand sie sich in recht schlechter Verfassung.« Frieda wartete, bis Agnes weitersprach. »Sie war von zu Hause weg und hatte ein Drogenproblem.« Agnes schauderte. »Sie sah ziemlich schlecht aus, mager und pickelig. Ich weiß nicht, woher sie das Geld für das Zeug hatte. Einer geregelten Arbeit ging sie damals nämlich nicht nach. Ich hätte mehr für sie tun sollen, oder?«

»Keine Ahnung.«

»Sie steckte in Schwierigkeiten, das lag auf der Hand, und trotzdem wäre ich am liebsten so weit wie möglich weggelaufen – als wäre das Ganze ansteckend. Ich habe versucht, den Gedanken an sie zu verdrängen. Eine tolle Freundin.«

»Immerhin haben Sie sich an diese Geschichte erinnert und sie weitergegeben.«

»Ja. Ich sehe sie jetzt wieder richtig vor mir – das schiefe Grinsen, mit dem sie mir das damals erzählte.«

»Wie hat sie denn ausgesehen, als Sie beide zusammen zur Schule gingen?«

»Klein und dünn. Sie hatte langes, dunkles Haar, das ihr immer in die Augen fiel, und ein unglaubliches Lächeln. Es hat sich über ihr ganzes Gesicht ausgebreitet. Irgendwie sah sie umwerfend aus, wenn auch auf eine sehr besondere Art. Sie hatte etwas von einem Äffchen, aber auch von einem Straßenkind und trug immer sehr ausgefallene Klamotten, die sie in irgendwelchen Secondhandläden fand. Die Jungs waren alle hin und weg von ihr.«

»Hat sie Familie?«

»Ihre Mum ist schon früh gestorben, als Lila noch ein kleines Mädchen war. Vielleicht wäre ihr Leben anders gelaufen, wenn sie eine Mutter gehabt hätte. Ihr Vater war wunderbar. Er hieß Lawrence und liebte sie abgöttisch, konnte sie aber nicht bremsen – nicht einmal, als sie noch klein war. Außerdem hat sie noch zwei Brüder, Tony und Will, die etliche Jahre älter sind als sie.«

»Danke, Agnes. Wenn ich sie finde, lasse ich es Sie wissen.«

»Ich frage mich wirklich, was aus ihr geworden ist. Womöglich ist sie ja sesshaft geworden und mittlerweile eine brave Bürgerin, mit Kindern, Ehemann und Job. Auch wenn ich mir das bei ihr irgendwie nicht vorstellen kann. Was ich dann wohl zu ihr sagen würde?«

»Da würde Ihr Herz Ihnen schon was einflüstern.«

»Ja, dass ich sie im Stich gelassen habe. Aber seltsam ist es schon, wie das plötzlich alles wieder hochkommt – nur wegen so einer albernen Geschichte, die ich dem armen Rajit erzählt habe.«

Frieda – du hast weder auf meine letzten Anrufe noch auf meine Mails reagiert. Bitte lass mich wissen, dass alles in Ordnung ist. Sandy xxx

33

Frieda wanderte langsam nach Hause. Sie spürte, wie die Wärme in ihren Körper sickerte, und hörte das leise Tappen ihrer Schritte auf dem Gehsteig. Die Gesichter der Leute, die sich auf sie zu und dann an ihr vorbei bewegten, nahm sie nur verschwommen wahr. Sie sah sich selbst wie von außen. Die Gedanken, die ihr in den Sinn kamen, schienen zu einer anderen Person zu gehören. Frieda wusste, dass sie nach all den unruhigen Nächten und wirren Träumen einfach müde war.

Sie ging nicht schnurstracks heim, sondern bog ab, um sich eine Weile in Lincoln's Inn Fields niederzulassen, einer kleinen Grünanlage mit blühenden Obstbäumen und Beeten voller Tulpen, die gerade erst dabei waren, ihre Blütenkelche zu öffnen. Um die Mittagszeit saßen dort oft scharenweise Anwälte in schicken Anzügen und ließen sich ihr mitgebrachtes Essen schmecken. Doch nun war es ruhig, mal abgesehen von zwei jungen Frauen, die auf dem Tennisplatz am anderen Ende ein Match austrugen. Frieda lehnte sich mit dem Rücken an eine der alten Platanen, einen Baum mit gewaltigem Umfang und fleckiger Rinde. Sie schloss die Augen und hielt das Gesicht in die Sonnenstrahlen, die durch das Laub fielen. Vielleicht sollte sie Sandys Rat befolgen und nach New York ziehen, wo sie in Sicherheit wäre und mit dem Mann leben könnte, den sie liebte – und der ihre Liebe erwiderte und sie auf eine Weise kannte wie noch kein Mensch vor ihm. Doch dann wäre es ihr nicht mehr möglich, im Schatten dieses schönen alten Baums zu sitzen und zu genießen, wie der Tag langsam in den Abend überging.

Als sie sich schließlich wieder erhob, stand die Sonne bereits sehr tief, und die Luft wurde allmählich kühl. Sehnsüchtig dachte sie an ihre Badewanne. Da fiel ihr Chloë ein, und sie holte ihr Handy heraus.

Olivias Stimme klang brüchig. Frieda fragte sich, ob sie getrunken hatte.

»Ich nehme an, Chloë hat dir alle möglichen schrecklichen Lügen über mich erzählt.«

»Nein.«

»Du brauchst gar nicht so zu tun, als hättest du keine Ahnung. Keiner braucht so zu tun. Ich weiß genau, was ihr alle von mir denkt.«

»Keine Sorge, ich …«

»Was für eine schlechte Mutter. Was für eine Chaotin. Mit der wollen wir nichts mehr zu tun haben.«

»Jetzt lass es gut sein, Olivia!« Frieda hörte selbst, wie schroff und streng ihre Stimme klang. »Du hast ein Problem, über das du dich mal mit jemandem unterhalten musst, so viel ist klar. Aber ich rufe dich nicht an, weil ich nichts mehr mit dir zu tun haben will, sondern weil ich mit dir über Chloë sprechen will.«

»Sie hasst mich.«

»Nein, sie hasst dich nicht. Trotzdem ist es wahrscheinlich ganz gut, wenn sie mal ein paar Tage bei mir bleibt, bis du wieder in Ordnung bist.«

»Du redest, als wäre ich eine Sockenschublade.«

»Sagen wir, eine Woche.« Als sie an ihr ordentliches Heim dachte, ihren sicheren Hafen, wo nun Chloë mit ihrem Chaos und ihrem Hang zur Dramatik hauste, überfiel sie fast so etwas wie Panik. »Ich komme morgen Abend bei dir vorbei, dann können wir über alles reden und gemeinsam eine Art Aktionsplan aufstellen. Um halb sieben.«

Sie beendete das Gespräch und steckte das Handy wieder ein. Ihr eigener Plan für den vor ihr liegenden Abend war, ein sehr langes, sehr heißes Bad in ihrem neuen, bildschönen Badezimmer zu nehmen und dann ins Bett zu gehen, wo sie sich die Decke über den Kopf ziehen und all ihre quälenden Gedanken aussperren würde – in der Hoffnung, dass sie ausnahmsweise mal nichts träumte oder sich am nächsten Morgen zumindest nicht daran erinnerte.

Als sie ihr Haus betrat, lagen auf der Türmatte mehrere Paar schmutziger Schuhe, daneben ein Lederranzen und eine Jacke, die sie nicht kannte. Aus der Küche schlug ihr ein stechender Geruch entgegen. Irgendetwas verkokelte dort gerade, und der Rauchmelder schrillte derart durchdringend, dass Frieda das Gefühl hatte, als käme es aus dem Innern ihres Kopfes. Einen Moment spielte sie mit dem Gedanken, aus ihrem eigenen Haus zu flüchten und alles, was dort vorging, hinter sich zu lassen. Stattdessen stellte sie in der Diele den Rauchmelder ab und rief dann nach Chloë. Doch die reagierte nicht. Nur die Katze schoss plötzlich an ihr vorbei und die Treppe hinauf.

Die Küche war voller Qualm. Frieda sah, dass der Griff ihrer Bratpfanne bereits Blasen warf und seltsam verdreht wirkte. Daher also der Gestank. Auf dem verschmierten, klebrig glänzenden Tisch standen Bierdosen, leere Gläser, eine hübsche Schale, die als Aschenbecher missbraucht worden war, und zwei benutzte Teller. Leise fluchend riss Frieda die Hintertür auf. Mitten im Garten stand Chloë, und weiter hinten entdeckte Frieda auch Ted. Er saß auf dem Boden, den Rücken an die Gartenmauer gelehnt, die Knie bis zum Kinn hochgezogen. Um ihn herum lagen etliche Zigarettenkippen verstreut, und zu seinen Füßen stand eine Bierdose.

»Chloë.«

»Ich habe dich gar nicht kommen hören.«

»Da drinnen sieht es ziemlich schlimm aus.«

»Wir hätten schon noch aufgeräumt.«

»Ich habe gerade mit Olivia gesprochen. Du kannst eine Woche hierbleiben …«

»Super.«

»Aber du musst dich an ein paar Regeln halten. Es ist mein Haus, und ich erwarte, dass du achtsam mit ihm umgehst – mit mir auch. Alles, was du benutzt, wird wieder aufgeräumt, und zwar ordentlich. Und im Haus wird nicht geraucht. Hallo, Ted.«

Er hob den Kopf und starrte sie an. Seine Augen waren rot gerändert, seine Lippen blutleer. »Hallo«, stieß er hervor.

»Wie lange bist du schon da?«

»Ich wollte gerade gehen.«

»Wart ihr beide heute überhaupt in der Schule?«

Chloë zog die Schultern hoch und bedachte Frieda mit einem trotzigen Blick.

»Es gibt ein paar Dinge, die wichtiger sind als die Schule«, antwortete sie. »Falls du es vergessen haben solltest: Teds Mutter ist ermordet worden.«

»Ich weiß.«

»Wenn du wählen müsstest zwischen einer Doppelstunde Biologie und einem Freund in Not, wofür würdest du dich entscheiden?«

»Einem Freund kann man auch nach einer Doppelstunde Biologie noch helfen.« Sie musterte Ted. »Wann hast du das letzte Mal etwas gegessen?«

»Wir wollten uns Pfannkuchen machen«, erklärte Chloë, »aber die sind nichts geworden.«

»Ich mache euch Toast.«

»Ich möchte nicht darüber reden«, meldete sich Ted zu Wort, »nur damit Sie nicht auf falsche Gedanken kommen.«

»Keine Sorge.«

»Irgendwie erwarten alle von mir, dass ich über meinen Kummer spreche und mal so richtig weine, damit sie mich in den Arm nehmen und zu mir sagen können, dass am Ende alles gut wird.«

»Ich mache dir nur Toast. Weiß dein Vater, dass du hier bist und die Schule schwänzt?«

»Nein. Ich bin kein kleines Kind mehr.«

»Ich weiß.«

»Dad hat gerade andere Dinge im Kopf. Mum hat es mit einem anderen getrieben.«

»Das ist sicher schmerzlich für dich.«

»Wollen Sie wissen, wie das für mich ist? Ich werde nämlich nicht darüber sprechen – und auch nicht über irgendetwas anderes.«

Es klopfte an der Tür, und zwar laut und drängend, obwohl Frieda niemanden erwartete.

»Kommt rein«, rief sie zu den beiden hinaus, »ich sehe mal nach, wer an der Tür ist.«

Es war Judith. Sie trug ein Herrenhemd über einer weiten Jeans, die von einer Art Kordel zusammengehalten wurde, und ramponierte Flipflops. Um ihre kastanienroten Locken hatte sie ein farbenfrohes Tuch geschlungen. Ihre weit auseinanderstehenden Augen wirkten noch blauer als an dem Tag, als Frieda sie bei der schrecklichen Befragung gesehen hatte, und auf ihren vollen Lippen leuchtete ein knalliger, orangeroter Lippenstift, auch wenn sie gerade missmutig die Mundwinkel nach unten zog.

»Ich bin wegen Ted hier. Ist er da?«

»Ich wollte gerade Toast für ihn machen. Möchtest du auch welchen?«

»Vielleicht eine Scheibe. Ich habe aber nicht viel Zeit.«

»Herein mit dir!«

Frieda führte das Mädchen in die Küche. Nachdem Judith kurz zu Ted hinübergenickt hatte, der bloß wortlos zurücknickte, hob sie an Chloë gewandt die Hand zu einem halben Gruß. Offenbar kannten die beiden Mädchen sich ebenfalls.

»Louise will Mums Klamotten entsorgen.«

Ted starrte seine Schwester an. »Das kann sie nicht machen!«

»Macht sie aber.«

»Warum verschwindet die blöde Kuh nicht endlich wieder in ihr eigenes Haus?«

»Dora hat sich in ihr Zimmer eingeschlossen, und Dad hat herumgeschrien wie ein Irrer.«

»Wen hat er angeschrien? Dich oder Louise?«

»Das ganze Haus, schätze ich. Niemand Bestimmten.«

»Wahrscheinlich ist er betrunken.«

»Hör auf!« Sie hob beide Hände, als wollte sie sich die Ohren zuhalten.

»Finde dich damit ab, Judith. Mum hat einen anderen Mann gevögelt, und Dad ist ein Säufer.«

»Nein! Sag doch nicht so gemeine Sachen!«

»Es ist nur zu deinem Besten«, erklärte er, machte dabei aber einen beschämten Eindruck.

»Kommst du mit mir nach Hause?«, fragte seine Schwester. »Es ist besser, wenn wir beide da sind.«

»Hier ist euer Toast«, unterbrach Frieda sie, »von dem Honig könnt ihr euch selbst nehmen.«

»Ich mag sowieso nur Butter.«

»Das mit eurer Mutter tut mir sehr leid.«

Judith zuckte lediglich mit ihren schmalen Schultern, doch als

Frieda einen Blick in ihr sommersprossiges Gesicht warf, sah sie, dass die blauen Augen des Mädchens feucht schimmerten.

»Wenigstens hast du noch Ted«, meinte Chloë mit Nachdruck. »Ihr könnt euch zumindest gegenseitig helfen. Stellt euch vor, ihr wärt allein.«

»Ihr wart zusammen, als ihr es erfahren habt, stimmt's?«, ergriff Frieda wieder das Wort. »Aber habt ihr seitdem mal darüber gesprochen?« Beide schwiegen. »Habt ihr überhaupt mit jemandem gesprochen?«

»Sie meinen, mit jemandem wie Ihnen?«

»Mit jemandem aus eurem Freundeskreis oder eurer Verwandtschaft – oder mit jemandem wie mir.«

»Sie ist tot. Worte können daran nichts ändern. Wir sind traurig. Worte ändern daran nichts.«

»Die Polizei hatte eine Frau dabei«, bemerkte Judith.

»Ach ja, die.« Teds Stimme triefte vor Verachtung. »Die nickte bloß die ganze Zeit, als hätte sie irgendein tiefes Verständnis für Schmerz.« Auf seinen Wangen leuchteten mittlerweile hektische rote Flecken. Er ließ sich mit seinem Stuhl schräg nach hinten sinken, bis er nur noch auf einem Stuhlbein balancierte, und begann sich langsam zu drehen.

»Mum konnte es nicht ausstehen, wenn er das machte.« Judith nickte zu ihrem Bruder hinüber. »Die ganze Familie hat sich darüber aufgeregt.«

»Jetzt kann ich es machen, so oft ich will, und keiner regt sich mehr darüber auf.«

»Da irrst du dich aber«, widersprach Frieda. »Ich glaube, ich bin da derselben Meinung wie deine Mutter. Ich finde es sehr irritierend – und gefährlich.«

»Können wir bitte nach Hause gehen?«, meldete Judith sich wieder zu Wort. »Ich möchte Dad nicht so lange mit Louise allein lassen. Die ist heute so miesepetrig und macht alles schlecht.« Sie stockte. In ihren Augen standen Tränen, die sie krampfhaft wegblinzelte. »Ich finde, wir sollten nach Hause gehen«, wiederholte sie.

Ted brachte seinen Stuhl zurück in eine normale Position und erhob sich. Spindeldürr und ungepflegt wie immer stand er vor Frieda. »Danke für den Toast.«

»Schon gut.«

»Wiedersehen«, sagte Judith.

»Auf Wiedersehen.«

»Dürfen wir denn wiederkommen?« Die Stimme des Mädchens klang plötzlich zittrig.

»Ja«, antwortete Chloë laut und vernehmlich, »jederzeit, Tag und Nacht. Wir sind für euch da – nicht wahr, Frieda?«

»Ja«, bestätigte Frieda ein bisschen müde.

Sie schleppte sich hinauf ins Bad, wo ihre neue Wanne sie tatsächlich in ihrer ganzen Pracht erwartete. Gespannt drehte sie die Hähne auf. Das Wasser lief. Aber sie fand keinen Stöpsel. Sie suchte überall, unter der Wanne und im Schrank, aber da war keiner. Der Stöpsel des Waschbeckens war zu klein, und das Becken in der Küche hatte keinen Gummistöpsel mit Kette, sondern eines von diesen Metalldingern, die sich nach unten drehten. Wie es aussah, konnte sie doch kein Bad nehmen.

Als Karlsson und Yvette im Haus der Familie Lennox eintrafen, war Judith gerade gegangen. Das Geschrei war vorbei und an seine Stelle eine angespannte Stille getreten, eine Atmosphäre des Unbehagens. Russell Lennox saß in seinem Arbeitszimmer am Schreibtisch und starrte mit leerem Blick aus dem Fenster. Dora hatte zu schluchzen aufgehört, lag aber immer noch zusammengerollt und mit verweintem Gesicht in ihrem Zimmer. Louise Weller war am Putzen und Räumen. Nachdem sie bereits den Küchenboden gewischt und die Treppe gesaugt hatte, war sie im Begriff, sich die Sachen ihrer Schwester vorzunehmen, als es an der Tür klingelte.

»Wir müssen Misses Lennox' Dinge noch einmal durchsehen«, erklärte Yvette.

»Ich habe gerade angefangen, sie auszuräumen.«

»Vielleicht warten Sie damit lieber noch eine Weile«, sagte Karlsson. »Wir geben Ihnen Bescheid, wenn Sie loslegen können.«

»Da wäre noch etwas: Die Familie würde gerne wissen, wann endlich die Beerdigung stattfinden kann.«

»Das dauert nicht mehr lange. Die Leiche dürfte in den nächsten Tagen freigegeben werden.«

»Es ist nicht richtig, dass sich das so lange hinzieht.«

Karlsson hätte am liebsten etwas Heftiges erwidert, riss sich aber am Riemen und antwortete nur knapp, es sei für alle schwierig.

Sie gingen hinauf in das Schlafzimmer, das sich das Ehepaar Lennox über zwanzig Jahre lang geteilt hatte. Wie es aussah, hatte Louise Weller bereits begonnen, ihr Vorhaben in die Tat umzusetzen: Mehrere Plastiktüten waren mit Schuhen gefüllt, und von dem bisschen Schminkzeug, das Ruth besessen hatte, war das meiste wohl schon im Mülleimer gelandet.

»Wonach suchen wir eigentlich?«, fragte Yvette. »Die Kollegen von der Spurensicherung haben doch schon alles durchstöbert.«

»Ich weiß es ja selber nicht. Vermutlich werden wir nichts finden. Aber es handelt sich hier um eine Familie voller Geheimnisse. Was gibt es noch alles, wovon wir keine Ahnung haben?«

»Das Problem ist, dass es sich um eine solche Unmenge von Zeug handelt«, gab Yvette zu bedenken. »Die Frau hat alles aufbewahrt. Sollen wir oben auf dem Dachboden sämtliche Schachteln mit den alten Sachen ihrer Kinder durchwühlen, ihre Schulzeugnisse und den ganzen Kram? Und was ist mit den diversen Computern? Die der Eltern haben wir uns natürlich schon vorgenommen, aber jedes Kind besitzt auch einen eigenen Laptop, ganz zu schweigen von ein paar ausgedienten alten Kisten, die offensichtlich nicht mehr funktionieren, aber trotzdem nicht weggeworfen wurden.«

»Wir haben es hier mit einer Frau zu tun, die sich zehn Jahre lang mit ihrem Geliebten in einer eigens dafür gemieteten Wohnung traf. Hatte sie beispielsweise einen Schlüssel für die Wohnung? Und existieren nicht doch irgendwelche Dokumente, die ein wenig Licht auf die ganze Sache werfen? Hat sie tatsächlich nie Mails oder Kurznachrichten an ihren Geliebten verschickt oder welche von ihm erhalten? Ich bin bisher davon ausgegangen, dass diese Affäre etwas mit ihrem Tod zu tun haben muss, aber vielleicht gibt es da ja noch etwas anderes.«

Yvette bedachte ihn mit einem sarkastischen Lächeln.

»Soll das heißen, nachdem sie zum Ehebruch fähig war, fragen Sie sich, was sie sonst noch alles angestellt haben könnte?«

»So extrem habe ich das nicht gemeint.«

Während sie dort im Schlafzimmer standen, ging Karlsson durch den Kopf, dass sie so vieles über Ruth Lennox wussten, gleichzeitig aber keine Ahnung von ihr hatten. Sie wussten, welche Zahnpasta und welches Deodorant sie verwendete. Sie kannten ihre BH-Größe ebenso wie die Größe ihrer Slips und ihrer Schuhe. Sie wussten, welche Zeitschriften sie las, welche Gesichtscreme sie benutzte, welche Kochrezepte sie interessierten, was sie jede Woche in ihren Einkaufswagen legte, welchen Tee sie bevorzugte, welchen Wein sie trank, welche Fernsehsendungen sie mochte und welche Bücherkassetten sie besaß. Sie waren mit ihrer Handschrift vertraut, wussten, welche Kugelschreiber und Bleistifte sie zum Schreiben genommen hatte, kannten die Kritzeleien auf den Rändern ihrer Notizblöcke und studierten ihr Gesicht auf den Fotografien im Haus und in sämtlichen Alben. Sie lasen die Postkarten, die ihr Dutzende von Freunden in Dutzenden von Jahren aus Dutzenden von Ländern geschrieben hatten. Sie stöberten durch Muttertags-, Geburtstags- und Weihnachtskarten, gingen mehrfach ihre gesamte Mailkorrespondenz durch und waren sich ganz sicher, dass sie niemals Facebook, Linked in oder Twitter benutzt hatte.

Trotzdem hatten sie keine Ahnung, warum und wie sie zehn Jahre lang eine Affäre direkt vor der Nase ihrer Familie am Laufen gehalten hatte. Sie wussten nicht, ob sie deswegen Schuldgefühle empfunden hatte, und ebenso wenig wussten sie, warum sie hatte sterben müssen.

Einer spontanen Eingebung folgend, schob Karlsson die Tür zu Doras Zimmer auf. Das Mädchen war inzwischen zu ihrem Vater gegangen. In ihrem Zimmer war es sehr sauber und still. Alles lag an seinem angestammten Platz: die Wäsche ordentlich zusammengelegt in den Schubladen, das Papier gestapelt auf dem Schreibtisch, die Bücher für die Hausaufgaben in den Regalfächern darüber, ihr Schlafanzug gefaltet auf dem Kissen. Im Schrank hingen ihre Sachen – Kleidungsstücke eines Mädchens, das noch kein Teenager sein wollte – über paarweise aufgereihten, praktischen Schuhen. Allein schon der Anblick dieser krampfhaften Ordnung stimmte Karlsson irgendwie traurig. Eine schmale, rosafarbene

Spindelform oben auf dem Schrank erregte seine Aufmerksamkeit. Er streckte die Hand danach aus und zog eine Lumpenpuppe herunter, bei deren Anblick er nach Luft schnappte. Sie hatte ein flaches, rosarotes Gesicht, lange, schlappe Beine und rote Baumwollzöpfe, aber ihr Bauch war herausgeschnitten und der Bereich zwischen den Beinen aufgeschnippelt. Ein paar Augenblicke lang hielt er die Puppe wie erstarrt in der Hand und betrachtete sie mit grimmiger Miene.

»Ach, du lieber Himmel!« Yvette war hinter ihm in den Raum getreten. »Das ist ja schrecklich!«

»Ja, nicht wahr?«

»Glauben Sie, das hat sie selbst gemacht? Wegen der Dinge, die sie über ihre Mutter erfahren hat?«

»Ja, wahrscheinlich.«

»Die arme Kleine.«

»Trotzdem werde ich sie danach fragen müssen.«

»Ich glaube, ich habe auch etwas gefunden. Sehen Sie.« Sie öffnete ihre Hand, in der sich ein mit Ziffern bedruckter Tablettenblister befand. Karlsson kniff die Augen zusammen. »Das war in dem langen Schrank neben dem Badezimmer versteckt – dem mit den Handtüchern, Waschlappen, Badelotionen, Tampons und dem ganzen anderen Kram, den sie sonst nirgendwo untergebracht haben.«

»Und?«

»Die Pille«, erklärte Yvette. »In einer Socke.«

»Seltsamer Platz, um Verhütungsmittel aufzubewahren.«

»Ja, vor allem, wenn man bedenkt, dass Ruth Lennox eine Spirale hatte.«

Karlssons Handy klingelte. Er zog es heraus und runzelte die Stirn, als er sah, wer anrief. Sadie hatte ihm bereits zwei Textnachrichten und eine Sprachnachricht hinterlassen, jedes Mal mit der Bitte, sich doch zu melden. Er war versucht, wieder die Mailbox rangehen zu lassen, zögerte jedoch: Sadie hatte offenbar nicht vor aufzugeben, also konnte er es auch genauso gut hinter sich bringen.

»Sadie.«

»Malcolm.« Ansonsten sagte sie nichts, sondern überließ es ihm, den Anfang zu machen.

»Es tut mir leid, dass ich dich nicht zurückgerufen habe. Ich war so beschäftigt und …«

»Nein. Du hast mich nicht zurückgerufen, weil du mich nicht wiedersehen willst und dir gedacht hast, wenn du meine Anrufe ignorierst, gebe ich schon irgendwann auf.«

»Das ist nicht fair.«

»Nein? Ich glaube schon.«

»Ich habe einen Fehler gemacht, Sadie. Ich mag dich sehr gern, und wir hatten einen schönen Abend, aber der Zeitpunkt stimmt für mich einfach nicht.«

»Ich rufe nicht an, weil ich wieder mit dir ausgehen möchte, falls du das befürchtest. Ich habe schon verstanden, warum du dich nicht gemeldet hast. Trotzdem wirst du dich mit mir treffen müssen.«

»Das halte ich für keine gute Idee.«

»Aber ich. Ich will, dass du dich mir gegenüber hinsetzt, mir in die Augen schaust und erklärst, warum du dich so verhalten hast.«

»Hör zu, Sadie …«

»Nein. Hör du erst mal mir zu! Du hast dich benommen wie ein dummer Teenager. Du hast mich auf ein Glas Wein eingeladen, wir haben einen schönen Abend miteinander verbracht, und dann haben wir uns geliebt – zumindest hat es sich für mich so angefühlt. Danach bist du davongeschlichen, als wäre dir das Ganze nur peinlich. Das habe ich nicht verdient.«

»Es tut mir leid.«

»Ich will eine Erklärung. Wir treffen uns morgen Abend um acht im selben Weinlokal. Es dauert nur eine halbe Stunde, wenn überhaupt. Dann wirst du mir erzählen, warum du dich so benommen hast, und danach kannst du nach Hause gehen, und ich rufe dich nie wieder an.«

Damit beendete sie das Gespräch. Karlsson blickte auf das Telefon in seiner Hand und hob die Augenbrauen. Ganz schön beeindruckend, diese Sadie.

34

Frieda fühlte sich immer ein wenig seltsam, wenn sie auf die Südseite des Flusses wechselte, aber nach Croydon zu fahren erschien ihr fast wie eine Reise ins Ausland. Sie hatte auf der Karte nachsehen müssen, wo genau dieser Stadtteil überhaupt lag und wie sie am besten hinkam: Erst einmal musste sie zum Bahnhof Victoria und dann von dort erneut den Zug nehmen.

Der Zug war voll besetzt mit Pendlern eingetroffen, fuhr aber fast leer wieder los. London, dieser riesige Moloch, saugte die Menschen in sich hinein. Erst am späten Nachmittag würde er sie wieder ausspucken. Als der Zug den Fluss überquerte, erspähte Frieda Battersea, das stillgelegte Kohlekraftwerk. Sie sah sogar, wo die Wohnung von Agnes Flint liegen musste, ganz in der Nähe des großen Marktes. Nach Clapham Junction und Wandsworth Common wurde die Gegend für Frieda allmählich unbekannt und namenlos, eine Abfolge rasch vorbeiziehender Bilder: Parks, ein Friedhof, die Rückseiten von Häuserreihen, ein Einkaufszentrum, der Lagerplatz eines Autoverwerters, eine Person beim Wäscheaufhängen, ein Kind auf einem blauen Trampolin. Wie gebannt starrte sie aus dem Fenster. Vor den Zügen verbargen die Häuser weniger als vor den Autos. Vom Zug aus sah man nicht die schönen Fassaden, sondern die Bereiche dahinter, um die sich keiner kümmerte, weil man davon ausging, dass sie sowieso niemand richtig registrierte: die kaputten Zäune, die Müllhaufen, die alten, ausgedienten Maschinen und Gerätschaften.

Als Frieda ausstieg, musste sie die Straßenkarte zurate ziehen, und selbst das erwies sich als schwierig. Immer wieder drehte sie die Karte, weil sie nicht sicher war, auf welcher Seite sie den Bahnhof verlassen hatte. Am Ende schlug sie trotzdem die verkehrte Richtung ein und war gezwungen, erneut einen Blick auf die Karte zu werfen. Sie versuchte sich zu orientieren, indem sie nach der Stelle Ausschau hielt, wo Peel Way und Clarence Avenue aufeinandertrafen. Sie musste zurück zum Bahnhof und dann durch eine Reihe von Wohnstraßen, bis sie schließlich Ledbury Close erreichte. Die Nummer acht war ein freistehendes Haus mit Rauputz, das sich kaum von den Nachbarhäusern unterschied – abgesehen davon, dass es irgendwie gepflegter wirkte. Offenbar wohnte dort jemand, der den Details mehr Aufmerksamkeit schenkte. Frieda fielen die neuen Fenster mit den frisch gestrichenen, glänzend weißen Rahmen auf. Die Haustür wurde von zwei violetten Keramiktöpfen mit je einem spiralig geschnittenen Miniaturbusch flankiert. Die kleinen Büsche waren so exakt getrimmt, dass es aussah, als hätte sie jemand mühevoll mit einer Haushaltsschere in Form gebracht.

Frieda drückte auf die Klingel. Da kein Ton zu hören war, drückte sie erneut, vernahm aber immer noch nichts. Irritiert starrte sie auf die Tür. Sie wusste nicht so recht, was sie jetzt tun sollte. Entweder es war keiner da, oder die Klingel war kaputt und sie konnte sich hier die Füße in den Bauch stehen, bis sie schwarz wurde. Oder aber die Klingel war nicht kaputt und sie ging jemandem auf die Nerven, noch bevor sie die betreffende Person überhaupt kennengelernt hatte. Sie überlegte, ob sie ein weiteres Mal läuten und sich dadurch womöglich noch unbeliebter machen sollte. Natürlich konnte sie auch mit der Faust gegen die Tür hämmern und die Situation noch verschlimmern. Oder sie wartete einfach und hoffte das Beste. Gleichzeitig fragte sie sich, warum sie sich darüber überhaupt den Kopf zerbrach. Plötzlich hörte sie drinnen irgendwo ein Geräusch und sah durch den Milchglaseinsatz an der Haustür eine verschwommene Gestalt näher kommen. Die Tür schwang auf, und vor ihr stand ein Schrank von einem Mann. Er war nicht fett, aber so kräftig gebaut, dass er den ganzen Türrahmen auszufüllen schien. Sein fast kahler Kopf war nur noch von einem schmalen Band aus wirrem grauem Haar umkränzt. Die Röte seines Gesichts ließ vermuten, dass er viel Zeit im Freien verbrachte. Er trug eine weite graue Arbeitshose, ein blau-weiß kariertes Hemd und schwere dunkle Lederstiefel, an denen ein gelblicher Belag aus angetrocknetem Lehm klebte.

»Ich war mir nicht sicher, ob die Klingel funktioniert«, erklärte Frieda.

»Das sagen alle«, antwortete der Mann, wobei sich Lachfältchen um seine Augen bildeten. »Man hört das Läuten nur im hinteren Teil des Hauses. Ich wollte das so haben, weil ich viel Zeit im Garten verbringe. Heute bin ich schon den ganzen Vormittag draußen.« Er deutete zum blauen Himmel hinauf. »Bei dem schönen Wetter.« Er sah Frieda fragend an.

»Sind Sie Lawrence Dawes?«

»Ja, der bin ich.«

»Mein Name ist Frieda Klein. Ich bin hier, weil …« Sie stockte. Was sollte sie ihm sagen? »Ich bin nur hier, weil ich Ihre Tochter Lila finden möchte.«

Das Lächeln verschwand aus Dawes' Gesicht. Er wirkte plötzlich älter und schwach.

»Lila? Sie suchen meine Lila?«

»Ja.«

»Ich weiß nicht, wo sie ist«, erklärte er. »Ich habe sie aus den Augen verloren.«

Hilflos hob er die Hände. Frieda sah die Gartenerde unter seinen Fingernägeln. War ihre Suche damit schon zu Ende? Hatte sie dafür die ganze Strecke nach Croydon zurückgelegt?

»Kann ich mit Ihnen über sie sprechen?«

»Wozu?«

»Ich habe eine junge Frau kennengelernt, die früher mit ihr befreundet war – eine alte Schulfreundin namens Agnes Flint.«

Dawes nickte bedächtig.

»Ich erinnere mich an Agnes. Lila war damals immer mit dieser kleinen Mädchenclique unterwegs. Agnes war eine von ihnen. Bevor die Dinge aus dem Ruder liefen.«

»Darf ich reinkommen?«, fragte Frieda.

Dawes schien einen Moment zu überlegen, ehe er mit den Achseln zuckte.

»Kommen Sie mit hinaus in den Garten. Ich wollte sowieso gerade eine Tasse Tee trinken.« Es handelte sich eindeutig um das Zuhause eines Mannes – eines sehr gut organisierten Mannes –, der allein lebte. Durch eine Tür entdeckte Frieda einen großen Flachbildschirmfernseher und Regalfächer voller DVDs. Einen Computer besaß er auch. Der Fußboden war mit einem dicken cremeweißen Teppich ausgelegt, der alle Geräusche dämpfte. Fünf Minuten später standen sie auf dem Rasen hinter dem Haus, beide mit einer Tasse Tee in der Hand. Frieda blickte sich um. Der Garten war viel größer, als sie erwartet hatte. Er erstreckte sich vom Haus mindestens dreißig, wenn nicht sogar vierzig Meter nach hinten. Durch die ordentlich getrimmte Rasenfläche schlängelte sich ein Kiesweg. Es gab aber auch Büsche und ein paar Blumenbeete, die für kleine Farbkleckse sorgten: Krokusse, Primeln, Tulpen. Der hintere Teil des Gartens wirkte etwas wilder und wurde von einer hohen Mauer begrenzt.

»Ich habe versucht, ein bisschen Ordnung zu schaffen«, erklärte Dawes. »Nach dem Winter ist das immer dringend nötig.«

»Für mich sieht das schon sehr ordentlich aus«, meinte Frieda.

»Es ist ein ewiger Kampf. Sehen Sie dort drüben.« Er deutete auf den Nachbargarten. Dort standen ein paar alte Obstbäume und ein ungepflegter Rhododendron, umwuchert von hohem Gras und allerlei Gestrüpp. »Das Haus gehört der Stadt und wird als eine Art Sozialwohnung genutzt. Sie bringen dort immer mal wieder eine Familie unter, Iraker oder Somalier. Meist sind es recht nette Leute, die unter sich bleiben und sich um ihre eigenen Angelegenheiten kümmern. Aber sie wohnen dort nur ein paar Monate, dann ziehen sie weiter. Für einen solchen Garten braucht man Jahre. Hören Sie etwas?«

Frieda lauschte.

»Was meinen Sie?«

»Kommen Sie mit.«

Dawes ging den Pfad entlang, der vom Haus wegführte. Frieda hörte jetzt tatsächlich ein Geräusch, das sie aber nicht einordnen konnte. Es klang fast wie gedämpftes Gemurmel. Inzwischen waren sie am hinteren Ende des Gartens angelangt. Frieda trat neben Dawes und schaute über einen Zaun, der ihr vom Haus aus gar nicht aufgefallen war. Was sie auf der anderen Seite zu sehen bekam, überraschte sie derart, dass sie fast lachen musste: Jenseits des Zauns fiel das Gelände zu einer Art Rinne ab, in der parallel zum Gartenende ein kleiner Bach dahingurgelte. Auf der anderen Seite des Bachbetts verlief ein Pfad und dahinter die hohe Mauer, die sie vorhin schon bemerkt hatte.

Sie wandte sich Dawes zu, der angesichts ihrer Überraschung lächelte.

»Ich muss hier stets an die Kinder denken«, erklärte er. »Als sie klein waren, haben wir oft kleine Papierschiffchen gebaut, sie in den Bach gesetzt und dann zugesehen, wie sie davontrieben, und ich habe immer zu den Kindern gesagt, in drei Stunden würden die Schiffchen die Themse erreichen und anschließend, wenn die Gezeiten mitspielten, aufs Meer hinaussegeln.«

»Wie heißt denn dieser Bach?«

»Wissen Sie das denn nicht?«

»Ich komme aus Nord-London. Die meisten unserer Zuflüsse wurden schon vor langer Zeit unter Straßen und Gebäuden begraben.«

»Es ist der Wandle«, erklärte Dawes. »Das sagt Ihnen doch bestimmt was.«

»Ja, der Name sagt mir was.«

»Man braucht nur ein, zwei Kilometer bachaufwärts zu gehen, dann kommt man zu seiner Quelle. Von hier fließt er weiter in Richtung Themse, vorbei an alten Fabriken und Müllkippen und unter Straßen hindurch. Vor Jahren bin ich den Pfad mal ein ganzes Stück flussabwärts gegangen. Damals wurde das Wasser ziemlich schnell schaumig und gelb und fing zu stinken an. Hier oben bei uns ist noch alles in Ordnung. Aber das ist grundsätzlich das Problem, wenn man an einem Fluss wohnt, nicht? Du bist all denen ausgeliefert, die flussaufwärts leben. Was sie ihrem Fluss antun, das tun sie auch deinem Fluss an. Was die Leute weiter flussabwärts machen, spielt keine Rolle.«

»Außer für die Leute, die noch *weiter* flussabwärts leben«, gab Frieda zu bedenken.

»Das ist nicht mein Problem«, entgegnete Dawes und nahm einen Schluck von seinem Tee. »Mir hat die Vorstellung, an einem Fluss zu leben, immer gefallen. Man weiß nie, was im nächsten Moment vorübertreibt. Mir scheint, Ihnen gefällt das auch.«

»Da haben Sie recht«, gab Frieda zu.

»Was machen Sie, wenn Sie nicht gerade nach verschollenen Mädchen suchen?«

»Ich bin Psychotherapeutin.«

»Haben Sie heute Ihren freien Tag?«

»Gewissermaßen.« Sie traten den Rückweg durch den Garten an. »Und was arbeiten Sie?«, fragte Frieda.

»Meine Arbeit ist das hier«, antwortete Dawes. »Ich kümmere mich um meinen Garten und renoviere das Haus. Ich arbeite gern mit den Händen, das tut mir gut.«

»Was haben Sie früher gemacht?«

»Das Gegenteil, das genaue Gegenteil. Ich habe als Vertreter für eine Firma gearbeitet, die Fotokopierer verkaufte, und mein Leben auf der Straße verbracht.« Mit einer Handbewegung bot er Frieda einen Platz auf einer schmiedeeisernen Bank an. Er selbst ließ sich neben ihr auf einem Stuhl nieder. »Wissen Sie, es gibt da so eine Redeweise, die ich nie verstanden habe. Wenn die Leute zum Ausdruck bringen wollen, dass etwas langweilig ist, dann sagen sie: Es ist, als würde man dem Gras beim Wachsen zusehen – oder der Farbe beim Trocknen. Genau das macht mir am meisten Spaß: meinem Gras beim Wachsen zuzusehen.«

»Eigentlich bin ich ja hier«, erwiderte Frieda, »weil ich gern Ihre Tochter finden würde.«

Ganz vorsichtig stellte Dawes seine Tasse zu seinen Füßen ins Gras. Als er sich wieder Frieda zuwandte, wirkte sein Blick eindringlicher.

»Ich würde sie auch gern finden«, sagte er.

»Wann haben Sie sie das letzte Mal gesehen?«

Er ließ sich mit der Antwort Zeit.

»Haben Sie Kinder?«, brach er schließlich das Schweigen.

»Nein.«

»Das war alles, was ich wollte. Diese ganze Herumfahrerei, die ganze Arbeit, die mir überhaupt nicht lag … im Grunde wollte ich nur Vater sein, und das war ich dann ja auch. Ich hatte eine wunderbare Frau und die beiden Jungs, und als Krönung kam noch Lila. Ich habe die Jungs geliebt und es sehr genossen, mit ihnen Ball zu spielen und fischen zu gehen – alles, was man mit Söhnen eben so macht. Aber als ich dann Lila sah, gleich in dem Moment, als sie auf die Welt kam, dachte ich mir, du bist meine kleine …« Er brach ab und gab ein schniefendes Geräusch von sich. Frieda registrierte, dass seine Augen feucht schimmerten. Er hustete.

»Sie war das hübscheste kleine Mädchen, das man sich vorstellen kann, klug, witzig und wunderschön. Doch dann, tja... warum passieren solche Dinge? Es ist müßig, nach dem Warum zu fragen. Ihre Mum, meine Frau, wurde krank. Sie war jahrelang krank, und dann ist sie gestorben. Lila war damals dreizehn. Plötzlich kam ich nicht mehr an sie heran. Ich dachte immer, zwischen uns bestünde ein besonderes Band, aber auf einmal war es, als spräche ich eine Fremdsprache. Ihr Freundeskreis veränderte sich, und sie war immer öfter unterwegs, bis sie schließlich gar nicht mehr nach Hause kam. Ich hätte mehr tun sollen, um das zu verhindern, aber ich war ja berufsbedingt auch nie zu Hause.«

»Und ihre Brüder?«

»Die waren zu der Zeit schon ausgezogen. Ricky ist in der Armee, und Steve lebt in Kanada.«

»Wie ging es dann weiter?«

Dawes breitete hilflos die Hände aus. »Was ich auch tat, es war nie genug oder nicht das, was sie brauchte. Wenn ich versuchte, ein Machtwort zu sprechen, trieb ich sie dadurch nur noch weiter von mir fort. Versuchte ich, nett zu sein, hatte ich immer das ungute Gefühl, dass es dafür zu spät war. Je mehr ich sie bei mir haben wollte, desto mehr stieß sie mich zurück. Ich war nur noch ihr langweiliger alter Dad. Mit siebzehn lebte sie schon die meiste Zeit bei Freunden. Anfangs bekam ich sie noch alle paar Tage zu Gesicht, später nur noch alle paar Wochen. Da behandelte sie mich bereits ein bisschen wie einen Fremden. Nach einer Weile kam sie gar nicht mehr heim. Ich habe etliche Male versucht, sie aufzuspüren, aber ohne Erfolg. Irgendwann habe ich dann resigniert. Trotzdem habe ich nie aufgehört, an sie zu denken. Sie fehlt mir immer noch so. Mein Mädchen.«

»Wissen Sie, womit sie ihren Lebensunterhalt verdient hat?«

Frieda sah, wie er die Zähne zusammenbiss. Sein Gesicht wirkte plötzlich sehr blass.

»Sie hatte Probleme. Vielleicht waren auch Drogen im Spiel. Auf jeden Fall aß sie nicht richtig. Damit hatte sie schon jahrelang Probleme.«

»Die Freunde, von denen Sie gesprochen haben... Kennen Sie deren Namen?«

Dawes schüttelte den Kopf.

»Ich kannte die Freundinnen, die sie früher hatte, als sie noch jünger war. Zum Beispiel diese Agnes, die Sie auch kennen. Sie waren sehr süß miteinander – wie sich Mädchen eben zusammen mit ihren Freundinnen verhalten: Sie kichern stundenlang, gehen gemeinsam Klamotten kaufen und kommen sich dabei viel erwachsener vor, als sie sind. Aber mit der Zeit hat Lila diese Mädchen alle durch neue Freunde ersetzt, die sie nicht mehr mit nach Hause brachte. Sie hat sie mir nie vorgestellt.«

»Haben Sie eine Ahnung, wo sie wohnte, nachdem sie endgültig von zu Hause ausgezogen war?«

Wieder schüttelte er den Kopf.

»Anfangs wohl noch irgendwo hier in der Gegend«, sagte er, »aber dann muss sie weiter weg gezogen sein.«

»Haben Sie sie als vermisst gemeldet?«

»Sie war fast schon achtzehn. Einmal habe ich mir solche Sorgen gemacht, dass ich zur Polizei bin, doch als ich ihr Alter erwähnte, wollte der diensthabende Beamte nicht mal einen Bericht schreiben.«

»Wann war das? Beziehungsweise wann haben Sie sie das letzte Mal gesehen?«

»Lieber Himmel«, antwortete er, nachdem er kurz überlegt hatte, »das ist nun schon über ein Jahr her. Im November vorletzten Jahres. Nicht zu fassen. Das gehört zu den Dingen, die mir durch den Kopf gehen, wenn ich hier draußen im Garten arbeite: Dass sie hoffentlich eines Tages wieder zur Tür hereinkommen wird, so wie früher.«

Frieda schwieg einen Moment. Sie dachte über seine Worte nach.

»Geht es Ihnen nicht gut?«, fragte Dawes.

»Wie kommen Sie darauf?«

»Vielleicht muss man selbst angeschlagen sein, damit es einem bei anderen auffällt, aber ich finde, Sie sehen müde und blass aus.«

»Sie wissen doch gar nicht, wie ich normalerweise aussehe.«

»Sie haben gesagt, heute ist Ihr freier Tag.«

»Ja, mehr oder weniger.«

»Sie sind Psychoanalytikerin. Sie sprechen mit Leuten, denen es nicht gut geht.«

»Stimmt«, antwortete sie, während sie aufstand. Für sie wurde es Zeit, wieder aufzubrechen.

Dawes erhob sich ebenfalls.

»Ich hätte für Lila jemanden wie Sie suchen sollen«, erklärte er, »obwohl das eigentlich nicht so mein Ding ist. Aufs Reden verstehe ich mich nicht so besonders. Ich lege lieber selbst Hand an und repariere etwas. Aber mit Ihnen kann man gut reden.« Er blickte sich verlegen um. »Werden Sie weiter nach Lila suchen?«

»Ich weiß gar nicht, wo ich da anfangen sollte.«

»Falls Sie etwas von ihr hören, lassen Sie es mich dann wissen?«

Auf dem Weg zur Haustür griff Dawes nach einem Stück Papier, schrieb seine Telefonnummer auf und reichte den Zettel Frieda. Während sie ihn entgegennahm, fiel ihr etwas ein.

»Hat sie Ihnen je die Haare geschnitten?«

Er fasste sich an den kahlen Kopf.

»Da gab es nie viel zu schneiden.«

»Oder Sie ihr?«

»Nein. Lila hatte schönes Haar. Sie war darauf sehr stolz.« Er zwang sich zu einem Lächeln. »Sie hätte mich niemals auch nur in die Nähe gelassen. Warum fragen Sie danach?«

»Ach, Agnes hat da so was erwähnt.«

Als Frieda wieder auf der Straße stand, warf sie erst einmal einen Blick auf ihre Karte und machte sich dann auf den Weg – nicht zurück zu dem Bahnhof, von dem sie gekommen war, sondern zur nächsten Station in Richtung Innenstadt. Allem Anschein nach waren es bis dorthin mehrere Kilometer zu gehen. Das kam ihr gerade recht, sie brauchte den Fußmarsch. Ihr war, als würden ihre Lebensgeister langsam zurückkehren, und sie fühlte sich jetzt auch offener für diesen Teil der Stadt, in dem sie noch nie gewesen war. Ihr Weg führte sie zunächst eine zweispurige Straße entlang. Lastwagen donnerten vorbei. Beide Straßenseiten säumten Wohnsiedlungen mit den typischen Nachkriegsbauten, die damals schnell hochgezogen worden waren und inzwischen bröckelten. Einige der Wohnungen waren mit Brettern vernagelt, bei anderen hing Wäsche auf den kleinen Terrassen. Frieda hatte nicht das

Gefühl, dass es eine gute Gegend zum Spazierengehen war, doch nach einer Weile bog sie in eine kleinere Wohnstraße mit lauter viktorianischen Reihenhäusern ein, fühlte sich aber immer noch unbehaglich – so viele Kilometer von zu Hause entfernt. Als sie sich schließlich dem Bahnhof näherte, kam sie an einer Telefonzelle vorbei und blieb stehen. Das Telefon war gar nicht mehr vorhanden, sondern längst herausgerissen worden. Trotzdem nahm Frieda die Zelle näher in Augenschein, denn an den Glaswänden waren Dutzende kleiner Aufkleber angebracht: junges Model, Sprachlehrerin, sehr strenge Lehrerin, Begleitung *de luxe*.

Frieda zog ein Notizbuch aus der Tasche und schrieb sich die Telefonnummern auf. Sie brauchte dazu mehrere Minuten. Ein paar Jungs im Teenageralter, die gerade vorbeikamen, kicherten und riefen ihr etwas zu, doch Frieda stellte sich taub.

Wieder zu Hause, führte sie als Erstes ein Telefongespräch.

»Agnes?«

»Ja?«

»Frieda Klein.«

»Oh … waren Sie erfolgreich?«

»Lila habe ich nicht gefunden, falls Sie das meinen. Sie scheint verschwunden zu sein. Ihr Vater weiß auch nicht, wo sie ist. Das sind zwar keine guten Neuigkeiten, aber ich dachte mir, Sie möchten es vielleicht trotzdem wissen.«

»Ja. Ja, natürlich, danke.« Sie schwieg einen Moment, ehe sie hinzufügte: »Ich werde zur Polizei gehen und eine Vermisstenanzeige aufgeben. Das hätte ich schon vor Monaten tun sollen.«

»Wahrscheinlich wird es nichts bringen«, gab Frieda in sanftem Ton zu bedenken. »Sie ist erwachsen.«

»Irgendetwas muss ich tun. Ich kann nicht länger die Hände in den Schoß legen.«

»Das verstehe ich.«

»Am besten, ich tue es sofort – obwohl eine Stunde vermutlich keinen Unterschied mehr macht, nachdem ich mir so viele Jahre damit Zeit gelassen habe.«

Jim Fearby war mit seiner Liste etwa zu zwei Dritteln durch. Die dreiundzwanzig Namen, die darauf standen, hatte er aus Lokalblättern und Vermissten-Websites. Drei hatte er bereits abgehakt, neben einen ein Fragezeichen gesetzt und zehn durchgestrichen. Blieben noch neun Familien, die er besuchen musste – neun Mütter, die ihn mit bekümmertem Gesicht und gequältem Blick ansehen würden. Neun weitere Vermisstenfälle. Neun weitere Fotos für seine Sammlung junger Frauengesichter an der Korkwand seines Arbeitszimmers.

Sie starrten zu ihm herunter, während er sich mit seinem Whisky und seiner Zigarette auf einen Sessel sinken ließ. Früher hatte er nie im Haus geraucht, aber inzwischen gab es niemanden mehr, der sich darüber aufregte. Er ließ den Blick von einem Gesicht zum anderen wandern: Da war das erste Mädchen, Hazel Barton, mit ihrem strahlenden Lächeln. Er hatte das Gefühl, sie mittlerweile gut zu kennen. Dann folgte Vanessa Dale, die davongekommen war. Roxanne Ingatestone mit dem asymmetrischen Gesicht und den graugrünen Augen. Daisy Gordon, die so eifrig wirkte und an einer Wange ein kleines Grübchen hatte. Vanessa Dale ging es gut, Hazel Barton war tot. Und die anderen beiden? Er drückte seine Zigarette aus und zündete sich gleich die nächste an, um noch mehr Rauch in seine Lungen zu saugen, während er weiter in diese Gesichter starrte, bis er fast das Gefühl hatte, dass sie vor seinen Augen zum Leben erwachten und seinen Blick erwiderten – ihn aufforderten, sie zu finden …

Das war aber eine sehr rätselhafte kleine E-Mail. Was ist los? Lass mich wissen, wie es dir geht, und wie es Reuben, Josef und Sasha geht. Was ist mit Chloë? Ich wüsste so gerne Genaueres darüber, wie du deine Tage verbringst. Das fehlt mir. Du fehlst mir.
Sandy xxx

35

Um acht war Frieda mit Sasha verabredet. Sasha hatte angerufen und gesagt, sie müsse ihr unbedingt etwas erzählen. Aus ihrem Ton hatte Frieda nicht schließen können, ob es sich um etwas Gutes oder Schlechtes handelte, doch dass es etwas Wichtiges war, stand für sie fest. Vorher schaute sie wie versprochen bei Olivia vorbei.

Sie wusste nicht recht, was sie erwartete, erschrak aber über das Aussehen ihrer Schwägerin. Olivia öffnete ihr die Tür in einer gestreiften, von einer Kordel zusammengehaltenen Schlabberhose und einem fleckigen Top. Ihre Füße steckten in Plastik-Flipflops. Der Lack auf ihren Zehennägeln war stellenweise abgeblättert, ihr Haar strähnig und fettig. Besonders alarmierend aber fand Frieda die Tatsache, dass sie im blassen, aufgeschwemmten Gesicht ihrer Schwägerin nicht einmal einen Hauch von Schminke entdecken konnte. Ihr ging durch den Kopf, dass sie Olivia noch nie ohne gesehen hatte. Sobald ihre Schwägerin morgens aus dem Bett kam, trug sie sorgfältig Grundierung, Eyeliner, dicke Wimperntusche und leuchtend roten Lippenstift auf. Ohne diese Bemalung wirkte sie verletzlich und angeschlagen. Da war es schwer, ihr böse zu sein.

»Hast du vergessen, dass ich vorbeikommen wollte?«

»Nein, eigentlich nicht. Ich habe nur nicht auf die Uhrzeit geachtet.«

»Es ist halb sieben.«

»Lieber Himmel. Wie schnell die Zeit vergeht, wenn man schläft.« Sie lachte gequält.

»Bist du krank?«

»Gestern ist es spät geworden. Ich habe mir bloß ein kleines Nickerchen gegönnt.«

»Soll ich uns Tee machen?«

»Tee?«

»Ja.«

»Ich könnte einen Drink vertragen.«

»Erst gibt es Tee. Wir müssen einiges besprechen.«

»Zum Beispiel, dass ich eine Rabenmutter bin. Das meinst du doch, oder?«

»Nein.«

Sie gingen in die Küche, die schlimmer aussah denn je. Das Ganze erinnerte ein bisschen an das Chaos, das Chloë in Friedas Küche angerichtet hatte: überall Gläser und Flaschen, Abfall, der aus Mülltüten auf den klebrigen Fliesenboden quoll, große Wachsflecken auf dem Tisch, ein säuerlicher Geruch in der Luft.

Frieda begann das benutzte Geschirr zu stapeln und in die Spüle zu stellen, um Platz zu schaffen.

»Sie ist mir weggelaufen, musst du wissen«, erklärte Olivia, die den Zustand des Raums gar nicht wahrzunehmen schien. »Zu dir hat sie wahrscheinlich gesagt, ich hätte sie rausgeworfen, aber das stimmt nicht. Sie hat mir fürchterliche Sachen an den Kopf geschmissen und ist dann abgehauen.«

»Sie sagt, du hättest sie mit einer Haarbürste geschlagen.«

»Falls ich das wirklich getan habe, dann nur mit einer mit ganz weichen Borsten. Meine Mutter hat mich immer mit einem Holzlöffel verhauen.«

Frieda hängte ein paar Teebeutel in die Kanne und schnappte sich zwei Tassen aus der Spüle, um sie abzuwaschen.

»Hier ist alles ein bisschen außer Kontrolle geraten«, stellte sie fest. »Du musst für Ordnung sorgen, bevor Chloë zurückkommt.«

»Nicht alle Menschen haben so einen Ordnungsfimmel wie du. Das heißt aber nicht, dass ich nicht klarkomme.«

»Du siehst krank aus. Du hast den Nachmittag im Bett verbracht. Das Haus ist in einem schrecklichen Zustand. Chloë ist weg, und Kieran auch, wenn ich richtig informiert bin.«

»Dieser Trottel. Ich mag ja zu ihm gesagt haben, dass er verschwinden soll, aber ich hätte nie gedacht, dass er mich beim Wort nimmt.«

»Wie viel trinkst du?«

»Du kannst mir nicht befehlen, wie ich mein Leben zu leben habe.«

»Chloë befindet sich in meinem Haus, und wir müssen darüber

sprechen, wie lange sie dort bleiben soll und wann du bereit sein wirst für ihre Rückkehr. Im Moment kann sie jedenfalls nicht nach Hause.«

»Ich wüsste nicht, was dagegen sprechen sollte.«

»Olivia, sie ist noch ein Kind. Sie braucht Grenzen, und sie braucht Ordnung.«

»Ich habe ja gewusst, dass du bloß gekommen bist, um mir vorzuwerfen, was für eine Rabenmutter ich bin.«

»Ich sage doch nur, dass Chloë jemanden braucht, der sie morgens aufweckt und abends mit ihr spricht. Sie braucht eine saubere Küche, Essen im Kühlschrank, einen Raum, wo sie ihre Hausaufgaben machen kann, und so etwas wie Stabilität.«

»Und was ist mit mir? Wen interessiert es, was ich brauche?«

Eine Weile lang herrschte im Raum Schweigen. Olivia trank ihren Tee, während Frieda Teller und Pfannen stapelte und Mülltüten in die Diele hinaustrug. Nach einer Weile meldete Olivia sich mit schwacher Stimme zu Wort.

»Hasst sie mich jetzt?«

»Nein, aber sie ist wütend und fühlt sich vernachlässigt.«

»Ich wollte sie nicht schlagen, und Kieran wollte ich auch nicht rauswerfen. Es ging mir nur so erbärmlich, dass ich einfach nicht mehr klar denken konnte.«

»Und vielleicht hattest du auch zu viel getrunken.«

»Du klingst wie eine hängen gebliebene Schallplatte.«

Frieda sparte sich einen Kommentar. Nach ein paar Augenblicken des Schweigens sprach Olivia weiter.

»Ich kann mich selber hören, wenn ich diese fürchterlichen Dinge sage. Ich höre mich mit kreischender Stimme üble Beschimpfungen ausstoßen. Trotzdem kann ich mich irgendwie nicht am Riemen reißen – obwohl ich genau weiß, dass ich es später dann bereue.«

Frieda betrachtete ihre Schwägerin einen Moment, ehe sie mit einem Scheuerschwamm die Pfannen in Angriff nahm. Sie fühlte sich schrecklich müde. Das Chaos in Olivias Leben machte sie fertig.

»Du musst dein Leben endlich in den Griff bekommen«, erklärte sie.

»Leichter gesagt als getan. Wo soll ich denn da anfangen?«

»Mach eins nach dem anderen. Räume erst einmal das ganze Haus auf, vom Dachboden bis in den Keller. Trinke ein bisschen weniger oder einfach gar nichts. Vielleicht geht es dir allein dadurch schon besser. Wasch dir die Haare und jäte den Garten.«

»Sagst du das auch zu deinen Patienten? Wasch dir die Haare und jäte den gottverdammten Garten?«

»Manchmal.«

»Ich habe mir mein Leben irgendwie anders vorgestellt.«

»Ja, aber ich glaube …«, begann Frieda.

»Der Typ hat schon recht, wir brauchen alle ein bisschen Liebe.«

»Was für ein Typ?«

»Ach, nur irgendein Mann.« Olivia klang plötzlich viel munterer. »Das Ganze war ehrlich gesagt ein bisschen peinlich. Ich habe ihn gestern Abend kennengelernt, als es mir gerade nicht so gut ging. Ich war so aufgewühlt wegen des ganzen Schlamassels, deswegen bin ich in dieses nette Weinlokal gegangen und habe mir ein paar Gläser hinter die Binde gegossen. Als ich gerade wieder nach Hause gehen wollte, bin ich dem Kerl in die Arme gelaufen.« Sie stieß ein spitzes kleines Lachen aus, das halb beschämt, halb aufgeregt klang. »Es heißt ja, bei Fremden findet man manchmal mehr Trost als bei den eigenen Freunden.«

»Wie ging es dann weiter? Was ist passiert?«

»Passiert? So war das nicht, Frieda. Du brauchst mich gar nicht so anzusehen. Ich bin auf der Straße gestolpert, und er war zur Stelle. Mein barmherziger Samariter. Er hat mir aufgeholfen und mir den Straßenstaub von den Klamotten geklopft, und dann hat er mich sogar nach Hause begleitet.«

»Wie nett von ihm«, meinte Frieda trocken. »Wollte er noch auf einen Sprung hineinkommen?«

»Ich konnte ihm doch nicht die Tür vor der Nase zuschlagen. Wir haben ein Glas Wein miteinander getrunken, und danach ist er wieder gegangen.«

»Gut.«

»Er scheint dich zu kennen.«

»Mich?«

»Ja. Ich glaube, er hat gesagt, dass ich dir liebe Grüße ausrichten soll oder alles Liebe. Genau weiß ich es nicht mehr.«

»Wie war sein Name?«

»Den hat er mir nicht verraten, obwohl ich ihn danach gefragt habe. Er hat bloß gemeint, Namen seien nicht wichtig, und er habe mehrere Namen. Da sei gar nichts dabei. Man könne den Namen genauso leicht wechseln wie die Kleidung. Er hat mir vorgeschlagen, es doch selber mal auszuprobieren. Ich habe ihm gesagt, dass ich Jemima heißen möchte!« Sie stieß wieder ihr heiseres Lachen aus.

Frieda aber schien es, als wäre die Luft um sie herum schlagartig abgekühlt. Sie setzte sich Olivia gegenüber an den Tisch und beugte sich zu ihr vor. Obwohl sie sich um einen ruhigen Ton bemühte, sprach aus ihrer Stimme eine große Dringlichkeit.

»Wie hat dieser Mann ausgesehen, Olivia?«

»Wie er ausgesehen hat? Puh, keine Ahnung. Ein Typ zum Angeben war er jedenfalls nicht.«

»Ich meine das ernst«, sagte Frieda. »Beschreib ihn mir.«

Olivia verdrehte die Augen wie ein trotziges Schulmädchen.

»Graues Haar, sehr kurz geschnitten. Eher kräftig gebaut, würde ich sagen. Nicht allzu groß, aber auch nicht klein.«

»Was für eine Farbe hatten seine Augen?«

»Seine Augen? Du bist wirklich seltsam, Frieda. Die Augenfarbe weiß ich nicht mehr. Oder doch, braun. Ja, er hatte braune Augen. Ich habe nämlich zu ihm gesagt, dass seine Augen mich an einen Hund erinnern, den wir mal hatten, also müssen sie wohl braun gewesen sein.«

»Hat er gesagt, was er beruflich macht?«

»Nein, ich glaube nicht. Warum?«

»Bist du sicher, dass er behauptet hat, mich zu kennen?«

»Angeblich hat er dir erst kürzlich mal bei irgendwas geholfen. Er meinte, du würdest dich bestimmt erinnern.«

Frieda schloss einen Moment die Augen. Sie sah wieder vor sich, wie die sterbende Mary Orton den Blick auf sie richtete. Sie sah ein Messer auf sich zukommen … und dann eine Gestalt, eine Figur im Schatten, die sie mehr spürte als erkannte – wie ein Flattern an den Rändern ihres Gesichtsfeldes. Jemand hatte sie gerettet.

»Was hat er noch gesagt?«

»Ich glaube, ich habe mehr geredet als er«, antwortete Olivia.

»Erzähl mir alles, woran du dich erinnerst.«

»Du machst mir ein bisschen Angst.«

»Bitte!«

»Er wusste, dass ich eine Tochter habe, die Chloë heißt, und dass sie zurzeit bei dir ist.«

»Weiter.«

»Nichts weiter. Ich bekomme von deinen Fragen schon Kopfschmerzen.«

»Eine Terry oder Joanna oder Carrie hat er nicht erwähnt?«

»Nein.«

»Und du sollst mir sonst nichts von ihm ausrichten?«

»Nur seine Grüße oder alles Liebe. Ach, doch, irgendwas mit Narzissen.«

»Narzissen? Was für Narzissen?«

»Ich glaube, er hat gesagt, er habe dir mal Narzissen geschenkt.«

Ja. Dean hatte mal ein kleines Mädchen quer durch den Park zu ihr hinübergeschickt, mit einem Strauß Narzissen und einer aus sechs Worten bestehenden Nachricht. Diese sechs Worte trug Frieda seitdem mit sich herum: »Deine Zeit war noch nicht gekommen.«

Sie stand auf.

»Hast du ihn auch nur einen Moment allein gelassen?«

»Nein! Oder doch, einmal musste ich aufs Klo, aber davon abgesehen … er hat nichts geklaut, falls du das meinst. Er war einfach nur nett zu mir.«

»Wie viele Ersatzschlüssel hast du?«

»Was? Das ist doch Schwachsinn! Außerdem, keine Ahnung. Ich habe einen, Chloë hat auch einen, und vermutlich liegen im Haus noch ein paar andere herum, aber ich habe keine Ahnung, wo.«

»Hör zu, Olivia, ich werde dir Josef vorbeischicken. Er soll sämtliche Schlösser im Haus austauschen und auch deine Fenster anständig sichern.«

»Bist du jetzt völlig übergeschnappt?«

»Ich hoffe es. Jedenfalls wird Josef gleich morgen früh vorbeikommen, also sieh zu, dass du zeitig aufstehst.«

»Was ist überhaupt los?«

»Nichts, hoffe ich. Eine reine Vorsichtsmaßnahme.«

»Gehst du schon wieder?«

»Ich treffe mich noch mit Sasha. Aber Olivia ... lass bitte keine fremden Männer mehr ins Haus.«

36

Vor seiner Verabredung mit Sadie verbrachte Karlsson zwanzig Minuten mit Dora Lennox. Sie saßen zusammen in der Küche, während Louise in Wohnzimmer und Diele deutlich vernehmbar aufräumte. Karlsson fand, dass alles an Dora bleich wirkte: das schmale Gesicht, die blutleeren Lippen, die kleinen, zarten Hände, die ständig mit dem Salzstreuer herumspielten. Sie hatte etwas fast Ätherisches an sich. Durch ihre milchweiße Haut schimmerten blaue Adern.

Karlsson kam sich richtig brutal vor, als er die Lumpenpuppe herauszog. Dora gab bei ihrem Anblick ein unterdrücktes Wimmern von sich.

»Es tut mir leid, wenn ich dir damit Kummer bereite, Dora, aber wir haben diese Puppe in deinem Zimmer gefunden.«

Dora starrte sie einen Moment an, wandte den Blick aber sofort wieder ab.

»Gehört sie dir?«

»Sie ist gruselig.«

»Hast du das getan, Dora?«

»Nein!«

»Es macht nichts, wenn du es warst. Niemand wird dir deswegen böse sein. Ich muss nur wissen, ob du das selber warst.«

»Ich wollte sie nur verstecken.«

»Vor wem?«

»Ich weiß nicht. Vor allen. Ich wollte sie auch nicht sehen.«

»Du hast ein bisschen an ihr herumgeschnippelt, und dann wolltest du sie nicht mehr sehen?«, hakte Karlsson nach. »Das ist doch nicht schlimm.«

»Nein, ich war das nicht! Sie gehört mir nicht. Erst wollte ich sie in die Mülltonne werfen, aber dann dachte ich, jemand könnte sie finden.«

»Wenn sie nicht dir gehört, wem gehört sie dann?«

»Das weiß ich nicht. Warum fragen Sie das?« Ihre Stimme überschlug sich hysterisch.

»Hör zu, Dora. Du hast nichts falsch gemacht, aber ich muss wissen, wie diese Puppe in dein Zimmer gekommen ist, wenn sie nicht dir gehört.«

»Ich habe sie gefunden«, flüsterte sie.

»Wo hast du sie gefunden?«

»An dem Tag war ich allein zu Hause, weil ich krank war. Ich hatte Fieber und musste nicht in die Schule. Mum hat mir versprochen, früher aus der Arbeit nach Hause zu kommen, und sie hat mir ein Sandwich neben mein Bett gelegt. Ich konnte nicht lesen, weil mein Kopf so wehtat, aber schlafen konnte ich auch nicht, deswegen lag ich nur so da und lauschte auf die Geräusche draußen auf der Straße. Da hat es plötzlich geklappert, und jemand hat etwas durch den Briefschlitz geworfen, aber ich dachte, es wäre Werbung oder so was. Als ich dann später aufs Klo musste und an der Treppe vorbeikam, habe ich die Puppe von oben bemerkt. Da bin ich runter und habe sie aufgehoben und gesehen …« Mit einem leichten Schaudern stockte sie und starrte Karlsson von unten herauf an.

»Du sagst, jemand hat die Puppe durch den Briefschlitz geworfen?«

»Ja.«

»In diesem zerschnippelten Zustand?«

»Ja. Sie hat mir Angst gemacht. Ich weiß nicht, warum, aber ich musste sie einfach verstecken.«

»Und das ist tagsüber passiert, zu einer Zeit, in der normalerweise niemand zu Hause gewesen wäre?«

»Ich hatte die Grippe«, sagte sie, als müsste sie sich rechtfertigen.

Karlsson nickte. Ihm ging durch den Kopf, dass an jedem normalen Tag Ruth Lennox diejenige gewesen wäre, die die verstümmelte Puppe gefunden hätte. Eine Nachricht. Eine Warnung.

Sadie trug dieses Mal weder Make-up noch Parfüm. Sie war ein wenig zu früh gekommen und hatte sich bereits einen Tomatensaft bestellt. Sie begrüßte Karlsson wie einen Arbeitskollegen. Als er sich zu ihr hinunterbeugte, um sie auf die Wange zu küssen, drehte sie den Kopf zur Seite, so dass er stattdessen ihr Ohr traf.

»Besorg dir was zu trinken, wenn du magst. Dann können wir reden.«

Nachdem er sich an der Theke ein Bier geholt hatte, nahm er ihr gegenüber Platz.

»Ich weiß nicht, was es da noch zu sagen gibt«, begann er. »Ich habe mich benommen wie ein Idiot. Dabei mochte ich dich immer sehr gern, Sadie, und wollte dich nicht ausnutzen.«

»Aber du hast es getan. Hätte ich gewusst, dass du nur auf einen schnellen Fick an deinem freien Abend aus warst, hätte ich dich nicht in meine Nähe gelassen.«

»Es tut mir leid.« Sadie musterte ihn kühl. Fast gegen seinen Willen sprach er weiter, um wieder ein bisschen Milde in Sadies Gesicht zu zaubern, das gerade so hart und unnachgiebig wirkte. »Das Problem ist«, sagte er, »dass es mir zurzeit nicht so gut geht.«

»Vielen von uns geht es nicht so gut.«

»Ich weiß. Das soll keine Ausrede sein. Meine Kinder, Mikey und Bella … Du hast sie mal kennengelernt, als sie noch kleiner waren … Jedenfalls sind sie mit ihrer Mutter im Ausland.«

»Im Ausland? Du meinst, in Urlaub?«

»Nein. Sie hat diesen neuen Typen … Ich schätze, sie wird ihn heiraten, also ist er im Grunde der Stiefvater meiner Kinder, und er hat eine neue Stelle in Madrid, deswegen sind sie dorthin gezogen. Zu viert, als glückliche Familie.« Er hörte selbst, wie verbittert er klang, und hasste sich dafür. »Sie sind erst mal für zwei Jahre dort. Ich kann sie zwar hin und wieder sehen, aber es wird nicht mehr dasselbe sein. Natürlich ist es schon nicht mehr dasselbe, seit sie ausgezogen sind. Eigentlich habe ich sie damals schon verloren, aber jetzt habe ich das Gefühl, sie ganz verloren zu haben, und seit sie weg sind, bin ich …«

Plötzlich konnte er nicht mehr weitersprechen, konnte Sadie nicht sagen, dass er eigentlich gar nicht mehr wusste, was sein Leben noch für einen Sinn hatte – und dass er sich jeden Morgen, wenn er aufwachte, erst einmal mühsam aufraffen musste, der Welt ins Gesicht zu blicken.

»Ich dachte, ich könnte die Lücke ein wenig füllen«, sagte er schließlich lahm, »um das alles irgendwie durchzustehen.«

»Du wolltest die Lücke mit mir füllen?«

»Ja, wahrscheinlich. Ich stehe irgendwie neben mir – als würde das alles einer anderen Person passieren und ich nur zusehen, so wie im Kino. Als ich an dem Morgen aufwachte und dich neben mir liegen sah, da war mir einfach … also, da wusste ich, dass ich einen Fehler gemacht hatte und ich noch nicht bereit bin für – weder für dich noch für irgendeine andere.«

»Und das war's?«

»Ja.«

»Das hättest du dir vorher überlegen sollen.«

»Da hast du recht.«

»Ich bin ein Mensch. Ich bin Sadie, eine Frau, die du immer als Freundin bezeichnet hast.«

»Ich weiß.«

»Es tut mir leid, dass es dir so schlecht geht. Das mit deinen Kindern ist sicher hart für dich.« Sie stand auf, obwohl sie ihren Tomatensaft noch nicht ausgetrunken hatte. »Danke, dass du nun doch noch ehrlich zu mir warst. Wenn du das nächste Mal Trost brauchst, dann ruf eine andere an.«

Frieda traf kurz vor Sasha zu Hause ein. Sie rief Josef an, der sich bereit erklärte, sofort bei Olivia vorbeizuschauen und sowohl die Haustür als auch die Hintertür durch zusätzliche Riegel zu sichern. Am nächsten Morgen würde er dann sämtliche Schlösser austauschen. Anschließend rief Frieda Karlsson an, landete aber nur bei seiner Mailbox. Sie hinterließ keine Nachricht. Was hätte sie auch sagen sollen? »Ich fürchte, Dean Reeve war gestern Abend bei meiner Schwägerin im Haus.« Das würde er ihr nicht glauben. Sie wusste ja nicht mal, ob sie es selbst glaubte, aber schon bei der Vorstellung stieg Panik in ihr auf.

Sasha tauchte kurz nach acht mit einer Tüte voll dampfendem indischem Essen auf. Sie trug ein locker fallendes orangefarbenes Kleid und hatte ihr Haar so gekämmt, dass es ihr Gesicht weich einrahmte. Frieda registrierte die rosig angehauchten Wangen und die leuchtenden Augen ihrer Freundin. Während diese ein paar Nan-Brote aus der feuchten braunen Tüte nahm und auf einen Teller legte, zündete Frieda Kerzen an und nahm eine Flasche Wein aus dem Kühlschrank. Dabei ging ihr durch den Kopf, wie seltsam es doch war, dass sie ihre Anspannung und Angst selbst vor Sasha so geschickt verbergen konnte. Ihre Stimme klang gelassen, und auch ihre Hände wirkten ganz ruhig, während sie den Wein einschenkte.

»Ist Chloë noch da?«

»Ja, aber sie trifft sich heute Abend mit ihrem Vater, deswegen habe ich das Haus ausnahmsweise mal wieder für mich.«

»Stört es dich sehr, dass sie hier ist?«

»Ich glaube, mir blieb gar keine andere Wahl, als sie aufzunehmen.«

»Das war nicht die Frage.«

»Manchmal komme ich nach Hause«, antwortete Frieda, »und sie hat sich total ausgebreitet. Chaos, wohin du blickst. Überall liegt ihr Schulzeug herum. In der Spüle türmt sich schmutziges Geschirr. Gelegentlich sind auch noch Freunde von ihr da, ganz zu schweigen von Josef. Überall ist es laut und chaotisch, und es riecht sogar anders. Dann komme ich mir in meinem eigenen Haus vor wie ein Eindringling. Nichts ist mehr wie vorher. Oft würde ich am liebsten auf dem Absatz kehrtmachen und davonrennen.«

»Wenigstens ist es bald wieder vorbei. Sie bleibt doch nur eine Woche, oder?«

»So war es jedenfalls vereinbart. Das Essen sieht gut aus. Wein?«

»Ein wenig, damit ich mit dir anstoßen kann.«

Sie setzten sich einander gegenüber, und Frieda hob ihr Glas.

»Also, schieß los.«

Statt ihr eigenes Glas zu heben, strahlte Sasha ihre Freundin nur an.

»Weißt du, Frieda, auf mich wirkt die ganze Welt plötzlich klarer und leuchtender. Ich merke, wie neue Energie durch meinen Körper strömt. Jeden Morgen wache ich auf und spüre den Frühling auch in mir. Ich weiß, dass du Angst hast, ich könnte wieder verletzt werden, aber du hast Frank ja kennengelernt. Er ist nicht so. Außerdem – gehört das nicht dazu, wenn man sich verliebt? Dass man sich öffnet für die Möglichkeit, Freude zu empfinden, aber auch verletzt zu werden? Dass man sich gestattet, einem anderen Menschen zu vertrauen? Ich weiß, dass ich in der Vergangenheit Fehler gemacht habe, aber das mit Frank fühlt sich anders an. Ich bin inzwischen viel stärker als früher und nicht mehr so leicht zu beeinflussen.«

»Das freut mich sehr«, antwortete Frieda, »wirklich.«

»Gut! Ich bin mir sicher, dass ihr beide euch mögen werdet. Er findet dich großartig. Aber ich bin nicht nur hier, um wie ein Teenager von Frank zu schwärmen. Es gibt da noch etwas, das ich dir unbedingt sagen muss. Ich habe es sonst noch niemandem erzählt, aber …«

Es klingelte.

»Wer kann das sein? Für Chloë ist es noch viel zu früh, außerdem hat sie einen Schlüssel.«

Es klingelte noch einmal, und dann begann jemand zu klopfen. Frieda wischte sich mit einer Papierserviette den Mund ab und nahm noch schnell einen Schluck von ihrem Wein, ehe sie aufstand.

»Wer auch immer das ist, ich lasse niemanden herein«, erklärte sie.

Es war Judith Lennox. Sie trug eine Herrenjacke, die ihr viel zu groß war, und dazu eine Hose, die für Frieda wie eine Reithose aussah. Neben ihr stand Dora. Ihr langes braunes Haar war zu einem französischen Zopf geflochten. Ihr Gesicht wirkte verkniffen und blass.

»Hallo«, sagte Judith leise. »Sie haben gesagt, dass ich wieder zu Ihnen kommen darf.«

»Judith.«

»Ich wollte Dora nicht allein lassen. Ich hoffe, es macht Ihnen nichts aus, dass sie dabei ist.«

Friedas Blick wanderte zwischen den Mädchen hin und her.

»Mein Dad betrinkt sich irgendwo«, erklärte Judith, »und wo Ted ist, weiß ich nicht. Ich halte es mit Tante Louise im Haus einfach nicht mehr aus. Wenn sie nicht bald verschwindet, gibt es einen zweiten Mord.«

Dora stieß einen Seufzer aus.

»Ihr kommt wohl besser herein«, sagte Frieda, die nicht recht wusste, welches Gefühl bei ihr überwog: Mitleid mit diesen beiden Mädchen, die da vor ihrer Haustür standen, oder Wut, weil sie sich um sie kümmern musste.

»Sasha, das sind Judith und Dora.« Sasha blickte überrascht hoch, »zwei Freundinnen von Chloë.«

»Das sind wir eigentlich gar nicht«, stellte Judith richtig. »Ted ist ein Freund von Chloë. Ich kenne sie nur ein bisschen. Dora hat sie noch gar nicht kennengelernt, oder, Dora?«

»Nein.« Doras Stimme war nur ein Flüstern. Frieda kam es vor, als könnte man durch das Mädchen fast hindurchsehen – blaue Adern unter bleicher Haut, dunkle Augenringe, ein Hals, der fast zu dünn wirkte, um ihren Kopf zu tragen, dürre Beine mit einem großen Bluterguss an einem der Schienbeine. Frieda rief sich ins Gedächtnis, dass Dora die Leiche ihrer Mutter gefunden hatte.

»Setzt euch«, sagte sie. »Habt ihr schon etwas gegessen?«

»Ich habe keinen Hunger«, antwortete Dora.

»Ich hatte seit dem Frühstück nichts mehr«, erklärte Judith, »und du hast nicht mal zum Frühstück etwas gegessen, Dora.«

»Hier.« Frieda holte zwei weitere Teller aus dem Schrank und stellte sie vor die Mädchen. »Wir haben genug für alle.« Als sie Sashas irritierten Gesichtsausdruck bemerkte, fügte sie hinzu: »Die Mutter von Judith und Dora ist erst kürzlich gestorben.«

»Oh!« Sasha lehnte sich zu den beiden hinüber. Im flackernden Kerzenlicht wirkte ihr Gesicht ganz weich. »Das tut mir aber leid!«

»Jemand hat sie ermordet«, klärte Judith sie in barschem Ton auf. »In unserem Haus.«

»Nein! Das ist ja schrecklich!«

»Ted und ich glauben, dass es ihr Geliebter war.«

»Nicht!«, flüsterte Dora kläglich.

Frieda registrierte, wie Judith in Teds Abwesenheit seine Rolle übernahm. Aus ihrer Stimme sprach die gleiche Wut – die gleiche ätzende Bitterkeit –, die sonst ihr Bruder an den Tag legte.

»Kann ich einen Schluck Wein haben?«

»Wie alt bist du?«

»Fünfzehn. Sagen Sie jetzt bloß nicht, dass ich keinen Wein trinken darf, weil ich erst fünfzehn bin!« Sie stieß ein hässliches Schnauben aus. Ihre Stimme klang plötzlich kratzig, und ihre blauen Augen blitzten.

»Du hast morgen Schule. Außerdem kenne ich dich kaum. Ich gebe dir ein Glas Wasser.«

Judith zuckte mit den Achseln.

»Egal. Eigentlich ist mir jetzt sowieso nicht nach Wein.«

»Dora, iss doch ein bisschen Reis«, sagte Sasha mit einem gurrenden Unterton in der Stimme. Sie möchte eine Familie gründen, ging Frieda durch den Kopf. Sie hat sich verliebt, und nun wünscht sie sich Kinder.

Dora nahm sich einen Teelöffel Reis und schob ihn lustlos auf dem Teller herum. Sasha legte ihre Hand auf die freie Hand des Mädchens, woraufhin Dora den Kopf auf den Tisch sinken ließ und zu weinen begann. Erst zitterten nur ihre schmalen Schultern, doch dann zuckte plötzlich ihr ganzer abgemagerter Körper.

»Ach, du meine Güte«, sagte Sasha, »du armes kleines Ding.« Sie ging neben Dora in die Knie und nahm das Mädchen in den Arm. Nach ein paar Sekunden wandte Dora sich ihr zu, presste ihr tränennasses Gesicht an Sashas Schulter und klammerte sich an sie wie eine Ertrinkende.

Judith betrachtete die beiden mit ausdrucksloser Miene.

»Kann ich mit Ihnen sprechen?«, zischte sie zu Frieda hinüber, während ihre Schwester laut schluchzte.

»Natürlich.«

»Da draußen.« Judith machte eine Kopfbewegung in Richtung Garten.

Frieda erhob sich und steuerte auf die Hintertür zu. Draußen war die Luft nach dem warmen Tag noch angenehm lau. Frieda konnte die Kräuter riechen, die sie in kleine Blechwannen gepflanzt hatte.

»Was ist los?«, fragte sie.

Judith sah sie einen Moment an, dann wandte sie den Blick wieder ab. Sie wirkte plötzlich viel älter, als sie war, zugleich aber auch jünger: eine Erwachsene und ein Kind in einer Person. Frieda wartete. Ihr Curry würde zu einer öligen Masse erstarren.

»Ich fühle mich nicht besonders«, erklärte Judith.

Es war, als würde die Luft um sie herum merklich kühler. Frieda wusste, was Judith gleich sagen würde – etwas, das sie eigentlich mit ihrer Mutter besprechen sollte.

»Inwiefern?«, fragte sie.

»Mir ist immer ein bisschen schlecht.«

»Vor allem morgens?«

»Ja, vor allem.«

»Bist du schwanger, Judith?«

»Ich weiß es nicht. Vielleicht.« Ihre Stimme war nur noch ein Murmeln.

»Hast du schon einen Test gemacht?«

»Nein.«

»Das solltest du so bald wie möglich tun. Sie sind sehr verlässlich.« Sie versuchte, aus der Miene des Mädchens schlau zu werden. »Man bekommt sie in jeder Apotheke«, fügte sie hinzu.

»Ich weiß.«

»Aber du traust dich keinen zu machen, weil du Angst hast vor der Gewissheit.«

»Ja, wahrscheinlich.«

»Mal angenommen, du bist tatsächlich schwanger – weißt du, in welchem Monat du dann schon bist?«

Judith zuckte mit den Achseln. »Ich bin erst ein paar Tage drüber.«

»Warst du mit dem Mann nur ein einziges Mal zusammen?«

»Nein.«

»Du hast einen Freund.«

»Wenn man das so nennen kann.«

»Hast du es ihm schon gesagt?«

»Nein.«

»Deinem Vater auch nicht?«

Sie stieß wieder dieses verächtliche, schnaubende Lachen aus. Es klang zugleich höhnisch und unglücklich. »Nein!«

»Hör zu. Finde zuerst einmal heraus, ob du schwanger bist, und falls ja, musst du entscheiden, was du machen willst. Es gibt Leute, mit denen du reden kannst. Du musst dich nicht allein damit herumschlagen. Hast du noch andere Erwachsene, mit denen du sprechen könntest? Jemanden aus deiner Verwandtschaft oder eine Lehrerin?«

»Nein.«

Frieda schloss kurz die Augen. Sie musste erst verdauen, dass die ganze Last nun auf ihr ruhte.

»Also gut. Du kannst den Test hier machen, wenn du möchtest, und dann sprechen wir darüber.«

»Wirklich?«

»Wirklich.«

»Trotzdem solltest du vielleicht mal überlegen, ob du nicht doch auch mit deinem Vater reden möchtest.«

»Sie verstehen das nicht.«

»Womöglich reagiert er gar nicht so, wie du glaubst.«

»Ich bin sein kleines Mädchen. Wenn es nach ihm ginge, dürfte ich mich noch nicht mal schminken! Ich weiß genau, wie er reagieren wird. Erst stirbt Mum, dann der ganze Stress mit der Polizei, und jetzt auch noch das. Das wird ihn umbringen. Und Zach...« Sie brach ab und schnitt eine Grimasse. Ihrem kleinen Gesicht war deutlich anzusehen, wie aufgewühlt sie war.

»Ist Zach dein Freund?«

»Er wird stinksauer auf mich sein.«

»Warum? Es gehören schließlich immer zwei dazu, und mit den Folgen musst hauptsächlich du dich herumschlagen.«

»Eigentlich sollte ich die Pille nehmen. Ich nehme sie ja auch, ich habe sie nur eine Weile vergessen.«

»Ist Zach ein Mitschüler von dir?«

Sie zog ein Gesicht.

»Was heißt das?«

»Es heißt, nein.«

Frieda starrte sie an, und Judith erwiderte ihren Blick.

»Wie alt ist Zach?«

»Was spielt das für eine Rolle?«

»Judith?«

»Achtundzwanzig.«

»Verstehe. Und du bist erst fünfzehn. Das ist ein ziemlich großer Altersunterschied.«

»Danke, rechnen kann ich selbst.«

»Du bist noch minderjährig.«

»Das ist doch bloß eine blöde Regel, aufgestellt von alten Leuten, die verhindern wollen, dass die jungen Leute das Gleiche machen wie sie in ihrer eigenen Jugend. Ich bin kein Kind mehr.«

»Eines würde mich interessieren, Judith. Hat deine Mutter über Zach Bescheid gewusst?«

»Ich habe ihr nie von ihm erzählt. Mir war klar, was sie sagen würde.«

»Sie hatte also keine Ahnung?«

»Woher hätte sie es wissen sollen?« Judith wandte sich der hell erleuchteten Küche zu. Dort saß Dora inzwischen neben Sasha, den Kopf auf eine Hand gestützt, und redete, während Sasha ihr aufmerksam zuhörte. »Es sei denn …«, fügte Judith hinzu.

»Es sei denn?«

»Es könnte sein, dass sie meine Pillenpackung gefunden hat.«

»Wie kommst du darauf?«

»Mir war klar, dass ich mir einen ganz besonderen Platz dafür suchen musste, weil sie die Packung sonst finden würde. Für so etwas hatte sie einen siebten Sinn, eine Spürnase für die Geheimnisse anderer. Hätte ich die Pillenpackung in meine Wäscheschublade oder Schminktasche oder unter der Matratze deponiert, hätte Mum sie in null Komma nichts aufgespürt, so wie Teds Gras. Deswegen habe ich sie in eine Socke gesteckt und in den Schrank neben dem Badkästchen geschoben, den das ganze Jahr keiner aufmacht, außer, um schnell mal irgendetwas hineinzustopfen. Ich fürchte allerdings, Mum hat die Packung trotzdem gefunden. Vielleicht bin ich ja paranoid, aber ich glaube, sie hat die Anzeige verstellt, so dass der Pfeil auf den richtigen Tag zeigte. Ich selber habe nur immer eine nach der anderen genommen, ohne mich darum zu kümmern, ob die Tage passten, aber jemand hat den Pfeil verstellt. Zweimal, da bin ich mir ganz sicher.«

»Vielleicht wollte sie dich auf diese Weise wissen lassen, dass sie dein Geheimnis kannte.«

»Keine Ahnung. Das kommt mir ein bisschen albern vor. Warum hat sie es nicht einfach gesagt?«

»Weil ihr klar war, dass du vor lauter Wut auf sie sofort dichtgemacht hättest?«

»Ja, vielleicht.« Judith wandte sich Frieda zu. »Sie glauben also, sie hat es gewusst?«

»Es ist zumindest denkbar.«

»Dann hat sie darauf gewartet, dass ich mich ihr anvertraue?«

»Möglicherweise.«

»Aber ich habe es nicht getan.«

»Nein.«

»Im Moment habe ich das Gefühl, als hätte ich sie gar nicht gekannt. Nicht einmal an ihr Gesicht kann ich mich richtig erinnern.«

»Was du gerade durchmachst, ist sehr hart.« Frieda rang sich zu einer Entscheidung durch. »Hör zu, Judith. Ein paar Gehminuten von hier gibt es eine Apotheke, die bis spätabends geöffnet hat. Wenn es dir recht ist, besorge ich einen Schwangerschaftstest, dann kannst du ihn hier gleich machen.«

»Jetzt?«

»Ja.«

»Ich glaube nicht, dass ich das schaffe.«

»Dann weißt du es wenigstens. Das Schlimmste ist die Ungewissheit.« Ihr altes Mantra. Inzwischen kam es ihr ein wenig abgenutzt vor. Das angespannte Gesicht des Mädchens schimmerte in der Dunkelheit. Frieda legte eine Hand auf Judiths Schulter und schob sie sanft zurück in Richtung Küche.

»Euer Curry ist inzwischen kalt«, stellte Sasha fest, als die beiden hereinkamen. Sie trat auf Frieda zu und tätschelte ihr tröstend den Arm.

»Tja. Nächstes Mal gehen wir in ein Restaurant. Aber jetzt muss ich kurz weg.«

»Wohin?«

»Nur in die Apotheke, ein paar Sachen besorgen.«

»Sie hat Angst, schwanger zu sein, oder?«, fragte Sasha leise.

»Woher um alles in der Welt weißt du das?«

»Du willst einen Schwangerschaftstest besorgen?«

»Ja. Falls die Apotheke überhaupt noch offen hat.«

Sasha wandte sich ab und meinte dabei in beiläufigem Ton: »Ich habe einen in der Tasche. Den kann sie nehmen.«

»Sasha!« Frieda ging plötzlich ein Licht auf. Nun wunderte es sie nicht mehr, dass Sasha ihren Wein nicht angerührt und ihre Stimme so ungewohnt mütterlich und zärtlich geklungen hatte, als sie vorhin mit Dora sprach. Außerdem fiel Frieda nun auch wieder ein, dass Sasha gerade im Begriff gewesen war, ihr etwas zu erzählen, als die beiden Mädchen aufgetaucht waren.

»Das war es, was du mir sagen wolltest!«

»Ja.«

»Du bist schwanger?«

»Lass uns später darüber reden.«

Judith war nicht schwanger. Frieda erklärte ihr, dass die Übelkeit und das Ausbleiben ihrer Periode vermutlich mit dem Schock und ihrer Trauer zusammenhingen. Trotzdem sollte sie über das Thema mal gründlich nachdenken, fügte Frieda hinzu, statt einfach so weiterzumachen wie bisher. Immerhin war sie erst fünfzehn und mit einem gut dreizehn Jahre älteren Mann zusammen.

»Du musst mit jemandem darüber sprechen.«

»Ich spreche doch jetzt mit Ihnen.«

Frieda seufzte. Ihr dröhnte vor Müdigkeit schon der Kopf. »Mit jemand anderem, habe ich gemeint.«

Sie machte Judith eine Tasse Tee, und für Dora, die vom Weinen erschöpft wirkte, heiße Schokolade.

»Ich lasse euch ein Taxi kommen«, erklärte sie. »Euer Vater und eure Tante machen sich bestimmt schon Sorgen.«

Judith schnaubte verächtlich.

In dem Moment klingelte es erneut an der Tür.

»Das wird Chloë sein«, meinte Frieda.

»Ich mach ihr auf.« Sasha erhob sich und legte Frieda kurz eine Hand auf die Schulter, ehe sie den Raum verließ.

Vor der Tür stand aber nicht Chloë, sondern Ted, allem Anschein nach ziemlich zugedröhnt.

»Ist Chloë noch nicht da?«, fragte er, nachdem Sasha ihn in die Küche geführt hatte.

»Nein, ich rufe deinen Schwestern gerade ein Taxi«, antwortete Frieda und legte die Hand über den Hörer. »Ihr könnt alle gemeinsam nach Hause fahren.« Sie nannte der Taxifirma ihre Adresse und legte auf.

»Auf keinen Fall. Auf gar keinen Fall. Dad ist sturzbesoffen, und Tante Louise schäumt vor Wut. Ich schlafe heute Nacht nicht zu Hause.«

»Also, ich dann auch nicht«, verkündete Judith. Aus ihren blauen Augen blitzten gleichzeitig Angst und Aufregung. »Und Dora auch nicht. Stimmt's, Dora?«

Dora starrte sie nur an. Sie wirkte völlig fertig.

»Das Taxi ist in zirka fünf Minuten da. Dann fahrt ihr alle nach Hause.«

»Nein«, widersprach Ted. »Ich kann da nicht hin.«

»Du kannst uns nicht zwingen«, fügte Judith hinzu, die Frieda in ihrem aufgewühlten Zustand nun ebenfalls duzte. Dora ließ den Kopf wieder auf die Tischplatte sinken und schloss die Augen. Ihre Lider wirkten fast durchscheinend.

»Nein, zwingen kann ich euch nicht«, antwortete Frieda. »Wo wollt ihr denn dann hin?«

»Spielt das eine Rolle?«, entgegnete Ted.

»Ja. Du bist inzwischen achtzehn, wenn ich richtig informiert bin, und außerdem ein Junge. Du kannst auf dich selbst aufpassen – zumindest theoretisch. Judith ist fünfzehn und Dora erst dreizehn. Sieh sie dir doch an. Habt ihr Freunde, bei denen ihr bleiben könnt?«

»Können wir denn nicht hierbleiben?«, meldete Dora sich plötzlich zu Wort. »Hier fühle ich mich sicher.«

»Nein«, erwiderte Frieda, die Sashas Blick spürte.

Sie überlegte einen Moment, ob sie einen Teller nehmen und ihn an die Wand werfen sollte. Dann stellte sie sich vor, wie es wäre, nach einem Stuhl zu greifen und damit das Fenster einzuschlagen, um frische Luft in diese heiße Küche strömen zu lassen, in der es so intensiv nach indischem Essen, Schweiß und Trauer roch. Noch besser wäre, einfach aus dem Haus zu rennen und die Tür hinter sich zuzuknallen – dann wäre sie endlich wieder frei, draußen in der Aprilnacht, wo sie die Sterne und den Mond sehen und den leichten Wind auf der Haut spüren könnte. Sollten sich diese jungen Leute doch ohne sie mit ihren traurigen Problemen herumschlagen.

»Bitte«, sagte Dora. »Wir sind auch ganz leise und machen keine Unordnung.«

Ted und Judith schwiegen, musterten sie nur abwartend.

»Frieda«, sagte Sasha in warnendem Ton. »Nein. Das ist dir gegenüber nicht fair.«

»Eine Nacht«, entschied Frieda, »aber wirklich nur eine. Habt ihr mich verstanden? Bedingung ist, dass ihr sofort zu Hause anruft und eurer Tante und eurem Vater Bescheid gebt. Falls er in seinem Zustand überhaupt noch versteht, was ihr ihm sagt.«

»Ja, das machen wir!«

»Wenn das Taxi kommt, schicke ich es wieder weg, sage dem Fahrer aber, dass er euch morgen in aller Herrgottsfrühe abholen und nach Hause bringen soll. Ihr geht alle in die Schule. Ja?«

»Wir versprechen es.«

»Wo können wir schlafen?«, fragte Dora.

Frieda musste an ihr schönes, ruhiges Arbeitszimmer unter dem Dach denken, wo inzwischen Chloës ganzes Zeug herumlag. Dann dachte sie an ihr Wohnzimmer mit den Regalen voller Bücher, dem Sofa neben dem Kamin, dem Schachtisch neben dem Fenster. Alles genau richtig. Ihr Refugium vor der Welt und all ihren Turbulenzen.

»Hier entlang«, sagte sie und deutete in Richtung Gang.

»Hast du Schlafsäcke?«

»Nein.« Sie erhob sich. Ihr Körper fühlte sich so schwer an, dass es sie enorme Willenskraft kostete, sich überhaupt zu bewegen. Ihr Kopf pochte. »Ich hole euch ein paar Bettdecken und Laken. Als Kissen könnt ihr die Sofakissen nehmen. Auf dem Sessel liegen auch welche.«

»Ich kümmere mich darum«, mischte Sasha sich in entschiedenem Ton ein. Sie betrachtete Frieda besorgt, fast schon alarmiert.

»Kann ich ein Bad nehmen?«, fragte Ted.

Frieda starrte ihn an. Der neue Stöpsel befand sich in ihrer Tasche.

»Nein, kannst du nicht! Auf keinen Fall! Wascht euch einfach am Waschbecken.«

Als es erneut klingelte, ging Sasha hinaus, um den Taxifahrer zu instruieren. Fast gleichzeitig traf Chloë ein – wie nach jedem Treffen mit ihrem Vater halb wütend, halb aufgedreht. Überschwänglich umarmte sie erst Ted, dann Frieda, dann Sasha.

»Raus hier!«, befahl Frieda. »Ich mache jetzt in der Küche Ordnung, und dann gehe ich ins Bett.«

»Wir räumen auf!«, rief Chloë fröhlich. »Überlass die Küche einfach uns.«

»Nein. Ihr verschwindet jetzt, und ich räume auf. Ihr braucht alle euren Schlaf, denn ihr steht morgen früh um sieben auf und verlasst kurz danach das Haus. Macht bloß keinen Lärm. Und wenn jemand meine Zahnbürste benutzt, werfe ich die betreffende Person eigenhändig hinaus, egal, wie spät es ist.«

Du scheinst vom Radar verschwunden zu sein. Wo bist du? Sprich mit mir! Sandy xxx

37

»Das macht Spaß, stimmt's?«, bemerkte Riley.

»Inwiefern?«, wollte Yvette wissen.

»Wir durchwühlen die persönlichen Sachen der Leute, öffnen ihre Schubladen, lesen ihre Tagebücher. Das ist doch genau das, was man oft gern täte, aber nicht tun soll, weil es sich nicht gehört. Ich wünschte, ich dürfte das mal in der Wohnung meiner Freundin.«

»Nein, das macht keinen Spaß«, widersprach Yvette, die fast bereute, dass sie Riley inzwischen das Du angeboten hatte. »Sag das nur ja nie wieder laut, nicht einmal zu mir.«

Riley war gerade damit beschäftigt, den Aktenschrank im Wohnzimmer der Kerrigans durchzustöbern. Die Küche und das Schlafzimmer des Ehepaars hatten sie bereits durchsucht. Paul Kerrigan war nach der Attacke auf ihn nur eine Nacht im Krankenhaus geblieben und im Moment gerade irgendwo unterwegs, aber seine Frau hatte sie hereingelassen, wenn auch mit verkniffener Miene und wortlos. Sie hatte ihnen nicht einmal Kaffee oder Tee angeboten. Während sie beide in den Habseligkeiten des Paars und in der Unterwäsche herumwühlten, Computer einschalteten, private Briefe lasen und bei ihrer Suchaktion nicht nur den Dreckrand in der Badewanne, sondern auch die Mottenlöcher in einigen von Paul Kerrigans Pullovern zu sehen bekamen, hörten sie Mrs. Kerrigan Türen zuschlagen und mit Pfannen scheppern. Als Yvette ihr das letzte Mal begegnet war, hatte sie betäubt und auf eine resignierte Art traurig gewirkt. Nun machte sie einen wütenden Eindruck.

»Hier«, erklärte sie, während sie den Raum betrat, »die hätten Sie wahrscheinlich übersehen. Sie befanden sich in seiner Fahrradtasche, in dem Schrank unter der Treppe.«

Sie hielt ein kleines, rechteckiges Päckchen zwischen Zeigefinger und Daumen und verzog dabei angewidert das Gesicht. »Kondome«, fügte sie hinzu und ließ sie auf den Tisch fallen, als wären sie bereits benutzt worden, »für seine Mittwochsrendezvous, nehme ich an.«

Yvette bemühte sich um einen neutralen Gesichtsausdruck. Sie hoffte, Riley würde die Klappe halten und auch sonst nicht reagieren.

»Danke.« Sie griff nach dem Päckchen, um es in einen Beweismittelbeutel zu stecken.

»Mit Ihnen hat er keine benutzt?«, fragte Riley in munterem Ton.

»Ich hatte vor Jahren Krebs. Aufgrund der Chemotherapie bin ich seitdem unfruchtbar«, erklärte Elaine Kerrigan. Ihre verkniffene Miene wurde einen Moment lang von einem kummervollen Ausdruck abgelöst. »Deswegen ... nein, mit mir nicht.«

»Also ...«, begann Yvette.

»Es gibt da noch etwas, das ich Ihnen wohl sagen sollte. Paul ist an dem Tag erst ziemlich spät nach Hause gekommen.«

»Sie meinen, am sechsten April?«

»Ja. Ich war eine ganze Weile vor ihm zu Hause. Das ist mir inzwischen wieder eingefallen, weil ich an dem Tag einen Kuchen gebacken habe, eine Zitronen-Baiser-Torte, bei der ich die Befürchtung hatte, sie könnte nichts werden. Es ist schon seltsam, weswegen man sich manchmal Sorgen macht. Jedenfalls war er spät dran. Es muss schon nach acht gewesen sein, als er kam.«

»Warum haben Sie uns das nicht schon eher gesagt?«

»Es ist schwierig, sich sofort an alles zu erinnern.«

»Da haben Sie allerdings recht«, räumte Yvette ein. »Wir werden noch einmal Ihre Aussage aufnehmen müssen.«

Sie warf einen Blick zu Riley hinüber. Seine Augen funkelten, fast als müsste er sich ein Lächeln verkneifen.

»Er ist gleich im Bad verschwunden und hat alles, was er trug, in die Schmutzwäsche gegeben und dann ziemlich lange geduscht«, fuhr Elaine fort, »mit der Begründung, er habe auf der Baustelle einen harten Tag gehabt und vor dem Abendessen erst einmal den ganzen Dreck abwaschen müssen.«

»Es ist wichtig, dass Sie uns alles sagen, was Sie wissen«, antwortete Yvette zögernd. »Ich kann mir vorstellen, wie wütend Sie sind, aber ich möchte dennoch vorab klären, dass keinerlei Zusammenhang besteht zwischen dem, was Sie inzwischen wissen, und Ihrer neuen Version der Ereignisse – die sich auf die Situation Ihres Mannes ziemlich nachteilig auswirkt.«

»Ich bin in der Tat wütend auf Paul, falls Sie darauf hinauswollen«, entgegnete Elaine. »Ich bin richtig froh, dass ihn jemand zusammengeschlagen hat, und es kommt mir fast so vor, als hätte die betreffende Person das für mich getan. Trotzdem erzähle ich Ihnen nur, woran ich mich erinnere. Das ist doch meine Pflicht, oder etwa nicht?«

Beim Verlassen des Hauses begegneten sie den beiden Kerrigan-Söhnen. Sie hatten die Gesichtsform ihres Vaters und die Augen ihrer Mutter, und beide bedachten sie mit einem Blick, den Yvette als hasserfüllt empfand.

Währenddessen durchsuchte Chris Munster die Wohnung, in der Paul Kerrigan und Ruth Lennox sich während der vergangenen zehn Jahre jeden Mittwochnachmittag getroffen hatten, außer sie waren mit ihren Familien in Urlaub. Er legte eine Art Inventarliste an, indem er pflichtbewusst alles notierte, worauf er bei seiner Suche stieß. Im Schlafzimmer waren das zwei Paar Hausschuhe (seine und ihre), zwei Bademäntel (dito), außerdem ein paar Bücher auf einem kleinen Wandbord: eine Gedichtanthologie zum Thema Kindheit, eine Anthologie mit Hundegeschichten, Winston Churchills *Geschichte der englischsprachigen Völker*, eine Sammlung humoristischer Geschichten, ein Band mit Cartoons, die Munster nicht besonders lustig fand – lauter Bücher, von denen er annahm, dass sie für eine Lektüre in kleinen Häppchen gedacht waren. Die Bettwäsche hatten die Kollegen von der Spurensicherung mitgenommen, um sie auf Spuren von Körperflüssigkeiten zu untersuchen; über den kleinen Sessel war eine bunt gemusterte Tagesdecke geworfen, und ein schmaler Streifen Webteppich diente als Bettvorleger. Die Vorhänge wirkten mit ihrem gelben Karo sehr fröhlich. Der Schrank aus abgebeizter Kiefer war so gut wie leer, abgesehen von zwei Hemden (seinen) und einem Sommerkleid mit einem kaputten Reißverschluss.

Im sauberen, spartanisch eingerichteten Badezimmer des Paars vermerkte er zwei Zahnbürsten, zwei Waschlappen, zwei Handtücher, Rasiercreme, Deodorant (seines und ihres), Zahnseide, Mundspülung. Vor seinem geistigen Auge sah er, wie die beiden sich sorgfältig wuschen, sich die Zähne putzten, mit Mundspülung gurgelten und abschließend einen prüfenden Blick in den Spiegel warfen, ehe sie wieder in ihre bequeme, zweckmäßige Kleidung schlüpften und in ihr anderes Leben zurückkehrten.

In der Wohnküche gab es neben vier Rezeptbüchern vor allem eine Grundausstattung Kochutensilien (Töpfe, Pfannen, Holzlöffel, zwei Backbleche) und eine kleine Anzahl von Tellern, Schalen, Trinkgläsern und Tassen. Die vier Teetassen erinnerten Munster an diejenigen, die er im Lennox-Haus gesehen hatte. Womöglich hatte Misses Lennox sie sogar zur gleichen Zeit gekauft. Im Kühlschrank fand er eine Flasche Weißwein. Auf der Arbeitsplatte standen zwei Flaschen Rotwein. Eine halb verwelkte Hyazinthe neigte sich ihrer ausgetrockneten Erde entgegen, und auf dem Fensterbrett schrumpelten zwei Zwiebeln vor sich hin. Über den Holztisch, der in der Mitte des Raums stand, war eine gestreifte Tischdecke gebreitet. Munster ließ den Blick wandern. An der Seite lagen mehrere Kreuzworträtsel in unterschiedlichen Schwierigkeitsgraden und eine Packung Spielkarten. An der Wand hing ein Kalender, in den aber nichts eingetragen war. Auf dem Zweisitzersofa lag ein rot eingefasstes Kissen.

Zehn Jahre Lügen, dachte er, nur für das hier.

»Kerrigan hat kein Alibi mehr«, stellte Karlsson fest.

»Tja, sieht ganz danach aus«, antwortete Yvette, »wobei ich nicht recht weiß, welche von Misses Kerrigans Geschichten ich glauben soll.«

»Demnach ergreifen Sie also für ihn Partei.«

Zu seiner Rechten erklang eine Art Gackern. Es kam von Riley.

»Yvette ergreift ganz bestimmt nicht für Kerrigan Partei. Sie kann ihn nicht ausstehen.«

»Wozu brauchte er eigentlich Kondome?«, fuhr Karlsson fort. »Für seine Frau ja nicht.«

»Und für Misses Lennox auch nicht«, sagte Yvette. »Wie wir wissen, hatte sie eine Spirale.«

»Er kann trotzdem Kondome benutzt haben«, gab Riley zu bedenken.

»Wozu?«, fragte Karlsson.

Riley wirkte ein wenig verlegen, weil Karlsson ihn das fragte, obwohl er die Antwort doch eigentlich kennen sollte.

»Sie wissen schon«, antwortete er, »um sich von Ruth Lennox nichts einzufangen. Es heißt doch immer, wenn man mit einer Person schläft, schläft man auch mit all ihren anderen Sexualpartnern, und den Partnern dieser Partner und deren Partnern …«

»Ja, danke, wir haben es in etwa begriffen«, fiel Yvette ihm ins Wort.

Karlsson musste plötzlich an Sadie denken. Das Ganze war ohnehin schon schlimm genug. Es konnte doch wohl nicht sein, dass … Er verdrängte die Vorstellung sofort wieder. Schon der bloße Gedanke war unerträglich.

»Glaubt ihr, das war der Grund?«, fragte er.

»Nein«, antwortete Yvette in entschiedenem Ton. »Wären die Kondome für Ruth Lennox bestimmt gewesen, hätte er sie bestimmt in der Wohnung aufbewahrt, aber dort hat Munster keine gefunden. Es muss noch eine weitere Frau gegeben haben.«

»Klingt plausibel«, meinte Karlsson. »Die Frage ist, hat Ruth Lennox davon gewusst?«

»Die andere Frage ist, warum sie die Pillenpackung in ihrem Schrank hatte«, bemerkte Riley.

»Ich habe auch noch einmal über die Puppe nachgedacht«, sagte Yvette.

»Lassen Sie hören.«

»Wir gehen doch davon aus, dass sie für Ruth Lennox bestimmt und als Warnung gedacht war.«

»Ja?«

»Was, wenn sie doch Dora galt? Wir wissen, dass das Mädchen in den Monaten, die der Ermordung ihrer Mutter vorausgingen, in der Schule schlimm schikaniert wurde. Vielleicht sind für das mit der Puppe ja irgendwelche Jugendliche verantwortlich, die wussten, dass Dora krank war und allein im Haus.«

»Aus welchem Grund hätten die das tun sollen?« Riley klang ungehalten.

»Weil Kinder grausam sind.«

»Aber würden sie etwas derart Schreckliches tun?«

»Es wäre für sie nur eine Art Spiel«, entgegnete Yvette. Sie hörte selbst, wie bitter ihre Stimme klang, und lief vor Verlegenheit rot an.

»Vielleicht haben Sie recht«, antwortete Karlsson rasch, um nur ja kein peinliches Schweigen aufkommen zu lassen, »womöglich ziehen wir voreilige Schlüsse.«

»Die arme Kleine ist jedenfalls zu bedauern«, meinte Riley, »was auch immer der Grund gewesen sein mag.«

»Die Pillen gehörten Judith Lennox«, erklärte Frieda.

Sie hatte sich an diesem Morgen als Erstes zum Polizeipräsidium begeben. Karlsson bemerkte ihre Augenringe und ihren angespannten Gesichtsausdruck. Frieda wollte sich nicht setzen, sondern stellte sich stattdessen ans Fenster.

»Damit wäre zumindest eines der Rätsel gelöst.«

»Sie ist fünfzehn.«

»Es ist heutzutage nicht mehr so ungewöhnlich, dass eine Fünfzehnjährige bereits sexuell aktiv ist«, erwiderte Karlsson. »Wenigstens passt sie auf.«

»Ihr Freund ist viel älter, Ende zwanzig.«

»Das ist allerdings ein sehr großer Altersunterschied.«

»Judith hält es für möglich, dass ihre Mutter ihr auf die Schliche gekommen war.«

»Verstehe.«

»Ich dachte mir, du solltest das wissen. Ich habe Judith gesagt, dass ich die Information an dich weiterleite.«

»Danke.«

»Sein Name ist Zach Greene.« Sie verfolgte, wie Karlsson den Namen auf den Block kritzelte, den er vor sich liegen hatte.

»Möchtest du Kaffee?«

»Nein.«

»Geht es dir nicht gut?«

Sie überlegte ein paar Augenblicke, ob sie ihm von Dean erzählen solle – von ihrer Befürchtung, dass er bei Olivia im Haus gewesen war. »Das ist doch jetzt nicht wichtig«, antwortete sie schließlich.

»Ich finde schon.«

»Ich muss gehen.«

»Du arbeitest doch nicht schon wieder?«

»Nur ganz sporadisch.«

»Dann setz dich bitte ein paar Minuten hin und erzähl mir, was los ist.«

»Ich muss weg. Ich habe einiges zu erledigen.«

»Was denn?«

»Das würdest du nicht verstehen. Ich verstehe es ja selbst nicht.«

»Stell mich auf die Probe.«

»Nein.«

»Ich werde es bekommen.«

Sasha und Frieda saßen in einem kleinen Café am Regents Canal. Zwischen dem Treibgut und den Zweigen, die in dem braunen Wasser auf und ab wippten, schwammen Enten mit ihren Küken umher.

»Du hast dich entschieden.«

»*Wir haben uns* entschieden.«

»Das ist alles so schnell gegangen«, gab Frieda zu bedenken. »Vor einem Monat kanntest du ihn noch kaum.«

»Ich weiß – aber du brauchst trotzdem nicht so besorgt dreinzuschauen. Ich möchte, dass du dich für mich freust.«

»Ich freue mich ja.«

»Es hat in meinem Leben noch nie etwas gegeben, dessen ich mir so sicher war. Und so glücklich war ich auch noch nie. Selbst wenn ich ihn erst seit einer Woche kennen würde, wäre ich mir sicher. Ich werde zu Frank ziehen und ein Baby bekommen. Mein ganzes Leben verändert sich.«

»Du verdienst es, glücklich zu sein«, erklärte Frieda entschieden. Sie dachte an Sandy in Amerika. Er kam ihr inzwischen wieder sehr weit weg vor. Manchmal konnte sie sich kaum an sein Gesicht oder den Klang seiner Stimme erinnern.

»Danke.«

»Ich kann nicht stricken.«

»Das macht nichts.«

»Und die Babysprache kann ich auch nicht.«

»Es fällt mir sowieso schwer, mir vorzustellen, wie du Babysprache von dir gibst.«

Sie mussten beide lachen. Nachdem sie wieder ernst geworden waren, griff Sasha nach Friedas Hand.

»Du bist so eine liebe Freundin«, erklärte sie. Dabei schwammen ihre großen Augen in Tränen.

»Bei dir spielen wohl schon die Hormone verrückt.«

»Nein, wirklich. Ich wüsste gar nicht, was ohne dich aus mir geworden wäre.«

»Du hättest es trotzdem geschafft.«

»Das glaube ich nicht. Aber sag mal, Frieda … geht es dir auch gut?«

»Warum sollte es mir nicht gut gehen?«

»Ich mache mir Sorgen um dich. Wir machen uns alle Sorgen.«

»Das braucht ihr nicht.«

»Versprichst du mir, dass du es mir sagst, wenn etwas nicht in Ordnung ist?«

Doch Frieda wechselte das Thema. Sie konnte dieses Versprechen nicht geben.

38

Josef nahm die Visitenkarten vom Kaffeetisch und blätterte sie durch.

»Ich habe noch ein paar zusätzliche Telefonnummern«, erklärte Frieda, »von den Aufklebern an der Seitenwand der Telefonzelle.«

»Ich soll da also überall anrufen«, antwortete Josef.

»Ich weiß, das ist viel verlangt. Aber wenn ich es selbst machen würde, wären sie bestimmt erstaunt, die Stimme einer Frau zu hören, und ich müsste des Langen und Breiten erklären, warum ich anrufe, und am Ende käme wahrscheinlich nichts dabei heraus.«

»Frieda, das hast du mir doch alles schon gesagt.«

Frieda nahm einen Schluck von ihrem mittlerweile kalten Tee.

»Ich schätze mal, ich habe ein schlechtes Gewissen, weil ich dich bitte, bei einer Prostituierten anzurufen. Besser gesagt, sogar bei mehreren. Ich bin dir dafür sehr dankbar. Du hast schon so viel für mich getan.«

»Vielleicht zu viel«, antwortete Josef grinsend. »Soll ich jetzt anrufen?« Frieda schob das Handy über den Tisch. Josef griff danach und wählte eine Visitenkarte aus. »Fangen wir doch mal mit der Französischlehrerin an.« Während er die Nummer tippte, konnte Frieda es sich nicht verkneifen, einen Moment darüber nachzudenken, ob er das wohl schon mal gemacht hatte. Im Lauf der Jahre hatten mehrere ihrer Patienten davon gesprochen, dass sie die Dienste von Prostituierten in Anspruch nahmen, oder zumindest dahingehende Fantasien hatten. Während ihres Studiums war Frieda auf ein, zwei Partys gewesen, bei denen eine Stripperin auftrat. War das das Gleiche oder etwas völlig anderes? Sie konnte sich daran erinnern, dass ein rotgesichtiger Medizinstudent ihr damals zugerufen hatte, sie solle sich wieder einkriegen und sich entspannen. Josef schrieb gerade etwas auf die Visitenkarte. Es sah nach einer komplizierten Wegbeschreibung aus. Schließlich gab er ihr das Telefon zurück.

»Spenzer Court.«

»Spenser«, stellte Frieda richtig.

»Ja, und die Straße heißt Carey Road.«

Frieda warf einen Blick ins Straßenverzeichnis ihres Stadtplans. »Das ist gar nicht weit von hier«, erklärte sie. »Wir können zu Fuß gehen.«

Am Ende der Carey Road führte ein Durchgang in die Wohnanlage. Der erste Block, an dem sie vorbeikamen, hieß Wordsworth Court. Das Erdgeschoss bestand aus abschließbaren Garagen und riesigen eisernen Mülltonnen. Frieda blieb einen Moment stehen und blickte sich um. Zwischen aufgerissenen Mülltüten lagen ein umgekippter Einkaufswagen aus einem Supermarkt und ein kaputter Fernseher, der aussah, als hätte ihn jemand aus einem der oberen Stockwerke geworfen. Eine von Kopf bis Fuß verschleierte Frau schob einen Kinderwagen die andere Seite des Hofes entlang.

»Früher habe ich nie verstanden, wie man so etwas bauen kann«, wandte sie sich an Josef. »Dann war ich irgendwann mal in einem kleinen sizilianischen Städtchen, das auf einem Hügel lag, und plötzlich habe ich es begriffen. Genau so waren solche Wohnanlagen gedacht. Sie sollten aussehen wie das italienische Städtchen, in dem der Architekt seinen Urlaub verbracht hat: mit lauter kleinen Plätzen, wo Kinder spielen können, Plätzen für Märkte und Jongleure und lauschigen Passagen, wo sich die Leute begegnen, plaudern und Abendspaziergänge unternehmen können. Nur leider hat das hier nicht so recht funktioniert.«

»Es ist wie in Kiew«, erklärte Josef, »bloß dass diese Häuser nicht so viel taugen, wenn es zwanzig Grad minus hat.«

Sie erreichten Spenser Court und stiegen eine Treppe in den dritten Stock hinauf, wobei sie sich einen Weg durch lauter alte Fast-Food-Behälter bahnen mussten. Langsam gingen sie die Galerie entlang. Josef warf einen Blick auf die Visitenkarte und dann auf die Wohnung vor ihm. Das Fenster neben der Tür war mit Metallstäben gesichert und von innen zusätzlich mit Pappe verschlossen, weil die Scheibe fehlte.

»Hier ist es«, stellte er fest. »Da fällt es einem schwer, in Stimmung für Sex zu kommen.«

»So war das immer schon, zumindest hier in London.«

»In Kiew auch.«

»Wir müssen in ganz ruhigem Ton mit ihr sprechen«, sagte Frieda, »damit sie keine Angst bekommt.«

Sie klingelte. Drinnen rührte sich etwas. Frieda warf einen Blick zu Josef. Empfand er das Gleiche wie sie? Eine seltsame Mischung aus Übelkeit und Schuldgefühlen wegen der Dinge, die in ihrer Stadt vor sich gingen? Oder war sie nur prüde oder naiv? Sie wusste doch, dass es auf der ganzen Welt so lief. Josefs Miene wirkte auf eine gelassene Weise erwartungsvoll. Drinnen fummelte jemand an einer Kette herum, dann ging die Tür einen Spalt weit auf, und Frieda erhaschte einen Blick auf das Gesicht hinter der dicken Kette: jung, sehr klein, Lippenstift, blondiertes Haar. Als Frieda zu reden begann, wurde die Tür zugeschlagen. Sie wartete darauf, dass die junge Frau die Kette lösen und die Tür richtig öffnen würde, doch es blieb still. Sie und Josef sahen sich an. Frieda klingelte noch einmal, doch es kam keine Reaktion mehr. Sie beugte sich hinunter zum Briefschlitz und spähte hinein. Irgendetwas versperrte ihr die Sicht.

»Wir wollen nur mit Ihnen reden«, erklärte sie. Da noch immer keine Reaktion erfolgte, reichte sie Josef ihr Telefon. »Versuch sie anzurufen. Sag ihr, wer du bist.«

Er starrte Frieda verwirrt an.

»Wer bin ich denn eigentlich?«

»Sag ihr, dass du der Mann bist, der sich mit ihr verabredet hat.«

Er rief an und wartete.

»Soll ich eine Nachricht hinterlassen?«, fragte er.

»Nein, spar dir die Mühe. Wahrscheinlich glaubt sie, wir sind von der Einwanderungsbehörde oder der Polizei – auf jeden Fall Leute, die ihr Schwierigkeiten bereiten wollen.«

»Das liegt an dir.«

»Was?«

»Es liegt an dir. Sie sieht eine Frau und glaubt, wir wollen ihr etwas tun.«

Frieda beugte sich über das Geländer und blickte hinunter.

»Du hast recht«, antwortete sie, »das war ein blöder Plan. Es tut mir leid, dass ich dich völlig umsonst hier rausgeschleppt habe.«

»Nein, nicht umsonst. Ich behalte dein Telefon. Gib mir den Stadtplan. Du gehst zurück in das Café und bestellst dir einen schönen Tee und Kuchen. In einer Stunde komme ich nach.«

»Das kann ich nicht von dir verlangen, Josef. Das ist nicht richtig, und gefährlich ist es auch.«

Josef lächelte.

»Gefährlich? Weil du mich nicht beschützt?«

»Es erscheint mir nicht richtig.«

»Nun geh schon.«

Als sie wieder auf der Carey Road standen, nahm Frieda ein paar Geldscheine aus ihrer Brieftasche und reichte sie Josef.

»Du solltest die Frauen fragen, ob sie ein Mädchen namens Lily Dawes kennen. Lila. So hat sie sich meistens genannt. Ich wünschte, ich hätte ein Foto, das ich ihnen zeigen könnte, aber ich weiß nicht, wo ich eines herbekommen soll. Gib ihnen auf jeden Fall zwanzig Pfund, und weitere zwanzig, wenn sie dir etwas sagen. Meinst du, das ist genug? Ich kenne mich in solchen Dingen nicht aus.«

»Ich glaube, das reicht.«

»Und sei vorsichtig.«

»Immer.«

Frieda ließ ihn zurück. Als sie sich nach ein paar Schritten noch einmal umdrehte, telefonierte er bereits.

Zurück im Café, sank sie auf einen Stuhl und bestellte eine weitere Tasse Tee, die sie jedoch nicht anrührte. Am liebsten hätte sie den Kopf in die Hände gestützt und auf der Stelle geschlafen. Sie überlegte, ob sie ein bisschen lesen oder einfach die Gedanken schweifen lassen sollte. Schließlich zog sie ihren Skizzenblock aus der Tasche und versuchte zwanzig Minuten lang, eine Zeichnung von den großen Platanen in Lincoln's Inn Field anzufertigen, bekam sie aber nicht richtig hin. Sie beschloss, die Grünanlage bald wieder aufzusuchen und die Bäume vor Ort auf Papier zu bannen. Sie verstaute den Block und sah sich im Café um. An einem Tisch neben der Tür saß ein Paar. Der Mann fing ihren Blick auf und musterte sie so feindselig, dass sie von da an nur noch vor sich hin starrte. Eine Berührung am Arm ließ sie hochfahren. Es war Josef.

»Ist schon eine Stunde rum?«, fragte sie überrascht.

Er warf einen Blick auf ihr Telefon, ehe er es ihr zurückgab.

»Anderthalb Stunden«, antwortete er.

»Was ist passiert? Hast du etwas herausgefunden?«

»Nicht hier. Lass uns in ein Pub gehen«, schlug Josef vor, »da kannst du mich auf einen Drink einladen.«

Sie fanden ein Pub und steuerten schweigend darauf zu. Drinnen war es ziemlich laut. Der Lärm kam von einem Spielautomaten, um den sich ein paar Jungs im Teenageralter scharten.

»Was möchtest du?«, fragte Frieda.

»Wodka. Einen großen Wodka. Und Zigaretten.«

Frieda bestellte einen doppelten Wodka, eine Packung Zigaretten und eine Schachtel Zündholzer und für sich ein Glas Leitungswasser.

»Warm wie Badewasser«, erklärte Josef mit missbilligender Miene, nachdem er sein Getränk entgegengenommen hatte. »Aber *budmo*.«

»Was?«

»Das heißt, wir werden ewig leben.«

»Werden wir nicht, das weißt du ganz genau.«

Josef betrachtete sie ernst.

»Ich glaube, du schon«, erwiderte er, woraufhin er sein Wodkaglas in einem Zug leerte.

»Darf ich dir noch einen bestellen?«, fragte sie.

»Jetzt gehen wir erst einmal vor die Tür, eine Zigarette rauchen.«

Sie traten hinaus auf den Gehsteig, wo Josef sich einen Glimmstängel anzündete und tief inhalierte. Frieda dachte an lange zurückliegende Zeiten, mittags vor dem Schultor. Josef hielt ihr die Schachtel hin, doch sie lehnte dankend ab.

»Und?«, fragte sie.

Er schüttelte traurig den Kopf.

»Ich habe mit vier Frauen gesprochen. Eine stammte aus Afrika, ich glaube, aus Somalia. Sie hat noch viel schlechter Englisch gesprochen als ich. Ich habe nur wenig verstanden. Ihr Mann war auch da. Er wollte mehr als zwanzig für sie, viel mehr. Er ist wütend geworden.«

»Ach, du lieber Himmel, Josef! Was ist passiert?«

»Das ist normal. Ich habe es ihm erklärt.«

»Er hätte bewaffnet sein können.«

»Das wäre ein Problem gewesen. Aber er hatte keine Waffe. Ich habe es ihm dargelegt, dann bin ich gegangen. Hat aber nichts gebracht. Dann war ich bei einem Mädchen aus Russland und dann bei einer, von der ich nicht weiß, aus welchem Land sie kam. Vielleicht Rumänien. Die letzte Frau, die ich aufsuchte … von der ich jetzt komme … sie musste nur ein paar Worte sagen, da hatte ich schon einen starken Verdacht und habe sie auf Ukrainisch angesprochen. Sie bekam einen großen Schreck.« Obwohl er lächelte, war ein harter Ausdruck in seine Augen getreten.

»Josef, es tut mir so leid.«

Er drückte seine Zigarette an der Pubwand aus und zündete sich gleich eine neue an.

»Ach, das ist keine große Sache. Vielleicht hast du erwartet, dass ich klage: Oh, ein kleines Mädchen aus meinem eigenen Dorf! Aber ich bin kein Kind, Frieda. Aus meinem Land kommen nicht nur Klempner und Friseure nach England.«

»Ich weiß nicht, was ich sagen soll.«

»Ich finde auch nicht, dass es ein guter Job ist. Ich habe ihre Wohnung gesehen, sie war schmutzig und feucht, und ich habe Anzeichen für Drogen bemerkt. Das ist nicht gut.«

»Möchtest du, dass wir etwas unternehmen, um ihr zu helfen?«

»Ach«, sagte er wieder, diesmal in resigniertem Ton. »Man fängt irgendwo an, und es nimmt kein Ende. Ich kenne das. Es ist schlimm, so was zu sehen, aber ich weiß darüber Bescheid.«

»Ich hätte das alles selber machen sollen. Es ist mein Problem, nicht deines.«

Josef musterte Frieda besorgt und schüttelte dann den Kopf.

»Das wäre jetzt nichts für dich«, erklärte er. »Dir geht es nicht gut. Wir sind beide traurig wegen ihr, wegen Mary, aber du bist auch noch verletzt worden. Das ist noch nicht ganz verheilt.«

»Es geht mir gut.«

Josef stieß ein Lachen aus.

»Das sagen alle, aber es bedeutet gar nichts. ›Wie geht es dir?‹ ›Es geht mir gut.‹«

»Ich wollte damit nur zum Ausdruck bringen, dass du dir meinetwegen keine Sorgen zu machen brauchst. Außerdem möchte ich mich bei dir entschuldigen, weil ich deine Zeit verschwendet habe.«

»Verschwendet?«

»Ja. Es tut mir leid, dass ich dich den ganzen Weg hierher geschleppt habe.«

»Nein, das war nicht verschwendet. Die eine Frau, die Rumänin … jedenfalls denke ich, dass sie aus Rumänien kam. Sie hat wohl auch Drogen genommen. Man sieht es an den Augen.«

»Na ja, nicht immer …«

»Ich schon. Ich habe mit ihr über deine Lily gesprochen. Ich glaube, sie kennt sie.«

»Was meinst du mit ›du glaubst‹?«

»Sie kennt eine Lila.«

»Was hat sie über sie gesagt?«

»Sie kennt sie ein bisschen. Aber diese Lila, sie war keine richtige … Wie sagt man, wenn jemand das manchmal macht, aber nicht immer?«

»Du meinst, sie ist nur gelegentlich auf den Strich gegangen?«

»Gelegentlich?« Josef ließ den Ausdruck auf sich wirken. »Ja, vielleicht. Diese Maria kennt Lila ein bisschen. Lila nimmt auch Drogen, glaube ich.«

Frieda überlegte einen Moment. Sie musste erst einmal verdauen, was Josef gesagt hatte.

»Kann sie uns sagen, wo wir sie finden?«

Josef zuckte mit den Achseln.

»Sie hat sie eine Weile nicht gesehen. Zwei, drei Monate. Vielleicht auch länger oder nicht so lang. Solche Leute sind nicht wie wir, wenn es um Zeit geht.«

»Weiß sie, wo Lila hin ist?«

»Nein.«

»Sie muss weggezogen sein«, überlegte Frieda. »Keine Ahnung, wo ich da mit dem Suchen anfangen sollte. Danke, Josef. Du bist fantastisch. Trotzdem fürchte ich, dass die Spur hier endet.« In dem Moment bemerkte sie die Andeutung eines Lächelns auf seinem Gesicht. »Was ist?«

»Diese Lila«, antwortete er, »sie hatte einen Freund. Vielleicht hatte er mit den Drogen zu tun, oder mit dem Sex.«

»Wusste die Frau, wer dieser Freund war?«

»Shane. Ein Mann namens Shane.«

»Shane«, wiederholte Frieda. »Hat sie eine Telefonnummer von ihm? Oder eine Adresse?«

»Nein.«

»Kennt sie seinen Nachnamen?«

»Shane, hat sie gesagt. Nur Shane.«

Frieda dachte angestrengt nach und murmelte etwas vor sich hin.

»Was sagst du?«

»Nichts, nichts Wichtiges. Das hast du gut gemacht, Josef. Es ist erstaunlich, was du alles herausgefunden hast. Ich hätte nicht gedacht, dass wir überhaupt etwas erfahren würden. Aber was machen wir nun damit?«

Josef betrachtete sie mit seinen traurigen braunen Augen.

»Nichts.«

»Nichts?«

»Ich weiß, du hast das Gefühl, dass du das Mädchen unbedingt retten musst. Aber das kannst du nicht. Es ist vorbei.«

»Es ist vorbei«, wiederholte Frieda dumpf. »Ja, wahrscheinlich hast du recht.«

An diesem Abend steckte Frieda den Stöpsel in den Abfluss ihrer neuen Wanne. Für die Einweihung hatte sie eigens eine besondere Badelotion und eine Kerze besorgt. So lange träumte sie nun schon davon, wie sie in dem heißen, schaumigen Wasser liegen würde, mit der flackernden Kerze und dem durchs Fenster scheinenden Mond. Doch jetzt, so kurz vor ihrem Ziel, stellte sie fest, dass sie nicht in der richtigen Stimmung war. Es wäre nur ein ganz normales Bad. Resigniert zog sie den Stöpsel wieder heraus und stellte sich stattdessen unter die Dusche, um rasch den Tag abzuwaschen. Das genüssliche Vollbad musste noch warten. Es würde ihre Belohnung sein, ihr Preis.

39

Vor der Befragung von Paul Kerrigan setzte Karlsson sich in sein Büro und telefonierte per Skype mit Bella und Mikey, wobei sein Blick hin- und herwanderte zwischen den Fotos der beiden, die gerahmt auf seinem Schreibtisch standen, und ihren zuckenden Gesichtern auf dem Bildschirm. Die beiden wirkten reizbar und unaufmerksam, als hätten sie gerade gar keine große Lust, mit ihm zu reden. Ihre Blicke schweiften immer wieder zu etwas ab, das außerhalb seines Blickfelds lag. Bella erzählte von einer neuen Freundin namens Marta, die einen Hund besaß, war aber wegen eines riesigen Bonbons, das sie im Mund hatte, sehr schlecht zu verstehen. Mikey drehte ständig den Kopf zur Seite, um jemand anderem – wem auch immer – etwas ganz Dringendes zuzuflüstern. Karlsson wusste nicht so recht, worüber er reden sollte, und fühlte sich seltsam verlegen. In seiner Not erzählte er ihnen vom Wetter und fragte sie nach der Schule, als wäre er irgendein ältlicher Onkel, den sie eigentlich nur vom Sehen kannten. Dann versuchte er es mit einer lustigen Grimasse, brachte sie damit aber nicht zum Lachen. Schließlich beendete er das Gespräch viel früher, als er vorgehabt hatte, und begab sich in den Vernehmungsraum.

Kerrigans Gesicht war von dem Überfall stark geschwollen. Er hatte einen gelblich-violetten Bluterguss an der einen Wange, und seine Unterlippe war aufgeplatzt. Außerdem hatte er vor Erschöpfung Tränensäcke unter den Augen und tiefe Furchen zu beiden Seiten des Mundes, der so schlaff wirkte wie der eines alten Mannes. Rasiert hatte er sich auch nicht. Der Kragen seines Hemds war schmutzig und einer der Knöpfe abgerissen, so dass sein erschreckend bleicher, weicher Bauch hervorlugte. Alles in allem machte er einen gebeugten, fertigen Eindruck. Die Haut unterhalb seiner Nase sah gerötet aus, und er war die ganze Zeit am Niesen,

Husten und Naseputzen. Karlsson fragte ihn ein weiteres Mal, wo er sich am Mittwoch, dem sechsten April, aufgehalten habe, während Ruth Lennox ermordet wurde – woraufhin der Befragte sein ramponiertes Gesicht in einem großen weißen Taschentuch verbarg.

»Entschuldigen Sie«, röchelte er dann, »aber ich begreife nicht, warum Sie mich das noch einmal fragen. Wie Sie wissen, war ich gerade im Krankenhaus.«

»Ich frage Sie das, weil ich endlich Klarheit in die ganze Sache bringen möchte. Da ist nämlich längst noch nicht alles geklärt. Was haben Sie nach Ihrem Treffen mit Ruth Lennox getan?«

»Das habe ich Ihnen doch schon gesagt: Ich bin nach Hause.«

»Um welche Zeit?«

»Am Spätnachmittag oder frühen Abend. Ich habe mit Elaine zu Abend gegessen.« Er zog sein schlaffes Gesicht in Falten. »Als Nachspeise gab es Pudding«, fügte er langsam und deutlich hinzu, als wäre dieses Dessert sein Alibi.

»Sie sind an dem besagten Abend erst ziemlich spät nach Hause gekommen, Mister Kerrigan.«

»Wie meinen Sie das?«

»Ihre Frau hat uns gesagt, dass Sie erst kurz vor acht zu Hause aufgetaucht sind.«

»Elaine hat das gesagt?«

»Ja. Und dass Sie sofort geduscht und Ihre Sachen in die Wäsche gegeben haben.«

Paul Kerrigan nickte wie in Zeitlupe.

»Das ist nicht richtig«, flüsterte er.

»Wir möchten einfach wissen, was Sie in der Zwischenzeit getan haben – nachdem Ruth Lennox die Wohnung verlassen hatte bis hin zu dem Zeitpunkt, als Sie mehrere Stunden später nach Hause kamen.«

»Sie ist wütend auf mich. Sie will es mir heimzahlen. Das muss Ihnen doch klar sein.«

»Wollen Sie damit sagen, dass Ihre Frau lügt, was den Zeitpunkt Ihres Eintreffens zu Hause betrifft?«

»Mein Leben liegt in Scherben«, sagte er. »Ruth ist tot, meine Frau hasst mich, und meine Söhne haben nur noch Verachtung für mich übrig. Elaine will es mir heimzahlen.«

»Wissen Sie, wie Ruth Lennox verhütet hat?«

»Verhütet? Wovon sprechen Sie?«

»Sie haben schließlich zehn Jahre lang mit ihr geschlafen. Da müssen Sie das doch gewusst haben.«

»Ja. Sie hatte eine Spirale.«

»Das heißt also, Sie wussten, dass sie verhütet hat.«

»Das habe ich doch gerade gesagt.«

»Trotzdem hat Ihre Frau in Ihrer Fahrradtasche Kondome gefunden.« Karlsson betrachtete Kerrigans geschwollenes, gerötetes Gesicht. »Wenn Ihre Frau nicht mehr fruchtbar ist und Ruth Lennox eine Spirale hatte, wozu brauchten Sie dann Kondome?«

Im Raum herrschte eine ganze Weile Stille. Karlsson wartete geduldig, ohne eine Miene zu verziehen.

»Das ist kompliziert«, sagte Kerrigan und brach schließlich das Schweigen.

»Dann sollten Sie es mir erklären.«

»Ich liebe meine Frau, auch wenn Sie mir das wahrscheinlich nicht glauben werden. Wir hatten eine gute Ehe, zumindest bis jetzt. Ruth hat daran nichts geändert. Ich habe zwei parallele Leben geführt, die nichts miteinander zu tun hatten. Hätte Elaine nicht davon erfahren, dann würde das alles überhaupt keine Rolle spielen. Mir war daran gelegen, meine Ehe vor Schaden zu bewahren.«

»Sie wollten mir das mit den Kondomen erklären.«

»Ich weiß nicht, wie ich das sagen soll.«

»Sie werden es trotzdem müssen.«

»Ich habe Bedürfnisse, die meine Frau nicht befriedigen kann.«

Karlsson wurde vor Unbehagen fast ein wenig flau im Magen. Trotzdem musste er weitermachen.

»Und dafür hatten Sie Ruth Lennox, vermute ich.«

Kerrigan machte eine hilflose Handbewegung.

»Anfangs schon. Mit der Zeit wurde das Ganze dann wie eine zweite Ehe. Irgendwie hat mir das sogar gefallen, aber ich brauchte noch etwas anderes.«

»Und?«

»Es gibt noch eine andere Frau. Seit einer Weile.«

»Wie heißt sie?«

»Müssen Sie das unbedingt wissen?«

»Mister Kerrigan, was ich wissen muss und was nicht, überlassen Sie bitte mir. Beantworten Sie einfach meine Fragen.«

»Ihr Name ist Sammie Kemp. Samantha. Sie hat hin und wieder Büroarbeiten für meine Firma erledigt. So haben wir uns kennengelernt. Wir hatten einfach nur Spaß miteinander.«

»Wusste Ruth Lennox von Ihrer Beziehung mit Samantha Kemp?«

»Es war nicht direkt eine Beziehung.«

»Wusste sie davon?«

»Sie hat es wohl irgendwie gespürt.«

»Das hätten Sie uns längst sagen müssen.«

»Es hat mit all dem nichts zu tun.«

»Hat sie Sie deswegen zur Rede gestellt?«

»Was hat sie erwartet? Sie wusste doch, dass ich nicht der treue Typ bin. Sie wusste auch, dass ich noch mit meiner Frau schlafe. Also …«

Karlsson musste fast lachen.

»Sie ziehen sich ja wirklich clever aus der Affäre. Wahrscheinlich glauben Sie fast schon selbst, was Sie da sagen. Aber Ruth Lennox hat es wohl nicht so gesehen?«

»Ihr muss genau wie mir klar gewesen sein, dass sich die Sache mit uns beiden totgelaufen hatte.«

»Das heißt, Sie wollten sie verlassen?«

»Nicht, wenn es nach ihr gegangen wäre«, entgegnete Paul Kerrigan in bitterem Ton, bevor er sich auf die Zunge beißen konnte. Eine hektische Röte breitete sich auf seinem Gesicht aus.

»Lassen Sie mich das noch einmal klar formulieren: Sie hatten eine Affäre mit einer anderen Frau, Samantha Kemp, und wollten Ihre Beziehung mit Ruth Lennox beenden, was diese jedoch nicht akzeptierte.«

»Ich wünschte mir eine Trennung in gegenseitigem Einvernehmen. Ohne Vorwürfe. Es waren schließlich zehn gute Jahre, das schaffen nicht viele.«

»Aber Ruth Lennox hat das nicht so gesehen. War sie wütend? Drohte sie womöglich sogar damit, es Ihrer Frau zu sagen?«

»So hätte sie sich niemals verhalten.«

»Könnten wir vorerst dabei bleiben, was Sie tatsächlich getan haben, statt uns mit dem zu beschäftigen, was Misses Lennox Ihrer Meinung nach getan hätte, wenn sie nicht ermordet worden wäre?«

»Ich war an dem Mittwoch bei Sam.«

»Bei Samantha Kemp.«

»Ja.«

»Wie schade, dass Sie uns das nicht schon vorher gesagt haben.«

»Ich sage es Ihnen jetzt.«

»Sie hatten also nach Ihrem Mittwochnachmittag mit Ruth Lennox ein weiteres Rendezvous, mit Samantha Kemp.«

»Ja.«

»Wo?«

»In ihrer Wohnung.«

»Ich brauche ihre Telefonnummer und Adresse.«

»Sie hat mit der ganzen Sache nichts zu tun.«

»Jetzt schon.«

»Das wird ihr gar nicht gefallen.«

»Ihnen ist klar, dass wir es dadurch mit einer völlig neuen Situation zu tun haben? Sie hatten ein Geheimnis, von dem nur eine einzige andere Person wusste. Sie und Ruth Lennox mussten einander vertrauen. Das war vermutlich einfach, solange Sie Ihre Affäre beide fortsetzen wollten. Zehn Jahre lang haben Sie sich gegenseitig davor bewahrt aufzufliegen. Problematisch wurde es erst, als einer von Ihnen gehen wollte.«

»So war das nicht.«

»Ruth Lennox besaß Macht über Sie.«

»Sie irren sich. Ruth hat nicht damit gedroht, mich auffliegen zu lassen, und ich bin von der Wohnung aus schnurstracks zu Samantha Kemp, mit der ich die ganze restliche Zeit verbracht habe, bis ich von ihr aus nach Hause bin. Das können Sie ja überprüfen, wenn Sie mir nicht glauben.«

»Keine Sorge, das werden wir tatsächlich tun.«

»Falls damit alles geklärt ist… ich habe noch einiges zu erledigen.«

Er stand so abrupt auf, dass sein Stuhl laut über den Boden

scharrte. Karlsson starrte ihn wortlos an, bis er sich schließlich wieder setzte.

»Ich habe nichts getan – außer mich selbst in eine blöde Lage gebracht«, erklärte er.

»Sie haben uns angelogen.«

»Aber nicht, weil ich Ruth getötet habe. Ich habe sie geliebt.«

»Trotzdem hatten Sie vor, sie zu verlassen.«

»Das war kein Vorhaben in dem Sinn, wie Sie das meinen. Mir war einfach nur bewusst geworden, dass unsere gemeinsame Zeit allmählich zu Ende ging.«

»Misses Lennox hätte Ihre Ehe zerstören können.«

»Das hat sie sowieso getan, oder etwa nicht? Wenn auch erst aus dem Grab.«

»Wie wollte sie Sie dazu bringen, bei ihr zu bleiben?«

»Ich habe Ihnen schon gesagt, dass sie das nicht wollte. Ruth war nur wütend. Irgendwie drehen Sie mir jedes Wort im Mund um, nur um alles so hinzubiegen, dass es zu Ihrem Verdacht passt.«

»Ich glaube, Sie enthalten uns immer noch Informationen vor. Am Ende finden wir die Wahrheit trotzdem heraus.«

»Es gibt nichts herauszufinden.«

»Wir werden sehen.«

»Ich sage Ihnen doch, da gibt es nichts. Unter dem ganzen Schlamassel ist nur noch mehr Schlamassel.«

Ein paar Räume weiter war Yvette gerade damit beschäftigt, Zach Greene, den Freund von Judith Lennox, zu befragen. Er arbeitete in Teilzeit für eine Softwarefirma, deren Geschäftsräume sich in einem umgebauten Lagerhaus ganz in der Nähe der Shoreditch High Street befanden. Er war ein großer, dünner Mann mit auffallend kleinen Pupillen und fast gelben Augen. Er hatte knochige Handgelenke und lange Finger mit Nikotinflecken. Sein feines braunes Haar war so kurz geschoren, dass Yvette die V-förmige Narbe sehen konnte, die sich von seinem Scheitel bis knapp über sein filigranes linkes Ohr zog. Er hatte einen Schmollmund und schön geschwungene Augenbrauen, wie sie sonst eher bei Frauen zu finden waren. Außerdem registrierte Yvette einen Nasenstecker und eine Tätowierung, die gerade noch aus seinem Hemd hervorblitzte. Alles an ihm widersprach sich: Er wirkte zugleich weich und rau, kraftlos und aggressiv, älter, als er war, aber auch viel jünger. Er roch nach Blumen und Tabak, trug ein pastellgrünes Hemd und klobige Kampfstiefel. Er wirkte auf eine seltsame Weise attraktiv und zugleich ein wenig unheimlich. Yvette fühlte sich in seiner Gegenwart unansehnlich und zutiefst unsicher.

»Mir ist klar, dass es rein theoretisch gegen das Gesetz verstößt …«

»Nein, es verstößt definitiv gegen das Gesetz.«

»Wie kommen Sie darauf, dass wir tatsächlich Sex hatten?«

»Laut Judith Lennox schlafen Sie miteinander. Falls sie lügt, sollten Sie das jetzt sagen.«

»Woher wollen Sie wissen, dass mir bekannt war, wie alt sie ist?«

»Wie alt sind Sie denn?«

»Achtundzwanzig.«

»Judith Lennox ist fünfzehn.«

»Sie sieht älter aus.«

»Dreizehn Jahre sind ein großer Altersunterschied.«

»Jude ist eine junge Frau. Sie hat ihren eigenen Kopf.«

»Sie ist noch ein Mädchen.«

Er zuckte nur ganz leicht mit einer Schulter.

»Es geht dabei doch nur um Macht, meinen Sie nicht auch?«, entgegnete er. »Das Gesetz ist dazu da, den Missbrauch von Macht zu verhindern. In unserem Fall ist das nicht relevant. Soweit ich das sehe, sind wir zwei erwachsene Menschen, die in gegenseitigem Einvernehmen miteinander schlafen.«

»Das ändert nichts an der Tatsache, dass sie noch minderjährig ist. Sie haben sich eines Vergehens schuldig gemacht.«

Ein Anflug von Nervosität durchbrach die glatte Oberfläche. Er verzog das Gesicht.

»Bin ich deswegen hier?«

»Sie sind hier, weil ihre Mutter umgebracht wurde.«

»Hören Sie, das mit ihrer Mutter tut mir wirklich leid, aber ich verstehe nicht, was ich damit zu tun haben soll.«

»Haben Sie Misses Lennox je kennengelernt?«

»Ich habe sie mal *gesehen*. Kennengelernt habe ich sie nicht.«

»Sie wusste nichts von Ihnen?«

»Jude war der Meinung, sie würde das nicht verstehen. Ich habe ihr da nicht widersprochen.«

»Sind Sie sicher, dass Sie und Judiths Mutter einander nie richtig begegnet sind?«

»Ich glaube, daran würde ich mich erinnern.«

»Und Sie glauben, Misses Lennox war nicht bekannt, dass ihre Tochter einen Freund hatte?«

»Nicht dass ich wüsste.«

»Hatte sie vielleicht doch einen Verdacht, dass es da jemanden geben könnte?«

»Wie gesagt, ich habe die Frau nie kennengelernt. Warum fragen Sie nicht Jude?«

»Ich frage Sie«, gab Yvette kurz angebunden zurück. Er bedachte sie mit seinem angedeuteten Lächeln.

»Soviel ich weiß, hatte sie keinen Verdacht. Aber Mütter besitzen ja oft einen siebten Sinn für so etwas, nicht wahr? Vielleicht merkte sie doch, dass etwas in der Luft lag.«

»Wo waren Sie an dem Abend, an dem sie ermordet wurde – am Mittwoch, dem sechsten April?«

»Wie bitte? Glauben Sie wirklich, ich würde die Mutter meiner Freundin umbringen, nur damit sie nicht dahinterkommt, dass ich etwas mit ihrer Tochter habe?«

»Immerhin handelt es sich um einen Gesetzesverstoß, für den Sie ins Gefängnis kommen könnten.«

»Was soll der ganze Mist? Jude ist fast sechzehn und kein kleines Mädchen mit Zöpfen und aufgeschlagenen Knien. Sie haben sie doch gesehen. Jude ist einfach umwerfend. Ich habe sie in einem Nachtklub kennengelernt – wo übrigens nur Leute über achtzehn reindürfen und jeder an der Tür seinen Ausweis vorzeigen muss.«

»Wie lange sind Sie schon mit ihr liiert?«

»Was verstehen Sie unter liiert?«

»Also bitte, beantworten Sie einfach meine Frage.«

Er schloss die Augen. Yvette fragte sich, ob er von dort, wo er saß, ihre Feindseligkeit spüren konnte.

»Ich kenne sie erst seit neun Wochen«, erklärte er. »Noch nicht sehr lang, oder?«

»Und sie nimmt die Pille?«

»Solche Sachen müssen Sie Jude fragen.«

»Sind Sie noch mit ihr zusammen?«

»Das weiß ich nicht.«

»Sie wissen es nicht?«

»Nein. Das ist die Wahrheit.« Einen Moment lang schien seine Maske zu verrutschen. »Sie konnte es nicht mehr ertragen, mich anzufassen. Sie wollte sich nicht mal mehr von mir in den Arm nehmen lassen. Ich glaube, sie fühlt sich für das Ganze verantwortlich. Ergibt das für Sie einen Sinn?«

»Ja.«

»Was wohl irgendwie bedeutet, dass auch *ich* verantwortlich bin.«

»Verstehe.«

»Natürlich nicht wirklich«, fügte er eilig hinzu.

»Nein.«

»Im Grunde fürchte ich, dass es vorbei ist. Sie sollten sich also freuen. Ich bin wieder ein gesetzestreuer Bürger.«

»Das würde ich nicht unbedingt sagen«, meinte Yvette.

An dem Abend hörte Russell Lennox es unten klingeln. Er ging davon aus, dass jemand anderer aufmachen würde, aber Ted war nicht da und Judith offenbar auch nicht. Ihm ging durch den Kopf, dass er eigentlich wissen sollte, wo sie sich aufhielt. Ruth hätte es gewusst, dachte er. Dora war in ihrem Zimmer und lag schon im Bett. Louise Weller befand sich ausnahmsweise bei ihrer eigenen Familie und war nicht wie sonst mit Staubsaugen oder Backen beschäftigt, ihr bescheuertes Baby um den Leib gebunden. Als es unten erneut klingelte, stapfte Russell seufzend die Treppe hinunter.

Vor ihm stand eine Frau, die er nicht kannte. Sie stellte sich ihm auch nicht gleich vor, sondern starrte ihn nur an, als wäre sie auf der Suche nach jemandem. Sie war groß und grobknochig. Ihr langes Haar war zu einem lockeren Knoten geschlungen, und um ihren Hals hing eine Kordel mit einer Brille. Sie trug einen langen

Patchworkrock, dessen Saum ein wenig Schmutz von der Straße abbekommen hatte.

»Ich dachte, ich sollte mal vorbeischauen.«

»Sie müssen entschuldigen, aber … wer sind Sie?«

Statt einer Antwort hob sie nur die Augenbrauen, als würde seine Frage sie amüsieren.

»Sie sollten mich eigentlich erkennen«, erklärte sie schließlich. »Immerhin sind wir so was wie Leidensgefährten.«

»Oh! Soll das heißen, Sie sind …«

»Elaine Kerrigan«, bestätigte sie und streckte gleichzeitig ihre lange, schlanke Hand aus, die Russell verlegen ergriff und dann irgendwie nicht mehr loslassen konnte.

»Aber warum sind Sie hier?«, fragte er. »Was wollen Sie?«

»Was ich will? Sie sehen, vermutlich. Herausfinden, wie Sie aussehen, meine ich.«

»Und? Wie sehe ich aus?«

»Ziemlich fertig«, antwortete sie. Russell traten plötzlich Tränen in die Augen.

»Das bin ich tatsächlich.«

»Aber eigentlich bin ich gekommen, um Ihnen zu danken.«

»Zu danken! Wofür?«

»Dafür, dass Sie meinen Mann verdroschen haben.«

»Ich weiß nicht, wovon Sie sprechen.«

»Sie haben ihm ein wunderschönes blaues Auge verpasst.«

»Da liegen Sie falsch.«

»Und eine dicke Lippe, so dass er nicht mehr richtig sprechen kann und ich mir seine Lügen nicht mehr anhören muss.«

»Misses Kerrigan …«

»Elaine. Sie haben getan, was ich am liebsten selbst getan hätte. Dafür bin ich Ihnen dankbar.«

Einen Moment sah es so aus, als wollte Russell erneut protestieren, doch dann hellte sich seine Miene plötzlich auf, und er lächelte.

»Es war mir ein Vergnügen«, sagte er. »Kommen Sie doch herein. Wahrscheinlich sind Sie der einzige Mensch auf der Welt, mit dem ich jetzt sprechen möchte.«

40

Dieses Mal brauchte Frieda nicht zu klingeln, denn Lawrence Dawes stand vor seinem Haus auf einer Leiter, die von einem anderen Mann gehalten wurde. Als Frieda grüßte, wandte Dawes den Kopf, lächelte sie an und stieg vorsichtig herunter.

»Es tut mir leid«, sagte er, »aber ich habe Ihren Namen vergessen.«

Nachdem Frieda sich erneut vorgestellt hatte, nickte er.

»Ich habe ein schrecklich schlechtes Namengedächtnis. Sie müssen entschuldigen. Ansonsten erinnere ich mich klar und deutlich an Ihren Besuch. Das hier ist mein Freund Gerry. Wir helfen uns immer gegenseitig bei der Gartenarbeit, und hinterher feiern wir mit einem Drink. Gerry, diese Dame ist Psychiaterin, also pass auf, was du sagst.«

Gerry war etwa in Dawes' Alter, sah aber völlig anders aus. Er trug karierte Shorts, die ihm bis zu den Knien reichten, und darüber ein Kurzarmhemd, das ebenfalls kariert war, allerdings anders, so dass einem bei Gerrys Anblick vor lauter Karos fast schwindlig wurde. Seine dünnen, sehr braunen Arme und Beine wirkten drahtig. Er hatte einen kleinen grauen Oberlippenbart, der nicht ganz gleichmäßig geschnitten war.

»Sie beide sind Nachbarn?«, fragte Frieda.

»Fast«, antwortete Gerry, »zumindest teilen wir uns einen Fluss.«

»Gerry wohnt ein paar Häuser bachaufwärts«, erklärte Dawes. »Er kann meinen Bach verschmutzen, ich den seinen aber nicht.«

»Unverschämter Kerl«, meinte Gerry.

»Wir haben uns gerade ein wenig um meine Rosen gekümmert«, fuhr Dawes fort. »Die wachsen inzwischen richtig gut, und wir versuchen sie in Form zu trimmen, damit sie sich schön um die Tür ranken. Mögen Sie Rosen?«

»Ja, eigentlich schon«, antwortete Frieda.

»Wir wollten gerade Tee trinken«, bemerkte Dawes.

»Wollten wir?«, fragte Gerry.

»Wir sind doch die ganze Zeit am Teetrinken. Entweder wir hatten gerade welchen oder wollen gerade welchen machen, oder beides. Möchten Sie uns Gesellschaft leisten?«

»Aber nur ein paar Minuten«, sagte Frieda, »ich will Sie nicht von der Arbeit abhalten.«

Dawes verstaute seine Trittleiter. »Die jungen Leute klauen heutzutage alles, was nicht niet- und nagelfest ist«, erklärte er. Dann gingen sie durchs Haus nach hinten in den Garten. Frieda ließ sich auf der Bank nieder, während die beiden Männer Tassen, eine Teekanne, ein Kännchen Milch und einen Teller mit Schokoladenkeksen heraustrugen und alles auf einen kleinen Holztisch stellten. Dawes schenkte den Tee ein und reichte Frieda eine Tasse.

»Ich weiß, was Sie jetzt denken«, sagte er.

»Was denn?«, wollte Frieda wissen.

»Sie sind schließlich Psychiaterin.«

»Na ja, eigentlich Psychotherapeutin …«

»Jedes Mal, wenn Sie kommen, mache ich irgendetwas am Haus. Ich grabe den Garten um oder sorge dafür, dass die Rosen hübsch aussehen. Bestimmt denken Sie, dass ich mir einbilde, wenn ich mein Haus nur schön genug herrichte, wird meine Tochter irgendwann den Wunsch haben zurückzukehren.« Er nippte an seinem Tee. »Ich schätze mal, das ist einer der Nachteile Ihres Berufs.«

»Wie meinen Sie das?«

»Sie können nie einfach nur in einem Garten sitzen, eine Tasse Tee trinken und eine normale Unterhaltung führen. In Ihrer Gesellschaft denken die Leute immer: Also, wenn ich das jetzt so und so sage, wird sie mich so und so einschätzen, und wenn ich dieses oder jenes sage, wird sie mich in diese oder jene Schublade stecken. Bestimmt fällt es Ihnen schwer, zwischen Beruf und Freizeit zu trennen.«

»Ich habe gar nichts Derartiges gedacht, sondern wirklich nur meinen Tee getrunken, ohne über Sie nachzudenken.«

»Das ist gut«, meinte Dawes. »Woran haben Sie denn dann gedacht?«

»An den kleinen Fluss am Ende Ihres Gartens. Ich habe mich gefragt, ob ich ihn von hier aus hören kann, aber ich höre nichts.«

»Wenn es länger geregnet hat, kann man ihn hören – sogar im Haus. Nehmen Sie doch einen Keks.«

Er schob den Teller hinüber zu Frieda, die jedoch den Kopf schüttelte.

»Danke, ich bin wunschlos glücklich.«

»So sehen Sie aber nicht aus«, entgegnete Dawes. »Sie sehen aus, als sollten Sie dringend ein bisschen zulegen. Oder was meinst du, Gerry?«

»Lassen Sie sich nicht von ihm aufziehen«, meinte Gerry. »Er ist wie meine alte Mutter. Alle sollen immer schön aufessen.«

Ein paar Minuten saßen sie schweigend da. Frieda kam es vor, als könnte sie den Bach nun doch ganz leise murmeln hören.

»Was führt Sie her?«, fragte Dawes schließlich. »Haben Sie wieder einen freien Tag?«

»Ich arbeite im Moment nicht so richtig. Ich nehme mir gerade eine Auszeit.«

Dawes schenkte ihr Tee und Milch nach.

»Wissen Sie, was ich glaube?«, fuhr er fort. »Ich glaube, Sie haben sich eine Auszeit genommen, weil Sie sich eigentlich ausruhen sollten, aber stattdessen hetzen Sie durch die Gegend.«

»Ich mache mir ein bisschen Sorgen um Ihre Tochter«, erklärte Frieda. »Klingt das für Sie seltsam?«

Das Lächeln auf Dawes' Gesicht verschwand.

»Ich mache mir schon seit ihrer Geburt Sorgen um sie. Ich weiß noch genau, wie ich sie das erste Mal gesehen habe: Da lag sie in ihrem Kinderbett neben dem Bett meiner Frau auf der Entbindungsstation. Als ich auf sie hinuntersah, fiel mir sofort auf, dass sie am Kinn ein kleines Grübchen hatte, genau wie ich. Sehen Sie.« Er deutete auf die Spitze seins Kinns. »Damals habe ich zu ihr oder zu mir selbst gesagt, ich würde sie immer beschützen – stets dafür sorgen, dass ihr nie etwas Schlimmes passiert. Das ist mir nicht gelungen. Ich nehme an, man kann ein Kind niemals ganz und gar beschützen, zumindest nicht, wenn es älter wird. Aber ich habe so sehr versagt, wie man nur versagen kann.«

Frieda betrachtete die beiden Männer. Gerry starrte in seinen

Tee. Womöglich hatte er seinen Freund noch nie so offen und emotional über seine Gefühl sprechen hören.

»Ich bin hergekommen«, sagte Frieda, »weil ich Sie wissen lassen wollte, was ich herausgefunden habe. Eigentlich hatte ich gehofft, ich könnte Ihre Tochter aufspüren, aber ich bin lediglich auf eine Frau gestoßen, die sie ein bisschen kannte.«

»Wer ist die Frau?«

»Eine junge Frau namens Maria. Ich bin ihr nicht mal persönlich begegnet, sondern weiß das alles nur aus zweiter Hand. Allem Anschein nach hat sie einen Mann namens Shane erwähnt, der irgendwie mit Ihrer Tochter befreundet war oder zumindest mit ihr in Verbindung stand. Leider kenne ich seinen Nachnamen nicht und weiß auch sonst nichts über ihn. Ich habe mich gefragt, ob Ihnen der Name vielleicht etwas sagt.«

»Shane?«, wiederholte Dawes. »War er ihr Freund?«

»Keine Ahnung. Ich habe nur den Namen. Vielleicht war er ein Freund, oder die beiden haben irgendwie zusammengearbeitet. Womöglich ist das Ganze auch nur ein Missverständnis. Die Frau hat sich sehr vage ausgedrückt, fürchte ich.«

Dawes schüttelte den Kopf.

»Nein, der Name sagt mir nichts. Aber wie ich Ihnen schon bei Ihrem letzten Besuch erzählt habe, wusste ich in den letzten paar Jahren kaum noch etwas über den Freundeskreis meiner Tochter. Ich glaube, sie hat in einer ganz anderen Welt gelebt. Die einzigen Namen, an die ich mich erinnere, sind die von ein paar alten Schulfreundinnen, mit denen sie aber keinen Kontakt mehr hatte.«

»Mister Dawes …«

»Bitte nennen Sie mich Larry.«

»Larry, ich hatte gehofft, Sie könnten mir trotzdem ein paar Namen nennen. Wenn ich mit Leuten sprechen könnte, die mit ihr befreundet waren, hätte ich wahrscheinlich bessere Chancen, an weitere Informationen zu kommen.«

Dawes warf einen Blick zu seinem Freund hinüber, ehe er antwortete.

»Es tut mir leid«, sagte er. »Ich bin sicher, Sie meinen es gut, und ich bin jedem dankbar, der sich wegen meiner Tochter Gedanken macht. Die meisten Leute haben sie längst vergessen. Aber wenn Sie irgendwelche Vermutungen haben, warum gehen Sie dann nicht zur Polizei?«

»Weil das zu wenig ist: Vermutungen und vage Gefühle. Ich kenne ein paar Leute bei der Polizei, aber denen wird das nicht reichen.«

»Trotzdem sind Sie nun schon zweimal die weite Strecke bis hierher gefahren – nur wegen Ihrer vagen Gefühle.«

»Richtig«, antwortete Frieda, »das klingt blöd, aber so ist es eben.«

»Es tut mir leid«, entgegnete Dawes, »ich kann Ihnen nicht helfen.«

»Ich hätte nur gern ein paar Telefonnummern.«

»Nein. Ich habe das schon zu oft durchgemacht. Monatelang habe ich nach ihr Ausschau gehalten und gebangt und mir falsche Hoffnungen gemacht. Falls Sie etwas Konkretes herausfinden, wenden Sie sich an die Polizei, oder kommen Sie wieder zu mir. Dann werde ich tun, was in meiner Macht steht. Ansonsten aber will ich das alles nicht noch einmal aufwühlen, ich kann es einfach nicht.«

Frieda stellte ihre Tasse auf den Tisch und erhob sich.

»Das verstehe ich. Es ist schon seltsam. Eigentlich sollte es heutzutage doch ganz einfach sein, eine vermisste Person zu finden.«

»Manchmal mag es einfach sein«, erwiderte Dawes. »Aber wenn eine solche Person wirklich verschollen bleiben will, dann schafft sie das auch.«

»Sie haben recht. Vielleicht bin ich im Grunde nur gekommen, um mich bei Ihnen zu entschuldigen.«

Dawes starrte sie verblüfft an.

»Zu entschuldigen? Wofür denn?«

»Für so einiges. Ich habe versucht, Ihre Tochter zu finden, und bin gescheitert. Außerdem bin ich wie ein Elefant in Ihr Privatleben getrampelt und habe Ihren Kummer wieder aufgewühlt. Das scheint eine schlechte Angewohnheit von mir zu sein.«

»Vielleicht ist das einfach Ihr Beruf, Frieda.«

»Ja, aber normalerweise sollten die Leute mich dazu auffordern, bevor ich es tue.«

Dawes' Miene verdüsterte sich.

»Ihnen wird nur gerade klar, was ich schon eine ganze Weile wusste: Man glaubt, man kann bestimmte Menschen beschützen, aber manchmal wollen sie bloß weg von einem.«

Frieda betrachtete die beiden Männer, die ihr wie ein altes, eingespieltes Paar gegenübersaßen.

»Und bei der Arbeit habe ich Sie auch noch gestört«, fügte sie hinzu.

»Man muss ihn manchmal stören«, meinte Gerry lächelnd, »sonst würde er nie aufhören mit seiner Gartenarbeit, seinem ewigen Reparieren und Streichen.«

»Jedenfalls ... danke für den Tee. Es war schön, mit Ihnen beiden hier im Garten zu sitzen.«

»Gehen Sie jetzt zum Bahnhof?«, fragte Gerry.

»Ja.«

»Ich muss auch in die Richtung. Dann kann ich Sie noch ein Stück begleiten.«

Zusammen verließen sie das Haus. Gerry bestand darauf, Friedas Tasche zu tragen, obwohl ihr das eigentlich nicht recht war. Mit seinen unterschiedlichen, nicht harmonierenden Karos und seinem einseitigen Bärtchen marschierte er neben ihr her, über der Schulter eine Damentasche, die ihn noch schräger aussehen ließ. Ein paar Minuten lang schwiegen sie beide.

»Haben Sie einen Garten?«, fragte Gerry schließlich.

»Garten wäre übertrieben. Es sind nur ein paar Quadratmeter.«

»Das Entscheidende ist die Erde – dass man sich die Hände schmutzig machen kann. Es ist so schön, etwas zu essen, das man selbst angebaut hat. Mögen Sie Saubohnen?«

»Ja, gern sogar«, antwortete Frieda.

»Von der Erde in die Pfanne. Das ist mit nichts zu vergleichen. Lawrence arbeitet im Garten, damit er nicht so viel grübeln muss.«

»Sie meinen, wegen seiner Tochter?«

»Er hat sie vergöttert.«

»Es tut mir leid, wenn ich schmerzhafte Erinnerungen geweckt habe.«

»Nein. Die sind sowieso immer präsent. Er hat nie aufgehört, auf seine Tochter zu warten, und fragt sich die ganze Zeit, was er falsch gemacht hat. Gerade deswegen ist es für ihn so wichtig, in Bewegung zu bleiben – zu graben und zu reparieren, zu säen und zu ernten.«

»Das kann ich verstehen.«

»Ja, wahrscheinlich. Trotzdem sollten Sie ihm keine falschen Hoffnungen machen, wenn dann am Ende nichts dabei herauskommt.«

»Das war nicht meine Absicht.«

»Die Hoffnung ist das, was ihn kaputtmachen wird. Denken Sie daran, und seien Sie ein bisschen vorsichtig.«

Während der Heimfahrt starrte Frieda aus dem Zugfenster, ohne etwas zu sehen. Sie spürte ein schmerzhaftes Ziehen in der Brust, weil es ihr nicht gelungen war, ihr Vorhaben abzuschließen. Sie war gescheitert, aber vor allem war sie müde.

Ein einziges Telefonat noch, sagte sie sich. Dann hatte sie alles getan, was in ihrer Macht stand, um diese junge Frau zu retten, der sie nie begegnet war und mit der sie im Grunde nichts verband, auch wenn sich deren Geschichte irgendwie in ihrem Kopf festgehakt hatte.

»Agnes? Hier ist Frieda Klein.«

»Haben Sie etwas herausgefunden?«

»So gut wie gar nichts. Ich wollte Sie nur etwas fragen.«

»Was denn?«

»Allem Anschein nach kannte Lila einen Mann namens Shane. Sagt Ihnen der Name etwas?«

»Shane? Nein, ich glaube nicht. Obwohl ich ein paar von ihren neuen Freunden kennengelernt habe, hauptsächlich in diesem ätzenden Pub, The Anchor. Da hingen die immer rum. Vielleicht war ja ein Shane dabei, auch wenn ich mich nicht an ihn erinnere. Ich weiß keinen ihrer Namen mehr.«

»Danke.«

»Sie werden Sie nicht finden, oder?«

»Nein, ich glaube nicht.«

»Die arme Lila. Keine Ahnung, warum Sie sich überhaupt solche Mühe gegeben haben. Sie haben sich viel mehr reingehängt als alle, die Lila persönlich kannten. Als würde Ihr Leben davon abhängen.«

Die letzten Worte trafen Frieda wie ein Schlag. Sie schwieg einen Moment benommen. Dann sagte sie: »Sollen wir einen letzten Versuch unternehmen? Zusammen?«

Vielleicht hat Chloë dir gesagt, dass ich bei dir angerufen und mit ihr gesprochen habe. Sie meinte, es gehe dir gut, aber irgendwie kam sie mir ein bisschen zerstreut vor. Im Hintergrund war es sehr laut. Wahrscheinlich weißt du aber nicht, dass ich auch bei Reuben angerufen habe. Er hat gesagt, dass es dir nicht gut geht. Dass sich alle Sorgen um dich machen, aber keiner wirklich an dich herankommt. Was, zum Teufel, ist mit dir los, Frieda? Soll ich einfach zu dir hinüberfliegen und so lange an deine Tür hämmern, bis dir irgendwann nichts anderes mehr übrig bleibt, als mir eine Antwort zu geben? Sandy

41

»Ich verstehe das nicht.«

Agnes saß neben Frieda in einem Taxi, bekleidet mit einer weiten Jogginghose und einem grauen Kapuzenshirt, bei dem die Ärmel bereits ausfransten. Sie wirkte müde. Es regnete, und durch die nassen Scheiben sahen sie nur Autoscheinwerfer und dicht gedrängte Gebäude. Frieda ging durch den Kopf, dass sie jetzt in ihrem Haus sein könnte, das nach so vielen Wochen der Störung endlich einmal leer war: Sie könnte sich in ihre neue Wanne legen oder eine Schachpartie durchspielen – oder sich in ihr Arbeitszimmer setzen und zeichnen oder nachdenken oder einfach nur in die regnerische Nacht hinausblicken.

»Was verstehen Sie nicht?«, fragte sie in sanftem Ton.

»Ich lag gerade ganz gemütlich mit einem Roman und einer Tasse Tee im Bett. Da kam aus heiterem Himmel Ihr Anruf, und plötzlich bin ich unterwegs zu einem schäbigen kleinen Pub, wo sämtliche Mädels mit weiß Gott was zugedröhnt und sämtliche Männer tätowiert sind und einen mit stierem Blick anstarren. Und das nur, weil Lila irgendwann mal da rumhing. Warum?«

»Sie fragen sich, warum Sie mitgekommen sind?«

»Nein. Ich weiß, warum ich hier sitze. Lila war meine Freundin. Wenn auch nur die geringste Chance besteht, dass ich sie finde, muss ich es zumindest versuchen. Aber warum fahren *Sie* dahin? Warum interessiert Sie das Ganze überhaupt?«

Frieda zuckte mit den Achseln. Sie hatte sich diese Frage selbst schon so oft gestellt, dass sie es müde war, nach einer Antwort zu suchen. Wortlos schloss sie die Augen und presste ihre Fingerspitzen auf ihre brennenden Lider. Wie ein weißes Blütenblatt auf dunklem Wasser tauchte plötzlich das bleiche Gesicht von Ted Lennox vor ihr auf und dann die wütende, vorwurfsvolle Miene von Chloë.

»Jedenfalls sind wir jetzt da«, sagte Agnes seufzend. »Ich hätte nie gedacht, dass ich je wieder einen Fuß in diesen Schuppen setzen würde.«

Nachdem Frieda den Taxifahrer gebeten hatte, auf sie zu warten, stiegen sie aus. Sie konnten bereits den Beat der Musik hören, die im Anchor lief. Vor der Tür drängten sich ein paar Raucher. Die Glut ihrer Zigaretten leuchtete in der Dunkelheit, und über ihnen hing eine Rauchwolke in der Luft.

»Bringen wir es hinter uns. Sie wollen also, dass ich nach Leuten Ausschau halte, die ich eventuell mal zusammen mit Lila gesehen habe.«

»Ja.«

»Vor zwei Jahren.«

»Genau.«

»Weil wir einen Typen namens Shane finden müssen.«

»Ja.«

»Glauben Sie eigentlich, Sie sind noch ganz richtig im Kopf?«, fragte Agnes mit einem schiefen Grinsen.

Sie bahnten sich einen Weg durch die Raucher und betraten das Pub, falls man die Kneipe überhaupt so nennen konnte. Frieda ging selten in Pubs: Sie hasste den Geruch nach Bier, das Gedudel der Musik und das Geblinke der Musicbox. Nun spürte sie, wie sich Dutzende Blicke auf sie beide richteten: Das war keine Kneipe, in die sich öfter mal Fremde auf ein Bierchen verliefen. Der Gastraum war so schwach beleuchtet, dass man gar nicht bis in den hinteren Teil sah. Grüppchen von Gästen – hauptsächlich Männer – saßen an den Tischen oder standen an der Theke und in den Ecken. In den Randbereichen dieser Gruppen hingen auch ein paar Frauen herum. Frieda registrierte die kurzen Röcke und weißen Oberschenkel, die Schuhe mit den hohen Absätzen, die stark geschminkten, teils verschmierten Gesichter und das schrille, hektische Lachen. In dem lang gezogenen Raum war es heiß, und die Luft roch abgestanden. Ein kleiner, untersetzter Mann stolperte und wäre ihnen fast vor die Füße gefallen. Aus dem Glas, das er in der Hand hielt, schwappte ein Schwall Bier auf den Boden.

»Sollen wir uns was zu trinken holen?«, fragte Agnes.

»Nein.«

Während sie sich langsam durch die Menge schoben, ließ Agnes den Blick von Gesicht zu Gesicht gleiten und runzelte dabei vor Konzentration die Stirn.

»Und?«, fragte Frieda.

»Ich bin mir nicht sicher. Vielleicht der da.«

Sie nickte zu einem kleinen Tisch am Ende des Raums hinüber. Dort hatte sich eine Frau bei einem Mann auf den Schoß gesetzt, und die beiden küssten und begrapschten sich ziemlich hemmungslos. Neben ihnen hockte ein Mann, der sie beobachtete wie Tiere im Zoo, dabei aber keine Miene verzog. Er war klapperdürr und hatte wasserstoffblondes Haar und blasse Haut. Über seine Stirn verlief eine Linie aus kleinen roten Pünktchen, die aussah wie eine Naht.

»Na, dann wollen wir mal.«

Frieda trat vor und tippte ihm an die Schulter. Als er sie ansah, fielen ihr sofort seine riesigen Pupillen auf, die ihm etwas fast Überirdisches verliehen.

»Kann ich kurz mit Ihnen sprechen?«

»Wer sind Sie?«

»Ich suche Shane.«

»Shane.« Das war keine Frage, sondern nur eine Art Echo. »Shane wer?«, hakte er nach.

Das Paar neben ihm hörte auf, sich zu küssen, und löste sich voneinander. Die Frau lehnte sich vor und nahm einen Schluck aus dem Glas auf dem Tisch. Dabei wirkte ihr Gesicht völlig ausdruckslos.

»Ich meine den Shane, der Lila Dawes kannte.«

»Ich weiß von keiner Lila.«

»Aber Sie kennen Shane?«

»Ich kannte mal einen, aber den habe ich eine Ewigkeit nicht gesehen. Er kommt nicht mehr in diesen Laden.«

»Er war im Gefängnis«, erklärte die Frau neben ihm trocken. Der Mann, auf dessen Schoß sie saß, versuchte sie wieder an sich zu ziehen, doch sie schob ihn weg.

»Sie kennen ihn?«

»Kennen Sie Lila auch?«, fügte Agnes in drängendem, fast schon flehendem Ton hinzu.

»War das eine von denen, die immer mit Shane herumhingen?«

»Warum musste Shane ins Gefängnis?«, meldete Frieda sich wieder zu Wort.

»Ich glaube, er hat jemandem eine übergezogen«, antwortete der Blonde, »mit einer Flasche.«

»Sitzt er immer noch ein?«

»Keine Ahnung. Sie könnten Stevie fragen, der kennt Shane.«

»Wo finde ich denn diesen Stevie?«

»Direkt hinter ihnen«, sagte eine Stimme, woraufhin Frieda und Agnes sich umdrehten und sich einem kräftig gebauten Mann mit rasiertem Schädel und einem seltsam weich und mädchenhaft wirkenden Gesicht gegenübersahen. »Was wollen Sie von Shane?«

»Ihn einfach nur finden.«

»Warum?«

»Er kannte meine Freundin.« Agnes' Stimme zitterte leicht. Frieda legte ihr beruhigend eine Hand auf den Arm.

»Was war das für eine Freundin?«

»Lila. Lila Dawes.«

»Lila? Shane hatte so viele Freundinnen.«

»War er ein Zuhälter?«, fragte Frieda, deren Stimme in dem überheizten Raum kühl und klar klang.

»Sie sollten aufpassen, was Sie über die Leute sagen«, wies Stevie sie zurecht.

»Ist er immer noch im Gefängnis?«

»Nein, sie haben ihn schon nach ein paar Monaten wegen guter Führung wieder rausgelassen.«

»Wissen Sie, wo ich ihn finden kann?«

Das Lächeln, das sich über Stevies Gesicht ausbreitete, galt nicht Frieda, sondern dem blonden Mann am Tisch. »Weißt du, was unser Shane inzwischen macht? Er arbeitet in Essex auf einem Gnadenhof für Pferde. Er füttert Ponys, deren Besitzer sie nicht gut behandelt haben. Richtige Glückspilze, diese Ponys, was?«

»Wo in Essex?«

»Warum wollen Sie das wissen? Haben Sie einen Gaul, den Sie loswerden wollen?«

»Ich möchte gern mit Shane reden.«

»Irgendwo an einer großen Straße.«

»Welcher großen Straße?«

»An der A12. Der Hof hat so einen blöden Blumennamen. Gänseblümchen. Oder Sonnenblume.«

»Was jetzt?«

»Sonnenblume.«

»Danke«, sagte Frieda.

»Du mich auch.«

Jim Fearby war beim letzten Namen auf seiner Liste angekommen: Sharon Gibbs aus Süd-London, neunzehn Jahre alt. Es war rund einen Monat her, dass sie das letzte Mal gesehen worden war, vielleicht auch schon fünf Wochen. Ihre Eltern hatten sie nicht sofort als vermisst gemeldet. Laut dem Polizeibericht, den er vor sich liegen hatte, war sie eine ziemliche Streunerin – vielleicht eine von denen, die absichtlich untertauchten. Selbst in der bürokratischen Sprache des Berichts nahm Fearby eine gewisse Gleichgültigkeit und Hoffnungslosigkeit wahr. Das klang nach einer weiteren Sackgasse.

Sobald er aber vor seiner großen Landkarte stand und ein weiteres Mal die kleinen Fähnchen betrachtete, die er darauf verteilt hatte, spürte er plötzlich wieder jenes Kribbeln, das ihn schon während dieser ganzen seltsamen Ein-Mann-Ermittlung antrieb. Denn für ihn schien klar, dass er ein Muster vor sich hatte. Wenn er jedoch abends, am Ende eines Tages, mit seinem Whisky und seinen Zigaretten in seinem Zimmer saß – wo das Fenster allmählich grau anlief und er umgeben war von zerknülltem Papier, überquellenden Aschenbechern, Fastfood-Kartons, Kaffeetassen, die er nur zur Hälfte ausgetrunken, und Stapeln von Büchern, die er durchgeblättert und anschließend beiseitegelegt hatte –, dann wurde das Kribbeln immer schwächer.

Einen Moment blickte er sich um und betrachtete seine Umgebung mit den Augen eines Fremden: In diesem Raum herrschte Chaos, daran bestand kein Zweifel, doch das Chaos basierte auf einer Obsession. Die Wände waren bedeckt mit Landkarten, Fotos von Mädchen und jungen Frauen, Haftnotizen mit Telefonnummern. Das alles ließ ihn wirken wie einen Stalker, einen Psychopathen. Er konnte sich genau vorstellen, wie bekümmert und entsetzt seine Frau oder seine Kinder dreinblicken würden, wenn sie jetzt hereinkämen: Er trug schäbige Kleidung, sein Gesicht war unrasiert, sein Haar gehörte dringend geschnitten, und er roch nach Tabak und Alkohol. Doch wenn er richtiglag und all diese Frauen, deren Gesichter ihn von den Wänden anstarrten, von derselben Person getötet worden waren, dann rechtfertigte das all seine Unzulänglichkeiten, und er wäre ein Held. Natürlich würde er andernfalls – also wenn er sich irrte – am Ende als einsamer Narr und erbärmlicher Versager dastehen.

Im Grunde brachte es nichts, darüber nachzugrübeln. Er war schon zu weit gegangen und hatte zu viel Arbeit investiert. Nun musste er sich einfach an seinen Instinkt klammern, all seine Zweifel im Zaum halten und stur weitermachen. Seufzend griff er nach seinem kleinen Übernachtungsgepäck, seinem Autoschlüssel und seinen Zigaretten und zog die Tür hinter sich zu – erleichtert darüber, dem Mief und dem Chaos seines Hauses zu entkommen.

Brian und Tracey Gibbs wohnten in dem Bereich von Süd-London, wo der dichte Kernbereich der Stadt langsam ins Vorstädtische überging. Fearby sah auf den ersten Blick, dass die beiden arm waren. Ihre im ersten Stock gelegene Wohnung war klein, und das Wohnzimmer, in das sie ihn führten, gehörte dringend mal gestrichen. Aus dem Polizeibericht wusste er, dass die beiden in ihren Vierzigern waren, doch sie sahen viel älter aus – was ihn plötzlich mit Wut erfüllte. Die gut gestellte Mittelschicht kann dem Zahn der Zeit trotzen, ging ihm durch den Kopf, während Leute wie das Ehepaar Gibbs davon zerfressen und aufgerieben werden. Brian Gibbs war mager und defensiv, seine Frau Tracey kräftiger gebaut und zunächst auch aggressiv. Sie wollte Fearby klarmachen, dass sie ihr Bestes gegeben hatten und ihrem einzigen Kind gute Eltern gewesen waren, die das alles nicht verdienten. Sie hätten nichts falsch gemacht, erklärte sie, es sei nicht ihre Schuld. Ihr Mann saß während der ganzen Zeit stumm neben ihr.

»Wann haben Sie Ihre Tochter das letzte Mal gesehen?«, fragte Fearby.

»Vor sechs Wochen. Vielleicht auch ein paar Tage mehr oder weniger.«

»Und wann haben Sie sie als vermisst gemeldet?«

»Vor dreieinhalb Wochen. Wir wussten es ja nicht«, fügte sie schnell hinzu, als müsste sie sich rechtfertigen. »Sie ist schließlich erwachsen. Sie wohnt zwar noch bei uns, kommt und geht aber, wie es ihr beliebt. Oft ist sie tagelang …« Sie zögerte. »Na ja, Sie wissen sicher, wie das ist.«

Fearby nickte. Er wusste es.

»Könnte ich ein Bild von ihr sehen?«

»Da.« Tracey Gibbs deutete auf ein gerahmtes Foto von Sharon: ein rundes, blasses Gesicht, dunkles Haar, zu einem Pagenkopf geschnitten, ein kleiner Schmollmund, der für die Kamera lächelte. Fearby hatte in letzter Zeit zu viele junge Frauen gesehen, die für die Kamera lächelten.

»Wird es für sie ein gutes Ende nehmen?«, wollte Brian Gibbs plötzlich wissen, als wäre Fearby Gott.

»Ich hoffe es«, antwortete er. »Glauben Sie, sie ist freiwillig gegangen?«

»Jedenfalls glaubt das die Polizei«, antwortete die Mutter, nun leicht verbittert.

»Sie nicht?«

»Unsere Tochter ist in schlechte Gesellschaft geraten.«

»Was für eine Gesellschaft?«

»Der Schlimmste von allen war dieser Mick Doherty. Ich habe ihr gesagt, was ich von ihm halte, aber sie wollte nicht auf mich hören.«

Sie verschränkte die Hände. Fearby registrierte ihren zu engen, etwas einschneidenden Ehering und den abgeblätterten Nagellack. Sie wirkte ungepflegt. Der Pullover von Brian Gibbs hatte Mottenlöcher. Durch die Teetasse, aus der er trank, verlief ein Haarriss, und am Rand war ein kleines Stück herausgebrochen.

»Verstehe.« Er bemühte sich um einen neutralen, aber doch munteren Ton.

»Ich weiß, wo er arbeitet. Die Polizei hat sich nicht für ihn interessiert, aber ich kann Ihnen sagen, wo Sie ihn finden.«

»Gut.«

Er schrieb sich die Adresse auf. Es konnte ja nicht schaden, fand er, außerdem hatte er sowieso nichts anderes mehr zu tun, und auch kein anderes Ziel.

42

Karlsson schlug die Akte auf und warf einen Blick in die Runde. Yvette schrieb etwas in ihr Notizbuch, Riley und Munster starrten gelangweilt vor sich hin, und Hal Bradshaw verschickte gerade eine SMS. Als er Karlssons wütenden Blick bemerkte, legte er das Telefon auf den Tisch, konnte es sich aber nicht verkneifen, hin und wieder einen verstohlenen Blick darauf zu werfen. Karlsson nahm seine Armbanduhr ab und platzierte sie neben der Akte.

»Wir werden genau fünf Minuten darüber sprechen«, verkündete er, »denn mehr ertrage ich nicht, und danach sollten wir alle unseres Weges gehen und versuchen, diesen Fall zu lösen. Wisst ihr, was mir am liebsten wäre? Ich wünschte, Billy Hunt hätte Ruth Lennox getötet und säße sicher hinter Gittern. Dann wären wir nicht gezwungen gewesen, den Stein hochzuheben und all diese hässlichen Dinge ans Licht zu zerren: den Ehebruch, das Alkoholproblem, den Sex mit einer Minderjährigen.«

»Vielleicht war Billy Hunt es ja trotzdem«, gab Riley zu bedenken.

»Billy Hunt war es nicht.«

»Vielleicht stimmt etwas mit seinem Alibi nicht. Womöglich war bei der Überwachungskamera die Uhrzeit nicht richtig eingestellt.«

»Gut«, antwortete Karlsson, »dann überprüfen Sie das doch. Wenn Sie beweisen können, dass mit seinem Alibi etwas nicht stimmt, dann feiern wir Sie als Helden. Aber jetzt zurück in die wirkliche Welt. Erinnert ihr euch an den Tag, an dem die Leiche gefunden wurde, auch wenn das nun schon eine ganze Weile her ist? Zuerst war es mir ein Rätsel, wer den Wunsch gehabt haben könnte, diese nette dreifache Mutter umzubringen. Inzwischen reicht die Schlange der Verdächtigen bis zur Tür hinaus. Mit wem sollen wir anfangen? Da wäre beispielsweise Russell Lennox: der betrogene Ehemann mit dem Alkoholproblem und der Neigung zur Gewalttätigkeit.«

»Es steht nicht fest, dass die Prügel, die Paul Kerrigan bezogen hat, wirklich auf sein Konto gehen.«

»Nein, aber ich wette, dass er es war.«

»Er wusste nichts von der Affäre seiner Frau«, gab Munster zu bedenken.

»Sie meinen, er *behauptet*, nichts davon gewusst zu haben.«

»Auf dem Zahnrad waren auch Fingerabdrücke von ihm, nicht nur von Billy«, warf Yvette ein.

»Weil ihm das Ding gehörte. Trotzdem klingt das für mich noch am wahrscheinlichsten: Er stellt seine Frau zur Rede und greift nach dem Zahnrad. Natürlich ist da die heikle Frage seines Alibis. Wir sollten ihn also noch härter in die Zange nehmen. Die Sprösslinge der beiden waren in der Schule und sind außerdem noch Kinder. Dachten wir zumindest. Inzwischen wissen wir von Judith und ihrem Freund, dem Albtraum aller Eltern. Ruth kommt dem Kerl auf die Schliche, vereinbart mit ihm ein Gespräch in ihrem Haus, droht ihm mit rechtlichen Konsequenzen, woraufhin er nach dem Zahnrad greift. Dieser Zach Greene gefällt mir nicht, er gefällt mir überhaupt nicht. Was aber leider nicht als Beweis gilt. Irgendwelche Kommentare?« Er blickte sich um. »Dachte ich mir. Trotzdem sollten wir auch ihn noch einmal in die Zange nehmen. Wo will er denn an dem betreffenden Nachmittag gewesen sein, Yvette?«

Yvette lief knallrot an.

»Das hat er mir nicht so richtig gesagt«, murmelte sie.

»Wie meinen Sie das?«

»Ich habe ihn natürlich danach gefragt. Aber nun, da Sie es ansprechen, fällt mir erst auf, dass er mir die Antwort schuldig geblieben ist. Er hat die ganze Zeit etwas von gegenseitigem Einvernehmen gefaselt, und dass sie beide erwachsene Menschen seien. Er hat mich abgelenkt.«

Karlsson starrte sie an. »Abgelenkt?«, wiederholte er in gefährlich ruhigem, kaltem Ton.

»Es tut mir leid, das war dumm von mir. Ich spreche noch einmal mit ihm.«

Karlsson zwang sich, den Blick einen Moment auf seine Unterlagen zu richten. Er wollte Yvette vor Riley und Bradshaw nicht anschreien, konnte sich aber nur mit Mühe beherrschen.

»Machen wir weiter. Da wären noch die Kerrigans. Er will sich von Ruth Lennox trennen. Oder sie erfährt von seiner Büroaffäre. Sie stellt ihn zur Rede. Er greift nach dem Zahnrad.«

»Hätte sie ihn bei sich zu Hause zur Rede gestellt?«, fragte Yvette. »Hätte sich da nicht eher die gemeinsame Wohnung angeboten?«

»Vielleicht gab es ja zuerst ein Gespräch in der Wohnung«, meldete Bradshaw sich zu Wort. »Bei der Gelegenheit könnte sie ihm damit gedroht haben, es seiner Frau zu sagen. Womöglich wollte er ihr das heimzahlen, indem er sie in ihrem Haus zur Rede stellte und dann tötete, so dass ihre Familie zwangsläufig die Wahrheit erfahren musste.«

Karlsson runzelte die Stirn.

»Ich dachte, Ihre Theorie besagte, dass es sich bei dem Mörder um einen Einzelgänger ohne festen Wohnsitz und ohne familiäre Bindungen handeln muss, für den der Mord so eine Art Akt der Liebe war.«

»Ach ja, richtig«, räumte Bradshaw ein, »wobei Kerrigan genau genommen tatsächlich ein Einzelgänger war, der sich seiner Familie entfremdet hatte. Und aufgrund der zusätzlich angemieteten Wohnung hatte er auch keinen festen Wohnsitz mehr. Über den Mord kann man natürlich streiten, aber er lässt sich durchaus als ein letzter, verzweifelter Akt der Liebe interpretieren, der zugleich das Ende dieser Liebe markierte.«

Am liebsten hätte Karlsson sich Bradshaws Smartphone gegriffen und dem Blödmann damit auf den Kopf geschlagen, und zwar nicht nur einmal. Stattdessen verkniff er sich jeden Kommentar.

»Dann wäre da noch Kerrigans Frau Elaine. Die gedemütigte Ehefrau stellt ihre Konkurrentin zur Rede und greift nach dem Zahnrad.«

»Aber sie wusste doch gar nichts von der Affäre«, gab Yvette zu bedenken. »Sie kannte weder den Namen ihrer Konkurrentin noch deren Adresse.«

»Vielleicht war sie doch im Bilde«, meinte Munster, »das sind sie nämlich immer.«

»Was soll das heißen, *sie*?« Yvette funkelte ihn zornig an.

»Na, die Frauen.« Munster hatte Yvettes scharfen Ton durchaus registriert. »Frauen merken es, wenn der Ehemann fremd geht. Sie wissen es einfach. Tief in ihrem Inneren. Zumindest heißt es das doch immer.«

»Schwachsinn«, erklärte Yvette entschieden.

»Jedenfalls vermuten wir, dass jemand Bescheid wusste. Die zerschnittene Puppe, die jemand durch den Briefschlitz von Familie Lennox geschoben hat, könnte als Warnung gedacht gewesen sein.«

»Es könnte sich aber auch um einen Zufall handeln.«

»In meiner Welt«, verkündete Bradshaw mit einem bescheidenen Lächeln, »ist Zufall nur ein anderes Wort für …«

»Richtig«, schnitt Karlsson ihm das Wort ab, »es könnte sich um einen Zufall handeln. Vielleicht war die Puppe ja eine weitere Schikane von Doras reizenden Schulkameraden. Haben Sie noch einmal mit ihr gesprochen, Yvette?«

Yvette nickte. »Sie hat gesagt, sie sei davon ausgegangen, dass die Puppe für sie bestimmt war, und sie glaubt sich daran zu erinnern, dass sie um die Mittagszeit durch den Briefschlitz geworfen wurde. Sie war deswegen sehr bekümmert, wollte aber im Grunde nicht darüber sprechen. Anscheinend geht es ihr in der Schule besser, seit ihre Mutter ermordet wurde. Plötzlich wollen alle mit ihr befreundet sein.« Yvette verzog angewidert das Gesicht.

»Also gut«, fasste Karlsson zusammen, »die Puppe ist also entweder eine Spur, oder sie ist keine. Vielleicht sollten wir mit der Schuldirektorin darüber sprechen. Mal sehen, ob sie Licht in die Sache bringen kann. Machen wir weiter: Was ist mit den Söhnen?«

»Josh und Ben Kerrigan?« Yvette runzelte die Stirn. »Die sind beide ziemlich hochnäsig … und wütend. Aber Josh befand sich zur fraglichen Zeit wohl in Cardiff – auch wenn er bis jetzt kein konkretes Alibi vorweisen kann, abgesehen von seiner Vermutung, dass er zum besagten Zeitpunkt mit seiner Freundin im Bett lag. Die Freundin ist auch dieser Meinung, zumindest hält sie es für sehr wahrscheinlich. Nach seinen Kontoauszügen zu urteilen, hat er seine Karte nicht benutzt, um ein Zugticket zu erstehen. Was aber nicht viel heißen muss. Er hat selbst darauf hingewiesen, dass er auch bar bezahlt haben könnte. Sein jüngerer Bruder Ben hielt sich in der Schule auf. Jedenfalls gehen wir davon aus. Seine Lehrerin kann zwar nicht mit Sicherheit sagen, ob er da war oder nicht, glaubt aber, dass sie sich daran erinnern würde, wenn er gefehlt hätte. Sie meint, das wäre ihr aufgefallen.«

»Na, großartig.«

»Was ist mit Louise Weller?«, fragte Yvette. »Sie war ziemlich schnell am Tatort.«

»Am Tatort?« Karlsson schüttelte den Kopf. »Sie ist gekommen, um zu helfen.«

»Es ist gar nicht so ungewöhnlich, dass Täter auf diese Weise ihre Schuldgefühle zum Ausdruck bringen«, erklärte Bradshaw gut gelaunt. »Sie mischen sich auch gern in die Ermittlungen ein.«

»Was? Dreifache Mutter ermordet Schwester?«

»Ausschließen kann man das nicht«, meinte Bradshaw.

»Das müssen Sie schon mir überlassen, was ich ausschließe oder nicht«, entgegnete Karlsson impulsiv. Nach einer kurzen Pause fügte er hinzu: »Aber Sie haben recht, wir werden noch einmal mit ihr sprechen, ebenso mit den Kerrigan-Jungs. Sonst noch Vorschläge?«

»Samantha Kemp«, meldete sich Riley zu Wort.

»Was?«

»Die andere Frau, mit der Kerrigan eine Affäre hatte.«

»Ja, ich weiß, wer sie ist, aber …« Karlsson überlegte einen Moment. »Wir sollten auf jeden Fall mit ihr reden und überprüfen, ob es stimmt, dass Kerrigan an dem Nachmittag mit ihr zusammen war. Womöglich stellt sich ja heraus, dass sie einen eifersüchtigen Freund hat.« Er knallte die Akte zu. »Das war's. Yvette, Sie überprüfen das besagte Alibi. Chris, Sie sprechen mit dieser Samantha Kemp. So, und jetzt ziehen Sie los, und sorgen Sie in Gottes Namen dafür, dass wenigstens einer von Ihnen mir irgendetwas Brauchbares liefert!«

43

Yvette haderte mit sich. Sie spürte den mitfühlenden Blick, den Chris Munster ihr beim Verlassen des Raums zuwarf, doch damit machte er es nur noch schlimmer. Als er sie fragte, ob sie einen Kaffee wolle, fauchte sie ihn nur an. Genervt ließ sie sich auf ihren Schreibtischstuhl plumpsen.

Zuerst rief sie bei der Firma in Shoreditch an, für die Zach arbeitete, doch die Frau, die ans Telefon ging, erklärte ihr, er sei an dem Tag nicht im Haus – er arbeite nicht Vollzeit und sei außerdem sowieso nicht der verlässlichste aller Mitarbeiter. Deshalb versuchte Yvette es auf seinem Handy, wurde aber sofort an die Mailbox weitergeleitet. Auch unter seiner Festnetznummer ging er nicht ran. Yvette ließ es ewig läuten. Schließlich schlüpfte sie seufzend in ihre Jacke.

Auf dem Weg nach draußen lief sie erneut Munster über den Weg.

»Wohin bist du unterwegs?«, fragte sie.

»Zu Samantha Kemp. Du?«

»Zu diesem gottverdammten Zach Greene.«

»Möchtest du, dass ich …?«

»Nein, möchte ich nicht.«

Samantha Kemp arbeitete gerade für eine Firma, die Digitalkameras vertrieb. Die Geschäftsräume lagen nur einen Katzensprung vom Marble Arch entfernt. Man führte Munster in einen kleinen Besucherraum im ersten Stock, mit Blick auf einen Sari-Laden.

Als sie den Raum betrat, stellte Munster überrascht fest, wie jung sie aussah. Paul Kerrigan war ein stämmiger, bereits ergrauender Mann mittleren Alters, aber Samantha Kemp schätzte er höchstens auf Ende zwanzig. Sie trug eine schicke, faltenfrei gebügelte weiße Bluse und einen schwarzen Rock. An ihrer Strumpfhose entdeckte er eine Laufmasche, die vom Fußknöchel bis zu ihrem wohlgeformten Knie verlief. Sein Blick wanderte hinauf zu ihrem runden, blassen Gesicht, das von feinem, silberblondem Haar umrahmt wurde.

»Danke, dass Sie sich Zeit nehmen. Ich werde Sie nicht lange aufhalten.«

»Worum geht es?«

Munster registrierte, dass sie nervös war. Immer wieder strich sie über ihren Rock.

»Stimmt es, dass Sie Paul Kerrigan kennen?«

»Ja. Ich arbeite hin und wieder für seine Firma. Warum?« Ihre helle Haut lief rot an. Selbst als die Röte wieder nachließ, blieben auf ihren Wangen ein paar hektische Flecken zurück. »Worum geht es?«, fragte sie noch einmal.

»Können Sie sich daran erinnern, was Sie am Mittwoch, dem sechsten April, gemacht haben?« Sie gab ihm keine Antwort. »Miss Kemp?«

»Ich habe Sie schon verstanden. Ich weiß nur nicht, worauf Sie hinauswollen. Warum sollte ich Ihnen etwas über mein Privatleben erzählen?«

»Mister Kerrigan sagt, Sie seien am Nachmittag und Abend des sechsten April mit ihm zusammen gewesen.«

»Mit ihm?«

»Ja.«

»Ist das ein Problem?«

»Sagen Sie es mir.«

»Er mag ja verheiratet sein, aber das ist sein Problem, nicht meines.«

»Sprechen wir über den Mittwoch, den sechsten April.«

»Er ist nicht glücklich, müssen Sie wissen.«

»Das spielt keine Rolle.«

»Er ist wirklich nicht glücklich.« Zu seinem Entsetzen stellte Munster fest, dass sie aussah, als würde sie gleich zu weinen anfangen: In ihren graublauen Augen standen Tränen. »Von mir bekommt er Trost. Ich lasse mir deswegen kein schlechtes Gewissen einreden.«

»Mich interessiert nur eines: Haben Sie ihn auch am Mittwoch, dem sechsten April, getröstet?«

»Steckt er in Schwierigkeiten?«

»Führen Sie einen Terminkalender?«

»Ja«, antwortete sie, »ja, ich war an dem Mittwoch mit ihm zusammen.«

»Sind Sie sicher?«

»Ja. Es war der Tag nach meinem Geburtstag. Er hatte eine Flasche Champagner für mich besorgt.«

»Um welche Zeit haben Sie sich getroffen?«

»Er kam schon am Nachmittag, gegen vier. Wir haben ein bisschen Champagner getrunken, und dann …« Sie wurde wieder feuerrot. »Zwischen sieben und acht ist er wieder gegangen. Er hat gesagt, er müsse zum Abendessen nach Hause.«

»Gibt es jemanden, der das bestätigen kann?«

»Meine Mitbewohnerin, Lynn. Sie ist gegen sechs nach Hause gekommen und hat auch ein bisschen was von dem Champagner getrunken. Ich nehme an, Sie brauchen ihren Nachnamen und ihre Telefonnummer.«

»Ja, bitte.«

»Weiß sie über uns Bescheid? Ich meine, seine Frau? Steckt er in Schwierigkeiten?«

Munster sah sie an. Sie wusste doch bestimmt von Ruth Lennox. Aber da er es nicht mit Sicherheit sagen konnte, wollte er auf keinen Fall derjenige sein, der ihr die Neuigkeit mitteilte. Sollte Paul Kerrigan seine Drecksarbeit doch alleine machen.

Zach Greene wohnte in der Gegend von Waterloo, nur ein paar Straßen südlich des Bahnhofs, wo sich gerade der Mittagsverkehr staute: Taxis, normale Autos, Lieferwagen und Busse. Radfahrer schlängelten sich zwischen den Fahrzeugen hindurch. Die meisten zogen den Kopf ein, weil mittlerweile ein ziemlich starker Wind ging. Ein Krankenwagen brauste mit Sirenengeheul vorbei.

Die Nummer zweihundertzweiunddreißig war ein kleines, ein Stück von der Straße zurückgesetztes Reihenhaus. Ein paar Stufen führten zu einer grün gestrichenen, von Rissen durchzogenen Holztür hinauf. Yvette drückte auf den Klingelknopf und klopfte zusätzlich energisch, weil sie sowieso davon ausging, dass er nicht zu Hause war. Umso überraschter war sie, als sie Schritte hörte und wenige Augenblicke später das Klirren einer Kette. Vor ihr stand eine Frau, ein Baby in einem gestreiften Strampelanzug auf dem Arm.

»Ja?«

»Ich wollte zu Zach Greene«, erklärte Yvette. »Bin ich da richtig?«

»Ja, er ist unser Mieter. Sie müssen durch den Garten.« Obwohl sie Hausschuhe trug, kam sie heraus und ging mit Yvette die Treppe hinunter, um ihr die Richtung zu zeigen. »Der kleine Weg dort führt hinters Haus, zu einem kleinen Gartentor, das nicht richtig schließt. Wenn Sie da durchgehen, sehen Sie auf der einen Seite schon seine Wohnung.«

»Danke.« Yvette lächelte dem Baby zu, das erschrocken die Augen aufriss und zu schreien anfing. Sie hatte noch nie einen guten Draht zu Babys gehabt.

»Richten Sie ihm von mir aus, dass er nicht so laut sein soll, ja? Gestern Abend hat er einen Höllenlärm veranstaltet – kurz nachdem mein Kleiner hier endlich eingeschlafen war.«

Yvette trat durch das klapprige Gartentor. Ein paar Holzstufen führten von dem Haus, vor dem sie gerade gestanden hatte, in den kleinen Garten hinunter, wo ein Kinderdreirad aus Kunststoff umgekippt auf der Seite lag. Unterhalb der Stufen befand sich die Wohnungstür. Yvette läutete. Nachdem sie kurz gewartet hatte, klopfte sie. Ächzend ging die Tür einen Spalt weit auf.

Yvette blieb einen Moment wie angewurzelt stehen und lauschte aufmerksam. Von der Straße drang Verkehrslärm, aber im Innern des Hauses war nichts zu hören.

»Hallo!«, rief sie. »Zach? Mister Greene? Hier ist Detective Long.«

Nichts. Der Wind ließ weiße Blütenblätter auf sie herunterrieseln. Einen Augenblick dachte sie, es wäre Schnee. Schnee im April, ging ihr durch den Kopf, das war gar nichts so Ungewöhnliches. Vorsichtig schob sie die Tür weiter auf und trat auf eine abgewetzte Fußmatte. Zach Greene war kein ordentlicher Mensch. Auf dem Boden lagen Schuhe, stapelweise Werbung, ein paar leere Pizzaschachteln, ineinander verschlungene Handyladegeräte und Computerkabel, ein Baumwollschal mit Fransen.

Zögernd ging sie ein paar Schritte weiter.

»Zach? Sind Sie da?« In der kleinen Wohnung klang ihre Stimme sehr laut. Rechts von ihr befand sich eine winzige Küche: ein Kochfeld, verkrustet mit altem Essen, eine Armee aus Tassen, verschüttetes Kaffeegranulat. Zwei Hemden hingen zum Trocknen über dem Heizkörper. Dem Geruch nach zu urteilen stand irgendwo etwas herum, das gerade schlecht wurde.

Seltsam, dachte sie, dass man immer gleich weiß, wenn etwas nicht stimmt – man bekommt einfach ein Gespür dafür. Es lag nicht nur an der offenen Tür und dem Geruch. Auch die Stille hatte etwas Seltsames, als wäre sie von einer Art Summen unterlegt, einem Nachhall von Gewalt. Ihre Haut prickelte.

In der Tür, die vermutlich in Zachs Schlafzimmer führte und nur einen Spalt offenstand, entdeckte sie einen weiteren Schuh, einen braunen Leinenschuh mit gelben Schnürsenkeln. Sie schob die Tür mit den Fingerspitzen auf. Der Schuh gehörte zu einem Fuß. Ein Stück Bein lag auch frei. Es steckte in einer dunklen Hose, die ein Stück hochgerutscht war, so dass man eine gestreifte Socke sehen konnte. Auf allem anderen lag aber eine gemusterte Tagesdecke. Yvette registrierte das Muster: Vögel und durcheinanderwirbelnde Blumen. Es sah orientalisch aus und peppte die graubraune Tristesse dieser schäbigen kleinen Bude ein wenig auf.

Yvette warf einen Blick auf ihre Armbanduhr und notierte sich die Uhrzeit, ehe sie in die Hocke ging und ganz vorsichtig die Decke wegzog. Dabei spürte sie deutlich, wie vollgesogen und klebrig die gesteppten Stoffschichten waren. Erst jetzt, aus der Nähe, sah sie die Flecken, die sie in dem lebhaften Muster anfangs gar nicht bemerkt hatte.

Aller Wahrscheinlichkeit nach war es Zach, der da vor ihr am Fußende seines Bettes lag, aber von dem schmalen Gesicht mit dem Schmollmund und den goldbraunen Augen, die sie so unheimlich gefunden hatte, war nichts mehr übrig – es war zu Brei geschlagen. Yvette zwang sich, richtig hinzusehen und nicht vor Entsetzen die Augen zu schließen. Auch wenn sein Gesicht zerstört war, die filigranen Ohrläppchen konnte sie noch erkennen. Ansonsten befand sich überall Blut. Den meisten Menschen war gar nicht klar, wie viel Blut durch ihre Adern floss – warm und schnell. Das wurde einem erst bewusst, wenn man es als Lache rund um eine Leiche sah. Jede Menge dunkles, süßlich riechendes Blut, das langsam gerann. Vorsichtig befühlte sie mit der Rückseite eines Fingers seinen Rücken, schob den Finger unter das violette Hemd. Die Haut war weiß, hart und kalt.

Während sie sich wieder aufrichtete, musste sie daran denken, was Karlsson immer machte, wenn er an einem Tatort eintraf. Seinem Beispiel folgend, versuchte sie, sich in eine Kamera zu verwandeln, die jedes Detail festhielt: das aufgebrochene Schloss, die Schmutzspuren im Durchgang, das schief hängende Bild über dem Bett, das gerinnende Blut, den steifen Körper, die Art, wie Zach die Arme zur Seite ausgestreckt hatte, als befände er sich im freien Fall. Sie erinnerte sich daran, dass die Frau oben gesagt hatte, sie habe am Vorabend Lärm gehört.

Schließlich griff sie nach dem Telefon. Von oben drang die Stimme des Babys herunter, das immer noch schrie.

Ehe sie es sich versah, trafen die Ambulanzen und Streifenwagen ein. Es schien nur wenige Minuten zu dauern, bis sich die Wohnung in ein provisorisches Labor verwandelte und sich grelle Scheinwerfer auf Zachs Leiche richteten, die das Zentrum des Ganzen bildete. Rundherum sah man Überschuhe, Plastikhandschuhe, Pinsel zum Aufspüren der Fingerabdrücke, Flaschen mit Chemikalien, Pinzetten und Beweismittelbeutel, Maßbänder, Thermometer. Riley sprach gerade mit der Frau von oben. Munster hatte sich vor die Tür begeben, um zu telefonieren und gleichzeitig frische Luft zu schnappen. Zach war jetzt nur noch ein Objekt, ein Gegenstand der Untersuchung.

Über das ganze Gewusel hinweg sagte Karlsson zu Yvette: »Chris spricht mit seinen Eltern. Glauben Sie, Sie schaffen es, Judith Lennox die Nachricht mitzuteilen?«

Sie spürte, wie ihr beim Gedanken an die wilde, verzweifelte Lennox-Tochter der Schweiß ausbrach.

»Klar.«

»Danke. Am besten so schnell wie möglich, schätze ich.«

Yvette wusste, dass es schlimm werden würde, und so war es dann auch. Sie stand da, hörte sich selbst die Worte sagen und beobachtete, wie Judith Lennox das noch so junge, verletzliche Gesicht verzog. Dann begann sie sich in dem kleinen Raum zu drehen, ihre schlanke Gestalt zuckte, und plötzlich schienen all die Einzelteile nicht mehr zusammenzugehören: Die Hände flogen hin und her, das Gesicht verzerrte sich zu seltsamen Grimassen, der Kopf schwankte, als wäre er zu schwer geworden für den dünnen Hals, und die Füße stolperten über den Boden, getrieben von dem hektischen Drang, sich zu bewegen. Die Direktorin hatte sie in einen freien Raum geführt. Neben dem Bleiglasfenster stand ein Schreibtisch, flankiert von Regalen voller Ordner in unterschiedlichen Farben. Draußen gingen gerade zwei Teenager vorbei – ein Junge und ein Mädchen – und warfen einen Blick durch das große Fenster, wenn auch allem Anschein nach ohne besonderes Interesse.

Yvette fühlte sich völlig hilflos. Sollte sie hingehen und die Arme um den fragilen Körper des Mädchens schlingen, damit es einen Augenblick zur Ruhe kam? Doch in dem Moment stieß Judith einen Schrei aus, der bestimmt bis in den letzten Winkel des Schulgebäudes zu hören war, so dass wahrscheinlich gleich sämtliche Lehrer angelaufen kommen würden. Sie prallte gegen den Schreibtisch und von dort in eine andere Richtung. Yvette fühlte sich an eine Motte erinnert, die mit ihren weichen, pudrigen Flügeln gegen harte Oberflächen stieß.

Zögernd streckte Yvette eine Hand aus und erwischte Judith am Saum ihres Shirts, das dabei ein wenig einriss. Das Mädchen blieb stehen und bedachte sie mit einem wilden Blick. Sie trug immer noch ihren orangeroten Lippenstift, doch der Rest ihres Gesichts sah aus wie das eines kleinen Mädchens. Plötzlich sackte sie in sich zusammen – nicht auf dem Stuhl, sondern auf dem blanken Boden.

»Was ist passiert?«, flüsterte sie.

»Das versuchen wir gerade herauszufinden. Bisher kann ich dir nur sagen, dass er ermordet worden ist.« Sie musste an das zerschlagene Gesicht denken und schluckte. »In seiner Wohnung.«

»Wann? *Wann?*«

»Über den genauen Todeszeitpunkt liegen uns noch keine Erkenntnisse vor.« Vor Verlegenheit drückte sie sich so steif und gestelzt aus, dass es ihr selbst peinlich war.

»Aber es ist erst vor Kurzem passiert?«

»Ja. Es tut mir leid, dass ich dich das fragen muss, aber ich bin sicher, du wirst es verstehen. Kannst du mir sagen, wann du ihn das letzte Mal gesehen hast?«

»Gehen Sie.« Judith presste die Hände auf die Ohren und begann sich auf dem Boden vor und zurück zu wiegen. »Gehen Sie jetzt einfach.«

»Ich weiß, dass das für dich sehr schmerzhaft ist.«

»Gehen Sie, gehen Sie, gehen Sie! Lassen Sie mich in Ruhe. Lassen Sie uns alle in Ruhe. Verschwinden Sie endlich! Warum passiert das alles? Warum? Bitte, bitte, bitte, bitte!«

Yvette war vorher noch nie bei Frieda in der Praxis gewesen und nur ein einziges Mal bei ihr zu Hause. Sie bemühte sich, den Blick nicht allzu neugierig schweifen zu lassen, wollte aber auch Frieda nicht zu eindringlich mustern – zum einen, weil sie sich selbst immer sehr unbehaglich fühlte, wenn Frieda sie so unverwandt anschaute, und zum anderen, weil sie über Friedas Aussehen erschrocken war. Vielleicht hatte sie abgenommen, Yvette konnte es nicht genau sagen, auf jeden Fall sah sie dünner aus und machte einen extrem angespannten Eindruck. Ihre Augenringe wirkten noch dunkler als sonst, fast violett. Außerdem war sie sehr blass, und ihre sonst so wach blitzenden Augen hatten etwas sehr Düsteres. Yvette kam zu dem Ergebnis, dass sie gar nicht gut aussah.

Sie beobachtete, wie Frieda auf ihren roten Sessel zusteuerte und dabei vergeblich versuchte, ihr Hinken zu kaschieren. *Das ist meine Schuld*, schoss Yvette durch den Kopf. Sie konnte nicht anders, als sich einen Moment ins Gedächtnis zu rufen, wie Frieda damals in Mary Ortons Haus gelegen hatte, ohne sich zu rühren. Vor ihrem geistigen Auge sah sie wieder das viele Blut. Dann tauchte die junge Judith Lennox auf, wie sie, einem angeschlagenen Nachtfalter gleich, durch das Schulzimmer torkelte, und sie hörte sie schreien, sie solle doch endlich gehen und sie in Ruhe lassen. Die schlichte Wahrheit, dachte sie, ist vielleicht einfach, dass ich als Detective ein hoffnungsloser Fall bin. Sie hatte es ja nicht mal geschafft, von Zach Greene eine Auskunft über sein Alibi zu bekommen.

Frieda forderte sie mit einer Handbewegung auf, ihr gegenüber Platz zu nehmen, und Yvette tat, wie ihr geheißen. Hier saßen also Friedas Patienten. Einen Moment stellte sie sich vor, wie es wäre, die Augen zu schließen und zu sagen: *Bitte helfen Sie mir. Ich weiß nicht, was mit mir los ist. Bitte sagen Sie mir, was mit mir nicht in Ordnung ist …*

»Danke, dass Sie sich Zeit genommen haben«, begann sie zögernd.

»Ich bin Ihnen noch einen Gefallen schuldig.« Frieda lächelte sie an.

»O nein! Ganz im Gegenteil, ich …«

»Sie haben dafür gesorgt, dass die Anzeige kein Nachspiel hatte.«

»Das war doch nur eine Lappalie. Diese Idioten.«

»Trotzdem bin ich Ihnen dafür sehr dankbar.«

»Ich wollte nicht, dass wir uns auf dem Präsidium treffen. Hier erschien es mir besser. Ich weiß nicht, ob Sie es schon gehört haben: Zach Greene ist ermordet worden. Der Freund von Judith Lennox.«

Frieda, die ohnehin schon ganz still dagesessen hatte, schien für einen Moment zu erstarren. Dann schüttelte sie leicht den Kopf.

»Nein, davon hatte ich noch nicht gehört. Es tut mir leid«, sagte sie leise, als spräche sie mehr zu sich selbst.

»Sie ist in einem fürchterlichen Zustand«, fuhr Yvette fort. »Ich komme gerade von ihr. Die Schulpsychologin kümmert sich jetzt um sie, und auch die Direktorin. Trotzdem mache ich mir ihretwegen Sorgen.«

»Warum erzählen Sie mir das?«

»Sie kennen sie doch. Ich weiß, dass Sie hintenherum mit der Familie Lennox zu tun hatten.« Sie hob eine Hand. »Das ist jetzt falsch rübergekommen. Ich habe es nicht böse gemeint.«

»Sprechen Sie weiter.«

»Ich habe mich gefragt, ob es vielleicht möglich wäre, dass Sie mit ihr reden. Oder sie wenigstens mal anrufen, nur um zu hören, wie es ihr geht.«

»Sie ist keine Patientin von mir.«

»Das ist mir schon klar.«

»Ich kenne sie kaum. Ihr Bruder ist ein Freund meiner Nichte, das ist die einzige Verbindung zwischen uns. Ich habe das arme Mädchen nur ein paarmal getroffen.«

»Ich weiß nicht, wie ich mit ihr umgehen soll. Manche Dinge gehören einfach nicht zu unserer Ausbildung. Wahrscheinlich könnte ich einen von unseren Polizeipsychologen fragen.« Bei der Vorstellung zog sie skeptisch die Nase kraus. »Dieser Vollidiot Hal Bradshaw würde ihr bestimmt liebend gern erklären, was sie fühlt und warum. Aber ich… tja, ich dachte wohl irgendwie, Sie könnten ihr helfen.«

»Um der guten alten Zeiten willen?«, fragte Frieda ironisch.

»Das heißt also, Sie machen es nicht?«

»Das habe ich nicht gesagt.«

Na schön. Ich werde nicht zu dir rüberfliegen und an deine Tür hämmern. Ich habe beschlossen, dir zu vertrauen. Aber du machst es mir sehr schwer, Frieda. Sandy

44

Auf Jim Fearbys Liste standen inzwischen weitere Namen. An diesem Vormittag suchte er die Familie von Philippa Lewis auf. Sie lebte in einem kleinen Ort, der nur ein paar Kilometer südlich von Oxford lag, in einer neuen Wohnsiedlung. Eine Frau mittleren Alters – vermutlich Philippas Mutter Sue – knallte ihm die Tür vor der Nase zu, als er ihr seinen Namen und Beruf nannte. Er hatte im Lokalblatt einen Artikel über den Fall entdeckt, die übliche Geschichte von einem Mädchen, das eines Tages länger in der Schule zu tun hatte und dann zu Fuß nach Hause aufbrach, dort aber nie ankam. Obwohl die Zeitung nur ein ziemlich unscharfes Foto von ihr abgedruckt hatte, war sie ihm wie eine potenzielle Kandidatin erschienen. Er versah ihren Namen mit einem Häkchen, gefolgt von einem Fragezeichen.

Als Nächstes fuhr er in Richtung Warwick. Die Mutter von Cathy Birkin bewirtete ihn mit Tee und Kuchen. Schon vor dem ersten Bissen wusste er, dass er es diesmal mit einem Namen zu tun hatte, den er von der Liste streichen konnte. Das Mädchen war vorher bereits zweimal von zu Hause ausgerissen. Der Kuchen schmeckte trotzdem sehr gut: Ingwer, mit einem Hauch von Schärfe. Fearby fiel allmählich ein zweites Muster auf. Die Mütter der Ausreißerinnen waren diejenigen, die ihn einluden und ihm Tee und Kuchen anboten. Er konnte sich die Häuser und die Mädchen fast schon anhand der Kuchensorten merken, die ihm jeweils vorgesetzt worden waren. Oben in der Nähe von Crewe, bei Claire Boyle, hatte er Karottenkuchen bekommen. In High Wycombe, bei Maria Horsley: Schokoladenkuchen. Versuchten diese Leute immer noch zu beweisen, dass sie ihr Bestes gegeben hatten und keine schlechten Eltern waren? Der Ingwerkuchen schmeckte ein bisschen trocken und blieb am Gaumen kleben. Er musste ihn mit seinem allmählich kalt werdenden Tee hinunterspülen. Während er kaute, meldete sich sein eigenes schlechtes Gewissen. Er schob den Besuch nun schon so lange vor sich her. Dieses Mal musste er sowieso in die Richtung, es war nur ein kleiner Umweg.

Fast hoffte er, George Conley nicht anzutreffen, doch er war zu Hause. Der kleine Block, in den er gezogen war, sah recht ordentlich aus. Als Conley ihm öffnete, zeigte er wie schon zuvor kaum ein Zeichen des Erkennens. Bei allen Gesprächen, die sie beide im Lauf der Jahre geführt hatten, war Conley seinem Blick immer ein wenig ausgewichen, weil er sich bei direktem Augenkontakt nicht wohlzufühlen schien. Sogar dann, wenn er selbst das Wort führte, war es, als spräche er mit jemandem knapp neben oder hinter Fearby.

Beim Betreten der Wohnung schlug Fearby ein Schwall Wärme und Mief entgegen, wobei beides irgendwie eine Einheit zu bilden schien. Der Geruch ließ sich nicht so richtig identifizieren, Fearby wollte das auch gar nicht. Auf jeden Fall spielten Schweiß und Feuchtigkeit dabei eine Rolle. Fearby musste plötzlich an den Geruch denken, der im Sommer immer hinter den Müllwagen herwehte.

Er selbst lebte auch schon seit Jahren allein und wusste, wie es war, wenn Arbeitsflächen nie gründlich abgewischt wurden, das benutzte Geschirr sich immer höher stapelte, Essen schlecht wurde, weil man vergessen hatte, es zurück in den Kühlschrank zu stellen, und überall auf dem Boden Klamotten herumlagen. Das hier aber war eine andere Dimension. In dem dunklen, überheizten Wohnzimmer musste er sich einen Weg durch schmutzige Teller und Gläser bahnen. Er sah geöffnete Konservendosen, noch halb mit Dingen gefüllt, die er nicht mehr erkennen konnte, weil eine dicke Schicht weißen und grünen Schimmels sie bedeckte. Fast alles – Teller, Gläser, Dosen – war voller Zigarettenstummel. Fearby fragte sich, ob es Leute gab, die er anrufen konnte. Saß in irgendeinem Amt jemand, der gesetzlich verpflichtet war, sich um so etwas zu kümmern?

Der Fernseher lief, und Conley ließ sich auf dem Platz direkt gegenüber nieder, ohne sich aber wirklich auf den Bildschirm zu konzentrieren. Es sah eher so aus, als säße er einfach nur davor.

»Wie sind Sie an diese Wohnung gekommen?«, fragte Fearby.

»Über das Sozialamt«, antwortete Conley.

»Kommt jemand vorbei, um Ihnen zu helfen? Ich kann mir vorstellen, wie schwierig das sein muss. Sie waren so lange drinnen, da ist es schwer, sich wieder an das Leben draußen zu gewöhnen.« Da Conley ihn nur verständnislos anstarrte, versuchte Fearby es erneut. »Kommt jemand vorbei und sieht nach Ihnen? Jemand, der vielleicht auch ein bisschen putzt?«

»Manchmal kommt eine Frau. Um nach mir zu sehen.«

»Hilft Sie Ihnen?«

»Sie ist ganz in Ordnung.«

»Was ist mit Ihrem Schadensersatz? Wie ist da der Stand der Dinge?«

»Keine Ahnung. Ich habe aber mit Diana gesprochen.«

»Ihrer Anwältin.« Fearby musste fast schreien, um den Fernseher zu übertönen. »Was hat sie gesagt?«

»Sie hat gesagt, das kann dauern. Ziemlich lange.«

»Ja, das habe ich auch gehört. Sie müssen Geduld haben.« Er schwieg einen Moment. »Sind Sie viel unterwegs?«

»Manchmal gehe ich ein bisschen spazieren. Ganz in der Nähe ist ein Park.«

»Das ist schön.«

»Mit Enten. Ich nehme immer Brot mit, und Körner.«

»Das ist schön, George. Gibt es jemanden, den ich für Sie anrufen soll? Wenn Sie mir eine Nummer geben, könnte ich die Leute vom Sozialamt anrufen, damit sie kommen und Ihnen beim Aufräumen helfen.«

»Es ist nur eine einzelne Frau. Manchmal schaut sie vorbei.«

Fearby saß ganz vorne auf der Kante eines Sofas, das aussah, als hätte es vorher im Freien gestanden. Da ihm allmählich der Rücken wehtat, stand er wieder auf.

»Ich muss los«, erklärte er.

»Ich wollte gerade Tee machen.«

Fearby betrachtete einen Milchkarton, der offen auf dem Tisch stand. Die Milch darin war ganz gelb.

»Ich hatte vorhin schon eine Tasse. Aber ich komme bald mal wieder vorbei, dann können wir ein Bier trinken gehen oder zusammen einen Spaziergang machen. Wie klingt das?«

»Gut.«

»Ich versuche denjenigen zu finden, der Hazel Barton getötet hat. Ich war fleißig.«

Conley sah ihn nicht an.

»Ich kann mir vorstellen, dass das für Sie eine schlimme Erinnerung ist«, fuhr Fearby fort, »aber ich weiß, dass Sie sich damals, als Sie das Mädchen fanden, zu ihr hinunterbeugten, um ihr zu helfen. Dabei haben Sie sie berührt. Das wurde hinterher dann als Beweis gegen Sie benutzt. Aber haben Sie damals irgendetwas gesehen? Vielleicht eine Person oder einen Wagen? George? Haben Sie gehört, was ich gesagt habe?«

George wandte sich ihm zu, sagte aber nichts.

»Wie auch immer«, beendete Fearby schließlich das Gespräch, »es war schön, Sie zu sehen. Das machen wir bald wieder.«

Vorsichtig schlängelte Fearby sich nach draußen.

Als Fearby nach Hause kam, ging er online, um die Nummer des zuständigen Sozialamts in Erfahrung zu bringen. Er rief dort an, doch das Büro war nicht mehr besetzt. Er warf einen Blick auf seine Armbanduhr. Er hatte überlegt, ob er Diana McKerrow über Conleys Situation informieren solle, aber ihre Kanzlei hatte inzwischen bestimmt schon geschlossen. Er kannte sich mit solchen Schadensersatzklagen aus. Das dauerte Jahre.

Er ging zum Spülbecken hinüber, griff nach einem Glas, wusch es aus und schenkte sich einen Whisky ein. Bereits nach dem ersten Schluck spürte er, wie sich die Wärme in seiner Brust ausbreitete. Das brauchte er jetzt. Er hatte den öden Geschmack dieses Tages im Mund, er konnte ihn richtig auf der Zunge schmecken, und der Whisky spülte das alles weg. Er blickte sich in seiner Wohnung um. Sie sah nicht aus wie die von Conley, aber doch wie eine entfernte Verwandte von ihr. Heimatlose Männer, die allein lebten. Zwei Männer, die auf unterschiedliche Weise nach wie vor vom Fall Hazel Barton gefangen waren. Der Polizei zufolge gab es keine anderen Verdächtigen. So lautete die offizielle Version. Nur George Conley und er wussten es besser.

Er ließ den Blick erneut durch sein Wohnzimmer schweifen. Angesichts der schmutzigen Gläser und herumliegenden Klamotten, der sich stapelnden Papiere und Briefumschläge wurde ihm plötzlich angst und bange. Obwohl ihn im Grunde nie jemand besuchte, trieb ihm die Vorstellung, jemand könnte beim Betreten dieses Raums auch nur ansatzweise etwas Ähnliches empfinden wie er in der Wohnung von George Conley, so etwas wie Schamröte ins Gesicht. Während der nächsten Stunde hob er Klamotten auf, spülte Gläser und Teller, wischte Arbeitsflächen sauber und saugte den Boden. Am Ende sah der Raum beinahe schon wieder normal aus. Doch das reichte nicht, so viel war ihm inzwischen klar. Er würde ein Bild kaufen. Er konnte eine Vase mit Blumen auf den Tisch stellen. Vielleicht würde er sogar die Wände frisch streichen.

Er nahm eine Lasagne aus dem Gefrierfach, schob sie in den Ofen und warf einen Blick auf die Rückseite der Verpackung. Fünfzig Minuten. Das hieß, ihm blieb noch ein bisschen Zeit. Er ging in sein Arbeitszimmer. Dieser Raum war der einzige Teil der Wohnung, der immer ordentlich, sauber und strukturiert gewesen war. Er griff nach der Landkarte, die auf dem Schreibtisch lag, faltete sie auseinander und breitete sie auf dem Boden aus. Dann nahm er eine mit roten Klebepunkten bedeckte Karte aus der obersten Schreibtischschublade. Er zog einen der Aufkleber ab und platzierte ihn vorsichtig auf dem Ort Denham, gleich südlich von Oxford. Anschließend trat er einen Schritt zurück, um sein Werk kritisch zu begutachten. Inzwischen waren es sieben rote Punkte, und es kristallisierte sich ein deutliches Muster heraus.

Fearby nahm einen Schluck Whisky und stellte sich dieselbe Frage, die er sich schon so viele Male gestellt hatte: Trickste er sich womöglich selber aus? Er hatte viel über Mörder und deren Angewohnheiten gelesen. Dass sie sich wie Raubtiere verhielten, die in Revieren jagten, in denen sie sich auskannten. Aber er hatte auch einiges über die Gefahr gelesen, in willkürlich zusammengestellten Datensammlungen Muster zu erkennen. Man feuert aufs Geratewohl ein paar Schüsse auf eine Wand ab, dachte er, zeichnet dann eine Zielscheibe rund um die Einschüsse, die am engsten beieinanderliegen, und schon sieht es aus, als hätte man darauf gezielt. Wieder betrachtete er die Landkarte. Vier der markierten Orte lagen nahe an der M40, drei an der M1, jeweils nicht weiter als zwanzig Fahrminuten von einer Autobahnausfahrt entfernt.

Seiner Meinung nach war das Muster nicht zu übersehen und ließ gar keinen anderen Schluss zu. Es gab da nur ein Problem. Wenn er in Zeitungen und online nach vermissten Mädchen im Teenageralter suchte, siebte er vorab schon stark aus, und sein Hauptkriterium bei dieser Vorauswahl bestand darin, dass er nach Familien Ausschau hielt, die in Autobahnnähe lebten. Es konnte also sein, dass er das Muster selbst kreierte. Dann aber dachte er wieder an die Gesichter der Mädchen, an ihre Geschichten. Er hatte das Gefühl, dass er richtiglag. Er besaß einfach einen Riecher für so etwas. Aber was brachte ihm das in diesem Fall?

45

Karlsson setzte sich gegenüber Russell Lennox. Yvette schaltete das Aufnahmegerät ein und nahm dann an der Seite Platz.

»Sie wurden ja bereits über Ihre Rechte informiert«, begann Karlsson. »Sie wissen, dass Sie ein Recht auf juristischen Beistand haben.« Lennox nickte nur leicht, ansonsten zeigte er keine Reaktion. Er machte einen benommenen Eindruck. »Sie müssen sagen, dass Sie mich verstanden haben. Für das Band oder den Chip, oder was immer es ist«, fügte Karlsson hinzu.

»Ja«, antwortete Lennox, »ich habe verstanden.«

»Sie sind mir vielleicht eine Familie«, erklärte Karlsson unvermittelt. Lennox starrte ihn verständnislos an. »Wie es aussieht, fügen Sie jedem, mit dem Sie in Kontakt treten, Schaden zu.«

»Wir sind eine Familie, in der die Ehefrau und Mutter ermordet wurde«, stellte Lennox mit heiserer Stimme richtig. »Ist es das, was Sie damit sagen wollen?«

»Und jetzt auch noch der Freund Ihrer Tochter.«

»Davon habe ich erst erfahren, als ich von seinem Tod hörte.«

»Seiner Ermordung. Zach Greene wurde mit einem stumpfen Gegenstand erschlagen. Genau wie Ihre Frau.« Er legte eine Pause ein. »Welche Gefühle hat das bei Ihnen ausgelöst?«

»Was meinen Sie jetzt genau?«

»Die Tatsache, dass Ihre fünfzehnjährige Tochter eine Beziehung mit einem Achtundzwanzigjährigen hatte.«

»Wie gesagt, ich wusste nichts davon. Nun, da ich es weiß, mache ich mir Sorgen um meine Tochter. Um ihr Wohlergehen.«

»Mister Greene ist irgendwann im Verlauf des gestrigen Tages gestorben. Können Sie uns sagen, wo Sie gestern waren?«

»Zu Hause. Ich bin in letzter Zeit viel zu Hause.«

»War jemand bei Ihnen?«

»Die Kinder befanden sich in der Schule. Ich war da, als Dora gegen zehn nach vier heimkam.«

»Was haben Sie den ganzen Tag zu Hause gemacht?«

Lennox wirkte schrecklich müde, als fiele ihm sogar das Sprechen schwer.

»Warum fragen Sie mich nicht einfach, ob ich den Mann getötet habe? Deswegen bin ich doch hier, oder nicht?«

»Haben Sie ihn getötet?«

»Nein.

»Dann erzählen Sie mir jetzt doch bitte, was Sie zu Hause gemacht haben.«

»Ich habe ein bisschen herumgewerkelt, ein paar Sachen sortiert.«

Karlsson überlegte einen Moment.

»Es wäre sehr hilfreich, wenn Sie uns etwas nennen könnten, das sich überprüfen lässt. Hat jemand bei Ihnen vorbeigeschaut? Haben Sie Telefonate geführt? Waren Sie online?«

»Niemand hat vorbeigeschaut. Vermutlich habe ich ein paarmal telefoniert und war auch online.«

»Wir können das überprüfen.«

»Außerdem habe ich eine Weile ferngesehen.«

»Was haben Sie sich angesehen?«

»Den üblichen Mist. Wahrscheinlich irgendetwas mit Antiquitäten.«

»Wahrscheinlich irgendetwas mit Antiquitäten«, wiederholte Karlsson langsam, als müsste er darüber erst einmal nachdenken. »So, jetzt ist aber Schluss!« Mit diesen Worten beugte er sich vor und drückte auf einen Knopf des Aufnahmegeräts. »Sie gehen jetzt und überlegen in Ruhe, und vielleicht sprechen Sie auch mit einem Anwalt. Lassen Sie sich etwas Besseres einfallen als das, was Sie gerade von sich gegeben haben. Währenddessen werden wir unsererseits überprüfen, mit wem Sie telefoniert haben und wo Sie waren.« Er stand auf. »Sie müssen an Ihre Kinder denken, Ihre Familie. Was sollen die Ärmsten denn noch alles ertragen?«

Lennox rieb sich mit einer Hand übers Gesicht, wie Männer es manchmal tun, wenn sie nicht sicher sind, ob sie sich rasiert haben.

»Ich denke ununterbrochen an sie«, antwortete er.

Chris Munster erwartete Karlsson in seinem Büro. Er war gerade erst aus Cardiff zurückgekehrt, wo er Josh Kerrigans Freundin Shari Hollander befragt hatte.

»Und?«

»Sie hat nur wiederholt, was Josh Kerrigan gesagt hat: dass er wahrscheinlich mit ihr zusammen war, weil sie beide, seit sie ein Paar sind, quasi jede Minute miteinander verbracht haben. Sie kann sich zwar nicht ganz genau erinnern, ist sich aber ziemlich sicher, dass er weder tagsüber noch nachts jemals längere Zeit weg war.«

»Das klingt ein bisschen vage.«

»Zumindest hat er an dem betreffenden Tag nicht seine Kreditkarte benutzt, um irgendeine Art von Fahrkarte nach London zu lösen. Ein paar Tage zuvor hat er allerdings hundert Pfund abgehoben, könnte also bar bezahlt haben.«

»Trotzdem sieht es nicht danach aus, als wäre er unser Täter, oder? Wir haben nach wie vor keinerlei Grund, ihn zu verdächtigen.«

»Das würde ich nicht sagen.«

Karlsson musterte Munster überrascht. »Wie meinen Sie das?«

»Seine Freundin hat da etwas erwähnt. Ich dachte mir, das könnte Sie interessieren.«

»Lassen Sie hören.«

»Demnach war Josh sehr wütend auf seinen Vater. Fuchsteufelswild, hat sie gesagt. Ihr zufolge hatte er einen Brief bekommen, in dem stand, sein Dad sei nicht der glückliche Familienvater, den er immer mime.«

»Er wusste also Bescheid.«

»Seiner Freundin zufolge schon.«

»Gute Arbeit, Chris. Wir müssen noch einmal mit ihm reden. Umgehend. Und wenn wir schon dabei sind, unterhalten wir uns auch gleich mit seinem kleinen Bruder.«

Josh Kerrigan hatte sich einen neuen Haarschnitt verpassen lassen – oder ihn sich mit der Nagelschere selbst verpasst, dachte Karlsson, während er die ungleichmäßigen Strähnen betrachtete. Sein Gesicht wirkte dadurch runder und jünger. Während er im

Vernehmungsraum saß, konnte er nicht stillhalten, sondern trommelte mit den Fingern auf der Tischplatte herum, ließ seinen Stuhl kreisen oder rieb sich das Gesicht.

»Was soll das werden?«, erkundigte er sich. »Noch mehr Fragen nach meinem Alibi?«

»Wir haben mit Shari Hollander gesprochen.«

»Hat sie bestätigt, dass ich mit ihr zusammen war, wie ich gesagt habe?«

»Sie hat ausgesagt, dass dem mit ziemlicher Wahrscheinlichkeit so war.«

»Na bitte, da haben Sie es.«

»Sie hat außerdem gesagt, dass Sie über die Affäre Ihres Vaters Bescheid wussten.«

»Was?«

Sein Blick wurde plötzlich argwöhnisch.

»Stimmt das? Haben Sie tatsächlich einen Brief erhalten, in dem Sie über die Affäre informiert wurden?«

Josh starrte Karlsson einen Moment an, dann wandte er den Blick ab. Sein junges Gesicht bekam etwas Schweres, das ihn aussehen ließ wie seinen Vater.

»Ja. Ich habe einen solchen Brief erhalten. Er wurde mir ins Institut geschickt, ins Institut für Physik.«

»Anonym.«

»Genau. Wer auch immer ihn geschickt hat, besaß nicht den Mumm, seinen Namen zu nennen.«

»Was glauben Sie, wer es war?«

Josh bedachte Karlsson mit einem finsteren Blick

»Na, sie natürlich. Wer sonst?«

»Sie meinen, Ruth Lennox.«

»Genau. Auch wenn ich ihren Namen zu dem Zeitpunkt noch nicht kannte.«

»Haben Sie den Brief noch?«

»Ich habe ihn in kleine Fetzen gerissen und in die Tonne geworfen.«

»Was haben Sie sonst noch gemacht?«

»Versucht, es möglichst schnell zu verdrängen.«

»Sie haben nichts unternommen?«

»Ich bin nicht in einen Zug nach London gesprungen, falls Sie das meinen.«

»Haben Sie mit Ihrem Vater darüber gesprochen?«

»Nein.«

»Oder mit Ihrer Mutter?«

»Nein.«

»Haben Sie ein enges Verhältnis zu Ihrer Mutter?«

»Ich bin ihr Sohn.« Er senkte den Kopf, als wäre es ihm peinlich, Karlssons Blick zu begegnen. »Ich und Ben kamen bei ihr immer an erster Stelle. Sogar als sie Krebs hatte, dachte sie nur an uns. Und an Dad«, fügte er grimmig hinzu, »er kam bei ihr auch an erster Stelle.«

»Aber von diesem Brief haben Sie ihr nichts erzählt?«

»Nein.«

»Haben Sie mit Ihrem Bruder darüber gesprochen?«

»Ben schreibt in ein paar Wochen Abitur. Warum sollte ich ihn damit belasten?«

»Haben Sie mit ihm darüber gesprochen?«

Josh zupfte an einer seiner frisch gestutzten Haarsträhnen herum. »Nein«, antwortete er, klang dabei aber, als fühlte er sich sehr unbehaglich.

»Hören Sie, Josh, wir werden mit Ihrem Bruder reden, und wenn seine Version nicht mit der Ihren übereinstimmt, stecken Sie in noch größeren Schwierigkeiten als ohnehin schon. Es ist besser, Sie sagen uns gleich die Wahrheit – besser für Sie und auch für Ben.«

»Also gut, ich habe es ihm gesagt. Ich musste mit jemandem darüber sprechen.«

»Haben Sie es ihm am Telefon gesagt?«

»Ja.«

»Wie hat er reagiert?«

»Genau wie ich. So, wie jeder reagieren würde. Er war schockiert und wütend.«

»Aber ansonsten hat er es einfach so hingenommen?«

»Er fand, wir sollten es Mum sagen. Ich war dagegen.«

»Wie ist es ausgegangen?«

»Wir haben uns darauf geeinigt zu warten, bis ich Ostern nach

Hause kommen würde, und dann noch einmal darüber zu reden.«

»Und? Haben Sie gewartet?«

Er grinste breit und spöttisch.

»Wir wurden sozusagen von den Ereignissen überrollt.«

»Und Sie haben Ihre Mutter wirklich nicht informiert?«

»Das habe ich doch vorhin schon gesagt.«

»Und Ben auch nicht?«

»Er würde nichts im Alleingang machen, ohne vorher mit mir darüber zu sprechen.«

»Sie behaupten also, ungeachtet Ihrer Wut auf Ihren Vater haben weder Sie noch Ihr Bruder ihn zur Rede gestellt?«

»Das hatten wir doch alles schon.«

»Warum haben Sie beide eigentlich so bereitwillig geglaubt, was in dem Brief stand?«

Josh starrte ihn verblüfft an.

»Keine Ahnung«, sagte er dann, »wir haben es einfach geglaubt. Warum sollte jemand so etwas erfinden?«

»Und sonst gibt es nichts, das Sie mir sagen wollen?«

»Nein.«

»Sie bleiben dabei, dass Sie nicht gewusst haben, wer der geheimnisvolle Briefschreiber war.«

»Ja.«

Karlsson wartete. Josh Kerrigan sah ihn kurz an, wandte den Blick aber gleich wieder ab. In dem Moment klopfte es an der Tür, und Yvette streckte den Kopf herein.

»Ich müsste Sie kurz sprechen«, erklärte sie.

»Wir sind hier sowieso fertig. Vorerst.« Karlsson erhob sich. »Wir werden mit Ihrem Bruder reden.«

Josh zuckte mit den Achseln, doch in seinen Augen lag ein ängstlicher Ausdruck.

»Nein«, antwortete Ben Kerrigan. »Nein, ich habe meiner Mutter nichts gesagt. Ich wünschte, ich hätte es getan. Aber Josh und ich beschlossen zu warten, bis wir zusammen waren. Ich musste Mum über den Frühstückstisch hinweg ansehen und durfte nichts sagen. Und zu ihm …« Angewidert verzog er das Gesicht.

»Ja?«

»Zu ihm habe ich auch nichts gesagt. Obwohl ich es so gern getan hätte. Am liebsten hätte ich ihm in seine blöde, fette Fresse geschlagen. Es freut mich, dass ihn jemand verdroschen hat. Er ist bloß ein erbärmlicher kleiner Wichser. Was für ein gottverdammtes Klischee, stimmt's? Nur dass die andere Frau nicht irgendeine junge Tussi war. Was hat er sich dabei gedacht? Zehn Jahre! Er hat Mum zehn Jahre lang betrogen.«

»Aber du hast ihn nie zur Rede gestellt und auch deiner Mutter nichts von dem Brief erzählt.«

»Das habe ich Ihnen doch schon gesagt.«

»Du hattest auch nie den Eindruck, dass dein Vater von dem Brief wusste?«

»Der wusste überhaupt nichts.« Bens Stimme triefte vor Verachtung. »Er dachte, er käme ungestraft davon, ohne irgendeinen Preis dafür zu bezahlen.«

»Und deine Mutter?«

»Die wusste auch nichts. Sie hat ihm vertraut. Ich kenne Mum. Sie findet, wenn man einem Menschen erst einmal vertraut, dann muss man das bedingungslos tun.«

»Warum habt ihr beide uns diese Information vorenthalten?«

»Was glauben Sie denn? Wir sind schließlich nicht blöd. Uns ist durchaus klar, dass Sie alle glauben, dieser Mord wäre eine Art Rache.« Vor Aufregung bekam seinen Stimme einen schrillen Unterton.

»Also gut.« Karlsson versuchte, direkten Augenkontakt mit dem Jungen herzustellen. »Noch einmal ganz langsam, von Anfang an. Du warst hier, bei deinen Eltern, als Josh es dir erzählte.«

»Ja.«

»Was hast du getan, nachdem du es erfahren hattest?«

»Nichts.«

»Gar nichts?«

»Wie oft soll ich das noch sagen?«

»Du hast mit niemandem außer Josh darüber gesprochen?«

»Nein.«

»Aber du warst davon überzeugt, dass es stimmte?«

»Ich wusste, dass es stimmte!«

»Woher?«

»Ich wusste es einfach.«

»Woher hast du es gewusst, Ben? Was machte dich so sicher?« Er wartete einen Moment, ehe er fortfuhr: »Hast du weitere Beweise gefunden?« Er sah, dass Ben unfreiwillig zusammenzuckte, bevor er den Kopf schüttelte. »Ben, ich frage dich das jetzt noch einmal: Hast du versucht, weitere Beweise zu finden?« Er schwieg, bis sich eine beklemmende Stille im Raum ausbreitete. »Hast du auf der Suche nach einem Beweis die Sachen deines Vaters durchwühlt? Das wäre nur allzu verständlich. Ben?«

»Nein.«

»Du warst allein im Haus, mit diesem für dich ganz neuen, schrecklichen Verdacht, und du hast nichts getan?«

»Hören Sie auf.«

»Wir finden es ohnehin heraus.«

»Also gut, vielleicht ein bisschen.«

»Ein bisschen was?«

»Ich habe ein bisschen herumgeschnüffelt.«

»Wo?«

»Sie wissen schon. In seinen Taschen.«

»Auch in seinem Computer?«

»Ja, in dem auch.«

»Und was hast du gefunden?«

»Nicht viel.«

»Dir ist der Ernst der Lage aber schon bewusst, oder, Ben?«

Der Junge wandte sich, vor Aufregung keuchend, Karlsson zu. »Also gut. Ich habe so ziemlich überall gesucht. Das ist doch wohl klar, oder? Was hätten Sie denn getan? Josh und ich einigten uns darauf, dass ich eine Suchaktion starten würde. Ich sah alle seine benutzten Taschentücher durch, seine Quittungen und seine E-Mails. Einmal habe ich ihm sogar das Handy geklaut, um einen Blick auf seine Textnachrichten und Anruflisten zu werfen. Wir – Josh und ich – haben ein paar Nummern angerufen, die wir nicht kannten, aber dabei kam nichts heraus. Trotzdem konnte ich nicht aufhören. Wenn ich nichts gefunden hätte, dann hätte ich wahrscheinlich den Rest meines Lebens weiter nach Beweisen dafür gesucht, dass er meine Mum betrog. Es trifft zu, was sie einem in den Naturwissenschaften beibringen: Man kann nur beweisen, dass etwas stimmt, aber nicht, dass es nicht stimmt.«

»Am Ende bist du auf etwas gestoßen?«, fragte Karlsson in sanftem Ton.

»Ich habe mir seinen Verlauf angesehen.«

»Du meinst, was er alles an seinem Computer gemacht hatte?«

»Ich weiß eigentlich gar nicht, wonach ich Ausschau hielt. Er hatte per Google nach Bildern von Ruth Lennox gesucht. Da wusste ich es einfach. Auf diese Weise informiert man sich über jemanden, den man kennt – nur um zu sehen, ob es irgendwo ein Bild von der betreffenden Person gibt.«

»Ab dem Zeitpunkt habt ihr beide also gewusst, dass euer Vater eine Affäre mit einer Frau namens Ruth Lennox hatte.«

»Ja. Anschließend habe ich seine Dateien natürlich nach ihrem Namen durchsucht. Er hielt sich ja für so schlau. Dabei hat er keine Ahnung von Computern.«

»Was hast du gefunden?«

»Eine E-Mail von ihr, versteckt in einem Ordner mit dem langweiligen Namen ›Hausratversicherung‹. Nur eine einzige E-Mail.« Er schnaubte verächtlich.

»Was stand in dieser Mail?«

»Nicht so was wie ›Liebster Paul, ich ficke so gerne mit dir‹, falls es das ist, was Sie vermuten«, antwortete Ben in heftigem Ton. »Sie schrieb, ja, sie wolle ihn gern wiedersehen, und er solle sich keine Sorgen machen, es werde schon alles gut gehen.« Er verzog das Gesicht. »Es klang irgendwie zärtlich, aber auch vernünftig. Ich musste an Mum denken, die so krank und schwach war und sich trotzdem um uns kümmerte, und plötzlich war da diese andere Frau, die unseren Dad ebenfalls liebte. Das kam mir so ungerecht vor.«

»Wann war die Mail abgeschickt worden?«

»Am 29. April 2001.«

»Du bleibst trotzdem dabei, dass du es deiner Mutter nicht gesagt hast?«

»Ich habe es ihr nicht gesagt.«

»Aber du hast eine verstümmelte Puppe durch den Briefschlitz der Familie Lennox geschoben.«

Ben lief dunkelrot an.

»Ja. Das war eine spontane Aktion von mir. Ich habe die blöde Puppe im Haus eines Freundes gesehen, in einem großen Korb voller Spielsachen, die seiner kleinen Schwester gehörten. Aus einer Laune heraus habe ich sie genommen und ein bisschen an ihr rumgeschnitten, um der Frau zu zeigen, was wir von ihr hielten. Irgendetwas musste ich einfach tun.«

»Sie hat deine kleine Botschaft trotzdem nie erhalten. Ihre kranke Tochter hat die Puppe gefunden und dachte, sie wäre für sie bestimmt.«

»O Scheiße!«

»Du und dein Bruder, ihr habt also gewusst, wo sie wohnte?«

»Ja.«

»Warst du öfter dort?«

»Nein, eigentlich nicht.«

»Eigentlich?«

»Hin und wieder bin ich vorbeigegangen, weil ich sie sehen wollte.«

»Hast du sie gesehen?«

»Nein. Nur ihre Kinder. Zumindest glaube ich, dass sie das waren. Wenn Sie es genau wissen wollen, habe ich mich wegen der ganzen Geschichte ziemlich mies gefühlt. Wie vergiftet.«

»Gibt es etwas, das du mir noch nicht erzählt hast?«

Ben schüttelte betrübt den Kopf. »Josh wird stinksauer auf mich sein. Ich musste ihm schwören, dass ich nichts sage.«

»Das passiert, wenn man anfängt, das Gesetz zu brechen. Die Leute werden stinksauer auf einen.«

46

Frieda ließ sich von Chloë Judiths Mailadresse geben und schickte ihr eine kurze Nachricht, die besagte, sie werde am folgenden Nachmittag gegen vier am Primrose Hill auf sie warten, direkt am Eingang, nur ein paar Minuten von Judiths Schule entfernt. Das Wetter war umgeschlagen. Inzwischen stürmte es, und die grauen, tief hängenden Wolken sahen nach Regen aus.

Sie entdeckte Judith schon lange, bevor diese sie bemerkte. Das Mädchen befand sich in einer Schar von Freundinnen, die mit der Zeit immer lockerer wurde und sich schließlich ganz auflöste. Am Ende war es nur noch Judith, die langsam auf das Tor zusteuerte. Sie trug wieder die klobigen Stiefel, in denen ihre Beine dünner denn je wirkten, und hatte sich einen orangeroten Schal mehrmals um den Kopf geschlungen, so dass er aussah wie ein Turban, aus dem widerspenstige Haarsträhnen hervorstanden. Selbst ihr Gang wirkte an diesem Tag wie aus dem Gleichgewicht geraten, die Füße in den schweren Stiefeln schienen mehr über den Asphalt zu stolpern als zu gehen. Das Mädchen machte einen gequälten Eindruck, ihr Blick wanderte unruhig hin und her, und sie hielt sich immer wieder eine Hand vor den Mund, als versuchte sie sich selbst am Reden zu hindern.

Als sie den Park betrat und Frieda auf ihrer Bank entdeckte, beschleunigte sie ihre Schritte. In ihrer Miene spiegelte sich eine rasche Abfolge von Gefühlsregungen wider: Bestürzung, Wut, Angst. Schließlich wurde ihr Gesicht zu einer Maske der Feindseligkeit. Die blauen Augen funkelten zornig.

»Warum ist *sie* dabei?«

»Weil ich nicht diejenige bin, mit der du sprechen musst, sondern DC Long. Yvette.«

»Ich habe keine Ahnung, worauf du hinauswillst. Ich muss weder mit dir noch mit ihr sprechen. Mir ist überhaupt nicht nach Reden zumute. Ihr könnt mich alle mal! Lasst mich in Ruhe, ihr alle!«

Ihre Stimme überschlug sich. Dann entrang sich ihrer Kehle ein heiseres Schluchzen, und sie begann zu schwanken, als bräche sie jeden Moment zusammen.

Frieda stand auf und deutete auf die Bank.

»Du stehst unter einem schrecklichen Druck. Wahrscheinlich ist dir, als würdest du gleich explodieren.«

»Ich weiß nicht, wovon du redest. Was soll ich überhaupt hier? Ich will nach Hause ... oder irgendwo anders hin«, fügte sie hinzu.

Aber sie rührte sich nicht von der Stelle. Einen Moment lang wirkte sie so jung, unsicher und verschreckt, dass Frieda schon befürchtete, sie würde gleich in Tränen ausbrechen. Dann, als trügen sie ihre Beine plötzlich nicht mehr, sank sie neben Yvette auf die Bank, zog die Knie an und schlang die Arme schützend um ihren Körper.

»Sag Yvette, warum du solche Angst hast.«

»Was meinst du damit?«, flüsterte Judith.

»Du kannst ihn nicht schützen.«

»Wen?«

»Deinen Vater.«

Judith schloss die Augen. Ihr Gesicht wirkte auf einmal schlaff und müde wie das einer Frau mittleren Alters.

»Manchmal glaube ich, ich werde irgendwann aufwachen und feststellen, dass das alles nur ein Albtraum war. Mum wird noch da sein, und wir werden uns wegen blöder Kleinigkeiten streiten – wegen meiner Hausaufgaben und weil ich mich schminke und abends zu lange wegbleibe –, und all die schrecklichen Dinge werden gar nicht passiert sein. Ich wünschte, ich hätte nie einen Freund gehabt. Ich wünschte, ich wäre Zach nie begegnet. Wenn ich an ihn denke, fühle ich mich ganz krank. Ich möchte, dass alles wieder so wird, wie es war.« Sie riss die Augen auf und sah Frieda an. »Ist er meinetwegen gestorben?«

»Sag du es mir.«

Da brach Judith doch noch in Tränen aus. Sie ließ den Kopf sinken, schlug die Hände vors Gesicht und wiegte sich weinend vor und zurück. Zwischen ihren Fingern quollen Tränen hervor, und ihr ganzer Körper zuckte, während sie schluchzend und schniefend nach Luft rang. Yvette starrte sie zunächst nur an. Dann streckte sie zögernd eine Hand aus und berührte das Mädchen an der Schulter, doch Judith reagierte sehr heftig und stieß sie mit einer Hand weg. Es dauerte etliche Minuten, bis das Schluchzen nachließ und schließlich ganz aufhörte. Judith hob den Kopf. Sie hatte vom Weinen rote Flecken, und dunkle Mascaraströme liefen ihr über die Wangen. Sie war kaum noch zu erkennen. Wortlos reichte Frieda ihr ein Papiertaschentuch. Während Judith damit ihr verschmiertes Gesicht betupfte, gab sie weiterhin leise Schnieflaute von sich.

»Ich habe ihm von Zach erzählt«, flüsterte sie nach einer Weile.

»Ja, das habe ich mir schon gedacht.«

»Hat er ihn umgebracht?«

»Das weiß ich nicht.« Frieda gab ihr ein weiteres Taschentuch.

»Aber es war richtig, dass du es uns erzählt hast«, fügte Yvette entschieden hinzu. »Wir hätten es sowieso herausgefunden. Du brauchst dich nicht dafür verantwortlich zu fühlen.«

»Doch, natürlich bin ich dafür verantwortlich! Es ist meine Schuld. Ich hatte Sex mit ihm.« Sie verzog das Gesicht. »Und dann habe ich es meinem Dad erzählt. Er wollte mich nur beschützen. Was wird denn jetzt mit ihm? Und was passiert mit uns? Dora ist doch noch ein kleines Mädchen.«

»Yvette hat recht, Judith: Du bist nicht dafür verantwortlich.«

»Du hast das Richtige getan«, fügte Yvette hinzu, während sie aufstand.

»Er wird wissen, dass ich diejenige war, die es Ihnen erzählt hat.«

»Er hätte dich nie in diese Lage bringen dürfen«, entgegnete Yvette.

»Warum passiert uns das alles? Ich würde so gern die Zeit zurückdrehen. Vor ein paar Wochen war noch alles in Ordnung.«

»Wir werden dich jetzt nach Hause bringen«, sagte Frieda.

»Ich kann ihm jetzt nicht unter die Augen treten. Das schaffe ich einfach nicht. Mein armer, lieber Dad… o Gott.« Sie stieß einen zittrigen Seufzer aus.

Frieda rang sich zu einer Entscheidung durch. »Ihr kommt mit zu mir«, erklärte sie, während ihr durch den Kopf ging, dass ihr ruhiges, wohlgeordnetes Zuhause zu einer Art Zirkusarena geworden war, in der andere Leute ihren Kummer und ihr Chaos ausbreiteten. »Du, Ted und Dora. Wir rufen die beiden gleich an.« Sie nickte Yvette zu. »Und Sie werden mit Karlsson sprechen müssen.«

Als Yvette Karlsson darüber informierte, was sie von Judith erfahren hatte, starrte er sie einen Moment lang wortlos an.

»Dieser gottverdammte Vollidiot!«, sagte er schließlich. »Wer soll sich jetzt um seine Familie kümmern? Was für ein Schlamassel! Russell Lennox wusste von Judith und Zach. Josh und Ben Kerrigan wussten über ihren Vater und Ruth Lennox Bescheid. All diese Geheimnisse. Wo soll das enden?« Sein Telefon läutete. Er ging ran, hörte kurz zu, sagte: »Wir sind gleich da«, und beendete das Gespräch.

»Das war Kollege Tate von der Spurensicherung. Er hat uns zu einer Führung durch Zachs Wohnung eingeladen.«

»Aber …«

»Haben Sie etwas Besseres vor?«

James Tate war ein kleiner, untersetzter, dunkelhäutiger Mann mit grau meliertem Haar. Er verfügte über eine ziemlich energische Art und einen sarkastischen Sinn für Humor. Karlsson und er kannten sich schon seit Jahren. In seinem Beruf war er sehr gut, gewissenhaft und objektiv. Er erwartete sie bereits, begrüßte sie mit einem kleinen Nicken und reichte ihnen dann Überschuhe und dünne Latexhandschuhe, die sie rasch überstreiften, ehe sie den Tatort betraten.

»Hättest du mir das nicht auch am Telefon sagen können?«, fragte Karlsson.

»Ich dachte, du würdest es lieber mit eigenen Augen sehen. Das hier zum Beispiel. Er zeigte auf den Klingelknopf. »Schöne, deutliche Fingerabdrücke.«

»Gibt es eine Übereinstimmung mit …«

»Lass dir doch ein bisschen Zeit.«

Er öffnete die Tür, die in die kleine Eingangsdiele führte. »Ausstellungsstück Nummer zwei.« Er wies auf die erdigen Fußabdrücke am Boden. »Schuhgröße einundvierzig. Wir haben ein klares

Bild. Und Nummer drei: Anzeichen für einen Kampf. Das Bild hier ist verrutscht.«

Karlsson nickte. Yvette, die den beiden an der chaotischen kleinen Kochnische vorbei ins Schlafzimmer folgte, hatte dabei ein ganz seltsames Gefühl, als müsste sie die Leiche ein zweites Mal entdecken.

»Nummer vier: Blut. Hier, hier und hier, und natürlich noch wesentlich mehr, wo die Leiche lag. Ausstellungsstück Nummer vier – ach nein, wir sind ja schon bei Nummer fünf: In diesem Mülleimer dort…« Er deutete in die entsprechende Richtung. »Da haben wir ein sehr dreckiges Küchenhandtuch gefunden, an dem sich ebenfalls eine Menge Blut befand. Wir haben es zur DNA-Analyse mitgenommen. Es wurde von jemandem benutzt, der sich damit abgewischt hat.«

»Und der besagte Jemand war…?«

»Ausstellungsstück Nummer sechs: Fingerabdrücke mit Spuren vom Blut des Opfers, alle dort an der Wand. Dort drüben. Was hältst du davon?«

»Was ich davon halte? Die Frage ist doch, was du darüber weißt!«

»Wir können ein sehr plausibles Szenario konstruieren. Jemand – ein Mann mit Schuhgröße einundvierzig – betrat die Wohnung. Er wurde vermutlich vom Opfer hereingelassen, aber das können wir nicht mit Sicherheit sagen. Jedenfalls gibt es keine Anzeichen dafür, dass er sich gewaltsam Zutritt verschafft hat. In der Diele kam es zu irgendeiner Art von Kampf, der sich dann ins Schlafzimmer verlagerte, wo das Opfer mit einer bisher unauffindbaren Waffe erschlagen wurde. Der Täter bekam Blut vom Opfer ab, benutzte das Tuch, um sich abzuwischen, und warf es anschließend in den Mülleimer. Ich nehme an, dass er zu diesem Zeitpunkt gerade ziemlich wacklige Knie hatte. Deswegen stützte er sich an der Wand ab und hinterließ uns dabei etliche sehr zweckdienliche Fingerabdrücke. Dann verließ er die Wohnung.« Tate strahlte sie an. »Voilà!«

»Und die Fingerabdrücke stammen von…?

»Russell Lennox.« Tates triumphierendes Lächeln erstarb. »Bist du denn gar nicht beeindruckt?«

»Doch, entschuldige. Ich bin sogar sehr beeindruckt. Mich wundert nur, wie nachlässig man als Täter sein kann.«

»Das weißt du doch, Mal. Mörder befinden sich in einem fast psychotischen Zustand, allein schon aufgrund der Stresssituation. Teilweise leiden sie unter einer Art Gedächtnisverlust. An manchen Tatorten habe ich sogar Brieftaschen und Jacken gefunden.«

»Du hast recht«, meinte Karlsson. »Ich werde mich gegen ein klares Ergebnis bestimmt nicht sträuben.«

»Gern geschehen«, meinte Tate.

47

Als Frieda mit den Lennox-Kindern in ihrer Wohnung eintraf, fanden sie dort alles andere als den ruhigen Zufluchtsort vor, den Frieda sich für die drei gewünscht hatte. Stattdessen sah es aus, als hätte eine Bombe eingeschlagen. In der Diele lagen Schuhe in allen Formen und Größen herum, neben dem Treppengeländer türmte sich ein Berg aus Jacken, und eine Spur aus Taschen und Ranzen, deren Inhalt halb über den Boden verstreut war, führte ins Wohnzimmer. In der Küche lief laute Musik, und die Luft roch intensiv nach Zwiebeln, Knoblauch und Gewürzen. Frieda musste einen Moment stehen bleiben und ein paarmal tief durchatmen. Es kam ihr vor, als hätte sie die drei auf eine Art Bühne geführt. Sie hörte laute Stimmen und das Klirren von Gläsern, wie auf einer Party. Als sie ins Wohnzimmer trat, blickten Josef und Chloë hoch. Frieda registrierte die Weinflasche auf dem Tisch, die Gläser, die Schale mit den Nüssen.

»Entspann dich«, sagte Chloë. »Reuben kocht für uns. Ich dachte, es wäre schön für dich, wenn du dich mal um gar nichts kümmern musst. Angeblich gibt es seine Spezialität. Oh, hallo, Ted!« Sie wurde rot und lächelte.

Dann ging die Tür auf, und Reuben streckte den Kopf heraus. Sein Gesicht war gerötet. Er strahlte Frieda an. Betrunken, dachte sie. Sturzbetrunken.

»Hallo, Frieda, ich habe mir gedacht, wir sollten uns mal wieder ein gemeinsames Essen mit allem Drum und Dran gönnen, aber da du dich bei mir ja nicht mehr blicken lässt, dachte ich …« Er bemerkte die Lennox-Kinder, die verwirrt und verängstigt in einer Ecke standen. »Tut mir leid, mir war nicht klar … Ihr müsst die armen Kinder sein, deren Mutter gestorben ist.«

»Ja«, antwortete Judith leise. Dora begann zu schniefen.

»Das ist wirklich hart«, sagte Reuben, »wirklich hart.« Er schwankte ein wenig. »Es tut mir so leid.«

»Danke.«

»Aber jetzt… Ich habe genug für eine ganze Armee gemacht. Je größer die Runde, desto besser. Wir können gleich loslegen, das Essen ist fertig.« Er machte eine schwungvolle Verbeugung und zwinkerte Judith zu.

»Ich fürchte, das ist heute nicht der richtige Abend für eine Party«, erklärte Frieda in entschiedenem Ton. »Wir brauchen hier ein bisschen Ruhe. Tut mir leid.«

Reubens Miene verfinsterte sich. Er funkelte Frieda böse an und zog die Augenbrauen hoch, bereit für einen Streit.

»Sei nicht so gemein, Frieda!« Chloë klang entrüstet. »Er kocht schon seit *Stunden*. Es macht euch doch nichts aus, oder, Ted?« Sie ging zu ihm hinüber und legte ihm eine Hand auf die Schulter. Ted starrte sie benommen an.

»Nein, schon in Ordnung«, antwortete er schließlich teilnahmslos. »Ist doch egal.«

»Ich glaube nicht…«, begann Frieda.

»Großartig!«

Josef deckte bereits den Tisch – mit Tellern, die Frieda sonst nie benutzte. Er musste sie irgendwo ganz hinten in einem Schrank gefunden haben. Während er sie auf dem Tisch verteilte, verstärkte sich Friedas Gefühl, nur Gast im eigenen Haus zu sein, eine Fremde in ihrem eigenen Leben. Josef ging dazu über, Wasser aus einem Krug in Gläser zu füllen. Reuben erschien mit einer großen blauen Kasserolle, die offenbar noch sehr heiß war, denn er hatte sich die Hände mit Geschirrtüchern umwickelt. Frieda wusste bereits, was sie erwartete. Seit sie Reuben kannte, war seine Spezialität – sozusagen sein Notfallgericht für alle Lebenslagen – ein besonders scharfes, würziges, reichhaltiges Chili con Carne. Als er triumphierend den Deckel hochhob, wurde ihr beim Anblick des vielen Fleischs und der violetten Kidneybohnen fast übel.

»Dieses Gericht habe ich schon als Student immer gekocht.« Er sah Chloë an. »Du brauchst ein paar Standardgerichte für deine Zeit am College. Und du wirkst ein bisschen kränklich, wenn ich das sagen darf«, fügte er an Judith gewandt hinzu. »Da ist rotes Fleisch genau das Richtige für dich!«

»Du hast nicht zufällig auch einen Salat gemacht?«, erkundigte sich Frieda, nachdem Reuben die Kasserolle abgestellt hatte.

Er verließ den Raum und kehrte mit einem eher kleinen grünen Salat zurück. Dann verteilte er üppige Portionen Chili auf die Teller und machte sich anschließend daran, den Wein auszuschenken.

Chloë probierte das Chili, verzog das Gesicht und hustete.

»Ganz schön scharf!«, stieß sie keuchend hervor.

Sie trank einen Schluck Wasser.

»Wasser macht es nur noch schlimmer«, erklärte Reuben, »Wein ist besser.«

Josef nahm eine große Gabel voll und begann zu kauen.

»Gut«, befand er. »Man spürt es in der Brust.«

Frieda stocherte lustlos in ihrem Essen herum. Schließlich griff sie mit der Hand nach einem Salatblatt und schob es sich in den Mund.

Ted leerte ein Glas Wein, als wäre es Wasser, und schenkte sich sofort nach, ohne zu fragen. Dora starrte einen Moment auf ihre Portion hinunter und sah Frieda dann mit großen, flehenden Augen an.

Judith stieß ein paarmal mit der Gabel in das fettige Häufchen auf ihrem Teller.

»Es sieht sehr gut aus, aber ich glaube, ich lege mich lieber hin«, sagte sie. »Darf ich mich ein bisschen auf dein Bett legen, Frieda?«

»Natürlich.«

»Ich schwelge schon die ganze Zeit in Rachefantasien wegen dieses Mistkerls Hal Bradshaw«, verkündete Reuben in lautem, fröhlichem Ton, während Judith den Raum verließ.

»Wer ist das?«, fragte Chloë mit einem ängstlichen Blick in Teds Richtung.

»Der Mistkerl, der mich und Frieda reingelegt und öffentlich zum Gespött gemacht hat. Ich stelle mir immer wieder neue Szenarien vor. Beispielsweise, dass ich an einem See vorbeischlendere, in dem Bradshaw gerade am Ertrinken ist, und ich tatenlos zusehe, wie er im Wasser versinkt. Oder dass ich dazukomme, nachdem gerade ein Verkehrsunfall passiert ist, und ich einfach nur dastehe und beobachte, wie Bradshaw auf der Straße verblutet. Ich weiß, was du gleich sagen wirst, Frieda.«

»Ich glaube, du bist jetzt besser still.«

»Eigentlich wolltest du sagen, dass solche Fantasien nicht sehr heilsam sind – nicht sehr *therapeutisch*.« Er betonte das letzte Wort, als hätte es etwas Abstoßendes an sich. »Oder wie denkst du darüber?«

»Ich denke, es wäre eine bessere Rachefantasie, wenn du Bradshaw vor dem Ertrinken retten würdest oder seine Blutung stillen. Außerdem denke ich, dass du schon zu viel Wein intus hast und heute nicht der richtige Abend für solche Themen ist.«

»Deine Vorstellung von Rache klingt aber nicht nach Spaß«, meinte Reuben.

»Nein«, stimmte Ted ein. An seinen Wangen leuchteten inzwischen hektische rote Flecken, und seine Augen funkelten. »Das klingt überhaupt nicht nach Spaß. Rache sollte blutig sein.«

»Stillen?«, wiederholte Josef etwas zeitverzögert. Frieda kam zu dem Schluss, dass er ebenfalls betrunken war.

»Ich habe mir mit Josef einen echten Racheplan überlegt«, verkündete Reuben.

Frieda sah Josef an, der sich gerade wieder eine Gabel voll in den Mund geschoben hatte. Eilig kaute und schluckte er.

»Nur überlegt«, stieß er in beschwichtigendem Ton hervor. »Wir haben nur geredet.«

»Leute vom Bau wissen, was in solchen Fällen zu tun ist«, erklärte Reuben, der offenbar nicht merkte, was für eine trübe und angespannte Stimmung im Raum herrschte, obwohl diese Spannung fast greifbar war. »Für Josef ist es kein Problem, sich Zutritt zu einem Haus zu verschaffen. Man kann beispielsweise Shrimps in den Vorhangstangen und hinter den Heizkörpern verstecken. Wenn sie zu verrotten anfangen, haut einen der Gestank fast um. Bradshaw wird es in seinem eigenen Haus nicht mehr aushalten. Oder man geht noch raffinierter vor. Man kann zum Beispiel auch eine Wasserrohrverbindung unter den Bodendielen lockern – nur ein ganz klein wenig, so dass es ein bisschen tröpfelt. Damit lässt sich ein ganz schöner Schaden anrichten.«

»Geniale Idee.« Teds Stimme klang laut und barsch, und seine Augen glitzerten gefährlich.

»Du sprichst jetzt aber nur von einer Fantasie«, mischte Frieda sich ein, »oder?«

»Ich könnte noch viel schlimmere Sachen machen«, fuhr Reuben fort. »Ich könnte die Bremsen seines Wagens manipulieren – mit Josefs Hilfe natürlich. Oder sein Büro abfackeln. Oder seine Frau bedrohen.«

»Dafür würdest du ins Gefängnis wandern. Josef käme auch ins Gefängnis, und hinterher würde er abgeschoben.«

Reuben machte eine weitere Flasche Wein auf und begann nachzuschenken.

»Ich bringe jetzt Dora ins Bett«, sagte Frieda, »und wenn ich zurückkomme, solltet ihr allmählich aufbrechen. Für dich und Josef wird es Zeit, nach Hause zu gehen.«

»Ich möchte noch einen Nachschlag«, entgegnete Reuben. »Du auch, Ted?«

»Reuben, es reicht.«

Doch als sie ein paar Minuten später in den Raum zurückkehrte, fing Reuben von Neuem an. Sie wusste aus Erfahrung, wie er sein konnte, wenn er sich in einer solchen Stimmung befand: gereizt und gefährlich wie ein verletzter Kampfstier.

»Ich finde deine Einstellung zu diesem Thema ein bisschen bigott, Frieda. Ich bin für Rache. Meiner Meinung nach tut es einem gut, wenn man sich rächt. Ich möchte, dass jetzt der Reihe nach jeder hier am Tisch sagt, an welcher Person er gerne Rache nehmen würde und wie diese Rache aussehen sollte. Ich habe bereits Hal Bradshaw genannt. Am liebsten wäre es mir, er wäre bis in alle Ewigkeit nackt auf einem Berggipfel festgebunden, und jeden Tag käme ein Geier und fräße an seiner Leber.« Er setzte ein teuflisches Grinsen auf. »Oder sonst was.«

»Aber wenn davon irgendwann nichts mehr übrig wäre?«, fragte Chloë.

»Das Organ würde jeden Tag nachwachsen. Und was für Rachegelüste hast du?«

»Als ich neun war, bekam ich in der Schule Probleme mit einem Mädchen namens Cath Winstanley. In der vierten Klasse und auch noch die halbe fünfte versuchte sie jeden Tag, die anderen davon abzubringen, mit mir zu sprechen oder zu spielen. Und immer wenn wir eine neue Mitschülerin bekamen, freundete Cath sich sofort mit ihr an, damit sie ja nicht mit mir spielte.«

»Davon weiß ich gar nichts«, bemerkte Frieda.

»Mum wusste Bescheid. Sie hat bloß gesagt, das gebe sich schon wieder. So war es dann ja auch … irgendwann.«

»Was würdest du diesem Mädchen gerne antun?«, fragte Reuben. »Du darfst mit ihr anstellen, was du willst. Es ist ja eine Fantasierache.«

»Ich würde mir nur wünschen, dass sie durchmachen müsste, was ich durchgemacht habe«, antwortete Chloë. »Am Ende würde ich dann aus einer Rauchwolke auftauchen und sagen: ›So war das für mich.‹«

»Genau so sollte Rache sein«, stellte Frieda leise fest.

»Auf jeden Fall hast du es überlebt«, meinte Reuben. »Was ist mit dir, Josef?«

Josef lächelte traurig.

»Ich nenne ihn nicht beim Namen. Den Mann, der mit meiner Frau zusammen ist. Den möchte ich bestrafen.«

»Großartig«, sagte Reuben. »Welche Strafen würdest du dir für ihn ausdenken? Etwas Mittelalterliches?«

»Ich weiß es nicht«, entgegnete Josef. »Vielleicht, dass meine Frau zu ihm auch so ist wie zu mir. Mir fällt das richtige Wort nicht ein. Wie nennt man das, wenn jemand immer auf einen einredet?«

»Nörgeln«, antwortete Reuben.

»Genau. Nörgeln.«

»Herrgott noch mal, Reuben!«, mischte Frieda sich ein. »Josef!«

»Was hast du für ein Problem?«, fragte Josef.

»Ach, vergiss es!«

»Was ist mit dir, Ted? Wenn du denjenigen in die Finger bekämst, der deine Mutter ermordet hat, was würdest du mit ihm anstellen? Der Gedanke beschäftigt dich doch bestimmt.«

»Jetzt aber raus mit euch, ab nach Hause!«, mischte Frieda sich ein.

»Nein!«, sagte Ted so laut, dass es fast wie ein Aufschrei klang.

»Natürlich denke ich darüber nach. Wenn ich den in die Finger bekäme, der meine Mutter ermordet hat, dann würde ich … dann würde ich …« Er warf einen Blick in die Runde. Frieda sah, wie er die Hand, die er um den Stiel seines Weinglases gelegt hatte, zur Faust ballte. »Ich hasse ihn«, sagte er schließlich leise. »Was macht man mit einem Menschen, den man hasst?«

»Ist schon gut, Ted«, sagte Chloë. Sie versuchte, die Hand zu fassen zu bekommen, mit der er so krampfhaft sein Weinglas umklammert hielt.

»Nur zu, mein Junge«, ermunterte Reuben ihn, »lass es raus! So ist es richtig. Und jetzt zu dir Frieda. Wer soll das Ziel deiner unerbittlichen Rache sein?«

Frieda sah ihm direkt ins Gesicht. Übelkeit stieg in ihr auf. Sie hatte das Gefühl, am Rand eines Abgrunds zu stehen – nur noch mit den Fersen auf dem Boden, während ihre Zehen bereits in die Dunkelheit hinausragten –, und sie spürte die Versuchung, diese unaufhörliche Versuchung, sich in die schwarze Tiefe fallen zu lassen … Doch was würde dort auf sie warten?

»Nein«, wehrte sie ab, »ich bin nicht gut in solchen Spielen.«

»Ach, komm schon, Frieda, wir spielen doch nicht Monopoly.«

Aber Friedas Miene verhärtete sich, und Reuben ließ es sein.

»Die Badewanne«, sagte Josef und versuchte auf seine etwas ungeschickte Weise alles wiedergutzumachen, »ist sie in Ordnung?«

»Sie ist wunderbar, Josef. Das Warten hat sich wirklich gelohnt.« Sie brachte es nicht übers Herz, ihm zu sagen, dass sie die Wanne noch gar nicht benutzt hatte.

»Endlich habe ich es geschafft, dir zu helfen.« Schwankend erhob er sich.

Irgendwann hatten die beiden dann endlich das Haus verlassen. Die milde Frühlingsdämmerung ging allmählich in die Nacht über. Mittlerweile hatte der Wind alle Wolken weggeblasen, und über den Dächern war der Hauch einer Mondsichel zu erkennen. Drinnen aber herrschte immer noch eine angespannte, angstvolle Atmosphäre. Selbst Chloë, die anfangs noch so munter gewesen war, wirkte inzwischen bedrückt. Nachdem Judith die Haustür ins Schloss fallen gehört hatte, war sie wieder heruntergekommen und hatte sich im Wohnzimmer auf einen Sessel sinken lassen. Dort saß sie nun mit angezogenen Beinen, den Kopf auf den Knien. Ihr Haar stand in alle Richtungen ab. Wenn jemand sie ansprach und zu trösten versuchte, schüttelte sie nur heftig den Kopf. Dora lag in Friedas Arbeitszimmer auf einem Campingbett. Neben sich hatte sie eine Tasse Kakao stehen, der schon so weit abgekühlt war, dass sich oben eine runzelige Milchhaut gebildet hatte. Sie spielte gerade irgendein Computerspiel auf ihrem Handy. Ihre dünnen Zöpfe fielen ihr ins Gesicht. Frieda nahm neben ihr Platz, ohne etwas zu sagen. Nach ein paar Augenblicken wandte das Mädchen den Kopf und erklärte in fast trotzigem Ton: »Ich weiß das mit Judith und dem älteren Mann.«

»Seit wann denn?«

»Vor ein paar Tagen, als Dad betrunken war, habe ich gehört, wie er Tante Louise deswegen angeschrien hat. Wird es Judith bald wieder besser gehen?«

»Ja, aber es wird eine Weile dauern.«

»Hat Dad …?«

»Ich weiß es nicht.«

Frieda ging hinunter. Draußen auf der Terrasse tigerte Ted nervös auf und ab. Er rauchte, und sein wirrer Haarschopf war von überdimensionalen Kopfhörern umschlossen. Keines der drei Geschwister konnte den anderen helfen oder sich von ihnen helfen lassen, ging Frieda durch den Kopf. Die drei warteten einfach nur ab, während Chloë durchs Haus lief und sie mit Tee versorgte oder sie aufzumuntern versuchte.

Frieda trat hinaus auf die Terrasse. Ted ließ sich auf der Bank nieder und nahm die Kopfhörer ab. Sie fragte ihn, ob er wolle, dass sie jemanden anrief, woraufhin er ihr sein mürrisches Gesicht zuwandte.

»Wen zum Beispiel?«

»Zum Beispiel deine Tante.«

»Soll das ein Witz sein?«

»Habt ihr keine anderen Verwandten?«

»Doch, einen Onkel in den Staaten. Der wird uns nicht viel nützen, oder? Nein, es gibt nur noch uns und Dad, und wenn er nicht da ist, haben wir gar niemanden.«

Sie blieb eine Weile neben ihm sitzen. Die kühle Nachtluft tat ihr gut. Sie hatte das Gefühl, dass in ihrem Leben nichts mehr nach den Regeln der Vernunft ablief. Alles war außer Kontrolle geraten: ihr Haus, wo sie früher stets Zuflucht vor dem Chaos der Welt gefunden hatte, ebenso wie ihre Beziehung zu diesen jungen Menschen, die sich an sie gewandt hatten, als würde sie Antworten kennen, die es gar nicht gab – ganz zu schweigen von ihrer Arbeit für die Polizei, in die sie auf eine schleichende Weise wieder hineingezogen worden war, und ihrer beharrlichen Beschäftigung mit der Schattenwelt des vermissten Mädchens Lila. Am meisten aber machte ihr zu schaffen, dass sie das Gefühl hatte, einer Stimme zu folgen, die nur sie hören konnte – dem Echo eines Echos eines Echos. Und dann gab es da noch Dean Reeve, ihren Wächter. Sie dachte an Sandy, dessen Tag erst halb rum war, und wünschte, dieser Tag wäre endlich vorbei.

48

Am nächsten Morgen weckte Frieda alle früh auf und lud sie zu einem Frühstück in die Nummer 9 ein – eine chaotische, verschlafen aussehende Bande angsterfüllter Teenager, die an dem Tag eher kindlich als erwachsen wirkten. Ihre Mutter war ermordet worden, ihr Vater saß in Untersuchungshaft, und nun warteten sie darauf, wie das alles ausgehen würde.

Nach dem Frühstück brachte Frieda ihre Schützlinge zum Bus, wartete, bis er losfuhr, und kehrte dann nach Hause zurück. Sie selbst fühlte sich äußerst erschöpft und niedergeschlagen, hatte aber trotzdem etwas zu erledigen. Josef baute in Primrose Hill gerade eine Gartenmauer, und Sasha war in der Arbeit, also machte Frieda sich allein auf den Weg. Von der Liverpool Street aus fuhr sie mit dem Zug stadtauswärts, durch die halb fertigen Stadien und Sporthallen des Olympic Park, die aussahen wie Spielsachen, zurückgelassen von einem Riesenkind. An der Station Denham stieg Frieda in ein Taxi um.

Ein Pferdegnadenhof, der nach einer Blume benannt war, ging ihr durch den Kopf. Sie hatte an sanft geschwungene Felder und Wälder gedacht. Das Taxi fuhr an einem großen Komplex teilweise abgerissener Lagerhäuser vorbei, dann an einer Wohnsiedlung. Als der Wagen schließlich zum Stehen kam und der Fahrer verkündete, sie seien da, dachte Frieda erst, sie wäre bei einer falschen Adresse gelandet, doch in dem Moment entdeckte sie das Schild: *Pferde- und Eselhof Sonnenblume*. Der Fahrer fragte sie, ob er auf sie warten solle. Frieda verneinte und erklärte ihm, sie werde wahrscheinlich eine Weile brauchen, woraufhin er ihr eine Visitenkarte mit seiner Nummer gab.

Während der Wagen davonfuhr, blickte sie sich um. Am Eingang stand ein Gebäude mit Kieselrauputz. Die Fassade wies tiefe Risse auf, und bei einem der oberen Fenster war eine kaputte Scheibe durch Pappe ersetzt worden. Das Gebäude wirkte verlassen. An der Wand seitlich des Eingangs hing ein weiteres Schild, auf das mit Schablone geschrieben stand: »Besucher bitte zur Anmeldung.« Frieda ging weiter an der Seitenwand des Gebäudes entlang. Als sie schließlich um die Ecke bog, lag vor ihr ein großer Innenhof, gesäumt von Stallgebäuden aus Beton und Porenbetonstein. Einen Anmeldungsbereich konnte sie allerdings nicht entdecken. Auf dem Hof türmten sich Berge aus Pferdeäpfeln und Strohballen, und auf einer Seite stand ein rostender Traktor, an dessen vorderen Felgen die Reifen fehlten. Zögernd setzte Frieda ihren Weg fort, wobei sie vorsichtig ein paar braune, schlammige Pfützen umrundete.

»Ist jemand da?« rief sie.

Frieda hörte ein kratzendes Geräusch. Aus einem der Stalltore trat ein Mädchen im Teenageralter, das eine Schaufel in der Hand hielt und mit Gummistiefeln, Jeans und einem leuchtend roten T-Shirt bekleidet war. Das Mädchen putzte sich mit dem Handrücken die Nase.

»Ja?«

»Ich suche einen Mann namens Shane.«

Das Mädchen zuckte nur mit den Achseln.

»Angeblich soll er hier arbeiten.«

Das Mädchen schüttelte den Kopf.

»Nein.«

»Vielleicht *hat* er mal hier gearbeitet.«

»Ich kenne keinen Shane.«

»Wie lange bist du schon hier?«

»Ein paar Jahre. Mit Unterbrechungen.«

»Und du kennst jeden, der hier arbeitet?«

Das Mädchen verdrehte die Augen.

»Klar«, antwortete sie und verschwand wieder im Stall. Frieda hörte die Schaufel über den Betonboden scharren. Während sie den Rückweg antrat, warf sie einen Blick auf ihre Armbanduhr und überlegte, was sie jetzt tun solle. Sie rief sich das Gespräch in dem Pub ins Gedächtnis. Hatte sie da etwas missverstanden? Oder hatte man ihr einfach einen Bären aufgebunden, um sie wieder loszuwerden? Inzwischen stand sie wieder draußen an der Straße. Zögernd lief sie am Straßenrand entlang. Da es dort keinen Gehsteig, sondern nur einen Grasstreifen gab, fühlte sie sich den vorbeibrausenden Autos schutzlos ausgeliefert. Sie spürte ihren Fahrtwind und empfand plötzlich auch den Motorenlärm als beängstigend. Als sie die Gebäude hinter sich gelassen hatte, erreichte sie einen groben Holzzaun, der das angrenzende Feld von der Straße trennte. Frieda lehnte sich an den Zaun und ließ den Blick schweifen. Das Feld war groß, vielleicht einen halben Kilometer breit, und wurde auf der anderen Seite von der viel befahrenen A12 begrenzt, wo auch an diesem Tag jede Menge Autos und Lastwagen unterwegs waren. Das Feld selbst sah aus, als läge es schon seit Längerem brach. Zwischen Gras und niederem Gestrüpp wuchsen hier und da ein paar Stechginsterbüsche, und ziemlich in der Mitte der Fläche erhob sich eine große, abgestorbene Eiche. Verstreut über das ganze Feld grasten etliche Pferde und ein paar Esel. Die Tiere wirkten alt und räudig, aber dennoch recht zufrieden. Während Frieda verfolgte, wie sie mit gesenkten Köpfen an den Grashalmen herumzupften, stellte sie fest, dass allein schon ihr Anblick etwas Entspannendes hatte. Was ihnen hier geboten wurde, war vielleicht nicht viel, aber wohl immer noch besser als anderswo. Es war eine seltsame Umgebung, weder Stadt noch Land, sondern irgendetwas Undefinierbares dazwischen. Das Gelände wirkte vernachlässigt und halb vergessen. Möglicherweise hatten darauf einmal Gebäude gestanden, die irgendwann abgerissen worden waren, so dass sich mit der Zeit wieder Gras und Ginster ausgebreitet hatten. Eines Tages würde jemand von Neuem auf dieses Feld aufmerksam werden, das direkt neben der Autobahn und noch in Stadtnähe lag, und man würde eine Industrieanlage oder eine Raststätte darauf bauen, aber bis dahin ließ es sich nicht unterkriegen. Frieda gefiel das irgendwie.

Sie wühlte in ihrer Jackentasche herum und fand die Karte des Taxifahrers. Vermutlich war es an der Zeit aufzugeben und nach London zurückzukehren, in ihr normales Leben und zu ihrer Arbeit. Sie wollte gerade nach dem Telefon greifen, als vor dem Eingang des Gnadenhofs ein Auto hielt. Ein Mann stieg aus und schaute sich um. Er war groß und hatte eine leicht gebeugte Haltung, wirres, fast weißes Haar und eine Hakennase. Er trug eine dunkle Hose, eine verknitterte Jacke und eine schmale dunkle

Krawatte, deren Knoten er gelockert hatte, so dass sie lässig um seinen Hemdkragen hing. Sein Gesichtsausdruck wirkte ernst, und als er sich umwandte, sah sie, dass er helle Augen und leicht hängende Lider hatte. Sein stechender Blick begegnete dem ihren, und sie musterten einander einen Moment lang eindringlich. Die Entfernung zwischen ihnen betrug gut dreißig Meter. Das war zu weit für einen Wortwechsel in normaler Lautstärke. Frieda, die immer noch am Zaun lehnte, setzte sich in Bewegung, während er seinerseits ebenfalls ein Stück auf sie zuging. Sein Gesichtsausdruck veränderte sich dabei nicht. Frieda schien es, als sähe er sie nicht an, sondern durch sie hindurch.

»Arbeiten Sie hier?«, sprach der Mann sie an.

»Nein, ich war nur auf der Suche nach jemandem, aber er ist nicht hier.« Ihr kam ein Gedanke. »Sie heißen nicht zufällig Shane, oder?«

»Nein«, antwortete der Mann, »der bin ich nicht.« Er wandte sich von Frieda ab und steuerte auf den Hof zu, aber nach ein paar Schritten blieb er abrupt stehen und drehte sich um. »Wieso suchen Sie ihn?«

»Das ist schwer zu erklären.«

Der Mann kehrte zu ihr zurück.

»Verraten Sie es mir trotzdem.«

»Eigentlich bin ich auf der Suche nach einem Mädchen«, erklärte Frieda, »und ich dachte, dieser Shane könnte mir vielleicht helfen, sie zu finden. Angeblich soll er hier arbeiten, aber die Leute auf dem Hof haben noch nie etwas von ihm gehört.«

»Shane«, wiederholte der Mann nachdenklich. »Nein, der Name sagt mir nichts. Aber vielleicht kommen Sie trotzdem noch einmal mit hinein.«

Frieda starrte ihn überrascht an.

»Warum sollte ich?«

»Ich suche auch nach jemandem.« Er sagte das langsam und in ernstem Ton.

»Sie müssen entschuldigen, aber ich kenne Sie doch gar nicht. Sie sind für mich ein vollkommen Fremder, und ich habe auch keine Ahnung, wen Sie hier treffen wollen, oder warum. Meine Suche ist beendet, ich fahre nach Hause.«

»Es dauert doch nur einen Moment.« Er sah sie an. »Ich heiße übrigens Fearby, Jim Fearby, und bin Journalist.«

Die Sonne verschwand hinter einer Wolke, und die Landschaft vor ihnen verdunkelte sich. Frieda hatte das Gefühl, als befände sie sich in einem Traum, wo alles einen Sinn ergab, aber dennoch sinnlos war.

»Mein Name ist Frieda Klein.«

»Und wer *sind* Sie?«

»Keine Ahnung.« Sie hielt einen Moment inne, erstaunt über ihre eigenen Worte. »Ich versuche nur, jemandem zu helfen.«

»Verstehe. Wie heißt denn das Mädchen, das Sie suchen?«

»Lila Dawes.«

»Lila Dawes? Nein, der Name sagt mir nichts. Aber kommen Sie doch mit.«

Gemeinsam betraten sie den Hof, wo das Mädchen inzwischen den Boden fegte. Sie war sichtlich verblüfft, Frieda wiederzusehen.

»Ich suche nach einem Mann namens Mick Doherty«, erklärte Fearby.

»Der ist drüben auf der anderen Seite«, antwortete das Mädchen. »Er repariert den Zaun.«

»Wo?«

Seufzend führte das Mädchen sie quer über den Hof zu dem Feld und deutete auf die andere Seite, wo direkt neben der Hauptstraße jemand am Zaun arbeitete.

»Kann man da rübergehen?«, fragte Fearby.

»Sie beißen nicht.«

Durch ein kleines Tor betraten Fearby und Frieda das Feld und marschierten los. Als daraufhin zwei Pferde auf sie zusteuerten, warf Fearby einen fragenden Blick zu Frieda hinüber.

»Sie glauben, wir bringen ihnen Futter«, erklärte Frieda.

»Was werden sie tun, wenn sie feststellen, dass wir keines haben?«

Ein kleines, struppig aussehendes Pferd schmiegte den Kopf an Friedas Schulter. Sie streichelte es zwischen den Augen. Wie lange war es her, dass sie das letzte Mal einem Pferd so nahe gewesen war? Zwanzig Jahre? Länger? Sie genoss einen Moment die tröstliche Wärme seines erdig riechenden Atems, ehe sie weiterging. Je näher sie der anderen Seite kamen, desto deutlicher sahen sie den Mann, der dort mit einer Drahtbiegezange hantierte, um den Zaun an einem neuen Pfosten zu befestigen, und bereits auf sie aufmerksam geworden war. Es handelte sich um einen großen Kerl mit sehr langem, rötlich braunem Haar, das er zu einem Pferdeschwanz gebunden hatte. Er trug Jeans und ein schwarzes Shirt. Zuerst dachte Frieda, das Shirt habe lange Ärmel, doch dann begriff sie, dass seine Arme von einem Netzwerk aus Tätowierungen überzogen waren. Er trug an beiden Ohren Stecker, und als er sie anschaute, registrierte sie, dass er schielte. Man merkte deutlich, dass seine Augen in leicht unterschiedliche Richtungen blickten.

»Sind Sie Mick Doherty?«, fragte Fearby.

Der Mann runzelte argwöhnisch die Stirn.

»Und wer sind Sie?«

»Wir kommen nicht von der Polizei. Ich bin auf der Suche nach einem jungen Mädchen namens Sharon Gibbs. Sie wird vermisst. Im Zusammenhang mit ihr bin ich auf Ihren Namen gestoßen. Sie kennen sie angeblich.«

»Nie von ihr gehört.«

»Ich glaube, doch. Sie sind Mick Doherty?«

»Ja, der bin ich.«

»Wir wollen sie nur finden.« Frieda hörte das »wir«, erhob aber keinen Einspruch. Obwohl dieser seltsame Mann sehr müde klang, sprach er mit großer Autorität. »Sollten wir jedoch nicht fündig werden, sehen wir uns gezwungen, alles, was wir wissen, an die Polizei weiterzuleiten. Ich bin mir sicher, das ist für Sie kein Problem, aber …«

Fearby brach ab und wartete.

»Ich bin sauber. Sie haben nichts gegen mich in der Hand.«

Fearby sagte noch immer nichts.

»Ich weiß nicht, was Sie von mir wollen.« Sein Blick wanderte zu Frieda hinüber. »Sie verschwenden hier nur Ihre Zeit.«

»Sharon Gibbs.«

»Also gut. Ja, ich kannte sie ein wenig. Und?«

»Wann haben Sie sie das letzte Mal gesehen?«

»Sie sagen, sie wird vermisst.«

»Ja.«

»Seit wann?«

»Erst seit gut drei Wochen.«

Doherty schwieg einen Moment. Er beendete sein Werk, indem er eine letzte Drahtbefestigung am Zaun fixierte. Dann blickte er hoch.

»Ich habe sie schon seit Monaten nicht mehr gesehen. Vielleicht sogar noch länger. Ich war weg.«

»Sie waren weg.«

»Genau.«

»Wo?«

»Im Gefängnis, nur für ein paar Wochen. Man hat mir da ganz übel was angehängt. Im Januar bin ich rein, und letzte Woche haben sie mich wieder rausgelassen – und mir sogar noch diesen Job verschafft: Scheiße schaufeln für gottverdammte Esel.«

»Haben Sie Sharon gesehen, seit Sie wieder draußen sind?«

»Nein, warum sollte ich? Sie ist nicht meine Freundin oder so was in der Art, falls Sie darauf hinauswollen. Nur ein nerviges kleines Mädchen.«

»Ein nerviges kleines Mädchen, das in schlechte Gesellschaft geraten ist, Mister Doherty.«

Fearby richtete seinen stechenden Blick auf den Mann. »Die Eltern des Mädchens machen sich große Sorgen um sie.«

»Das ist nicht mein Problem. Sie sprechen mit dem Falschen.«

Frieda kam ein Gedanke.

»Nennen die Leute Sie zufällig Shane?«

»Wie kommen Sie darauf?«

»Rötliches Haar, irischer Name.«

»Ich komme aus Chelmsford.«

»Aber man nennt Sie Shane.«

Doherty bedachte sie mit einem kleinen, sarkastischen Lächeln.

»Manchmal, ja. Sie wissen schon. Begorrah.«

»Erzählen Sie mir von Lila Dawes.«

»Was?«

»Sie kannten ein Mädchen namens Lila Dawes. Sie ist ebenfalls verschwunden.« Frieda spürte, wie Fearby neben ihr erstarrte, als hätte ihn ein Stromschlag getroffen.

»Zwei vermisste Mädchen«, stellte er leise fest, »und Sie kannten sie beide.«

»Wer behauptet, dass ich diese Lila kenne?«

»Lila war cracksüchtig«, entgegnete Frieda, »und bevor sie verschwand, hing sie eine Weile mit Ihnen herum, Shane … Mister Doherty. Das ist inzwischen etwa zwei Jahre her.«

»Sie sagen, Sie sind nicht von der Polizei, also brauche ich Ihnen gar nichts zu erklären. Außer …« Er legte den Draht zur Seite. Frieda sah den Speichel an seinen Lippen und die geplatzten Äderchen in seinem Gesicht. Er ballte die Fäuste und lockerte sie dann wieder, so dass Leben in die Tätowierungen an seinem Arm kam. Sein Blick wanderte um Frieda herum, als versuchte er etwas zu sehen, das sich hinter ihrem Rücken befand. »Außer dass Sie sich wieder dahin verpissen sollen, wo Sie hergekommen sind.«

»Hazel Barton, Roxanne Ingatestone, Daisy Crew, Philippa Lewis, Maria Horsely, Lila Dawes, Sharon Gibbs.«

Es klang wie ein Singsang, eine Beschwörung. Frieda hatte das Gefühl, als wiche die ganze Luft aus ihrem Körper. Sie stand völlig reglos da und gab keinen Laut von sich. Einen Moment kam es ihr vor, als wäre sie in einen dunklen Tunnel eingetaucht, der zu einem noch dunkleren Ort führte.

»Wovon, zum Teufel, sprechen Sie, alter Mann?«

»Von vermissten Mädchen«, antwortete Fearby. »Ich spreche von vermissten Mädchen.«

»Also gut, ich kannte Lila.« Er verzog das Gesicht. »Aber ich habe keine Ahnung, was aus ihr geworden ist.«

»Ich glaube, Sie haben sehr wohl eine Ahnung«, entgegnete Frieda, »und falls dem tatsächlich so ist, sollten Sie mir das sagen, denn ich finde es sowieso heraus.«

»Die Leute kommen und gehen. Mit ihr hatte man immer mehr Scherereien als Spaß.«

»Sie war doch noch ein Teenager und hatte bloß das Pech, an Sie zu geraten.«

»Mir blutet das Herz. Und ja, ich kannte Sharon ein wenig. Die anderen nicht.«

»Waren Sie das erste Mal im Gefängnis?«, fragte Fearby.

»Ich glaube, mir reicht es jetzt von Ihren Fragen.«

»Daten, Mister Doherty.«

Irgendetwas in Fearbys Stimme ließ den Gesichtsausdruck des Mannes einen Moment entgleisen. An die Stelle seines höhnischen Grinsens trat ein eher argwöhnischer Ausdruck.

»Vor achtzehn Monaten war ich in Maidstone.«

»Weswegen?«

»Wegen so einer blöden Sache mit einem Mädchen.«

»Einer blöden Sache.« Fearby wiederholte die Worte, als könnte er sie in seinem Mund schmecken. »Wie viel haben Sie bekommen?«

Doherty zuckte lediglich mit den Achseln.

»Wie lange?«

»Vier Monate, mehr oder weniger.«

Frieda sah Fearby an, dass er irgendwelche Berechnungen anstellte. Seine Miene wirkte plötzlich hochkonzentriert, und auf seiner Stirn bildete sich eine tiefe Falte.

»Gut«, sagte er schließlich, »das war's.«

Fearby und Frieda gingen zurück über das Feld. Die Pferde folgten ihnen. Für Frieda klang ihr Hufschlag wie eine Trommel.

»Wir müssen reden«, meinte Fearby, als sie seinen Wagen erreichten. Sie nickte. »Gibt es hier irgendwo ein ruhiges Plätzchen? Leben Sie in der Nähe?«

»Nein. Sie?«

»Nein. Wie sind Sie hergekommen?«

»Ich habe mir am Bahnhof ein Taxi genommen.«

»Suchen wir uns einfach ein Café.«

Frieda stieg bei ihm ein. Wie sich herausstellte, war auf der Beifahrerseite der Sicherheitsgurt kaputt. Der Wagen roch nach Zigaretten, und auf dem Rücksitz lagen mehrere Ordner. Beide schwiegen, bis sie schließlich in einem kleinen, schäbigen Café an der Denham High Street an einem Fenstertisch saßen und je eine Tasse Tee mit zu viel Milch vor sich stehen hatten, die sie allerdings erst einmal nicht anrührten.

»Sie fangen an«, sagte Fearby. Er stellte ein Diktiergerät auf den Tisch, schlug ein spiralgebundenes Notizbuch auf und zog einen Stift aus seiner Jackentasche.

»Was soll das werden?«

»Ich mache mir Notizen. Ist das für Sie in Ordnung?«

»Ich glaube, nicht. Und stellen Sie das ab.«

Fearby schaute sie an, als nähme er sie zum ersten Mal richtig wahr. Dann huschte der Anflug eines Lächelns über sein wettergegerbtes Gesicht. Er schaltete das Gerät aus und legte den Stift auf den Tisch.

»Erzählen Sie mir, warum Sie hier sind.«

Also berichtete Frieda ihre Geschichte. Anfangs war sie ein wenig verlegen, weil es eine so irrationale Geschichte war: Nur ein paranoider Instinkt im Anschluss an ihre eigene traumatische Erfahrung hatte sie dazu bewogen, sich ohne ersichtlichen Grund auf die wenig Erfolg versprechende Suche nach einem Mädchen zu machen, dem sie nie persönlich begegnet war. Sie hörte sich selbst über die kleine, einprägsame Anekdote sprechen, die der zündende Funke für ihre Suchaktion gewesen war. Dann erzählte sie von den Sackgassen, den traurigen Begegnungen mit Lilas Vater und der Frau aus Josefs Heimatland, der sie den Tipp mit Shane zu verdanken hatte. Dabei wurde ihr nach und nach klar, dass Fearby keineswegs ungläubig reagierte und im Gegensatz zu manch anderen auch nicht der Meinung zu sein schien, dass sie einen Sprung in der Schüssel hatte. Stattdessen beugte er sich vor, hörte ihr aufmerksam zu und nickte hin und wieder zustimmend. Seine Augen begannen zu glänzen, und seine harte Miene wurde weicher.

»So«, sagte Frieda, als sie fertig war. »Was halten Sie davon?«

»Klingt nach demselben Mann.«

»Das müssen Sie mir erklären.«

»Tja. Ich schätze, angefangen hat das alles mit George Conley.«

»Warum kommt mir der Name so bekannt vor?«

»Er wurde für schuldig befunden, ein Mädchen namens Hazel Barton ermordet zu haben. Sie haben wahrscheinlich von ihm gehört, weil er vor ein paar Wochen freigelassen wurde, nachdem er jahrelang für ein Verbrechen im Gefängnis saß, das er nicht begangen hatte. Der arme Kerl. Für ihn wäre es fast besser gewesen, wenn er drinnen geblieben wäre. Aber das ist eine völlig andere Geschichte. Hazel war die Erste und außerdem die Einzige, deren Leiche gefunden wurde. Ich glaube, in ihrem Fall hat Conley den Täter gestört, wohingegen all die anderen Mädchen ... Aber ich greife voraus. Genau genommen war Hazel gar nicht wirklich die Erste. Vor ihr gab es schon andere, Vanessa Dale zum Beispiel. Das habe ich damals nur noch nicht kapiert, weil Vanessa diejenige war, die mit einem blauen Auge davonkam. Irgendwann bin ich dann doch noch auf sie gestoßen. Ich hätte viel früher mit ihr sprechen sollen, als ihre Erinnerungen noch frischer waren – oder zumindest noch vorhanden. Aber ich wusste zu dem Zeitpunkt gar nichts von ihr. Jahrelang hatte ich überhaupt keine Ahnung, worum es bei der Geschichte eigentlich ging und was für einen langen Schatten sie warf. Damals war ich nur ein kleiner Schreiberling mit Ehefrau und Kindern, zuständig für die Lokalnachrichten. Jedenfalls ...«

»Stopp!«, warf Frieda ein. Fearby blickte blinzelnd hoch. »Es tut mir leid, aber ich verstehe kein einziges Wort von dem, was Sie sagen.«

»Ich versuche es Ihnen doch gerade zu erklären. Hören Sie einfach zu, es hängt alles zusammen, aber man muss die Verbindungslinien kennen.«

»Bisher kann ich in dem, was Sie sagen, aber keinerlei Verbindungslinien erkennen.«

Er ließ sich zurücksinken und fuhrwerkte mit dem Teelöffel in seinem Tee herum, der langsam kalt wurde.

»Ich glaube, ich lebe schon zu lange mit der ganzen Geschichte.«

»Wollen Sie behaupten, dass zwischen all den Mädchen, deren Namen Sie Doherty genannt haben, ein Zusammenhang besteht, und vielleicht auch zu Lila Dawes?«

»Ja.«

»Inwiefern?«

Fearby erhob sich abrupt.

»Das kann ich Ihnen nicht sagen. Ich muss es Ihnen zeigen.«

»Zeigen?«

»Ja. Ich habe alles schwarz auf weiß. Ich habe Landkarten und Schaubilder und Berge von Akten. Es ist alles da.«

»Wo?«

»In meinem Haus. Wollen Sie mitkommen und einen Blick darauf werfen?«

Frieda zögerte. »Meinetwegen«, antwortete sie schließlich.

»Gut. Dann lassen Sie uns fahren.«

»Wo leben Sie? In London?«

»Nein, in Birmingham.«

»Birmingham!«

»Ja. Ist das ein Problem?«

Frieda dachte an ihr Haus, das auf sie wartete, an ihre Freunde, die nicht wussten, wo sie sich aufhielt, und an ihren Kater, dessen Schüssel inzwischen bestimmt leer war. Sie dachte auch an Ted, Judith und Dora, aber sie konnte der Eigenartigkeit dieser Begegnung einfach nicht widerstehen – der Faszination dieses seltsamen alten Mannes. Sie würde Sasha anrufen und sie bitten, die Stellung zu halten.

»Nein«, erwiderte sie, »das ist kein Problem.«

49

In der Wärme des Wagens wurde Frieda immer schläfriger. Sie hatte ein paar schlimme Nächte hinter sich, noch schlimmer als sonst, und kaum ein Auge zugetan; und wenn doch, war sie von heftigen Albträumen gequält worden. Sie fühlte sich völlig erledigt, und ihre Augen brannten vor Müdigkeit. Trotzdem kämpfte sie gegen den Schlaf an, weil sie in Gegenwart von Fearby, diesem ramponierten alten Raubvogel, nicht völlig wehrlos sein wollte. Trotzdem half es nichts, sie schaffte es nicht, wach zu bleiben. Selbst noch in dem Moment, als ihr die Augen zufielen und sie ihrem Körper endlich gestattete, sich zu entspannen, ging ihr durch den Kopf, wie seltsam es doch war, dass sie jemandem vertraute, den sie gar nicht kannte.

Fearby bog von der M25 auf die M1 ab. Er kannte die Strecke gut. Irgendwie erschien es ihm passend, dass sie beide sie nun gemeinsam fuhren. Er schob eine Scheibe mit irischer Folkmusik in den CD-Spieler, drehte die Lautstärke so weit herunter, dass man gerade noch etwas hörte, und warf dann einen Blick zu Frieda hinüber. Er konnte sie nicht so recht einordnen. Er schätzte sie auf Mitte bis Ende dreißig, auch wenn sie wegen ihrer schlanken, aufrechten Gestalt und ihrer geschmeidigen Bewegungen wesentlich jünger wirkte, wenn man sie aus der Ferne sah. Aus nächster Nähe betrachtet aber war ihr Gesicht hager. Ihre Augen lagen tief in den Höhlen, und auf ihrem bleichen Gesicht lag ein fast schon gequälter Ausdruck. Er hatte sie noch gar nicht gefragt, was sie beruflich machte. Frieda Klein – das klang deutsch, jüdisch. Sein Blick glitt zu ihren Händen hinunter, die halb gefaltet auf ihrem Schoß lagen. Er registrierte, dass kein Ring an ihrem Finger steckte und dass ihre kurz geschnittenen Nägel nicht lackiert waren. Sie trug weder Schmuck noch Make-up. Selbst im Schlaf wirkte ihr Gesicht streng und bekümmert.

Trotzdem empfand er es als sehr wohltuend, eine Reisegefährtin zu haben, zumindest für eine Weile. Er war inzwischen so daran gewöhnt, allein zu arbeiten, dass er kaum noch beurteilen konnte, inwieweit seine persönlichen Obsessionen seine Wahrnehmung der äußeren Welt verzerrten. Diese Frieda Klein konnte ihm das bestimmt sagen. Sie hatte einen scharfen, klaren Blick. Auch wenn ihm die Motive für ihre eigene Suchaktion noch nicht ganz klar waren, hatte er doch gleich gespürt, dass sie eine kühle Intelligenz besaß. Er lächelte in sich hinein: Sie mochte es nicht, wenn man sie herumkommandierte.

In dem Moment murmelte sie etwas, hob ruckartig eine Hand und riss die Augen auf. Einen Moment später richtete sie sich kerzengerade auf und strich sich die Haare aus dem erhitzten Gesicht.

»Ich bin eingeschlafen.«

»Das macht doch nichts.«

»Normalerweise passiert mir das nie.«

»Sie werden es schon gebraucht haben.«

Sie ließ sich wieder ein wenig zurücksinken und betrachtete durchs Beifahrerfenster den Gegenverkehr.

»Ist das Birmingham?«

»Ich wohne nicht direkt in der Stadt, sondern ein paar Kilometer außerhalb, in einem Dorf, nein, eigentlich schon eher einer Kleinstadt.«

»Warum?«

»Die Frage verstehe ich jetzt nicht.«

»Warum leben Sie nicht in der Stadt?«

»In dem Haus habe ich schon mit meiner Frau und den Kindern gewohnt. Nachdem meine Frau weg war, konnte ich mich nie zu einem Umzug aufraffen.«

»Demnach ist es also nicht der Wohnort Ihrer Wahl?«

»Nein, wahrscheinlich nicht. Gefällt es Ihnen auf dem Land nicht?«

»Meiner Meinung nach sollte sich jeder überlegen, wo er leben möchte, und eine bewusste Wahl treffen.«

»Verstehe«, antwortete Fearby. »Ich bin da eher passiv. Sie haben Ihre Wahl getroffen, vermute ich.«

»Ich wohne mitten in London.«

»Weil es Ihnen da gefällt?«

»Zumindest kann ich da ruhig und zurückgezogen leben, während draußen das Leben weitergeht.«

»Vielleicht empfinde ich sogar so ähnlich, was mein kleines Haus betrifft. Für mich ist es unsichtbar. Ich bemerke es überhaupt nicht mehr. Es ist für mich nur ein Ort, an den ich mich zurückziehe. Als Journalist war ich ja viel unterwegs. Was machen Sie eigentlich beruflich?«

»Ich bin Psychotherapeutin.«

Fearby wirkte verblüfft.

»Das hätte ich jetzt nicht gedacht.«

Wie es aussah, war ihm selbst nicht bewusst, in welch erbärmlichem Zustand sich sein Haus befand. Die ursprünglich gekieste Zufahrt war fast ganz mit Geißfuß, Löwenzahn und Gras zugewachsen. Die Fenstersimse wirkten verwittert, die Scheiben dreckig. Über allem lag eine Schicht aus Staub, Russ und Schmutz, die von jahrelanger Vernachlässigung zeugte. Auf dem Tisch stapelten sich vergilbende Zeitungen, zum Essen wurde er offensichtlich nicht benutzt. Als Fearby auf der Suche nach Milch die Kühlschranktür öffnete – ohne fündig zu werden –, fiel Frieda auf, dass sein Kühlschrank abgesehen von Bierdosen so gut wie nichts enthielt. Es handelte sich eindeutig um das Haus eines Mannes, der allein lebte und keinen Besuch erwartete.

»Tee gibt es also nicht«, erklärte er. »Wie wär's mit Whisky?«

»Ich trinke tagsüber keinen Alkohol.«

»Heute ist ein besonderer Tag.«

Er schenkte für sie beide jeweils zwei Fingerbreit in angelaufene Gläser und reichte Frieda eines davon.

»Auf unsere vermissten Mädchen«, sagte er, als er mit ihr anstieß.

Obwohl Frieda nur einen winzigen Schluck nahm, damit er nicht allein trinken musste, brannte ihr davon sofort der Hals.

»Sie wollten mir zeigen, was Sie herausgefunden haben.«

»Das ist alles in meinem Arbeitszimmer.«

Als er die Tür aufmachte, war Frieda ein paar Augenblicke sprachlos. Ihre Augen mussten sich erst an die Mischung aus Obsession und Ordnung gewöhnen. Im ersten Moment fühlte sie sich fast an Michelle Doyce erinnerte, die Frau, die Karlsson ihr vorgestellt hatte und die in ihrer Wohnung in Deptford den Abfall aus anderer Leute Leben gesammelt und sorgfältig kategorisiert hatte.

In Fearbys Arbeitszimmer fiel nur wenig Tageslicht, weil auf dem Sims des – ohnehin schon halb blinden – Fensters Papier aufgestapelt war, zum Teil zu bedenklich schiefen Türmen: Zeitungen, Zeitschriften und Ausdrucke. Auch auf dem Boden stapelten sich die Zeitungen. Es war fast unmöglich, sich einen Weg zu dem langen Tisch zu bahnen, der ihm als Schreibtisch diente und ebenfalls fast verschwand unter Unmengen von Zetteln, alten Notizbüchern, zwei Computern, einem Drucker, einem altmodischen Fotokopiergerät, einer großen Kamera, bei der die Linse fehlte, sowie einem schnurlosen Telefon – ganz zu schweigen von den beiden angeschlagenen Untertassen voller Zigarettenkippen und etlichen benutzten Gläsern und leeren Whiskyflaschen. An der Tischkante klebten Dutzende gelber und rosaroter Haftnotizen, auf die Zahlen oder Worte gekritzelt waren. Als Fearby die schwenkbare Schreibtischlampe einschaltete, fiel ihr Licht auf die Papierkopie eines Fotos: das lächelnde Gesicht einer jungen Frau. Einer ihrer Vorderzähne war leicht angeschlagen. Frieda musste an Karlsson denken, der auch so einen angeschlagenen Vorderzahn hatte und sich gerade viele Kilometer von ihr entfernt aufhielt.

Was sie so faszinierte, war aber nicht so sehr das Chaos, das in diesem Raum herrschte, sondern vielmehr der Kontrast aus Chaos und penibler Ordnung. An den Wänden hingen, sauber aufgereiht, Dutzende Fotos von den Gesichtern junger Frauen. Allem Anschein nach waren sie in zwei Kategorien aufgeteilt. Auf der linken Seite hingen etwa zwanzig Gesichter, auf der rechten nur sechs. Dazwischen befand sich eine große Landkarte von Großbritannien, bedeckt mit Fähnchen, die sich in einer krummen Linie von London in Richtung Nordwesten zogen. Auf der gegenüberliegenden Wand entdeckte Frieda eine riesige Zeitachse, in gestochener Handschrift mit Daten und Namen versehen. Fearby beobachtete sie. Er zog die Schubfächer eines Aktenschranks heraus. Zum Vorschein kamen reihenweise mit Namen versehene Ordner. Er begann sie herauszunehmen und auf den ohnehin schon bedenklich hohen Haufen auf seinem Tisch zu legen.

Frieda hätte sich gern hingesetzt, aber es gab nur einen einzigen Drehstuhl, und auf dem lagen etliche Bücher.

»Sind das die Mädchen?« Sie deutete auf die Fotos.

»Hazel Barton.« Er berührte ihr Gesicht ganz sanft, fast ehrerbietig. »Roxanne Ingatestone. Daisy Crewe. Philippa Lewis. Maria Horsley. Sharon Gibbs.«

Sie lächelten Frieda an – lauter junge, glatte, erwartungsvolle Gesichter.

»Glauben Sie, sie sind tot?«

»Ja.«

»Und Lila vielleicht auch.«

»Doherty kommt als Täter nicht infrage.«

»Warum nicht?«

»Sehen Sie.« Er führte sie zu seiner Zeitachse. »Da ist Daisy verschwunden, und da Maria. Zu der Zeit war er im Gefängnis.«

»Wieso sind Sie so sicher, dass sie alle auf das Konto desselben Täters gehen?«

Fearby schlug den ersten Ordner auf.

»Ich werde Ihnen alles zeigen, was ich habe«, erklärte er. »Dann können Sie mir sagen, was Sie davon halten. Das dürfte allerdings eine Weile dauern.«

Um sieben rief Frieda Sasha an, die sich bereit erklärte, sich ein wenig um die Lennox-Kinder zu kümmern, bis Frieda wieder zurück war. Obwohl Sasha so besorgt klang und in ihrer Stimme eine Spur Panik mitschwang, ließ Frieda sich nicht auf ein längeres Gespräch ein. Danach rief sie auch noch Josef an und bat ihn, ihre Katze zu füttern und eventuell die Blumen im Garten zu gießen.

»Wo bist du, Frieda?«

»Bei Birmingham.«

»Was ist das?«

»Das ist ein Ort, Josef.«

»Was machst du denn da?«

»Das kann ich dir jetzt nicht erklären, Josef. Das würde zu lange dauern.«

»Du musst zurückkommen, Frieda.«

»Warum?«

»Wir machen uns alle Sorgen.«

»Ich bin kein Kind.«

»Wir machen uns alle Sorgen«, wiederholte er.

»Dann hört damit auf.«

»Dir geht es nicht gut. Da sind wir uns alle einig. Ich komme dich holen.«

»Nein.«

»Ich fahre gleich los.«

»Das kannst du nicht.«

»Warum nicht?«

»Weil ich dir nicht sage, wo ich bin.«

Kaum hatte sie das Gespräch beendet, fing ihr Handy zu klingeln an. Es war Reubens Nummer. Neben ihm stand wahrscheinlich Josef, mit seinem typischen traurigen Blick. Seufzend schaltete sie das Telefon aus und versenkte es in ihrer Tasche. Sie hatte von Anfang an kein Handy haben wollen.

»Sharon Gibbs«, fuhr Fearby fort, als wären sie gar nicht unterbrochen worden.

Um halb elf Uhr waren sie fertig. Fearby ging hinaus, um eine zu rauchen, während Frieda in seinen Schränken nach etwas Essbarem zu suchen begann. Sie hatte zwar keinen Hunger, aber ihr Magen fühlte sich seltsam leer an. Sie konnte sich gar nicht daran erinnern, wann sie das letzte Mal etwas gegessen hatte. Heute jedenfalls nicht, dachte sie, und gestern Abend auch nicht.

Genau wie der Kühlschrank waren auch die Küchenschränke so gut wie leer. Sie fand eine Packung Schnellkochreis und ein paar längst abgelaufene Gemüsebrühwürfel. Damit würden sie sich begnügen müssen. Während sie den Reis in der Gemüsebrühe kochte, kam Fearby zurück ins Haus und gesellte sich mit erwartungsvoller Miene zu ihr.

»Also, was halten Sie davon?«, fragte er.

»Entweder wir sind zwei Wahnsinnige, die sich zufällig auf einem Gnadenhof für Esel über den Weg gelaufen sind – oder Sie haben recht.«

Vor Erleichterung schnitt er eine Grimasse.

»Falls ich tatsächlich recht habe, ist der Täter aber nicht Doherty oder Shane oder wie auch immer er heißen mag.«

»Nein. Aber ist es nicht seltsam, dass er beide kannte? Solche Zufälle gefallen mir nicht.«

»Die beiden haben die gleiche Art von Leben geführt – zwei junge Frauen, die vom Weg abgekommen waren.«

»Vielleicht kannten sie sich?«, gab Frieda zu bedenken, während sie den Reis vom Kochfeld nahm und dabei ihr Gesicht, das sich nach ihrer langen, ermüdenden Arbeitssitzung schmutzig anfühlte, einen Moment in den Wasserdampf hielt.

»Ein guter Gedanke. Wer könnte das wissen?«

»Da habe ich schon eine Idee.«

Nach dem Essen – Fearby hatte den Großteil verspeist, Frieda in ihrer Portion nur herumgestochert – erklärte Frieda, für sie sei es an der Zeit, die Heimfahrt anzutreten, woraufhin Fearby erwiderte, um diese Zeit gehe kein Zug mehr. Nachdem sie eine Weile über Züge und Hotels diskutiert hatten, zog Fearby schließlich einen alten Schlafsack aus einem Schrank, und Frieda machte sich auf einem Sofa im Wohnzimmer eine Art Bett. Sie verbrachte dort eine seltsame Nacht, in der sie kaum unterscheiden konnte, wann sie wach lag und wann nicht, weil ihre Gedanken wie Träume waren und ihre Träume wie Gedanken: durchweg albtraumhaft. Sie hatte das Gefühl – oder träumte davon –, dass sie sich auf einer Reise befand, die zugleich eine Art Hindernislauf darstellte. Und erst, wenn sie alle Hindernisse überwunden und alle Aufgaben gelöst hatte, würde man ihr am Ende erlauben zu schlafen. Sie dachte an die Fotos der Mädchen, die an Fearbys Wand hingen, und ihre Gesichter vermischten sich mit denen von Ted, Judith und Dora Lennox, die alle von oben auf sie herabblickten.

Ab etwa halb vier lag sie endgültig wach. Niedergeschlagen starrte sie zur Decke empor. Um halb fünf stand sie auf, ging ins Badezimmer und ließ sich ein Bad ein. Während sie in der Wanne lag, sah sie zu, wie die Ränder der Fensterjalousie langsam hell wurden. Sie trocknete sich mit dem Handtuch ab, das am wenigsten benutzt aussah, und schlüpfte wieder in ihre getragenen Sachen. Als sie aus dem Bad kam, schenkte Fearby gerade Kaffee in zwei Tassen.

»Ein Luxusfrühstück kann ich Ihnen nicht bieten«, sagte er, »aber um sieben könnte ich Brot und ein paar Eier besorgen.«

»Kaffee reicht mir«, sagte Frieda, »und danach sollten wir aufbrechen.«

Fearby packte ein Notizbuch, eine Aktenmappe und ein kleines digitales Aufnahmegerät in eine Umhängetasche, und binnen einer halben Stunde befanden sie sich wieder auf der Autobahn Richtung Süden. Eine ganze Weile schwiegen sie. Frieda schaute aus dem Fenster. Schließlich wandte sie sich Fearby zu.

»Warum tun Sie das eigentlich?«, fragte sie.

»Das habe ich Ihnen doch gesagt«, antwortete er. »Am Anfang ging es mir um George Conley.«

»Aber der ist doch inzwischen auf freiem Fuß«, entgegnete Frieda, »und zwar dank Ihnen. So etwas schaffen die wenigsten Journalisten.«

»Ich hatte das Gefühl, dass das nicht reichte. Er kam ja nur wegen eines Verfahrensfehlers frei. Als er dann endlich draußen war und alle jubelten und feierten und die Medien sich um ihn rissen, fehlte mir irgendwie der richtige Abschluss. Ich hatte das Bedürfnis, die ganze Geschichte zu erzählen und zu beweisen, dass Conley wirklich unschuldig ist.«

»Ist das auch Conleys Wunsch?«

Fearby überlegte einen Moment.

»Ich habe ihn besucht. Er ist ein gebrochener Mann. Ich glaube nicht, dass er noch in der Lage ist, in Worte zu fassen, was er sich wünscht.«

»Beim Anblick Ihres Hauses würden manche Leute wahrscheinlich auch von Ihnen sagen, dass Sie ein gebrochener Mann sind.«

Frieda rechnete damit, dass Fearby wütend werden oder sich verteidigen würde, aber er wandte ihr nur grinsend das Gesicht zu.

»›Würden‹?«, wiederholte er. »Das *haben* schon einige gesagt. Allen voran meine Frau und meine Kollegen. Meine *ehemaligen* Kollegen.«

»Ist es das wert?«, erkundigte sich Frieda.

»Ich erwarte keinen Dank. Ich muss es einfach wissen. Geht es Ihnen nicht auch so? Nachdem Sie nun die Fotos der Mädchen gesehen haben, wollen Sie da nicht auch herausfinden, was mit ihnen passiert ist?«

»Ist Ihnen je der Gedanke gekommen, dass zwischen den Bildern an Ihrer Wand unter Umständen gar keine Verbindung besteht – oder höchstens die, dass es sich einfach um bedauernswerte, traurige Mädchen handelt, die alle als vermisst gelten?«

Wieder schaute Fearby sie an.

»Ich dachte, Sie stehen auf meiner Seite.«

»Ich stehe auf gar keiner Seite«, erwiderte Frieda. Sie runzelte einen Moment die Stirn. »Manchmal glaube ich, ich stehe nicht mal auf meiner eigenen Seite. Unser Gehirn ist auf die Suche nach Mustern programmiert. Deswegen entdecken wir Tiergestalten in Wolkenformationen. In Wirklichkeit sind es einfach nur Wolken.«

»Und deswegen sind Sie bis nach Birmingham mitgekommen? Und schleppen mich jetzt zurück nach London?«

»Mein Job ist es, mir anzuhören, welche Muster die Menschen aus ihrem Leben machen. Manchmal sind es schädliche Muster oder eigensüchtige, oder selbstzerstörerische, und manchmal auch einfach falsche. Machen Sie sich je Gedanken darüber, was wäre, wenn sich herausstellen würde, dass Sie sich irren?«

»Vielleicht ist das Leben gar nicht so kompliziert. Georgie Conley wurde wegen des Mordes an Hazel Barton verurteilt. Aber er war es nicht, was bedeutet, dass es ein anderer gewesen sein muss. Also, wohin in London wollen wir?«

»Ich gebe die Adresse in Ihr Navi ein.«

»Das wird Ihnen gefallen«, meinte Fearby. »Es spricht mit der Stimme von Marilyn Monroe, oder zumindest so ähnlich. Wobei eine Frau das vielleicht gar nicht so toll findet wie ein Mann – ich meine, die Vorstellung, mit Marilyn Monroe durch die Gegend zu fahren. Womöglich nervt das Frauen sogar ziemlich.«

Frieda gab die Adresse ein. Während der nächsten anderthalb Stunden lotste das Navigationssystem den Wagen von der M1 herunter und dann die M25 entlang. Für Frieda klang es überhaupt nicht nach Marilyn Monroe. Was den Rest betraf, hatte Fearby recht: Sie fand die Stimme nervig.

Lawrence Dawes befand sich zu Hause. Frieda fragte sich, ob er jemals nicht zu Hause war. Er wirkte zunächst recht überrascht.

»Ich dachte, Sie hätten aufgegeben«, sagte er.

»Ich habe Neuigkeiten für Sie«, erklärte Frieda. »Besser gesagt, *wir* haben Neuigkeiten für Sie.«

Daraufhin bat Dawes sie und ihren Begleiter herein. Kurz darauf saß Frieda ein weiteres Mal im Garten hinter Dawes' Haus und bekam von ihm Tee serviert.

»Wir haben Shane gefunden«, erklärte sie.

»Wen?«

»Den Mann, der mit Ihrer Tochter in Verbindung stand.«

»Wie meinen Sie das?«

»Sie wissen doch, dass Ihre Tochter mit Drogen zu tun hatte. Dieser Shane hatte ebenfalls mit Drogen zu tun, allerdings wohl eher berufsmäßig.« Frieda musterte Dawes. Er reagierte nicht, sah aber nicht so aus, als rechnete er mit guten Nachrichten. »Shane war nur sein Spitzname. Sein richtiger Name lautet Mick Doherty.«

»Mick Doherty. Glauben Sie, er hat auch etwas mit dem Verschwinden meiner Tochter zu tun?«

»Möglicherweise. Allerdings weiß ich noch nicht, wie. Ich war in Essex, um mit Doherty zu sprechen, und bei der Gelegenheit habe ich Jim kennengelernt. Wir waren beide auf der Suche nach Doherty, wenn auch aus unterschiedlichen Gründen.«

»Wie soll ich das verstehen?«

Frieda warf einen Blick zu Fearby hinüber.

»Ich bin Journalist. Im Zusammenhang mit meinen Recherchen im Fall einer vermissten jungen Frau namens Sharon Gibbs erfuhr ich, dass sie diesen Doherty kannte«, erklärte er. »Als mir dann Frieda über den Weg lief, stellte sich heraus, dass wir beide wegen zwei unterschiedlichen vermissten Frauen mit Doherty sprechen wollten. Wir fanden, dass das ein recht interessanter Zufall war.«

Dawes wirkte so nachdenklich und betroffen, wie Frieda es bei ihm bisher noch nicht erlebt hatte.

»Ja, das kann ich nachvollziehen«, sagte er, mehr zu sich selbst.

»Mit dem Namen Shane hatten Sie ja nichts anfangen können«,

rief Frieda ihm ins Gedächtnis, »aber vielleicht sagt Ihnen ja sein richtiger Name etwas – Mick Doherty.«

Dawes schüttelte langsam den Kopf.

»Ich kann mich nicht erinnern, den Namen schon mal gehört zu haben.«

»Was ist mit Sharon Gibbs?«

»Nein, tut mir leid, sagt mir auch nichts. Ich kann Ihnen nicht helfen. Ich wünschte, ich könnte.« Sein Blick wanderte von Frieda zu Fearby. »Bestimmt komme ich Ihnen wie ein schlechter Vater vor. Wissen Sie, ich habe mich immer für den Typ Mann gehalten, der Himmel und Hölle in Bewegung setzen würde, um seine Tochter zu finden, wenn jemand auf die Idee käme, ihr Schaden zuzufügen. Aber es war ja nicht so, dass sie als Fünfjährige verschwand. Vielmehr wurde sie langsam erwachsen und wollte von zu Hause weg und ihr eigenes Leben führen. Sie ist sozusagen schrittweise verschwunden. An manchen Tagen muss ich ununterbrochen an sie denken. Das tut dann sehr weh, und zwar hier.« Er legte eine Hand auf sein Herz. »An anderen Tagen mache ich einfach meine Arbeit, im Garten und im Haus. Das lenkt mich ab. Dann muss ich nicht so viel grübeln. Aber vielleicht sollte ich gar nicht aufhören zu grübeln, weil jede Art von Ablenkung bedeutet, dass ich mich nicht mehr so um sie sorge.« Er hielt einen Moment inne. »Wie war noch mal der Name dieses Mannes?«

»Doherty«, antwortete Fearby.

»Sie glauben, er hat etwas mit Lilas Verschwinden zu tun?«

»Wir wissen es nicht.« Fearby warf Frieda einen Blick zu.

»Zumindest ist er ein Art Verbindungsglied zwischen den beiden Mädchen«, meinte Frieda, »wobei er eigentlich nicht für das Verschwinden beider verantwortlich sein kann. Als Sharon Gibbs verschwand, saß Doherty nämlich im Gefängnis. Ich werde daraus nicht so ganz schlau. Jim hat Nachforschungen bezüglich mehrerer vermisster Mädchen angestellt, und Sharon Gibbs passt in das Muster. Der Fall Ihrer Tochter scheint jedoch anders zu liegen. Trotzdem besteht durch Doherty eine gewisse Verbindung zu den übrigen Mädchen. Irgendwie ist er wohl der Schlüssel zu alldem, aber inwiefern, weiß ich nicht.«

»Wieso liegt Lilas Fall anders?«, fragte Dawes.

Frieda erhob sich.

»Das erklärt Ihnen besser Jim. Ich trage schon mal das Teegeschirr hinein und spüle ab. Währenddessen kann Jim Ihnen erzählen, was er alles herausgefunden hat. Vielleicht bringt Sie das ja auf irgendwas. Wenn nicht, stecken wir vermutlich in der nächsten Sackgasse fest.«

Dawes wollte sie nicht abspülen lassen, aber Frieda ignorierte ihn. Ohne auf seine Einwände zu achten, griff sie nach dem gemusterten Plastiktablett, das er an ein Tischbein gelehnt hatte, und belud es mit den Tassen, dem Milchkännchen und der Zuckerdose. Dann ging sie ins Haus und bog nach rechts in die kleine Küche ab. Das Fenster über der Spüle führte auf den Garten hinaus, so dass Frieda beim Abwasch die beiden Männer im Blickfeld hatte. Sie sah, dass sie sich unterhielten, hörte aber nicht, was gesprochen wurde. Wahrscheinlich war Dawes der Typ Mann, der mit einem anderen Mann ungezwungener reden konnte als mit einer Frau. Die beiden standen auf und gingen ein Stück durch den Garten, weg vom Haus. Frieda beobachtete, wie Dawes auf verschiedene Pflanzen deutete und dann nach hinten, wo das Flüsschen plätscherte – der Wandle, noch seicht und klar, auf dem Weg zur Themse.

Neben der Spüle standen vier weitere Teetassen und auf der Arbeitsplatte aus Kunststoff ein paar benutzte Teller und Gläser. Frieda wusch sie ebenfalls ab, spülte mit klarem Wasser nach und stellte alles auf das Abtropfbrett. Währenddessen schaute sie sich in der Küche um und fragte sich, ob Männer, die ohne ihre Familie leben mussten, wohl anders reagierten als Frauen. Der Kontrast zu Fearbys Wohnstätte hätte nicht größer sein können. Hier wirkte alles ordentlich, sauber und durchorganisiert, während Fearbys Haus schmutzig und ungepflegt aussah. Trotzdem hatten beide Häuser etwas gemeinsam. Frieda überlegte, dass eine Frau aus ihrem Zuhause vielleicht eine Art Schrein für die fehlenden Personen gemacht hätte, aber bei Fearby und Dawes war das Gegenteil der Fall. Trotz ihrer sehr unterschiedlichen Wohnräume hatten sich beide Männer die allergrößte Mühe gegeben, all die unangenehmen Gedanken und Gefühle im Zusammenhang mit ihrem Verlust zu verdrängen. Fearby hatte sein Haus mit anderen vermissten Gesichtern gefüllt. Und dieses Haus hier? Es erschien ihr wie das eines Mannes, der seit jeher allein lebte. Sogar beim Abspülen kam sie sich vor wie ein unerwünschter weiblicher Eindringling.

Nachdenklich trocknete sie sich an einem Geschirrtuch die Hände ab, hängte es ordentlich zurück an seinen Haken, und ging dann wieder hinaus, um sich zu den Männern zu gesellen. Beide wandten gleichzeitig den Kopf und grinsten einander dabei einen Moment verschwörerisch an, als hätten sie in der kurzen Zeit, die Frieda weg gewesen war, einen Bund geschlossen.

»Wir haben festgestellt, dass wir einiges gemeinsam haben«, erklärte Fearby.

»Sieht ganz danach aus, als hätten wir die gleiche gottverdammte Art von Arbeit gemacht«, fügte Dawes hinzu.

»Sie waren aber kein Journalist, oder?«, wandte Frieda ein.

Dawes lächelte.

»Nein, ganz so schlimm war es nicht. Ich glaube, ich hatte es letztes Mal schon kurz erwähnt. Ich war Handelsvertreter. Da ist man auch ständig unterwegs.«

»Da haben Sie wohl gerade noch rechtzeitig die Kurve gekriegt«, bemerkte Fearby.

»Wie meinen Sie das?«

»Gibt es in den Büros denn noch Fotokopierer?«

»Und ob«, antwortete Dawes.

»Ich dachte, das läuft inzwischen alles ohne Papier.«

»Das ist ein Mythos. Kopierer werden mehr denn je benutzt. Nein, meiner Firma geht es gut. Zumindest zahlen sie jeden Monat pünktlich meine Rente.« Er lächelte, wurde dann aber schlagartig wieder ernst. »Kann ich noch irgendetwas für Sie tun?«

»Nein, vermutlich nicht.«

»Sagen Sie mir eines: Glauben Sie, meine Tochter ist noch am Leben?«

»Das wissen wir nicht«, antwortete Frieda leise.

»Diese Ungewissheit ist das Schlimmste«, sagte Dawes.

»Es tut mir leid. Nun tauche ich schon zum dritten Mal hier auf und stochere in alten Wunden herum. Dabei habe ich noch nicht mal viel zu berichten.«

»Das macht nichts«, entgegnete Dawes. »Ich bin dankbar, dass überhaupt jemand versucht, etwas für meine Tochter zu tun. Sie sind mir jederzeit willkommen.«

Frieda und Fearby verabschiedeten sich.

»Der Ärmste«, bemerkte Frieda, als sie wieder draußen auf der Straße standen.

»Sie sind gerade noch rechtzeitig vom Abwasch zurückgekommen. Dawes hatte eben angefangen, mir des Langen und Breiten zu erklären, wie er und sein Nachbar eine neue Mauer aufgezogen haben.«

Frieda lächelte. »Wenn man vom Teufel spricht.« Sie deutete die Straße entlang. Gerry kam ihnen gerade entgegen, beladen mit zwei riesigen Tüten Kompost, hinter denen er kaum zu sehen war. Frieda bemerkte, dass eine der Tüten ein Loch aufwies, so dass er eine dicke braune Spur hinter sich herzog.

»Hallo, Gerry.«

Er blieb stehen, stellte die Tüten ab und wischte sich mit seiner erdverschmierten Hand über die Stirn. Sein Oberlippenbart wirkte immer noch leicht einseitig.

»Allmählich werde ich für das alles zu alt«, erklärte er. »Ich möchte ja nicht unhöflich erscheinen, aber warum sind Sie schon wieder hier?«

»Wir wollten Lawrence noch ein paar Dinge fragen.«

»Ich hoffe, Sie hatten einen triftigen Grund.«

»Nun ja …«

»Mir ist klar, dass Sie es gut meinen. Aber er hat schon genug durchgemacht. Lassen Sie ihn endlich in Ruhe.«

Er griff wieder nach seinen Tüten und stolperte weiter, eine Spur aus Erde hinter sich herziehend.

»Er hat recht«, stellte Frieda in nüchternem Ton fest.

Fearby entriegelte seinen Wagen.

»Soll ich Sie nach Hause fahren?«

»Gleich um die Ecke ist eine Haltestelle. Die paar Schritte kann ich zu Fuß gehen und den Rest mit dem Zug zurücklegen. Das ist für uns beide die einfachste Lösung.«

»Sie haben mich wohl schon satt.«

»Ich denke da mehr an Ihren langen Heimweg. Hören Sie, Jim,

es tut mir leid, dass ich Sie den ganzen Weg hierhergelotst habe. Es ist nicht viel dabei herausgekommen.«

Er lachte.

»Seien Sie nicht albern. Ich bin schon für viel weniger durchs ganze Land gefahren – und war dankbar für jede noch so kleine Information.« Er stieg ein. Bevor er die Wagentür schloss, sah er Frieda noch einmal an. »Ich bleibe mit Ihnen in Verbindung.«

Sie musterte ihn einen Moment nachdenklich. »Macht Sie das auch irgendwie stutzig? Ich meine, die Art, wie diese Mädchen so spurlos verschwinden.«

»Es macht mich nicht nur stutzig«, antwortete er, »es treibt mich in den Wahnsinn.«

Mit diesen Worten zog er die Tür zu, öffnete sie aber gleich wieder.

»Was?«, fragte Frieda.

»Wie kann ich Sie erreichen? Ich habe weder Ihre Telefonnummer noch eine Mailadresse, noch Ihre Anschrift.«

Nachdem sie Telefonnummern ausgetauscht hatten, nickte er ihr noch einmal zu.

»Bis bald.«

»Ja.«

»Es ist noch nicht zu Ende.«

50

Frieda ging langsam zum Bahnhof. Der Tag war grau, aber für die Jahreszeit erstaunlich warm, fast schon drückend. Da sie sich in den Sachen, die sie bereits seit dem Vortag trug, allmählich richtig schmutzig fühlte, gestattete sie sich für einen Augenblick, an ihr neues Bad zu denken – Josefs Geschenk, das in ihrem sauberen, endlich mal wieder menschenleeren Haus auf sie wartete.

Als sie schließlich ihr Handy einschaltete, fand sie mehrere Nachrichten vor: Anrufe in Abwesenheit, Sprachnachrichten, Textnachrichten. Reuben hatte sechsmal angerufen, Josef sogar noch öfter. Von Jack hatte sie eine ellenlange SMS erhalten, gespickt mit lauter Abkürzungen, die sie nicht verstand. Sasha hatte ihr zwei Nachrichten geschrieben. Judith Lennox hatte angerufen und Karlsson sie sogar mehrfach zu erreichen versucht. Als sie die Sprachnachrichten auf ihrer Mailbox abrief, hörte sie ihn in ernstem und zugleich besorgtem Ton sagen, sie solle sich doch umgehend bei ihm melden, sobald sie diese Nachricht erhalten habe. Während sie auf ihr Telefon starrte, hatte sie das Gefühl, einen Wirrwarr aus Stimmen zu hören, die sie alle drängten, sich doch endlich zu melden. Die einen schimpften mit ihr, andere bettelten fast flehend um Rückruf, aber alle – das empfand sie als das Schlimmste – schienen voller Sorge um sie zu sein. Sie verstaute das Handy wieder in ihrer Tasche. Dafür hatte sie jetzt weder die Zeit noch die Energie, noch den Willen. Später.

Als sie schließlich zu Hause eintraf, lagen auf der Fußmatte etliche Briefe. Sie bückte sich, um sie aufzuheben, und stellte fest, dass zwei davon nicht mit der Post gekommen waren, sondern vermutlich unter der Tür durchgeschoben worden waren.

Der eine stammte von Reuben, dessen Schrift sie sofort erkannte. »Wo, zum Teufel, bist du, Frieda?«, schrieb er. »Ruf mich SOFORT an.« Er hatte sich nicht mal die Mühe gemacht zu unterschreiben. Der zweite war von Karlsson und klang ein wenig höflicher: »Liebe Frieda, da ich dich telefonisch nicht erreichen konnte, habe ich spontan vorbeigeschaut, in der Hoffnung, dich anzutreffen. Ich würde dich wirklich gern sehen – als Freund und als jemand, der sich Sorgen um dich macht.«

Frieda zog eine Grimasse und schob beide in ihre Tasche. Ihre Aufmerksamkeit galt erst einmal ihrem Haus. Es war kühl und wohltuend still. Sie fühlte sich darin wunderbar geschützt, fast wie in einer Kirche. Es war so lange her, dass sie Gelegenheit gehabt hatte, allein zu sein und ihre Gedanken zu ordnen, während sie oben in ihrem Arbeitszimmer unter dem Dach saß und auf die Lichter von London hinausblickte – mitten in der Stadt, aber dennoch nicht gefangen in ihrer fiebrigen Hektik, ihrem Chaos und ihrer Grausamkeit. Sie ging von Raum zu Raum, in der Hoffnung, dort schnell wieder heimisch zu werden und endlich ein wenig Ruhe zu finden. Sie fühlte sich, als hätte sie gerade ein schlimmes Unwetter überstanden. Ihr Kopf war immer noch voll von den Gesichtern, die in der Nacht durch ihre Träume gegeistert waren oder durch ihre Gedanken, während sie wach lag. All diese verlorenen Mädchen.

Die Katzenklappe schepperte, und ihr Schildpattkater stolzierte gemächlich zu ihr herüber und schmiegte sich schnurrend an ihr Bein. Sie kraulte ihn am Kinn und füllte noch etwas mehr Futter in seine Schüssel, obwohl Josef ihm wie besprochen schon etwas gegeben hatte. Dann stieg sie hinauf in ihr blitzendes neues Badezimmer, schob den Stöpsel in den Abfluss und drehte das Wasser auf. Dabei fiel ihr Blick einen Moment auf ihr Spiegelbild: ein bleiches, angespanntes Gesicht, in das ein paar feuchte Haarsträhnen hingen. Manchmal war sie sich selber fremd. Sie drehte die Hähne wieder zu und zog den Stöpsel heraus. Sie würde die Badewanne heute nicht benutzen und stellte sich stattdessen unter die Dusche, wusch sich das Haar, schrubbte ihre Haut und schnitt sich anschließend die Nägel, aber es nützte alles nichts. Ein Gedanke ging ihr einfach nicht aus dem Kopf. Abrupt stieg sie aus der Dusche, wickelte sich in ein Handtuch und wanderte in ihr Schlafzimmer. Sie hatte das Fenster einen Spalt weit geöffnet, so dass die dünnen Vorhänge im Wind wehten. Draußen hörte sie Stimmen und das Brummen des Verkehrs.

In ihrer Tasche begann ihr Handy zu läuten. Sie fischte es heraus und wollte es eigentlich sofort abschalten, weil sie sich der Welt noch nicht gewachsen fühlte, aber da es Karlsson war, ging sie ran.

»Ja?«

»Frieda, Gott sei Dank. Wo bist du?«

»Zu Hause. Aber erst seit einer Viertelstunde.«

»Du musst ins Präsidium kommen.«

»Wegen des Lennox-Falls?«

»Nein.« Seine Stimme klang grimmig. »Ich erzähle es dir, wenn du da bist.«

»Aber …«

»Bitte stell einmal in deinem Leben keine Fragen.«

Karlsson erwartete sie draußen vor dem Gebäude. Als sie eintraf, tigerte er gerade nervös auf und ab und rauchte sogar ganz offen eine Zigarette. Kein gutes Zeichen.

»Was ist passiert?«

»Ich wollte unbedingt mit dir sprechen, bevor dieser gottverdammte Crawford dich in die Finger bekommt.«

»Der Polizeipräsident? Was um alles in der Welt …?«

»Gibt es da etwas, das du mir sagen musst?«

»Was soll das?«

»Wo warst du letzte Nacht?«

»In Birmingham. Warum?«

»Hast du jemanden, der das bezeugen kann?«

»Ja. Aber ich verstehe nicht …«

»Was ist mit deinem Freund, Doktor McGill?«

»Reuben? Keine Ahnung. Was ist überhaupt los?«

»Ich sage dir, was los ist.« Er drückte seine Zigarette aus und zündete sich sofort eine neue an. »Das Haus von Hal Bradshaw ist letzte Nacht abgebrannt. Jemand hat es angezündet.«

»Was? Ich weiß gar nicht, was ich sagen soll. War jemand drin?«

»Er befand sich auf einer Konferenz. Seine Frau und seine Tochter waren zu Hause, konnten sich aber retten.«

»Ich wusste gar nicht, dass er Familie hat.«

»Hätte dich das abgehalten?«, fragte Karlsson mit dem Anflug eines Lächelns.

»Sag doch nicht so etwas Schreckliches.«

»Mich hat es auch überrascht. Dass ihn eine geheiratet hat, meine ich – nicht dass jemand sein Haus abgefackelt hat.«

»So etwas darfst du nicht sagen, nicht einmal als schlechten Witz. Aber warum bist du herausgekommen, um mich abzufangen?«

»Bradshaw gibt in seinem aufgebrachten Zustand wildes Zeug von sich – unter anderem, dass du dafür verantwortlich bist oder einer deiner Freunde.«

»Das ist doch lächerlich.«

»Er behauptet, er sei bedroht worden.«

»Von mir?«

»Von Leuten, die dir nahestehen.«

Frieda musste an Reuben und Josef denken, an Reubens Rachefantasien nach diesem schrecklichen Abendessen und an seinen hasserfüllten Gesichtsausdruck, als er von Bradshaw sprach. Plötzlich bekam sie ein ganz mulmiges Gefühl.

»Das würden sie nie tun.« Sie bemühte sich trotz allem um einen entschiedenen Ton.

»Es kommt noch schlimmer, Frieda. Er hat mit der Presse gesprochen. Zwar ist er nicht so weit gegangen, irgendwelche Namen zu nennen, aber man braucht ja kein Genie zu sein, um zwei und zwei zusammenzuzählen.«

»Verstehe.«

»Sie warten drinnen auf dich.« Er legte ihr kurz eine Hand auf die Schulter. »Aber ich werde auch dabei sein. Du bist nicht allein.«

Der Polizeipräsident – ein stämmiger Mann mit buschigen Augenbrauen und schütterem Haar, durch das seine Kopfhaut hindurchschimmerte – hatte eine ungesunde, dunkelrote Gesichtsfarbe. Seine Uniform sah viel zu warm aus für diesen Tag. Bradshaw trug Jeans und ein T-Shirt und war unrasiert. Als Frieda den Raum betrat, starrte er sie einen Moment an und schüttelte dann ganz bedächtig den Kopf, als brächte er vor Zorn und Verachtung kein Wort heraus.

»Was passiert ist, tut mir wirklich sehr leid«, erklärte Frieda.

»Setzen Sie sich.« Der Polizeipräsident deutete auf einen kleinen Stuhl.

»Ich würde lieber stehen bleiben.«

»Ganz wie Sie wollen. Doktor Bradshaw hat mir alles über Sie erzählt. Es ist mir unbegreiflich, absolut unbegreiflich, wie wir je auf die Idee kommen konnten, mit Ihnen zusammenzuarbeiten.« Er wandte sich an Karlsson. »Ich muss sagen, dass ich enttäuscht von Ihnen bin, Mal. Diese Frau hat einen potenziellen Psychopathen auf die Menschheit losgelassen.«

»Aber der angebliche Patient war doch in Wirklichkeit gar kein Psychopath«, widersprach Karlsson in sanftem Ton. »Das Ganze war doch ein abgekartetes Spiel.«

Der Polizeipräsident ignorierte seinen Einwand.

»Sie hat einen Kollegen niedergeschlagen. Sie hat eine junge Frau angegriffen, die sie noch nie zuvor gesehen hatte, und sie zu Boden gehen lassen, obwohl die Ärmste nur für ihren Freund eingetreten ist. Und unseren armen Hal hier verfolgt sie wie eine Stalkerin. Mal ganz zu schweigen davon, dass sie diese schizophrene junge Frau umgebracht hat.«

»In Notwehr«, stellte Karlsson richtig. »Passen Sie auf, was Sie sagen.«

Crawford sah Frieda an.

»Was haben Sie zu Ihrer Verteidigung vorzubringen?«

»Was wird mir denn zur Last gelegt? Brandstiftung?«

»Frieda, Frieda«, murmelte Bradshaw, »ich glaube wirklich, Sie brauchen professionelle Hilfe.«

»Ich habe mit der Sache nichts zu tun.«

»Meine Frau befand sich in dem Haus«, erklärte Bradshaw, »und meine Tochter.«

»Das macht es umso schlimmer«, antwortete Frieda.

»Wo waren Sie letzte Nacht?«, fragte Crawford.

»In Birmingham, und ich nenne Ihnen auch gerne jemanden, der das bestätigen kann.«

»Was ist mit Ihren Freunden?«, fragte Bradshaw.

»Was soll mit ihnen sein?«

»Sie haben sich mit Ihnen gegen mich verbündet.«

»Es stimmt, dass ich mehrere Freunde habe, die der Meinung sind, dass Sie sich unprofessionell und unethisch verhalten haben …«

»Das ist ja wohl ein starkes Stück!«, warf der Polizeipräsident ein.

»Aber so etwas würden sie niemals tun.«

Karlsson hustete laut. »Ich glaube, so kommen wir nicht weiter«, verkündete er. »Frieda hat ein Alibi. Außerdem gibt es für diese Anschuldigungen nicht den geringsten Beweis, abgesehen von Doktor Bradshaws Behauptungen, von denen so manch einer glauben könnte, dass sie auf bösartigen Motiven beruhen. Und bis das alles geklärt ist, muss ich jetzt erst einmal Mister Lennox verhören, dem zur Last gelegt wird, Zach Greene ermordet zu haben.«

Bradshaw erhob sich und trat ganz nah vor Frieda hin.

»Sie werden nicht ungeschoren davonkommen«, sagte er mit leiser Stimme.

»Lassen Sie sie in Ruhe«, warnte ihn Karlsson.

Frieda ging zu Fuß nach Hause. Sie versuchte, nicht nachzudenken, sondern einfach einen Fuß vor den anderen zu setzen und die warme Luft des Tages zu genießen, während sie sich in gleichmäßigem Tempo durch die dichter werdenden Menschenmassen bewegte. Sie musste sich erst ein wenig beruhigen, bevor sie wieder mit den Lennox-Kindern zusammentraf. Bald würden die drei ohne Mutter und Vater dastehen.

51

Sind Sie so weit?«, fragte Karlsson. Yvette nickte. »Wir haben ihn jetzt lange genug schmoren lassen, und für mich sieht es nach einer absolut wasserdichten Beweislage aus. Sie werden gar nicht viel tun müssen. Halten Sie einfach Blickkontakt mit mir, und stellen Sie sicher, dass ich keine Dummheiten mache. Diesen Fall kann nicht einmal ich vermasseln.«

Er nickte ihr aufmunternd zu, und sie betraten gemeinsam den Verhörraum. Am Tisch saß Russell Lennox und neben ihm seine Anwältin, eine Frau mittleren Alters in einem dunklen Kostüm. Sie hieß Anne Beste. Karlsson kannte sie nicht, machte sich ihretwegen aber auch keine Gedanken. Was konnte sie schon tun? Yvette schaltete das Aufnahmegerät ein, trat dann ein Stück zur Seite und lehnte sich an die Wand. Karlsson rief Lennox ins Gedächtnis, dass er bereits über seine Rechte belehrt worden sei. Dann schlug er die Akte auf und ging das forensische Beweismaterial aus Zach Greenes Wohnung gewissenhaft durch. Während er sprach, warf er von Zeit zu Zeit einen Blick zu Lennox und Anne Beste hinüber, um festzustellen, welche Wirkung seine Worte auf die beiden hatte. Der Gesichtsausdruck von Lennox blieb müde und teilnahmslos. Anne Beste dagegen hörte ihm aufmerksam zu, wobei sie vor Konzentration die Stirn runzelte und gelegentlich einen kurzen Seitenblick zu ihrem Mandanten hinüberwarf. Keiner von beiden sagte etwas.

Als Karlsson fertig war, klappte er die Akte mit einer ruhigen Bewegung zu.

»Können Sie mir irgendeine harmlose Erklärung für die Spuren geben, die Sie allem Anschein nach am Schauplatz des Mordes hinterlassen haben?« Russell Lennox zuckte mit den Achseln. »Es tut mir leid, aber Sie müssen etwas sagen – für das Aufnahmegerät.«

»Muss ich das wirklich erklären?«, fragte Lennox. »Ich dachte, Sie müssten mir etwas beweisen.«

»Ich glaube, das ist uns recht gut gelungen«, gab Karlsson zurück. »Eine Frage noch: Können Sie irgendeine Art von Alibi für den Tag des Mordes vorweisen?«

»Nein«, antwortete Lennox, »aber das habe ich Ihnen schon gesagt.«

»Ja, das haben Sie.« Karlsson legte eine kurze Pause ein. Als er dann weitersprach, geschah das in ruhigem, fast beschwichtigendem Ton. »Hören Sie, Mister Lennox, ich weiß, was Sie durchgemacht haben, aber musste Ihre Familie nicht schon genug ertragen? Für Ihre Kinder wäre es wichtig, dass sie endlich einen Schlussstrich unter das alles ziehen und ihr Leben weiterleben können.«

Lennox gab ihm keine Antwort, starrte nur auf die Tischplatte hinunter.

»Also gut«, fuhr Karlsson fort, »dann lassen Sie mich Ihnen erklären – Ihnen beiden –, wie es weitergeht. Wir werden den Raum verlassen und Ihnen fünf Minuten Zeit geben, diverse Fragen mit Ihrer Anwältin zu besprechen. Dann komme ich zurück, und Sie werden des Mordes an Zachary Greene angeklagt. Ich möchte Sie noch einmal in aller Deutlichkeit darauf aufmerksam machen, dass Sie das Recht haben zu schweigen, dass es aber Ihrer Verteidigung schaden kann, wenn Sie jetzt etwas verschweigen, das Sie später vor Gericht zu Ihrer Verteidigung vorbringen wollen. Alles, was Sie sagen, kann vor Gericht gegen Sie verwendet werden. In erster Linie aber möchte ich Ihnen nahelegen, reinen Tisch zu machen. Damit wäre uns allen geholfen, aber vor allem Ihnen selbst und am allermeisten Ihren Kindern.«

Als sie wieder draußen auf dem Gang standen, lächelte Karlsson Yvette grimmig an.

»Spielt es denn überhaupt noch eine Rolle, was er sagt?«, fragte sie.

»Wenn er gesteht, geht alles ein bisschen schneller«, antwortete Karlsson, »aber einen großen Unterschied macht es nicht.«

»Soll ich Ihnen einen Kaffee holen?«

»Lassen Sie uns einfach warten.«

Nach ein paar unangenehmen Minuten des Schweigens warf er einen Blick auf seine Armbanduhr, klopfte kurz und betrat dann wieder den Raum. Anne Beste machte eine abwehrende Handbewegung.

»Wir brauchen mehr Zeit.«

Karlsson ging wieder hinaus und zog die Tür hinter sich zu.

»Was, zum Teufel, soll das?« Er überlegte einen Moment. War etwas falsch gelaufen? Konnte es sein, dass sie einen Fehler gemacht hatten?

Nach etwa zehn Minuten kehrten sie beide erneut in den Raum zurück. Anne Beste trommelte mit der linken Hand auf der Schreibtischplatte herum. Sie warf Lennox einen fragenden Blick zu, woraufhin er leicht nickte.

»Mister Lennox ist bereit, den Totschlag an Zachary Greene zu gestehen.«

Karlsson sah Lennox an.

»Was ist passiert?«, fragte er.

»Ich bin zu ihm hin«, begann Lennox, »nachdem Judith es mir erzählt hatte. Ich konnte nicht anders. Ich war völlig verzweifelt. Ich wollte nur mit ihm reden, aber er fing einen Streit an, und ich verlor die Beherrschung. Auf einmal war er tot.«

Karlsson seufzte. »Sie verdammter Idiot! Ist Ihnen eigentlich klar, was Sie getan haben?«

Lennox schien ihn kaum zu hören.

»Was wird jetzt aus den Kindern?«, fragte er.

Yvette wollte etwas sagen, doch Karlsson brachte sie mit einem Blick zum Schweigen.

»Wissen Sie, wo sie sich im Moment aufhalten?«, fragte er.

Lennox ließ sich zurücksinken. Sein Gesicht wirkte vor Kummer ganz fahl.

»Sie sind alle bei dieser Therapeutin.«

»Bei Frieda?«, fragte Karlsson überrascht. »Wieso denn das?«

»Keine Ahnung.«

»Mister Lennox«, meldete Yvette sich zu Wort, »Ihnen ist aber schon klar, dass es damit noch nicht vorbei ist.«

»Wie meinen Sie das?«

»Es gab zwei Morde – den an Zach Greene, den Sie gerade gestanden haben.«

»Totschlag«, warf Anne Beste ein.

»Und den an Ihrer Frau.«

Lennox schaute zu ihr hoch, wich ihrem Blick aber gleich wieder aus.«

»Mein Mandant hat kooperiert und vorerst nichts weiter zu sagen«, erklärte Anne Beste.

Karlsson erhob sich.

»Wir sprechen morgen weiter. Wie meine Kollegin hier so richtig gesagt hat – es ist noch nicht vorbei, Mister Lennox.«

52

Frieda öffnete die Tür. Vor ihr standen Karlsson, Yvette und eine Frau, die sie nicht kannte. Die Frau schob sich einfach an Frieda vorbei. Ted, Judith, Dora und Chloë saßen mit Tassen, Tellern, Telefonen und einem Laptop am Wohnzimmertisch.

»Oh, meine Lieblinge, meine armen, armen Lieblinge!«, rief Louise. Die drei Lennox-Kinder erschraken sichtlich, was sie jedoch nicht zu bemerken schien. Chloë legte Ted eine Hand auf die Schulter.

»Was ist los?«, fragte Frieda Karlsson, der sie daraufhin leise auf den neuesten Stand brachte. Bestürzt über seine Erklärung, drehte sie sich zu den jungen Leuten um. Ihre Miene wurde ernst.

»Wir wollen hierbleiben«, wandte Judith sich an Frieda. »Bitte. Bitte, Frieda!«

»Die drei sind mir herzlich willkommen«, sagte Frieda zu Karlsson, »wenn ich dadurch irgendwie helfen kann.«

Louise musterte sie argwöhnisch.

»Nein, auf keinen Fall. Ich nehme sie mit nach Hause. Das ist jetzt das Beste für sie. Kinder, bedankt euch bei dieser Frau für alles, was sie für euch getan hat.« Mit einem wilden Gesichtsausdruck wandte sie sich erneut an Frieda. »Die Kinder gehören zu meiner Familie«, erklärte sie in einer Art Bühnenflüsterton. Dann konzentrierte sie sich wieder auf die drei. »So, ihr kommt jetzt mit nach Hause, ich meine, zu *mir* nach Hause, und diese Polizeibeamtin hier begleitet uns.«

»Nein«, rief Chloë, »nein! Frieda, kannst du nichts dagegen machen?«

»Nein, tut mir leid.«

»Aber das ist doch schrecklich, und …«

»Chloë, sei jetzt still.«

Karlsson wandte sich an Yvette.

»Schaffen Sie das? Ich fürchte, das wird nicht einfach.«

»Ich komme schon klar.« Yvette wirkte bleich. »Dafür sind wir Polizistinnen doch da, oder nicht? Für das ganze Emotionale.«

»Ganz so würde ich es nicht formulieren«, entgegnete Karlsson.

Ein allgemeines Durcheinander brach los, als die drei Lennox-Kinder ihre verstreuten Taschen aufsammelten, nach Jacken suchten und ausgiebig Chloë umarmten, ehe sie hinaus zu Louises Wagen trotteten und einstiegen. Hinten wurde es ziemlich eng, da Yvette auf dem Beifahrersitz saß. Frieda konnte das Gesicht von Ted erkennen, der sie durchs Wagenfenster anstarrte.

»Das fühlt sich nicht richtig an«, stellte Frieda fest.

»Es ist der Anfang vom Rest ihrer Lebens«, erwiderte Karlsson. »Besser, sie gewöhnen sich gleich daran.« Er sah Frieda an. »Tut mir leid, das ist jetzt falsch rübergekommen. Aber was sollen wir machen? Sie haben ihre Mutter verloren, und nun ist auch noch ihr Vater weg, zumindest vorübergehend. Sie brauchen eine Familie. Die kannst du ihnen nicht ersetzen.«

»Aber es ist entscheidend, auf welche Weise sie das mit ihrem Vater erfahren«, gab Frieda zu bedenken, »und dass ihnen hinterher jemand zuhört.«

»Du glaubst, Yvette kann das nicht? Nein, schon gut, du kannst dir deine Antwort sparen. Wahrscheinlich wärst du wirklich die geeignetere Person …«

»Das habe ich nicht gesagt.«

»Ich kann dich nicht darum bitten«, entgegnete Karlsson. »Es tut mir leid. Schon möglich, dass Yvette es vermasselt. Das ist sogar ziemlich wahrscheinlich. Aber sie wird ihr Bestes geben, und zumindest steht sie auf der Gehaltsliste.« Er runzelte die Stirn. »Kann ich kurz unter vier Augen mit dir sprechen?«

Frieda blickte sich nach Chloë um.

»Was ist?« Chloës Stimme klang schrill und abweisend.

»Ich muss dir gleich etwas sagen«, erklärte Frieda. »Es hat mit dem Vater von Ted und Judith zu tun. Aber vorher gehen Karlsson und ich ein paar Minuten raus. In Ordnung?«

»Nein! Das ist nicht in Ordnung! Das sind meine Freunde, und ich habe ein Recht …«

»Chloë!« Friedas ruhiger, warnender Ton brachte ihre Nichte zum Schweigen. Sie warf eine Jacke über und verließ das Haus.

»Hast du etwas dagegen, wenn wir ein paar Schritte gehen?«

»Das bin ich inzwischen schon gewöhnt«, antwortete Karlsson.

Frieda führte ihn aus der Kopfsteinpflastergasse, die von ehemaligen Stallungen gesäumt wurde, und bog nach rechts ab. Als sie die Tottenham Court Road erreichten, blieb sie einen Moment stehen und beobachtete, wie die Busse und Autos an ihnen vorbeibrausten.

»Hast du gewusst«, fragte Frieda, »dass das Risiko, an Schizophrenie zu erkranken, um das Fünf- bis Sechsfache ansteigt, wenn man aus einer ländlichen Gegend in eine Großstadt wie London zieht?«

»Warum?«, fragte Karlsson.

»Das weiß kein Mensch. Aber sieh dich hier um. Mir erscheint das durchaus plausibel. Wenn wir die Großstädte abschaffen und wieder zum Landleben zurückkehren würden, könnten wir die Auftretenshäufigkeit der Krankheit auf einen Schlag um ein Drittel reduzieren.«

»Das klingt ein bisschen drastisch.«

Frieda bog nach Süden ab und entschied sich dann für eine kleine, ruhige Straße, die zurück in die Richtung führte, aus der sie gekommen waren.

»Ich habe dich heute vermisst«, bemerkte Karlsson.

»Aber wir haben uns doch gesehen. Hast du das Gespräch mit Hal Bradshaw und deinem Polizeipräsidenten vergessen?«

»Ach das«, meinte Karlsson mit einer wegwerfenden Bewegung, »das war doch nur eine Farce. Nein, als Lennox sein Geständnis ablegte, habe ich einmal wirklich den Kopf umgewandt, weil ich dachte, du stehst da irgendwo und verfolgst alles mit deinem prüfenden Blick.«

»Aber ich war nicht da, und wie es aussieht, hast du es auch ohne mich recht gut hinbekommen. Also, was ist passiert?«

Während sie in Richtung Westen gingen, berichtete Karlsson kurz über die Ereignisse des Tages.

»Wird er jetzt wegen Totschlags angeklagt?«

»Wahrscheinlich. Ich stelle es mir in etwa so vor: Er hört von der Beziehung und stellt den Kerl zur Rede. Die Affekthandlung eines Vaters. Eine Jury hätte da vermutlich Verständnis.«

»Ich nehme an, es spielt keine große Rolle«, sagte Frieda, »aber er hat es nicht erst kurz vorher erfahren. Laut Dora wusste er es schon eine Weile.«

Karlsson überlegte.

»Wirklich? Da hat er aber etwas anderes gesagt. Ich glaube, ich will das gar nicht wissen. Aber wahrscheinlich macht es tatsächlich keinen großen Unterschied. Er bleibt trotzdem ein wütender Vater, und das Verhaltensmuster bleibt auch dasselbe: Ein Streit eskaliert in Gewalt. Daran ändert sich nichts.«

Frieda blieb einen Moment stehen.

»Stimmt«, sagte sie dann, »daran ändert sich nichts.«

»So, wie du das sagst, klingt es irgendwie verdächtig.«

»Nein, ich habe doch nur deine Worte wiederholt.«

»Wir wissen, dass Lennox zur Gewalttätigkeit neigt. Denk an Paul Kerrigan und auch an diesen Hehler, der das Diebesgut verkauft hat. Da liegt es doch nahe, dass er bei dem Kerl, der sich seine Tochter geschnappt hat, erst recht ausgerastet ist.«

Frieda blieb erneut stehen. Das Licht der Straße fiel auf ihr Gesicht, das schmal und traurig wirkte.

»Die armen Kinder«, sagte sie leise. »Nun müssen sie zu dieser schrecklichen Tante.«

»Ja.«

»Und was ist mit dem Mord an ihrer Mutter?«

Karlsson zuckte mit den Achseln.

»Ich werde Lennox noch einmal in die Mangel nehmen«, meinte er. »Alles deutet auf ihn hin. Aber das Ganze ist so verworren. Rund um die Affäre gab es so viel Wut und Kummer, so viele Leute, die Bescheid wussten oder Bescheid gewusst haben könnten. Das Geheimnis der beiden war doch keines mehr, auch wenn sie sich einbildeten, vorsichtig zu sein.«

»Erzähl mir mehr.«

»Die Kerrigan-Jungs wussten Bescheid«, erklärte Karlsson. »Wie sich herausgestellt hat, wurde Ruth Lennox – diese fröhliche, liebe Frau – ein bisschen wütend, als sie erfuhr, dass Paul Kerrigan sie verlassen wollte, und schickte den Söhnen anonym einen bitterbösen Brief.«

»Oh«, meinte Frieda, »das ändert natürlich alles.«

»Sie wussten, dass ihr Vater eine Freundin hatte, und sie fanden auch heraus, wer sie war. Der Jüngere hat sogar eine fiese kleine Nachricht durch den Lennox-Briefschlitz geworfen.«

»Was stand denn drin?«

»Es waren keine Worte. Es war eine Lumpenpuppe, bei der er den Genitalbereich herausgeschnitten hatte.«

»Also eine Art Warnung.«

»Vielleicht – obwohl sie durch einen dummen Zufall bei der falschen Person landete. Außerdem … wenn ein Geheimnis erst einmal aufgedeckt ist, spricht es sich irgendwie herum. Das lässt sich gar nicht verhindern. Wem haben sie es noch erzählt? Die beiden schwören zwar, es gegenüber Misses Kerrigan mit keinem Wort erwähnt zu haben – aber ich weiß nicht, ob ich ihnen glauben soll. Diese Jungs vergöttern ihre Mutter.«

53

Frieda schaltete ein weiteres Mal ihr Handy ein und ging die Liste mit ihren Kontakten durch.

»Agnes?«

»Ja.«

»Hier ist Frieda. Entschuldigen Sie die Störung.«

»Ich bin gerade in einer Besprechung. Ist es…«

»Es dauert nicht lang. Kannten Sie eine Sharon Gibbs?«

»Sharon Gibbs? Ja. Allerdings nicht sehr gut. Wir waren keine Freundinnen, aber sie wohnte nicht weit von uns entfernt und war in der Schule ein Jahr unter mir. Lila kannte sie. Ich glaube, die beiden hingen mit denselben Leuten rum, nachdem Lila und ich uns aus den Augen verloren hatten.«

»Danke. Das war alles, was ich wissen wollte.«

»Aber…«

»Widmen Sie sich wieder Ihrer Besprechung.«

Frieda ließ sich aufs Bett sinken und starrte auf die wehenden Vorhänge. Von draußen drangen die Geräusche des Lebens herein. Sie dachte an das Gesicht von Sharon Gibbs, das ihr von Fearbys überfüllter Wand entgegengelächelt hatte. Sie hörte wieder seine Stimme: *Hazel Barton, Roxanne Ingatestone, Daisy Crew, Philippa Lewis, Maria Horsely, Lila Dawes, Sharon Gibbs.*

Als ihr Handy klingelte, griff sie danach, um es auszuschalten, sah dann aber, dass es Fearby war.

»Sharon kannte Lila«, sagte sie.

Am anderen Ende herrschte einen Moment Schweigen.

»Das passt ins Bild«, antwortete er schließlich.

»Wie meinen Sie das?«

»Sie wissen doch, dass ich mich eine Weile allein mit Lawrence Dawes unterhalten habe.«

»Ja. Sie beide schienen sich recht gut zu verstehen.«

»Wir haben darüber gesprochen, dass wir recht ähnliche Berufe hatten.«

»Fotokopierer verkaufen und Nachrichten aufspüren. Sie haben recht, das ist fast das Gleiche.«

»Ach, kommen Sie, Frieda. Sind Sie wirklich so begriffsstutzig? Wir waren beide viel auf der Straße unterwegs.«

»Auf der Straße unterwegs«, wiederholte Frieda dumpf. Sie fühlte sich plötzlich unendlich müde. Ihr Kissen sah so weich und einladend aus.

»Ich bin Journalist. Was also mache ich? Ich wende mich an Copycon – die Firma, für die er gearbeitet hat. Keine Ahnung, wie man seine Firma Copycon nennen kann. Egal, jedenfalls habe ich mit dem Gebietsleiter gesprochen.«

»Haben Sie ihm gesagt, wer Sie sind?«

»Bei so was braucht man ein bisschen Fingerspitzengefühl«, antwortete er vage. »Man muss die Leute zum Plaudern bringen. Und dieser Mann hat geplaudert.«

»Was hat er denn gesagt?«

»Er hat mir verraten, für welches Gebiet Lawrence Dawes zuständig war, bis er vor ein paar Monaten in Rente ging.«

Frieda wurde übel, und ihr brach der kalte Schweiß aus. Sie konnte die Schweißperlen an ihrer Stirn richtiggehend spüren.

»Seine eigene Tochter?«, fragte sie. »Und all die anderen? Kann denn das sein?«

»Alles passt ins Bild, Frieda.«

»Warum habe ich ihm nichts angemerkt?«

»Wieso hätten Sie ihm etwas anmerken sollen?«

»Weil ... sind Sie sicher?«

»Ich bin mir nicht sicher – ich *weiß* es.«

»Wo sind Sie gerade?«

»In der Nähe vom Victoria-Bahnhof.«

»Gut. Wir müssen uns Karlsson schnappen.«

»Karlsson?«

»Er ist bei der Polizei. Ein ziemlich hohes Tier.«

»Ich glaube nicht, dass wir schon genug wissen, um zur Polizei gehen zu können, Frieda.«

»Wir dürfen nicht warten. Was, wenn er es wieder tut?«

»Die werden mehr brauchen als das, was wir haben. Glauben Sie mir, ich weiß, wie das bei der Polizei läuft.«

»Ich auch«, antwortete Frieda. »Karlsson wird uns trotzdem zuhören. Ich kann das jetzt nicht erklären – aber er schuldet mir einen Gefallen. Außerdem …« Sie musste an die Nachricht denken, die er ihr unter der Tür durchgeschoben hatte. »Außerdem ist er ein Freund.«

Fearby klang noch immer skeptisch. »Wo sollen wir uns denn treffen?«

»Vor dem Polizeipräsidium.« Sie warf einen Blick auf ihren Radiowecker. »In etwa einer Dreiviertelstunde. Gegen drei. Schaffen Sie das?«

»Ich komme, so schnell ich kann.«

Sie nannte ihm die Adresse und beendete dann das Gespräch. Ihre Müdigkeit war wie weggeblasen, sie fühlte sich wieder hellwach. Nur hinter ihren Augen pulsierte ein Schmerz, als wäre die Migräne, unter der sie als Teenager gelitten hatte, zu neuem Leben erwacht. Lawrence Dawes. Sie hatte in seinem schönen, gepflegten Garten gesessen und Tee mit ihm getrunken. Sie hatte seine Hand geschüttelt und in sein wettergegerbtes Gesicht geblickt, den Schmerz in seiner Stimme gehört. Wieso hatte sie ihm nichts angemerkt? Sie ließ einen Moment den Kopf in die Hände sinken. Das Gefühl von Dunkelheit tat ihr gut.

Dann schlüpfte sie schnell in eine weite Leinenhose und ein weiches Baumwollshirt, bürstete sich die Haare, band sie locker zurück, schob ihren Schlüssel ein und verließ eilig das Haus.

Fearby erwartete sie bereits. Während sie auf ihn zusteuerte, fiel Frieda auf, wie seltsam er aussah mit seinen langen weißen Haaren, seinem eingefallenen Gesicht und den hellen, stechenden Augen. Er wirkte verknitterter denn je, als hätte er schlecht geschlafen. Frieda schien es, als würde er mit sich selbst reden. Als er sie entdeckte, sprach er einfach weiter.

»… einige von den Ordnern hatte ich ja im Wagen, aber natürlich können wir alles andere später holen, ein paar neuere Notizen habe ich noch gar nicht abgetippt …«

»Gehen wir erst mal rein«, fiel Frieda ihm ins Wort. Sie schob ihren Arm unter seinen spitzen Ellbogen und zog ihn durch die Drehtür.

Karlsson war gerade in einer Besprechung, aber als er hörte, dass Frau Doktor Frieda Klein unten auf ihn wartete, entschuldigte er sich und eilte hinunter in den Eingangsbereich, um sie abzuholen. Sie stand sehr aufrecht mitten im Raum. Auf ihrem Gesicht lag ein Ausdruck von Entschlossenheit, den er aus den alten Tagen kannte. Neben ihr stand ein Mann, der ihm wie ein mottenzerfressener Raubvogel vorkam. Er trug mehrere Plastiktüten, in denen offenbar Aktenordner steckten, und einen Kassettenrekorder. Karlsson brachte ihn zunächst gar nicht mit Frieda in Verbindung. Der Mann sah aus wie einer von den besessenen Irren, die gern ins Präsidium kamen, um dem desinteressierten diensthabenden Beamten außerirdische Verschwörungen zu melden.

»Komm mit in mein Büro«, sagte er.

»Das hier ist Jim Fearby. Er ist Journalist. Jim, das ist Detective Chief Inspector Malcolm Karlsson.«

Karlsson hielt ihm die Hand hin, doch Fearby hatte keine frei. Daher beschränkte er sich darauf, Karlsson mit einem zweifachen Nicken zu begrüßen, und musterte ihn dann eindringlich.

»Wir müssen mit dir sprechen«, erklärte Frieda.

»Geht es um Hal Bradshaw?«

»Ach, das ... das ist jetzt völlig unwichtig.«

»Ganz im Gegenteil, es ist sogar sehr wichtig.«

Karlsson führte sie in sein Zimmer und rückte ihnen zwei Stühle zurecht. Frieda setzte sich, während Fearby seine Tüten auf dem Stuhl ablud und sich dann dahinterstellte.

»Hal Bradshaw hat keinen Zweifel daran gelassen, dass ...«

»Nein«, unterbrach Fearby ihn barsch. Das war das erste Wort, das Karlsson von ihm zu hören bekam. »Hören Sie ihr zu.«

»Mister Fearby ...«

»Gleich wirst du uns verstehen«, mischte Frieda sich ein, »zumindest hoffe ich das.«

»Dann lass hören.«

»Wir sind der Meinung, dass ein Mann namens Lawrence Dawes, der unten bei Croydon lebt, mindestens sechs junge

Frauen entführt und ermordet hat, einschließlich seiner eigenen Tochter.«

Im Raum herrschte Schweigen. Karlsson saß da wie erstarrt. Seine Miene wirkte völlig ausdruckslos.

»Karlsson? Hast du gehört, was ich gesagt habe?«

Als er schließlich antwortete, klang seine Stimme zutiefst traurig.

»Frieda. Was hast du getan?«

»Ich habe versucht, ein vermisstes Mädchen zu finden«, entgegnete Frieda in ruhigem Ton.

»Warum weiß ich davon nichts? Gibt es da eine laufende Mordermittlung, von der ich irgendwie nichts mitbekommen habe?«

»Ich habe Ihnen doch gesagt, dass man uns nicht glauben wird«, warf Fearby ein.

»Du musst mir zuhören.« Frieda beugte sich vor und fixierte Karlsson mit funkelndem Blick. »Es gibt keine Ermittlung, weil niemand die Verbindung zwischen den Vermisstenfällen erkannt hat. Niemand außer Jim Fearby.«

»Aber wie bist du da hineingeraten?«

»Schuld war ein Detail, das dieser falsche Patient von Hal Bradshaw erwähnte.«

»Der Kerl, der dich reingelegt hat?«

»Das ist doch jetzt völlig unwichtig. Daran verschwende ich keinen Gedanken mehr. Mir ist nur etwas aufgefallen, das er gesagt hat, und das ging mir dann nicht mehr aus dem Kopf. Es hat mich regelrecht verfolgt. Deswegen musste ich herausfinden, was es bedeutete.«

Karlsson betrachtete Frieda und die zerknautschte Gestalt neben ihr. Beim Anblick der beiden empfand er plötzlich Mitleid.

»Ich weiß, es klingt verrückt«, fuhr sie fort. »Anfangs hatte ich ja selbst das Gefühl, dass ich am Durchdrehen war und nur meine eigenen Gefühle auf das Ganze projizierte. Aber dann beschloss ich, der Sache auf den Grund zu gehen und herauszufinden, was der Ursprung der Geschichte war. Zuerst suchte ich den Mann auf, der als angeblicher Patient bei mir erschienen war, und dann klapperte ich die drei anderen Studenten ab, die Hal losgeschickt hatte. Auf diese Weise lernte ich Rajit kennen, der die Geschichte von seiner Freundin hatte. Ich spürte die junge Frau auf und erfuhr von ihr, dass das Ganze von ihrer alten Freundin Lila stammte. Dann entdeckte ich, dass Lila vermisst war.«

Karlsson brachte sie mit einer Handbewegung zum Schweigen.

»Warum hast du mir nichts gesagt? Warum bist du damit nicht zu mir gekommen, Frieda?«

»Weil mir klar war, was ihr alle sagen würdet: Ständig verschwinden irgendwelche Leute, die gar nicht gefunden werden wollen. Aber für mich fühlte es sich anders an. Ich traf mich wie gesagt mit Lilas Freundin und begab mich dann auf die Suche nach einem Mann, mit dem Lila herumgehangen hatte, bevor sie verschwand. Ich habe mit dem Kerl gesprochen, er ist ein ganz widerlicher Typ: zwielichtig, brutal, richtig gruselig. Bei der Gelegenheit habe ich Jim kennengelernt.«

»Der auch auf der Suche nach Lila war?«, fragte Karlsson.

»Nein, ich war auf der Suche nach Sharon«, meldete Fearby sich zu Wort.

»Sharon?«

»Sie ist ebenfalls vermisst.«

»Verstehe.«

»Genau wie alle anderen. Aber Sharon hat mich zu dem Typen geführt.« Er lächelte plötzlich. »Und da habe ich Frieda getroffen.«

Karlsson betrachtete Fearby. Er erinnerte ihn an die Trunkenbolde, die manchmal die Nacht in den Ausnüchterungszellen verbrachten. Der Mann roch auch ein bisschen wie sie: nach Whisky und Zigarettenqualm. Frieda bemerkte seinen Blick.

»Du hast wahrscheinlich schon von Jim Fearby gehört«, erklärte sie. »Er war der Journalist, der dafür gesorgt hat, dass George Conleys Verurteilung wegen Mordes aufgehoben wurde.«

»Das waren Sie?«

»Jetzt verstehen Sie vielleicht, warum ich im Zusammenhang mit der Polizei gemischte Gefühle habe.«

»Warum sind Sie dann zu mir gekommen?«

»Frieda hat mich darum gebeten. Sie hat gesagt, Sie würden uns helfen.«

»Ich habe gesagt, du würdest uns zumindest anhören«, korrigierte Frieda Fearby.

»Wir glauben, dass Lilas Vater sie alle auf dem Gewissen hat« Fearby ging um den Schreibtisch herum und stellte sich so dicht neben Karlsson, dass dieser seinen keuchenden Atem hören könnte. »Seine Tochter und Sharon und alle anderen.«

»Lawrence Dawes«, warf Frieda ein.

»Der Mann, der in Croydon lebt?«

»Ja.«

»Ich soll euch glauben, dass ihre beide einem Mann auf die Schliche gekommen seid, der verantwortlich ist für mehrere Morde, von denen die Polizei nicht einmal weiß, dass sie begangen wurden?«

»Ja.« Fearby funkelte Karlsson herausfordernd an.

»Die Mädchen sind alle verschwunden«, erklärte Frieda. Sie versuchte so klar und logisch zu argumentieren, wie sie nur konnte. »Und da sie an unterschiedlichen Orten lebten und keine Leichen gefunden wurden, hat niemand eine Verbindung zwischen ihnen hergestellt.«

Karlsson seufzte.

»Warum seid ihr der Meinung, dass dieser Lawrence Dawes der Mörder ist?«

Fearby kehrte an seinen Platz zurück und begann seine Tüten nach etwas zu durchwühlen. »Die richtigen Landkarten befinden sich in meinem Haus, aber ich habe diese Skizze hier für Sie angefertigt, damit Sie sich ein Bild machen können.«

Er schwenkte ein Blatt Papier mit der – ziemlich hingeschmierten – Route zwischen London und Manchester, versehen mit Sternchen, die jeweils die Stellen markierten, wo die vermissten jungen Frauen verschwunden waren.

»Schon gut, Mister Fearby.«

»Du glaubst uns nicht.« Friedas Stimme klang ganz ruhig.

»Hör zu, versuch es doch einmal aus meiner Warte zu sehen oder aus der des Polizeipräsidenten.«

»Nein. Du glaubst uns nicht, aber das spielt keine Rolle. Ich möchte, dass du uns trotzdem hilfst.«

»Wie stellst du dir das vor?«

»Ich möchte, dass du Lawrence Dawes befragst – und sein Haus durchsuchst, jeden einzelnen Raum. Und den Keller. Ich glaube, es gibt einen Keller. Und seinen Garten auch. Ihr findet bestimmt etwas.«

»Ich kann nicht einfach eine Mannschaft Polizisten losschicken und ein Haus auseinandernehmen lassen, nur weil ihr diesen Verdacht habt.«

Frieda hatte ihn aufmerksam beobachtet, während er sprach. Nun verschloss sich ihre Miene. Ihr Gesicht wurde völlig ausdruckslos.

»Du schuldest mir etwas«, sagte sie.

»Bitte?«

»Du schuldest mir etwas.« Sie hörte selbst, wie kühl und hart ihre Stimme klang. Ihr Ton stand in krassem Gegensatz zu dem, was sie empfand. »Ich wäre deinetwegen beinahe gestorben. Deswegen schuldest du mir etwas. Das fordere ich jetzt ein.«

»Verstehe.«

Karlsson erhob sich. Bemüht, sich seine Wut und Enttäuschung nicht anmerken zu lassen, wandte er Frieda und Fearby den Rücken zu, während er in seine Jacke schlüpfte und sein Handy einschob.

»Du machst es?«, fragte Frieda.

»Ich schulde dir tatsächlich etwas, Frieda. Außerdem sind wir Freunde. Als dein Freund vertraue ich dir, auch wenn diese Geschichte noch so unwahrscheinlich klingt. Dir ist aber schon klar, dass der Schuss nach hinten losgehen kann.«

»Ja.«

»Für mich, meine ich.«

Frieda schaute ihn an. Beim Anblick seiner Miene hätte sie heulen können.

»Ja, das ist mir klar.«

»Gut.«

»Kann ich mitkommen?«

»Nein.«

»Meldest du dich bei mir, wenn du etwas weißt?«

Ihre Blicke trafen sich noch einmal kurz.

»Ja, Frieda. Ich melde mich bei dir.«

Als sie sein Büro verließen, kam eine vertraute Gestalt auf sie zu.

»Scheiße!«, zischte Karlsson.

»Malcolm.« Das Gesicht des Polizeipräsidenten war rot vor Zorn. »Auf ein Wort.«

»Ja? Ich bin gerade auf dem Weg zu Mister Lennox. Kann das nicht warten?«

»Nein, das kann es nicht.« Er deutete mit einem vor Wut bebenden Finger auf Frieda. »Frau Doktor Klein arbeitet nicht mehr für uns. Von dem Skandal wegen Hal ganz zu schweigen. Was ich von ihr halte, ist bekannt. Also was, zum Teufel, hat sie hier zu suchen?«

»Sie ist eine wichtige ...«

»Ist Ihnen eigentlich klar, wie das aussieht, Malcolm?«

Karlsson gab ihm keine Antwort.

»Bezahlen Sie sie aus eigener Tasche?« Crawford stieß Karlsson mit dem Finger an, und einen schrecklichen Moment lang befürchtete Frieda, es könnte zu einer Schlägerei zwischen Karlsson und seinem Chef kommen. In diesem Moment wurde ihr erst so richtig bewusst, dass er für sie seine eigene Existenz aufs Spiel setzte.

»Herr Polizeipräsident, wie Sie ja wissen, hat Frau Doktor Klein uns gute Dienste geleistet und ...«

»*Bezahlen Sie sie aus eigener Tasche?*«

»Nein, ich erhalte keine Bezahlung.« Frieda trat vor. Mit kalter Stimme fügte sie hinzu: »Ich bin als ganz normale Bürgerin hier.«

»Und was wollen Sie?«

»Ich habe Detective Chief Inspector Karlsson in einer rein privaten Angelegenheit aufgesucht. Ich brauchte den Rat eines Freundes.«

Crawford hob die Augenbrauen.

»Seien Sie vorsichtig, Mal«, sagte er. »Ich behalte Sie im Auge.« Erst in dem Moment bemerkte er Fearby. »Und wer ist *das*?«

»Mein Kollege Jim Fearby«, antwortete Frieda. »Wir waren gerade am Gehen.«

»Lassen Sie sich nicht aufhalten.«

Vor dem Eingang wandte Fearby sich an Frieda.

»Das ist ja doch ganz gut gelaufen.«

»Es ist fürchterlich gelaufen«, entgegnete Frieda in dumpfem Ton. »Ich habe Mals Freundschaft missbraucht und den Polizeipräsidenten angelogen.«

»Wenn wir dadurch unser Ziel erreichen«, meinte Fearby, »spielt das alles keine Rolle.«

»Und wenn nicht?«

»Dann spielt es auch keine Rolle mehr.«

Während sie sich in Bewegung setzten, kam ihnen eine Frau entgegen. Sie war auf dem Weg ins Präsidium – eine hochgewachsene Frau mittleren Alters, mit langen braunen Haaren und einem langen Patchworkrock. Sie warf ihnen einen hastigen Blick zu. Aus ihrer Miene sprach eine so wilde Entschlossenheit, dass Frieda fast erschrak.

54

Ich möchte Malcolm Karlsson sprechen«, verkündete die Frau laut und schnell.

»Ich glaube, Detective Chief Inspector Karlsson ist gerade sehr beschäftigt. Haben Sie …«

»Oder Yvette Long. Oder den anderen.«

»Können Sie mir sagen, worum es geht?«

»Mein Name ist Elaine Kerrigan. Es geht um den Mord an Ruth Lennox. Ich möchte eine Aussage machen.«

Yvette nahm gegenüber von Elaine Kerrigan Platz. Sie registrierte die hektischen roten Flecken auf den sonst so bleichen Wangen der Frau. Ihre Augen blitzten. Die Brille, die sie an einer Kette um den Hals hängen hatte, war verschmiert, und ihr Haar sah aus, als hätte sie sich schon länger nicht mehr gekämmt.

»Sie haben dem Beamten am Eingang gesagt, dass Sie eine Aussage machen wollen.«

»Ja.«

»Wegen des Mordes an Ruth Lennox?«

»Richtig.«

»Ich bringe Ihnen jetzt erst einmal ein Glas Wasser.«

Beim Verlassen des Raums stieß sie fast mit Karlsson zusammen. Er sah so schlecht aus, dass sie ihn mitfühlend am Arm berührte.

»Geht es Ihnen nicht gut?«

»Warum sollte es mir nicht gut gehen?«

»Ich dachte ja nur. Ich bin gerade da drin.« Sie machte mit dem Kopf eine Bewegung in Richtung Befragungszimmer. »Mit Elaine Kerrigan.«

»Warum denn das?«

»Das weiß ich noch nicht. Ich hole ihr gerade ein Glas Wasser. Sie macht einen sehr aufgeregten Eindruck.«

»Ach, tatsächlich?«

»Sind Sie mit Russell Lennox schon fertig?«

»Ich habe gerade beschlossen, eine Pause einzulegen, eine Stunde oder so. Es schadet ihm bestimmt nicht, wenn wir ihn noch ein bisschen schmoren lassen.« Seine Miene wirkte grimmig. »Ich habe etwas zu erledigen.«

»Was denn?«

»Das sage ich Ihnen lieber nicht. Sie würden es nicht verstehen und mich für verrückt halten. Manchmal glaube ich selbst schon, dass ich verrückt geworden bin.«

Ihr blieb nichts anderes übrig, als zu warten. Fearby erklärte, er müsse noch bei ein paar Leuten vorbeischauen, wenn er schon einmal in London sei, und fuhr wieder davon. Frieda blieb allein zurück und wusste nichts mit sich anzufangen. Am Ende tat sie, was sie immer tat, wenn sie sich unsicher oder niedergeschlagen fühlte oder düstere Gedanken sie nicht zur Ruhe kommen ließen: Sie marschierte durch die Stadt. Dieses Mal führte ihr Weg sie in Richtung Kings Cross. Sie schlängelte sich durch kleine Gässchen, um dem Verkehrslärm zu entgehen, und bog dann in die Straße ein, die nach Camden Town führte. Dabei musste sie wieder an das mit Dingen vollgestopfte Haus denken, in dem die Familie Lennox gelebt hatte – vielleicht ein bisschen unordentlich, aber trotzdem irgendwie gemütlich. Nun stand es leer. Russell saß in Untersuchungshaft, und Ted, Judith und Dora befanden sich im Haus ihrer Tante, viele Kilometer entfernt. Dort herrschte zumindest Ordnung, so viel stand fest.

Sie wandte sich dem Kanal zu. Auf den Decks der Hausboote, die dort entlang des Treidelpfads vertäut lagen, standen Topfpflanzen und Töpfchen mit Kräutern. Hier und da lag ein Hund in der Sonne. Auf einem der Boote entdeckte Frieda einen großen Käfig mit einem Papagei, der sie neugierig beäugte. Auf anderen konnte man sogar einkaufen: Bananenbrot, Batikschals, Kräutertee, Schmuck aus Recyclingmaterial. Immer wieder wurde Frieda von Radfahrern oder Joggern überholt. Man merkte, dass der Sommer nahte: an der warmen Luft, dem schon recht gleißenden Licht und dem saftigen Grün der ersten zarten Blätter. Bald würde

Sandy kommen. Dann konnten sie mehrere Wochen miteinander verbringen, nicht nur ein paar Tage.

Das alles ging ihr durch den Kopf, aber sie spürte es nicht. Ganz im Gegenteil, die fröhlichen Menschen um sie herum erschienen ihr unwirklich und weit entfernt. Sie selbst gehörte zu einer anderen Welt – einer Welt, in der junge Frauen von einem Mann mit einem sympathischen Gesicht aus dem Leben gerissen worden waren. Er hatte sogar seine eigene Tochter getötet, Lila, da war sich Frieda inzwischen ganz sicher, und dennoch hatte er wegen ihres Verschwindens ehrlich bekümmert gewirkt. Friedas Blick fiel auf ein großes Graffiti, das jemand mit Kreide auf eine Mauer gemalt hatte: ein riesiges Maul voller scharfer Zähne. Sie schauderte. Trotz der warmen Nachmittagssonne war ihr plötzlich kalt.

Sie lief den Kanal bis zum Regents Park entlang. Die Häuser auf der anderen Seite wirkten sehr vornehm, fast wie kleine Schlösser. Was für Leute dort wohl wohnten? Rasch durchquerte sie den Park, ohne einen Blick für die Scharen von Kindern, die turtelnden Paare und den jungen Mann, der neben den Ziergärten seine Matte ausgerollt hatte und seltsam langsame Körperübungen ausführte.

Schließlich wanderte sie durch etliche Seitenstraßen zurück nach Hause. Als sie die Tür aufschloss, hörte sie drinnen schon ihr Telefon läuten und eilte im Laufschritt hinein – in der Hoffnung, es könnte Karlsson sein.

»Frieda? Gott sei Dank! Wo, zum Teufel …?«

»Reuben, bei mir geht es gerade nicht. Ich erwarte einen dringenden Anruf. Ich verspreche dir, dass ich dich so bald wie möglich zurückrufe, ja?«

»Warte, hast du das von Bradshaw gehört?«

»Tut mir leid.«

Mit diesen Worten würgte sie ihn einfach ab. Wie lange würde Karlsson brauchen, um die Durchsuchung von Lawrence Dawes' Haus in die Wege zu leiten? Wann konnte sie mit seinem Anruf rechnen? In den nächsten Stunden? Am Abend? Oder womöglich erst in ein, zwei Tagen?

Sie machte sich einen Toast mit Marmelade und aß ihn im Wohnzimmer, während immer wieder das Telefon läutete und der Anrufbeantworter die Nachrichten aufzeichnete: Chloë klang traurig, Sasha besorgt, Reuben wütend und Sandy … lieber Himmel, Sandy. Sie hatte ihm noch nicht mal erzählt, was sie vorhatte. Sie war in eine andere Welt abgetaucht, eine Welt des Schreckens und der Dunkelheit, und nicht einmal auf die Idee gekommen, sich ihm anzuvertrauen. Trotzdem ging sie auch jetzt nicht ran, sondern ließ ihn zum wiederholten Mal aufs Band sprechen, sie solle sich doch *bitte* bei ihm melden. Der Nächste war Josef, der sich betrunken anhörte. Dann folgte Olivia, noch betrunkener.

Draußen wurde es bereits dunkel. Karlsson hatte noch immer nicht angerufen. Schließlich ging sie hinauf in ihr Arbeitszimmer, setzte sich an den Schreibtisch und blickte hinaus auf das Häusermeer der Stadt. Inzwischen funkelten überall Lichter, überspannt von einem klaren Himmel. Draußen auf dem Land konnte man an diesem Abend bestimmt ein Sternenmeer sehen. Sie griff nach ihrem Bleistift, schlug ihren Skizzenblock auf und zeichnete ein paar Linien, die vage nach Wellen aussahen. Frieda dachte an den Bach am hinteren Ende von Lawrence Dawes' Garten.

Vielleicht sollte sie endlich ihr lange aufgeschobenes Bad nehmen. Sie fühlte sich müder denn je, wusste aber, dass an Schlaf trotzdem nicht zu denken war. Im Grunde rechnete sie fast schon damit, nie wieder schlafen zu können und für immer gefangen zu sein in diesem surrenden Wachzustand, in dem Gedanken scharf wie Messer waren.

Da klingelte endlich das Telefon.

»Ja?«

»Frieda.«

»Karlsson? Was habt ihr gefunden?«

»Nichts.«

»Das kann nicht sein!«

»Nur einen sehr bestürzten und bekümmerten Vater und ein Haus, in dem es nicht den geringsten Beweis dafür gibt, dass er irgendetwas Falsches getan hat.«

»Ich verstehe das nicht.«

»Nein? Der Mann hat mir sehr leidgetan.«

»Da kann irgendwas nicht stimmen.«

»Frieda, ich glaube, du brauchst Hilfe.«

»Bist du sicher, dass ihr nichts übersehen habt?«

»Hör zu, du musst das alles endlich hinter dir lassen. Und ich muss jetzt den Polizeipräsidenten besänftigen, der über meinen Alleingang alles andere als glücklich ist, das kannst du mir glauben. Er will mich vor irgendeinen offiziellen Untersuchungsausschuss zerren.«

»Das tut mir leid, aber …«

»Zieh endlich einen Schlussstrich unter das alles.« Seine Stimme klang beängstigend sanft. »Du kannst nicht immer nur auf deine innere Stimme hören. Versuch nicht länger, Leute zu retten, die nicht gerettet werden wollen. Hör auf, gemeinsame Sache mit diesem verrückten alten Schreiberling zu machen. Nimm dein altes Leben wieder auf, aus dem wir dich damals herausgerissen haben, und bemühe dich nach Kräften, endlich gesund zu werden.«

Mit diesen Worten beendete er das Gespräch. Frieda blieb noch lange in ihrem Dachzimmer sitzen und starrte auf das vor ihr ausgebreitete Kaleidoskop aus Lichtern hinaus.

Lieber Sandy, ich glaube, ich stecke in Schwierigkeiten – draußen in der Welt, aber auch in meinem Kopf oder meinem Herzen …

Aber sie schickte die Nachricht nicht ab. Nachdem sie eine ganze Weile auf die Worte hinuntergeblickt hatte, drückte sie die Löschtaste.

Karlsson und Yvette saßen Elaine Kerrigan gegenüber. Mit ausdrucksloser Miene und ebenso ausdrucksloser Stimme wiederholte sie, was sie vorher schon zu Yvette gesagt hatte.

»Ich habe sie getötet.«

»Ruth Lennox?«

»Ja.«

»Erzählen Sie mir, wie es dazu kam«, forderte Karlsson sie auf. »Wann haben Sie vom Verhältnis Ihres Mannes erfahren?«

»Was spielt das für eine Rolle? Ich habe sie getötet.«

»Haben Ihre Söhne Ihnen davon erzählt?«

»Ja.« Sie trank einen Schluck Wasser. »Sie haben es mir gesagt. Da bin ich los und habe sie umgebracht.«

»Womit?«

»Mit irgendeinem Gegenstand«, antwortete sie. »Ich kann mich nicht daran erinnern. Ich erinnere mich an gar nichts mehr – außer daran, dass ich sie umgebracht habe.«

»Versuchen Sie es trotzdem«, meldete Yvette sich zu Wort. »Wir haben jede Menge Zeit. Erzählen Sie uns alles von Anfang an.«

»Sie versucht, ihre Söhne zu schützen«, meinte Karlsson hinterher.

»Dann glauben Sie also, es war einer der beiden?«

»Zumindest glaubt *sie* es.«

»Und Sie?«

»Weiß der Teufel. Vielleicht waren es alle gemeinsam, wie in dem Buch.«

»Ich dachte, Sie halten Russell Lennox für den Mörder.«

»Dieser ganze Fall kotzt mich an. Dieses ganze Elend! Kommen Sie, Yvette, lassen Sie uns einen Kaffee trinken, und dann fahren Sie nach Hause. Ich frage mich, wann Sie das letzte Mal geschlafen haben.«

55

Frieda rief Fearby an und berichtete ihm, was passiert beziehungsweise nicht passiert war. Nach einem Moment des Schweigens erklärte er, er befinde sich noch in London und komme gleich bei ihr vorbei. Frieda nannte ihm ihre Adresse und wollte gerade hinzufügen, dass er sich die Mühe sparen könne, weil es im Grunde nichts mehr zu sagen gebe, doch er hatte bereits aufgelegt. Frieda schien es, als wären nur ein paar Minuten vergangen, bis Fearby an ihrer Tür klopfte, und ihr mit einem Glas Whisky gegenübersaß. Er bat sie, ihm noch einmal ganz genau zu berichten, was Karlsson gesagt hatte. Frieda reagierte ungehalten.

»Das spielt doch keine Rolle«, entgegnete sie.

»Wie meinen Sie das?«

»Die Polizei war bei Lawrence Dawes im Haus. Sie haben es auf den Kopf gestellt, aber nichts Verdächtiges gefunden – nicht das Geringste.«

»Wie hat Dawes reagiert?«

»Wissen Sie, was? Danach habe ich gar nicht gefragt. Die Polizei ist aus heiterem Himmel bei dem Mann aufgetaucht und hat sein Haus durchsucht, ihm also mehr oder weniger unterstellt, seine Tochter getötet zu haben. Bestimmt war er deswegen sehr schockiert und bekümmert.« Frieda rieb sich das Gesicht. Sie war so müde, dass es regelrecht wehtat. »Ich kann es eigentlich selbst kaum fassen: Erst setze ich mich zu ihm in den Garten und lasse mir von ihm erzählen, was er alles durchgemacht hat, und dann hetze ich ihm die Polizei auf den Hals. Karlsson ist auch fuchsteufelswild auf mich. Und zu Recht.«

»Wie machen wir dann jetzt weiter?«, fragte Fearby.

»Wie wir weitermachen? Wir machen gar nicht weiter! Entschuldigen Sie, wenn ich das sage, aber sind Sie denn wirklich nicht in der Lage zu sehen, was sich direkt vor Ihrer Nase befindet?«

»Vertrauen Sie nicht mehr auf Ihren Instinkt?«

»Meinem Instinkt haben wir doch dieses Schlamassel zu verdanken.«

»Nicht nur Ihrem Instinkt«, widersprach Fearby. »Ich bin lange Zeit einer Spur gefolgt, und dann haben wir zufällig festgestellt, dass wir auf derselben Fährte waren. Sind Sie denn nicht der Meinung, dass das etwas zu bedeuten hat?«

Seufzend ließ Frieda sich zurücksinken.

»Sind Sie jemals auf dem Land spazieren gegangen und dabei irgendeinem Pfad gefolgt, bis Ihnen am Ende klar wurde, dass es eigentlich gar kein Pfad war, sondern nur danach aussah, und Sie sich verlaufen hatten?«

Fearby schüttelte lächelnd den Kopf.

»Ich hatte es noch nie so mit dem Spazierengehen.«

»Wer weiß, vielleicht ist Sharon Gibbs ja irgendwo, wo es ihr einigermaßen gut geht, so dass sie gar nicht gefunden werden will. Wie auch immer, ich glaube, für uns gibt es nichts mehr zu tun.«

Fearby schüttelte erneut den Kopf, wirkte dabei aber keineswegs verdrossen oder wütend.

»Ich mache das schon zu lange, um mich von so etwas aus dem Konzept bringen zu lassen. Ich muss nur meine Akten noch einmal durchgehen und weitere Nachforschungen anstellen. Ich gebe nicht auf – nicht nachdem ich nun schon so weit gekommen bin.«

Frieda betrachtete Fearby und empfand dabei fast so etwas wie Entsetzen. War er ein bisschen wie sie? Wirkte sie auf andere Menschen auch so?

»Was müsste passieren, damit Sie aufgeben?«

»Nichts«, antwortete Fearby. »Dafür ist schon zu viel geschehen. Denken Sie daran, was Georgie Conley alles durchmachen musste. Denken Sie an Hazel Barton, die ihr Leben verlor.«

»Und was ist mit dem, das Sie selbst durchmachen mussten? Was ist mit Ihrer Ehe, Ihrer Karriere?«

»Wenn ich jetzt aufgebe, bringt mir das meinen Job nicht zurück, und meine Frau auch nicht.«

Plötzlich hatte Frieda das Gefühl, in eine katastrophal verlaufende Therapiesitzung geraten zu sein, in der sie einfach nicht die richtigen Worte fand. Sollte sie versuchen, Fearby klarzumachen, dass alles, wofür er sein Leben geopfert hatte, nur eine Illusion war? Glaubte sie das denn wirklich?

»Sie haben schon so viel getan«, sagte sie. »Sie haben George Conley aus dem Gefängnis geholt. Das reicht doch.«

Fearbys Miene wurde hart.

»Ich muss die Wahrheit herausfinden. Für mich zählt nichts anderes.« Er bemerkte Friedas Blick und lächelte verlegen. »Betrachten Sie es einfach als mein Hobby. Ich mache das, statt mich um einen Schrebergarten zu kümmern oder Golf zu spielen.«

Als Fearby aufstand, kam Frieda sich plötzlich vor wie eine Reisebekanntschaft, mit der er im Zug gesessen und ein Gespräch begonnen hatte, und nun, da sie die Endstation erreicht hatten, würden sie sich verabschieden und niemals wiedersehen. An der Tür gaben sie sich die Hand.

»Ich lasse Sie wissen, wie es vorangeht«, sagte er, »auch wenn Sie das vielleicht gar nicht wollen.«

Nachdem Fearby weg war, blieb Frieda ein paar Minuten an die Tür gelehnt stehen. Ihr war, als müsste sie erst wieder Atem schöpfen, bekäme aber keine Luft, weil ihre Lungen nicht richtig funktionierten. Sie zwang sich zu bewussten, tiefen Atemzügen.

Schließlich machte sie sich auf den Weg nach oben in ihr Badezimmer. Sie hatte so lange auf den richtigen Zeitpunkt gewartet. Aber im Leben gibt es nie den richtigen Zeitpunkt, ging ihr durch den Kopf, es bleibt immer irgendetwas zu tun. Sie dachte an Josef, ihren chaotischen und hilfsbereiten Freund, und an die ganze Arbeit, die er in dieses Bad gesteckt hatte. Es war sein Geschenk für sie gewesen, ein Akt der Freundschaft. Obwohl sie so gute Freunde hatte, war es ihr nicht in den Sinn gekommen, sich Hilfe suchend an sie zu wenden, nicht einmal an Sandy. Sie konnte zuhören, aber selbst nicht über ihre Probleme sprechen – sie konnte anderen helfen, aber nicht um Hilfe bitten. Es war schon seltsam, dass sie sich in den letzten Tagen diesem schrägen Vogel Fearby näher gefühlt hatte – trotz seines heruntergekommenen Hauses, seiner riesigen Aktenberge und seines ruinierten Lebens – als irgendjemand anderem.

Unten klingelte es an der Tür. Einen Moment spielte sie mit dem Gedanken, einfach nicht aufzumachen, doch dann wandte sie sich mit einem Seufzen von ihrer Badewanne ab und ging hinunter an die Haustür.

»Eine Sendung für Sie«, sagte der Mann, der hinter einer riesigen Schachtel kaum zu sehen war. »Frieda Klein?«

»Ja.«

»Bitte unterschreiben Sie hier.«

Frieda tat wie ihr geheißen und trug die Schachtel ins Wohnzimmer. Als sie den Deckel abnahm, schlug ihr ein Duft entgegen, dessen schwere Süße sie an Leichenhallen und Hotellobbys erinnerte. Vorsichtig nahm sie einen riesigen Strauß Lilien heraus, um deren Stiele eine violette Schleife gebunden war. Frieda hasste Lilien: Sie waren ihr zu üppig, und außerdem hatte sie das Gefühl, dass sich ihre Atemwege sofort verschlossen, sobald sie den schweren Duft einatmete. Wer hatte sie ihr bloß geschickt?

Zwischen den Blüten entdeckte sie einen Umschlag in Miniaturgröße. Sie öffnete ihn und fischte die Karte heraus.

Wir konnten ihm das doch nicht durchgehen lassen.

Die Welt verengte sich, und die Luft rund um Frieda wurde schlagartig kälter.

Sie spürte plötzlich Galle in ihrer Kehle und kalten Schweiß auf der Stirn. Sie musste sich mit einer Hand abstützen. Erneut zwang sie sich, tief durchzuatmen. Nun war ihr klar, wer ihr diese Lilien geschickt hatte: Dean Reeve. Er hatte ihr schon einmal Blumen geschenkt, einen Strauß Narzissen, mit der Nachricht, dass ihre Zeit noch nicht gekommen sei, und nun hatte er ihr diese fleischigen Lilien überbringen lassen. Er war derjenige, der Hal Bradshaws Haus in Brand gesteckt hatte. Für sie. Frieda presste eine Hand fest auf ihr wild schlagendes Herz. Was konnte sie tun? An wen konnte sie sich wenden, und wer wäre in der Lage, ihr zu helfen? Sie hatte das ungute Gefühl, dass sie unbedingt etwas unternehmen oder zumindest mit jemandem sprechen musste. Das war doch ihr persönliches Credo, oder nicht? Mit Menschen zu sprechen. Aber mit wem? Früher wäre automatisch Reuben ihr Ansprechpartner gewesen, doch ihre Beziehung war nicht mehr so wie früher. An Sandy konnte sie sich nicht wenden, weil er in Amerika weilte und sich das alles am Telefon nicht in Worte fassen ließ. Was war mit Sasha? Oder Josef? Wozu hatte man denn

Freunde? Nein, das würde nicht funktionieren. Sie konnte es sich selbst nicht so recht erklären, hatte aber das Gefühl, dass es ein Verrat an ihrer Freundschaft wäre. Sie brauchte jemand völlig Fremden.

Plötzlich fiel ihr jemand ein. Sie ging zur Mülltonne hinaus und warf die Blumen hinein. Nachdem sie ins Haus zurückgekehrt war, durchwühlte sie ihre Umhängetasche, wurde aber nicht fündig. Als Nächstes versuchte sie es oben in ihrem Arbeitszimmer, wo sie eine bestimmte Schublade ihres Schreibtischs herauszog. Wenn sie in regelmäßigen Abständen ihre Tasche ausmistete, warf sie die Sachen, die dabei zum Vorschein kamen, entweder weg oder bewahrte sie in dieser Schublade auf. Sie ging die alten Postkarten, Quittungen, Briefe, Fotografien und Einladungen durch. Schließlich fand sie, was sie suchte. Eine Visitenkarte. Als Frieda damals vor einen medizinischen Untersuchungsausschuss zitiert worden war, hatte sie in dem Komitee ein altes, gütiges Gesicht entdeckt. Thelma Scott war selbst Therapeutin und hatte in Frieda sofort etwas gesehen, das Frieda am liebsten vor der ganzen Welt versteckte. Sie hatte Frieda eingeladen, jederzeit zu ihr zu kommen und mit ihr zu reden, falls sie das Bedürfnis haben sollte, und Frieda ihre Karte gegeben. Frieda war sich sicher gewesen, dass sie das Angebot niemals annehmen würde. Sie hatte sich über den Vorschlag sogar ein bisschen geärgert, die Karte aber dennoch aufbewahrt. Nun tippte sie mit fast zitternden Fingern die Nummer.

»Hallo? Ja? Entschuldigen Sie, dass ich Sie um diese Uhrzeit anrufe. Sie erinnern sich wahrscheinlich nicht mehr an mich. Mein Name ist Frieda Klein.«

»Natürlich erinnere ich mich an Sie.« Ihre Stimme hatte einen energischen, beruhigenden Klang.

»Es ist mir wirklich unangenehm, und wahrscheinlich haben Sie es längst vergessen, aber Sie haben mich irgendwann einmal besucht und mir angeboten, ich könne mich an Sie wenden und mit Ihnen sprechen, wenn ich das Bedürfnis hätte. Deswegen wollte ich jetzt fragen, ob das in nächster Zeit vielleicht möglich wäre. Aber wenn es bei Ihnen nicht passt, ist das auch völlig in Ordnung.«

»Haben Sie morgen Zeit?«

»Ja, ja, das ginge, aber es eilt nicht, ich möchte auf keinen Fall, dass Sie sich meinetwegen irgendwelche Umstände machen.«

»Wie wäre es dann mit übermorgen, nachmittags um vier?«

»Vier Uhr. Ja, dass passt wunderbar. Gut, bis dann.«

»Sie wissen noch gar nicht, wo ich wohne.«

»Stimmt.«

Frieda schrieb sich die Adresse auf. Nachdem sie das Gespräch beendet hatte, zog sie ihren Bademantel aus und legte sich ins Bett. Den Großteil der Nacht lag sie wach, gequält von Gedanken, Gesichtern und Bildern, vagen Beklemmungen und dunkler, pochender Angst. Trotzdem schlief sie am Ende wohl doch ein bisschen, denn irgendwann weckte sie ein Geräusch, das sie zunächst nicht einordnen konnte und dann allmählich als das Läuten ihres Handys identifizierte. Sie tastete danach, sah den Namen Jim Fearby auf dem Display leuchten und ließ es klingeln. Sie war jetzt einfach nicht in der Verfassung, mit ihm zu reden. Sie sank in ihr Kissen zurück und dachte an Fearby. Plötzlich hatte sie das schreckliche Gefühl, einen Moment lang nachvollziehen zu können, wie es wäre, richtig verrückt zu sein – so verrückt, dass man in einer chaotischen Welt seine eigenen, für alle anderen verborgenen Bedeutungen entdeckte. Sie dachte an die gestörten, traurigen Menschen, die sie als Therapeutin um Hilfe ersuchten, und an die noch gestörteren, traurigeren Menschen, denen es so schlecht ging, dass sie, Frieda, nichts mehr für sie tun konnte – Menschen mit Stimmen im Kopf, die ihnen von Verschwörungen erzählten und genau erklärten, auf welche Weise alles einen furchtbaren, beängstigenden Sinn ergab.

Frieda warf einen Blick auf die Uhr. Es war erst ein paar Minuten nach sieben. Fearby hatte wohl gewartet, bis er es einigermaßen verantworten konnte, bei ihr anzurufen. Sie stand auf und duschte so kalt, dass es schmerzte. Anschließend schlüpfte sie in eine Jeans und ein Shirt und machte sich Kaffee. Essen konnte sie nichts, sie hätte keinen Bissen hinuntergebracht. Was, wenn Fearby ihr eine Nachricht hinterlassen hatte? Selbst die Vorstellung, seine Stimme zu hören, war ihr unangenehm, aber nachdem ihr nun dieser Gedanke gekommen war, machte sie sich noch einmal auf den Weg nach oben, um das Telefon zu holen und ihre Mailbox abzuhören. Wahrscheinlich hat er gar nicht draufgesprochen, dachte sie, doch da täuschte sie sich.

Die Nachricht begann mit einer Art nervösem Hüsteln.

»Ähm, Frieda, ich bin's, Jim. Als Erstes möchte ich mich mal wegen gestern entschuldigen. Ich hätte Ihnen für alles danken sollen, was Sie getan haben. Mir ist klar, dass ich ein bisschen verrückt rübergekommen bin – verrückt und besessen. Wie auch immer, jedenfalls habe ich gesagt, ich würde Sie auf dem Laufenden halten, auch wenn Sie das wahrscheinlich gar nicht wollen. Ich befinde mich noch in London. Ich bin alles noch einmal durchgegangen – die Akten zu den Mädchen. Mir ist da eine Idee gekommen. Wir waren bei denen auf einem Auge blind. Wir haben den Motor nicht gehört. Ich werde mir das noch einmal ansehen. Danach schaue ich kurz bei Ihnen vorbei und berichte. So gegen zwei. Lassen Sie es mich wissen, falls Ihnen das zeitlich nicht passt. Entschuldigen Sie, dass ich so lange schwafle. Bis dann.«

Frieda wünschte fast, sie hätte die Nachricht nicht gehört. Sie hatte das Gefühl, von Neuem in die Geschichte hineingezogen zu werden. Es war klar, dass Fearby nie klein begeben würde. Genau wie die Leute, die von den Freimaurern oder der Ermordung Kennedys besessen waren, würde er niemals klein beigeben und sich durch nichts von seinem Wahn abbringen lassen. Sie war versucht, ihn zurückzurufen und ihm zu sagen, dass er nicht zu kommen brauche. Doch dann dachte sie: Nein, sie würde sich ein letztes Mal anhören, was er zu sagen hatte, und ihm auf vernünftige Weise antworten. Damit wäre der Fall für sie dann endgültig erledigt.

Den Tag erlebte sie ähnlich diffus wie die Nacht zuvor. Sie spielte mit dem Gedanken, ein Buch zu lesen, wusste aber schon vorher, dass es ihr nicht gelingen würde, sich zu konzentrieren. Früher hätte sie sich in einer solchen Stimmung in ihr Arbeitszimmer verzogen und irgendetwas Einfaches gezeichnet, ein Glas Wasser oder eine Kerze, doch selbst dazu fühlte sie sich nicht in der Lage. Sie hatte nicht einmal Lust, ein bisschen durch die Stadt zu bummeln. Die vielen Leute, die tagsüber unterwegs waren, und auch der Verkehrslärm schreckten sie ab. Sie beschloss, das Haus zu putzen. Etwas anderes fiel ihr nicht ein. Zumindest brauchte sie dabei nicht zu denken. Sie nahm der Reihe nach sämtliche Gegenstände, die in den Regalen standen, herunter, und wischte sie ab. Sie putzte die Fenster. Sie reinigte die Böden. Sie polierte die Arbeitsflächen. Je länger sie sauber machte, desto mehr bekam sie das tröstliche Gefühl, dass niemand außer ihr in dem Haus lebte oder jemals gelebt hatte.

Immer wieder klingelte das Telefon, aber sie ging nicht ran. Sie wusste selbst nicht so recht, ob die Zeit langsam oder schnell vergangen war, aber als sie irgendwann auf die Uhr blickte, stellte sie fest, dass es fünf vor zwei war. Sie ließ sich in einen Sessel sinken und wartete. Es würde keinen Kaffee geben und auch keinen Whisky. Er sollte sagen, was er zu sagen hatte, und sich ihre Antwort anhören. Dann konnte er wieder gehen, und sie würde morgen Thelma Scott aufsuchen und endlich anfangen, das alles zu verarbeiten.

Eine Minute nach zwei. Nichts. Sie ging sogar vor die Tür und hielt nach ihm Ausschau. Als ob das helfen würde. Sie setzte sich wieder. Zehn nach zwei. Noch immer kein Fearby. Viertel nach. Nichts. Um zwanzig nach rief sie ihn an und wurde sofort an seine Mailbox weitergeleitet.

»Ich wollte nur fragen, wo Sie bleiben. Ich möchte bald weg – na ja, so bald auch wieder nicht. Bis halb fünf bin ich noch da.«

Sie überlegte, ob er vielleicht einer der Anrufer war, die es im Lauf des Tages bei ihr versucht hatten. Sie griff nach dem Telefon: vierzehn Anrufe in Abwesenheit. Es waren die üblichen Verdächtigen: Reuben, Josef, Sasha, jemand, der eventuell einen Patienten zu ihr schicken wollte, Paz, Karlsson. Und Yvette. Sie fragte ihre Mailbox ab. Nichts. Während der nächsten halben Stunde ging sie dreimal ans Telefon. Beim ersten Anruf handelte es sich um irgendeine dubiose Umfrage, der zweite Anrufer war Reuben, der dritte Karlsson. Frieda sagte jedes Mal, sie könne gerade nicht sprechen. Als es schließlich drei wurde, begann sie sich ernsthaft Gedanken zu machen. Hatte sie sich die Uhrzeit falsch gemerkt? Sie hatte Fearbys Nachricht sofort nach dem Abhören gelöscht. Konnte es sein, dass sie ihn nicht richtig verstanden hatte? Sie war zurzeit ja weiß Gott nicht besonders klar um Kopf. Hatte er wirklich zwei Uhr gesagt? Ja, da war sie sich sicher. Er hatte sogar hinzugefügt, sie solle zurückrufen, falls es ihr zeitlich nicht passe. Vielleicht hatte er sich ja einfach verspätet oder steckte irgendwo im Stau. Oder er hatte es sich anders überlegt. Womöglich hatte er spontan einen Schlussstrich unter die ganze Sache gezogen und war nach Hause gefahren. Oder er verzichtete auf den Besuch bei ihr, weil er ihre Skepsis gespürt hatte. Sie rief ihn noch einmal an. Nichts. Wie es aussah, kam er einfach nicht.

Schließlich wurde es ihr zu dumm, auf Fearby zu warten. Sie füllte etwas Futter in die Schüssel ihres Katers und machte sich dann auf den Weg zur Nummer 9, um sich dort einen Kaffee zu gönnen. Als sie zurückkam, sah sie jemanden auf sich zugehen. Irgendwie kam ihr der etwas schwerfällige, aber zielstrebige Gang bekannt vor.

»Yvette?«, fragte sie, als sie nur noch ein paar Meter voneinander entfernt waren. »Was treibt Sie her?«

»Ich muss mit Ihnen sprechen.«

»Was ist passiert?«

»Können wir reingehen?«

Frieda führte Yvette ins Haus. Yvette zog ihre Jacke aus und setzte sich. Sie trug eine schwarze Jeans mit einem Loch am Knie und dazu ein Herrenhemd, das auch schon bessere Tage gesehen hatte. Offensichtlich befand sie sich nicht im Dienst.

»Nun sagen Sie schon, was gibt's? Hat es etwas mit den Lennox' zu tun?«

»Nein. Ich gönne mir gerade eine Pause von diesem ganzen gottverdammten Zirkus. Sie können sich nicht vorstellen … egal. Deswegen bin ich nicht hier.«

»Weswegen dann?«

»Ich musste es Ihnen einfach persönlich sagen: Ich bin auf Ihrer Seite.«

»Wie bitte?«

»Ich bin auf Ihrer Seite«, wiederholte Yvette, offenbar den Tränen nahe.

»Danke. Aber im Kampf gegen wen?«

»Gegen sie alle – den Polizeipräsidenten und diesen Wichser Hal Bradshaw.«

»Ach, das meinen Sie.«

»Ich wollte, dass Sie das wissen. Mir ist klar, dass Sie mit der Sache nichts zu tun haben, aber selbst wenn – nun ja, dann wäre ich trotzdem auf Ihrer Seite.«

Frieda starrte sie an.

»Sie halten es also für möglich, dass ich es war«, stellte sie schließlich fest.

Yvette wurde rot.

»Nein! So habe ich das ganz und gar nicht gemeint. Wobei es ja kein Geheimnis ist, dass Sie und Doktor McGill wütend auf ihn waren. Dazu hatten Sie auch allen Grund. Er wollte Ihnen eins auswischen. Er war einfach eifersüchtig.«

»Ich schwöre Ihnen«, erwiderte Frieda in sanftem Ton, »dass ich mich nicht einmal in der Nähe von Hal Bradshaws Haus befand.«

»Natürlich nicht.«

»Brandstiftung ist etwas ganz Scheußliches. Ich bin mir absolut sicher, dass auch Reuben so etwas nie im Leben täte, egal, wie wütend er wäre.«

»Bradshaw hat sich noch einmal ziemlich böse zu der Sache geäußert.«

»Was hat er denn gesagt?«

»Sie wissen ja, wie er ist, Frieda. Er macht gern Andeutungen.«

»Los, raus damit!«

»Er hat gesagt, er habe gefährliche Feinde, auch wenn die sich selbst nicht die Hände schmutzig machten.«

»Und damit hat er mich gemeint?«

»Ja. Aber angeblich hat er auch mächtige Freunde.«

»Schön für ihn«, meinte Frieda. Sie fühlte sich auf einmal unsäglich müde.

»Macht Ihnen das denn nichts aus?«

»Nicht viel« antwortete Frieda. »Aber mich würde interessieren, wieso es Ihnen so zu schaffen macht.«

»Sie meinen, warum ich mir Ihretwegen Sorgen mache?«

Frieda musterte Yvette eindringlich.

»Mein Wohl lag Ihnen nicht immer so am Herzen.«

Yvette hielt ihrem Blick stand.

»Ich träume oft von Ihnen«, erklärte sie leise, »aber nicht so, wie es wahrscheinlich zu erwarten wäre. Ich träume nicht, dass Sie fast ums Leben kommen oder so was in der Art. Nein, es sind viel seltsamere Träume. Einmal saßen wir beispielsweise nebeneinander in der Schule – obwohl wir unser jetziges Alter hatten –, und ich versuchte, besonders schön zu schreiben, um Sie zu beeindrucken, verschmierte dabei aber ständig die Tinte und schaffte es einfach nicht, die Buchstaben richtig hinzubekommen. Sie wurden krumm und kindlich und rutschten dauernd von der Zeile, während die Ihren perfekt und ordentlich aussahen. Keine Sorge, ich bitte Sie jetzt nicht, meine Träume zu deuten. Ich bin nicht so blöd, dass ich das nicht selber kann. In einem anderen Traum waren wir zusammen in Urlaub – an einem See, umgeben von lauter Bergen, die aussahen wie Schornsteine. Ich war total nervös, weil wir ins Wasser wollten, ich aber nicht schwimmen konnte. Ehrlich gesagt kann ich tatsächlich nicht besonders gut schwimmen. Ich mag es überhaupt nicht, wenn mein Kopf unter Wasser gerät. Aber das konnte ich Ihnen nicht sagen, weil ich dachte, Sie würden mich auslachen. Lieber wäre ich ertrunken, als mich vor Ihnen zum Narren zu machen.«

Frieda wollte etwas antworten, aber Yvette hielt sie mit einer Handbewegung zurück. Sie hatte inzwischen tiefrote Wangen.

»Ich fühle mich in Ihrer Gegenwart immer völlig gehemmt«, fuhr sie fort. »Mir ist, als könnten Sie in mich hineinblicken und all die Dinge sehen, von denen ich nicht will, dass jemand sie sieht. Sie wissen, dass ich einsam bin, und Sie wissen auch, dass ich eifersüchtig bin. Dass meine Beziehungen immer in die Hosen gehen, wissen Sie ebenfalls, ganz zu schweigen von …« Plötzlich leuchteten ihre Wangen noch intensiver. »Nun ja, Sie wissen sogar, dass ich wie ein Schulmädchen in meinen Chef verknallt bin. Kürzlich habe ich mir mal einen kleinen Schwips angetrunken und mich dabei die ganze Zeit gefragt, was Sie wohl von mir denken würden, wenn Sie sehen könnten, wie ich durch die Gegend torkle.«

»Aber, Yvette, …«

»Tatsache ist, dass Sie durch meine Schuld fast getötet worden wären, und wenn ich nicht gerade träume, dann liege ich wach und frage mich, ob nicht vielleicht irgendein erbärmliches

Gefühl von Wut der Grund war, warum ich damals nicht besser reagiert habe. Können Sie sich vorstellen, wie sehr ich mich deswegen schäme?«

»Sie wollen es also wiedergutmachen?«, fragte Frieda leise.

»Ich schätze, so könnte man es ausdrücken.«

»Danke. Und lassen Sie uns doch endlich du sagen.«

Frieda streckte ihr die Hand hin, und Yvette ergriff sie. Einen Moment lang saßen sich die beiden Frauen am Tisch gegenüber, hielten einander an der Hand und sahen sich in in die Augen.

56

Frieda träumte von Sandy. Er lächelte sie an und hielt ihr die Hand hin, doch dann stellte Frieda in ihrem Traum plötzlich fest, dass es gar nicht Sandy war, sondern Deans Gesicht – Deans angedeutetes Lächeln. Sie fuhr mit einem Ruck hoch und brauchte mehrere Minuten, bis sie sich einigermaßen gefangen hatte und ihre Panik sich langsam wieder legte. Sie zwang sich, tief und gleichmäßig zu atmen.

Schließlich stand sie auf, duschte und ging hinunter in die Küche, wo Chloë bereits am Tisch saß. Sie hatte sich eine Tasse Tee zubereitet, diese aber noch gar nicht angerührt. Vor ihr auf dem Tisch lag eine Art großes Album. Chloë selbst machte einen mitgenommenen Eindruck. Sie war noch nicht gekämmt, hatte dafür aber die Wimperntusche vom Vortag übers ganze Gesicht verschmiert und sah aus, als hätte sie mehrere Nächte hintereinander nicht geschlafen. Auf Frieda wirkte sie in dem Moment wie ein verwahrlostes Kind: Im Leben ihrer Mutter herrschte gerade ein solches Chaos, dass sie nur selten einen Gedanken an ihre Tochter verschwendete, und nun hatte man dem armen Mädchen auch noch seine Freunde genommen – und ihre Tante hatte sie ausgerechnet dann allein gelassen, als sie ihre Hilfe am dringendsten benötigte. Nun hob Chloë ihr tränennasses Gesicht und starrte sie benommen an.

Frieda nahm ihr gegenüber Platz.

»Ist mit dir alles in Ordnung?«

»Ja, ich denke schon.«

»Soll ich dir Frühstück machen?«

»Nein, ich habe keinen Hunger. O Gott, Frieda, ich muss dauernd an das alles denken.«

»Das ist doch klar.«

»Ich wollte dich nicht wecken.«

»Wie fühlst du dich?«

»Wenn ich im Bett liege und nicht schlafen kann, frage ich mich die ganze Zeit, wie es ihnen wohl gehen mag. Sie haben alles verloren – ihre Mutter, ihren Vater und irgendwie auch ihre schönen Erinnerungen an die Vergangenheit. Wie sollen sie da je wieder ein halbwegs normales Leben führen?«

»Ich weiß es nicht.«

»Wie geht es denn dir?«

»Ich habe auch nicht so gut geschlafen. Mir schwirren genau wie dir alle möglichen Gedanken im Kopf herum.«

Während Frieda den Wasserkocher füllte, betrachtete sie ihre Nichte, die mittlerweile den Kopf auf eine Hand gestützt hatte und verträumt auf die Seiten des Albums starrte, das sie vor sich liegen hatte.

»Was ist das?«, fragte Frieda.

»Ted hat seine Kunstmappe vergessen. Ich bring sie ihm heute mit, aber vorher wollte ich sie mir ansehen. Er ist in Kunst unglaublich gut. Ich wünschte, ich hätte ein Zehntel oder auch nur ein Hundertstel seiner Begabung. Ich wünschte ...« Sie unterbrach sich und biss sich auf die Lippe.

»Chloë, du machst gerade eine schlimme Zeit durch.«

»Keine Sorge«, gab Chloë barsch zurück, »ich weiß, dass ich für ihn nur eine ganz normale Freundin bin. Eine Schulter zum Ausweinen. Was nicht heißen soll, dass er tatsächlich an meiner Schulter weint.«

»Wahrscheinlich«, erwiderte Frieda in sanftem Ton, »sind deine eigenen Gefühle für ihn auch ziemlich kompliziert – nicht zuletzt aufgrund dessen, was er alles durchgemacht hat.«

»Was willst du damit sagen?«

»Dass ein junger Mann, der solche Tragödien erlebt, dadurch eine Aura bekommt, die etwas sehr Faszinierendes haben kann.

»Du meinst, ich bin so was wie eine Katastrophentouristin?«

»Na ja, nicht direkt.«

»Das ist jetzt sowieso alles vorbei.« Chloës Augen füllten sich mit Tränen, und sie blickte wieder auf die vor ihr liegende Mappe hinunter.

Frieda beugte sich über Chloës Schulter, während diese die großen Seiten umblätterte. Auf einen wunderbar exakt gezeichneten

Apfel folgte ein Selbstporträt, verzerrt durch einen konvexen Spiegel, dann ein penibel naturgetreu gezeichneter Baum.

»Er ist wirklich gut«, bemerkte sie.

»Warte«, sagte Chloë, »es gibt da ein besonderes Bild, das ich dir zeigen möchte.« Sie blätterte weiter, bis sie fast am Ende angekommen war. »Sieh dir das an.«

»Was ist das Besondere daran?«

»Schau dir Datum und Uhrzeit an. Mittwoch, 6. April, 9.30 Uhr. Das ist das Stillleben, das er in seiner Kunstprüfung zeichnen musste. An dem Tag, als seine Mutter ermordet wurde. Mir kommen jedes Mal fast die Tränen, wenn ich es betrachte und daran denke, was später an diesem Tag passiert ist.«

»Es ist schön«, sagte Frieda. Dann runzelte sie plötzlich die Stirn und legte den Kopf ein wenig schief. Hinter sich hörte sie den Wasserkocher klicken. Aber darum konnte sie sich jetzt nicht kümmern.

»Das kann man wohl sagen«, meinte Chloë, »es ist ...«

»Warte einen Moment«, fiel Frieda ihr ins Wort. »Beschreibe es mir. Beschreibe mir, was du darauf siehst.«

»Warum?«

»Tu mir einfach den Gefallen.«

»Also gut. Ich sehe eine Armbanduhr, einen Schlüsselbund, ein Buch, so eine Art Elektrostecker und außerdem ...«

»Ja?«

»Da lehnt noch irgendetwas an dem Buch.«

»Was ist das?«

»Keine Ahnung.«

»Beschreibe es.«

»Es ist mehr oder weniger gerade und irgendwie gezackt. Für mich sieht es aus wie ein Lineal aus Metall, aber mit einem gezackten Rand.«

Frieda schwieg einen Moment und überlegte dabei so krampfhaft, dass ihr davon fast der Kopf schmerzte.

»Ist es wirklich so eine Art Lineal«, sagte sie schließlich, »oder sieht es nur so aus?«

»Wie meinst du das?«, fragte Chloë. »Was macht das für einen Unterschied? Es ist doch nur eine Zeichnung.«

Sie knallte die Mappe zu.

»Ich muss sie mit in die Schule nehmen«, erklärte sie, »damit ich sie Ted zurückgeben kann.«

»Wer weiß, ob er überhaupt schon wieder zur Schule geht«, entgegnete Frieda. »Vielleicht lassen die drei sich damit noch ein bisschen Zeit. Außerdem brauche ich diese Mappe heute. Ich muss sie jemandem zeigen.«

Karlsson stand vor ihr, wich jedoch ihrem Blick aus.

»Mit dir habe ich nicht gerechnet«, sagte er schließlich.

»Ich weiß. Es dauert nicht lang.«

»Du hast es anscheinend noch immer nicht begriffen, Frieda. Du solltest nicht mehr herkommen. Der Polizeipräsident will dich hier nicht sehen. Und die Sache mit Hal Bradshaw machst du auch nicht besser, wenn du plötzlich ständig im Präsidium auftauchst. Er hält dich ohnehin schon für eine Brandstifterin und Stalkerin.«

»Ich weiß. Es ist das letzte Mal«, antwortete Frieda in ruhigem Ton. »Ich möchte die Mordwaffe sehen.«

»Weil ich dir einen Gefallen schulde? Den hast du schon eingefordert, Frieda. Deswegen stecke ich jetzt in großen Schwierigkeiten. Die Einzelheiten erspare ich dir lieber.«

»Das tut mir wirklich sehr leid«, entgegnete Frieda, »aber ich muss sie trotzdem sehen. Danach lasse ich dich endgültig in Ruhe.«

Er starrte sie einen Moment an. Dann zuckte er mit den Schultern und führte sie wortlos die Treppe zu einem Kellerraum hinunter, wo er eine Metallschublade öffnete.

»Das ist das Ding, das du sehen willst«, erklärte er. »Hinterlasse ja keine Fingerabdrücke darauf, und zieh die Tür hinter dir zu, wenn du fertig bist.«

»Danke.«

»Übrigens, Elaine Kerrigan hat den Mord an Ruth Lennox gestanden.«

»Was?«

»Keine Sorge, ich glaube, Russell Lennox wird in Kürze ebenfalls gestehen, den Mord begangen zu haben. Genau wie die Kerrigan-Söhne. Das Präsidium wird überfüllt sein mit Leuten, die alle denselben Mord gestehen, und wir werden wieder nicht wissen, wer es war.«

Mit diesen Worten ging er.

Frieda zog Plastikhandschuhe an, nahm das große Zahnrad heraus und platzierte es auf einem Tisch in der Mitte des Raums. Das Ding sah aus, als gehörte es eigentlich in ein riesiges Uhrwerk, aber bei den Lennox' hatte es als eine Art Skulptur auf dem Kaminsims gestanden.

Sie schlug Teds Kunstmappe auf der Seite auf, die mit dem Datum Mittwoch, sechster April, versehen war, und legte sie ebenfalls auf den Tisch. Dann ließ sie den Blick zwischen Zahnrad und Zeichnung hin- und herwandern, bis ihr alles vor den Augen zu verschwimmen begann. Sie trat einen Schritt zurück und umrundete den Tisch, so dass sie das Zahnrad von allen Seiten betrachten konnte. Sie ging in die Hocke und spähte von unten zu dem Ding hinauf. Ganz vorsichtig neigte sie es etwas zur Seite und drehte es dann langsam, bis es aus ihrem Blickwinkel immer flacher wirkte.

Schließlich hatte sie es: Aus einem bestimmten Winkel – etwas geneigt und in die richtige Position gedreht – sah der wuchtige Gegenstand aus wie ein gerader Streifen mit Zackenrand. Der gleiche Streifen mit Zackenrand befand sich auch unter den Gegenständen, die Ted am Mittwoch, dem sechsten April, morgens im Rahmen seiner Kunstprüfung gezeichnet hatte.

Friedas Miene versteinerte. Schließlich stieß sie einen kleinen Seufzer aus, legte das Zahnrad zurück in das Fach, schloss die Schublade, zog die Handschuhe aus und verließ den Raum.

57

Louise Weller lebte mit ihrer Familie in Clapham Junction. Ihr schmales rotes Ziegelreihenhaus stand ein kleines Stück zurückgesetzt von einer langen, geraden Straße, die von Platanen gesäumt wurde und durch Bremsschwellen verkehrsberuhigt war. Hinter dem Erkerfenster im Erdgeschoss hingen Spitzenvorhänge, so dass niemand hineinspähen konnte. Die Haustür war dunkelblau, mit einem mittig angebrachten Messingtürklopfer. Nachdem Frieda ihn dreimal betätigt hatte, trat sie einen Schritt zurück. Das Frühlingswetter war wieder etwas kühler geworden. Sie spürte ein paar Regentropfen auf ihrer heißen Haut.

Die Tür ging auf. Vor ihr stand Louise Weller, das Baby an die Brust gedrückt. Frieda warf über ihre Schulter hinweg einen Blick in die dunkle, saubere Diele. Es roch nach trocknender Wäsche und Putzmitteln. Frieda dachte an den kranken Ehemann, von dem Karlsson ihr erzählt hatte, und stellte sich vor, dass er in einem der oberen Räume lag und zuhörte, was unten gesprochen wurde.

»Ja? Ach, Sie sind es. Was wollen Sie denn hier?«

»Kann ich bitte reinkommen?«

»Das ist kein günstiger Zeitpunkt. Ich wollte gerade Benjy füttern.«

»Ich bin nicht Ihretwegen hier.«

»Die Kinder sollten nicht dauernd gestört werden. Sie brauchen jetzt Stabilität und ein bisschen Ruhe.«

»Es dauert nur einen Moment«, entgegnete Frieda höflich und trat an Louise vorbei in die Diele. »Sind sie alle da?«

»Wo sollten sie denn sonst sein? Es ist natürlich ein bisschen eng.«

»Nein, ich meine, im Moment.«

»Ja. Aber ich möchte nicht, dass die drei sich aufregen.«

»Ich würde gern mit Ted sprechen.«

»Mit Ted? Warum? Ich weiß nicht so recht, ob das jetzt passt.«

»Ich fasse mich kurz.«

Louise Weller starrte sie an und zuckte dann mit den Schultern.

»Ich hole ihn«, erklärte sie steif, »falls er Sie überhaupt sehen will. Nehmen Sie doch inzwischen im Wohnzimmer Platz.«

Sie öffnete die Tür neben ihnen, und Frieda trat in den Raum mit dem Erkerfenster, wo es für ihren Geschmack viel zu warm war und zu viele kleine Tische und Stühle mit gerader Rückenlehne herumstanden. Neben dem Heizkörper parkte ein Puppenwagen, in dem eine flachsblonde, blauäugige Puppe saß. Frieda bekam in dem Zimmer kaum Luft.

»Frieda?«

»Dora!«

Das Mädchen sah schrecklich aus. Ihr bleiches Gesicht wirkte fast grünlich, und an einem Mundwinkel hatte sie ein Fieberbläschen. Ihr Haar war nicht wie üblich zu Zöpfen geflochten, sondern umrahmte schlaff ihr Gesicht. Sie trug eine altmodische weiße Bluse. Frieda fand, dass sie wie eine Gestalt aus einem viktorianischen Melodram aussah: ein bemitleidenswertes, zu Tode betrübtes Waisenkind.

»Bist du gekommen, um uns von hier wegzubringen?«, fragte Dora sie.

»Nein. Ich bin hier, um mit Ted zu sprechen.«

»Können wir bitte mit zu dir?«

»Das geht leider nicht.« Frieda zögerte. Beim Anblick von Doras dünner Gestalt und ihrem bedrückten Gesicht wurde ihr das Herz schwer.

»Warum denn nicht?«

»Eure Tante ist euer Vormund. Sie wird sich von nun an um euch kümmern.«

»Bitte! Bitte nimm uns mit!«

»Setz dich«, sagte Frieda. Sie nahm Doras kleine, knochige Hand zwischen ihre Hände und blickte dem Mädchen in die Augen. »Es tut mir so leid, Dora«, erklärte sie. »Mir tut leid, was mit deiner Mutter passiert ist und was jetzt mit deinem Vater geschieht. Es tut mir leid, dass du hier nicht bei Menschen bist, die du liebst – obwohl ich mir sicher bin, dass deine Tante dich auf ihre Art bestimmt gern hat.«

»Nein«, flüsterte das Mädchen, »nein, sie mag mich nicht. Sie schimpft mich, weil ich unordentlich bin, und gibt mir die ganze Zeit das Gefühl, dass ich ihr lästig bin. Vor ihr kann ich nicht einmal weinen. Sie regt sich über alles auf, was ich mache.«

»Eines Tages«, tastete Frieda sich langsam vor, »eines Tages wird das Ganze für dich hoffentlich einen Sinn haben. Im Moment kommt dir bestimmt alles wie ein schrecklicher Albtraum vor. Aber glaub mir, diese schlimmen Tage werden vergehen. Ich sage nicht, dass es dann nicht mehr wehtun wird, aber der Schmerz wird leichter zu ertragen sein.«

»Wann kommt Dad zurück?«

»Das weiß ich nicht.«

»Ihre Beerdigung ist nächsten Montag. Kommst du auch?«

»Ja, ich werde da sein.«

»Kannst du dann neben mir sitzen?«

»Deine Tante …«

»Wenn Tante Louise von ihr spricht, zieht sie immer so ein fürchterliches Gesicht, als hätte sie einen schlechten Geschmack im Mund. Und Ted und Judith sind so wütend auf sie, aber …« Sie brach ab.

»Sprich weiter«, munterte Frieda sie auf.

»Ich weiß, dass sie ein Verhältnis hatte. Ich weiß, dass sie etwas Falsches gemacht und Dad betrogen und uns alle belogen hat. Aber so denke ich nicht an sie.«

»Erzähl mir, wie du an sie denkst.«

»Wenn ich krank war, saß sie oft stundenlang bei mir am Bett und las mir etwas vor. Und morgens, wenn sie mich aufweckte, hat sie mir immer Tee in meiner Lieblingstasse gebracht und mir die Hand auf die Schulter gelegt und gewartet, bis ich richtig wach war. Dann hat sie mir einen Kuss auf die Stirn gegeben. Sie war morgens immer schon geduscht, so dass sie ganz sauber und frisch roch, nach Zitronen.«

»Das ist eine gute Erinnerung«, sagte Frieda. »Woran erinnerst du dich noch?«

»Als ich in der Schule schikaniert wurde, war sie der einzige

Mensch auf der Welt, mit dem ich darüber reden konnte. Ihr gegenüber habe ich mich nicht so geschämt. Einmal, als es besonders schlimm war, brauchte ich nicht in die Schule zu gehen. Sie hat mir erlaubt, bei ihr zu Hause zu bleiben. Wir hielten uns stundenlang im Garten auf und haben zusammen die verblühten Köpfe der Rosen abgeschnitten. Ich weiß nicht, warum mir das geholfen hat, aber danach fühlte ich mich besser. Sie hat mir erzählt, dass sie selber in der Schule auch mal schikaniert wurde, und hat gesagt, ich müsse einfach bleiben, wie ich bin, freundlich und lieb.«

Inzwischen hatte Dora Tränen in den Augen.

»Für mich klingt das nach einer wunderbaren Mutter«, erklärte Frieda. »Ich wünschte, ich hätte sie gekannt.«

»Sie fehlt mir so sehr, dass ich sterben möchte. Ich möchte *sterben.*«

»Ich weiß«, sagte Frieda, »ich weiß, Dora.«

»Warum hat sie ...?«

»Hör zu. Die Menschen sind sehr kompliziert. Sie können viele verschiedene Personen gleichzeitig sein. Sie können anderen Schmerz zufügen und trotzdem lieb und mitfühlend sein. Lass dir deine Erinnerungen an deine Mutter nicht nehmen. So war sie für dich – das ist das Einzige, was zählt. Sie hat dich geliebt. Sie mag ja ein Verhältnis gehabt haben, aber das ändert nichts an den Gefühlen, die sie für ihre Kinder empfand. Lass sie dir von niemandem wegnehmen.«

»Tante Louise sagt ...«

»Zum Teufel mit Tante Louise!«

Ted stand in der Tür. Sein strähniges Haar wirkte fettig, und die fahle Blässe seines Gesichts ließ Frieda an Pilze denken. Er hatte violette Augenringe und einen pickeligen Ausschlag am Hals. An seinem Kinn entdeckte sie den ersten Flaum eines Jungmännerbarts. Er trug noch dieselben Sachen wie am Vortag. Frieda fragte sich, ob er überhaupt ins Bett gekommen war, geschweige denn zum Schlafen. Als er näher trat, schlug ihr ein Geruch aus Schweiß und Tabak entgegen. Es war ein herbes Aroma – ungewaschen, ein bisschen wie Hefe.

»Was willst du hier? Hältst du es ohne uns nicht aus?«

»Hallo, Ted.«

Ted machte eine Kopfbewegung in Doras Richtung.

»Du sollst zu Louise kommen.«

Dora stand auf, ohne Friedas Hand loszulassen.

»Besuchst du uns wieder?«, fragte sie in flehendem Ton.

»Ja.«

»Versprich es.«

»Ich verspreche es.«

Das Mädchen verließ den Raum, und Frieda blieb mit Ted zurück. Sie hielt seine Mappe hoch.

»Ich habe dir das hier mitgebracht.«

»Glaubst du, ich habe auch nur einen Gedanken daran verschwendet, wo die blöde Mappe abgeblieben ist? Mir geht wirklich anderes im Kopf rum.«

»Ich weiß. Detective Chief Inspector Karlsson hat mir erzählt, dass dein Vater den Totschlag an Zachary Greene gestanden hat und außerdem verdächtigt wird, eure Mutter ermordet zu haben.«

Sein Gesicht zuckte heftig. Verlegen wandte er sich ab. Seine dürre, ungepflegte Gestalt roch nach Elend und Kummer.

»Ich habe außerdem erfahren, dass Elaine Kerrigan den Mord an eurer Mutter gestanden hat – obwohl ich glaube, dass sie damit nur ihre Söhne zu schützen versucht.«

»Lieber Himmel!«, murmelte er.

»Ich würde dir gern etwas sagen. Vielleicht können wir ein bisschen an die frische Luft gehen.«

»Es gibt nichts zu sagen.«

»Bitte.«

Gemeinsam traten sie vors Haus. Einen Moment glaubte sie, an einem der oberen Fenster ein Gesicht zu erkennen, war sich aber nicht sicher, ob sie es sich nicht nur eingebildet hatte. Sie wartete, bis sie in eine kleine Straße abgebogen waren, die erst an einem verlassenen Spielplatz entlangführte und dann an einer kleinen grauen Kirche. Erst dort nahm sie das Gespräch wieder auf.

»Ich habe mir deine Mappe angesehen«, begann Frieda. »Du zeichnest sehr gut.«

»Das hat meine Mum auch immer gemeint: Ted, du hast eine Begabung. Bist du gekommen, um mir das zu sagen?«

»Ich habe das Stillleben gesehen, das du für deine Kunstprüfung gezeichnet hast. Am Morgen des Tages, an dem deine Mutter starb.«

Ted gab ihr keine Antwort. Schweigend marschierten sie weiter die menschenleere Straße entlang. Es war, als hätten alle anderen das Weite gesucht und sie allein zurückgelassen.

»Da war so ein seltsames Objekt, das ich anfangs nicht einordnen konnte«, fuhr Frieda fort. Ihre Stimme klang trocken und kratzig. Sie räusperte sich. »Du hast es aus einem interessanten Blickwinkel gezeichnet, so dass ich eine Weile brauchte, bis ich es identifiziert hatte. Ich bin extra noch in den Raum mit den Beweismitteln gegangen, um es zu überprüfen.«

Ted war immer langsamer geworden. Er schlurfte über den Boden, als wären seine Beine plötzlich zu schwer für ihn.

»Man kann das Zahnrad nur dann so sehen, wie es auf deiner Zeichnung auftaucht, wenn man es zur Seite neigt und ein Stück dreht. Dadurch erscheint es immer flacher, bis es am Ende fast wie ein Lineal aussieht.«

»Ja.« Teds Antwort klang eher nach einem Schaudern als nach einem Wort. »Als ich ein Junge war, hatten wir ein paar Rätselbücher, in denen es um lauter solche Effekte ging. Ich konnte mich dafür total begeistern, ich …«

Frieda brachte ihn zum Schweigen, indem sie ihm eine Hand auf die Schulter legte. Er wandte sich zu ihr.

»Dein Vater wusste, dass du das Zahnrad an dem Morgen mit in die Schule genommen hattest«, erklärte Frieda. »Als es dann als Mordwaffe auftauchte, war ihm sofort klar, dass es erst wieder im Haus gewesen sein konnte, nachdem du es zurückgebracht hattest.«

»Er hat es nie erwähnt.« Teds Stimme klang tonlos. »Ich dachte, es wäre möglich, dass kein Mensch je davon erfährt.«

»Du bist hinter die Affäre deiner Mutter gekommen?«

»Ich hatte schon die ganze Zeit so einen Verdacht«, antwortete Ted müde. »An dem Tag bin ich ihr mit meinem Rad gefolgt. Nachdem ich gesehen hatte, wie sie zu der Wohnung ging und ihr ein Mann aufmachte, bin ich eine Ewigkeit ganz benommen durch die Gegend gefahren. Ich konnte gar nicht richtig denken, und mir war schlecht – so schlecht, dass ich das Gefühl hatte, gleich kotzen zu müssen. Schließlich bin ich nach Hause, und genau in dem Moment, als ich das gottverdammte Zahnrad zurück auf den Kaminsims stellen wollte, kam sie zur Tür herein.« Er fasste sich einen Moment an die Wange. »Als ich klein war, dachte ich, sie wäre der beste Mensch auf der ganzen weiten Welt. So fürsorglich und lieb. Jeden Abend deckte sie mich zu und roch dabei immer so gut. In dem Moment aber hat sie mich nur angesehen, und ich sie. Da war mir klar, dass sie wusste, dass ich ihr auf die Schliche gekommen war. Sie sagte nicht gleich etwas, sondern lächelte nur so seltsam. Da holte ich plötzlich mit dem Ding aus, das ich in der Hand hielt, und traf sie direkt an der Schläfe. Ich kann noch genau das Geräusch hören. Laut und dumpf. Einen Moment lang schien es, als wäre gar nichts passiert. Wir schauten einander immer noch an, und da war dieses seltsame Lächeln auf ihrem Gesicht, aber dann … dann war es, als würde sie vor meinen Augen explodieren. Überall war Blut, und sie sah gar nicht mehr aus wie meine Mutter. Sie lag auf dem Boden, das Gesicht zu Brei geschlagen, und ich hielt immer noch das Zahnrad in der Hand, und es war ganz voller …«

»Da bist du weggelaufen.«

»Ich rannte in den Park. Dort musste ich mich übergeben. Mir war so schrecklich übel, und daran hat sich nichts geändert. Mir ist seitdem die ganze Zeit schlecht. Nichts kann diesen Geschmack in meinem Mund vertreiben.«

»Und dann hat Judith dir ein Alibi gegeben?«

»Ich wollte eigentlich alles gestehen. Was hätte ich denn sonst tun sollen? Aber in der Zwischenzeit war die Mordwaffe verschwunden, und alle gingen von einem missglückten Einbruch aus. Judith hat mich bekniet, ich solle sagen, ich sei an dem Nachmittag mit ihr zusammen gewesen. Also habe ich mitgespielt. Ich hatte mir da vorher nichts überlegt.«

»Dir ist aber schon klar, dass dein Vater den Mord an Zach geplant hat, oder? Es war kein Totschlag, sondern Mord. Nachdem Judith ihm von ihrer Beziehung erzählt hatte und dass sie an dem Tag, als eure Mutter starb, mit Zach zusammen gewesen war, wusste euer Vater, dass dein Alibi platzen würde. Zach würde aussagen, dass er den Nachmittag mit Judith verbracht hatte.«

»Er hat Zach getötet, um mich zu schützen«, stellte Ted leise fest.

»Sollte ihm niemand auf die Schliche kommen, dann war dein Alibi sicher, und wenn doch, konnte er immer noch behaupten, sie seien in Streit geraten und er habe im Affekt gehandelt.«

»Was wird jetzt mit ihm passieren?«

»Das weiß ich nicht, Ted.«

»Wird er nun auch noch behaupten, dass er Mum getötet hat, um mich zu schützen?«

»Ich glaube, wenn er sich dazu gezwungen sieht, wird er es tun. Im Moment herrscht ein ziemliches Durcheinander, weil Elaine Kerrigan ins Spiel gekommen ist.«

»Wirst du es der Polizei sagen?«

»Nein«, antwortete Frieda nachdenklich, »ich glaube nicht.«

»Warum nicht?«

Frieda blieb stehen und schaute ihn mit ihren dunklen Augen an.

»Weil du es tun wirst.«

»Nein«, flüsterte er, »das kann ich nicht. Ich wollte sie doch gar nicht… ich kann nicht.«

»Wie waren denn die letzten Wochen für dich?«, fragte Frieda.

»Als wäre ich in der Hölle«, antwortet er kaum hörbar.

»In dieser Hölle wirst du nun für immer bleiben, es sei denn, du sagst die Wahrheit.«

»Wie kann ich das denn? Meine Mutter! Ich habe meine Mutter getötet!« Mit einer heftigen Bewegung brach er ab, stieß die Worte dann aber gleich noch einmal hervor: »Ich habe meine Mutter getötet. Ich sehe ihr Gesicht noch genau vor mir.« Ein wilder Ausdruck trat in seine Augen, während er auch diese Worte wiederholte: »Ich sehe ihr Gesicht noch genau vor mir. Ihr eingeschlagenes Gesicht. Die ganze Zeit.«

»Dir bleibt keine andere Wahl, auch wenn es davon nicht besser wird: Du wirst immer der Mensch sein, der seine Mutter getötet hat. Das wirst du mit dir herumtragen, bis du stirbst. Aber du musst zu dem stehen, was du getan hast.«

»Muss ich dann ins Gefängnis?«

»Spielt das eine Rolle?«

»Ich wünschte, ich könnte ihr sagen …«

»Was würdest du ihr denn gerne sagen?«

»Dass ich sie liebe. Dass es mir leidtut.«

»Das kannst du ihr doch trotzdem sagen.«

Der Weg verlief halbmondförmig, so dass sie nun zurück auf die Straße kamen, in der Louise Weller lebte. Ted blieb stehen und rang nach Luft.

»Wir müssen nicht wieder hinein«, erklärte Frieda. »Wir können auch gleich zum Präsidium gehen.«

Er starrte sie an. Sein junges Gesicht war von Angst erfüllt.

»Begleitest du mich?«

»Ja.«

»Weil ich nämlich nicht glaube, dass ich das allein schaffe.«

Frieda war schon viele Male durch London gewandert, aber an einen so gespenstischen, seltsamen Fußmarsch konnte sie sich nicht erinnern. Es war, als wichen die Menschen vor ihnen zurück, und in dem schwachen grauen Licht klangen ihre Schritte eigenartig hallend. Nach einer Weile hakte sie sich bei Ted unter, und er schmiegte sich an sie wie ein kleines Kind an seine Mutter. Frieda dachte an Judith und Dora, die in dem dunklen, ordentlichen, luftlosen Haus saßen, während ihr Vater weggesperrt war, und nun auch noch ihr Bruder – dieser junge, von Entsetzen geplagte Mann. Sie alle waren allein, jeder mit seinem eigenen Grauen und Kummer.

Schließlich erreichten sie ihr Ziel. Ted ließ Friedas Arm los. Er hatte inzwischen Schweißtropfen auf der Stirn und wirkte benommen.

Frieda legte ihm eine Hand auf den Rücken.

»Da wären wir«, sagte sie. Zusammen gingen sie hinein.

Karlsson war gerade in den Raum zurückgekehrt, in dem Russell Lennox saß, als Yvette den Kopf durch die Tür streckte und ihren Chef wieder herauswinkte.

»Was ist?«

»Ich dachte, Sie sollten das sofort erfahren: Frieda ist hier, mit dem Lennox-Jungen.«

»Mit Ted?«

»Ja. Laut Frieda hat er Ihnen etwas Wichtiges mitzuteilen.«

»Gut. Sagen Sie den beiden, ich komme gleich.«

»Und Elaine Kerrigan besteht immer noch darauf, dass sie es war.«

Karlsson kehrte in den Verhörraum zurück.

»Ich bin gleich wieder bei Ihnen«, wandte er sich an Russell Lennox, »aber so wie es aussieht, möchte Ihr Sohn mit mir sprechen.«

»Mein Sohn? Ted? Nein. Nein, das kann nicht sein. Nein …«

»Mister Lennox, was ist denn?«

»Ich war es. Ich werde Ihnen alles genau erzählen. Ich habe meine Frau getötet. Ich habe Ruth umgebracht. Setzen Sie sich. Schalten Sie den Kassettenrekorder ein. Ich möchte ein Geständnis ablegen. Gehen Sie nicht. Ich habe das getan, niemand sonst. Ich war es. Sie müssen mir glauben. Ich habe meine Frau ermordet. Ich schwöre bei Gott, dass ich es war.«

Ted hob den Kopf und sah Karlsson direkt ins Gesicht. Zum ersten Mal erlebte Karlsson den Jungen ganz ruhig und voller Konzentration auf ein Ziel ausgerichtet. Ted holte tief Luft und verkündete dann mit klarer, eindringlicher Stimme: »Ich bin hier, um den Mord an meiner Mutter zu gestehen – die ich sehr geliebt habe …«

58

Als Frieda zurückkehrte, saßen Josef und Chloë bei ihr in der Küche und waren mit einem Kartenspiel beschäftigt, bei dem es unter anderem darum ging, viel zu schreien und immer wieder eine Karte auf die andere zu klatschen. Während Frieda krampfhaft überlegte, wie sie ihrer Nichte die schlechte Nachricht mitteilen sollte, fand sie dennoch ein wenig Zeit, sich Gedanken darüber zu machen, wieso Chloë bei ihr im Haus war statt in der Schule, und wie dieses Haus, das ihr einst sichere Zuflucht vor der Welt gewährt hatte, zu einem zwanglosen Treffpunkt für jedermann hatte werden können, zu einem Ort der Unordnung und des Kummers. Vielleicht, dachte sie, würde sie sämtliche Schlösser austauschen lassen, wenn alles vorbei war. Sie sah Josef an.

»Könnten Chloë und ich kurz unter vier Augen sprechen?«, fragte sie.

Josef starrte sie verwirrt an.

»Vier Augen?«

»Ja«, erwiderte Frieda. »Könntest du einen Moment den Raum verlassen?«

»Ja, natürlich«, antwortete Josef. »Ich fahre jetzt sowieso zu Reuben – Poker für die Jungs.« Mit diesen Worten nahm er den Kater von seinem Schoß, drückte ihn an seine breite Brust und verzog sich mit ihm nach draußen.

Während Frieda es Chloë sagte, huschte eine schnelle Abfolge von Emotionen über das bleiche Gesicht des jungen Mädchens: Verwirrung, Schock, Kummer, Fassungslosigkeit, Wut. Als Frieda fertig war, trat zuerst einmal Stille ein. Chloës Blick flackerte hin und her.

»Hast du noch irgendwelche Fragen?«, brach Frieda schließlich das Schweigen.

»Wo ist er?«

»Auf dem Polizeipräsidium.«

»In einer Zelle?«

»Das weiß ich nicht. Sie werden seine Aussage aufnehmen, ihn dann aber vermutlich gleich in Untersuchungshaft behalten.«

»Er ist doch noch ein Kind.«

»Ted ist achtzehn. Er gilt als Erwachsener.«

Wieder herrschte Schweigen. Frieda sah, dass Chloës Augen zu funkeln begannen.

»Los, raus damit«, sagte sie.

»Du solltest eigentlich auf ihn aufpassen.«

»Ich glaube, ich *habe* auf ihn aufgepasst.«

»Wie meinst du das?«

»Er musste sich zu dem bekennen, was er getan hat.«

»Selbst wenn er sich dadurch das Leben ruiniert?«

»Es ist seine einzige Chance, sein Leben *nicht* zu ruinieren.«

»Deiner Meinung nach«, stieß Chloë bitter hervor, »deiner gottverdammten professionellen Meinung nach. Ich habe ihn zu dir gebracht. Ich habe ihn hierhergebracht, damit du ihm hilfst!«

»Anderen Menschen zu helfen ist nicht einfach. Es ist…«

»Halt den Mund! Halt den Mund, halt den Mund, halt den Mund! Ich möchte nichts davon hören, dass man Verantwortung übernehmen muss und wie verdammt wichtig es ist, selbst über sein Leben zu bestimmen. Du hast Ted verraten, und mich hast du auch verraten. *Das* hast du getan!«

»Er hat seine Mutter getötet.«

»Aber das wollte er doch nicht!«

»Was man bestimmt berücksichtigen wird.«

»Ich gehe.«

»Wohin?

»Nach Hause. Mum mag ja eine Irre sein und das Haus ein Dreckloch, aber zumindest schickt sie meine Freunde nicht ins Gefängnis.«

»Chloë…«

»Das verzeih ich dir nie.«

Sie sagte sich, dass es vorbei sei. Sie war am Ende angekommen. Die fiebrige Hektik der vergangenen Wochen würde langsam nachlassen. Das seltsame Gefühl konnte sich legen, so wie auch die schlimmsten Blutergüsse irgendwann verblassen, bis nur noch ein schwaches Ziehen übrig bleibt, das für niemanden mehr sichtbar ist. Der Lennox-Mord war gelöst, die Lennox-Kinder waren in ihren unterschiedlichen Gefängnissen gelandet. Chloë war weg. Sie, Frieda, hatte ihre Freundschaft mit Karlsson verraten. Die verzweifelte Suche nach einem Mädchen, das sie nie persönlich gekannt hatte, war vorüber und kam ihr bereits vor wie ein Traum. Sie fragte sich, ob sie Fearby jemals wiedersehen würde – seine stechenden Augen und sein weißes Haar.

Sie begann aufzuräumen, stellte alles wieder dorthin zurück, wo es hingehörte, wischte Flecken von den Tischen und Arbeitsflächen und behandelte den kleinen Schachtisch neben dem Fenster mit einer Bienenwachspolitur. Am Nachmittag würde sie zu Thelma Scott gehen und ihren geistigen Putzkübel in den dunklen Brunnen der Gedanken tauchen. Aber danach konnte sie vielleicht eine alte Schachpartie nachspielen und verfolgen, wie die Holzfiguren sich klackend über das Brett bewegten, während im Haus wieder Stille herrschte. Sandy musste sie auch anrufen. In dem ganzen Durcheinander hatte sie völlig den Kontakt zu ihm verloren. Die beiden Tage in New York erschienen ihr weit weg und seltsam unwirklich. Jetzt gestattete sie sich endlich, daran zu denken, wie zärtlich er sie in jener Nacht im Arm gehalten und was er alles zu ihr gesagt hatte. Jetzt durfte sie sich endlich wieder daran erinnern.

Erinnern. Frieda war die Treppe schon halb oben, als sie mitten in der Bewegung erstarrte. Irgendeine Kleinigkeit war ihr in den Sinn gekommen und brachte schlagartig ihr Herz zum Rasen. Aber was? Fearby. Es hatte etwas mit Fearby und seiner letzten Nachricht zu tun, die er ihr auf die Mailbox gesprochen hatte, bevor er aus ihrem Leben verschwunden war. Frieda ließ sich auf die Treppenstufe sinken und versuchte, sich den genauen Wortlaut dieser Nachricht ins Gedächtnis zu rufen. Das meiste davon war nicht wichtig gewesen, aber er hatte allem Anschein nach eine Idee gehabt, die er für so vielversprechend hielt, dass er deswegen weitere Nachforschungen anstellen wollte. Er hatte gesagt, er wolle die Akten zu den Mädchen ein weiteres Mal durchgehen. Doch er hatte noch etwas gesagt: Dass sie bei denen auf einem Auge blind gewesen seien. Ja, und dass er ein weiteres Mal los wolle, um sich das noch einmal anzusehen.

Hatte sie noch etwas vergessen? Ja, dass sie den Motor nicht gehört hätten. Was sollte das denn heißen, Herrgott noch mal? Es klang nach einer leicht verrückten Metapher für die Art, wie der menschliche Verstand arbeitete. Frieda überlegte so krampfhaft, dass es fast wehtat. Nein, das war alles, abgesehen davon, dass er hinzugefügt hatte, er werde vorbeikommen und ihr berichten, was er herausgefunden habe. Das hörte sich nicht nach viel an. Die Akten der Mädchen. Wir waren bei denen auf einem Auge blind. Was meinte er damit? Inwiefern blind? Gab es irgendeine zusätzliche Verbindung, die sie übersehen hatten? Er hatte »wir« gesagt. Inwiefern konnten Fearby und sie hinsichtlich der Mädchen auf einem Auge blind gewesen sein? Sie sann über den Rest der Nachricht nach. Er wolle sich das noch einmal ansehen, hatte er gesagt. Noch einmal. Was hieß das? Wollte er ein weiteres Mal zur Familie eines der Mädchen? Das war zumindest denkbar.

Dann aber dachte Frieda: Nein. Seine Nachricht hatte aus drei Teilen bestanden. Die Mädchen. Dass »wir« bei denen auf einem Auge blind waren. Und dass er sich das noch einmal ansehen wollte. Das konnte eigentlich nur bedeuten, dass er ein weiteres Mal an einen Ort wollte, an dem sie gemeinsam gewesen waren.

Wollte er noch einmal zu dem Pferdegnadenhof, um mit Doherty zu sprechen? Nein, das ergab keinen Sinn. Dann hätte er das auch so konkret formuliert. Seine Nachricht klang eher nach einer Ortsbesichtigung. Was nur heißen konnte, dass er erneut nach Croydon wollte. Um sich das noch einmal anzusehen. Aber was sollte das bringen? Die Polizei war doch schon in dem Haus gewesen. Sie hatten es durchsucht. Was konnte es da geben, das er sich genauer ansehen wollte? Wieder nahm sie die Nachricht in Gedanken auseinander wie eine Maschine, deren Einzelteile man auf einem Tisch ausbreiten konnte. Die Mädchen. Wir waren bei denen auf einem Auge blind. Sich das noch einmal ansehen. Am ersten Teil gab es kaum etwas zu deuteln: die Mädchen. Der dritte Punkt erschien ihr inzwischen auch klar: Croydon. Sich das noch einmal ansehen. Damit musste Croydon gemeint sein. Das Problem war der zweite Teil, das Mittelstück. Wir waren bei denen auf einem Auge blind. Wir. Das war klar: Fearby und Frieda. In welcher Hinsicht waren Fearby und Frieda auf einem Auge blind? Bei denen. Und dann war da noch die Sache mit dem Motor: Sie hatten den Motor nicht gehört. Welchen gottverdammten Motor?

Dann war es plötzlich, als wäre Frieda aus einem dunklen Tunnel in ein Licht getreten, das so gleißend war, dass sie kaum noch etwas sehen konnte.

»Bei denen.« Was, wenn damit gar nicht die Mädchen gemeint waren? Was, wenn der Motor überhaupt keine Metapher war – denn im Grunde neigte Fearby gar nicht dazu, in Bildern zu sprechen. Er legte Listen an und konzentrierte sich auf Gegenstände, Fakten, Details, Daten. Der Motor war derjenige, den Vanessa Dale an dem Tag gehört hatte, als sie von einem Mann angegriffen wurde – kurz bevor Hazel Barton ums Leben kam. Während Vanessa Dale die Hände ihres Angreifers bereits um den Hals spürte und vor Panik kaum noch Luft bekam, hatte sie einen Motor aufheulen gehört.

Was bedeutete, dass ihr Angreifer nicht allein gewesen war. Jemand anderer hatte im Wagen gesessen und den Motor aufheulen lassen – bereit, gleich loszubrausen. Nicht eine Person, sondern zwei. Ein Killerpaar.

59

Alles hatte jetzt eine stählerne Klarheit und harte Kanten. Sie wählte Thelma Scotts Nummer.

»Doktor Scott? Hier ist Frieda Klein. Ich muss meinen Termin absagen.«

Am anderen Ende herrschte kurz Schweigen.

»Haben Sie einen Moment Zeit zum Reden?«

»Eigentlich nicht. Ich muss etwas Dringendes erledigen – etwas, das nicht warten kann.«

»Frieda, geht es Ihnen gut?«

»Zurzeit wahrscheinlich nicht so besonders. Aber ich habe wirklich etwas Wichtiges zu erledigen. Das hat Vorrang vor allem anderen.«

»Sie klingen gar nicht gut.«

»Es tut mir so leid. Ich muss los.«

Frieda legte auf. Was brauchte sie? Schlüssel, Jacke, ihr verhasstes Telefon. Das war alles. Sie schlüpfte gerade in ihre Jacke, als es an der Tür klingelte. Draußen stand Josef, staubig von der Arbeit.

»Ich bin gerade am Gehen. Ich habe keine Zeit, nicht mal zum Reden.«

Josef hielt sie am Arm fest.

»Frieda, was ist los? Alle rufen sich gegenseitig an. Alle fragen: Wo ist Frieda? Was macht sie? Aber du rufst nie an. Du rufst nie zurück.«

»Ich weiß, ich weiß. Ich werde es euch erklären, aber nicht jetzt. Jetzt muss ich nach Croydon.«

»Croydon? Geht es um die Mädchen?«

»Ich weiß es nicht. Vielleicht.«

»Allein?«

»Ich bin schon groß.«

»Ich fahre dich.«

»Sei nicht albern.«

Josef betrachtete sie streng.

»Entweder ich fahre dich, oder ich halte dich hier fest und rufe Reuben an.«

»Willst du es darauf ankommen lassen?«, fragte Frieda aufgebracht.

»Ja.«

»Meinetwegen, dann fährst du mich eben. Ist das deiner?«

Hinter Josef parkte ein ramponierter weißer Lieferwagen.

»Ja, für die Arbeit.«

»Dann nichts wie los.«

Es war eine endlos lange Fahrt, erst in Richtung Park Lane, dann in Richtung Victoria und schließlich über die Chelsea Bridge ins südliche London. Frieda hatte die Landkarte aufgeschlagen auf dem Schoß liegen. Während sie Josef Anweisungen gab, überlegte sie, was sie tun sollte. Battersea. Clapham. Tooting. Sollte sie Karlsson anrufen? Aber was konnte sie ihm erzählen? Von ihrem Verdacht hinsichtlich eines Mannes, von dem sie weder den Namen noch die Adresse wusste? Von einem Mädchen, nach dem niemand suchte? Und das alles nach diesem letzten schrecklichen Telefonat? Mittlerweile waren sie in Stadtteile Süd-Londons vorgedrungen, deren Namen ihr kaum noch etwas sagten. Friedas Anweisungen wurden komplizierter, bis sie Josef schließlich ein Stück an Lawrence Dawes' Haus vorbeifahren ließ.

»So«, meinte Josef erwartungsvoll.

Frieda überlegte einen Moment. Lawrence und sein Freund Gerry. Bei denen waren Fearby und sie auf einem Auge blind. Sie kannte weder Gerrys Familiennamen, noch wusste sie, wo er wohnte. Eines wusste sie allerdings doch: bachaufwärts, hatte Lawrence gesagt. Gerry lebte bachaufwärts, was bedeutete, dass er auf derselben Straßenseite wohnte wie Lawrence. Außerdem erinnerte sie sich daran, dass das kleine Flüsschen von rechts nach links floss, wenn man in Lawrences Garten mit dem Rücken zum Haus stand. Demnach musste Gerrys Haus also rechts davon liegen, aber nicht direkt daneben, sonst hätte Lawrence bestimmt gesagt, »mein Nachbar, der gleich nebenan wohnt«. Hatte er nicht davon gesprochen, dass nebenan Flüchtlinge lebten? Entschlossen stieg sie aus. Sie würde mit dem übernächsten Haus beginnen. Josef stieg ebenfalls aus.

»Ich schaffe das schon allein«, erklärte Frieda.

»Ich komme mit.«

Lawrence Dawes wohnte in Nummer acht. Frieda und Josef steuerten auf Nummer zwölf zu. Frieda läutete. Keine Reaktion. Sie läutete noch einmal.

»Niemand zu Hause«, stellte Josef fest.

Sie gingen wieder hinaus auf den Gehsteig und wandten sich der Nummer vierzehn zu.

»Warum machen wir das eigentlich?«, fragte Josef mit etwas ratloser Miene, nachdem Frieda geklingelt hatte, doch ehe sie antworten konnte, ging bereits die Tür auf, und vor ihnen stand eine weißhaarige alte Dame. Einen Moment lang wusste Frieda gar nicht, was sie sagen sollte, sie hatte sich nichts zurechtgelegt.

»Guten Tag«, begann sie schließlich, »ich soll etwas abgeben, für einen Freund von einem Freund von mir. Er heißt Gerry und müsste gut sechzig sein. Ich weiß, dass er in einem von diesen Häusern wohnt, bin mir aber nicht sicher, in welchem.«

»Das könnte Gerry Collier sein«, meinte die Frau.

»Anfang sechzig?«, hakte Frieda nach. »Braunes, schon etwas grau meliertes Haar?«

»Das klingt ganz nach ihm. Er lebt allein. In Nummer achtzehn.«

»Vielen Dank«, sagte Frieda.

Die Frau schloss die Tür. Frieda und Josef kehrten zum Lieferwagen zurück und stiegen ein. Frieda betrachtete das Haus. Eine zweistöckige Doppelhaushälfte mit grauem Kieselrauputz und Fensterrahmen aus Aluminium. Der Vorgarten wirkte ausgesprochen gepflegt. Über eine kleine Mauer aus weißem Stein hingen gelbe, blaue, rote und weiße Blumen.

»Und jetzt?«, fragte Josef.

»Warte einen Moment«, antwortete Frieda. »Ich überlege gerade, was wir tun sollen. Wir können …«

»Stopp!«, zischte Josef. »Sieh mal.«

Die Tür von Nummer achtzehn öffnete sich, und Gerry Collier kam heraus. Er war mit einer grauen Windjacke bekleidet und trug eine Einkaufstasche aus Kunststoff. Mit raschen Schritten eilte er in Richtung Gehsteig und dann die Straße entlang.

»Ich frage mich, ob wir ihm folgen sollen«, sagte Frieda.

»Ihm folgen?«, wiederholte Josef. »Das bringt doch nichts.«

»Da hast du wahrscheinlich recht. Vermutlich geht er nur einkaufen. Wir haben ein paar Minuten Zeit. Josef, kannst du mir helfen, in das Haus zu kommen?«

Josef starrte sie verblüfft an. Dann begann er übers ganze Gesicht zu strahlen.

»Du willst in das Haus einbrechen? Du, Frieda?«

»Aber ein bisschen flott.«

»Das ist kein Witz?«

»Es ist ganz und gar kein Witz.«

»Also gut, Frieda. Ich mache, was du sagst, und frage später.« Er griff nach seiner Werkzeugtasche. Nachdem er einen schweren Schraubenschlüssel und zwei Schraubenzieher herausgesucht hatte, stiegen sie aus und steuerten auf die Haustür von Nummer achtzehn zu.

»Wir müssen uns beeilen«, drängte Frieda, »und möglichst leise sein. Falls du das schaffst.«

Josef ließ prüfend die Finger über das Schloss gleiten. Offenbar besaß er für so etwas ein gewisses Fingerspitzengefühl.

»Was ist wichtiger, schnell oder leise?«, fragte er.

»Schnell.«

Josef schob einen der beiden Schraubenzieher in den Spalt zwischen Tür und Rahmen. Er verkantete ihn ein wenig, wodurch die Lücke etwas breiter wurde. Dann schob er den zweiten Schraubenzieher etwa dreißig Zentimeter weiter unten in den Spalt. Er warf einen Blick zu Frieda hinüber.

»Bereit?«

Frieda nickte. Sie sah ihn lautlos die Worte eins, zwei *drei* formen, woraufhin er die beiden Schraubenzieher ruckartig zu sich heranzog und sich gleichzeitig fest gegen die Tür lehnte. Man hörte etwas splittern, und die Tür schwang auf.

»Wohin jetzt?«, flüsterte Josef heiser.

Frieda überlegte einen Moment. Sie hatte das Haus von Lawrence Dawes gesehen. Was war am naheliegendsten? Sie deutete nach unten. Josef stellte seine Tasche ab, und sie schlichen den Gang links von der Treppe entlang. Josef ging voraus, blickte sich aber immer wieder um. Schließlich blieb er stehen und machte eine Kopfbewegung nach rechts. Eine Tür führte zurück unter die Treppe. Frieda nickte, woraufhin Josef die Tür leise öffnete. Frieda konnte nur ein paar Stufen erkennen, der Rest lag im Dunkeln. In der Luft hing ein leicht süßlicher Geruch, den Frieda nicht recht einzuordnen wusste. Josef tastete an der Wand entlang, bis er auf einen Lichtschalter stieß. Als das Licht anging, fuhr Frieda erschrocken zusammen: Am Fuß der Treppe saß eine Gestalt auf dem Boden, den Rücken an die Ziegelwand gelehnt. Der Großteil des Oberkörpers befand sich im Schatten. Josef zischte Frieda zu, sie solle lieber oben bleiben, doch Frieda stieg entschlossen die Treppe hinunter. Schon nach den ersten paar Stufen wusste sie, wer es war. Sie erkannte die Jacke, das weiße Haar, die gebeugte Gestalt. Als sie den Kellerboden erreichte, starrte Jim Fearby sie aus weit aufgerissenen, aber blicklosen Augen an. Auch sein Mund war wie vor Überraschung aufgerissen, und von seinem Scheitel zog sich ein großer bräunlicher Fleck an einer Seite seines Gesichts nach unten. Beinahe hätte Frieda sich zu ihm hinuntergebeugt, um sich zu vergewissern, dass er wirklich tot war, doch sie nahm sich zusammen. Es hatte keinen Sinn. In ihr stieg eine Woge der Übelkeit hoch, die jedoch ganz schnell einer Traurigkeit wich angesichts dieses verlassenen, freundlichen Mannes, der am Ende doch recht behalten hatte.

Josef kam nun ebenfalls die Treppe herunter. Frieda war gerade im Begriff, etwas zu sagen, als sie irgendwo in den Tiefen des Kellers ein Geräusch hörte, das wie das Wimmern eines Tiers klang. Sie schaute sich um. Ein Stück weiter vorne bewegte sich etwas. Zögernd trat sie ein paar Schritte vor, bis sie in dem Dämmerlicht allmählich eine Gestalt erkennen konnte – eine junge, weibliche Gestalt, die in stehender Haltung an der Wand lehnte, die Arme und Beine weit gespreizt. Frieda sah verfilztes Haar, blinzelnde Augen, einen zugeklebten Mund. Nach ein paar weiteren Schritten erkannte sie, dass die Frau, die nun wieder dieses verzweifelte Wimmern von sich gab, an den Hand- und Fußgelenken sowie an Taille und Hals mit Draht an die Wand fixiert war. Frieda legte einen Finger an die Lippen. Sie versuchte, ein Handgelenk aus der Drahtschlinge zu befreien, doch einen Augenblick später stand bereits Josef neben ihr. Er zog etwas aus der Jackentasche. Frieda hörte das Geräusch einer Zange, und schon war eine Hand frei. Die andere folgte, dann der Hals und schließlich die Taille. Die Frau kippte kraftlos nach vorne. Frieda stützte sie, um zu verhindern, dass sie sich die Knöchel brach. Rasch kniete Josef sich hin und befreite sie auch noch von ihren Fußfesseln, woraufhin die Frau ihrerseits auf die Knie fiel.

»Ruf Hilfe«, wandte Frieda sich an Josef.

Josef zog sein Handy heraus.

»Ich muss nach oben, hier habe ich kein Netz«, erklärte er.

»Neun neun neun«, wies Frieda ihn an.

»Ich weiß«, antwortete Josef.

Frieda blickte der Frau ins Gesicht.

»Sharon?« Sie bekam nur ein Wimmern zur Antwort. »Ich ziehe jetzt das Klebeband ab. Wir bringen Sie hier raus, aber seien Sie bitte still. Gerry ist im Moment nicht im Haus, trotzdem müssen wir uns beeilen.« Die junge Frau stieß ein weiteres Wimmern aus. »Keine Sorge, wir bringen Sie hier raus. Aber das tut jetzt sicher weh.« Endlich bekam Frieda das Band richtig zu fassen und zog es ab. Die Haut, die darunter zum Vorschein kam, war bleich und rau und roch nach Verwesung. Sharon wimmerte wie ein verwundetes Tier. »Ist schon gut«, versuchte Frieda sie zu beruhigen. »Wie gesagt, er ist weg.«

»Nein!« Sharon schüttelte heftig den Kopf. »Der andere Mann!«, stieß sie heftig hervor.

»Mist!« Frieda wandte sich um und stürmte nach oben. »Josef!«

Doch sie hörte bereits etwas klappern und krachen, als fielen Möbel um, und als sie endlich die Kellertür erreichte, sah sie schemenhafte, sich schnell bewegende Gestalten und hörte laute Schreie. Sie konnte gar nicht richtig erkennen, was da vor sich ging, und rutschte mit einem Fuß aus. Der Boden war nass und klebrig. Die Eindrücke prasselten nur so auf sie ein: zwei Gestalten, die miteinander rangen, aufblitzendes Metall, Schreie, klatschende Geräusche, Schläge und so heftige Erschütterungen, dass der Boden unter ihren Füßen bebte. Friedas Fokus verengte sich, als sähe sie die Welt plötzlich durch einen langen, dünnen

Schlauch. Auch ihre Gedanken verengten sich. Es war, als würden sie sich verlangsamen, und das Gleiche schien mit der Zeit zu geschehen. Doch Frieda wusste, dass sie nicht zusammenbrechen durfte, weil sonst alles umsonst gewesen wäre. Sie bekam etwas zu fassen, auch wenn sie keine Ahnung hatte, was es war oder wo es herkam, aber es war schwer, und sie schlug damit zu, so fest sie nur konnte. Dann wurde die Szene allmählich wieder klarer, als würde jemand das Licht immer weiter aufdrehen. Lawrence Dawes lag mit dem Gesicht auf dem Boden, und rund um seinen Kopf breitete sich eine dunkelrote Lache aus, während Josef sich keuchend und stöhnend gegen die Wand lehnte und Frieda an die Wand gegenüber sank. Erst jetzt erkannte sie, dass das nasse, klebrige Zeug an ihren Händen Blut war.

60

Frieda? Frieda, *Frieda.*« Josef hatte offenbar alle seine Fremdsprachenkenntnisse vergessen. Das Einzige, was er noch herausbrachte, war ihr Name. Er wiederholte ihn immer wieder.

Frieda ging die wenigen Schritte zu ihm hinüber. In ihrem Kopf herrschte plötzlich Klarheit, und sie fühlte sich ganz leicht und ruhig, durchdrungen von neuer Entschlossenheit und Energie. Josef hatte an der Wange eine böse Platzwunde, die sich bis zu seinem Hals hinunterzog. Außerdem fiel Frieda auf, dass sein linker Arm seltsam herabhing. Unter dem ganzen Dreck, den er abbekommen hatte, wirkte sein Gesicht beängstigend blass.

»Mit mir ist alles in Ordnung, Josef«, sagte sie. »Ich danke dir, mein lieber, lieber Freund.«

Dann kauerte sie sich neben Lawrence Dawes. Sein Kopf war an der Stelle, wo sie ihn getroffen hatte, blutverschmiert, aber sie sah, dass er atmete. Sie starrte einen Moment auf den schweren Gegenstand hinunter, den sie noch immer in der Hand hielt. Es handelte sich um einen von Josefs wuchtigen Schraubenschlüsseln, der ihm aus seiner Werkzeugtasche gefallen sein musste und nun voller Blut war.

»Nimm das Ding hier«, sagte sie zu Josef, »und wenn er zu sich kommt, brätst du ihm damit noch eine über. Ich bin gleich wieder da.«

Sie rannte in die Küche und fing an, Schubladen herauszuziehen. Gerry Collier war ein sehr organisierter Mann, bei ihm hatte alles seinen angestammten Platz. Frieda fand eine Schublade mit diversen Schnüren, Isolierband und Stiften. Sie entschied sich für eine Rolle Wäscheleine. Damit würde es gehen. Nachdem sie zu den beiden Männern zurückgekehrt war, beugte sie sich über Lawrence Dawes und band ihm rasch die Hände zusammen, indem sie die Wäscheleine etliche Male um seine Handgelenke schlang. Dann führte sie die Leine hinunter zu seinen Füßen und umwickelte damit seine beiden Fußknöchel, bis sie ihn für ausreichend verschnürt hielt.

Als sie daraufhin ihr Handy aus der Tasche zog und die Notrufnummer wählte, fiel ihr auf, dass ihre Hände kein bisschen zitterten. Sie erklärte, dass sie jede Menge Polizei und mehrere Krankenwagen bräuchten, nannte die Adresse und wiederholte sie sicherheitshalber noch einmal. Als sie dann ihren Namen nannte, kam er ihr seltsam fremd vor, als gehörte er zu einer anderen Person. Nachdem sie noch hinzugefügt hatte, sie sollten sich beeilen, steckte sie das Telefon zurück in ihre Tasche. Neben sich hörte sie Josefs keuchenden Atem. Als sie sich ihm zuwandte, um ihm den Schraubenschlüssel abzunehmen, sah sie, dass er vor Schmerz das Gesicht verzog. Sie berührte ihn leicht an der Schulter. »Harre noch eine Minute hier aus«, sagte sie zu ihm und drückte ihm einen Kuss auf die feuchte Stirn.

Sie rannte die Kellertreppe hinunter. Unten angekommen, blieb sie kurz stehen, schloss mit den Daumen Fearbys Lider und strich ihm das Haar aus dem Gesicht. Dann ging sie weiter zu Sharon Gibbs, die noch immer die Körperhaltung einnahm, in der sie sie zurückgelassen hatte: die Knie auf dem Boden, den Kopf auf den Armen. Sie stieß kehlige Laute aus, die Frieda an ein verwundetes Tier denken ließen. Die junge Frau trug eine verdreckte Hose mit Kordelzug und ansonsten nur einen knappen BH, der kaum ihre flachen Brüste bedeckte. Sie war barfuß. Ihre Fersen sahen rau und eingerissen aus. Trotz des fahlen Lichts registrierte Frieda, dass auch der Rest ihres Körpers einen sehr geschundenen Eindruck machte: Ihre Haut war übersät mit Blutergüssen und kleinen Wunden, die Frieda für Brandmale von Zigaretten hielt.

Sie ging neben Sharon in die Hocke und schob ihr eine Hand unter den Ellbogen.

»Können Sie aufstehen?«, fragte sie. »Lassen Sie mich helfen, kommen Sie.« Sie zog ihre Jacke aus und legte sie um den abgemagerten Oberkörper der jungen Frau. Ihre Rippen zeichneten sich deutlich ab, ebenso die Schlüsselbeine. Ihre Haut roch nach Fäulnis und Verwesung. »Kommen Sie, Sharon«, sagte Frieda in sanftem Ton. »Es ist vorbei, Sie sind in Sicherheit. Kommen Sie mit, raus aus diesem Loch.«

Sie musste das Mädchen halb stützen, halb tragen – hinaus aus dem Keller, der ihre Folterkammer gewesen war, an Fearby vorbei und die Treppe hinauf ins Tageslicht, das bereits schwächer wurde. Trotzdem empfand Sharon es als so blendend hell, dass sie einen Schmerzenslaut ausstieß und sich vornüberbeugte, wobei sie fast wieder zu Boden ging und dabei hustend ein paar Tropfen erbrach. Frieda schleppte sie zur Tür, hinaus aus dem verfluchten Haus. Auf der Eingangstreppe setzte sie sie ab, damit sie erst einmal ein wenig frische Luft schnappen konnte.

Josef folgte ihnen schwankend nach draußen. Frieda nahm ihren Baumwollschal ab und wickelte ihn Josef an der Stelle um den Hals, wo er immer noch stark blutete. Er machte Anstalten, sich ebenfalls auf der Treppe niederzulassen, doch Sharon zuckte vor ihm zurück.

»Keine Angst«, beruhigte Frieda sie. »Dieser Mann tut niemandem etwas zuleide. Er hat Sie gerettet, Sharon. Wir verdanken ihm beide unser Leben.«

»Ich war auf der Suche nach Lila«, wimmerte Sharon. »Ich wollte zu Lila.«

»Ist schon gut. Lassen Sie sich Zeit mit dem Reden.«

»Ist sie tot?«

»Ja. Da bin ich mir sicher. Vermutlich hat sie die Wahrheit über ihren Vater herausgefunden, und deswegen hat er sie getötet. Aber Sie sind noch am Leben, Sharon, und in Sicherheit.«

Frieda stellte sich neben die beiden. Aus dem Nachbargarten wehte der Duft von Geißblatt herüber, und drei Türen weiter entdeckte Frieda die alte Dame von vorhin, die gerade mit einem Schlauch ihren Vorgarten goss. Es war ein schöner Abend im späten Frühling. Ihr Blick wanderte die Straße entlang. Sie hielt nicht nur Ausschau nach dem blitzenden Blaulicht der Polizei und der Krankenwagen, sondern auch nach der Gestalt von Gerry Collier. Es war erst wenige Minuten her, dass sie und Josef ihn weggehen gesehen hatten, doch ihr kam es vor wie Stunden oder Tage – eine andere Welt. Die Haustür hinter ihnen war aufgebrochen, und unten im Keller lehnte die Leiche von Jim Fearby, dessen langjährige Mission nun zu Ende war.

Endlich tauchten sie auf und brachten mit ihren Sirenen und

Blaulichtern Unruhe in den milden Abend. Man konnte sie bereits hören, bevor sie zu sehen waren, und auch das blaue Licht kreiste schon über der Straße, bevor die Streifenwagen und Ambulanzen eintrafen. Mit quietschenden Reifen kamen sie zum Stehen, Männer und Frauen sprangen heraus, energische Stimmen erteilten Anweisungen oder riefen einander Informationen zu. Sanitäter beugten sich über die Verletzten, Tragbahren und Sauerstoffmasken wurden herbeigeschafft. Nachbarn versammelten sich entlang der Straße. Frieda schien es, als bildete ihr kleines Grüppchen plötzlich den Mittelpunkt einer Welt, die sich immer enger um sie zusammenzog.

»Mein Name ist Frieda Klein«, hörte sie sich mit ruhiger, klarer Stimme sagen. »Von mir stammte der Notruf. Dieser verletzte Mann hier ist mein Freund Josef. Und das ist Sharon Gibbs, die seit Wochen als vermisst gilt. Sie wurde hier im Keller von dem Mann festgehalten, der gefesselt in der Diele liegt, Lawrence Dawes. Gehen Sie sorgsam mit ihr um, wer weiß, was sie alles durchgemacht hat. Ein zweiter Mann befindet sich noch auf freiem Fuß, Gerry Collier. Sie müssen ihn finden.«

»Gerry Collier, sagen Sie?«

»Ja. Ihm gehört dieses Haus. Außerdem werden sie drinnen auf die Leiche eines Mannes namens Jim Fearby stoßen. Für ihn kommt jede Hilfe zu spät.«

Über ihr schwebten verschwommene, namenlose Gesichter, die überrascht den Mund aufrissen und sie mit großen Augen anstarrten. Jemand sagte etwas, doch Frieda ließ sich nicht aus dem Konzept bringen.

»Im Garten werden Sie weitere Leichen finden.« Sie konnte nicht sagen, ob sie immer noch in ruhigem Ton sprach oder die Worte inzwischen laut ausrief, als stünde sie auf einer Kanzel. »Oder im Keller«, fügte sie hinzu.

Sharon Gibbs wurde aus ihrer gekrümmten Sitzhaltung auf der Haustreppe behutsam auf eine Trage gehoben. Sie wandte ihr verhärmtes, schmutziges Gesicht Frieda zu und blickte sie aus großen Augen flehend an. Als Nächstes wurde Lawrence Dawes aus dem Haus getragen, immer noch mit der Wäscheleine gefesselt. Seine zuckenden Lider öffneten sich kurz. Einen Moment starrten Frieda und er einander an, dann wandte er den Kopf ab.

»Kann bitte jemand Karlsson verständigen?«, fuhr Frieda fort.

»Karlsson?«

»Detective Chief Inspector Malcolm Karlsson.«

Eine Frau legte Josef eine Decke um die Schultern und befreite seinen Hals vorsichtig von Friedas blutigem Schal. Josef stand aus eigener Kraft auf, machte dabei aber einen sehr benommenen Eindruck. Seine kräftige Gestalt schwankte ein wenig, und seine Lippen wirkten völlig blutleer. Frieda umarmte ihn, wobei sie auf seinen verletzten Arm achtete, und drückte kurz den Kopf an seine Brust. Sie konnte sein Herz hämmern hören und roch seinen Schweiß und sein Blut.

»Bestimmt bist du ganz schnell wieder auf den Beinen«, sagte sie. »Das hast du gut gemacht, Josef.«

»Ich?«

»Ja. Ich werde es deinen Söhnen schreiben. Sie werden sehr stolz auf dich sein.«

»Stolz?«

»Ja, stolz.«

»Aber du …«

»Ich komme dich ganz bald besuchen.« Sie wandte sich an die Frau. »Wohin bringen Sie ihn?«

»Ins St. George's.«

Dann war Josef weg, und Fearbys Leiche wurde aus dem Haus getragen. Obwohl sein Gesicht zugedeckt war, konnte Frieda sein feines weißes Haar sehen. Am anderen Ende lugten seine Füße unter der Decke hervor. Die Schuhe waren alt und abgetragen, und eines der Schuhbänder hing herab.

Die Krankenwagen fuhren davon, und plötzlich war sie allein. Auf der Straße versammelten sich immer mehr Schaulustige. Das Haus war erhellt von unnatürlich grellem Licht und erfüllt von Lärm und Stimmen, aber hier draußen vor der Tür, auf diesem kleinen Fleckchen Erde war sie endlich für sich. Hinter ihr klaffte die offene Tür wie ein stinkendes Maul. Sie konnte den widerlichen Gestank fast riechen.

»Frieda Klein?«

Vor ihr stand ein Mann. Im Gegenlicht sah sie nur eine Silhouette.

»Ja.«

»Ich muss dringend mit Ihnen sprechen. Ein paar Minuten brauche ich noch, dann bin ich bei Ihnen. Bitte warten Sie hier auf mich.«

Er ließ sie wieder allein. Ihr Handy klingelte. Sie warf einen Blick darauf – Sandy –, ging aber nicht ran. Nachdem es zu klingeln aufgehört hatte, schaltete sie es aus.

Ohne darüber nachzudenken, was sie tat, ging sie ins Haus. Niemand hielt sie auf oder schien sie zu bemerken. Durch die Hintertür trat sie in den Garten hinaus. Er hatte die gleiche Größe und Form wie der von Lawrence Dawes, und überall blühten Blumen. Es waren schöne, lieblich duftende Blumen: Pfingstrosen, Rosen, Fingerhut und hoch gewachsene Lupinen. Vielleicht zogen sie ihre Kraft aus den Leichen, ging Frieda durch den Kopf. Vielleicht wirkten sie deswegen so gesund und farbenprächtig. Sie lief die Rasenfläche entlang, vorbei an einem gepflegten Gemüsebeet, bis sie schließlich an dem seichten kleinen Flüsschen stand, dem River Wandle. Sie konnte die Kieselsteine auf seinem Grund erkennen, und ein paar winzige dunkle Fische. Hinter ihr toste der Lärm der Welt, aber hier gab es nur diesen dahinplätschernden Bach. Sie konnte sein leises Gurgeln hören. Eine Schwalbe schoss an ihr vorbei, jagte knapp über der Wasseroberfläche ein Stück dahin und stieg dann wieder hinauf in den Abendhimmel.

Frieda wollte nur noch nach Hause. Sie musste an etwas denken, das sie als Kind einmal gelesen hatte: Wenn du dich im Dschungel verirrst, dann suche dir ein Flüsschen und folge ihm flussabwärts, dann kommst du irgendwann an einen größeren Fluss oder ans Meer. Dieser kleine Bach würde sie nach Hause führen.

Sie zog ihre Sandalen aus, krempelte die Jeans hoch und stieg ins Wasser. Es war kühl, aber nicht kalt, und reichte ihr bis zu den Knöcheln. Vorsichtig watete sie sein steiniges Bett entlang, bis sie sich auf Höhe von Lawrence Dawes' Garten befand. Dort hatten sie zusammen Tee getrunken, und er hatte ihr seinen kleinen Fluss gezeigt. Sie hörte noch seine sanfte, liebenswürdige Stimme: *Wir haben oft kleine Papierschiffchen gebaut und sie in den Bach gesetzt. Dann haben wir zugesehen, wie sie davontrieben, und ich habe immer zu den Kindern gesagt, in drei Stunden würden die Schiffchen die Themse erreichen und dann, wenn die Gezeiten mitspielten, aufs Meer hinaussegeln.*

Frieda durchquerte den Bach und stieg am anderen Ufer zu einem schmalen, ziemlich zugewachsenen Pfad hinauf, wo sie mit ihren nassen Füßen wieder in ihre Sandalen schlüpfte. Hier war alles grün und wild, ein Dickicht aus Ranken, Nesseln und Wiesenkerbel. Es roch nach Gras und feuchtem altem Laub. Frieda marschierte los.

Der geheime Fluss verengte sich zu einem schmalen Band aus braunem Wasser. Frieda hielt mit seinem Tempo Schritt und beobachtete, wie immer wieder schimmernde Luftblasen aufstiegen und an der Oberfläche zerplatzten. Mit ihnen sah sie Jim Fearbys Gesicht aufsteigen. Seine toten Augen starrten sie an. Was war ihm als Letztes durch den Kopf gegangen? Sie wünschte so sehr, er wäre lange genug am Leben geblieben, um noch zu erleben, dass er gewonnen hatte. Auch das Gesicht von Josef tauchte vor ihr auf. Er war bereit, sein Leben für sie zu opfern, während sie selbst ihr Leben manchmal am liebsten ohne jeden Grund hingeworfen hätte – wäre ihr das nicht wie ein Sakrileg erschienen.

Ein kleines Stück in die andere Richtung verschwand der Wandle auf Nimmerwiedersehen im Boden, in einem Netzwerk unterirdischer Quellen, wo er sich seinen Weg durch die Erde grub. Von hier aber schlängelte er sich in Richtung Norden, begleitet von dem schmalen, mittlerweile fast zugewachsenen Weg. Nesseln ließen Friedas Füße brennen, und herabhängende Zweige strichen ihr über die Wangen, so dass sie das Gefühl hatte, sich in einem Tunnel aus grünem Licht zu befinden. Ein scheußlicher, leicht süßlicher Geruch stieg ihr in die Nase. Irgendwo in der Nähe musste ein totes, bereits verwesendes Tier liegen. Ihr ging durch den Kopf, wie sehr dieser kleine Fluss sich in früheren Zeiten abgemüht hatte. Damals war er voller Fäkalien, Gift und Tod gewesen, eine verhärtete Arterie, verstopft mit Müll. An seinen Ufern hatte es Wassermühlen und Gerbereien gegeben, Lavendelfelder und Teiche mit Wasserkresse – Fäkalien, Chemikalien und Blumen. Das alles war längst verschwunden, zerstört und begraben unter Beton und Wohnsiedlungen. Zu ihrer Linken konnte Frieda durch das grüne Gewirr eine verlassene Lagerhalle erkennen, dann eine hässliche Ansammlung von Leichtindustriebetrieben, einen leeren Parkplatz, schließlich eine Müllkippe, die aus den Schatten der Dämmerung aufragte. Der kleine Fluss aber schlängelte sich einfach weiter, schnell und klar führte er Frieda heraus aus dem Labyrinth.

Nach einer Weile verbreiterte er sich und wurde wieder langsamer. Aus seinem dahinströmenden Wasser stiegen erneut Gesichter zu Frieda auf – Gesichter junger Frauen, mit Wasserpflanzen statt Haaren. Sie riefen um Hilfe. Zu spät. Nur Sharon Gibbs war gerettet worden. Frieda hörte sie wieder wimmern wie ein Tier und roch ihr sterbendes Fleisch. Vor ihrem geistigen Auge sah sie das dunkle Kellerloch, Ratten mit gelben Zähnen. Was hatten sie ihr angetan, und was hatte sie dabei gefühlt? Sie selbst, Frieda, hatte in seinem Garten Tee mit ihm getrunken, ihn freundlich angelächelt. Sie hatte seine Hand geschüttelt – was hatte diese Hand getan? Seine eigene Tochter. Lily. Lila. Ein wildes Kind. All diese wilden Kinder. Verlorene junge Frauen. Wie viele von ihnen gab es noch in ihren eigenen Unterwelten?

Sie sah das junge Gesicht von Ted und dann die Gesichter von Dora und Judith – mutterlose, vaterlose Kinder, die sich nach Liebe und Geborgenheit sehnten. Aus ihrem Zuhause gerissen. Allein gelassen vor dem Scherbenhaufen ihres Lebens. Was hatte sie getan? Wie sollte sie mit dem Schaden, den sie angerichtet hatte, weiterleben? Konnte sie diese Bürde überhaupt tragen? Bis ans Ende ihrer Tage?

Inzwischen wurde der Fluss von betonierten Ufern gezähmt, und plötzlich war der Pfad eine Straße, die entlang einer roten, mit Stützen versehenen Ziegelmauer verlief. Schlagartig fühlte Frieda sich in die Vergangenheit zurückversetzt, in ein Dorf auf dem Land. Neben ihr ragte eine graue Kirche auf, umgeben von Gräbern, die sich in der Enge eines kleinen Friedhofs aneinanderdrängten. Friedas Blick fiel auf einen Grabstein mit dem Namen eines Jungen im Teenageralter, gefallen im Ersten Weltkrieg. Einen Moment kam es ihr vor, als würde sich eine Gestalt vom Boden erheben, aber es war nur der sterbende Tag, der ihr einen

Streich spielte. Sie hatte keine Ahnung, wie spät es war, und auch keine Lust, ihr Handy einzuschalten, um nachzusehen. Es spielte sowieso keine Rolle. Sie hatte nichts dagegen, noch den ganzen Abend so dahinzuwandern, hinein in die Nacht. Am liebsten wäre sie tagelang weitergegangen, ohne stehen zu bleiben. Der Schmerz in ihren Beinen und Lungen tat ihr gut – besser als der Schmerz in ihrem Herzen.

Aber wohin war ihr Fluss verschwunden? Man hatte ihn ihr weggenommen. Sie stolperte, spürte scharfe Kiesel unter ihren Sohlen. Vor ihr erstreckte sich ein Park. Sie steuerte auf eine Allee zu, gesäumt von großen Bäumen. Nach einer Weile entdeckte sie ein Stück weiter vorne eine kleine Steinbrücke. Sie hatte ihn wiedergefunden. Er brachte sie zu einem Teich: Libellen in der Dämmerung, eine Kindersandale auf einer Bank. Dann aber führte er sie zu einer Straße und verschwand wieder. An Frieda brauste ein Auto vorbei, aus dem laute Bässe drangen, dann ein Motorradfahrer in schwarzer Lederkluft, windschnittig über seine Maschine gebeugt. Frieda war in einem Korridor schäbiger Häuser und Wohnungen gelandet, doch sie lief einfach weiter in die Richtung, in die der Fluss geflossen war, und nach ein paar Minuten tauchte er wieder auf – fröhlich plätschernd, als hätte er sie nur ein wenig necken wollen. Ihr Weg führte sie an etlichen Gebäuden vorbei, darunter auch vielen kleineren Häuschen, bis sie schließlich eine alte Mühle erreichte und sich plötzlich auf einem zugewachsenen Pfad von der Straße wegbewegte. Während sie diesen geheimen Gang entlangmarschierte, hatte sie das Gefühl, als bliebe die Stadt hinter ihr zurück. Man konnte drei Meter entfernt stehen, ohne das Geringste von der Existenz des verborgenen Pfades zu ahnen. Man konnte sich hier verstecken und hinausspähen, ohne gesehen zu werden. Wie ein Geist.

Zu viele Geister. Zu viele Tote in ihrem Leben. Eine ganze Schar, die sich hinter ihrem Rücken versammelt hatte. Ihr eigener Geist, jung und erwartungsvoll. Man beginnt die Reise voller Ignoranz und Hoffnung, ging ihr durch den Kopf. Ihr Vater. Manchmal konnte sie ihn immer noch sehen, nicht nur in ihren Träumen, sondern irgendwo unter den Gesichtern, die ihr auf der Straße begegneten. Sie wollte ihm unbedingt etwas sagen, konnte sich aber nicht mehr daran erinnern, was. Um sie herum wurde es dunkel. Ihr Kopf war erfüllt von den Farben des Schmerzes.

Vorbei an einer alten, leer stehenden Lagerhalle, die in einem hässlichen Blauton gestrichen und mit Graffiti übersät war. Dort wäre auch ein guter Platz zum Verstecken. Vielleicht war sie ebenfalls voller Leichen oder vermisster Personen. Man konnte nicht überall nachschauen. Das nahm kein Ende, es gab immer wieder welche, und sie war müde. Übermannt von einer Müdigkeit, die nichts Weiches, Diffuses hatte, sondern scharfe Kanten. Müdigkeit wie ein Messer, ein mahlender Mühlstein. Sharon Gibbs lebte, aber Lila war tot. Genau wie die anderen. Knochen in einem nährstoffreichen Boden, der einen Garten voller Blumen sprießen ließ.

Der schmale Pfad wurde zu einem breiten Weg. Der Fluss strömte inzwischen langsam und braun dahin. Wenn sie sich hier hinlegte, würde sie je wieder aufstehen? Wenn Sandy da wäre, würde sie ihm dann sagen, was sie empfand? Wenn Sasha hier wäre, könnte sie dann endlich weinen? Oder schlafen? Wann würde sie jemals wieder schlafen? Schlafen bedeutete loslassen. Die Toten loslassen, die Geister, sich selbst.

Kräne. Große Disteln. Ein verlassener Schrebergarten mit seltsamen kleinen Schuppen, die neben dem Fluss allmählich in sich zusammenfielen. Ein räudig aussehender Fuchs mit einem dünnen Schweif. Schnell wie ein Schatten, unterwegs durch die Schatten. Sie mochte Füchse. Füchse, Krähen, Eulen. Ein Vogel huschte vorbei, nein, vermutlich eine Fledermaus, denn inzwischen war es Nacht. Wie lange war sie schon unterwegs? Der Fluss wies ihr noch immer den Weg. Der Mond ging auf, und alle, die sie kannte, standen in weiter Entfernung: Reuben, Sasha, Olivia. Chloë, Josef, Sandy, Karlsson. Ihre Patienten waren reduziert auf eine einzelne Person, die in gebückter Haltung in einem Sessel saß und darum bat, vor sich selbst gerettet zu werden. Dean Reeve stand in einer Ecke und blickte in ein Fenster. Sie hörte seine Schritte, wenn niemand da war, und jedes Mal hinterließ er einen ekelhaften Geruch nach Lilien und Tod. Für sie war er realer als alle anderen.

Sie wusste selbst nicht mehr, warum sie immer noch einen Fuß vor den anderen setzte und dabei ein- und ausatmete, als besäße ihr Körper noch die Willenskraft, die ihr Geist längst verloren hatte. Sie war am Ende. Ihre Lebensgeister waren am Versiegen.

Auf einmal aber wurde der Fluss immer breiter, und der Pfad mündete in einen gepflasterten Fußweg. Neben Frieda ragte ein Zaun auf, und in einer Art Metallkäfig hing eine eiserne Glocke. Der Wandle hatte sie bis hierher geführt, wo er sein eigenes kleines Mündungsdelta bildete und sich schließlich in die große Wasserstraße der Themse ergoss. Frieda blieb stehen und blickte auf die Lichter der Stadt. Ihre Odyssee war zu Ende: Irgendwo in diesen funkelnden Lichtern lag ihr Zuhause.

61

Es war keine Nacht zum Schlafen. Gedanken brannten in Friedas Gehirn, und hinter ihren Augen pulsierten Bilder. Mit geradem Rücken saß sie in ihrem Sessel und starrte in den leeren Kamin, wo sie den gepflegten Garten in Croydon sah. Dort rammten sie in dem Moment vermutlich Spaten in den lehmigen Boden und nahmen das Haus auseinander. Sie stellte sich die beiden vor, Dawes und Collier, wie sie zusammen im Garten saßen. Bei dem Gedanken wurde ihr so übel, dass sie die Augen schloss, doch die Bilder blieben. Sie hatte das Gefühl, dass noch immer der unangenehme Geruch der Lilien in der Luft hing.

Schließlich erhob sie sich und ging nach oben. Sie schob den Stöpsel in die Wanne – Josefs Wanne –, drehte das Wasser auf und schüttete Badelotion hinein, bis es schäumte. Während sie ihre schmutzigen Sachen auszog und sich die Zähne putzte, vermied sie jeden Blick in den kleinen Spiegel über dem Waschbecken. Ihre Gliedmaßen fühlten sich an wie aus Blei, und ihre Haut brannte. Sie war völlig am Ende. Schließlich ließ sie sich in das duftende, sehr heiße Wasser sinken. Vielleicht konnte sie einfach die ganze Nacht so liegen bleiben. Ihr Haar trieb an der Wasseroberfläche, und in ihren Ohren rauschte das Blut.

Als sie aus der Wanne stieg, war es zwar immer noch dunkel, aber am Horizont zeichnete sich bereits ein schwacher Lichtschein ab. Ein neuer Tag begann. Sie zog sich an und ging hinunter. Es gab einiges zu tun.

Als Erstes brachte sie ein Telefonat hinter sich, das sie schon vor Tagen hätte führen sollen. Er ging nicht gleich ran, aber als er sich dann doch meldete, klang seine Stimme verschlafen.

»Sandy?«

»Frieda? Was ist los? Geht es dir gut?«

»Ich glaube, nicht. Es tut mir leid.«

»Moment.« Sie stellte sich vor, wie er sich aufsetzte und das Licht anmachte, ehe er weitersprach. »Was tut dir leid?«

»Alles. Es tut mir so leid. Ich hätte mit dir darüber reden sollen.«

»Worüber?«

»Kannst du kommen?«

»Ja, natürlich.«

»Ich meine, sofort.«

»Ja.«

Das war eine der Eigenschaften, die sie so an ihm liebte: dass er eine solche Entscheidung traf, ohne zu zögern und ohne sie mit besorgten Fragen zu bombardieren, die sie sowieso nicht beantworten könnte – weil er genau wusste, dass sie niemals eine derartige Bitte an ihn richten würde, wenn sie sich nicht in höchster Not befände.

»Danke«, antwortete sie nur.

Sie kochte sich Kaffee – so stark, dass er richtig bitter schmeckte –, fütterte den Kater, goss die Pflanzen im Garten und atmete dabei in vollen Zügen den Duft der Hyazinthen und Kräuter ein. Dann schlüpfte sie in ihren Mantel und verließ das Haus. Es war ein frischer, feuchter Morgen. Später würde es warm und sonnig werden, ein schöner Frühlingstag. Die Läden waren alle noch geschlossen, aber aus der kleinen Bäckerei an der Ecke drang bereits der Duft frisch gebackenen Brotes. In den Wohnungen und Häusern gingen die Lichter an. Bei den Zeitungshändlern und an den kleinen Eckläden schepperten die Rollläden hoch. Aus einem vorbeischwankenden Bus starrte ein einziger Fahrgast. Ein Briefträger zog seinen roten Wagen hinter sich her. Die Großstadt London erwachte zu neuem Leben.

Als Frieda Muswell Hill erreichte, warf sie einen Blick in ihren Stadtplan und bog dann in eine breite Wohnstraße mit lauter schönen Einzelhäusern ein. Nummer siebenundzwanzig. Von außen war das Ausmaß des Schadens nicht auf den ersten Blick zu erkennen. Sie registrierte lediglich ein paar geschwärzte Ziegelsteine, etwas verkohltes Holz, ein kaputtes Fenster im ersten Stock und – als sie näher kam – den beißenden Geruch, der sich sofort in ihrer Nase festsetzte. Zögernd ging sie den gekiesten Weg entlang, der durch den Vorgarten zum Haus führte, vorbei an einer Schale mit roten Tulpen, die den Brand überlebt hatten. Von dort aus konnte sie bereits durch das große Erkerfenster die Verheerung im Wohnzimmer erkennen. Sie stellte sich vor, wie das Feuer in Bradshaws ordentlichen Räumen Tische, Stühle, Gemälde und Türen verschlungen und die Wände mit Ruß geschwärzt hatte. Dafür war Dean verantwortlich. Im Vorbeigehen hatte er einen benzingetränkten Lappen durch den Briefschlitz geworfen und ein Zündholz hinterherfallen lassen. *Wir konnten ihm das doch nicht durchgehen lassen.* In gewisser Weise hatte Bradshaw recht: Es war ihre Schuld.

Links vom Haus entdeckte sie ein kleines Tor. Als sie sich versuchsweise dagegenlehnte, stellte sie fest, dass es nicht abgeschlossen war und in den hinteren Garten führte. Zögernd betrat Frieda die Rasenfläche. Von dort konnte sie einen Bereich einsehen, wo sich einmal ein Wintergarten und eine Küche befunden hatten, nun aber nur noch Verwüstung herrschte. Frieda wollte sich gerade wieder abwenden, als sie etwas bemerkte, das sie innehalten ließ.

Dort drinnen stand Hal Bradshaw, bekleidet mit einem verknitterten Anzug und Gummistiefeln, und betrachtete in gebückter Haltung die verkohlten Überreste seines Hab und Guts. Er beugte sich hinunter und griff nach etwas, das offensichtlich mal ein Buch gewesen war, nahm es einen Moment in Augenschein und ließ es dann wieder fallen. Obwohl er ganz vorsichtig durch die dicke Schicht aus Asche stakste, wirbelte er sie durch jeden seiner Schritte ein wenig auf, so dass rund um ihn herum immer wieder Aschefetzen aufstiegen. Frieda registrierte, wie müde und erschöpft er wirkte.

Er wiederum schien ihre Anwesenheit zu spüren, denn plötzlich richtete er sich auf und wandte ihr den Kopf zu. Als ihre Blicke sich trafen, verhärtete sich seine Miene. Er riss sich sichtlich zusammen und wurde ganz schnell wieder der Hal Bradshaw, den sie kannte: beherrscht, souverän, gegen alle Angriffe gewappnet.

»Tja«, meinte er, »hier sieht es ganz schön aus, was? Sind Sie gekommen, um den Schaden zu begutachten?«

»Ja.«

»Warum?«

»Ich hatte einfach das Bedürfnis. Was suchen Sie denn?«

»Ach.« Er lächelte freudlos, hob einen Moment die rußigen Hände und ließ sie dann wieder sinken. »Mein Leben, schätze ich. Erst sammelt man jahrelang alles Mögliche, und dann, puff, ist es weg. Da fragt man sich natürlich, wofür das alles überhaupt gut war.«

Frieda trat in die Ruine seines Hauses und griff nach den Überresten eines Buchs, das sich unter ihren Fingern auflöste. Sie konnte richtig verfolgen, wie die Worte zu Asche und Staub zerfielen.

»Es tut mir sehr leid.«

»Ist das ein Geständnis?«

»Nein, ein Ausdruck des Bedauerns.«

Auf dem Weg zur U-Bahn schaltete Frieda ihr Handy ein und überflog die lange Liste der Anrufe und Nachrichten, die inzwischen eingegangen waren – größtenteils von Freunden und Bekannten, zum Teil aber auch von Leuten, die sie nicht kannte. Dort, wohin sie nun unterwegs war, erwartete sie jede Menge Trubel: Fragen, Kommentare und eine geballte Ladung Aufmerksamkeit, vor der ihr graute. Vorerst aber hatte sie noch ihre Ruhe, denn im Moment wusste kein Mensch, wo sie sich befand.

Trotzdem gab es jemanden, den sie anrufen musste.

»Karlsson. Ich bin's.«

»Gott sei Dank! Wo bist du?«

»Auf dem Weg nach Tooting, ins Krankenhaus.«

»Dann treffen wir uns dort. Aber sag mir erst, ob es dir gut geht.«

»Ich weiß es nicht. Dir?«

Sie war vor ihm da und sah ihn durch die Drehtür in die Eingangshalle kommen. Mit großen Schritten eilte er auf sie zu, legte ihr zur Begrüßung kurz eine Hand auf die Schulter und blickte sie dabei prüfend an, als hoffte er, in ihrem Gesicht Antworten auf seine Fragen zu finden.

»Hör zu …«, begann er.

»Darf ich zuerst etwas sagen?«

»Typisch.« Er versuchte zu lächeln. Sein Mund zuckte. Er machte einen mitgenommenen Eindruck.

»Es tut mir leid.«

»Dir tut es leid!«

»Ja.«

»Aber du hattest recht, Frieda, du hattest ja so schrecklich recht.«

»Trotzdem habe ich mich nicht richtig verhalten. Dir gegenüber, meine ich. Dafür möchte ich mich entschuldigen.«

»Lieber Himmel, du brauchst dich doch nicht zu …«

»Trotzdem.«

»Wenn du meinst.«

»Warst du dort?«

»Ja.«

»Haben sie die vermissten Mädchen gefunden?«

»Dafür werden sie länger brauchen als nur eine Nacht. Aber ja, sie haben sie gefunden.«

»Wie viele?«

»Es ist noch zu früh, das zu sagen.« Er schluckte. »Auf jeden Fall mehrere.«

»Und habt ihr ihn auch …«

»Natürlich. Gerald Collier sagt nichts, kein Wort. Aber wir brauchen von ihm gar kein Geständnis. Sie waren in seinem Keller.«

»Der arme Fearby«, meinte Frieda leise. »Eigentlich gebühren die Lorbeeren ihm, nicht mir. Ich hätte aufgegeben, er aber nie.«

»Ein alter, trunksüchtiger Schreiberling.« Karlssons Stimme klang bitter. »Und eine traumatisierte Therapeutin. Gemeinsam habt ihr ein Verbrechen aufgeklärt, von dem wir nicht mal ahnten, dass es existierte. Natürlich werden wir ab jetzt enorm effektiv arbeiten – nun, da es zu spät ist. Wir werden die sterblichen Überreste identifizieren, die armen Angehörigen informieren und den ganzen Lebensweg der Täter genau unter die Lupe nehmen. Wir werden alles herausfinden, was es über diese beiden gottverdammten Mistkerle herauszufinden gibt, die so viele Jahre ungestraft ihr Unwesen treiben konnten. Wir werden unsere Computer auf den neuesten Stand bringen und durch eine Untersuchung klären, wie es zu diesem Fiasko kommen konnte. Wir werden aus unseren Fehlern lernen. Zumindest werden wir das der Presse gegenüber behaupten.«

»Seine eigene Tochter«, sagte Frieda. »Sie war diejenige, nach der ich gesucht habe.«

»Tja, du hast sie gefunden.«

»Ja.«

»Ich fürchte, du wirst eine Menge Fragen beantworten müssen.«

»Ich weiß. Ist es in Ordnung, wenn ich nachher aufs Präsidium komme? Vorher möchte ich zu Josef. Warst du schon bei ihm?«

»Josef?« Ein kleines Lächeln erhellte Karlssons finstere Miene. »O ja, ich war schon bei ihm.«

Josef hatte ein Zimmer ganz für sich allein. Er saß im Bett, bekleidet mit einem übergroßen Schlafanzug. Sein Kopf wies einen Verband auf, und sein Arm steckte in einem Gips. Neben ihm stand eine Krankenschwester mit einem Klemmbrett in der Hand. Er flüsterte ihr gerade etwas zu, und sie lachte.

»Frieda!«, rief er. »Meine Freundin Frieda!«

»Josef, wie geht es dir?«

»Mein Arm ist gebrochen«, erklärte er, »richtig durchgebrochen, sagen sie. Aber schön glatt, so dass es gut heilen wird. Später kannst du mir was auf den Gips schreiben oder vielleicht eins von deinen Bildern darauf zeichnen.«

»Tut es weh?«

»Sie geben mir Medikamente gegen die Schmerzen. Ich habe schon Toast gegessen. Das hier ist Rosalie aus dem Senegal. Rosalie, das ist meine gute Freundin Frieda.«

»Die gute Freundin, derentwegen Sie fast ums Leben gekommen wären.«

»Ach was«, entgegnete er wegwerfend, »so schlimm war es auch wieder nicht!«

Es klopfte. Reuben kam herein, gefolgt von Sasha, die einen Blumenstrauß in der Hand hielt.

»Ich fürchte, Sie dürfen hier im Zimmer keine Blumen haben«, erklärte Rosalie.

»Er ist ein Held«, widersprach Reuben energisch. »Er muss Blumen bekommen.«

Sasha küsste Josef auf seine stoppelige Wange. Dann legte sie den Arm um Frieda und betrachtete sie voller Sorge.

»Jetzt nicht«, sagte Frieda.

»Ich hab dir ein bisschen Wasser mitgebracht.« Reuben zog eine kleine Flasche aus der Tasche und überreichte sie Josef mit einem vielsagenden Blick.

Josef nahm einen Schluck, verzog kurz das Gesicht und bot die Flasche dann Frieda an, die jedoch dankend ablehnte. Sie setzte sich auf den Stuhl am Fenster, durch das man die Wand eines anderen Gebäudes und einen schmalen Streifen blassblauen Himmels sah. Frieda registrierte den Kondensstreifen eines Flugzeugs, doch für Sandy war es noch zu früh. Sie spürte Sashas prüfenden Blick, hörte Reubens Stimme und Josefs übermütige Antworten. Ein Assistenzarzt tauchte auf und ging wieder. Eine andere Krankenschwester erschien mit einem Rollwagen. Auf dem Gang hörte man Schritte und das Öffnen und Schließen von Türen. Draußen auf dem Fensterbrett ließ sich eine Taube nieder und starrte mit ihren Knopfaugen ins Zimmer. Sasha sagte etwas zu Frieda, und sie antwortete. Reuben stellte ihr eine Frage. Sie sagte Ja, Nein, das werde sie ihnen alles später erklären. Jetzt nicht.

Sandy nahm sie in den Arm und drückte sie fest an sich. Sie spürte seinen Herzschlag und seinen Atem in ihrem Haar. Sie hatte ganz vergessen, wie gut er sich anfühlte – warm, verlässlich und stark. Nach einer Weile löste er sich von ihr und musterte sie. Erst als sie seinen Gesichtsausdruck bemerkte, dämmerte ihr langsam, wie sehr sie gezeichnet war von dem, was sie durchgemacht hatte. Es kostete sie viel Kraft, angesichts seines Mitleids und Entsetzens nicht den Kopf abzuwenden.

»Was hast du getan, Frieda?«

»Das ist die Frage.« Sie versuchte zu lachen, aber es klang hohl. »Was *habe* ich getan?«

62

Frieda hatte das seltsame Gefühl, sich als Schauspielerin auf einer Bühne zu befinden, allerdings in der falschen Rolle. Thelma Scott saß dort, wo eigentlich Frieda hingehört hätte, während Frieda so tat, als wäre sie eine Patientin. Thelma Scott betrachtete sie mit freundlicher, mitfühlender Miene – einem Gesichtsausdruck, der besagte, dass es keinerlei Druck gab: Alles durfte ausgesprochen werden, alles war erlaubt. Frieda kannte diesen Gesichtsausdruck, weil sie ihn selbst auch immer einsetzte. Sie fand es fast ein wenig peinlich, dass Thelma ihn an ihr ausprobierte. Glaubte sie wirklich, sie würde ihr so leicht auf den Leim gehen?

Frieda blickte sich um. Ihr eigenes Sprechzimmer hatte sie bewusst nüchtern gestaltet, in neutralen Farben und mit einigen wenigen Bildern, ausgewählt unter dem Aspekt, dass sie keine konkreten Signale aussandten. Beim Praxisraum von Thelma Scott verhielt sich das völlig anders. Die Tapete war wild gemustert, ein Gewirr aus blauen und grünen Ranken, zwischen denen hier und da ein Vogel saß. Auf jedem freien Fleckchen drängte sich Nippes, lauter nutzloser Schnickschnack: winzige Glasflaschen, Porzellanfigürchen, eine kleine Glasvase mit rosaroten und gelben Rosen, Pillendöschen, Porzellantässchen, ein paar Miniaturteller mit Feldblumenmuster. Allerdings konnte Frieda nichts Privates entdecken – nichts, das etwas über Thelma Scotts Leben oder Persönlichkeit verriet, mal abgesehen von der Tatsache, dass sie ein Mensch war, der Nippes mochte. Frieda hasste solch kleinen Krimskrams, sie empfand ihn als störenden Plunder. Am liebsten hätte sie das ganze Zeug in einen Müllsack gefegt und weggeworfen.

Thelma betrachtete sie immer noch mit diesem gütigen, offenen Gesichtsausdruck. Frieda wusste, wie es war, so dazusitzen und auf jenen ersten Schritt zu warten, der den Beginn der Reise markierte. So manches Mal hatte Frieda die vollen fünfzig Minuten auf ihrem Platz gesessen, ohne dass der betreffende Patient auch nur ein einziges Wort sagte. Manchmal weinten die Leute auch nur.

Warum saß sie nun hier? Was gab es eigentlich noch zu besprechen? Sie war das alles schon so oft durchgegangen – all die Entscheidungen, die sie getroffen, all die Wege, die sie eingeschlagen oder nicht eingeschlagen hatte –, meist um zwei, drei, vier Uhr morgens, wenn sie mal wieder nicht schlafen konnte. Aufgrund ihres Eingreifens war Russell Lennox' Versuch, seinen Sohn zu schützen, gescheitert und Ted jetzt in Untersuchungshaft. Die Vorstellung, dass er ins Gefängnis musste und Schlimmes durchmachte, war schrecklich, aber er hatte schließlich auch eine schreckliche Gewalttat begangen, deren Opfer noch dazu seine eigene Mutter gewesen war. Seine einzige Hoffnung bestand darin, dass er zu seiner Tat stand und sich den Folgen stellte. Vielleicht ließ das Justizsystem ja Gnade walten. Mit der richtigen Verteidigung blieb ihm eine Verurteilung wegen Mordes unter Umständen sogar erspart.

Manche würden vielleicht die Meinung vertreten, Ted hätte eine größere Chance gehabt, wenn er auf freiem Fuß geblieben wäre. Menschliche Wesen besitzen die Fähigkeit zu überleben, indem sie die Vergangenheit verdrängen und zu vergessen versuchen. Womöglich hätte Ted seine eigene Art gefunden, damit umzugehen. Aber Frieda konnte das nicht so recht glauben. Man musste sich der Wahrheit stellen, wie schmerzhaft sie auch sein mochte, und danach sein Leben weiterführen. Die Wahrheit zu begraben ließ sie nicht sterben. Irgendwann scharrte sie sich doch aus der Erde und holte einen wieder ein. Oder war das nur eine persönliche Sichtweise, und Ted zahlte nun den Preis?

Und zahlten auch Dora und Judith den Preis? Der Gedanke an die beiden rief ihr die Beerdigung ins Gedächtnis, die zwei Tage zuvor stattgefunden hatte. Von der Musik, den Gedichten und den Hunderten von Trauergästen hatte sie kaum etwas mitbekommen. Das Einzige, was sie von ihrem Platz ganz weit hinten wahrgenommen hatte, waren die beiden Mädchen gewesen, links und rechts von ihrer grimmigen, tugendhaften Tante. Beide hatten sich anlässlich der Beerdigung die Haare schneiden lassen: Dora trug jetzt einen strengen Pony, und Judiths wilde Locken waren kurz geschnitten. Die Mädchen wirkten niedergeschlagen, völlig am Ende. Judith hatte Frieda entdeckt. Ihre bemerkenswerten Augen waren einen Moment aufgeblitzt, dann hatte sie sich abgewandt.

Die Wahrheit. Jim Fearby hatte sie zu seinem Lebensinhalt gemacht und dafür alles andere geopfert: seine Familie, seine Karriere und am Ende sogar sein Leben. War ihm in jenem letzten Moment, als Lawrence Dawes und Gerry Collier ihn töteten, noch genug Zeit geblieben zu begreifen, dass er tatsächlich die wahren Mörder gefunden hatte? Dass all die Mühe nicht vergebens gewesen war? Und war sein Tod ihre Schuld? Ihr Versuch, Fearby zu helfen, hatte mit seinem Tod geendet. Sie war mit ihm durch die Gegend gefahren. Sie hatte mit ihm diskutiert und mögliche Vorgehensweisen erörtert. Sie hatte ihre Freundschaft mit Karlsson ausgenutzt, um ihn ins Boot zu holen, aber dennoch versagt, was Fearby betraf. Fearby war zu der Schlussfolgerung gelangt, dass Dawes etwas mit der Sache zu tun hatte. Aber hätte sie, Frieda, nicht auf die Idee kommen müssen, dass Dawes das alles nicht allein durchgezogen haben konnte? Fearby war ihr in jene Unterwelt vorausgeeilt, und sie hatte es nicht geschafft, ihm rechtzeitig zu Hilfe zu kommen.

Sharon Gibbs war gerettet und wieder bei ihrer Familie. Das war zumindest *etwas* Positives. Wären sie beide – Josef und sie – nicht in das Ganze hineingeplatzt, wäre Sharon den Weg der anderen gegangen. Die Polizei hatte ihre Leichen im Keller gefunden. Frieda bekam ihre Namen ebenso wenig aus dem Kopf wie die Gesichter auf den Fotos, die Fearby ihr gezeigt hatte – glückliche Familienschnappschüsse von jungen Mädchen, die nicht wussten, was ihnen bevorstand. Hazel Barton, Roxanne Ingatestone, Daisy Crewe, Philippa Lewis, Maria Horsely und Lila Dawes. Und noch eine Siebte. Die Polizei hatte im Keller eine weitere Leiche gefunden, die skelettierten Überreste einer jungen Frau. Bisher war sie nicht identifiziert. Fearby hatte sie irgendwie übersehen, und der Polizei lagen zu viele Namen vermisster Mädchen vor. Karlsson zufolge verfügten sie über eine DNA-Probe. Er hoffte, dass sie Glück haben würden. So viele verlorene Mädchen, doch Frieda konnte nicht aufhören, an die eine zu denken, deren Identität sie nicht kannten. Es war, als würde man in einen Abgrund starren und sich darin verlieren.

Frieda hatte das Gefühl, dass sie eigentlich auch wegen allem, was sie Josef angetan hatte, ein schlechtes Gewissen haben sollte, aber irgendwie gelang ihr das nicht so recht. Anfangs hegte sie den Verdacht, dass sich hinter seiner heiteren Gelassenheit posttraumatischer Stress verbarg. Der äußerte sich oft erst viel später, hieß es in der Fachliteratur. Im Grunde aber gab es dafür keinerlei Anzeichen. Josef genoss die Aufmerksamkeit in vollen Zügen, und als Karlsson ihm sagte, dass er womöglich sogar eine Tapferkeitsmedaille erhalten würde, blühte er noch mehr auf. Je öfter er über das Geschehene berichtete, desto mehr schmückte er seine Geschichte aus, aber Zeichen von emotionalem Stress konnte selbst Frieda nicht feststellen.

Dann war da noch Dean Reeve. Er erschien ihr wie eine Art obszöner Liebhaber, der darauf erpicht war, alles, was sie erlebte und empfand, mit ihr zu teilen und sie an Orte zu begleiten, wo sonst niemand hinkam. Ständig musste sie an die verkohlte Ruine von Hal Bradshaws Haus denken. Sie bekam den Brandgeruch nicht aus der Nase. Wen hatte Dean Reeve damit bestrafen wollen – Hal Bradshaw oder sie? Hatte er auf eine Weise, wie niemand sonst es vermochte, ihre Feindseligkeit gegenüber Bradshaw gespürt und dieses Gefühl dann auf eine Art ausgelebt, wie sie selbst es niemals gekonnt hätte? *So bist du*, wollte er ihr damit sagen. *So bist du in Wirklichkeit, und du und ich sind die Einzigen, die das begreifen. Ich bin dein Zwilling, dein Alter Ego.*

Sie hatte so viel Schaden angerichtet, eine Spur der Verwüstung hinterlassen.

Frieda blickte hoch. Sie hatte fast vergessen, wo sie sich befand. Thelma sah sie erwartungsvoll an.

»Es tut mir leid«, sagte Frieda, »ich kann es nicht in Worte fassen.«

Thelma nickte bedächtig.

»Das ist doch schon mal ein Anfang.«

Bitte lesen Sie weiter >>

LESEPROBE

»Nicci French – das ist einfach immer wieder eine Garantie für spannende Unterhaltung.«
hr4

Als Psychologin Frieda Klein unerwarteten Besuch von einer alten Freundin erhält, die sie um Hilfe für ihre Tochter bittet, ahnt sie nicht, worauf sie sich einlässt. Denn die Fünfzehnjährige wirkt vollkommen verstört. Frieda findet heraus, dass ihr Schreckliches widerfahren ist – und die Geschichte des Mörders reißt alte Wunden in ihr auf. Sie beschließt, sich endlich ihrer Vergangenheit zu stellen. Doch in der Heimatstadt Braxton begegnet man ihr mit Misstrauen, und bald schwebt Frieda in größter Gefahr …

1

Es begann und endete mit einem Wiedersehen. Frieda Klein hasste es, Leute von früher zu treffen. Sie saß gerade vor ihrem Kamin und lauschte dem anheimelnden Knistern der Scheite. Neben ihr starrte Sasha ins Feuer, und neben Sasha stand ein Babykorb mit deren zehn Monate altem Sohn Ethan, von dem nur ein dunkler Haarschopf zu sehen und leises Schnarchen zu hören war. Draußen pfiff der Wind. Es war ein nebliger Tag gewesen. Windböen hatten das Herbstlaub durch die Straßen gefegt. Inzwischen war es dunkel, und Frieda saß mit ihrem Besuch drinnen am Feuer und versteckte sich vor dem nahenden Winter.

»Ich muss zugeben«, sagte Sasha, »dass ich schon gespannt darauf bin, eine alte Schulfreundin von dir kennenzulernen.«

»Sie war keine Freundin. Nur eine Klassenkameradin.«

»Was will sie?«

»Keine Ahnung. Sie hat mich angerufen und gesagt, sie müsse mich unbedingt sehen. Angeblich ist es sehr dringend. Sie hat sich für sieben angekündigt.«

»Wie spät ist es jetzt?«

Frieda warf einen Blick auf ihre Armbanduhr. »Kurz vor sieben.«

»Mir ist jedes Zeitgefühl abhandengekommen. Seit Ethan auf der Welt ist, habe ich völlig vergessen, wie es sich anfühlt, eine Nacht durchzuschlafen. Mein Gehirn hat sich in Matsch verwandelt. Ich weiß nicht mal mehr, was für ein Tag ist. Mittwoch?«

»Donnerstag.«

»Gut. Fast schon Wochenende.«

Frieda starrte wieder ins Feuer. »Für mich ist der Donnerstag ein schlimmer Tag, vielleicht sogar der schlimmste der Woche. Wobei der Tag an sich nichts dafür kann. Er erinnert einen nur daran, dass die Woche sich schon zu lange hinzieht.«

Sasha schnitt eine Grimasse. »Interpretierst du da nicht ein bisschen viel hinein?« Sie spähte in den Korb und streichelte ihrem Sohn übers Haar. »Ich liebe ihn über alles, aber manchmal bin ich richtig erleichtert und froh, wenn er schläft. Ist es furchtbar, so etwas zu sagen?«

Frieda sah ihre Freundin an. »Geht Frank dir zur Hand?«

»Er tut, was er kann, aber seine Arbeit nimmt ihn ziemlich in Anspruch. Wie er selbst immer sagt: Einer muss ja dafür sorgen, dass die Schuldigen auf freiem Fuß bleiben.«

»Das gehört nun mal zu seinem Beruf«, meinte Frieda. »Schließlich ist er Strafverteidiger, und …«

Die Türklingel ließ sie abrupt innehalten. Frieda warf Sasha einen bedauernden Blick zu.

»Du hast aber schon vor aufzumachen, oder?«, fragte Sasha.

»Am liebsten würde ich mich verstecken.«

Als sie schließlich doch die Tür öffnete, hörte Frieda eine Stimme, die irgendwo aus der Dunkelheit zu kommen schien, und ehe sie es sich versah, wurde sie umarmt.

»Frieda Klein«, sagte die Frau, »dich würde ich überall wiedererkennen. Du bist deiner Mutter wie aus dem Gesicht geschnitten.«

»Mir war gar nicht klar, dass du meine Mutter je kennengelernt hast.« Frieda führte ihre Besucherin ins Wohnzimmer und deutete zum Kamin hinüber. »Das ist meine Freundin Sasha. Und das ist Madeleine Bucknall«, fügte sie an Sasha gewandt hinzu.

»Maddie«, korrigierte die Frau, »Maddie Capel. Ich habe geheiratet.«

Maddie Capel stellte ihre große Tasche aus geprägtem Leder ab und befreite ihren Hals von einem karierten Schal. Dann schlüpfte sie aus ihrem schweren braunen Mantel, den sie wortlos Frieda reichte. Darunter kam ein bordeauxrotes Kleid mit Crossover-Ausschnitt zum Vorschein, zu dem sie Lederstiefel mit Keilabsatz trug. Ihr Schmuck bestand aus einer massiven goldenen Halskette und kleinen goldenen Ohrringen, und sie duftete nach einem teuren Parfüm. Zielstrebig steuerte sie auf den Kamin zu, wo sie einen Blick in den Korb warf.

»Was für ein niedliches kleines Schätzchen«, sagte sie. »Deines, Frieda?«

Frieda deutete auf Sasha.

»Wenn ich das sehe, möchte ich sofort auch noch eines«, erklärte Maddie. »In dem Alter finde ich sie einfach entzückend. Es gibt nichts Schöneres als so ein winziges warmes Bündel. Ist es ein Junge oder ein Mädchen?«

»Ein Junge.«

»So ein Süßer. Läuft er schon?«

»Er ist erst zehn Monate alt.«

»Man braucht nur ein bisschen Geduld.«

Frieda zog einen weiteren Stuhl ans Feuer, und Maddie ließ sich darauf nieder. Sie hatte langes braunes Haar, das kunstvoll zerzaust wirkte und von blonden Strähnen durchzogen war. Ihr Gesicht war sorgfältig geschminkt, was aber nur betonte, dass die Haut über ihren Wangenknochen spannte und sich rund um die Augen und an den Mundwinkeln bereits kleine Fältchen gebildet hatten. Frieda hatte sie aus ihrer Schulzeit lachend und laut in Erinnerung, aber unter der fröhlichen Fassade war immer eine Angst zu spüren gewesen: zur Gruppe zu gehören oder nicht, einen Freund zu haben oder nicht.

»Soll ich euch beide ein bisschen allein lassen?«, fragte Sasha.

»Nein, nein, ich finde es schön, eine Freundin von Frieda kennenzulernen. Wohnen Sie auch hier im Haus?«

Ein Lächeln huschte über Sashas Gesicht. »Nein, ich lebe mit meinem Partner zusammen. In einem anderen Stadtteil.«

»Ja, natürlich. Danke, vielen Dank«, fügte sie an Frieda gewandt hinzu, als diese ihr eine Tasse Tee reichte. Sie trank einen Schluck und blickte sich dann neugierig um. »Was für ein nettes kleines Nest du hier hast. Wirklich gemütlich.« Sie nahm einen weiteren Schluck. »Ich habe in der Zeitung über dich gelesen, Frieda. Darüber, wie du bei diesem schrecklichen Fall mit all den jungen Frauen mitgeholfen hast. Eine hast du sogar gerettet.«

»Aber nur eine«, entgegnete Frieda, »und das auch nicht allein.«

»Wie können Menschen nur so etwas tun?«

Einen Moment lang herrschte Schweigen.

»Worüber wolltest du mit mir sprechen?«

Maddie trank erneut von ihrem Tee.

»Es ist mir unbegreiflich, wieso wir uns derart aus den Augen verloren haben«, meinte sie schließlich. »Du weißt ja, dass ich nach wie vor in Braxton lebe. Verschlägt es dich manchmal in deine frühere Heimat?«

»Nein.«

»Ein paar von der alten Truppe sind noch da.« Sie setzte ein verschmitztes Lächeln auf. »Ich erinnere mich an dich und Jeremy. Um den habe ich dich damals ganz schön beneidet, er war wirklich ein Knaller. Natürlich ist er später weggegangen. Bist du mit ihm in Kontakt geblieben?«

»Nein.«

»Ich habe Stephen geheiratet, Stephen Capel. Kanntest du ihn? Wir hatten ein paar gute Jahre, bevor es bergab ging. Inzwischen hat er wieder geheiratet, wohnt aber noch in der Nähe.«

»Am Telefon hast du gesagt, du müsstest mit mir reden.«

Maddie nahm einen weiteren Schluck Tee und blickte sich dann suchend um.

»Kann ich die Tasse irgendwo abstellen?«

Frieda nahm sie ihr ab.

»Ich habe in der Zeitung von dir gelesen.«

»Ja, das sagtest du bereits.«

»Nicht nur einmal«, fügte Maddie hinzu. »Du hast ziemlich viel Aufmerksamkeit erregt.«

»Darauf hätte ich gerne verzichtet.«

»Ja, das muss manchmal schwierig sein. Aber sie haben geschrieben, dass du nicht nur Verbrechen aufklärst …«

»Das ist nicht wirklich …«, begann Frieda, während erneut ein Lächeln über Sashas Gesicht huschte.

»Nein«, fuhr Maddie fort, »aber in den Zeitungsartikeln hieß es, du seist Psychologin.«

»Ich bin Psychotherapeutin.«

»Mit dem ganzen Fachjargon kenne ich mich nicht besonders gut aus«, erklärte Maddie. »Bestimmt besteht da ein Unterschied. So genau weiß ich das nicht, aber wenn ich es richtig verstanden habe, klagen die Leute dir ihr Leid, und du hilfst ihnen. Stimmt das?«

Frieda beugte sich vor.

»Was willst du?«

»Es geht nicht um mich, falls du das meinst.« Maddie stieß ein nervöses kleines Lachen aus. »Was nicht heißen soll, dass ich nicht auch ein bisschen Hilfe gebrauchen könnte. Als Stephen ging, musste ich tagelang weinen, nein, eigentlich waren es eher Wochen. Ich wusste nicht, an wen ich mich wenden sollte.«

Wieder herrschte einen Moment Schweigen.

»Mir ist klar, dass so eine Trennung etwas Schreckliches ist«, erwiderte Frieda. »Aber bitte sag mir doch endlich, warum du mich unbedingt sehen wolltest.«

»Du findest das Ganze bestimmt albern. Wahrscheinlich war es reine Zeitverschwendung, die weite Strecke vom Land hereinzufahren.«

»Soll ich euch nicht doch allein lassen?«, fragte Sasha erneut.

»Nein«, antwortete Maddie. »Es handelt sich bloß um ein Gespräch zwischen alten Freundinnen.«

»Sag mir, was du von mir willst.«

Maddie zögerte. Frieda hatte diesen Moment schon Dutzende Male mit ihren Patienten und Patientinnen erlebt. Einer der schwierigsten Augenblicke jeder Therapie bestand darin, die Angst des Patienten zum ersten Mal zu benennen. Das war wie ein Sprung vom Rand einer Klippe, hinein in die Dunkelheit.

»Es geht um meine Tochter, Becky«, erklärte Maddie. »Eigentlich heißt sie Rebecca, aber alle nennen sie Becky. Sie ist fünfzehn, fast schon sechzehn.«

»Hat es einen Vorfall gegeben?«

»Nein, nein, nichts dergleichen. Es ist schwer in Worte zu fassen. Becky war so ein süßes kleines Mädchen. Beim Anblick dieses kleinen Jungen da im Korb musste ich an die Zeit denken, als alles noch ganz einfach war. Ich brauchte mich bloß um sie zu kümmern. Weißt du, als Becky in dem Alter war, dachte ich, ich würde eine ganze Schar Kinder kriegen, die beste Mutter der Welt werden und sie vor allem beschützen. Ich war so jung, als Becky kam, fast noch selber ein Kind. Aber dann ...« Sie holte tief Luft, als ränge sie um Fassung. »Ich konnte kein zweites mehr bekommen. Und dann verließ mich Stephen. Es war wahrscheinlich meine Schuld. Ich versuchte, Becky nicht spüren zu lassen, wie es mir ging, aber das gelang mir wohl nicht besonders gut. Sie war damals sechs. Das arme kleine Ding. Ich selbst war erst Mitte zwanzig und ständig unterwegs.« Ihre Stimme begann zu zittern. Sie hielt einen Moment inne. »Für sie muss es eine harte Zeit gewesen sein, aber ich dachte, inzwischen wären wir über den Berg. Ich schätze, ich hatte schon immer Angst vor den Teenagerjahren.« Sie warf Frieda einen Blick zu. »Vielleicht, weil ich mich noch allzu gut an unsere eigene Teenagerzeit erinnern kann. Wir haben damals ein paar Dinge angestellt, die wir inzwischen wohl eher bereuen, oder?«

Eine Stimme in Frieda entgegnete: Was meinst du mit »wir«? Wir waren keine Freundinnen. Wir haben überhaupt nichts miteinander angestellt. Doch sie verkniff sich jeden Kommentar und wartete.

»Seit etwa einem Jahr hat sie sich sehr verändert. Ich weiß, was du gleich sagen wirst: Sie ist eben in der Pubertät. Wieso mache ich mir da solche Sorgen? Tja, ich mache mir in der Tat Sorgen. Anfangs war sie nur verschlossen und launisch. Sie wollte über nichts mit mir reden. Ich habe mich gefragt, ob vielleicht Drogen oder Jungs im Spiel sind. Oder womöglich Drogen *und* Jungs. Ich habe versucht, das herauszufinden. Ich habe versucht, ihr mit Verständnis zu begegnen. Ohne jeden Erfolg.

Vor etwa einem Monat wurde es dann schlimmer. Sie kam mir irgendwie anders vor und sah auch anders aus. Plötzlich wollte sie nicht mehr richtig essen. Wobei sie bereits seit Längerem so eine alberne Diät machte und sowieso schon klapperdürr war. Mittlerweile frage ich mich, wie sie es überhaupt noch schafft, am Leben zu bleiben. Ständig zermartere ich mir das Gehirn, was ich für sie kochen könnte, aber egal, was ich ihr vorsetze, sie schiebt es nur auf ihrem Teller herum. Und selbst wenn sie isst, sorgt sie hinterher dafür, dass sie es wieder von sich gibt. Zumindest glaube ich das. Außerdem schwänzt sie die Schule und macht keine Hausaufgaben.«

»Hat sie regelmäßigen Kontakt mit ihrem Vater?«

»Stephen ist in der Hinsicht ein hoffnungsloser Fall. Er meint, es sei nur eine Phase. Sie werde schon darüber hinwegkommen.«

»Was erwartest du von mir?«, fragte Frieda.

»Kannst du nicht mit ihr sprechen? Das ist schließlich dein Beruf, oder? Knöpf sie dir doch mal vor.«

»Ich bin mir nicht sicher, ob dir wirklich klar ist, was ich mache. Ich begleite meine Patienten grundsätzlich über einen längeren Zeitraum hinweg, um Problemen, die sie im Leben haben, auf den Grund zu gehen. Ich frage mich, ob deine Tochter sich nicht besser an einen Schulpsychologen oder Beratungslehrer wenden sollte.«

»Dazu ist Becky bestimmt nicht bereit. Das habe ich alles schon versucht. Mittlerweile bin ich völlig verzweifelt. Ich weiß einfach nicht, an wen ich mich noch wenden soll. Bitte! Tu einer alten Schulfreundin den Gefallen!«

Frieda betrachtete Maddies flehende Miene. Das Ganze behagte ihr überhaupt nicht. Zum einen missfiel ihr, dass diese Frau aus ihrer Vergangenheit behauptete, mit ihr befreundet gewesen zu sein, und etwas verlangte, das sie ihr im Grunde nicht geben konnte. Zum anderen hatte sie ein ungutes Gefühl, weil Sasha Zeugin des Ganzen wurde.

»Ich bezweifle, dass ich in diesem Fall die richtige Ansprechpartnerin bin«, erklärte sie. »Aber wenn du mir deine Tochter bringst, rede ich mit ihr. Mal sehen, ob ich dir oder ihr einen Rat geben kann. Aber versprechen kann ich gar nichts.«

»Wunderbar. Wenn du möchtest, nehme ich auch an dem Gespräch teil.«

»Ich werde allein mit ihr reden müssen, jedenfalls beim ersten Mal. Sie muss wissen, dass es sich um ein vertrauliches Gespräch handelt und sie mir alles offen sagen kann – das heißt, wenn sie überhaupt etwas sagen möchte. Womöglich ist sie noch gar nicht bereit zu einem solchen Gespräch oder zumindest nicht zu einem Gespräch mit mir.«

»Oh, ich bin sicher, mit dir wird sie reden.«

Maddie stand auf und holte ihren Mantel, als müsste sie schnell das Weite suchen, ehe Frieda es sich anders überlegen konnte. Rasch schlüpfte sie hinein und wickelte sich den Schal wieder um den Hals. Frieda schien es, als würde sie ihre ehemalige Klassenkameradin beim Anlegen einer Rüstung beobachten. Nachdem

Maddie sich verabschiedet hatte und bereits halb zur Tür hinaus war, drehte sie sich noch einmal um.

»Irgendetwas an meiner Tochter macht mir Angst«, erklärte sie. »Ist das nicht schrecklich?«

2

Ich bin nur gekommen, damit meine Mutter endlich Ruhe gibt.«

»Deswegen brauchst du aber nicht draußen in der Nässe stehen zu bleiben. Komm doch wenigstens kurz herein.«

Es schüttete schon eine ganze Zeit lang. Der Himmel sah gleichmäßig grau aus, und das Herbstlaub auf den Pflastersteinen war vom prasselnden Regen durchweicht.

Becky trat ein und zog die Tür hinter sich zu. Sie hatte langes, dunkles Haar, das ihr klatschnass am Kopf klebte, wodurch ihre fast schwarzen Augen in ihrem verkniffenen Gesicht besonders groß wirkten.

»Sie wollte mich nicht mal allein herkommen lassen. Ich bin fast schon sechzehn, aber sie hat darauf bestanden, sich mit mir in den Zug zu setzen und die ganze Strecke bis zur Goodge Street mitzufahren. Da ist sie jetzt. Wahrscheinlich kauft sie schon wieder *Schuhe* oder sonst was. Sie hat einen Schuhfimmel.«

»Setz dich doch ans Feuer. Darf ich dir deine Jacke abnehmen?«

»Ich lass sie lieber an.« Das Mädchen wickelte sich noch fester darin ein. Trotz der dicken Wolle konnte Frieda sehen, wie dünn Becky war. Ihre Handgelenke waren extrem knochig, die Beine auf Höhe der Oberschenkel nicht breiter als die Knie, und ihre Wangenknochen standen deutlich hervor. Sie wirkte regelrecht unterernährt. Ihre Gesichtshaut spannte.

»Soll ich dir eine Tasse Tee machen?«

»Nein, danke. Oder haben Sie Kräutertee?«

»Pfefferminz?«

»Pfefferminz ist in Ordnung.«

»Mach es dir gemütlich, und wärm dich ein bisschen auf. Magst du einen Keks zum Tee?«

»Nein, danke, nur Tee.«

Den Flammen zugewandt, streckte sie ihre zarten Finger der Hitze entgegen, während Frieda in die Küche ging und kurze Zeit später mit zwei Tassen Tee zurückkehrte – Pfefferminz für Becky und Assam für sich selbst. Becky legte die Hände um die Tasse, um sich daran zu wärmen, und hielt ihr finster dreinblickendes kleines Gesicht in den Dampf.

»Es ist immer schwer, einen Anfang zu finden«, erklärte Frieda.

Becky runzelte die Stirn und murmelte irgendetwas vor sich hin.

»Es bringt nichts herzukommen, ohne es selber zu wollen. Ich werde dich nicht zwingen, etwas preiszugeben, das du gar nicht sagen möchtest – dir nichts entlocken, das du lieber für dich behalten würdest. Du bist hier, weil deine Mutter sich Sorgen um dich macht und mich gebeten hat, mit dir zu sprechen. Aber ich will weder auf dich einreden noch dir sagen, was du tun sollst. Viel lieber würde ich dir zuhören – falls du das Bedürfnis hast, irgendetwas loszuwerden.«

Becky zuckte ruckartig mit den Schultern.

»Ich komm schon klar.«

»Trotzdem bist du hier.«

»Nur weil sie mich gezwungen hat.«

»Wie hat sie dich denn gezwungen?«

»Sie hat mir vorgeworfen, nur an mich selbst zu denken und eine Egoistin zu sein. Und sie hat gesagt, sie leide ebenfalls, und wenn ich auch nur ein bisschen an jemand anderen denken würde, könnte ich ihr wenigstens diesen kleinen Gefallen tun.«

»Du weißt, dass ich Therapeutin bin.«

»Demnach hält sie mich neuerdings nicht nur für egoistisch, sondern auch noch für verrückt.«

»Sie befürchtet, du könntest in irgendwelchen Schwierigkeiten stecken.«

»Schon klar. Drogen. Oder Jungs. Das ist alles, woran sie denken kann. Hat Sie Ihnen das gesagt?«

»Steckst du in Schwierigkeiten?«

»Immerhin bin ich fünfzehn. Gehört das nicht dazu, wenn man fünfzehn ist? Dass sich alles ätzend und beschissen anfühlt?«

»Beschissen. Fühlt sich für dich wirklich alles so an?«

»Ist das Ihre Methode?« Becky funkelte Frieda zornig an. »Sie greifen völlig willkürlich irgendein blödes Wort heraus, drehen es einem im Mund um und sagen dann: *Ach, wie interessant, sie fin-*

det alles beschissen. Beschissen, Scheiße, zum Kotzen. Ich kann das genauso.« Sie sah sich im Raum um. Ihr Blick blieb an dem Schachtisch hängen, den Frieda von ihrem Vater geerbt hatte. »Sie spielen Schach. Sie bewegen Figuren auf einem Brett. Betrachten Sie das Leben auch als Schachpartie? Als großes Spiel, bei dem es ums Gewinnen geht?«

»Nein, so betrachte ich das Leben nicht.«

»Sie sind berühmt, nicht wahr? Ich habe Sie gegoogelt, müssen Sie wissen.«

»Und?«

»Ich habe beim Lesen eine Gänsehaut bekommen. Ich bin nicht wie die vermissten Mädchen.«

»Aber auf einem wirklich sicheren Weg bist du auch nicht, oder?«

»Wie meinen Sie das?«

»Du steckst voller Wut und Angst und Unruhe. Ich weiß, dass du oft die Schule schwänzt und deine Leistungen nachlassen.«

»Ach, darum geht es. Ich werde keine Einsen mit Sternchen mehr bekommen.«

»Außerdem sehe ich, dass du nicht richtig isst«, fuhr Frieda fort.

Becky starrte sie grimmig an. »Alle, die ich kenne, sind entweder zu fett oder zu dünn«, erklärte sie.

»Es widerstrebt dir, dich deiner Mutter anzuvertrauen.«

»Sie ist die Letzte, mit der ich reden würde. Da würde ich noch eher zu den Müttern meiner Freundinnen gehen als zu ihr.«

»An deiner Schule gibt es doch bestimmt einen Beratungslehrer.«

»Ich muss einfach nur ein paar Sachen für mich klären.«

»Was für Sachen?«

»Irgendwelche Sachen eben. Sie brauchen gar nicht so zu tun, als könnten Sie in mich hineinsehen. Das finde ich zum Kotzen.«

»Warum?«

»Weil es gruselig ist.«

Frieda musterte Becky einen Moment eindringlich. Dann sagte sie: »Ich weiß, dass dich das noch wütender machen wird, aber ich hätte gerne, dass du ein bisschen über deine Sprache nachdenkst.«

»Was meinen Sie mit ›meine Sprache‹?«

»Ätzend, beschissen, Scheiße, zum Kotzen, gruselig.«

»Und? Das sind doch nur Worte. Jeder verwendet solche Worte.«

»Es ist eine Sprache des Ekels.«

»Na und? Vielleicht ekelt es mich ja tatsächlich.«

»Aus welchem Grund?«

»Wollen Sie mich denn gar nicht nach meinem Dad fragen?«

»Nach deinem Vater? Wieso sollte ich?«

»Mum hat gemeint, Sie würden mich bestimmt nach ihm fragen. Darum dreht sich das Ganze nämlich, sagt Mum. Sie bildet sich ein, dass ich ihr die Schuld an der Scheidung gebe und ihn zu leicht davonkommen lasse. Nach Mums Meinung kann ich auf sie besser wütend sein, weil ich weiß, dass sie mich im Gegensatz zu ihm nicht verlassen wird – weil sie nämlich bei mir bleiben *muss*, egal, wie es läuft. Ihr zufolge hat man als Mutter gar keine andere Wahl. Man kann seiner nervigen Tochter nicht entkommen. […]«